Bret Easton Ellis

O PSICOPATA AMERICANO

Tradução de Luís Fernando Gonçalves Pereira

Coleção **L&PM** POCKET, vol. 969

Texto de acordo com a nova ortografia.
Título original: *American Psycho*
Publicado pela Editora Rocco em formato 14 x 21cm em 1992
Este livro foi publicado mediante acordo de parceria entre a Editora Rocco e a L&PM
 Editores exclusivo para a Coleção **L&PM** POCKET
Primeira edição na Coleção **L&PM** POCKET: agosto de 2011

Tradução: Luís Fernando Gonçalves Pereira
Capa: Ivan Pinheiro Machado. *Foto*: LIONS GATE FILMS / Album Cinema/Latinstock
Preparação: Fernanda Lisbôa
Revisão: Caren Capaverde

CIP-Brasil. Catalogação na Fonte
Sindicato Nacional dos Editores de Livros, RJ

E43s

Ellis, Bret Easton
O psicopata americano / Bret Easton Ellis; tradução de Luís Fernando Gonçalves Pereira. – Porto Alegre, RS: L&PM; Rio de Janeiro: Rocco, 2011.
 480p. – (Coleção L&PM POCKET; v. 969)

Tradução de: *American Psycho*
ISBN 978-85-254-2426-6

1. Ficção americana. I. Pereira, Luís Fernando Gonçalves. II. Título. III. Série.

11-4534.   CDD: 813
           CDU: 821.111(73)-3

© 1991, by Bret Easton Ellis.
Direitos de edição da obra em lingua portuguesa no Brasil adquiridos pela Editora Rocco Ltda. Todos os direitos reservados.

EDITORA ROCCO LTDA
Av. Pres. Wilson, 231 / 8º andar – 20030-021
Rio de Janeiro – RJ – Brasil / Fone: 21.3525.2000 – Fax: 21.3525.2001
email: rocco@rocco.com.br
www.rocco.com.br

L&PM EDITORES
Rua Comendador Coruja, 314, loja 9 – Floresta – 90220-180
Porto Alegre – RS – Brasil / Fone: 51.3225.5777 – Fax: 51.3221.5380
PEDIDOS & DEPTO. COMERCIAL: vendas@lpm.com.br
FALE CONOSCO: info@lpm.com.br
www.lpm.com.br

Impresso no Brasil
Inverno de 2011

Esta é uma obra de ficção. Todos os personagens, incidentes e diálogos, à exceção de referências ocasionais a personalidades públicas, produtos ou serviços, são imaginários e não têm a intenção de referirem-se a qualquer pessoa viva nem de desmerecerem qualquer produto ou serviço de qualquer empresa.

A Bruce Taylor

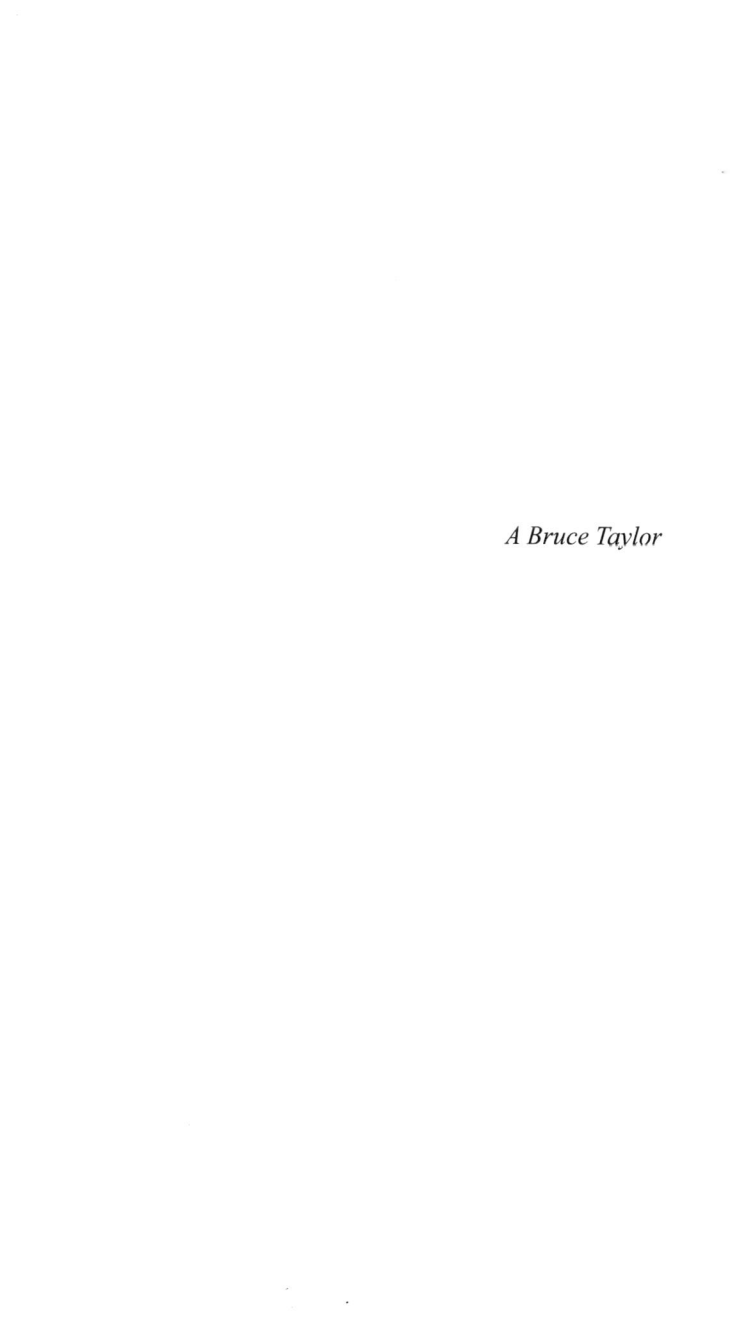

Tanto o autor dessas *Notas* como elas próprias são, evidentemente, fictícios. Entretanto, pessoas como o autor destas *Notas* não só podem como devem existir na nossa sociedade, se levarmos em conta as circunstâncias em que ela de modo geral se formou. Meu propósito foi trazer perante o público, com mais destaque que o habitual, um dos personagens típicos do nosso passado não remoto. Ele faz parte da geração que está vivendo seus últimos dias. Na primeira parte, denominada "Subsolo", esse personagem faz sua própria apresentação, declara seus pontos de vista e procura explicar os motivos pelos quais ele surgiu e teria de surgir no nosso meio. Na segunda parte vêm as "Notas" propriamente ditas desse personagem a respeito de alguns acontecimentos de sua vida.

Fiódor Dostoiévski,
in *Notas do subsolo*.

Um dos mais graves erros cometidos pelas pessoas é o de elas acharem que civilidade expressa unicamente ideias felizes. Há toda uma gama de comportamentos que podem expressar-se pela civilidade. Civilização afinal de contas é isso – agir com civilidade e não de forma hostil. Um dos lugares onde nos perdemos foi no movimento rousseauniano naturalista dos anos 60 em que as pessoas diziam "Por que então não dizer só aquilo que se pensa?". Numa civilização há que haver alguns freios. Se seguíssemos cada impulso nosso, estaríamos nos matando uns aos outros.

Judith Martin,
in *Miss Manners*.

E enquanto as coisas se desintegravam
Ninguém prestava muita atenção.

Talking Heads

Primeiro de abril

"Perca toda a esperança aquele que aqui entrar" está rabiscado em letras cor de sangue na parede do edifício do Chemical Bank, próximo à esquina da Rua Onze com a Primeira Avenida. Escrito num tipo grande o suficiente para ser avistado do banco traseiro do táxi, enquanto este vai dando guinadas no trânsito e saindo de Wall Street, e, justo quando Timothy Price se dá conta daquelas palavras, um ônibus para e o anúncio de *Les Misérables* estampado na carroceria bloqueia-lhe a visão, mas Price, que no momento trabalha na Pierce & Pierce e tem 26 anos, parece nem ligar, pois promete ao motorista cinco dólares se ele aumentar o volume do rádio, a canção é "Be My Baby", e o motorista, que é negro, mas não é americano, obedece.

– Sou talentoso – Price começa a dizer. – Sou criativo, jovem, inescrupuloso, cheio de motivação, altamente qualificado. Em essência, o que estou dizendo é que a sociedade *não* pode se permitir me perder. Sou parte do ativo. – Price sossega, continua a olhar pela janela suja do táxi, provavelmente para a palavra MEDO grafitada em vermelho na parede do McDonald's, na Rua Quatro com a Sétima Avenida. – Quero dizer que é fato que todos cagam para o trabalho que fazem, todo mundo odeia seus empregos, *eu* detesto o meu, e *você* me disse que odeia o seu. O que devo fazer? Retornar a Los Angeles? De jeito *nenhum*. Não pedi transferência da UCLA para Stanford para aturar isso. Afinal, será que *só eu* acho que não estamos ganhando dinheiro bastante? – Como num filme, surge um outro ônibus, outro cartaz de *Les Misérables* substitui a palavra – não é o mesmo ônibus, porque alguém escreveu a palavra FANCHONA sobre o rosto da personagem Eponine, no cartaz.

Tim deixa escapar:

– Tenho um apartamento por aqui. Meu Deus, tenho uma casa nos Hamptons.

– É dos seus pais, cara. Dos seus pais.

– Estou *comprando* deles. Você quer aumentar o volume dessa porra? – diz num tom áspero, mas distraído, ao motorista, enquanto o conjunto Crystals continua a berraria no rádio.

– Mais do que isso ele não vai – talvez responda o motorista.

Timothy ignora-o e continua a falar de forma irritante.

– Poderia ficar vivendo nesta cidade se ao menos instalassem rádios Blaupunkt nos táxis. Talvez os sistemas de sintonia dinâmica ODM III ou ORC II? – Amacia a voz então. – Um ou outro. Coisa fina, meu caro, finíssima.

Arranca do pescoço o Walkman, que parece ter custado caro, queixando-se, mais uma vez:

– Detesto me queixar, juro, desta porcaria, deste lixo, do mal-estar, de como é mesmo nojenta esta cidade, *você* sabe e eu sei que isto aqui é um *chiqueiro*... – E continua falando ao abrir sua nova maleta Tumi de couro legítimo, comprada na D.F. Sanders. Põe o Walkman na maleta junto ao telefone móvel Easa-phone, modelo de bolso da Panasonic (ele antes tinha o NEC 9000 Porta, portátil) e tira o jornal do dia. – Na edição de um dia, de *um* só dia, vejamos aqui... manequins foram estranguladas, bebês atirados do telhado dos prédios, crianças assassinadas no metrô, comunistas fazem comício, chefão mafioso aniquilado, nazistas – excitado, ele folheia o jornal –, jogadores de beisebol com AIDS, mais baboseiras da Máfia, engarrafamentos, os sem-teto, loucos diversos, bichas caindo feito moscas pelas ruas, mães de aluguel, novela de televisão sai do ar, crianças arrombaram o zoológico e torturaram e queimaram vivos vários animais, mais nazistas... e a piada, a graça toda da pilhéria, é que tudo isso acontece nesta cidade, em nenhum outro lugar, apenas aqui, que merda, espere, mais nazistas, engarrafamentos, vendedores de bebês, mercado negro de bebês, bebês com AIDS, bebês drogados, prédio desmorona sobre um bebê, bebê enlouquece, engarrafamentos, ponte cai... – Cala a voz, respira fundo e diz calmamente, com os olhos fixos no mendigo da esquina da

Rua Dois com a Quinta Avenida. – Esse é o vigésimo quarto que vi hoje. Eu contei. – E pergunta sem olhar: – Por que você não está usando aquele blazer azul-marinho de lã penteada e calças cinza? – Price está vestindo um terno de tecido de lã e seda com paletó de seis botões da Ermenegildo Zegna, camisa de algodão com punhos franceses da Ike Behar, gravata de seda da Ralph Lauren com prendedor de couro da Fratelli Rossetti. Panorâmica do *Washington Post.* Há uma história um tanto interessante sobre duas pessoas desaparecidas numa festa a bordo de um iate, de propriedade de um grã-fino nova-iorquino meio famoso, durante um passeio à volta da ilha. As únicas pistas são um resto de sangue respingado e três taças de champanhe despedaçadas. Há suspeita de homicídio e a polícia acha que a arma do crime talvez tenha sido um facão, devido aos sulcos e cortes encontrados no convés. Nenhum corpo foi achado. Não há suspeitos. Price iniciou sua falação hoje na hora do almoço, recuperou-a durante a partida de squash e continuou arengando enquanto bebericava no Harry's, onde, com três doses de J&B e água, pôs-se a falar de maneira bem mais interessante sobre a conta da Fisher, que está com Paul Owen. Price, simplesmente, não se cala.

– As doenças! – exclama, o rosto tenso de dor. – Há uma teoria agora que diz que se você pode pegar o vírus da AIDS fazendo *sexo* com alguém infectado, então você pode pegar *qualquer* coisa, seja um vírus ou não. Mal de Alzheimer, distrofia muscular, hemofilia, anorexia, diabetes, câncer, esclerose múltipla, fibrose cística, paralisia cerebral, dislexia, Deus do céu... você pode pegar dislexia de uma xoxota...

– Não sei, cara, mas acho que dislexia não é vírus.

– Ora, quem sabe? *Eles* não sabem. Prove.

Fora do táxi, nas calçadas, pombos negros e inchados disputam migalhas de cachorro-quente em frente a um Gray's Papaya, enquanto travestis olham displicentemente e um carro de polícia silencioso passa e entra na contramão de uma rua, o céu está baixo e cinzento e, de dentro de um táxi que parou no trânsito, vindo na direção contrária deste, um sujeito muito parecido com o Luis Carruthers acena para Timothy e, quando Timothy não devolve o aceno, o sujeito – cabelo lustroso puxado para trás, suspensórios, óculos de armação de chifre – dá-se conta de que não é quem ele pensava que fosse e volta a olhar o exemplar do *USA Today* que tem nas mãos. Panorâmica de uma calçada onde uma mendiga velha e feia empunha um chicote que ela estala sobre os pombos, mas eles a ignoram e continuam a ciscar e a lutar esfomeados pelos restos de cachorro-quente, e o carro de polícia desaparece estacionamento subterrâneo adentro.

– Mas então, quando você simplesmente chega a um ponto em que sua reação aos tempos é de uma total e pura aceitação, que seu corpo ficou de algum modo *sintonizado* com a insanidade e você está num ponto em que tudo faz sentido, quando dá o estalo, temos uma porra de uma preta mendiga, maluca que realmente *deseja,* ouça bem, Bateman, *deseja* ficar nas ruas, esta, essas ruas, veja, essas – aponta – e temos um prefeito que não quer ouvi-la, um prefeito que não deixa a miserável ser do jeito que quer, meu Deus, *deixem* a filha da puta *congelar* até morrer, *tirem-na* desse sofrimento desgraçado que ela mesma criou, e pronto, estamos de volta ao começo, confuso, fodido... Número 24, não, 25... Quem é que vai à casa da Evelyn? Espere, deixe eu adivinhar. – Levanta a mão habituada a uma manicure impecável. – Ashley, Courtney, Muldwyn, Marina, Charles – estou certo até agora? Talvez um dos amigos "artiste" de Evelyn lá do "olha-que-incrível" East Village. Você conhece o tipo, daqueles que perguntam a Evelyn se ela tem um bom chardonnay *branco...* – Dá um tapa na testa, fecha os olhos e agora murmura, os maxilares rígidos. – Estou caindo fora. Vou me livrar da Meredith. Ela na verdade me *desafia* a gostar dela. Acabou. Por que levei tanto tempo para me dar conta de que ela tem uma personalidade bem infeliz de apresentadora de auditório?... 26, 27... Sempre digo a ela que sou sensível. Disse a ela que fiquei arrasado com o acidente do ônibus espacial *Challenger*, o que mais ela quer? Tenho ética, sou tolerante, juro que me sinto satisfeito da vida, sou otimista em relação ao futuro, juro, você não é?

– Sou, mas...

– E dela, para mim, só vem merda... 28, 29, que diabo, é um *bando* desgraçado de vagabundos. Ouça... – Para de súbito, como se estivesse exausto, e virando o rosto, desviando de outro cartaz de *Les Misérables*, como se lembrasse de algo importante, pergunta: – Você leu sobre aquele apresentador de programa de auditório na tevê? Que matou dois rapazes? Bichona depravada. Gozado, gozado mesmo. – Price espera uma reação. Ela não vem. De súbito: o Upper West Side.

Ele pede ao motorista que pare na esquina da Rua Oitenta e Um com a Riverside, já que o táxi teria de entrar na contramão.

– Não há problema, desço aqui mes... – Price começa a dizer.

– Eu posso dar a volta – propõe o motorista.

– Deixe para lá. – E meio de lado, dentes trincados, sem sorrir: – Babaca.

O motorista começa a parar o carro. Dois táxis que vêm atrás buzinam alto, passam e seguem adiante.

– Devemos levar flores?

– Nada. Porra, *você* é quem trepa com ela, Bateman. Por que esse *devemos* levar flores à Evelyn? Só tenho notas de cinquenta, você troca – avisa ao motorista, os olhos semicerrados para os números vermelhos do taxímetro. – Diabo. São os esteroides. Estou tenso, desculpe.

– Achei que você tinha largado.

– Estava começando a ter acne nas pernas e braços, e os banhos de raios ultravioleta não deram resultado, então passei a frequentar um salão de bronzeamento artificial e deu certo. Por Deus, Bateman, você devia ver como minha barriga está seca e rígida. Definida. Completamente reluzente... – diz ele numa atitude distante, estranha, enquanto aguarda que o homem devolva o troco. – Sequinha. – Ele arrocha o motorista na gorjeta, mas este mesmo assim agradece com sinceridade. – Até logo, seu roda presa – Price pisca o olho.

– Porra, que merda! – xinga Price ao abrir a porta. Ao sair do táxi, ele vê um mendigo na rua... – Ganhei: *trinta*! – O homem veste uma espécie de macacão de paraquedista, esquisito, enxovalhado, de um verde imundo, sua barba está crescida, o cabelo sujo e ensebado puxado para trás, e Price jocosamente segura a porta do táxi aberta para ele. O mendigo, confuso e engrolando qualquer coisa, tem os olhos envergonhados presos à calçada e estende para nós uma caneca de café vazia, com a mão insegura.

– Acho que ele não quer o táxi – diz Price com malícia, batendo a porta. – Pergunte se ele aceita American Express.

– Você aceita American Express?

O vagabundo confirma com a cabeça e afasta-se, arrastando os pés devagar.

Está fazendo frio para o mês de abril, e Price desce rápido a rua, em direção ao prédio de tijolos vermelhos de Evelyn, assoviando "If I Were a Rich Man". O calor de sua boca forma nuvens de vapor, e ele balança na mão a maleta de couro Tumi. Logo adiante, se aproxima uma figura de cabelo lustroso puxado para trás. Óculos de armação de chifre, vestindo um terno Cerruti 1881 de gabardina de lã bege e carregando a mesma pasta de couro Tumi da D.F. Sanders que Price tem. Timothy pergunta em voz alta:

– É o Victor Powell? Não é possível.

O sujeito passa sob o clarão fluorescente de um poste de rua com uma expressão perturbada no rosto que por um momento faz seus lábios crisparem-se num sorriso leve. Ele olha para Price quase como se fossem conhecidos, mas com a mesma rapidez se dá conta de que não conhece Price, que com a mesma rapidez se dá conta de que não é o Victor Powell, e o sujeito segue caminho.

– Graças a Deus – murmura Price ao aproximar-se do prédio de Evelyn.

– O cara parecia muito com ele.

– Powell *e um* jantar na casa de Evelyn? Esses dois combinam tão bem quanto xadrez com escocês. – Price repensa. – Não, meias brancas com calças cinzentas.

Uma fusão lenta, e Price está pulando os degraus da casa de fachada em tijolos vermelhos que o pai de Evelyn deu a ela, resmungando por ter esquecido de devolver as fitas de vídeo que pegou a noite passada na locadora Vídeo Haven. Toca a campainha. Da casa ao lado da de Evelyn, uma mulher – salto alto, bunda grande – sai à rua, esquecendo de trancar a porta. Price segue-a com o olhar e quando escuta passos dentro de casa se aproximando da entrada e de nós, ele se vira e ajeita a gravata Versace, pronto para enfrentar qualquer coisa. Courtney abre a porta e está vestindo blusa de seda creme de Krizia, saia castanho-clara de tweed da Krizia e escarpins d'Orsay da Manolo Blahnik.

Sinto um calafrio e lhe entrego meu sobretudo preto Giorgio Armani que ela me toma das mãos, beijando no ar, cuidadosamente, minha bochecha direita e então repete os mesmos movimentos exatos com Price ao pegar o sobretudo Armani dele. O novo CD do Talking Heads toca suavemente na sala de estar.

– Estão um pouquinho atrasados, não, meninos? – pergunta Courtney, sorrindo maldosamente.

– Motorista haitiano incompetente – sussurra Price, devolvendo-lhe um beijinho no ar. – Já fizeram reservas em algum lugar? E, por favor, não me venham com o Pastels às nove horas.

Courtney sorri ao pendurar os dois sobretudos no guarda-roupa da entrada.

– Vamos comer em casa esta noite, queridinhos. Sinto muito, eu sei, eu sei, tentei fazer a Evelyn mudar de ideia, mas teremos... sushi.

Tim passa por ela e pelo vestíbulo na direção da cozinha.

– Evelyn? Onde está você, Evelyn? – chama com uma voz monocórdia. – Temos de *conversar*.

– Que bom ver você – digo à Courtney. – Você está muito bonita hoje. Seu rosto está com uma... chama de juventude.

– Você sabe mesmo agradar às mulheres, Bateman. – Não há sarcasmo na voz de Courtney. – Posso dizer à Evelyn que você está assim hoje? – pergunta ela toda coquete.

– Não – respondo. – Mas aposto que você bem que gostaria.

– Vamos – diz ela, tirando minhas mãos de sua cintura e pondo as dela em meus ombros, guiando-me pelo hall na direção da cozinha. – Temos que salvar a Evelyn. Já está há uma hora arrumando o sushi. Está tentando desenhar suas iniciais, o *P* com olhete, o *B* com atum, mas ela acha que o atum é muito pálido...

– Que romântico.

– ...e a quantidade de olhete não vai dar para terminar o *P* – Courtney toma ar –, por isso acho que ela vai desenhar as iniciais do Tim em lugar das suas. Você se incomoda? – indaga ela, apenas um pouco chateada. Courtney é namorada do Luis Carruthers.

– Estou morrendo de ciúmes e acho melhor falar com a Evelyn – respondo, deixando Courtney me empurrar calmamente até a cozinha.

Evelyn está em pé junto a um balcão de madeira clara usando blusa de seda creme da Krizia, saia castanho-clara de tweed da Krizia e o mesmo par de escarpins de cetim d'Orsay que Courtney está calçando. Seu cabelo louro e comprido está preso atrás num coque bem severo e ela me cumprimenta sem levantar os olhos da travessa de aço inoxidável em que dispôs o sushi com jeito.

– Oi, amor, sinto muito. Eu queria ir àquele bistrô pequeno e gostosinho de comida salvadorenha no Lower East Side...

Price dá um grunhido audível.

– ...mas não conseguimos fazer reserva. Timothy, pare de soltar esses *grunhidos*. – Ela pega um pedaço de olhete e arruma-o com cuidado próximo à ponta da travessa, completando o que parece ser um T maiúsculo. Dá um passo atrás e inspeciona o resultado. – Não sei. Ai, estou tão insegura.

– Pedi a você que deixasse a garrafa de vodca Finlândia aqui – resmunga Tim espiando as garrafas, a maioria gigante, no bar. – Ela nunca tem Finlândia – ele diz para ninguém, para todos nós.

– Meu Deus, Timothy. A vodca Absolut não serve? – pergunta Evelyn ao mesmo tempo virando-se para Courtney, pensativa. – O sushi Califórnia deve ficar em volta da beira da travessa, não?

– Bateman, o que vai beber? – Price suspira.

– J&B com gelo – respondo, de repente achando estranho que a Meredith não tenha sido convidada.

– Meu Deus. Está *horrível* – Evelyn suspira. – Juro que vou começar a chorar.

– O sushi está com um aspecto *ótimo* – digo para confortá-la.

– Não, está *horrível* – lamenta. – Está horrível.

– Não, não, o sushi está com aspecto *ótimo* – digo a ela e, numa tentativa de consolá-la o mais rápido possível, pego um pedaço de linguado e jogo na boca, soltando grunhidos de satisfação, e abraço Evelyn por trás; com a boca ainda cheia, consigo dizer: – Delicioso.

Ela me dá um tapinha no rosto de brincadeira, obviamente satisfeita com minha reação, e afinal, com muito jeito, beija no ar minha bochecha e vira-se para Courtney. Price me entrega o copo de uísque e vai em direção à sala de estar ao mesmo tempo em que tenta tirar algo invisível de seu paletó.

– Evelyn, você tem aí uma escova de roupa?

Eu preferia ficar vendo o jogo de beisebol ou ter ido à academia de ginástica me exercitar ou experimentar o tal restaurante salvadorenho que ganhou duas resenhas muito favoráveis, uma na revista *New York* e a outra no *Times*, a ter de jantar aqui, mas há uma coisa boa em jantar na casa de Evelyn: é perto de minha casa.

– Será que há problema se o molho de soja não estiver exatamente na temperatura ambiente? – Courtney está perguntando. – Acho que um dos pratos leva gelo.

Evelyn coloca tirinhas de gengibre laranja-claro com delicadeza numa pilha próxima a um pratinho de porcelana cheio de molho de soja.

– Não, não está bom. Patrick, você agora seja bonzinho e pegue o saquê Kirin na geladeira? – Então, visivelmente enervada com as tiras de gengibre, joga a porção na travessa. – Não precisa. *Eu* faço isso.

De qualquer maneira, vou até a geladeira. Com olhar sombrio, Price volta à cozinha e pergunta:

– Porra, quem está na sala de estar?

Evelyn finge não saber de nada.

– Quem será?

– Ev-e-lyn. Você disse a eles, espero – adverte Courtney.

– Quem é? – pergunto, de repente assustado. – É o Victor Powell?

– Não, não é o Victor Powell, Patrick – diz Evelyn num tom casual. – É um artista amigo meu, o Stash. E a Vanden, sua namorada.

– Ah, então aquilo lá é uma mulher – diz Price. – Dê uma olhada, Bateman – ousa. – Deixe-me adivinhar. São do East Village?

– Ora, Price – responde ela sedutoramente, abrindo as garrafas de cerveja. – E por que não? A Vanden estuda em Camden e o Stash mora no SoHo, logo ali.

Saio da cozinha, passo pela sala de jantar, com a mesa já posta, as velas de cera de abelha da Zona acesas em seus candelabros de prata de lei da Fortunoff, entro na sala de estar. Não posso dizer o que Stash está usando, porque é tudo negro. Vanden tem mechas verdes no cabelo. Ela está assistindo um clipe heavy metal que está passando na MTV e fuma um cigarro.

– Hã-hã – faço com a garganta.

Vanden olha com desconfiança, provavelmente está drogada até a medula. Stash não se mexe.

– Oi. Pat Bateman – me apresento, estendendo-lhe a mão, notando meu reflexo no espelho da parede e sorrindo para minha boa aparência.

Ela aperta a mão, não diz nada. Stash começa a cheirar os dedos. Corte rápido e estou de volta à cozinha.

– Tire ela dali. – Price está fervendo. – Está doidona vendo MTV e eu quero assistir a porra do noticiário.

Evelyn continua abrindo as garrafas grandes de cerveja importada e avisa distraída:

– Temos de comer logo esse troço senão acabaremos nos envenenando.

– Ela tem uma mecha verde no cabelo – digo-lhes. – E *ainda* está fumando.

– Bateman – fala Tim, ainda encarando a Evelyn.

– Sim? – digo. – Timothy?

– Você é um panaca.

– Deixe o Patrick em paz – pede Evelyn. – Ele é apenas aquele cara que mora ao lado. O Patrick é isso. Você não é um panaca, não é, amor? – Evelyn está em Marte e eu vou até o bar preparar um outro uísque.

– Cara que mora ao lado. – Tim dá um sorriso forçado e balança a cabeça afirmativamente, depois muda de expressão e pergunta a Evelyn com hostilidade se ela tem uma escova de roupa.

Evelyn acaba de abrir as garrafas de cerveja japonesa e pede a Courtney para chamar o Stash e a Vanden.

– Temos de comer logo esse troço senão acabaremos nos envenenando – murmura, mexendo a cabeça devagarinho, olhando a cozinha toda, se assegurando de que não está esquecendo nada.

– Se eu conseguir arrancá-los do último clipe do Megadeth – Courtney diz antes de ir.

– Tenho que conversar com você – diz Evelyn.

– Sobre o quê? – chego mc até ela.

– Não – diz ela e então aponta para o Tim –, com o Price.

Tim ainda a encara cruelmente. Não digo nada e fico olhando o drinque do Tim.

– Seja bonzinho – ela se vira para mim – e vá pôr o sushi na mesa. O tempura está no micro-ondas e o saquê já está quente no fogão... – Sua voz diminui enquanto ela empurra Price para fora da cozinha.

Gostaria de saber onde a Evelyn conseguiu o sushi – o atum, olhete, cavala, camarão, enguia, até o bonito, tudo parece tão fresco e há pilhas de wasabi e montes de gengibre estrategicamente colocados na travessa –, mas me agrada também a ideia de que *não* sei, nunca saberei, nunca *perguntarei* de onde ele veio, e que o sushi ficará ali parado no meio da mesa de vidro da Zona que o pai de Evelyn comprou para ela como uma misteriosa aparição do Oriente, e ao pousar a travessa vejo num relance o meu reflexo na superfície da mesa. Minha pele parece mais escura por causa da luz de vela e noto como ficou bom o corte de cabelo que fiz no Gio's na quarta-feira passada. Preparo outro uísque para mim. Preocupo-me com a quantidade de sódio existente nos molhos de soja.

Estamos os quatro sentados em volta da mesa esperando que Evelyn e Timothy voltem depois de terem ido pegar uma escova de roupa para ele. Sento na cabeceira e tomo grandes goles de J&B. Vanden está sentada na outra cabeceira lendo sem interesse um fanzine do East Village chamado *Deception* que traz uma manchete espalhafatosa: A MORTE DO CENTRO DA CIDADE. Stash enfiou os pauzinhos num pedaço de olhete solitário que jaz, no meio de seu prato, como se fosse algum inseto brilhante empalado, e os pauzinhos ficaram em pé. De vez em quando, Stash mexe o pedaço de sushi em volta do prato com os pauzinhos, mas nunca levanta os olhos para mim, para Vanden ou Courtney, que está sentada a meu lado dando golinhos numa taça de champanhe com vinho de ameixa.

Evelyn e Timothy voltam talvez uns vinte minutos depois de nos sentarmos e Evelyn parece apenas um pouquinho ruborizada. Tim me encara antes de sentar-se ao meu lado, um drinque novo na mão, e se inclina para mim, quase dizendo, admitindo alguma coisa, quando de repente Evelyn intervém.

– Não é aí, Timothy. – E então, quase sussurrando: – Rapaz, moça, rapaz, moça. – E mostra a cadeira vazia ao lado de Vanden. Timothy dá uma encarada em Evelyn e com hesitação vai se sentar ao lado de Vanden, que dá um bocejo e vira a página do fanzine.

– Muito bem, agora todos – diz Evelyn, sorrindo, satisfeita com o jantar que oferece – podem ir fundo. – E então, depois de reparar o pedaço de sushi que o Stash espetou – ele agora está curvado sobre o prato, quase se encostando, sussurrando para o peixe –, a compostura lhe foge, mas ela sorri com bravura e num tom esganiçado acrescenta: – Quem quer vinho de ameixa?

Ninguém diz nada até que Courtney, que fica olhando o prato de Stash, levanta o copo de modo inseguro e diz, tentando sorrir:

– Está... delicioso, Evelyn.

Stash não fala. Embora provavelmente se sinta pouco à vontade na mesa conosco, já que é tão diferente dos outros homens presentes – não tem o cabelo brilhoso puxado para trás, não está de suspensórios, de óculos de armação de chifre, as roupas pretas lhe caem mal, não tem ânsia de acender e fumar um cigarro, com certeza não consegue mesa no Camols, seu valor líquido em dinheiro é uma ninharia – ainda assim, se comporta sem afronta e fica ali sentado como se estivesse hipnotizado pelo reluzente pedaço de sushi. Mas quando todos ali já esqueceram que ele existe e começam a comer, ele se levanta e diz em voz alta, apontando acusadoramente o dedo para o prato:

– Ele se mexeu!

Tim crava-lhe os olhos com um desprezo difícil de ser superado, mesmo assim eu junto bastante energia para chegar perto. Vanden parece achar engraçado e também agora, infelizmente, a Courtney, de quem eu começo a pensar que acha esse macaco atraente, porém suponho que, se fosse eu quem estivesse saindo com o Luis Carruthers, eu também acharia. Evelyn ri com boa vontade e diz:

– Ah, Stash, você é *mesmo* doido – e aí pergunta preocupada: – Tempura? – Para sua informação, Evelyn é executiva de uma firma de serviços financeiros.

– Quero um pouco – respondo e tiro um pedaço de berinjela da travessa, embora não vá comê-la por estar frita.

As pessoas começam a se servirem sozinhas, conseguindo ignorar o Stash. Fico olhando Courtney enquanto ela mastiga e engole.

Evelyn, na tentativa de puxar assunto, diz, depois do que pareceu ser um comprido e pensativo silêncio.

– Vanden estuda na Camden.

– É mesmo? – Timothy pergunta num tom glacial. – Onde fica?

– Vermont – responde Vanden sem levantar os olhos do papel.

Dou uma olhada no Stash para ver se ele gostou da deslavada mentira de Vanden dita assim de repente, mas ele age como se não estivesse escutando, como se estivesse em algum outro recinto ou alguma boate de punk rock nas entranhas da cidade, mas todos na mesa fazem o mesmo, o que me chateia, pois estou bem certo de que todos sabem que essa faculdade fica em New Hampshire.

– Onde *você* estudou? – suspira Vanden após ter se tornado claro para ela que ninguém está interessado em Camden.

– Bem, fui para Le Rosay – começa Evelyn – e depois para uma faculdade de administração na Suíça.

– Também consegui sobreviver a uma faculdade de administração na Suíça – Courtney intervém. – Mas a minha foi em Genebra. A da Evelyn foi em Lausanne.

Vanden atira o exemplar de *Deception* perto de Timothy e força um sorriso amarelo e malévolo, e eu embora esteja meio puto querendo que a Evelyn rebata a arrogância de Vanden e jogue de volta o fanzine em cima dela, o J&B já aliviou a tal ponto minha tensão que não me importa muito dizer alguma coisa. Provavelmente Evelyn acha Vanden doce, perdida, confusa, uma *artista.* Price não está comendo e nem Evelyn; suspeito de cocaína, mas é duvidoso. Ao dar um grande gole em seu drinque Timothy segura o exemplar de *Deception* e fica rindo para si mesmo.

– "A morte do centro da cidade" – diz ele; então, apontando o dedo para cada palavra da manchete: – Quem dá bola para esta porra?

Automaticamente aguardo Stash levantar o rosto do prato, mas ele não desprega os olhos daquele único pedaço de sushi, sorrindo para si mesmo e balançando a cabeça.

– Ei – diz Vanden, como se tivesse sido insultada. – *Isso* nos afeta.

– Oh, oh, oh! – Tim exclama num tom de repreensão. – Isso nos afeta? E os massacres no Sri Lanka, amorzinho? Será que isto não nos afeta também? E o Sri Lanka?

– Bem, é o nome de uma boate legal no Village. – Vanden dá de ombros. – Pode crer, afeta a gente também.

De súbito, Stash começa a falar sem tirar os olhos do prato.

– Chama-se *The Tonka.* – Ele parece estar puto, mas sua voz é linear e baixa, os olhos ainda no sushi. – O nome é The Tonka, e não Sri Lanka. Sacou? The Tonka.

Vanden baixa os olhos e exclama conformadamente:

– Ah!

– Então você não sabe nada sobre o Sri Lanka? Sobre como os Sikhs estão matando israelenses lá aos montes? – Timothy dá início à provocação. – Será que isso não nos afeta?

— Quem vai querer kappamaki? – corta Evelyn animada, ao segurar uma bandeja.

— Ei, espere aí, Price – é minha vez. – Há problemas mais importantes do que o Sri Lanka para nos preocuparmos. Está certo que nossa política externa é importante, mas *existem* problemas mais prementes em nossas mãos.

— Quais? – ele pergunta sem tirar os olhos de Vanden. – E por falar nisso, por que puseram uma pedra de gelo no meu molho de soja?

— Não – começo, hesitante. – Bem, temos de acabar com o apartheid de uma vez. Desacelerar a corrida armamentista, pôr fim ao terrorismo e à fome no mundo. Fortalecer a defesa nacional, impedir que o comunismo se espalhe na América Central, trabalhar em prol de um acordo de paz no Oriente Médio, evitar o envolvimento militar dos EUA em questões externas. Devemos garantir que os EUA sejam uma potência mundial respeitada. Ora, isso não é menosprezar nossos problemas internos, que são igualmente importantes, senão *mais*. Um serviço de assistência à velhice que seja melhor e mais viável, o controle e a descoberta da cura da AIDS, a eliminação dos danos ambientais causados por refugos tóxicos e poluição, a melhoria da qualidade do ensino primário e secundário, o reforço das leis de repressão ao crime e ao tráfico de drogas. Temos também de assegurar que a educação universitária esteja ao alcance da classe média e manter a previdência social para os mais idosos além de preservar os recursos naturais e áreas selvagens e diminuir a influência dos grupos políticos.

Todos à mesa me encaram desconfortavelmente, até o Stash, mas já peguei o embalo.

— Economicamente, porém, estamos numa enrascada. Temos de encontrar um meio de achatar a taxa de inflação e reduzir o déficit público. Precisamos também gerar programas de treinamento e empregos para os desempregados, assim como proteger os empregos existentes no país contra a concorrência desleal de produtos importados. Ao mesmo tempo precisamos promover o crescimento econômico e a expansão dos negócios *e* limitar os impostos federais e restringir as taxas de juros enquanto se promovem oportunidades para a pequena empresa e se controlam as fusões e incorporações das grandes empresas.

Price quase cospe fora a vodca depois deste comentário, mas eu tento olhar nos olhos de cada um deles, especialmente Vanden, que se tirasse aquela mecha verde e a roupa de couro e pegasse alguma cor, quem sabe se entrasse numa academia de ginástica, vestisse uma blusa, algo da Laura Ashley, *poderia* ser bonita. Mas por que dorme com Stash? Ele é grosseiro e cinzento e tem o corte de cabelo malfeito e está pelo menos cinco quilos acima de seu peso; não há nenhum tônus muscular sob a camiseta preta.

– Tampouco podemos ignorar nossas necessidades sociais. Temos de impedir que as pessoas se aproveitem do sistema de previdência social. Temos de gerar alimentos e abrigo para os sem-teto e nos opor à discriminação racial e promover os direitos civis ao mesmo tempo em que promovemos a igualdade de direitos para a mulher, mas temos de mudar a lei do aborto para protegermos o direito à vida, ainda assim de algum modo preservando a liberdade de escolha da mulher. Temos também de controlar a entrada de imigrantes ilegais. Temos de encorajar a volta aos valores morais tradicionais e restringir as revistas pornôs e a violência na tevê, nos filmes, na música popular, em qualquer lugar. O mais importante é que temos de fomentar uma preocupação social e combater o materialismo junto à juventude.

Termino meu drinque. As pessoas à mesa estão sentadas me olhando em total silêncio. Courtney sorri e parece satisfeita. Timothy apenas balança a cabeça numa desatenta descrença. Evelyn está completamente encantada com a reviravolta na conversa e fica em pé, meio instável, e pergunta se alguém quer sobremesa.

– Tem... *sorbet* – fala como se estivesse atordoada. – Kiwi, carambola, graviola, fruta de cáctus e ah... como é mesmo... – interrompe a lenga-lenga abobalhada e tenta se lembrar da última opção. – Ah, sim, pera japonesa.

Todos permanecem em silêncio. Tim dá uma olhada rápida para mim. Olho de relance Courtney, depois de volta a Tim, depois a Evelyn. Evelyn cruza os olhos comigo, depois se vira chateada para Tim. Eu também olho Tim, depois Courtney e depois de novo Tim, que me olha mais uma vez antes de lentamente responder, sem certeza:

– Pera de cáctus.

– Fruta de cáctus – corrige Evelyn.

Olho desconfiado para Courtney e, após ela dizer "graviola", falo "kiwi", e aí Vanden fala "kiwi" também e Stash diz com calma, mas enunciando cada sílaba com muita clareza, "lascas de chocolate".

O aborrecimento que estremece o rosto de Evelyn ao ouvir isso é substituído na mesma hora por uma máscara sorridente e de nítida boa vontade e ela diz:

– Stash, é que não tenho lascas de chocolate, embora ache mesmo que fica bem *exótico* com *sorbet*. Como já disse tenho graviola, carambola e pera de cáctus, quero dizer, fruta de cáctus.

– Eu sei. Eu ouvi. Eu ouvi – ele reage, dispensando-a com um aceno. – Você escolhe então.

– Ok – diz Evelyn. – Courtney? Você me ajuda?

– Claro. – Courtney se levanta e fico observando seus sapatos irem dando estalidos no soalho até a cozinha.

– Nada de charutos, meninos – Evelyn declara.

– Nem pensei nisso – Price diz, pondo de volta um charuto no bolso do paletó.

Stash tem ainda os olhos grudados no sushi com uma intensidade que me perturba e tenho de perguntar, achando que ele irá pegar o sarcasmo.

– Ele, hã, se mexeu de novo ou fez qualquer coisa?

Vanden desenhou um rosto rindo, com as rodelas de sushi Califórnia que juntou em seu prato e ela exibe para Stash examinar e pergunta:

– Rex?

– Legal – grunhe Stash.

Evelyn retorna com o *sorbet* em copos de coquetel margarita da Odeon e uma garrafa de Glenfiddich fechada, que permanece intacta enquanto sorvemos o *sorbet*.

Courtney tem de sair cedo para encontrar Luis numa festa da empresa no Bedlam, uma casa noturna nova no centro. Stash e Vanden partem logo depois de irem "transar um lance" qualquer em algum lugar no SoHo. Só eu vi, portanto, Stash pegar um pedaço de sushi do prato e colocar no bolso de sua jaqueta de couro verde-oliva. Ao mencionar isso à Evelyn, enquanto ela enche a lava-louças, ela me lança um olhar tão odiento que duvido que a gente possa fazer amor mais tarde esta noite. Mas vou ficando por aqui mais um pouco. E o Price também. Está deitado num tapete Aubusson do final do século XVIII, tomando café expresso numa caneca Ceralene, no chão do quarto de Evelyn. Estou deitado na cama de Evelyn segurando um travesseiro de tapeçaria da Jenny B. Goode, bebericando um drinque com vodca Absolut. Evelyn está sentada frente à penteadeira escovando o cabelo, com um penhoar de seda da Ralph Lauren de listras verdes e brancas cobrindo um corpo muito belo, e ela contempla o próprio reflexo no espelho do toucador.

– Terei sido eu o único a perceber o fato de Stash pensar que o pedaço de sushi era... – tusso, então retomo –...um bichinho de estimação?

– Por favor, não convide mais esses seus amigos "artiste" – Tim diz com a voz arrastada. – Estou cansado de ser o único no jantar que nunca falou com um extraterrestre.

– Foi só *aquela* vez – diz Evelyn, examinando o lábio, enlevada com a própria beleza plácida.

– E logo no Odeon, nada menos – murmura Price.

Gostaria de saber vagamente por que não fui convidado para o jantar com os artistas no Odeon. Será que Evelyn pagou a conta? Provavelmente. E de repente imagino uma Evelyn sorridente, irritada por dentro, numa mesa cheia de amigos do Stash – todos eles construindo cabaninhas com as batatas fritas ou achando que o salmão grelhado está vivo e mexendo o pedaço de peixe em volta da mesa, os peixes conversando entre si sobre o "panorama da arte", novas galerias; talvez até tentando fazer entrar peixes na cabaninha de batatas fritas...

– Se você se lembrar bem, *eu* também nunca falei com nenhum – aponta Evelyn.

— Não, mas Bateman é seu namorado, e também conta. — Price dá uma gargalhada e eu atiro o travesseiro nele. Ele o apanha e joga de volta para mim.

— Deixe o Patrick em paz. Ele é o cara que mora ao lado — diz Evelyn, ao passar uma espécie de creme no rosto. — Você não é um extraterrestre, é amor?

— Por que eu tenho sempre que dar uma resposta a esta pergunta? – suspirei.

— Ah, querido. – Faz beiço para o espelho, me olhando no reflexo. – *Eu* sei que você não é um extraterrestre.

— Que alívio — sussurro para mim mesmo.

— Não, mas o Stash estava lá no Odeon naquela noite. — Price continua, e então, virando-se para mim: – No Odeon. Você está ouvindo, Bateman?

— Não, ele não estava — retruca Evelyn.

— Ah, estava sim, mas o nome dele não era Stash, na última vez. Era Playmobil ou Mecano ou Lego ou algo *tão* adulto quanto — Price ri com escárnio. — Nem lembro.

— Timothy, sobre o que é que você não para de falar mesmo? — Evelyn pergunta com cansaço. — Já não estou mais ouvindo você. — Umedece uma bola de algodão e passa-a na testa.

— Não, estávamos no Odeon. — Price levanta-se com algum esforço. — E não me pergunte por quê, mas me lembro muito bem dele pedindo um cappuccino de atum.

— Carpaccio — corrige Evelyn.

— Não, Evelyn querida, amor de minha vida. Lembro muito bem dele pedindo o cappuccino de atum — diz Price, fitando o teto.

— Ele disse carpaccio — ela retruca, fazendo correr a bola de algodão sobre as pálpebras.

— Cappuccino — insiste Price. — Até *você* o corrigiu.

— *Você* sequer o reconheceu hoje à noite — ela diz.

— Ah, mas eu me lembro sim — Price diz, virando-se para mim. — Evelyn me descreveu ele como "um halterofilista bem legal". Foi assim que ela me apresentou. Juro.

— Cale a boca — exclama, aborrecida, mas olha para o Timothy no espelho e sorri com malícia.

— Acho que o Stash não frequenta a coluna social da *Woman's Wear Daily*, que julguei ser o seu critério para escolher os amigos – diz Price, devolvendo o olhar, sorrindo e mostrando os dentes daquele seu jeito feroz e obsceno. Concentro-me no drinque com Absolut que tenho às mãos e ele me parece um copo cheio de sangue aguado e fino com gelo e uma rodela de limão dentro.

— O que está acontecendo com Courtney e Luis? – pergunto, querendo quebrar o olhar vidrado dos dois.

— Ah, meu Deus – Evelyn geme, virando de novo para o espelho. – O que há de *pavoroso* com a Courtney não é que ela não gosta mais do Luis. É que...

— Cancelaram a conta dela na Bergdorf's? – indaga Price. Dou uma gargalhada. Batemos na palma um do outro.

— Não – continua Evelyn, achando engraçado também. – É que ela está apaixonada *de verdade* por seu corretor de imóveis. Um pilantrinha que quer se dar bem.

— Courtney pode ter seus problemas – diz Tim, examinando as mãos manicuradas recentemente –, mas Deus do céu, o que é comparada a uma... Vanden?

— Ah, não me venha de novo com isso – Evelyn se lamuria e começa a escovar os cabelos.

— A Vanden é um cruzamento entre... The Limited e... uma Benetton usada – Price fala, com as mãos para cima, os olhos fechados.

— Não. – Sorrio, querendo entrar na conversa. – Fiorucci usada.

— Isso aí – diz Tim. – Eu acho. – Seus olhos, agora abertos, fitam Evelyn.

— Timothy, esqueça dela – diz Evelyn. – É uma garota de Camden. O que mais você quer?

— Ai meu Deus – Timothy se lastima. – Estou de saco cheio de escutar problemas-das-garotas-de-Camden. Oh, o meu namorado, gosto dele, mas ele gosta de outro alguém e oh, como o desejei com ardor e ele nem ligou e blá-blá, blá-blá-blá... puxa, como é chato. Crianças de faculdade. Isso *importa,* você não acha? É *triste,* certo Bateman?

— É. Importa. Triste.

– Olhe, o Bateman concorda comigo – diz Price cheio de si.

– Ah, que nada. – Com um Kleenex, Evelyn retira alguma coisa que passou no rosto. – Patrick *não* é um cínico, Timothy. Ele é o moço que mora ao lado, não é, amor?

– Não sou não – sussurro para mim mesmo. – Sou um puta psicopata fodido.

– E daí? – Evelyn suspira. – Ela não é a moça mais brilhante do mundo.

– Ah! O eufemismo do século! – Price exclama. – Mas Stash tampouco é o cara mais brilhante. Um casal perfeito. Será que se conheceram naquele programa *Love Connection* ou algo assim?

– Deixe-os para *lá* – diz Evelyn. – Stash *tem* talento e estou certa de que estamos *subestimando* a Vanden.

– Foi essa garota... – Price vira se para mim. – Ouça, Bateman, foi essa garota, a Evelyn me contou, foi essa garota que alugou a fita do clássico *Matar ou morrer* porque achou que era um filme sobre... – ele sufoca o riso –... guerra entre traficantes de drogas.

– Deu para perceber – digo. – Mas será que já deciframos o que Stash, presumo que ele tem nome de família, mas não me diga qual, não quero saber, faz para viver?

– Antes de mais nada ele é *perfeitamente* decente e bom – diz Evelyn em sua defesa.

– O sujeito pediu *sorbet* de lascas de chocolate, pelo amor de Deus! – Timothy se lamenta, incrédulo. – O que vocês estão *dizendo*?

Evelyn ignora-o, tira os brincos Tina Chow da orelha.

– Ele é escultor – diz, sucintamente.

– Ah, que conversa fiada – Timothy rebate. – Lembro quando conversei com ele no Odeon. – Vira-se para mim mais uma vez. – *Isso* foi quando ele pediu o cappuccino de atum e estou certo de que sem ajuda iria pedir salmão *au lait*, e me disse que *fazia* festas, logo, tecnicamente, isto faz dele... não sei, corrija-me se estiver errado, Evelyn... um *bufê*. Ele é um *bufê*! – exclama Price. – Escultor, o caralho!

– Ai chega, cala a boca – diz Evelyn, passando mais creme no rosto.

– É igual a chamar você de *poeta*.

Timothy está bêbado e estou começando a querer saber quando ele irá abandonar o recinto.

– Bem – começa Evelyn – todos sabem que eu...

– Você é uma processadora de palavras de merda! – Tim diz sem pensar. Caminha até Evelyn e dobra o corpo ao lado dela, olhando seu reflexo no espelho.

– Você está engordando, Tim? – indaga Evelyn pensativamente. Ela observa a cabeça de Tim no espelho e diz: – Seu rosto está... mais redondo.

Em retaliação, Timothy cheira o pescoço de Evelyn e pergunta:

– Qual é esse fascinante... odor?

– *Obsession*. – Evelyn sorri com malícia, empurrando Timothy com delicadeza. – É *Obsession*. Patrick, tire seu *amigo* de perto de mim.

– Não, não, esperem – diz Timothy, fungando alto. – Não é *Obsession*. É... é... – e então, com o rosto contorcido numa careta de pavor – é... ai meu Deus, é bronzeador *Q.T. Instatan*!

Evelyn vacila e considera as opções que tem. Examina a cabeça de Price mais uma vez.

– Você está perdendo cabelo?

– Evelyn, não mude de assunto, mas... – E, então, aborrecido de verdade: – Agora que você falou – será gel demais? – Preocupado, ele passa a mão na cabeça.

– Talvez – responde Evelyn. – Agora seja bonzinho e *sente-se*.

– Bem, ao menos não é verde e não tentei cortá-lo com faca de manteiga – diz Tim, referindo-se à tintura de Vanden e ao corte definitivamente barato, ruim de Stash. Um corte de cabelo que é ruim porque é barato.

– Você está engordando? – pergunta Evelyn, com mais seriedade desta vez.

– Por Deus – Tim diz, quase virando-lhe as costas, ofendido. – Não, Evelyn.

– Seu rosto definitivamente está... mais redondo – diz Evelyn. – Menos... esculpido.

– Não posso acreditar – diz Tim novamente.

Ele se olha fundo no espelho. Ela continua escovando o cabelo, mas os golpes de escova estão menos precisos porque ela fica olhando Tim. Ele nota isso e então cheira-lhe o pescoço e acho que lhe dá uma rápida lambida e sorri mostrando os dentes.

– É *Q.T.*? – pergunta. – Vamos, a mim você pode dizer. Eu cheirei.

– Não – diz Evelyn, sem sorrir. – *Você* é quem usa isso.

– Não. Não uso. Frequento um salão de bronzeamento. Estou sendo honesto. Você é quem está usando *Q.T.*

– É imaginação sua – responde ela, pouco convincente.

– Já lhe disse. Frequento um salão de bronzeamento. Sei que é caro mas... – Price fica pálido. – E aí, é *Q.T.*?

– Puxa, é preciso coragem para admitir que se vai a um *salon* de bronzeamento – diz ela.

– *Q.T.* – Ele dá um risinho de satisfação.

– Não sei do que você está falando – diz Evelyn e começa de novo a escovar o cabelo. – Patrick, leve seu amigo para fora daqui.

Price está agora de joelhos e cheira e funga as pernas depiladas de Evelyn e ela ri. Fico tenso.

– Ah, por Deus – ela se lamenta alto. – Dê o *fora* daqui.

– Você está *cor de laranja*. – Ele dá uma gargalhada, está de joelhos, com a cabeça no colo dela. – Você parece *laranja*.

– Não estou – diz ela, sua voz dá um ronco baixo e comprido de dor, êxtase. – Seu idiota.

Fico deitado na cama observando os dois. Timothy está no colo dela querendo meter a cabeça sob o penhoar Ralph Lauren. A cabeça de Evelyn está jogada para trás de prazer e ela tenta afastá-lo, mas de brincadeira, e fica batendo em suas costas apenas de leve com a escova Jan Hové. Estou bem certo de que Timothy e Evelyn estão tendo um caso. Timothy é a única pessoa interessante que conheço.

– É melhor você ir embora – ela diz afinal, ofegante, e para de lutar.

Ele levanta os olhos até ela, lançando um sorriso bonito e largo, e diz:

– A senhora é quem manda.

– Obrigada – responde ela com uma voz que mal parece conter uma sombra de desapontamento.

Ele se levanta.

– Vamos jantar? Amanhã?

– Tenho de consultar meu namorado – ela diz, sorrindo para mim através do espelho.

– Você vai usar aquele vestido preto sexy da Anne Klein? – pergunta ele, com as mãos nos ombros dela, sussurrando isto em seu ouvido, e ao mesmo tempo cheirando a orelha. – Bateman não é bem-vindo.

Dou uma gargalhada com bom humor enquanto me levanto da cama, acompanhando-o até fora do quarto.

– Espere! Meu café expresso! – exclama.

Evelyn ri, e então bate palmas como se estivesse encantada com a relutância de Timothy em ir embora.

– Vamos companheiro – digo ao empurrá-lo com firmeza para fora do quarto. – Hora de ir para a caminha.

Ele ainda dá jeito de jogar um beijo antes de eu pô-lo para fora. Permanece em completo silêncio enquanto o acompanho até a porta da rua.

Depois que ele parte, eu me sirvo de conhaque e bebo-o num copo italiano quadriculado e quando retorno ao quarto de dormir encontro Evelyn deitada na cama olhando o *Home Shopping Club*. Deito ao seu lado e desamarro minha gravata Armani. Afinal pergunto sem olhar para ela.

– Por que você não vai com o Price?

– Ah, por Deus, Patrick – diz, com os olhos fechados. – Por que o Price? *Price*? – E diz isso de tal maneira que me faz pensar que fez amor com ele.

– Ele é rico – digo.

– *Todo mundo* é rico – diz, se concentrando na tela da tevê.

– Ele é bonito – digo.

– *Todo mundo* é bonito, Patrick – diz num tom distante.

– Ele tem um belo corpo – digo.

– *Todo mundo* tem um belo corpo hoje em dia – resmunga.

Coloco o copo na mesinha de cabeceira e me viro para cima dela. Enquanto eu a beijo e lambo-lhe o pescoço ela prega os olhos sem emoção na tela larga do aparelho de tevê Panasonic com controle remoto e diminui o volume. Levanto minha camisa Armani e ponho sua mão em meu tronco, querendo que ela sinta como minha barriga é rija, como ela é delgada, e flexiono os músculos, agradecido que haja luz no quarto para que ela possa ver como meu abdômen ficou bronzeado e firme.

– Sabe... – diz com clareza – O exame de HIV de Stash deu positivo. E... – ela dá uma pausa, algo na tela de tevê lhe atrai o interesse; o volume aumenta ligeiramente e depois abaixa. – E... Acho que provavelmente ele irá dormir com Vanden esta noite.

– Ótimo – digo, dando uma mordidela no pescoço, com uma das mãos sobre um seio firme e frio.

– Você é perverso – diz, um pouco excitada, passando as mãos em meu ombro rijo e largo.

– Não – suspiro. – Apenas seu noivo.

Depois de tentar fazer amor com ela por uns quinze minutos, resolvo parar de tentar.

– Você sabe, outra hora pode-se estar em melhor forma – diz.

Pego o copo de conhaque. Acabo com ele. Evelyn é viciada em Parnate, um antidepressivo. Fico deitado ali ao seu lado olhando o *Home Shopping Club* – vejo bonecas de vidro, travesseiros bordados, lâmpadas ovais como bolas de futebol, joias de zincônio lady – com o som desligado. Evelyn começa a desconversar.

– Você está tomando minoxidil? – pergunta, depois de uma longa pausa.

– Não estou não – digo. – Por quê, deveria?

– O contorno do seu couro cabeludo está diminuindo na frente – murmura.

– Não está não – me vejo respondendo. – É difícil dizer. Meu cabelo é bem grosso e não diria que o estou perdendo. Duvido muito.

Volto para casa a pé e dou boa-noite ao porteiro que não reconheço (ele poderia ser qualquer pessoa) e aí a imagem funde para minha sala de estar bem acima da cidade, os sons do The Tokens cantando "The Lion Sleeps Tonight" vindo da luz incandescente da vitrola automática Wurlitzer 1015 (que não é tão boa quanto a difícil de encontrar Wurlitzer 850) que fica no canto da sala de estar. Me masturbo, pensando primeiro em Evelyn, depois em Courtney, depois em Vanden e então Evelyn de novo, mas quase na hora de gozar – um orgasmo fraco – penso em uma modelo quase nua que vi hoje num anúncio da Calvin Klein.

Manhã

À PRIMEIRA LUZ DE UMA AURORA de maio é assim que a sala de estar de meu apartamento se encontra: sobre o mármore branco e o granito da lareira a gás está pendurado um David Onica original. É um retrato de um metro e oitenta por um metro e vinte de uma mulher nua, em grande parte pintado em tons cinza-fosco e verde-oliva, sentada numa chaise longue assistindo MTV, ao fundo uma paisagem marciana, um deserto de cor malva-cintilante onde se espalham peixes mortos destripados, pratos quebrados elevando-se num disco irradiado da cabeça amarela da mulher, e todo o conjunto está emoldurado em alumínio negro. O quadro dá para um sofá branco baixo e um aparelho de tevê digital de trinta polegadas da Toshiba; é um modelo de alto-contraste e de alta definição com uma estante de vídeo acoplada em high-tech de tubo da NEC com sistema digital de efeitos quadro a quadro (mais *freeze* de enquadramento); o som dispõe de um MTS embutido e um amplificador *on-board* de cinco watts por canal. Um VCR Toshiba repousa numa caixa de vidro sob o aparelho de tevê; é uma unidade Beta *super-high-band* e tem dispositivo de edição embutido incluindo um gerador de caracteres com memória *eight-page,* um gravador *high-band* e playback, e um *timer* para três semanas e oito eventos. Um castiçal de lâmpada halógena está colocado em cada canto da sala de estar. Venezianas finas e brancas recobrem todas as oito janelas do chão ao teto. Uma mesa de centro com tampo de vidro e pés de carvalho da Turchin fica em frente ao sofá, com animais de vidro da Steuben estrategicamente colocados em volta de dispendiosos cinzeiros de cristal da Fortunoff, embora eu não fume. Ao lado da vitrola automática Wurlitzer fica um grande piano de cauda negro-ébano Baldwin. Um piso encerado branco, de carvalho, faz o chão em todo o apartamento. No outro lado da sala, junto a uma escrivaninha e um porta-revistas da Gio Ponti, fica um sistema de som completo (CD player, toca-fitas, sintonizador, amplificador) da Sansui com caixas acústicas Duntech Sovereign 2001 de seis pés em jacarandá do Brasil. Um almofadão baixo repousa sobre uma armação de carvalho no centro do quarto. Junto à parede fica um aparelho Panasonic de 31 polegadas com tela *directview* e som estéreo e sob ele, dentro de uma caixa de vidro, está um VCR Toshiba. Não estou certo se a hora marcada no despertador digital Sony está correta e então tenho de me sentar e olhar a hora que fica piscando no VCR, depois pegar o fone de teclas Ettore Sottsass que repousa na mesinha de cabeceira de aço e vidro junto à cama e discar o número da hora certa. Uma cadeira de couro creme, aço e madeira desenhada por Eric Marcus fica num dos cantos do quarto, uma cadeira de compensado moldado no outro. Um tapete Maud Sienna bege e branco pontilhado de preto cobre grande parte do piso. Uma parede fica escondida por quatro cômodas com imensas gavetas de mogno clareado. Na cama estou vestindo um pijama de seda Ralph Lauren e quando me levanto enfio um antigo robe de lã ruiva com estampado escocês e ando até o banheiro. Urino enquanto tento discernir o aspecto inchado de meu reflexo no vidro que recobre um pôster de beisebol pendurado acima da privada. Depois de vestir os calções Ralph Lauren com monograma e o blusão Fair Isle e enfiar os chinelos de seda de *poá* Enrico Hidolin, amarro um saco plástico de gelo no rosto e dou início aos exercícios matinais de alongamento. Depois fico em pé diante de uma pia Washmobile de cromo e acrílico – com saboneteira, porta-copos, braços de apoio que servem para pendurar toalhas, que comprei na Hastings Tile para usar enquanto as pias de mármore que encomendei da Finlândia estão sendo polidas – e encaro meu reflexo com o saco de gelo ainda amarrado. Derramo um pouco de solução antiplaca Plax num copo de aço inoxidável e bochecho por trinta segundos. Aí espremo o tubo de Rembrandt sobre a escova de dentes de tartaruga falsa e começo a escovar os dentes (ressaca demais para passar fio dental – mas talvez tenha passado antes de deitar ontem à noite?) e enxáguo com Listerine. Depois examino as mãos e escovo as unhas. Afasto o saco de gelo e ponho uma loção de limpeza profunda para os poros, depois uma máscara facial de erva de menta que deixo por dez minutos enquanto verifico as unhas dos pés. Então passo o polidor de dentes Probright e em seguida o polidor de dentes Interplak (isto além da escova de dentes) que tem 4.200 rpm de velocidade e reverte a direção 46 vezes por segundo; as cerdas maiores limpam entre os dentes e massageiam as gengivas enquanto as mais curtas esfregam as superfícies dos dentes. Enxáguo novamente com Cepacol. Limpo os resíduos da massagem facial com um creme facial de hortelã. O chuveiro dispõe de bico-regador universal, multidirecional, com faixa de ajuste vertical de 75 centímetros. É feito de bronze ouro-velho australiano e recoberto com acabamento de esmalte branco. No chuveiro uso primeiro um gel de limpeza, depois um creme para corpo de mel e amêndoas, e no rosto um gel esfoliante. O shampoo Vidal Sassoon é especialmente indicado para eliminar a camada de suor seco, sais, óleos e poluentes trazidos pelo ar e pó que dão peso ao cabelo e o achatam contra o couro cabeludo, o que pode fazer você parecer mais velho. O condicionador também é bom – a tecnologia do silicone permite os benefícios do condicionamento sem dar o peso ao cabelo, que também pode fazer você parecer mais velho. Nos fins de semana ou antes de ter um encontro prefiro usar o shampoo revitalizador natural Greune, condicionador e complexo nutriente. São fórmulas que contêm D-pantenol, um fator de complexo da vitamina B; polisorbato 80, um agente de limpeza do couro cabeludo; e ervas naturais. No próximo fim de semana estou querendo ir ao Bloomingdale's ou ao Bergdorf's e, a conselho de Evelyn, aplicar um shampoo e um complemento Foltane European para afinar o cabelo, contendo carboidratos complexos que penetram na raiz para dar mais força e brilho. Também gosto do tratamento de enriquecimento capilar Vivagen, um novo produto da Redken que impede o depósito de minerais e prolonga o ciclo vital dos cabelos. Luis Carruthers recomendou o sistema Aramis Nutriplexx, um complexo nutriente que ajuda a ativar a circulação. Após sair do chuveiro e me secar com a toalha visto de novo o calção Ralph Lauren e antes de passar o Mousse a Raiser, um creme de barbear da Pour Hommes, faço uma compressa de toalha quente no rosto por dois minutos para amaciar os pelos mais duros da barba. Então sempre aplico uma boa quantidade de hidratante (minha preferência, o Clinique) e deixo-o penetrar por um minuto. Você pode enxaguar ou mantê-lo sobre a pele, aplicando o creme de barbear por cima – de preferência com o pincel, que amacia a barba levantando os pelos – o que, descobri, facilita a sua remoção. Isso também evita que a água evapore, reduzindo a fricção entre a pele e a lâmina. Sempre molhe o barbeador com água morna antes de começar e barbeie na direção de crescimento da barba, pressionando suavemente a pele. Deixe as costeletas e o queixo por último, já que estes pelos são mais vigorosos e precisam de mais tempo para amaciarem. Enxágue o barbeador e sacuda qualquer excesso de água antes de começar. Depois esparrame água fria no rosto para retirar qualquer resto de espuma. Você deve usar loção pós-barba com pouco ou nenhum álcool. Nunca ponha colônia no rosto, pois o elevado conteúdo de álcool resseca a pele e faz você parecer mais velho. Deve-se usar um tônico antibacteriano sem componente alcoólico com um chumaço de algodão umedecido na água para normalizar a pele. Aplicar o hidratante é a etapa final. Esparrame água antes de aplicar uma loção emoliente para amaciar a pele e conservar a umidade. A seguir aplique Gel Appaisant, fabricado também pela Pour Hommes, que é uma excelente loção suavizadora da pele. Se o rosto parece ressecado e escamoso – o que lhe dá um aspecto opaco e mais velho – use uma loção clareadora que retira as escamas e põe a descoberto a pele fina (ela também faz sua pele ficar mais morena). Aí aplique um bálsamo antienvelhecimento para os olhos (Baume des Yeux) seguido de uma loção hidratante "protetora" final. Uso uma loção de tratamento programado para o couro cabeludo após secar o cabelo com a toalha. Uso também, ligeiramente, o secador elétrico para dar corpo e controle (mas sem viscosidade) e então adiciono mais loção, dando forma aos cabelos com uma escova Kent de cerdas naturais e, por fim, aliso-os para trás com um pente de dentes largos. Enfio de novo o blusão Fair Isle e calço mais uma vez os chinelos de seda de *poá*, então vou para a sala de estar e ponho o novo Talking Heads no CD player, mas ele começa a pular, por isso o retiro e ponho um limpador de lentes laser. As lentes laser são muito sensíveis, e sujeitas a interferência de poeira, sujeira, fumaça, poluentes ou umidade, e uma lente suja pode ler os CDs de modo impreciso, gerando falsos inícios, passagens inaudíveis, pulos, alterações de velocidade e distorções em geral; o limpador de lentes tem uma escova de limpeza que é automaticamente alinhada com a lente e aí o disco gira para que sejam removidos os resíduos e partículas. Quando recoloco o CD dos Talking Heads ele toca uniformemente. Vou buscar o exemplar do *USA Today* que está junto à porta da frente e trago-o comigo para a cozinha onde tomo dois Advil, uma multivitamina e uma drágea de potássio, engolindo tudo com uma garrafa de tamanho grande da água Evian, já que a empregada, uma chinesa idosa, se esqueceu de ligar a lava-louça antes de ir embora ontem, e então tenho de servir o suco de grapefruit com limão num copo de vinho St. Rémy que trouxe do Baccarat. Verifico o relógio de néon pendurado acima da geladeira para me assegurar de que tenho tempo bastante para tomar o café da manhã sem pressa. De pé junto ao balcão central da cozinha passo a comer kiwis e peras japonesas (custam quatro dólares cada uma na Gristede's) tirando-os de caixas de alumínio com design da Alemanha Ocidental. Pego um pãozinho de cereais, um saquinho de chá de ervas descafeinado e uma caixa de farelo de aveia de um dos armários grandes de porta de vidro que compõem quase uma parede inteira da cozinha; completos com prateleiras de aço inoxidável e vidro polido a jato de areia, têm moldura em azul-cinzento-escuro-metálico. Como metade do pãozinho de cereais após tirá-lo do micro-ondas e cobri-lo levemente com uma pequena porção de geleia de maçã. Uma tigela de farelo de aveia com gérmen de trigo e leite de soja vem em seguida; outro copo de água Evian e uma pequena xícara de chá descafeinado completam a refeição. Junto ao forno portátil Panasonic e à cafeteira Salton-Up fica a máquina de café expresso Cremina de prata de lei (que está, estranhamente, ainda quente) que consegui na Hammacher Schlemmer (a xícara de expresso, de aço inoxidável e com isolamento térmico, e o pires e colher estão na pia, sujos) e o forno micro-ondas Sharp modelo R-181OA Carrossel II com prato giratório que uso para aquecer a outra metade do pãozinho de cereais. Junto à torradeira Salton Sonata e ao processador de alimentos Cuisinart Little Pro e espremedor Acme Supreme Juicerator e à máquina de fazer licor Cordially Yours fica a chaleira de grosso calibre, em aço inoxidável, de 2,35 litros, que assobia "Tea for Two" quando a água ferve, e com ela faço outra xícara pequena de chá descafeinado de maçã e canela. Pelo que me parece ser um longo tempo fico olhando a faca elétrica Black & Decker que repousa sobre o balcão ao lado da pia, ligada à tomada na parede: ela pode cortar e descascar e tem vários acessórios, uma lâmina dentada, uma lâmina ondulada e cabo recarregável. O terno que uso hoje é da Alan Flusser. É um terno dos anos 80, porém uma versão atualizada do estilo dos anos 30. A versão preferida tem ombreiras, abotoado alto e abertura atrás. A lapela de armação macia deve ter dez centímetros de largura com a ponta terminando a três quartos da distância dos ombros. Adequadamente usadas em ternos jaquetão, as lapelas em ponta são consideradas mais elegantes do que as cortadas. Os bolsos são baixos e em modelo de aba com rebordo duplo – acima da aba há um talho recortado em ambos os lados com uma tira de pano estreita esticada. Quatro botões formam um quadrado baixo;

acima, onde se cruzam as lapelas, há mais dois botões. As calças têm vinco fundo e corte largo para dar continuidade ao caimento do paletó largo. A cintura alta é cortada ligeiramente mais acima, na frente. As presilhas possibilitam fixar bem os suspensórios no meio da parte posterior. A gravata é um modelo de seda pontilhada da Valentino Couture. Os sapatos mocassins são de couro de crocodilo da A. Testoni. Enquanto me visto deixo a tevê no programa *Patty Winters Show*. Os convidados de hoje são mulheres de múltipla personalidade. Uma velha gorda não identificada é mostrada na tela e ouve-se a voz de Patty perguntando:

– Bem, é esquizofrenia ou o quê? *Diga* para a gente.

– Não, ah não. Personalidade múltipla *não* é esquizofrenia – responde a mulher, sacudindo a cabeça. – *Não* somos perigosos.

– Bem – começa Patty, em pé no meio do auditório, com o microfone na mão. – Quem você era no mês passado?

– No mês passado a maior parte pareceu ser a Polly – diz a mulher.

Corte para o auditório – o rosto chateado de uma dona de casa; antes de ela notar sua imagem no monitor, outro corte de volta à mulher de múltipla personalidade.

– Bem – continua Patty –, quem você é *agora*?

– Bem... – a mulher começa de maneira cansada, como se estivesse enjoada de responder a essa pergunta, como se a tivesse respondido repetidamente e ainda assim ninguém acreditasse. – Bem, este mês sou uma... costeleta de carneiro... Quase sempre uma costeleta de carneiro.

Uma longa pausa. A câmara corta para o close-up de uma dona de casa aturdida que balança a cabeça, outra dona de casa sussurra algo para ela.

Os sapatos que estou calçando são mocassins de crocodilo da A. Testoni.

Ao tirar o impermeável do armário do vestíbulo encontro um cachecol Burberry e o paletó que lhe fez par, que tem uma baleia bordada (algo que uma criança poderia usar) e está coberto com o que parece ser uma calda seca de chocolate marcada em zigue-zague na frente, escurecendo as lapelas. Pego o elevador, desço até a entrada, dando corda em meu Rolex ao sacudir o pulso de leve. Digo bom-dia ao porteiro, saio à rua e chamo um táxi em direção ao centro da cidade, para os lados de Wall Street.

Harry's

Price e eu descemos a Rua Hanover no momento mais escuro do crepúsculo e, como se guiados por radar, andamos em silêncio em direção ao Harry's. Timothy ainda não falou nada desde que saímos da P & P. Ele sequer comenta sobre o mendigo horroroso agachado perto de uma caçamba de entulhos próximo à Rua Stone, embora não deixe de dar um assobio voraz para uma mulher que passa – peitos grandes, loura, ótima bunda, salto alto – em direção à Rua Water. Price parece nervoso e irritado e não estou a fim de lhe perguntar o que há de errado. Está vestindo terno de linho da Canali Milano, camisa de algodão da Ike Behar, gravata de seda da Bill Blass e sapatos de amarrar de couro com biqueira da Brooks Brothers. Visto um terno bem leve de linho com calças pregueadas, camisa de algodão, gravata de seda pontilhada, tudo da Valentino Couture, sapatos de couro com biqueira perfurada da Allen-Edmonds. Já no Harry's damos com David Van Patten e Craig McDermott numa mesa em frente à nossa. Van Patten está usando jaquetão esporte de lã e seda, calças de lã e seda com braguilhas de botão e pregueado invertido da Mario Valentino, camisa de algodão da Gitman Brothers, gravata de *poá* de seda da Bill Blass e sapatos de couro da Brooks Brothers. McDermott veste terno de linho trançado com calças pregueadas, camisa de algodão e linho com colarinho removível da Basile, gravata de seda da Joseph Abpoud e mocassim de avestruz da Susan Bennis Warren Edwards.

Os dois estão debruçados à mesa, escrevendo nas costas de guardanapos de papel, um copo de uísque escocês e de martíni colocados respectivamente à sua frente. Acenam para nós. Price joga a pasta Tumi de couro numa cadeira vazia e vai até o bar. Chamo-o em voz alta e peço um J&B com gelo, aí me sento com Van Patten e McDermott.

– Olá, Bateman – diz Craig com uma voz que sugere que aquele não é o seu primeiro martíni. – Pode-se usar mocassim com enfeite de borlas com um terno formal ou não? Não me olhe como se eu fosse *débil.*

– Merda, *não* pergunte ao Bateman – Van Patten deplora, abanando uma caneta Cross de ouro diante do rosto, dando golinhos distraídos no copo de martíni.

– Van Patten? – diz Craig.

– Oi?

McDermott hesita, aí diz:

– Cale a boca – com uma voz frouxa.

– O que vocês malucos estão aprontando? – Avisto Luis Carruthers em pé no bar ao lado de Price, que o ignora de todo. Carruthers não está bem-vestido: um paletó jaquetão de lã de quatro botões, acho que da Chaps, camisa listrada de algodão e gravata-borboleta de algodão com óculos de armação de chifre da Oliver Peoples.

– Bateman: estamos mandando essas perguntas para a *GQ* – Van Patten começa.

Luis me avista, dá um sorriso frouxo, então, se não me engano, fica ruborizado e volta-se para o bar. Os garçons de bar sempre ignoram o Luis por alguma razão.

– Estamos apostando para ver qual de nós vai entrar primeiro na coluna "Perguntas e Respostas", e por isso espero uma resposta sua. O *que você acha?* – pergunta McDermott.

– Sobre o *quê?* – pergunto irritado.

– Mocassim com enfeite de borlas, otário – ele diz.

– Bem, meus caros... – Meço minhas palavras com cuidado. – O mocassim com borlas é tradicionalmente um calçado esporte... – Olho de relance Price de novo, querendo muito meu drinque. Ele esbarra no Luis, que lhe estende a mão. Price sorri, diz alguma coisa, segue adiante, vem a passos largos até nossa mesa. Luis, mais uma vez, tenta atrair a atenção do garçom e mais uma vez não consegue.

– Mas se tornou aceitável justo *porque* é o preferido, certo? – Craig indaga com avidez.

– É. – Aceno que sim. – Desde que seja preto ou cordovão está ok.

– Que tal castanho? – Van Patten pergunta desconfiado.

Reflito sobre isso e então digo:

– Esportivo demais para um terno formal.

– Do que as bichonas estão falando? – pergunta Price. Me entrega o drinque e depois se senta, cruzando as pernas.

– Ok, ok, ok – Van Patten diz. – Agora a *minha* pergunta. Em duas partes... – Ele faz uma pausa dramática. – Bem, os colarinhos altos são demasiado formais ou demasiado esportivos? Parte dois, qual nó de gravata combina melhor com eles?

Aturdido, com a voz ainda tensa, Price responde rápido numa declaração clara e exata que pode ser ouvida acima do burburinho do Harry's.

– É uma moda muito versátil e vai bem tanto com ternos quanto com paletós esporte. Deve-se usar goma em ocasiões sociais e é preciso um alfinete de colarinho se a ocasião for particularmente formal.

Ele dá uma pausa, suspira; parece que avistou alguém. Viro-me para ver quem é. Price continua:

– Se for usado com um blazer então o colarinho deve ter aparência macia e pode ser usado tanto com alfinete quanto sem. Já que é uma moda tradicional, conservadora, fica melhor se equilibrada com um nó corredio simples, relativamente pequeno. – Dá um gole no martíni, recruzando as pernas. – Próxima pergunta?

– Pague um drinque a esse homem – McDermott diz, obviamente impressionado.

– Price? – pergunta Van Patten.

– Sim – Price responde, inspecionando o recinto.

– Você é impagável.

– Escutem, onde vamos jantar? – pergunto.

– Trouxe o *Mr. Zagat*, que é um guia confiável – Van Patten intervém, puxando do bolso o comprido livreto carmim e acenando com ele para Timothy.

– Hurra – diz Price secamente.

– O que queremos comer? – volto a perguntar.

– Algo louro com peitos grandes – Price responde.
– Que tal o bistrô salvadorenho? – Pergunta McDermott.
– Ouçam, vamos dar uma esticada no Tunnel depois, por isso tem de ser algo perto de lá – diz Van Patten.
– Bosta – começa McDermott. – Vamos ao Tunnel? Na semana passada peguei aquela garota da faculdade Vassar...
– Ah, meu Deus, *de novo* não – Van Patten grunhe.
– Qual é o problema? – McDermott devolve de estalo.
– Eu estava *lá*. Não tenho de ouvir *de novo* essa história – Van Patten diz.
– Mas nunca lhe contei o que aconteceu *depois* – McDermott retruca, levantando as sobrancelhas.
– Ei, quando vocês foram lá? – pergunto. – Por que não me chamaram?
– Você estava naquele diabo de cruzeiro de viagem. Agora calem-se e ouçam. Então tudo bem, eu peguei a garota de Vassar no Tunnel, um avião, peitos grandes, pernas compridas, a garota era um tesão, por isso paguei-lhe dois *kirs* de champanhe, e ela está na cidade em férias de primavera e já está praticamente me chupando no Salão dos Candelabros e aí a levo para o meu apartamento...
– Epa, espere – interrompo. – Posso perguntar onde estava a *Pamela* durante tudo isso?
Craig estremece.
– Ah, foda-se você. Quero ser chupado, Bateman. Quero uma garota que vá me deixar...
– Não quero ouvir isso – Van Patten diz, tapando os ouvidos. – Ele vai contar uma coisa nojenta.
– Seu puritano – McDermott dá um sorriso de escárnio. – Ouçam, não vamos investir juntos na compra de um apartamento ou tomar um jato para Saint Bart's. Só quero uma garota com quem eu possa ficar por uns trinta, quarenta minutos. Em cima dela.
Jogo nele a vareta de remexer o drinque.
– Seja como for, estamos de volta ao meu apartamento e agora ouçam isso. – Ele se aproxima da mesa. – Ela já tinha bebido champanhe bastante para dar porre até num puto de um rinoceronte, e vejam essa...

– Ela deixou você foder sem camisinha? – um de nós pergunta.

McDermott revira os olhos para cima.

– É uma garota de Vassar. Não é do Queens.

Prince me dá um tapa no ombro.

– O que quer dizer com *isto*?

– De qualquer modo, ouçam – McDermott diz. – Ela somente... vocês estão prontos? – Faz uma pausa dramática. – Ela somente me tocou uma punheta, e vejam essa... não tirou as luvas. – Ele se recosta na cadeira e dá um gole no drinque de um modo presunçoso, satisfeito consigo mesmo.

Todos nós acatamos a história solenemente. Ninguém faz troça do relato revelador de McDermott ou de sua incapacidade de reagir mais agressivamente com essa garota. Ninguém diz nada, mas todos pensamos a mesma coisa: *nunca* pegue uma garota de Vassar.

– Tudo o que você precisa é de uma garota de *Camden* – diz Van Patten, após recuperar-se do relato de McDermott.

– Ah, essa é boa – digo. – Alguma garota que ache legal trepar com o irmão.

– Pode crer, mas elas acham que AIDS é um novo conjunto inglês – Price chama a atenção.

– E o jantar? – pergunta Van Patten, distraidamente estudando a questão rabiscada no guardanapo. – Porra, aonde nós vamos?

– É mesmo gozado que as garotas achem que os caras estão preocupados com isso, com doenças e esses troços – Van Patten diz, sacudindo a cabeça.

– Não vou usar porra nenhuma de camisinha – McDermott declara.

– Li aquele tal artigo que xeroquei – Van Patten diz – e ali diz que nossas chances de pegar são de zero, vírgula, zero, zero, zero, zero, meio decimal por cento ou algo por aí, e isso não importando com que espécie de ralé baixa, porcaria de puta, bicho escroto de garota que a gente acabar se metendo.

– Caras como nós simplesmente não podem pegar isso.

– Bem, não os caras *brancos*.

– Essa garota ficou usando a porra de uma luva? – Price pergunta, ainda chocado. – Uma *luva*? Meu Deus, por que *você* não bateu apenas uma punheta então?

– Ouçam, o pau também se levanta – Van Patten diz. – Faulkner.

– Em qual faculdade você estudou? – indaga Price. – Pine Manor?

– Rapazes – anuncio –, olhem quem se aproxima.

– Quem? – Price não vira a cabeça.

– Adivinhe – digo. – O maior escroto da firma Drexel Burnham Lambert.

– Connolly? – tenta Price.

– Como vai, Preston – digo, apertando-lhe a mão.

– Oi, gente – Preston diz, em pé junto à mesa, acenando a todos com a cabeça. – Desculpem-me por não jantar com vocês hoje. – Preston está vestindo um terno jaquetão de lã de Alexander Julian, camisa de algodão e gravata de seda Perry Ellis. Ele se curva, equilibrando-se com a mão, colocada no encosto de minha cadeira. – Me sinto mal em cancelar, mas são compromissos, vocês sabem.

Price me lança um olhar acusador e faz uma careta:

– Ele foi convidado?

Dou de ombros e termino o resto de J&B.

– O que você fez a noite passada? – McDermott indaga, e então: – Bonita beca.

– *Quem* que ele fez a noite passada? – corrige Van Patten.

– Não, não – diz Preston. – Noite muito respeitável, decente. Nem mulheres, nem brigas, nem bebidas. Fui à Casa de Chá Russa com Alexandra e seus pais. Ela chama o pai – vejam essa – de Billy. Mas estou tão cansado e só com *uma* vodca Stoli. – Ele tira os óculos (Oliver Peoples, naturalmente) e boceja, limpa-os com um lenço Armani. – Não tenho certeza, mas acho que nosso garçom com jeito de ortodoxo misterioso deixou cair um pouco de ácido no *borsch*. Estou cansado pra cacete.

– E o que você vai fazer agora? – Price pergunta, com evidente desinteresse.

– Tenho de devolver esses vídeos, restaurante vietnamita com Alexandra, um musical, Broadway, alguma peça inglesa – diz Preston examinando o recinto.

– Ei, Preston – diz Van Patten. – Vamos remeter as perguntas para a *GQ*. Você tem alguma?

– Ah, claro, tenho uma – responde Preston. – Ok, quando se está vestindo um smoking, como se faz para evitar que a frente da camisa vá subindo?

Van Patten e McDermott permanecem sentados por um minuto antes de Craig, preocupado e com a testa vincada de pensamentos, dizer:

– Essa é boa.

– Ei, Price – diz Preston. – Você tem uma?

– Pode crer – Price suspira. – Se todos os seus amigos são débeis mentais, é delito grave, contravenção ou um ato de Deus se você estourar-lhes a porra dos miolos com uma Magnum 38?

– Não é material para a *GQ* – diz McDermott. – Tente a revista *Soldier of Fortune*.

– Ou *Vanity Fair* – completa Van Patten.

– Quem está lá? – Price pergunta, com os olhos pregados no bar. – Será o *Reed* Robinson? E a propósito, Preston, você tem apenas de ter uma presilha com uma casa de botão cosida na frente da camisa, que pode então ser presa por um botão às calças; se assegure de que o peito duro preguedo da camisa não desça até a altura da cintura das calças ou ele ficará levantado quando você se sentar.

Aturdido com as observações de Price, Preston vira-se devagar, sem mover os quadris, e após recolocar os óculos, aperta os olhos na direção do bar.

– Não, aquele é o Nigel Morrison.

– Ah! – Price exclama. – Uma dessas jovens bichas inglesas que fazem estágio em...?

– Como sabe que ele é bicha? – pergunto.

– São todos bichas – Price dá de ombros. – Os ingleses.

– Como *você* sabe, Timothy? – Van Patten sorri mostrando bem os dentes.

– Vi ele comendo o cu do Bateman no banheiro masculino da firma Morgan Stanley – diz Price.

Respiro fundo e pergunto a Preston.

– Onde Morrison está fazendo estágio?

– Não lembro – Preston diz, coçando a cabeça. – Na Lazard?

– Onde? – McDermott insiste. – No First Boston? Na Goldman?

– Não tenho certeza – responde Price. – Talvez na Orexel? Ouçam, ele é apenas um analista financeiro assistente e sua namorada feiosa, de dentes escuros, está em uma merdinha de firma *caça-níquel* comprando participações de oportunidade.

– Onde vamos comer? – pergunto, minha paciência já arrastando. – Precisamos fazer as reservas. Não vou ficar em nenhuma porra de bar.

– Que diabo o Morrison está vestindo? – Preston pergunta a si mesmo. – Será que é mesmo um terno escocês com uma camisa *xadrezinho*?

– *Não* é o Morrison – Price opina.

– Quem é então? – pergunta Preston, tirando os óculos de novo.

– É Paul Owen – diz Price.

– Aquele não é o Paul Owen – digo. – Paul Owen está na outra ponta do bar. Ali.

Owen está em pé no bar vestindo um terno jaquetão de lã azul.

– É ele quem está cuidando da conta da Fisher – alguém diz.

– Sortudo filho da puta – mais alguém murmura.

– Sortudo *judeu* filho da puta – Preston completa.

– Ah por Deus, Preston – digo. – O que tem *isso* a ver com qualquer coisa?

– Ouçam, vi o filho da puta sentado no escritório falando ao telefone com diretores-executivos de empresa e rodopiando uma menorá. O filho da puta trouxe para o escritório um acendedor de Hanukkah no último dezembro – Preston declara de repente, com peculiar animação.

– As pessoas rodopiam piões dreidel, Preston – digo calmamente –, não uma menorá. Um pião dreidel.

– Porra, Bateman, você quer que eu vá até o bar e peça ao Freddy para fritar aquelas merdas de panquecas de batata iídiche para você? – Preston pergunta, verdadeiramente perturbado. – Aquelas... *latkes*?

– Não – digo. – Apenas pegue leve com as observações antissemitas.

– A voz da razão – Price se inclina para frente e me dá tapinhas nas costas. – O cara que mora ao lado.

– Pode crer, um cara que mora ao lado que, segundo você, deixou um estagiário inglês assistente de finanças sodomizar-lhe a bunda – digo com ironia.

– Disse que você era a voz da razão – diz Price. – Não disse que você *não* era homossexual.

– *Ou* redundante – acrescenta Preston.

– É – digo, cravando os olhos direto em Price. – Pergunte à Meredith se sou homossexual. Isto é, se ela tiver tempo de tirar a minha pica da boca.

– Meredith é a madrinha querida das bichas – explica Price, sem embaraço –, é por isso que estou me livrando dela.

– Ei, vocês, ouçam, tenho uma piada. – Preston esfrega as mãos.

– Preston – diz Price – você é uma piada. Você bem sabe que *não* foi convidado para jantar. A propósito, bonito paletó; não combina, mas complementa.

– Price, você é um filho da puta, você é tão escroto comigo que até dói – diz Preston, dando uma gargalhada. – Muito bem, então o Kennedy e a Pearl Bailey se conhecem na festa e voltam para o Salão Oval para treparem e aí trepam e o Kennedy vai dormir e... – Preston para. – Epa, e agora o que acontece... Ah, sim, então a Pearl Bailey diz: "senhor Presidente, quero foder de novo", e aí ele diz: "bem vou dormir agora e dentro de... trinta..." ei, esperem... – Preston para novamente, atrapalhado. – Bem... não, sessenta minutos... não... Ok, trinta minutos "eu acordo e a gente fode de novo, mas você tem de ficar com uma mão no meu pau e a outra no saco", e ela diz: "Ok, mas por que tenho de ficar com uma mão na sua pica e outra... outra no saco..." e... – ele nota que Van Patten está à toa rabiscando nas costas do guardanapo. – Ei, Van Patten, está me escutando?

– Estou – diz Van Patten irritado. – Siga em frente. Acabe de contar. Uma mão na pica, uma mão no saco, continue.

Luis Carruthers ainda está em pé no bar esperando seu drinque. Agora me parece que sua gravata-borboleta de seda é da Agnes B. Nada claro para mim.

– *Eu* não estou – diz Price.

– E aí ele diz por que... – de novo Preston tropeça. Há uma longa pausa. Preston me olha.

– Não me olhe – digo. – A piada não é *minha.*

– E ele diz... Me deu um branco.

– É essa a frase gozada da piada? "Me deu um branco"? – McDermott pergunta.

– Ele diz, hum, porque... – Preston põe uma das mãos nos olhos e pensa. – Poxa, não posso acreditar que esqueci isso...

– Ah, *maravilha,* Preston. – Price suspira. – Você é um filho da puta sem graça.

– Me deu um branco? – Craig me pergunta. – Não peguei.

– Está bem, está bem, está bem – Preston diz. – Ouçam, eu me lembrei. "Porque a última vez que fodi com uma negra ela me roubou a carteira." – Ele começa a rir imediatamente. E depois de um curto momento de silêncio, todos à mesa caem também na gargalhada, menos eu.

– É isso, é essa a frase gozada da piada – Preston diz vaidoso, aliviado.

Van Patten bate a palma da mão na dele. Até Price ri.

– Por Deus – digo. – É péssima.

– Por quê? – diz Preston. – É gozada. Tem humor.

– Pode crer, Bateman – McDermott diz. – Mais alegria.

– Ah, eu tinha me esquecido. Bateman está saindo com alguém da União Americana de Liberdades Civis – diz Price. – O que incomoda você na piada?

– Não tem graça – digo. – É *racista.*

– Bateman, você é uma espécie de filho da puta rabugento – Preston diz. – Você devia parar de ler todas essas biografias da revista *Ted Bundy.* – Preston se levanta e consulta o seu relógio Rolex. – Ouçam, senhores, estou saindo. Vejo vocês amanhã.

– É isso aí. Mesma Bat Hora, mesmo Bat Canal – Van Patten diz, me cutucando com o braço.

Preston se inclina para frente antes de partir.

– Porque a última vez que fodi com uma crioula ela me roubou a carteira.

– Já sei. Já sei – digo, empurrando-o para longe.

– Lembrem-se disso, meninos: Poucas coisas na vida têm desempenho tão bom quanto um Kenwood. – Ele sai.

– Iaba-daba-du – Van Patten diz.

– Ei, alguém aí sabia que o homem das cavernas tinha mais fibra do que a gente? – pergunta McDermott.

Pastels

Estou beirando as lágrimas no momento em que chegamos ao Pastels, já que estou crente de que não conseguiremos sentar, mas, por sorte, a mesa é boa, e um alívio que é quase uma maré se derrama sobre mim como uma formidável onda. No Pastels, McDermott conhece o maître e, apesar de termos feito nossas reservas de dentro de um táxi há apenas alguns minutos, somos imediatamente conduzidos, passando pelo bar superlotado, até a sala principal de jantar que é rosa e brilhantemente iluminada, onde sentamos numa mesa excelente de canto para quatro, bem na frente. É de fato impossível conseguir reservas no Pastels e acho que Van Patten, eu mesmo, até Price, estamos impressionados, talvez até invejosos, com a façanha de McDermott em conseguir uma mesa. Depois que nos amontoamos num táxi na Rua Water, nos demos conta de que ninguém tinha reservado nada em lugar algum e, enquanto discutíamos os méritos do novo bistrô californiano-siciliano no Upper East Side – meu pânico era tão grande que quase rasguei em dois o guia *Zagat* –, o consenso pareceu surgir. Price foi a única voz dissidente, mas ele afinal deu de ombros e disse "estou cagando", e usamos o seu telefone móvel para fazer a reserva. Ele colocou o Walkman no ouvido e o pôs num volume tão alto que o som de Vivaldi dava para ser ouvido mesmo com as janelas semiabertas e o ruído do tráfego do centro da cidade explodindo táxi adentro. Van Patten e McDermott fizeram piadas grosseiras sobre o tamanho do pau do Tim e eu também. Do lado de fora do Pastels, Tim pegou o guardanapo contendo a versão final cuidadosamente redigida por Van Patten da pergunta para a *GQ* e jogou-o num mendigo de cócoras em frente ao restaurante, segurando um cartaz imundo: ESTOU FAMINTO NÃO TENHO CASA POR FAVOR ME AJUDE.

As coisas parecem estar correndo bem. O maître mandou quatro Bellinis por conta da casa, mas pedimos drinques, mesmo assim. O grupo The Ronettes está cantando "Then He Kissed Me", a garçonete que nos atende é um tesãozinho e até Price parece relaxado embora odeie o lugar. Além disso, há quatro mulheres na mesa oposta à nossa, todas com ótima aparência – louras, peitos grandes: uma está usando chemisier de lã dupla face da Calvin Klein, outra vestida de malha de lã tricotada e casaco com laço de seda *faille* da Geoffrey Beene, outra está usando saia simétrica de tule preguelada e bustiê de veludo bordado, acho que da Christian Lacroix, mais sapatos de salto alto da Sidonie Larizzi, e a última está usando bata preta sem alça de lantejoulas sob um casaco crepe de lã simples da Bill Blass. Agora são os Shirelles que saem dos alto-falantes, "Dancing in the Street", e o sistema de som mais a acústica, por causa do teto alto do restaurante, fazem tudo soar tão alto que temos de praticamente berrar o nosso pedido para a garçonete tesuda – que está usando um terno bicolor de fibra de lã com enfeite de passamanaria de Myrone de Prémonville e botinhas de veludo – e que, estou quase certo, está flertando comigo: ri sensualmente quando peço, como antepasto, cação e ceviche de lula com caviar dourado; me encara tão fogosa, tão incisiva quando peço o pastelão gravlax com molho de *tomatillo* verde que tenho de voltar os olhos para o Bellini cor-de-rosa na comprida *flûte* de champanhe com uma expressão grave, mortalmente séria para não fazê-la pensar que estou interessado *demais.* Price pede uns petiscos e depois carne de caça com molho de iogurte e ervas finas, com fatias de manga.

McDermott pede sashimi com queijo de cabra e depois pato defumado com endívia e xarope de bordo. Van Patten fica com os enroladinhos de vieira e salmão grelhado com vinagre de framboesa e guacamole. O ar-condicionado do restaurante está fortíssimo e estou começando a me sentir mal por não estar usando o novo pulôver Versace que comprei na semana passada no Bergdorf's. Ficaria bem com o terno que estou usando.

– Você poderia nos livrar dessas coisas – diz Price ao ajudante de serviço enquanto gesticula na direção dos Bellinis.

– Espere, Tim – Van Patten diz. – Devagar. Quero tomá-los.

– *Eurolixo*, David – Price explica. – Eurolixo.

– Fique com o meu, Van Patten – digo.

– Espere – diz McDermott, segurando o ajudante de serviço. – Vou tomar o meu também.

– Por quê? – Price pergunta. – Você está querendo atrair aquela garota armênia que está perto do bar?

– Que garota armênia? – Van Patten de súbito estica o pescoço, interessado.

– Pegue logo todos eles – diz Price, quase furioso.

O ajudante de serviço retira com humildade os copos, balançando afirmativamente a cabeça para ninguém.

– Quem disse que *você* é o chefe aqui? – McDermott dá um gemido esganiçado.

– Ei, olhem. Olhem quem acaba de entrar – Van Patten assobia. – Poxa.

– Pelo amor de Deus, *não* a porra do Preston – Price suspira.

– Não. Ah, não – Van Patten diz num tom sinistro. – Ainda não nos viu.

– Victor Powell? Paul Owen? – digo, de repente assustado.

– Tem 24 anos e vale, hum, eu diria, uma quantidade *indecente* de grana – Van Patten insinua, dando um sorriso largo. Ele foi obviamente avistado pela pessoa e joga um sorriso radiante de dentes à mostra. – Um verdadeiro cagão da sorte.

Estico o pescoço, mas não consigo divisar quem está fazendo alguma coisa.

– É o Scott Montgomery – diz Price. – Não é? É Scott Montgomery.

– Talvez – Van Patten provoca.

– É aquele anão do Scott Montgomery – diz Price.

– Price – Van Patten diz. – Você é impagável.

– Observem como pareço emocionado – Price diz, virando-se. – Bem, tão emocionado quanto possível num encontro com alguém da Geórgia.

– Poxa – McDermott diz. – E ele está vestido para impressionar.

– Ei – diz Price. – Estou depressionado, quero dizer, impressionado.

– Poxa – digo, avistando Montgomery. – Elegante azul-marinho.

– Xadrez sutil – Van Patten sussurra.

– Muito bege – Price diz. – Você *sabe.*

– Aí vem ele – digo, tomando coragem.

Scott Montgomery caminha até o nosso canto vestindo um blazer jaquetão azul-marinho com botões de imitação de casco de tartaruga, camisa social listrada de algodão franzido pré-lavado com pesponto vermelho aparente, gravata de seda com estampagem espalhafatosa em vermelho, branco e azul da Hugo Boss e calças de lã lavada cor de ameixa de pregueado quádruplo na frente e bolsos talhados da Lazo. Está segurando uma taça de champanhe e a oferece à garota que o acompanha – definitivamente tipo modelo, magra, peitos ok, sem bunda, salto alto. Ela está vestindo saia de crepe e jaqueta aveludada de lã e cashmere, caído por cima de seu braço está um casaco aveludado de lã e cashmere, tudo da Louis Dell'Olio. Sapatos de salto alto da Susan Bennis Warren Edwards. Óculos escuros da Alain Mikli. Bolsa de couro prensado da Hermes.

– E aí? Como vão todos? – Montgomery fala com pesado sotaque da Geórgia. – Esta é Nicki. Nicki este é McDonald, Van Buren, Bateman, belo bronzeado, e o Sr. Price. – Ele aperta a mão de Timothy apenas e depois pega a taça de champanhe de Nicki. Nicki sorri com polidez, como um robô, é possível que não fale inglês.

– Montgomery – Price diz num tom amigável, familiar, encarando Nicki. – Como estão as coisas?

– Tudo bem – Montgomery diz. – Vejo que vocês pegaram a melhor mesa. Já receberam a conta? É só uma brincadeira.

– Ouça, Montgomery – diz Price, encarando Nicki, mas sendo ainda inesperadamente amável com alguém que pensei ser um estranho. – Que tal um squash?

– Me ligue – Montgomery diz distraído, olhando o recinto. – É o Tyson? Aqui está meu cartão.

– Ótimo – diz Price, pondo-o no bolso. – Quinta-feira?

– Não posso. Estou indo para Dallas amanhã, mas... – Montgomery já está se afastando da mesa, se apressando na direção de alguém, chamando Nicki com um grunhido. – É, na semana que vem.

Nicki sorri para mim, depois olha para o chão – tacos cor-de-rosa, azuis, verde-limão ziguezagueando entre si em motivos triangulares – como se este tivesse algum tipo de resposta, detivesse alguma pista, oferecesse uma razão coerente do porquê de ela estar metida com Montgomery. Com displicência fico querendo saber se ela é mais velha do que ele, e depois se ela está flertando comigo.

– Até mais – Price está dizendo.

– Até mais, pessoal... – Montgomery já está a meio caminho cruzando o salão. Nicki o segue sorrateira. Eu estava errado: ela tem bunda *sim*.

– Oitocentos milhões – McDermott assobia, balançando a cabeça.

– Faculdade? – pergunto.

– Uma piada. – Price dá a entender.

– Rollins? – adivinho.

– Segure esta – McDermott diz. – Hampden-Sydney.

– Ele é um parasita, um perdedor, um escroto – Van Patten conclui.

– Mas ele vale oitocentos milhões – McDermott repete enfaticamente.

– Então vá lá e chupe o pau do anão, isso vai lhe calar a boca? – Price diz. – Quero dizer, até que ponto você consegue ficar impressionado, McDermott?

– De qualquer modo – lembro –, que coisinha linda.

– Essa garota é demais – McDermott concorda.

– Afirmativo. – Price acena que sim com a cabeça, mas com relutância.

– Poxa, cara – Van Patten diz, angustiado. – *Conheço* aquela dona.

– Ah, conversa fiada – todos nós deploramos.

– Deixe eu adivinhar – digo. – Pegou ela no Tunnel, certo?

– Não – diz ele, depois de tomar um gole do drinque. – É modelo. Anoréxica, alcoólatra, uma putinha nervosa. *Totalmente* francesa.

– Você está de palhaçada – digo, sem saber se ele está mentindo.

– Quer apostar?

– E daí? – McDermott dá de ombros. – Eu comia.

– Ela bebe um litro de vodca Stoli por dia, depois vomita e bebe tudo de novo, McDermott – Van Patten explica. – Bebum total.

– Uma bebum barata total – Price murmura.

– Não ligo – McDermott diz com bravura. – Ela é bonita. Quero fodê-la. Quero casar com ela. Quero que seja a mãe de meus filhos.

– Ai meu Deus – Van Patten diz, quase engasgado. – Quem vai casar com uma garota que dará à luz uma jarra de vodca com suco de frutas?

– Ele *tem* razão – digo.

– Pode crer. Ele também quer dar umas trepadas com a garota armênia que está no bar – Price sorri com escárnio. – O que dará ela à luz? Uma garrafa de Korbel e uma caneca de suco de pêssego?

– Qual garota armênia? – McDermott indaga, exasperado, esticando o pescoço.

– Ai Deus. Fodam-se vocês, suas bichinhas. – Van Patten suspira.

O maître vem até à mesa para cumprimentar McDermott, aí nota que não temos nossos Bellinis oferecidos pela casa e sai correndo antes que qualquer um de nós possa detê-lo.

Não sei como McDermott conhece Alain tão bem – talvez Cecília? – e isto me chateia um pouco, mas resolvo equilibrar a contagem de pontos um pouco mostrando a todos o meu novo cartão de visitas. Puxo-o de minha carteira de couro de gazela (da Barney's, 850 dólares) e lanço-o sobre a mesa, à espera das reações.

– O que é isso, um papelote? – Price diz, subitamente interessado.

– Novo cartão. – Tento agir com naturalidade, mas estou sorrindo orgulhoso. – O que acham?

– Eia – McDermott diz, levantando-o, tocando-o com os dedos, impressionado de verdade. – Uma beleza. Deem uma olhada. – Ele entrega para Van Patten.

– Peguei na gráfica ontem – declaro.

– Legais as cores – Van Patten diz, estudando o cartão de perto.

– É marfim – chamo a atenção. – E o tipo de letra é algo chamado Silian Rail.

– Silian Rail? – McDermott indaga.

– É. Nada mal, hein?

– Está legal *mesmo*, Bateman – Van Patten diz com cautela, o invejoso filho da puta. – Mas não é nada... – Ele puxa a carteira e joga um cartão próximo a um cinzeiro. – Olhem isso.

Todos nos reclinamos e examinamos o cartão de David, e Price diz com calma:

– Esse é uma beleza *mesmo*.

Um curto espasmo de inveja me atravessa quando reparo a elegância da cor e a alta classe dos tipos. Cerro o punho quando Van Patten diz, todo satisfeito:

– Casca de ovo com tipo Romalian... – Vira-se para mim. – O que você acha?

– Uma beleza – dou um grasnido, mas consigo aprovar com a cabeça, enquanto o ajudante de serviço traz quatro novos Bellinis.

– Meu Deus – diz Price, segurando o cartão no alto sob a luz, ignorando os novos drinques. – Este é realmente incrível. Como um babaca como você pode ter tanto bom gosto?

Olho o cartão de Van Patten e depois o meu e não posso acreditar que Price goste mais do de Van Patten. Aturdido, dou um gole em meu drinque e depois respiro fundo.

– Mas esperem – Price diz. – Vocês ainda não viram nada... – Ele retira o dele de um bolso interno do paletó e devagar, dramaticamente passa-o adiante para nossa inspeção e diz: – O meu.

Até eu tenho de admitir que é magnífico.

De repente, o restaurante parece longe, quieto, o barulho ao fundo, um zumbido sem sentido, comparado com esse cartão, e todos nós ouvimos as palavras de Price:

– Letras em relevo, branco-nuvem-claro...

– Porra! – Van Patten exclama. – Nunca vi...

– Uma beleza, uma beleza mesmo. Mas esperem. Vamos ver o do Montgomery.

Price puxa-o para fora e embora ele queira representar indiferença, não vejo como pode ignorar a sutileza do colorido branco original, a espessura elegante. Estou surpreendentemente abatido por ter começado isso.

– Pizza. Vamos pedir pizza – McDermott diz. – Ninguém quer dividir uma pizza? De peixe? Hummmm. Bateman quer *isso* – ele diz, esfregando as mãos com ansiedade.

Pego o cartão de Montgomery e passo os dedos com vontade, para sentir o toque que o cartão produz nas pontas.

– Beleza, hein? – O tom de Price indica que ele sabe que estou com inveja.

– Pode crer – digo demonstrando indiferença, devolvendo o cartão a Price como se estivesse cagando, mas achando-o duro de engolir.

– Pizza de peixe vermelho – McDermott me lembra. – Estou com uma puta fome.

– Pizza não – murmuro, aliviado quando o cartão de Montgomery é tirado dali, para fora da vista, de volta ao bolso de Timothy.

– Vamos – McDermott diz, gemendo. – Vamos pedir a pizza de peixe vermelho.

– Cale a boca, Craig – Van Patten diz, de olho numa garçonete que anota o pedido de uma mesa. – Mas chame aquela tesuda.

– Mas ela não é nossa – McDermott diz, manuseando com nervosismo o menu que ele arrancou de um ajudante.

– Chame-a de *qualquer* maneira – Van Patten insiste. – Peça água ou um Corona ou qualquer coisa.

– Por que *ela*? – pergunto a ninguém em particular. Meu cartão permanece na mesa, ignorado junto a uma orquídea num vaso de vidro azul. Suavemente pego-o e enfio-o, dobrado, de volta na carteira.

– Ela parece igualzinha àquela garota que trabalha na seção Georgette Klinger do Bloomingdale's – Van Patten diz. – Chame-a.

– Alguém quer pizza ou não? – McDermott está ficando impaciente.

– Como você sabe? – pergunto a Van Patten.

– Compro *lá* os perfumes de Kate – responde ele.

Os gestos de Price atraem a atenção da mesa. – Será que esqueci de dizer que Montgomery é anão?

– Quem é Kate? – digo.

– Kate é a garota com quem Van Patten está tendo um caso – Price explica, fitando a mesa de Montgomery de novo.

– O que aconteceu com a srta. Kittridge? – pergunto.

– Isso aí – Price sorri. – Como anda a Amanda?

– Ah, meu Deus, gente, mais de *leve.* Fidelidade? Certo.

– Você não tem medo de pegar doenças? – Price pergunta.

– De quem, Amanda ou Kate? – pergunto.

– Achei que estávamos de acordo em que *nós* não podemos pegar. – A voz de Van Patten se eleva. – Po-o-o-o-r isso... cabeças de merda. Calem a boca.

– Eu não lhes contei...

Chegam mais quatro Bellinis. Há agora oito Bellinis na mesa.

– Ai Deus – Price lamenta, tentando agarrar o ajudante de qualquer maneira antes dele disparar.

– Pizza de peixe... pizza de peixe... – McDermott encontrou um mantra para esta noite.

– Em breve viraremos alvo de garotas iranianas com tesão – Price fala em tom monótono.

– O percentual é de zero, vírgula, zero, zero, zero ou o que for, vocês sabem – vocês estão me escutando? – Van Patten pergunta.

– ...vermelho... pizza de peixe vermelho... – Então McDermott bate com a mão na mesa, balançando-a. – Porra, meu Deus, alguém está me ouvindo?

Ainda estou atordoado com o cartão do Montgomery – a alta classe das cores, a espessura, o tipo de letra, a impressão – e de repente levanto o punho como se fosse bater em Craig e grito, minha voz ribombando num estrondo. "Ninguém quer a porra da pizza de peixe vermelho! Pizzas têm de ter massa *leve* e ligeiramente *amanteigada* e cobertura com muito *queijo*! As coberturas aqui são finas pra cacete porque o babaca do chef assa demais tudo! A pizza fica dura e ressecada!" Rosto vermelho, derrubo a minha taça de Bellini sobre a mesa e quando levanto os olhos as entradas já chegaram. Um tesão de garçonete está em pé me olhando de cima para baixo com aquela expressão estranha, vidrada. Passo a mão no rosto, sorrindo cordialmente para ela. Ela está ali em pé me olhando como se eu fosse uma espécie de monstro – na verdade ela parece *assustada.* – Olho Price de relance – para quê? para que ele me dê uma diretriz? – e ele fala com uma careta "charutos" e apalpa o bolso do paletó.

McDermott diz suavemente:

– Não acho que elas são duras.

– Meu anjo – digo, ignorando McDermott, pegando-lhe um braço e puxando-a para mim. Ela se esquiva, mas eu sorrio e ela me deixa puxá-la para mais perto. – Nós todos agora vamos fazer uma grande e gostosa refeição aqui... – começo a explicar.

– Mas não foi isso que pedi – Van Patten diz, olhando o seu prato. – Queria enroladinho de *mexilhões.*

– Cale a boca. – Lanço-lhe um olhar de relance e depois me viro com calma para a tesuda, sorrindo largo como um idiota, mas um idiota bonito. – Agora me ouça, somos bons fregueses aqui e iremos provavelmente pedir algum brandy, conhaques finos, quem sabe, e queremos relaxar e fazer a digestão neste – faço o gesto com o braço – ambiente. Agora – com a outra mão puxo a carteira de couro de gazela –, gostaríamos de apreciar uns charutos cubanos *ótimos* depois e não queremos ser importunados por nenhum *palerma...*

– *Palerma.* – McDermott acena com a cabeça para Van Patten e Price.

– Palerma de freguês ou turista desatencioso que inevitavelmente irá queixar-se desse nosso pequeno hábito inofensivo... Por isso... – em sua mão pequena meto o que acho que é uma nota de cinquenta dólares – se você puder fazer com que não sejamos importunados, ficaríamos muito agradecidos e satisfeitos. – Roço a mão dela, fechando-a em torno da nota. – E, se alguém se queixar, bem... – faço uma pausa, depois aviso ameaçadoramente: – Chute-o para fora.

Ela concorda muda com a cabeça e recua com aquele olhar vidrado, confuso no rosto.

– E – Price acrescenta, sorrindo –, se aparecer outra rodada de Bellinis dentro de um raio de seis metros dessa mesa, a gente põe fogo no maître. Por isso, não esqueça, avise a ele.

Após um longo silêncio durante o qual contemplamos os antepastos, Van Patten fala alto.

– Bateman?

– Sim – enfio o garfo num pedaço de cação, passo-o no caviar dourado, depois reponho o garfo no lugar.

– Você é a pura perfeição da velha tradição – ele ronrona.

Price avista outra garçonete vindo com uma bandeja com quatro *flûtes* de champanhe cheias do líquido cor-de-rosa-claro e diz "Ai, meu Cristo, isso já está ficando ridículo..." – Ela os serve, porém, na mesa ao lado da nossa, para as quatro belezinhas.

– Ela é *demais* – Van Patten diz, ignorando seu enroladinho de vieira.

– Um tesão – McDermott acena com a cabeça, concordando. – Definitivamente.

– Não me impressiona – Price diz com desdém. – Olhem seus joelhos.

Enquanto a boazuda está ali em pé, ficamos conferindo e, embora sobre os joelhos se ergam pernas compridas e bronzeadas, não posso deixar de notar que um dos joelhos é, confessadamente, maior do que o outro. O joelho esquerdo é mais rombudo, quase imperceptivelmente mais grosso do que o direito, e este defeito despercebido mostra-se agora arrasador e perdemos todos o interesse. Van Patten fica olhando seu antepasto, aturdido, e depois olha para McDermott e diz:

— Não foi isso que você pediu. Isso é *sushi*, não sashimi.

— Meu Deus — McDermott suspira. — Não se vem aqui pela comida mesmo.

Um cara que parece igualzinho ao Christopher Lauder se aproxima da mesa e diz, me dando tapinhas no ombro:

— Oi, Hamilton, belo bronzeado. — Depois, segue para o banheiro masculino.

— Poxa, meu Deus — digo —, espero não estar ruborizado.

— Afinal, onde você *vai,* Bateman? — Van Patten indaga. — Pegar bronzeado?

— Pode crer, Bateman. Onde é que você *vai*? — McDermott parece intrigado de verdade.

— Leia meus lábios — digo —, a um *salon* de bronzeamento — depois irritado — como *todo* mundo.

— Tenho — Van Patten diz, fazendo pausa para um máximo impacto — uma cama de bronzeamento... em casa — e então dá uma grande mordida no embutido de vieira.

— Babaquice — digo, de modo recolhido.

— É verdade — McDermott confirma, com a boca cheia. — Eu já vi.

— É uma *puta* atrocidade — digo.

— Por que diabo é uma puta atrocidade? — Price pergunta, empurrando os petiscos para a beira do prato com o garfo.

— Você sabe que é caro pra cacete ser sócio de um *salon* de bronzeamento? — Van Patten me pergunta. — Ser *sócio* durante um *ano*?

— Você está maluco — resmungo.

— Olhem, minha gente — Van Patten diz. — Bateman ficou indignado.

De repente, um ajudante de serviço surge em nossa mesa e, sem perguntar se terminamos, retira as entradas ainda quase intactas. Nenhum de nós se queixa exceto McDermott, que pergunta "Será mesmo que ele retirou nossas entradas?", e aí começa a rir de forma inexplicável. Mas, ao ver que mais ninguém está rindo, ele para.

– Levou-as de volta porque as porções são tão pequenas que provavelmente achou que havíamos terminado – Price diz de maneira cansada.

– Só acho que é uma maluquice isso de cama de bronzeamento – conto a Van Patten, embora em segredo eu ache um luxo sofisticadíssimo que não tenho espaço para ter em meu apartamento. Há mais coisas que se pode fazer com eles além de se bronzear.

– Com quem está o Paul Owen? – escuto McDermott perguntar a Price.

– Com algum escroto da Kicker Peabody – Price diz desatento. – Ele conheceu McCoy.

– Então por que está sentado junto com aqueles panacas da Drexel? – McDermott interroga. – Aquele não é Spencer Wynn?

– Você está de miolo mole ou o quê? – Price pergunta. – Aquele não é Spencer Wynn.

Olho para Paul Owen, sentado numa mesa com outros três caras – um deles poderia ser Jeff Duvall, suspensórios, cabelo lustroso puxado para trás, óculos de armação de chifre, todos bebendo champanhe – e fico preguiçosamente me perguntando como Owen obteve a conta Fisher. Isto não me dá fome, mas nossos pratos chegam imediatamente após as entradas serem retiradas e começamos a comer. McDermott solta os suspensórios. Price chama-o de porcalhão. Sinto-me paralisado, mas consigo desviar os olhos de Owen e encarar meu prato (o empadão é um hexágono amarelo, faixas de salmão defumado em volta, filetes retorcidos do molho verde-ervilha de *tomatillo* dispostos com perícia em torno do prato) e então examino a turma da fila de espera. Parecem hostis, talvez bêbados dos Bellinis de brinde, cansados de esperar horas pelas piores mesas próximas à cozinha aberta, embora tenham feito reserva. Van Patten quebra o silêncio em nossa mesa ao jogar o garfo e empurrar sua cadeira para trás.

– Algo errado? – digo, levantando os olhos de meu prato, o garfo suspenso, mas minha mão não se move; é como se ela gostasse demais da disposição do prato, como se minha mão tivesse ideias próprias e se recusasse a desmanchar aquele traçado. Suspiro e pouso o garfo, sem esperanças.

— Merda. Tenho de *gravar* aquele filme da tevê a cabo para *Mandy*. — Ele limpa a boca com o guardanapo, se levanta. — Volto já.

— Mande *ela* fazer isso, idiota — diz Price. — O que você é, um demente?

— Ela está em Boston, numa consulta com o dentista. — Van Patten dá de ombros, pau mandado que é.

— Que diabo você vai fazer? — Minha voz fraqueja. Ainda estou pensando no cartão de Van Patten. — Ligar para a HBO?

— Não — ele diz. — Aciono um toque eletrônico daqui e meu telefone está armado para disparar o dispositivo programador de VCR Videonics que comprei na Hammacher Schlemmer. — Ele se afasta recolocando os suspensórios.

— Finíssimo — digo sem entonação.

— Ei, o que você quer de sobremesa? — McDermott grita-lhe.

— Algo com chocolate e sem farinha — ele grita de volta.

— Van Patten parou de fazer exercícios físicos? — pergunto. — Parece balofo.

— É o que parece, não é? — Price diz.

— Ele não é sócio do Vertical Club? — pergunto.

— Não sei — murmura Price, examinando seu prato; depois, se recostando, ele o afasta e acena para a garçonete pedindo uma outra Finlândia com gelo.

Outra garçonete boazuda se aproxima de nós hesitante, trazendo uma garrafa de champanhe Perrier-Jouet, sem safra especificada, e nos diz que é uma cortesia de Scott Montgomery.

— Sem safra especificada, o escroto — Price sibila como cobra, esticando o pescoço para achar a mesa de Montgomery. — É um fodido. — Faz-lhe um aceno com polegares para cima, para o outro lado do recinto. — O babaca é tão baixo que quase não consegui enxergar. Acho que acenei para o Conrad. Não dá para saber.

– Onde está o Conrad? – pergunto. – Eu deveria falar com ele.

– O almofadinha que chamou você de Hamilton – Price diz.

– Aquele não era Conrad – digo.

– Tem certeza? Parecia pra cacete com ele – Price diz isso, mas na verdade nem está escutando; descaradamente crava os olhos na garçonete tesuda, na abertura que surge quando ela se inclina para poder segurar melhor a rolha da garrafa.

– Não. Aquele não era Conrad – digo, surpreso com a incapacidade de Price em reconhecer colegas de trabalho. – Aquele cara tinha um corte de cabelo melhor.

Ficamos sentados em silêncio enquanto a boazuda serve o champanhe. Quando ela se vai, McDermott pergunta se gostamos da comida. Digo a ele que o empadão estava bom, mas que havia molho de *tomatillo* demais. McDermott faz que sim com a cabeça e diz:

– Já me falaram isso.

Van Patten retorna, resmungando:

– Eles não têm banheiro que sirva para se cheirar cocaína.

– Sobremesa? – McDermott sugere.

– Só se eu puder pedir *sorbet* de Bellini – Price diz, bocejando.

– Que tal se pedirmos logo a conta – Van Patten diz.

– É hora da caça ao mulherio, senhores – digo.

A gostosa traz a conta. O total é de 475 dólares, muito menos do que esperávamos. Rachamos, mas como preciso de dinheiro em espécie, pago com meu American Express platinado e recebo as notas, a maioria de cinquenta dólares novinhas. McDermott pede dez dólares de volta, pois seu tira-gosto de embutido de vieira custou apenas dezesseis pratas. A garrafa de champanhe enviada por Montgomery fica na mesa, cheia. No lado de fora do Pastels um outro mendigo diferente está sentado na calçada, com um cartaz que diz algo absolutamente ilegível. Ele com delicadeza nos pede alguns trocados e depois, mais esperançoso, um pouco de comida.

— Essa belezinha está mesmo precisando de um bom esteticista de rosto – digo.

— Ei, McDermott – Price cacareja. – Jogue sua gravata para ele.

— Ah, porra. Em que isso vai ajudar? – pergunto, examinando o mendigo.

— A pedir entradas no Jams. – Van Patten ri. Ele bateu a palma da mão dele na minha.

— *Belezinha* – McDermott diz, inspecionando a gravata, visivelmente ofendido.

— Ah, desculpe... táxi – Price diz, acenando para um táxi. – ...*e* uma bebida.

— Direto para o Tunnel – McDermott diz ao motorista.

— Ótimo, McDermott – Price diz, sentando no banco da frente. – Você parece bem entusiasmado.

— E daí se não sou nenhuma bicha velha decadente como você – McDermott diz, entrando na minha frente.

— Alguém sabia que os homens das cavernas tinham mais fibra do que nós? – Price pergunta ao motorista.

— Ei, já ouvi isso também – McDermott diz.

— Van Patten, você viu a garrafa de champanhe que o Montgomery nos ofereceu? – pergunto.

— É mesmo? – Van Patten pergunta, se chegando até McDermott. – Deixe-me adivinhar. Perrier-Jouët?

— Acertou – diz Price. – Sem safra especificada.

— Escroto fodido – Van Patten diz.

TUNNEL

Todos os homens no lado de fora do Tunnel esta noite por algum motivo estão usando smoking, exceto um vagabundo sem-teto de meia-idade que está sentado junto a uma caçamba de lixo, a apenas uns poucos metros das cordas, empunhando na direção de quem prestar atenção uma caneca de café Styrofoam, implorando uns trocados. Quando Price nos conduz contornando a multidão até as cordas, fazendo gestos para um dos porteiros, Van Patten balança uma nota de um dólar estalando de nova frente ao rosto do vagabundo, que por um momento se ilumina. Então, Van Patten a põe no bolso, e ao mesmo tempo em que entramos rápido no clube, recebemos uma dúzia de fichas de bebidas e dois passes para o Porão VIP. Lá dentro somos logo importunados por dois outros porteiros – casacos compridos de lã, rabos de cavalo, alemães provavelmente – que querem saber por que não estamos usando smoking. Price cuida da situação com toda a delicadeza, ou dando gorjeta aos brutamontes ou os convencendo no pau (provavelmente o primeiro). Não me meto e fico de costas para ele tentando ouvir enquanto McDermott se lamenta a Van Patten de quanto sou maluco por menosprezar as pizzas feitas no Pastels, mas é difícil ouvir alguma coisa com a versão da Belinda Carlisle de "I Feel Free" explodindo no sistema de som. Tenho uma faca de lâmina de serra no bolso de meu paletó Valentino e fico tentado a estripar McDermott com ela aqui mesmo no vestíbulo, talvez abrir-lhe uma fenda no rosto, cortar-lhe a espinha; mas Price nos faz sinal para entrarmos e a tentação de matar McDermott é substituída por aquela estranha antecipação de divertir-se muito, beber um pouco de champanhe, flertar com uma boazuda, dar umas boas cheiradas, talvez até dançar algumas das antigas ou aquela nova canção da Janet Jackson de que gosto.

Fica tudo mais calmo quando vamos até o corredor da frente, em direção à entrada de verdade, e passamos por três boazudas. Uma veste jaqueta de lã preta com colarinho recortado e botões laterais, calças de lã-crepe e blusão justo de cashmere e gola rulê, tudo da Oscar de la Renta; outra está usando um casaco de lã, *mohair* e tweed de náilon estilo jaquetão, fazendo par com calças tipo jeans e camisa social masculina de algodão, tudo da Stephen Sprouse; a mais bonita veste blusão e saia de cintura alta de lã xadrez, ambos da Barney's, e blusa de seda da Andra Gabrielle. Estão definitivamente prestando atenção em nós quatro e retornamos o cumprimento, virando a cabeça para elas – exceto Price, que as ignora e diz algo grosseiro.

– Deus do céu, Price, levante o astral – McDermott se lamuria. – Qual o problema? Essas garotas são muito boas.

– Pode crer, se você souber falar farsi – Price diz, entregando a McDermott duas fichas de bebida como se isso fosse aplacá-lo.

– O quê? – Van Patten diz. – Elas não me pareceram latinas.

– Sabe, Price, você vai ter de mudar de atitude se quiser dar uma trepada hoje – McDermott diz.

– *Você* quer *me* falar de *trepadas*? – Price pergunta a Craig. – Você, que só conseguiu uma punhetinha naquela noite?

– Sua postura é uma baixaria, Price – Craig diz.

– Ouçam, vocês acham que fico deste jeito que estou com vocês quando estou a fim de uma *xoxota*? – Price desafia.

– Acho que sim – McDermott e Van Patten falam ao mesmo tempo.

– Vocês sabem que é possível agir de modo diferente de como se sente de verdade para se conseguir sexo, meus caros. Espero que eu não esteja fazendo você perder a inocência de novo, McDermott – eu disse, enquanto começava a andar mais rápido tentando não ficar atrás de Tim.

– Não está, mas isso não explica por que Tim age como um babacão-mor – McDermott diz, tentando me alcançar.

– Como essas garotas *gostam* – Price resfolega – quando digo a elas qual a minha renda anual, acreditem em mim, meu comportamento não poderia importar menos.

– E como você deixa escapar essa sutil informação? – Van Patten pergunta. – Você diz "isto aqui é um Corona e a propósito ganho 180 mil dólares por ano" e "qual é o seu signo?"

– São 190. – Price o corrige, e então: – Pode crer que é assim mesmo. Sutileza não é o que essas garotas estão querendo.

– E o que as garotas estão querendo, oh, Grande Sábio? – McDermott pergunta, curvando-se ligeiramente enquanto anda.

Van Patten ri, e ainda em movimento eles batem com a palma um no outro.

– Ei, você não perguntaria se *soubesse* – afirmo sorrindo.

– Elas querem um cara tesudo que as leve ao Le Cirque duas vezes por semana, que as faça entrar no NeU's regularmente. Ou talvez um contato pessoal íntimo com Donald Trump – Price diz com firmeza.

Entregamos nossos bilhetes a uma garota de boa aparência que veste um casaco de lã *melton* felpuda e cachecol de seda da Hermes. Ao deixar-nos entrar, Price lhe dá uma piscadela e McDermott diz:

– Fico preocupado com doenças só de entrar nesse lugar. Algumas dessas donas são bem nojentas. Dá para *sentir* até.

– Eu lhe disse, belezinha – Van Patten diz e aí pacientemente reafirma os fatos. – Não podemos pegar *isso*. É perto de zero, vírgula, zero, zero, zero, oh um por cento...

Por sorte, a versão integral de "New Sensation" do INXS lhe afoga a voz. A música está tão alta que só é possível conversar gritando. O clube está bastante cheio; a única luz real sai em lampejos da pista de dança. Todos estão usando smoking. Todos estão bebendo champanhe. Como temos apenas dois passes para o Porão VIP, Price os mete na mão de McDermott e de Van Patten e eles avidamente abanam os cartões para o cara que toma conta do alto da escada. O cara que os deixa entrar veste um smoking de lã estilo jaquetão, camisa de algodão com colarinho de ponta virada da Cerruti 1881 e gravata-borboleta de seda quadriculada em preto e branco da Martin Dingman Neckwear.

– Ei – grito para Price. – Por que nós não entramos?

– Porque – berra acima da música, me pegando pelo colarinho – *precisamos* de um pouco daquele pozinho milagroso boliviano...

Sigo-o enquanto ele avança com pressa pelo estreito corredor paralelo à pista de dança, depois pelo bar e afinal até o Salão dos Candelabros, que está apinhado de caras da Drexel, da Lehman's, da Kidder Peabody, do First Boston, do Morgan Stanley, do Rothschild, do Goldman, até do *Citibank,* Deus do céu, todos vestindo smoking, segurando *flûtes* de champanhe, e sem esforço, quase como se fosse a mesma música. "New Sensation" se prolonga em "The Devil Inside" e Price avista Ted Madison recostado no corrimão no fundo do recinto, vestindo smoking de lã, camisa de algodão com colarinho de ponta virada da Paul Smith, gravata-borboleta e faixa de cintura da Rainbow Neckwear, abotoaduras de diamante da Trianon, escarpins de couro e gorgorão da Ferragamo e relógio Hamilton antigo de Saks; e para além de Madison, desaparecendo na escuridão, estende-se um par de trilhos de trem que esta noite estão com uma extravagante iluminação em tons gritantes de verde e cor-de-rosa. Price para de andar, fica olhando através de Ted, que sorri intencionalmente ao avistar Timothy, e Price contempla perdido os trilhos como se estes significassem uma espécie de liberdade, constituíssem a evasão que Price está buscando, mas eu grito para ele, "Ei, olhe o Teddy", e isto lhe interrompe a contemplação, balança a cabeça como para clareá-la, reconcentra o olhar em Madison e berra com firmeza "Não, esse não é o Madison, pelo amor de Deus, é *Turnball*", e o cara que pensei que fosse Madison é saudado por dois outros caras de smoking e ele nos vira as costas, e de repente, por trás de Price, Ebersol engancha o braço em volta do pescoço de Timothy e às gargalhadas finge estrangulá-lo, aí Price afasta o braço dele, aperta a mão de Ebersol e diz:

– E aí, Madison.

Madison, que pensei que fosse Ebersol, está vestindo um esplêndido paletó jaquetão de linho branco da Hackett de Londres comprado na Bergdorf Goodman. Traz um charuto que ainda não foi aceso em uma das mãos e uma taça de champanhe, pela metade, na outra.

– Senhor Price – berra Madison. – Muito prazer em vê-lo.

– Madison – Price grita de volta. – Precisamos de seus serviços.

– Procurando encrenca? – Madison sorri.

– Algo mais imediato – Price berra de volta.

– Claro. – Madison berra e então, com indiferença, por alguma razão, acena para mim com a cabeça, berrando, acho:

– Bateman, belo bronzeado.

Um cara em pé atrás de Madison e que se parece muito com Ted Dreyer veste um smoking estilo jaquetão com lapela redonda, camisa de algodão e gravata-borboleta de seda axadrezada, tudo isso, estou quase certo, da Polo de Ralph

Lauren. Madison fica em pé por ali, acenando com a cabeça para várias pessoas que passam espremidas.

Price perde a compostura.

– Ouça. Queremos drogas – acho que ouço ele berrar.

– Paciência, Price, paciência – Madison berra. – Vou falar com Ricardo.

Mas ele permanece ali em pé, cumprimentando as pessoas que passam espremidas por nós.

– Mas que tal *agora*? – Price grita.

– Por que vocês não estão usando smoking? – Madison berra.

– Quanto vamos querer? – Price me pergunta, parecendo desesperado.

– Um grama está bem – berro. – Tenho de chegar cedo amanhã no escritório.

– Você tem dinheiro em espécie?

Não consigo mentir, faço que sim com a cabeça, entrego-lhe quarenta dólares.

– Um grama – Price berra para Ted.

– Ei – Madison diz, apresentando seu amigo –, este é o Você.

– Um grama. – Price aperta o dinheiro na mão de Madison. – *Você*? O quê?

O tal cara e Madison riem e Ted sacode a cabeça e berra um nome que não consigo ouvir.

– Não, – Madison berra – Jocy! – acho eu.

– Pode crer. Ótimo conhecer você, Jocy. – Price levanta o pulso e toca o Rolex de ouro com o dedo indicador.

– Volto já – Madison berra. – Fiquem com meu amigo. Usem as fichas de bebida. – Ele desaparece. E Você, Jocy ou Darci se dissolve na multidão. Sigo Price até o corrimão.

Quero acender meu charuto, mas não tenho fósforos; ainda assim, apenas segurando-o, sentindo um pouco de seu aroma junto com a promessa da chegada das drogas, fico reconfortado e pego duas das fichas de bebida com Price e tento conseguir para ele uma Finlândia com gelo, mas eles não têm, a boazuda atrás do bar me informa de modo odiento. Ela, no entanto, tem um corpo maneiro e é tão gostosa que vou lhe dar uma gorda gorjeta por causa disso. Arranjo uma Absolut para Price e peço um J&B com gelo para mim. De brincadeira quase levo um Bellini para Tim, mas ele parece irritado demais para apreciar isso, então mergulho de volta na multidão até onde ele se encontra e lhe entrego a Absolut que ele pega sem agradecer e toma de um só gole, olha o copo e faz uma careta, me lançando um olhar acusador. Dou de ombros desconsoladamente, e ele volta a grudar os olhos nos trilhos de trem como um possesso. Há muito poucas gatinhas no Tunnel nesta noite.

– Ei, vou sair com Courtney amanhã à noite.

– Com *ela*? – berra de volta, encarando os trilhos. – Ótimo. – Até com o barulho eu capto o sarcasmo.

– Bem, por que *não*? Carruthers está *fora* da cidade.

– Podia também contratar alguém de um serviço de *escort* – berra cruelmente, quase sem pensar.

– Por quê? – berro.

– Porque ela vai custar *muito* mais caro a você.

– De jeito nenhum – grito.

– Ouça, também aturo isso. – Price berra, sacudindo o copo de leve. As pedras de gelo tilintam alto, o que me surpreende. – Com Meredith é a mesma coisa. Quer ser paga. *Todas* querem.

– Price? – Tomo um gole generoso de uísque. – Você é impagável...

Ele aponta para trás.

– Para onde esses trilhos vão? – As luzes laser começam a lampejar.

– Não sei – digo depois de um longo tempo, nem sei quanto.

Fico entediado observando Price, que não está nem se movendo, nem falando. A única razão para ele de vez em quando se desviar dos trilhos de trem é procurar Madison ou Ricardo. Nenhuma mulher em lugar algum, apenas um exército de profissionais de Wall Street vestindo smokings. A única fêmea à vista está dançando sozinha num canto alguma canção chamada "Love Triangle", eu acho. Está usando o que parece ser um top de lantejoulas da Ronaldus Shamask, e me concentro nisso, mas estou num tal estado de excitação pré-cocaína que começo a mastigar nervosamente uma ficha de bebida e então um cara de Wall Street, que se parece com Boris Cunningham, bloqueia minha visão da garota. Estou prestes a partir para o bar quando Madison retorna – vinte minutos depois – e funga alto, um sorriso largo e nervoso mascarado no rosto. Assim aperta a mão de um Price suarento e com olhar duro, e que se afasta tão rapidamente que quando Ted tenta lhe dar uns tapinhas nas costas de um jeito amigável, bate no ar.

Sigo Price de volta, passando pelo bar e pela pista de dança, passando pelo porão e pelo andar de cima, passando pela comprida fila do banheiro feminino, o que é estranho já que parece não haver mulheres no clube esta noite, e então estamos no banheiro masculino, que está vazio, e Price e eu nos enfiamos juntos em um dos compartimentos, e ele tranca a porta.

– Estou tremendo – Price diz, me entregando o pequeno envelope. – Você abre.

Pego o envelope, desdobrando cuidadosamente as bordas do pequeno papelote branco, expondo o suposto grama – que parece ter menos – à fraca luz fluorescente do banheiro masculino.

– Poxa – Price sussurra de modo surpreendentemente delicado. – Não é nenhuma puta quantidade. – Inclina-se para a frente para examinar.

– Talvez seja só a luz – declaro.

– Qual é a porra do problema do Ricardo? – Price pergunta, embasbacado diante da coca.

– Psiu – sussurro, tirando fora meu cartão American Express platinado. – Vamos cheirar e pronto.

– Aquela porra está sendo vendida por *miligrama*? – Price pergunta. Ele enfia seu próprio cartão platinado American Express no pó, trazendo-o ao nariz para aspirar. Fica ali em silêncio por um momento, e então diz ofegante – Ai meu Deus – com uma voz baixa, gutural.

– O quê? – pergunto.

– É um miligrama de merda de... adoçante Sweet'n Low – se engasga.

Cheiro um pouco e chego à mesma conclusão.

– Está bem fraco mesmo, mas tenho a impressão de que se cheirarmos bastante vamos ficar ok... – Mas Price está furioso, rosto vermelho e suando; grita comigo como se fosse culpa minha, como se a compra do grama do Madison fosse ideia minha.

– Quero ficar doidão com isso, Bateman – Price diz devagar, levantando a voz. – E não botar numa porra de um café expresso!

– Então ponha no *café au lait* – grita uma voz dengosa do compartimento ao lado.

Price crava os olhos em mim, arregalados de incredulidade, depois se enfurece e fica dando voltas, batendo os punhos na divisória do compartimento.

– Fique calmo – eu lhe digo. – Vamos cheirar logo.

Price se vira para mim e, depois de passar a mão no cabelo esticado, puxado para trás, parece ceder.

– Acho que você está certo – e aí levanta a voz – isto é, se a bichona aqui do lado achar que está ok.

Aguardamos uma manifestação, e então a voz no compartimento do lado balbucia.

– Por mim tudo bem...

– Foda-se! – Price urra.

– Foda-se *você* – a voz arremeda.

– Não, *foda-se você* – Price grita de volta, querendo se pendurar na divisória de alumínio, mas eu o puxo de volta com uma das mãos. O compartimento ao lado é dada a descarga na privada e a pessoa não identificada, obviamente nada nervosa, sai em disparada do banheiro masculino. Price se recosta à porta de nosso compartimento e me encara de um modo desanimado. Passa uma mão trêmula no rosto ainda enrubescido e fecha os olhos com força, lábios brancos, leve resíduo de cocaína em uma das narinas – e então diz com calma, sem abrir os olhos:

– Tudo bem. Vamos cheirar.

– *Assim* é que eu gosto – digo. Nos alternamos em mergulhar nossos respectivos cartões no envelope, até não podermos pegar com os cartões, aí passamos o dedo e fungamos ou lambemos os restinhos e esfregamos na gengiva. Não estou nem um pouco doidão, mas um outro J&B poderá dar ao corpo uma falsa impressão, suficiente para dar alguma espécie de barato mesmo fraco, não importa.

Depois de sairmos do compartimento lavamos as mãos, examinando nosso reflexo no espelho, e, satisfeitos, nos dirigimos de volta ao Salão dos Candelabros. Começo a achar que deveria ter depositado meu sobretudo (Armani) na chapeleira da entrada, mas independente do que Price diga me sinto meio doidão e minutos depois quando estou esperando no bar querendo chamar a atenção daquela boazuda isso passa a não ter importância. Finalmente tenho de deixar uma nota de vinte no balcão para atrair sua atenção, embora guarde comigo as fichas de bebida que sobraram. Funciona. Me aproveitando das fichas de bebida, peço duas Stolis duplas com gelo. Ela serve os drinques na minha frente.

Me sinto bem e berro para ela:

– Ei, você não é da Universidade de Nova York?

Ela balança a cabeça negativamente, sem sorrir.

– Da Hunter? – Berro.

Balança de novo a cabeça. Hunter não.

– Da Colúmbia? – Berro, embora seja até gozação.

Ela continua concentrada na garrafa de Stoli. Resolvo não continuar a conversa e ponho logo as fichas de bebida no balcão quando ela traz os dois copos até mim. Mas ela balança a cabeça e berra:

– Já passa das onze. As fichas não valem mais. O bar é a dinheiro. São 25 dólares.

Sem me queixar, bancando a situação com indiferença, puxo minha carteira de couro de gazela e lhe entrego uma nota de cinquenta a qual ela olha, juro, com desprezo e, dando um suspiro, volta até a caixa registradora e pega meu troco e digo, encarando-a, com muita clareza embora abafado por "Pump Up the Volume" e pela multidão:

– Você é uma porra de uma putinha escrota e quero lhe meter a faca até morrer e brincar com seu sangue – mas estou sorrindo.

Não deixo gorjeta para aquela xota e encontro Price que mais uma vez está de pé, mal-humorado, junto ao corrimão, agarrando com as mãos as barras de aço. Paul Owen, que está cuidando da conta da Fisher, veste um smoking de lã estilo jaquetão de seis botões e está parado junto a Price gritando algo como "Processei quinhentas iterações de fluxo de caixa descontado negativo num ICM PC, peguei táxi para ir até o Smith e Wollensky".

Entrego o drinque a Price, enquanto aceno com a cabeça para Paul. Price não diz nada, nem mesmo obrigado. Apenas pega o drinque e examina com pesar os trilhos e então aperta os olhos e abaixa a cabeça até o copo, e quando as luzes estroboscópicas começam a lampejar, ele se apruma e murmura algo para si mesmo.

– Você não está doidão? – pergunto.

– Como vai você? – Owen berra.

– Muito feliz – digo.

A música é uma canção comprida, sem-fim, que se sobrepõe a outra, canções separadas que são interligadas apenas pela batida surda repetitiva que apaga qualquer conversa, o que, quando estou falando com um escroto como Owen, está perfeitamente ok para mim. Parece haver agora mais garotas no Salão dos Candelabros e tento cruzar os olhos com uma delas – tipo modelo com peitos grandes. Price me cutuca e me inclino até ele para perguntar se devemos pegar um outro grama.

– Por que vocês não estão usando smoking? – Owen pergunta, por trás de mim.

– Vou embora – Price berra. – Estou saindo fora.

– Embora de onde? – berro de volta, confuso.

– *Disso* – berra, se referindo, não tenho certeza, mas acho, à Stoli dupla.

– Não – digo a ele. – Eu bebo.

– Ouça-me Patrick – grita. – Vou *embora*.

– Para onde? – estou mesmo atrapalhado. – Você quer que eu encontre Ricardo?

– Vou embora – grita. – Vou... vou... *embora*!

Começo a rir, sem saber o que ele quer dizer.

– Bem, para onde você vai?

– Para longe! – berra.

– Não me diga – berro de volta. – Bancos comerciais?

– *Não,* Bateman. Estou falando sério, seu burro filho da mãe. *Indo embora.* Desaparecendo.

– Para onde? – ainda estou rindo, ainda confuso, ainda berrando. – O Morgan Stanley? Reabilitação? O quê?

Ele desvia os olhos de mim, não responde, fica apenas contemplando para além do corrimão, tentando achar o ponto onde os trilhos terminam, achar o que se encontra atrás da escuridão. Ele está ficando chato, mas Owen parece pior e sem querer já cruzei os olhos com aquele escroto.

– Diga a ele para não se aborrecer e ser feliz – Owen berra.

– Você ainda está cuidando da conta da Fisher? – (O que mais posso dizer a ele?)

– O quê? – Owen pergunta. – Espere. Não é o Conrad?

Ele aponta para um cara usando smoking de lã com lapela redonda, camisa de algodão com gravata-borboleta, tudo da Pierre Cardin, que está parado perto do bar, embaixo do lustre, segurando uma taça de champanhe, examinando as unhas. Owen puxa um charuto, depois pede fogo. Estou entediado e por isso vou até o bar sem pedir licença, para pegar uns fósforos com a boazuda que quero tratar mal. O Salão dos Candelabros está apinhado e todo mundo parece conhecido, todo mundo se parece. Fumaça de charuto paira pesadamente, flutuando no ar, e a música, INXS de novo, está mais alta do que nunca, mas até que ponto vai aumentar? Roço por engano a testa e meus dedos voltam molhados. Pego alguns fósforos no bar. A caminho de volta em meio à multidão esbarro em McDermott e Van Patten, que começam a me implorar por mais fichas de bebida. Entrego a eles as fichas que sobraram sabendo que não valem mais, mas ficamos imprensados juntos no meio do salão e as fichas de bebida não dão a eles incentivo suficiente para fazerem a travessia até o bar.

– Garotas de merda – Van Patten diz. – Cuidado. Nenhuma gostosa legal.

– Porão de bosta – McDermott berra.

– Vocês conseguiram drogas? – Van Patten berra. – Vimos Ricardo.

– Não – berro. – Negativo. Madison não achou nada.

– Serviço, que diabo, serviço – o cara atrás de mim berra.

– Não adianta – berro. – Não consigo ouvir nada.

De repente McDermott me pega pelo braço.

– Que porra o Price está fazendo? Olhem.

Como num filme, me viro com certa dificuldade, ficando na ponta dos pés para ver Price empoleirado sobre o corrimão, tentando se equilibrar, e alguém lhe entrega uma taça de champanhe e bêbado ou doidaço ele estica os braços e fecha os olhos, como se estivesse abençoando a multidão. Atrás dele a luz estroboscópica continua a lampejar e apagar e lampejar e apagar e a máquina de fumaça está enlouquecida, a névoa cinzenta formando ondas sem parar, envolvendo-o. Está berrando algo, mas não consigo ouvir o quê – o salão está apinhado além de sua capacidade, o nível de som está uma combinação de arrebentar os tímpanos de "Party All the Time", do Eddie Murphy, com o alarido constante dos executivos – por isso abro caminho, meus olhos grudados em Price, e consigo passar por Madison e Jocy e Turnball e Cunningham e mais alguns outros. Mas a multidão está tão densamente apinhada que é inútil até mesmo continuar tentando. Apenas poucas cabeças estão fixadas em Tim, ainda se equilibrando no corrimão, olhos semicerrados, gritando algo. Atrapalhado, me vejo de repente alegre por estar preso na multidão, incapaz de alcançá-lo, de salvá-lo de uma humilhação quase certa, e durante um byte de silêncio perfeitamente cronometrado posso ouvir Price berrar "Adeus!" e então, para a multidão afinal prestando atenção, "Cabeças de merda!". Graciosamente gira o corpo e salta para o outro lado do corrimão e cai nos trilhos e começa a correr, a taça de champanhe balançando quando a empunha de lado. Tropeça uma vez, duas, com a luz estroboscópica lampejando, no que parece câmara lenta, mas retoma a postura antes de desaparecer na escuridão. Um segurança está displicentemente sentado próximo ao corrimão quando Price se retira na escuridão. Ele apenas balança a cabeça, acho.

– Price! Volte aqui! – grito, mas a multidão já está na verdade aplaudindo sua performance. – Price! – grito mais uma vez, acima das palmas. Mas ele sumiu e duvido que se tivesse me ouvido *mesmo* faria alguma coisa. Madison está parado por perto e me estende a mão como para me cumprimentar por alguma coisa.

– Esse cara é um *arruaceiro*.

McDermott surge atrás de mim e me puxa pelo ombro.

– Será que Price conhece outra sala VIP que não sabemos? – Parece aborrecido.

No lado de fora do Tunnel, estou doidão, mas cansado de verdade e minha boca surpreendentemente tem um gosto de adoçante NutraSweet, mesmo após ter bebido mais duas Stolis e meio J&B. Meia-noite e meia e vemos limusines tentando dar voltas pela esquerda para entrarem na via expressa do West Side. Nós três, Van Patten, McDermott e eu discutimos as possibilidades de encontrarmos aquela nova boate chamada Nekenieh. Na verdade não estou doidão, só um pouco bêbado.

– Almoço? – pergunto, bocejando. – Amanhã?

– Não posso – McDermott diz. – Corte de cabelo no Pierre.

– Que tal no café da manhã? – sugiro.

– Sem chance – Van Patten diz. – Gio's. Manicure.

– Isso me lembra – digo, examinando a mão. – Também estou precisando.

– Que tal no jantar? – McDermott pergunta.

– Tenho um encontro – digo. – Merda.

– E você? – McDermott pergunta a Van Patten.

– Não posso mesmo – Van Patten diz. – Tenho de ir ao Sunmakers. Depois, aula particular de ginástica.

Escritório

No elevador Frederick Dibble me fala de um assunto da Página Seis, ou de alguma outra coluna social, sobre Ivana Trump e depois sobre aquele novo restaurante italiano-tailandês no

Upper East Side onde foi ontem à noite com Emily Hamilton, e começa a se desmanchar em elogios ao grande prato de fusilli shiitake. Tiro minha caneta Cross de ouro para escrever o nome do restaurante no caderno de endereços. Dibble veste terno jaquetão de lã sutilmente listrado da Canali Milano, camisa de algodão da Bill Blass, gravata de seda trançada de xadrezinho da Bill Blass Signature e traz sobre o braço uma capa de chuva Missoni Uomo. Está com um corte de cabelo bonito e caro e fico contemplando-o, com admiração, enquanto ele começa a cantarolar acompanhando o muzak do som ambiente – uma versão do que poderia ser "Sympathy for the Devil" – que toca em todos os elevadores do prédio onde fica nosso escritório. Estou prestes a perguntar a Dibble se assistiu ao *Patty Winters Show* nesta manhã – o assunto era "autismo" –, mas ele salta num andar antes do meu e repete o nome do restaurante, "Thaidialano", e depois diz "Até logo, Marcus" e sai do elevador. As portas fecham-se. Estou usando terno de lã xadrez quadriculado com calças preguedas da Hugo Boss, gravata de seda, também da Hugo Boss, camisa de algodão trançado mercerizado da Joseph Abboud e sapatos da Brooks Brothers. Apliquei o fio dental com força demais hoje de manhã e posso ainda sentir no fundo da garganta o gosto dos resíduos de cobre no sangue engolido. Usei depois Listerine e minha boca parece estar pegando fogo, mas consigo sorrir para ninguém em especial ao saltar do elevador, passando rápido por um Wittenborn de ressaca e balançando minha nova maleta de couro preto da Bottega Veneta.

Minha secretária, Jean, que está apaixonada por mim e com quem provavelmente vou acabar me casando, está sentada à sua mesa e nesta manhã, como sempre, para atrair minha atenção, está vestindo algo duvidosamente caro e absolutamente inadequado: cardigã de cashmere Chanel, blusa de cashmere sem gola e cachecol de cashmere, brincos de pérolas falsas e calças de lã-crepe da Barney's. Tiro o Walkman do pescoço quando me aproximo de sua mesa. Ela levanta os olhos e sorri com timidez.

– Atrasado? – pergunta.

– Aula de aeróbica. – Reajo com indiferença. – Sinto muito. Algum recado?

– Ricky Hendrick quer cancelar hoje – diz ela. – Não disse o que era que estava cancelando nem por quê.

– Às vezes pratico boxe com ele no Clube Harvard – explico. – Alguém mais?

– E... Spencer quer encontrar com você para um drinque no Fluties Pier 17 – diz, sorrindo.

– Quando? – pergunto.

– Depois das seis.

– Negativo – digo ao me encaminhar para minha sala. – Cancele.

Ela se levanta e me segue.

– O que devo dizer? – pergunta, achando graça.

– Diga apenas... que... nao – falo, tirando meu sobretudo Armani e pendurando-o no cabide Alex Loeb que comprei no Bloomingdale's.

– Diga apenas... que... não? – repete.

– Você viu o *Patty Winters Show* hoje de manhã? – pergunto. – Sobre autismo?

– Não. – Ela sorri como se estivesse fascinada por eu estar viciado em *Patty Winters Show*. – Como foi?

Pego o *Wall Street Journal* de hoje de manhã e corro os olhos pela primeira página – toda ela um grande borrão tipográfico sem sentido e manchado de tinta.

– Acho que eu estava alucinando ao ver o programa. Não sei. Não tenho certeza. Não me lembro – murmuro, pousando o *Journal* de volta e aí, pegando o *Financial Times*: Realmente não sei. – Ela fica ali parada esperando instruções. Respiro fundo e junto as mãos, sentando-me à mesa Palazzetti de tampo de vidro, as lâmpadas de halogênio em ambos os lados já acesas. – Ok, Jean – começo –, quero reserva para três no Camols às doze e trinta e, se não der lá, tente o Crayons. Certo?

– Sim, senhor – diz em tom de gozação e então dá a volta e se vai.

– Ah, espere – digo, me lembrando de algo –, também quero reserva para dois no Arcadia hoje às oito da noite.

Ela se volta, o rosto caindo, mas mantendo o sorriso.

– Hein, alguma coisa... romântica?

– Não, bobagem. Esqueça – digo-lhe. – Deixe que eu faço. Obrigado.

– Eu faço – diz.

– Não. Não – digo, acenando para que ela saia. – Seja boazinha e me traga uma Perrier, ok?

– Você parece bem hoje – diz antes de sair.

Ela tem razão, mas não digo nada – fico apenas contemplando do outro lado da sala o quadro de George Stubbs pendurado na parede, me perguntando se devo mudá-lo de lugar, achando que talvez esteja muito perto do sintonizador AM/FM estéreo Aiwa e do gravador cassete dual e do toca-discos *belt-drive* semiautomático, do equalizador gráfico, dos alto-falantes de prateleira que são parte do conjunto, tudo em azul-crepúsculo para combinar com o projeto de cor do escritório. O quadro de Stubbs deveria provavelmente ficar em cima do doberman tamanho natural que está no canto (700 dólares na Beauty and the Beast, no edifício Trump Tower) ou talvez ficasse melhor sobre a mesa Pacrizinni antiga, colocada junto ao doberman. Levanto-me e remexo todas essas revistas esportivas da década de 40 – me custam trinta pratas *cada* – que compro na Funchies, Bunkers, Gaks e Gleeks, e aí retiro o quadro de Stubbs da parede e o equilibro na mesa, depois me sento e fico mexendo nos lápis que guardo numa caneca de cerveja alemã de primeira qualidade que consegui na Man-tiques. O Stubbs fica bem em ambos os lugares. Uma reprodução de descanso de guarda-chuva Black Forest (675 dólares na Hubert des Forges) está colocada no outro canto, sem conter guarda-chuva algum, acabo de me dar conta.

Ponho um cassete de Paul Butterfield no toca-fitas, me recosto e folheio a *Sports Illustrated* da semana passada, mas não consigo me concentrar. Fico pensando na porra da cama de bronzeamento que Van Patten tem e sou levado a levantar o fone e chamar Jean com a campainha.

– Pois não? – responde.

– Jean. Ouça, fique de olho numa cama de bronzeamento, ok?

– No quê? – pergunta sem acreditar, tenho certeza, mas mesmo assim sem fechar o sorriso.

– Você sabe. Uma cama de bronzeamento – repito com indiferença. – Para ficar... bronzeado.

– Ok... – diz com hesitação. – Mais alguma coisa?

– E, ah, claro. Me lembre de devolver à locadora os filmes que aluguei na noite passada. – Começo a abrir e fechar a caixa de charutos em prata de lei que está ao lado do telefone.

– Mais Alguma coisa? – pergunta, e então, com malícia – Que tal aquela água Perrier?

– É. É isso aí. Mas, Jean...?

– O que é – diz, e me sinto aliviado pela sua paciência.

– Você não acha que sou maluco? – indago. – Quero dizer, por querer uma cama de bronzeamento?

Há uma pausa e então:

– Bem, não é muito comum – admite, e posso ver que está escolhendo as palavras com *muito* cuidado. – Mas não, claro que não. Quero dizer, de que outro modo você vai manter esse tom de pele que é uma loucura de bonito?

– Bondade sua – digo antes de desligar. Tenho uma grande secretária.

Ela entra na sala cinco minutos depois com a Perrier, uma rodela de limão e a pasta da Ransom, que não precisava trazer e me sinto vagamente emocionado por sua devoção quase total a mim. Não posso deixar de me sentir envaidecido.

– A mesa no Camols já está reservada para as doze e trinta – ela declara enquanto serve a água Perrier no copo. – Área de não fumantes.

– Não ponha essa roupa de novo – digo, olhando-a com rapidez. – Obrigado pela pasta da Ransom.

– Humm... – Ela ganha tempo, quase me entregando a Perrier, e pergunta – O quê? Não ouvi – antes de pousar o copo na mesa.

– Eu disse – e me repito calmamente, com um sorriso escancarado – não ponha essa roupa de novo. Ponha um vestido. Uma saia ou coisa parecida.

Ela fica ali só um pouquinho aturdida, e depois de olhar para si mesma, ri como se fosse uma cretina.

– Você não gosta disso, se estou entendendo – diz com humildade.

– Vamos – digo, dando um gole na minha Perrier. – Você é mais bonita do que isso.

– Obrigada, Patrick – diz com sarcasmo, embora eu aposte que amanhã estará usando um vestido. O telefone toca sobre sua mesa. Digo-lhe que não estou. Ela se volta para sair.

– E salto alto – eu digo. – Gosto de salto alto.

Ela balança a cabeça com bom humor quando sai, fechando a porta atrás de si. Pego meu relógio de bolso Panasonic com tevê em cores diagonal de três polegadas e rádio AM/FM e tento achar alguma coisa para ver, de preferência *Jeopardy*!, antes de me virar para a tela do computador.

Academia de ginástica

A ACADEMIA DE GINÁSTICA A QUE PERTENÇO, a Xclusive, é um clube fechado localizado a quatro quarteirões de meu apartamento no Upper West Side. Nos dois anos desde que me associei, já foi remodelada três vezes, e embora tenha os mais recentes aparelhos de musculação (Nautilus, Universal, Keiser) também tem uma ampla coleção de pesos livres, que gosto de usar. O clube tem dez quadras de tênis e raquetebol, aulas de aeróbica, quatro estúdios de dança aeróbica, duas piscinas, bicicletas ergométricas, um aparelho Gravitron, aparelhos de remar, esteira rolante, aparelhos de esqui, treinamento *one-on-one,* avaliações cardiovasculares, programas personalizados, massagem, sauna e banho turco, deck solar, unidades de bronzeamento e um café com lanchonete de sucos, tudo projetado por J.J. Vogel, que projetou o novo clube Norman Prager, o Petty's. O associado paga uns cinco mil dólares por ano.

Estava frio nesta manhã, mas me pareceu mais quente depois que saí do escritório. Estou usando terno jaquetão de seis botões listrado de giz da Ralph Lauren com camisa de algodão Sea Island de colarinho largo, listrada e punhos franceses, também da Polo, e tiro as roupas, aliviado, no vestiário com ar-condicionado, me enfio num short preto-graúna de algodão e Lycra com faixa de cintura branca e listras laterais e uma camiseta sem manga de Lycra e algodão, ambos da

Wilkes, que podem ser dobrados de forma tão comprimida que posso até carregá-los na maleta. Depois de me vestir e pôr o Walkman, prendendo-o no short de Lycra e colocando os fones nos ouvidos para ouvir uma fita montada de Stephen Bishop/Christopher Cross que Todd Hunter preparou para mim, me examino no espelho antes de entrar no ginásio e, não satisfeito, volto até minha maleta para pegar um pouco de creme para fixar o cabelo para trás. Aplico, então, um hidratante e, numa pequena mancha que percebo embaixo do lábio inferior, dou uma leve pincelada de bastão Touch-Stick da Clinique. Satisfeito, ligo o Walkman, o volume alto, e saio do vestiário.

Cheryl, a garota atarracada que está apaixonada por mim, está sentada à sua mesa anotando a frequência das pessoas, lendo uma das colunas sociais do *Post*, e dá para notar como ela se ilumina toda quando me vê chegando. Me diz "oi", mas passo por ela rápido, mal registrando sua presença, já que não há fila para a Stairmaster, na qual se tem de aguardar normalmente vinte minutos. Com a Stairmaster você exercita o grupo dos músculos maiores (entre a pélvis e os joelhos) e você pode acabar queimando mais calorias por minuto do que queimaria fazendo qualquer outra atividade aeróbica, excetuando talvez o esqui nórdico.

Eu deveria, provavelmente, fazer alongamento antes, mas se o fizer vou ter de esperar na fila – avisto uma bichinha, atrás de mim, provavelmente examinando minhas costas, bunda, músculos da perna. Não há nenhuma gatinha hoje no ginásio. Apenas as bichas do West Side, talvez atores desempregados, garçons da noite, e Muldwyn Butner, da Sachs, de quem fui colega em Exeter, no aparelho de musculação de bíceps. Butner está usando shorts de Lycra e náilon do comprimento da perna, entremeado de xadrez, e camiseta sem manga de algodão e Lycra e tênis Reebok de couro. Termino os vinte minutos na Stairmaster e deixo a bicha que está atrás de mim – de meia-idade, supermusculoso e de cabelos louros excessivamente oxigenados – usá-la e dou início aos exercícios de alongamento. Durante o alongamento, o *Patty Winters Show* a que assisti nesta manhã me vem à cabeça. O assunto era "seios grandes" e havia uma mulher que reduziu os seios, pois achava que eram grandes demais – a burra da mulher. Imediatamente liguei para McDermott que também estava assistindo e nós dois ficamos ridicularizando a mulher pelo resto do programa. Faço cerca de quinze minutos de alongamento antes de me dirigir aos aparelhos Nautilus.

Eu tinha um personal trainer que foi recomendado por Luis Carruthers, mas ele resolveu me cantar no último outono e decidi desenvolver meu próprio programa de exercícios que incorpora tanto aeróbica quanto musculação. Quanto aos halteres, alterno entre os halteres soltos e os aparelhos com sobrecarga, que utilizam resistência hidráulica, pneumática ou eletromecânica. A maioria dos aparelhos é muito eficiente, já que os painéis de regulagem computadorizada permitem ajustar a força de resistência sem que o usuário necessite levantar-se. Entre os aspectos positivos dos aparelhos está o de que eles minimizam as dores musculares e reduzem as possibilidades de qualquer lesão. Mas também aprecio a versatilidade e a liberdade que me oferecem os halteres soltos e as muitas variações de levantamento de peso que não posso obter nos aparelhos.

Nos aparelhos para exercícios com os membros inferiores, faço cinco séries de dez repetições cada. Para as costas, faço também cinco séries de dez repetições. No aparelho de abdominais já consigo fazer seis séries de quinze e no aparelho de tonificar bíceps, faço sete séries de dez. Antes de ir para os halteres soltos, fico vinte minutos na bicicleta ergométrica enquanto leio o novo número da revista *Money*. Passando para os halteres soltos, faço três séries de quinze repetições de exercícios de alongamento para a perna, torneamento e esforço, depois três séries e vinte repetições de levantamento lateral, voltados para os deltoides posteriores, e três séries e vinte repetições de exercícios com os halteres para músculos costais, sequência de polias, levantamentos e sequências com barras. Para o peito faço três séries e vinte repetições de esforços no banco inclinado. Para os deltoides anteriores faço também três séries de levantamentos laterais e esforço com halteres, sentado. Finalmente, para o tríceps, faço três séries e vinte repetições de exercícios com barra e esforço no banco *close-grip*. Após mais exercícios de alongamento para apaziguar o corpo, tomo uma rápida ducha quente e aí vou até à locadora de vídeo onde devolvo as duas fitas que peguei na segunda-feira, *Reformatório Misto* e *Dublê de Corpo*, mas pego de novo *Dublê de Corpo* porque quero assisti-lo novamente hoje à noite, apesar de saber que não me sobrará tempo para me masturbar com a cena da mulher sendo furada até à morte com a furadeira elétrica, pois tenho um encontro com Courtney às sete e meia no Café Luxembourg.

Encontro

Voltando para casa depois da ginástica na Xclusive, e após uma intensa sessão de massagem shiatsu, paro numa banca de jornal próxima, correndo os olhos pela prateleira de Só Para Adultos com meu Walkman ainda nos ouvidos, a melodia reconfortante do "Canon", de Pachelbel, de algum modo complementando as fotografias chapadas e de iluminação excessiva das revistas que folheio. Compro *Lesbian Vibrator Bitches* e *Cunt on Cunt* junto com a última *Sport Illustrated* e o novo exemplar de *Esquire*, embora seja assinante destas e ambas tenham já chegado pelo correio. Espero que a banca esvazie para fazer minhas compras. O jornaleiro diz alguma coisa, faz um movimento em direção ao próprio nariz adunco, enquanto me entrega as revistas junto com o troco. Abaixo o volume e tiro um dos fones do Walkman e pergunto "O quê?". Ele toca novamente o nariz e com um sotaque carregado, quase impenetrável diz, acho, "Narez shhtá sangre". Repouso a maleta Bottega Veneta e levo o dedo ao meu rosto. Ele fica vermelho, úmido de sangue. Remexo o sobretudo Hugo Boss e tiro um lenço Polo e limpo o sangue, agradeço com a cabeça, meto meus óculos escuros de aviador Wayfarer de novo e vou embora. Porra de iraniano.

Na entrada de meu prédio paro junto à mesa de recepção e tento chamar a atenção do porteiro preto de origem hispânica que não reconheço. Está com a esposa ao telefone, ou com o traficante ou algum viciado em crack e me olha acenando com a cabeça, o fone enganchado nas dobras prematuras do pescoço. Quando ele percebe que quero pedir alguma coisa, respira fundo, gira os olhos para cima e diz a quem está na linha para esperar.

– O que o senhor quê? – resmunga.

– É – começo, num tom o mais delicado e educado que, de algum modo, consigo convocar. – Por favor, poderia avisar ao síndico que há uma racha no teto do meu... – paro.

Fica olhando para mim como se eu tivesse ultrapassado algum tipo de limite nunca mencionado, e começo a me perguntar qual palavra o deixou confuso: *racha* certamente não é, então o que é? *Síndico*? *Teto*? Talvez até *por favor*?

– Entendi não... – Suspira, as costas curvadas, ainda me perscrutando com os olhos.

Olho para o assoalho de mármore e também suspiro e falo para ele:

– Olhe. Deixe. Diga apenas ao síndico que é o Bateman... do Dez I. – Ao levantar a cabeça para ver se alguma coisa do que eu disse foi registrada, sou premiado pela máscara inexpressiva do rosto burro, lerdo do porteiro. Sou um fantasma para esse homem, fico pensando. Sou algo irreal, alguma coisa meio inatingível, embora ainda um obstáculo sem importância, e ele faz que sim com a cabeça, volta ao fone, retoma a conversa num dialeto completamente estranho para mim.

Recolho a correspondência – catálogo da Polo, fatura do American Express, *Playboy* de junho, convite para um coquetel de empresa em uma nova boate chamada Bedlam – depois ando até o elevador, entro enquanto examino o folheto da Ralph Lauren e aperto o botão de meu andar e depois o botão de fechar a porta, mas alguém entra justo antes de as portas se fecharem e por instinto me viro para dizer oi. É o ator Tom Cruise, que mora na cobertura, e por delicadeza, sem lhe perguntar, aperto o botão C e ele agradece com a cabeça e mantém os olhos fixos nos números que se acendem em cima da porta em rápida sucessão. É bem mais baixo pessoalmente e está usando os mesmos óculos Wayfarer pretos que trago no rosto. Está vestido de jeans, camiseta branca e paletó Armani.

Para quebrar o silêncio desconfortável que evidentemente se instalou, limpo a garganta e digo:

– Achei que você estava muito bem em *Barman*. Achei um filme muito bom, e *Ases indomáveis* também. Acho que foi bom mesmo.

Tira os olhos dos números e os fixa em mim.

– Era *Cocktail* – diz baixinho.

– Como? – digo, confuso. Ele limpa a garganta e diz: – *Cocktail*. Não é *Barman*. O nome do filme é *Cocktail*.

Uma longa pausa se segue; apenas o barulho dos cabos puxando o elevador lá para cima do edifício compete com o silêncio, óbvio e pesado entre nós.

– Poxa é... Isso mesmo – digo, como se o título me tivesse ocorrido neste instante. – *Cocktail*. Ah, sim, está certo – digo. "Você Bateman é demais, o que está pensando?" Balanço a cabeça como que para arrumá-la e então, para emendar as coisas, estendo a mão. – Prazer. Pat Bateman.

Cruise me aperta a mão sem convicção.

– Bem – continuo. – Você gosta de morar neste prédio? Ele espera um longo tempo antes de responder:

– Acho que sim.

– É ótimo – digo. – Não é?

Acena que sim com a cabeça, sem olhar para mim, e aperto de novo o botão de meu andar, numa reação quase involuntária. Ficamos ali em silêncio.

– Então é... *Cocktail* – digo um pouco depois. – É este o nome.

Não diz nada, nem mexe a cabeça, mas agora me olha de modo estranho, abaixa os óculos escuros e diz, fazendo uma pequena careta:

– Eh... seu nariz está sangrando.

Fico ali parado como uma rocha por um instante, antes de entender que devo fazer algo a respeito disso, então finjo estar adequadamente embaraçado, toco o nariz com curiosidade e aí tiro meu lenço Polo – já manchado de castanho – e limpo o sangue das narinas, lidando até direitinho com a situação.

– Deve ser a altitude. Aqui é tão alto – dou um sorriso.

Faz que sim com a cabeça, não diz nada, levanta os olhos para os números.

O elevador para em meu andar e quando a porta se abre digo a Tom: – Sou seu grande fã. É realmente bom conhecer você afinal.

– Ah, claro, certo. – Cruise dá aquele famoso sorriso largo e mete o dedo no botão de fechar a porta.

A garota com quem vou sair hoje à noite, Patricia Worrell – loura, modelo, abandonou o curso da Sweet Briar recentemente depois de apenas um semestre de aulas – deixou duas mensagens na secretária eletrônica, me dizendo que era incrivelmente importante eu ligar para ela. Enquanto afrouxo minha gravata de seda azul, inspirada em Matisse, da Bill Robinson, disco o número dela e ando pelo apartamento, telefone sem fio na mão, para ligar o ar-condicionado.

Atende ao terceiro toque.

– Alô?

– Patricia. Oi. É Pat Bateman.

– Ah, oi – diz. – Ouça, estou na outra linha. Ligo para você de volta?

– Bem... – digo.

– Olhe, é o meu clube de ginástica – diz. – Fizeram uma trapalhada com minha conta. Ligo para você num segundo.

– Está bem – respondo e desligo.

Vou para o quarto de dormir e tiro o que estava vestindo hoje: terno de lã em espinha de peixe com calças pregueadas da Giorgio Correggiari, camisa cinza-escura de algodão da Ralph Lauren, gravata de tricô da Paul Stuart e sapatos de camurça da Cole-Haan. Enfio um short de boxe de sessenta dólares que comprei na Barney's e faço uns exercícios de alongamento, segurando o fone, esperando Patricia me ligar. Após dez minutos de alongamento, o telefone toca e espero ele dar seis toques antes de atender.

– Oi – diz ela. – Sou eu, Patricia.

– Você fica na linha? Estou com uma outra chamada.

– Ah, claro – diz.

Coloco ela na espera por dois minutos, aí retomo a linha.

– Oi – digo. – Desculpe.

– Tudo bem.

– Então. Jantar – digo. – Você passa por aqui mais ou menos às oito?

– Bem, era sobre isso que queria falar com você – diz devagar.

– Ah, não – lastimo. – O que é?

– Bem, você sabe, é o seguinte – começa. – Tem esse show na Rádio City e...

– Não, não, não – falo para ela de maneira inflexível. – Nada de música.

– Mas é que meu ex-namorado, aquele tecladista da Sarah Lawrence, está na banda de apoio e... – para, como se tivesse já decidido contestar minha decisão.

– Não. Hum hum, Patricia – falo para ela com firmeza, pensando comigo mesmo: "Que diabo, por que *isto* agora, por que *esta* noite?".

– Ah, Patrick – choraminga no telefone. – Vai ser tão divertido.

Estou agora bastante certo de que as chances de fazer sexo com Patricia nesta noite são bem boas, mas não se assistirmos a um show em que um ex-namorado (não existe isso com Patricia) estiver na banda de apoio.

– Não gosto de shows – falo para ela; andando até a cozinha. Abro a geladeira e tiro um litro de Evian. – Não gosto de shows – digo novamente. – Não gosto de música ao vivo.

– Mas esse show não é como os *outros*. – Acrescenta de modo pouco convincente. *Temos* bons lugares.

– Ouça. A gente não precisa discutir – digo. – Se você quer ir, *vá*.

– Mas achei que íamos ficar *juntos* – diz, se esforçando para demonstrar emoção. – Achei que íamos jantar... – e aí, quase certamente uma reflexão tardia – Ficar *juntos*. Nós dois.

– Sei, sei – digo. – Ouça, devemos nos permitir fazer exatamente aquilo que *queremos* fazer. *Eu* quero que você faça aquilo que *você* quer fazer.

Faz uma pausa e tenta um novo ângulo.

— A música deles é tão linda, tão... Sei que ela parece brega, mas é... *magnífica*. A banda é das melhores que você jamais verá. São divertidos e maravilhosos e a música é tão legal e, ah poxa, quero muito mesmo que você vá vê-los. Vamos ter uma noite legal, garanto – diz transbordando de sinceridade.

— Não, não, você vai – digo. – Divirta-se.

— Patrick – diz. – Tenho *duas* entradas.

— Não. Não gosto de shows – digo. – Música ao vivo me *chateia*.

— Bem – diz ela, e sua voz soa verdadeira, com um quê de real desapontamento, talvez. – Vou ficar mal se você não estiver lá comigo.

— Acho que você deve ir e se divertir. – Desatarraxo a tampa da água Evian, medindo meu próximo passo. – Não se preocupe. Vou sozinho mesmo ao Dorsia. Tudo bem.

Vem uma pausa muito longa que posso traduzir como: "Hã-hã, está certo, agora veja se você vai querer ir naquela porra de show fodido". Dou um gole generoso na Evian, aguardando que ela me diga a que horas estará pronta.

— Dorsia? – pergunta, e depois, desconfiada – Você fez reserva lá? Quero dizer, para nós?

— Fiz – digo. – Oito e meia.

— Bem... – Solta uma pequena risada e aí, titubeante – É que... bem, o que acho é que *eu* já vi a banda. Só queria que *você* também visse.

— Ouça. O que você está pensando? – pergunto. – Se você não vier tenho de chamar alguém. Você tem o telefone da Emily Hamilton?

— Ah, eta, eta, Patrick, não seja... *apressado*. – Dá uma risada nervosa. – Eles *vão* tocar mais duas noites e posso vê-los amanhã. Ouça, fique calmo, ok?

— Ok – digo. – Estou calmo.

— Olhe, a que horas devo estar pronta? – pergunta a Puta de Restaurante.

— Eu disse oito – falo para ela, enojado.

— Está ótimo – diz. E então num sussurro sedutor: – Até às oito. – Fica na linha como que esperando eu dizer alguma coisa a mais, como se talvez eu devesse congratulá-la por ter tomado a decisão acertada, mas mal tenho tempo de lidar com isso e reponho o fone no gancho abruptamente.

No momento seguinte após desligar o telefone na cara de Patricia corro até o outro lado da sala, apanho o guia *Zagat* e folheio ele todo até encontrar o Dorsia. Com dedos trêmulos disco o número. Ocupado. Apavorado, coloco o fone em Rediscagem Automática e nos próximos cinco minutos nada, a não ser o sinal de ocupado, constante e sinistro, se repetindo através da linha. Afinal o sinal vem e nos segundos antes de atenderem, experimento um fato raríssimo – uma descarga de adrenalina.

– Dorsia – alguém responde, o sexo não é facilmente identificável, transformado em andrógino pelo barulho da muralha de som ao fundo. – Aguarde um momento.

O barulho é apenas um pouco menor do que o de um estádio de futebol e são necessários todos os quilos de coragem que consigo juntar para ficar na linha e não desligar. Estou na espera há cinco minutos, a palma da mão suarenta, dolorida de tanto apertar o telefone sem fio com força, um pedaço de mim se dando conta da futilidade deste esforço, o outro pedaço com esperanças, outro pedaço aporrinhado por não ter feito a reserva antes ou ter pedido a Jean para fazê-la. A voz retoma à linha e diz com mau humor "Dorsia".

Limpo a garganta.

– Hã, sim, sei que está um pouco tarde, mas seria possível reservar mesa para dois às oito e meia ou nove, pode ser? – Faço esta pergunta com os olhos fechados e apertados.

Há uma pausa – a multidão no fundo, uma massa agitada e ensurdecedora – e com uma real esperança me percorrendo por dentro, abro os olhos, me dando conta de que o maître, Deus o abençoe, está provavelmente examinando o livro de reservas e vendo as desistências – mas aí ele começa a dar risadinhas espremidas, baixas de início, mas se desenvolvendo num crescendo agudo até a gargalhada, que é abruptamente cortada quando bate o telefone no gancho.

Aturdido, desassossegado, me sentindo vazio, vislumbro o próximo passo. O único som é o sinal da linha apitando ruidosamente no fone. Procuro me reorientar, conto até seis, abro de novo o guia *Zagat* e vou retomando a concentração com perseverança me munindo contra o pânico quase esmagador de conseguir fazer uma reserva para as oito e meia em algum lugar, se não tão badalado quanto o Dorsia então pelo menos de um outro time quase tão bom quanto. Acabo conseguindo uma reserva para dois no Barcadia às nove, e isso só porque houve desistência, e embora Patricia vá provavelmente ficar desapontada, pode de fato gostar do Barcadia, as mesas são bem separadas, a iluminação suave e agradável, a comida é Nouvelle Sudoeste – e se ele não gostar, o que pode fazer aquela sacana, *me processar*?

Me exercitei intensamente hoje depois da saída do escritório, mas a tensão voltou, por isso faço noventa abdominais, cento e cinquenta flexões, e aí corro parado durante vinte minutos ouvindo o novo Huey Lewis em CD. Tomo um banho quente de chuveiro e depois aplico um novo creme facial da Caswell-Massey e uma loção pós-banho da Greune, em seguida um hidratante para o corpo da Lubriderm e um creme facial Neutrogena. Fico indeciso entre duas roupas. Uma é um terno de lã-crepe da Bill Robinson que comprei no Saks com a camisa jacquard de algodão da Charivari e gravata Armani. Outro um paletó de lã e cashmere de xadrez azul, camisa de algodão e calças preguedas de lã da Alexander Julian, com gravata de seda de *poá* da Bill Blass. O paletó da Julian pode ser um pouco quente para maio, mas se Patricia estiver usando aquela roupa de Karl Lagerfeld que *acho* que ela vai vestir, então talvez eu *vá* com o paletó Julian, porque combina bem com a roupa *dela*. Os sapatos são mocassins de crocodilo da A. Testoni.

Uma garrafa de Scharffenberger está no gelo, num balde Spiros de alumínio torcido, dentro de um esfriador de champanhe em vidro trabalhado Christine van der Hurd colocado sobre uma bandeja de bar folheada em prata Cristofle. O champanhe Scharffenberger não é mau – não é o Cristal –, mas por que desperdiçar um Cristal com essa piranha? Provavelmente não conseguiria notar a diferença. Me sirvo de uma taça enquanto espero por ela, de vez em quando arrumando os animais Steuben sobre a mesa de centro com tampo de vidro da Turchin, ou às vezes folheando o último livro de capa dura que comprei, alguma coisa de Garrison Keillor. Patricia está atrasada.

Enquanto aguardo no canapé da sala de estar, a vitrola console automática Wurlitzer tocando "Cherish" com o Lovin' Spoonful, chego à conclusão de que Patricia está a *salvo* esta noite, que não irei inesperadamente puxar uma faca e usá-la nela só pelo gosto de fazer a coisa, que não irei sentir nenhum prazer em vê-la sangrar pelos talhos que lhe fizer, ao cortar sua garganta ou esfatiar o pescoço até abri-lo, ou arrancar-lhe os olhos. Ela tem sorte, embora não haja nenhum raciocínio por trás desta sorte. Pode ser que esteja a salvo porque sua riqueza, a riqueza de sua *família,* a protegem nesta noite, ou pode ser apenas uma escolha *minha*. Talvez a garrafa de Scharffenberger tenha amortecido meus impulsos ou talvez seja simplesmente porque não quero estragar este terno Alexander Julian, ao fazer com que aquela piranha espirre sangue sobre ele todo. Não importa o que aconteça, permanece o fato inútil: Patricia ficará viva, e esta vitória não exige nenhuma habilidade, nenhum salto de imaginação, nenhum artifício da parte de ninguém. É simplesmente assim que o mundo, *meu* mundo, se move.

Patricia chega trinta minutos atrasada e digo ao porteiro para deixá-la subir apesar de ir encontrá-la já no outro lado de minha porta, enquanto a estou trancando. Não está usando a roupa da Karl Lagerfeld que eu esperava, mas mesmo assim está muito correta: blusa de seda com abotoaduras de diamante falso de Louis Dell'Olio e calças bordadas de veludo da Saks, brincos de cristal da Wendy Gell para Anne Klein e escarpins dourados. Espero até entrarmos no táxi e irmos em direção ao centro para contar-lhe que não vamos ao Dorsia e peço desculpas copiosamente, menciono algo relativo às linhas telefônicas desligadas, um incêndio, um maître vingativo. Solta um gritinho sufocado quando lhe dou a notícia, ignora as desculpas e vira o rosto para o outro lado, lançando um olhar enfurecido pela janela. Tento acalmá-la demonstrando quão badalado, quão *suntuoso* é o restaurante para onde vamos, explicando como é sua massa com erva-doce e banana, seus *sorbets*, mas ela apenas sacode a cabeça e então só me resta falar, Deus do céu, como o Barcadia se tornou muito mais caro até mesmo do que o Dorsia, mas ela permanece inflexível. De seus olhos, juro, sai periodicamente uma lágrima.

Não diz nada até sentarmos em uma mesa medíocre quase na parte traseira do salão principal, e assim mesmo apenas para pedir um Bellini. Para jantar, peço ravióli de ovas de sável com compota de maçã como antepasto e bolo de carne com molho de queijo de cabra e caldo de codorna como prato principal. Ela pede caranho-vermelho com violetas e pinhão e como entrada um caldo de manteiga de amendoim com pato defumado e purê de abóbora, que parece estranho, mas na verdade é muito bom. A revista *New York* chamou-o de "um pequeno prato engraçado, mas misterioso" e repito isso para Patricia, que acende um cigarro e ignora meu fósforo aceso, rabugenta e afundada em sua cadeira, exalando fumaça diretamente em meu rosto, lançando de vez em quando olhares furiosos para mim que educadamente ignoro, sendo o mais cavalheiresco possível. Quando chegam nossos pratos fico apenas contemplando meu jantar – o triângulo vermelho-escuro do bolo de carne coberto de queijo de cabra tingido de cor-de-rosa pelo molho de romã, fios de caldo grosso e escuro de codorna borrifados em volta da carne e fatias de manga pontilhando a borda do prato largo e negro – por longo tempo fico um tanto confuso, antes de decidir comê-lo, tomando o garfo com hesitação.

Embora o jantar dure apenas noventa minutos, parece que estamos sentados no Barcadia há uma semana, e apesar de eu não ter vontade de ir ao Tunnel depois, isso se revela uma adequada punição pelo comportamento de Patricia. A conta chega a 320 dólares – menos do que, na verdade, eu esperava – e a ponho em meu cartão American Express platinado. No táxi, indo para o Tunnel, fixo meus olhos no taxímetro, o motorista tenta puxar conversa com Patricia que o ignora por completo, enquanto retoca a maquiagem com um compacto da Gucci, passando mais batom na boca já pesadamente pintada. Havia um jogo de beisebol hoje à noite que acho que esqueci de deixar gravando na fita, por isso não poderei assisti-lo quando voltar para casa, mas me lembro de que comprei duas revistas após o trabalho, e sempre posso passar uma hora ou duas debruçado lendo-as. Olho meu Rolex e me dou conta de que se tomarmos um drinque, talvez dois, ainda volto para casa a tempo de assistir o *Late Night with David Letterman*. Embora Patricia me atraia fisicamente, e de nenhum modo me incomode fazer sexo com seu corpo, a ideia de tratá-la com carinho, de ser um parceiro cordial, de desculpar-me pela noite que tivemos, por não ter conseguido jantar no Dorsia (apesar de o Barcadia ser duas vezes mais caro, pelo amor de Deus!), me deixa irritado. A piranha está provavelmente aporrinhada porque não estamos numa limusine.

O táxi para no lado de fora do Tunnel. Pago a corrida dando uma gorjeta decente ao motorista e seguro a porta aberta para Patricia, que ignora a mão que estendo para ajudá-la a sair do táxi. Ninguém está em pé, fora das cordas, esta noite. De fato, a única pessoa na Rua Vinte e Quatro é um mendigo sentado junto a uma caçamba de entulho, se contorcendo de dor, gemendo por uns trocados ou comida, e passamos rapidamente por ele, quando um dos porteiros que fica atrás das cordas nos deixa entrar, um outro me bate às costas dizendo "Como vai, Sr. McCullough?". Aceno com a cabeça, abrindo a porta para Patricia, e antes de segui-la digo "Bem, Jim" e lhe aperto a mão.

Lá dentro, depois de pagar cinquenta dólares por nós dois, me dirijo imediatamente para o bar sem me preocupar muito se Patricia vem atrás de mim. Peço um J&B com gelo. Ela quer uma água Perrier, sem limão, e faz ela mesma o pedido. Depois de engolir metade do drinque, reclinado no bar e examinando a garçonete gostosa, algo de repente me parece fora do lugar; não é a iluminação nem o INXS cantando "New Sensation" ou a gostosa atrás do bar. É outra coisa. Ao virar-me lentamente para examinar o resto da boate, me vejo diante de um espaço completamente deserto Patricia e eu somos os dois únicos frequentadores em todo o clube. Somos, à exceção da gostosa ocasional, literalmente as *duas únicas pessoas no Tunnel.* "New Sensation" entra em "The Devil Inside" e a música está a todo volume, mas dá uma sensação de estar menos alta porque não há a multidão reagindo a ela, e a pista de dança parece imensa quando vazia.

Afasto-me do bar e resolvo examinar as outras áreas da boate, esperando que Patricia me siga, mas ela não o faz. Ninguém está vigiando a escada que dá para o porão e, quando começo a descê-la, a música em cima muda, se funde na Belinda Carlisle cantando "I Feel Free". No porão há um casal que parece com Sam e Ilene Sanford, mas está mais escuro aqui embaixo, mais *quente*, e posso estar enganado. Passo por eles, que estão em pé no bar bebendo champanhe, e parto na direção desse cara com aparência de mexicano extremamente bem-vestido sentado num sofá. Está usando paletó, jaquetão de lã que faz conjunto com as calças da Mario Valentino, camiseta de algodão da Agnes B. e sapatos de couro de enfiar (sem meias) da Susan Bennis Warren Edwards, e está com uma garota toda punk bonita e musculosa – loura manchada, peitos grandes, bronzeada, sem pintura, fumando Merit Ultra Lights – que veste uma bata de algodão zebrada de Patrick Kelly e escarpins de salto alto de seda e imitação de diamante.

Pergunto ao cara se ele se chama Ricardo.

Ele confirma com a cabeça e diz.

– Claro.

Peço um grama a ele, digo que Madison me mandou lá. Puxo minha carteira e lhe entrego uma nota de cinquenta e duas de vinte. Ele pede à garota punk que lhe dê a bolsa. Ela lhe entrega uma bolsa de veludo da Anne Moore. Ricardo remexe ali e me entrega um envelopinho dobrado. Antes de eu ir embora, a garota punk me diz que gosta de minha carteira de couro de gazela. Digo a ela que gostaria de foder os peitos dela e depois talvez cortar fora seus braços, mas a música, George Michael cantando "Faith", está tão alta que ela não pode me ouvir.

De volta ao andar de cima encontro Patricia onde a deixei, sozinha no bar, bebericando uma Perrier.

– Ouça, Patrick – diz, numa atitude mais conciliadora. – Só quero que você saiba que sou...

– Uma piranha? Ouça, quer cheirar um pouco de coca? – grito, cortando sua fala.

– Hã, sim... claro. – Diz, terrivelmente confusa.

– Venha – berro, tomando sua mão.

Deixa a água no balcão e me segue pela boate vazia, subindo a escada que dá para os toaletes. Não há na verdade nenhuma razão para não o fazermos na parte de baixo, mas isso seria bem vulgar e então a gente cheira quase todo o envelope num compartimento do banheiro masculino. De volta ao lado de fora do banheiro masculino, me sento num sofá e fumo um cigarro filado dela, enquanto ela desce para pegar drinques para nós.

Retoma pedindo desculpas por seu comportamento de antes, hoje à noite.

– É que gostei do Barcadia, a comida estava especial e aquele *sorbet* de manga, Deus do céu, fiquei no paraíso. Ouça, tudo bem que a gente não tenha ido ao Dorsia. A gente bem que pode ir outra noite e sei que você provavelmente tentou fazer a reserva, mas é que lá está tão badalado. Mas, ah sim, gostei mesmo da comida no Barcadia. Há quanto tempo ele abriu? Acho que faz uns três, quatro meses. Li uma resenha ótima na *New York* ou talvez na *Gourmet...* Mas de qualquer modo, você não quer ir comigo ver a tal banda amanhã à noite, ou quem sabe a gente vai ao Dorsia e depois vemos a banda do Wallace, ou talvez a gente vá ao Dorsia depois, mas talvez ele não fique aberto assim tão tarde. Patrick, estou falando sério: você deveria vê-los. Avatar é um cantor e líder tão incrível que na verdade pensei estar apaixonada por ele, numa ocasião, mas de fato, foi mais desejo do que amor. Na época eu gostava realmente do Wallace, mas ele estava metido nessa coisa de banco de investimentos, não aguentava a rotina e entrou em desespero, foi ácido e não cocaína o que provocou tudo. Eu *sei*, mas aí quando tudo começou a desmoronar eu sabia que seria, assim, melhor cair fora e não ter de enfrentar isso.

J&B. Fico pensando. Copo de J&B em minha mão direita, fico pensando. Mão, fico pensando. Charivari. Camisa da Charivari. Fusilli, fico pensando. Jami Gertz, fico pensando.

Gostaria de foder com a Jami Gertz, fico pensando. Porsche 911. Um sharpei, fico pensando. Gostaria de ter um sharpei. Tenho 26 anos de idade, fico pensando. Terei 27 no ano que vem. Um Valium. Queria um Valium. Não, *dois* Valium, fico pensando. Fone celular, fico pensando.

Tinturaria

A TINTURARIA CHINESA PARA ONDE normalmente mando minhas roupas ensanguentadas me devolveu ontem um paletó Soprani, duas camisas brancas Brooks Brothers e uma gravata de Agnes B. ainda cobertos de salpicos de sangue de alguém. Tenho um encontro para almoço ao meio-dia – em quarenta minutos – e resolvo ir à tinturaria para reclamar. Além do paletó Soprani, das camisas e da gravata, trago comigo uma sacola com lençóis manchados de sangue que também precisam ser lavados. A tinturaria chinesa fica a vinte quarteirões de meu apartamento no West Side, quase junto à Universidade de Colúmbia, e como de fato nunca estive lá antes, a distância me assusta (minhas roupas sempre foram buscadas após telefonema de casa e entregues dentro de 24 horas). Por causa dessa excursão não tenho tempo para os exercícios matinais, e como dormi demais, devido a uma farra de cocaína até quase de madrugada com Charles Griffin e Hilton Ashbury, que começou bem inocentemente no coquetel de uma loja, para o qual nenhum de nós fora convidado, no M.K., e terminou no meu caixa eletrônico por volta das cinco horas, perdi o *Patty Winters Show* que na verdade foi uma repetição de uma entrevista com o presidente, portanto realmente sem muita importância, acho.

Estou tenso, com os cabelos puxados para trás, óculos Wayfarer no rosto, o crânio dolorido, com um charuto – apagado – preso entre os dentes, vestindo terno preto da Armani, camisa Armani branca de algodão e gravata de seda, também da Armani. Estou bem-arrumado, mas o estômago está tendo espasmos, o cérebro está fervilhando. Ao entrar na tinturaria chinesa, passo muito próximo de um mendigo suplicante, um velho, quarenta ou cinquenta anos, gordo e grisalho, e bem quando vou abrir a porta reparo, ainda por cima, que é também cego e piso-lhe o pé, que na verdade é um coto, fazendo-o derrubar a caneca, espalhando os trocados por toda a calçada. Fiz isso de propósito? O que você acha? Ou fiz isso sem querer?

Aí por dez minutos aponto as manchas para a velhinha chinesa que, suponho, dirige a tinturaria, e ela até trouxe o marido lá do fundo da loja, já que não consigo entender uma palavra do que está dizendo. Mas o marido fica absolutamente calado e nem se dá o trabalho de traduzir. A velha fica matraqueando naquilo que acho que é chinês, e afinal tenho de interromper.

– Ouçam, esperem... – Levanto a mão segurando o charuto, o paletó Soprani jogado no outro braço. – Vocês não... psiu, esperem... psiu, vocês *não* estão me dando motivos *válidos*.

A chinesa continua chiando algo, agarrando as mangas do paletó com sua mão diminuta. Afasto a mão para longe e, me inclinando até a velha, falo bem devagar:

– O que a *senhora* está querendo me dizer?

A mulher continua ganindo, os olhos enfurecidos. O marido segura os dois lençóis que tirou da sacola à sua frente, ambos salpicados de sangue seco, e fica contemplando-os com uma expressão lerda.

– Branquear? – pergunto a ela. – Vocês estão querendo dizer *branquear* o paletó? – Balanço a cabeça, incrédulo. – Branquear? Ai meu Deus!

Fica apontando para as mangas do paletó Soprani e ao se voltar para os dois lençóis atrás dela, a voz esganiçada sobe mais uma oitava.

– Duas coisas – digo, falando mais alto do que ela. – Primeiro. Não se branqueia um Soprani. Fora de questão. Segundo – e aí mais alto, ainda mais do que ela – *segundo*, esses lençóis só podem ser comprados em Santa Fé. São lençóis muito caros e *realmente* preciso deles limpos... – Mas ainda está falando e fico acenando que sim com a cabeça, como se compreendesse aquela algaravia, então faço um sorriso largo repentino e me inclino bem diante de seu rosto. – Se-não-calar-a-porra-dessa-boca-vou-matá-la-está-me-compreendendo?

A tagarelice apavorada da chinesa se acelera sem coerência, seus olhos ainda arregalados. O conjunto do rosto, talvez por causa das rugas, parece estranhamente inexpressivo. Aponto de novo para as manchas, mas aí me dou conta de que é inútil e abaixo a mão, me esforçando para compreender o que ela está falando. Depois, com displicência, corto sua fala, gritando acima dela novamente.

– Agora ouça, tenho um encontro importante de almoço – consulto meu Rolex – no Hubert's em trinta minutos – então, olhando de volta para o rosto achatado de olhos oblíquos – e preciso desses... aliás, *vinte* minutos. Tenho um encontro para almoço no Hubert's em vinte minutos, com Ronald Harrison, e preciso desses lençóis limpos até hoje à *tarde.*

Mas ela não está escutando; fica matraqueando algo na mesma língua espasmódica, estrangeira. Nunca provoquei nenhum incêndio com explosão em coisa alguma e começo a me perguntar como é que se faz – que materiais são utilizados, gasolina, fósforos... ou poderia ser fluido de isqueiro?

– Ouçam. – Mudo o jogo repentinamente, e em tom sincero, monótono, me inclinando para perto de seu rosto – sua boca se mexendo num caos, ela se vira para o marido, que acena que sim com a cabeça durante uma curta, rara pausa – digo a ela: – Não *consigo* entender a senhora.

Fico rindo, estarrecido por essa situação ridícula, e dando um tapa no balcão, olho em volta dentro da loja para achar alguém mais para falar, mas ela está vazia, e resmungo:

– Isto é uma loucura. – Dou um suspiro, passando a mão no rosto, e aí abruptamente paro de rir, enfurecido de repente. Rosno para ela: – A senhora é uma *tola. Não* aguento isso.

Matraqueia algo de volta para mim.

– O quê? – Pergunto com escárnio. – Não me ouviu? A senhora quer um pouco de presunto? É isto que a senhora acaba de dizer? Quer... um pouco de *presunto*?

A chinesa agarra a manga do paletó Soprani de novo. O marido fica atrás do balcão, taciturno e desinteressado.

– A... senhora... é... uma... tola! – Urro.

E ela matraqueia de volta, arrogante, apontando implacavelmente para as manchas nos lençóis.

– Vaca estúpida? Compreende? – Grito, com o rosto vermelho, à beira das lágrimas. Estou trêmulo e arranco o paletó de sua mão, resmungando: – Ah, meu Deus.

Atrás de mim a porta se abre, um sino repica e me recomponho. Fecho os olhos, aspiro fundo, e lembro que tenho de ir ao *salon* de bronzeamento depois do almoço, talvez Hermes ou...

– Patrick?

Sacudido pelo som de uma voz real, me viro e é alguém que reconheço de meu prédio, alguém que vi várias vezes perambulando no vestíbulo, me encarando cheia de admiração sempre que passo por ela. É mais velha do que eu, vinte e tantos, aparência legal, um pouco acima de seu peso, usando um conjunto de jogging – de onde, Bloomingdale's? Não tenho a menor ideia – e está... *radiante.* Ao tirar os óculos escuros me oferece um sorriso generoso.

– Oi, Patrick, achei que era você.

Como não tenho ideia de como ela se chama, digo com um suspiro um "oi" abafado e então muito depressa resmungo algo que se assemelha a um nome de mulher, e aí fico só olhando para ela, perplexo, exaurido, tentando controlar minha ferocidade, a chinesa ainda solta guinchos atrás de mim. Afinal bato palmas e digo: – Bem.

Ela fica ali, confusa, até se dirigir nervosamente para o balcão, talão na mão.

– Não é ridículo? Andar *tudo* isso até *aqui*, mas você sabe que eles *são* realmente os melhores.

– Então por que não conseguem tirar *estas* manchas? – Pergunto com paciência, ainda sorrindo, com os dois olhos fechados, até a chinesa finalmente calar-se e aí abro-os. – Então você consegue falar com essas pessoas ou *algo* assim? – Proponho com delicadeza. – Não estou conseguindo chegar a *nada*.

Vai até o lençol que o homem está segurando.

– Ai meu Deus, entendo – murmura. No instante em que toca com hesitação no lençol, a velha senhora começa a tagarelar, e ignorando a velha, a mulher me pergunta: – O que é isso? – Olha para as manchas de novo e diz: – Ai meu Deus.

– Hum, bem... – Olho para os lençóis, que estão mesmo uma porcaria. – É suco de amora, suco de uva.

Olha e acena afirmativamente com a cabeça, como se não tivesse certeza, depois arrisca com timidez:

– Não me parece amora ou uva.

Fico contemplando os lençóis por um longo tempo e gaguejo:

– Bem, quero dizer, humm, realmente é... xarope de uva. Você sabe, como... – Faço uma pausa. – Como um... Xarope Hershey's?

– Ah, claro. – Balança a cabeça, compreendendo, talvez com uma insinuação de ceticismo. – Poxa.

– Escute, se você pudesse falar com eles – vou até lá e arranco o lençol da mão do velho – ficaria *realmente* muito agradecido. – Dobro o lençol e deixo-o com delicadeza sobre o balcão, depois, olhando meu Rolex de novo, explico: – Estou mesmo atrasado. Tenho um compromisso de almoço no Hubert's dentro de quinze minutos. – Vou até a porta da tinturaria e a chinesa começa de novo a matraquear, desesperadamente, sacudindo o dedo para mim. Cravo os olhos nela, me esforçando para não arremedar os gestos que faz com a mão.

– Hubert's? É *mesmo*? – a garota pergunta, impressionada. – O restaurante mudou-se para a parte mais acima do centro, não é?

– É, claro, poxa vida, ouça, tenho de ir. – Finjo avistar um táxi na rua através da porta de vidro e, forjando um agradecimento, falo para ela – Obrigado, hã... Samantha.

– Victoria.

– Ah, isso, Victoria. – Faço uma pausa. – Não falei Victoria?

– Não. Você falou Samantha.

– Bom, me desculpe. – Sorrio. – Estou com alguns problemas.

– Quem sabe a gente almoça juntos na semana que vem? – Sugere esperançosa, vindo até mim enquanto vou saindo da loja. – É que, você sabe, vou muito ao centro, próximo a Wall Street.

– Ah, não sei, Victoria. – Forço um largo sorriso de desculpa, desvio os olhos de suas coxas. – Trabalho o tempo todo.

– Bem, que tal, ah, poxa, talvez num sábado? – Victoria pergunta, com medo de desagradar.

– Sábado que vem? – pergunto, olhando de novo o Rolex.

– É. – Dá de ombros timidamente.

– Ah. Não dá, acho. Vou na matinê de *Les Misérables* – minto. – Ouça. Tenho *mesmo* de ir. Eu... – Passo a mão na cabeça e murmuro – Deus do céu – antes de me obrigar a dizer: – Ligo para você.

– Ok – sorri aliviada. – Faça isso.

Encaro a chinesa mais uma vez e caio fora depressa dali, correndo atrás de um táxi inexistente, depois afrouxo o passo a um ou dois quarteirões da tinturaria e... de repente me vejo olhando uma garota sem-teto muito bonita sentada nos degraus de um prédio de tijolos vermelhos na Avenida Amsterdam, com uma caneca de café Styrofoam pousada no degrau abaixo de seus pés, e como se estivesse guiado por radar vou até ela, sorrindo, remexendo meus bolsos à cata de trocados. Seu rosto parece muito jovem, vivo e bronzeado para uma mendiga; isto só torna a sua situação ainda mais pungente. Examino-a com cuidado nos segundos que levo para sair da beira da calçada até os degraus do prédio de tijolos vermelhos onde está sentada, a cabeça abaixada, contemplando devagar o colo vazio. Levanta os olhos, sem sorrir, ao notar que estou ali em pé junto a ela. Minha ruindade se esvanece e, querendo oferecer algo delicado, algo simples, me inclino, ainda contemplando-a, meus olhos irradiando compaixão para esse rosto inexpressivo, sombrio, e largando uma nota de um dólar dentro da caneca Styrofoam digo "Boa sorte".

Ela muda de expressão e por causa disso noto o livro de Sartre em seu colo e depois a sacola de livros da Universidade de Colúmbia ao lado, e finalmente percebo o café escuro na caneca e minha nota de um dólar flutuando lá dentro. Embora tudo isso aconteça em questão de segundos, para mim passa em câmara lenta. Então ela olha pra mim e pra a caneca e grita:

– Ei, qual é a sua?

Enregelado, curvado sobre a caneca, agachado, gaguejo:
– Eu não... não sabia que estava... cheia – trêmulo, me afasto, acenando para um táxi, e enquanto dentro dele vou me dirigindo para o Hubert's fico alucinando, vendo montanhas, vulcões em lugar de prédios, selvas em lugar de ruas, o céu parado como um pano de fundo. Antes de saltar do táxi tenho de forçar os olhos para clarear a visão. O almoço no Hubert's se torna uma alucinação permanente na qual me vejo sonhando, embora esteja acordado.

Harry's

– Você deve combinar as meias com as calças – Todd Hamlin diz a Reeves, que o escuta absorto, remexendo seu gim Beefeater com gelo com a vareta de coquetel.

– Quem disse? – George pergunta.

– Agora ouçam – Hamlin pacientemente explica. – Se você usar calças *cinza*, deve usar meias *cinza*. É simples.

– Mas espere – interrompo. – E se os sapatos forem pretos?

– Está ok – Hamlin diz, dando um gole no martíni. – Mas então o cinto tem de *combinar* com os sapatos.

– Então você está dizendo que com terno *cinza* se pode usar tanto meias cinza quanto *pretas* – pergunto.

– Ah... é – Hamlin diz, confuso. – Acho que sim. Falei isso?

– Veja, Hamlin – digo –, não concordo quanto ao cinto, uma vez que os sapatos ficam tão distantes da real altura do cinto. Acho que você deveria procurar usar um cinto que fique bem com as *calças*.

– Ele *tem* razão – Reeves diz.

Nós três, Todd Hamlin, George Reeves e eu, estamos sentados no Harry's e já passa um pouco das seis. Hamlin está vestindo um terno da Lubiam, uma camisa listrada de algodão belíssima, com colarinho largo da Burberry, gravata de seda da Resikeio e cinto da Ralph Lauren. Reeves usa um terno jaquetão de seis botões da Christian Dior, camisa de algodão, gravata de seda desenhada da Clairborne, sapatos de amarrar de couro com biqueira furada da Allen-Edmonds, lenço de algodão no bolso, provavelmente da Brooks Brothers; óculos escuros da Lafont, Paris, que estão pousados no guardanapo junto a seu drinque, e uma maleta belíssima da T. Anthony descansa numa cadeira vazia de nossa mesa. Estou vestindo terno de flanela de lã com riscas de giz e abertura simples de dois botões, camisa de algodão de listras brancas e multicoloridas, lenço quadrado de seda para bolso, tudo da Patrick Aubert, gravata de *poá* de seda da Bill Blass e óculos de lente clara com armação da Lafont, Paris. Um de nossos Walkman em CD está jogado no meio da mesa, cercado de drinques e de uma calculadora. Reeves e Hamlin saíram hoje cedo do escritório para um tratamento facial em algum lugar e estão ambos com a aparência boa, os rostos róseos, mas bronzeados, cabelos curtos e alisados para trás. O *Patty Winters Show* desta manhã foi sobre os "Rambos da vida real".

— E os coletes? — Reeves pergunta a Todd. — Eles não estão... *por fora*?

— Não, George — Hamlin diz. — Claro que não.

— Não — concordo. — Os coletes *nunca* ficaram fora de moda.

— Bem, a pergunta realmente é — como se deve usá-los? — Hamlin indaga.

— Devem ser justos... — Reeves e eu começamos ao mesmo tempo.

— Ah, perdão — Reeves diz. — Continue.

— Não, tudo bem — digo. — Você continua.

— Faço questão — diz George.

— Bem, devem se ajustar com aprumo ao corpo e cobrirem a cintura — digo. — Esta deve ficar logo acima do botão de cintura do paletó. Agora, se o colete ficar muito à mostra, dará ao terno um aspecto apertado, contraído, indesejável.

— Hã-hã — Reeves diz, quase mudo, aparentemente confuso. — Certo. Sabia disso.

— Quero um outro J&B — digo, me levantando. — E vocês?

– Gim Beefeater com gelo e casca de limão. – Reeves, aponta para mim.

Hamlin.

– Martíni.

– Deixem comigo. – Ando até o bar e enquanto aguardo Freddy servir os drinques, escuto alguns caras, acho que é aquele grego William Theodocropopolis, do First Boston, que está usando uma espécie de paletó deselegante de lã xadrez quadriculado e uma camisa de bom aspecto, mas em compensação está com uma gravata superlegal de cashmere da Paul Stuart, que faz o terno parecer melhor do que merece, e está falando com outro cara, outro grego, enquanto toma Coca diet:

– Então ouça, Sting estava no Chernoble, você sabe, aquele lugar que os caras donos do Tunnel abriram, e aí isso estava na Página Seis e alguém chega num Porsche 911, dentro do carro estava Whitney e...

De volta à mesa, Reeves está contando para Hamlin como zomba dos mendigos nas ruas, como mostra uma cédula de um dólar quando se aproxima deles, e aí a puxa de volta para o bolso no instante exato em que passa em frente ao mendigo.

– Ouçam, isso *funciona* – insiste. – Ficam tão abalados que *emudecem*.

– Diga... apenas... não – falo para ele, colocando os drinques na mesa. – É só o que você precisa dizer.

– Só dizer não? – Hamlin sorri. – Isso funciona?

– Bem, na verdade apenas com as mendigas grávidas – admito.

– Aposto que você não aplicou essa abordagem do "diga apenas não" com aquele gorila de dois metros da Rua Chambers, hein? – Reeves pergunta. – Aquele com o cachimbo de crack?

– Ouçam, alguém já ouviu falar de uma boate chamada Nekenieh? – pergunta Reeves.

Do ângulo em que me encontro, Paul Owen está sentado a uma mesa do outro lado da sala, com alguém que se parece muito com Trent Moore, ou Roger Daley, e com mais alguém que se parece com Frederick Connell. O avô de Moore é dono da empresa em que ele trabalha. Trent está vestindo terno de lã penteada de xadrezinho quadrado, com sobreveste de xadrez escocês multicolorido.

– Nekenieh? – Hamlin pergunta. – O que é Nekenieh?

– Gente, gente – pergunto. – Quem está sentado com Paul Owen ali? É o Trent Moore?

– Onde? – pergunta Reeves.

– Estão se levantando. Naquela mesa – digo. – Aqueles caras.

– Não é o Madison? Não, é Dibble – Reeves diz e coloca os óculos de lentes de grau para ter certeza.

– Não – Hamlin diz. – É Trent Moore.

– Tem certeza? – Reeves pergunta.

Paul Owen para junto à nossa mesa antes de sair. Está usando óculos escuros da Persol e traz à mão uma maleta da Coach Leathcrwarc.

– Oi, senhores – Paul Owen diz e apresenta os dois caras que estão com ele, Trent Moore e alguém chamado Paul Denton.

Reeves e Hamlin e eu lhes apertamos as mãos sem nos levantarmos. George e Todd começam a conversar com Trent, que é de Los Angeles e sabe onde fica localizada a Nekenieh. Owen volta sua atenção para mim, o que me deixa um tanto nervoso.

– Como você está? – Owen pergunta.

– Ando ótimo – digo. – E você?

– Ah, maravilhoso – diz. – Como anda a conta Hawkins?

– Está... – estanco e então continuo, num momento de hesitação – Está... tudo bem.

– É mesmo? – pergunta, com vaga preocupação. – Que interessante – diz, sorrindo, com as mãos atrás das costas. – *Ótimo*, não?

– Bem – digo. – Você... sabe.

– E como vai Marcia? – pergunta, ainda risonho, olhando a sala por cima, sem verdadeiramente me escutar. – É uma *ótima* garota.

– Ah é – digo, trêmulo. – Tenho... sorte.

Owen me confundiu com Marcus Halberstam (embora Marcus esteja saindo com Cecilia Wagner), mas por algum motivo isso não tem mesmo grande importância, parece um equívoco até lógico já que Marcus trabalha também na Pierce & Pierce e de fato faz exatamente a mesma coisa que eu, tem predileção por ternos Valentino e óculos claros de lentes de grau e frequentamos o mesmo barbeiro no mesmo lugar, o Hotel Pierre, por isso é compreensível; não fico incomodado. Mas Paul Denton fica olhando para mim, ou tentando não fazê-lo, como se soubesse de alguma coisa, como se não estivesse bem certo de me reconhecer ou não, e fico imaginando se não estava talvez naquele cruzeiro de viagem que fui há muito tempo atrás, uma noite em março último. Se for este o caso, acho, devo localizar seu número de telefone ou, melhor ainda, seu endereço.

– Bem, a gente se vê para um drinque – digo a Owen.

– Ótimo – diz. – Vamos sim. Aqui está meu cartão.

– Obrigado – digo, olhando-o com atenção, aliviado por ser grosseiro, antes de enfiá-lo no paletó. – Talvez traga... – dou uma pausa, depois digo com cuidado – Marcia?

– Seria *ótimo* – diz. – Ei, você já foi naquele bistrô salvadorenho na Oitenta e Três? – pergunta. – Vamos jantar lá hoje.

– Claro. Quero dizer não – digo. – Mas já ouvi falar que é muito bom. – Dou um sorriso desenxabido e tomo um gole de meu drinque.

– É, também ouvi. – Olha seu Rolex. – Trent? Denton? Vamos. Temos reserva para daqui a quinze minutos.

Despediram-se e antes de saírem do Harry's param junto à mesa onde estão sentados Dibble e Hamilton, ou quem eu *acho* que são Dibble e Hamilton. Antes de saírem, Denton olha para nossa mesa, para mim, uma última vez, e parece apavorado, convencido de algo pela minha simples presença, como se me reconhecesse de algum lugar, e isso, por sua vez, me deixa apavorado.

– A conta Fisher – Reeves diz.

– Porra – digo. – Não nos lembre disso.

– Sortudo filho da puta – Hamlin diz.

– Alguém já viu a namorada dele? – Reeves pergunta. – Laurie Kennedy? Um tesão total.

– Conheço ela – digo, admito. – Conheci ela.

– Por que você fala desse jeito? – Hamlin pergunta, intrigado. – Por que ele fala isso desse jeito, Reeves?

– Porque já saiu com ela – Reeves diz com displicência.

– Como você sabe disso? – pergunto, sorrindo.

– As garotas curtem o Bateman. – Reeves parece um pouco bêbado. – Ele é todo *GQ*. É o *próprio GQ*, Bateman.

– Obrigado meu chapa, mas... – não consigo distinguir se está sendo sarcástico, mas aquilo me faz sentir orgulhoso de algum modo e tento subestimar minha boa-pinta dizendo: – Ela tem uma personalidade *nojenta*.

– Por Deus, Bateman – Hamlin fala gemendo. – O que isso significa?

– O quê? – digo. – É nojenta mesmo.

– E daí? O importante é o que *se vê*. Laurie Kennedy é uma *gata* – Hamlin diz, com ênfase. Nem venha fingir que você se interessou por ela por qualquer *outra* razão.

– Quando elas têm bom caráter, então... é porque algo está mesmo errado – Reeves diz, de certo modo confuso com a própria afirmação.

– Quando têm bom caráter e não são lindas... – Reeves levanta a mão, querendo dizer alguma coisa – ...porra, aí quem *quer saber*?

– Bem, vamos falar hipoteticamente apenas, ok? E se tiverem bom caráter? – pergunto, sabendo muitíssimo bem que é uma pergunta inútil, burra.

– Tudo bem. Hipoteticamente é até melhor, mas... – Hamlin diz.

– Eu sei, eu sei. – Sorrio.

– *Não há* garotas de bom caráter – dizemos todos em uníssono, rindo e batendo as palmas uns nos outros.

– Um bom caráter – começa Reeves – se resume numa garota que seja um tesãozinho de corpo, que satisfaça todas as nossas exigências sexuais sem ser muito desmazelada com as coisas e que, essencialmente, mantenha a porra da boca *fechada*.

– Ouçam – diz Hamlin, acenando sua concordância com a cabeça. – As únicas garotas que têm bom caráter e que são espertas ou talvez divertidas ou meio inteligentes ou mesmo talentosas , embora só Deus saiba o que *esta* porra quer dizer, são as garotas *feias*.

– Perfeitamente. – Reeves acena com a cabeça em concordância.

– E isso porque têm de compensar por serem tão *pouco atraentes* – Hamlin diz, recostando-se na cadeira.

– Bem, minha teoria sempre foi – começo – a de que os homens estão aqui para procriarem, continuarem a espécie, certo?

Ambos balançam a cabeça que sim.

– E então a única maneira de fazer isso – continuo, selecionando com cuidado as palavras – é... ficar com tesão numa mulher bem gostosa, mas às vezes *dinheiro* ou *fama*...

– Sem *mas* – Hamlin diz, interrompendo. – Bateman, você está me dizendo que iria com a Oprah Winfrey... Oba, ela é rica, é poderosa... ou chuparia a Nell Carter... Oba, ela tem um show na Broadway, tremenda voz, direitos autorais entrando feito água.

– Espere – Reeves diz. – Quem é Nell Carter?

– Não sei – digo, atrapalhado com o nome. – É a proprietária do Nell's, acho.

– Ouça-me, Bateman – Hamlin diz. – A única razão de existirem garotas é nos deixar com tesão, como você disse. Sobrevivência da espécie, certo? É tão simples como... – toma uma azeitona de seu drinque e joga-a na boca – ...isto.

Após uma pausa proposital digo:

– Vocês sabem o que disse o Ed Gein sobre as mulheres?

– *Ed Gein*? – um deles pergunta. – O maître do Canal Bar?

– Não. Um assassino serial do Wisconsin, na década de 50. Era um cara interessante.

– Você sempre se interessou por estes troços assim, Bateman – Reeves diz, e depois para Hamlin. – Bateman lê essas revistas de biografias sensacionalistas o tempo todo: a de Ted Bundy e o Filho de Sam, Visão Fatal e Charlie Manson. Todas elas.

– Então o que disse Ed Gein? – Hamlin pergunta, interessado.

– Ele disse: Quando vejo uma garota bonita andando na rua penso em duas coisas. Uma parte minha quer sair com ela, conversar, ser legal de verdade e carinhoso e tratar ela direito. – Paro, termino meu J&B de um só gole.

– O que pensa a outra parte dele? – Hamlin pergunta com hesitação.

– Que aparência teria a cabeça dela cravada em uma estaca – respondo.

Hamlin e Reeves se entreolham e depois voltam o rosto para mim antes de eu começar a rir, e então os dois se juntam a mim, pouco à vontade.

– Ouçam, que tal irmos jantar? – digo, displicentemente mudando de assunto.

– Que tal aquele restaurante índio-californiano no Upper West Side? – Hamlin sugere.

– Para mim está bem – digo.

– Parece legal – Reeves diz.

– Quem vai fazer a reserva? – Hamlin pergunta.

Deck Chairs

Courtney Lawrence me convida para jantar fora na segunda-feira à noite, o convite sugere algo vagamente sexual, por isso o aceito, mas uma parte do lance é termos de aturar dois ex-alunos de Camden, Scott e Anne Smiley, num novo restaurante na avenida Columbus chamado Deck Chairs, um lugar que mandei minha secretária pesquisar de modo tão completo que ela me apresentou três menus alternativos que eu poderia pedir, antes de sair do escritório hoje. As coisas que Courtney me contou sobre Scott e Anne – ele trabalha numa agência de publicidade, ela abre restaurantes com o dinheiro do pai, mais recentemente o 1968, no Upper East Side – na interminável corrida de táxi até a Columbus foram só um pouquinho menos interessantes do que ouvir sobre o dia de Courtney: tratamento facial na Elizabeth Arden, compras de utensílios de cozinha na Pottery Barn (tudo isso, aliás, tendo tomado lítio) antes de ir até o Harry's, onde bebericou com Charles

Murphy e Rusty Webster, e onde Courtney esqueceu a sacola da Pottery Barn com os utensílios embaixo de nossa mesa. O único detalhe longinquamente sugestivo para mim sobre a vida de Scott e Anne é que adotaram um menino coreano de treze anos depois de se casarem, puseram-lhe o nome de Scott Júnior e mandaram-no para Exeter, onde Scott estudou quatro anos antes de mim.

– É melhor que tenham feito reserva – advirto Courtney no táxi.

– Apenas não fume charutos, Patrick – ela diz devagar.

– Aquele é o carro de Donald Trump? – pergunto, olhando para a limusine parada próxima a nós no engarrafamento.

– Ai meu Deus, Patrick. Cale a boca – diz, com uma voz pastosa e narcotizada.

– Sabe de uma coisa, Courtney, tenho aqui um Walkman em minha maleta Bottega Veneta que eu poderia facilmente pôr nos ouvidos – digo. – Você deve tomar um pouco mais de lítio. Ou uma Coca diet. Um pouco de cafeína pode tirar você desse buraco.

– Só quero ter um filho – diz baixinho, olhando pela janela, para ninguém. – Só... duas... crianças... perfeitas.

– Você está falando comigo ou com o amigão aqui? – digo suspirando, mas suficientemente alto para o motorista judeu me escutar, e como era de se esperar, Courtney não diz nada.

O *Patty Winters Show* de hoje de manhã foi sobre perfumes, batons e maquiagem. Luis Carruthers, namorado de Courtney, está viajando para Phoenix e não estará de volta a Manhattan até o final de quinta-feira. Courtney está vestindo paletó de lã com colete, camiseta de jérsei e calças de gabardina de lã da Bill Blass, brincos folheados a ouro de esmalte e cristal da Gerard E. Yosca e escarpins de cetim de seda d'Orsay da Manolo Blahnik. Estou usando paletó sob medida de tweed, calças e camisa social de algodão da loja Alan Flusser e gravata de seda da Paul Stuart. Houve uma espera de vinte minutos na máquina Stairmaster hoje de manhã na academia de ginástica. Aceno para um mendigo na esquina da Rua Quarenta e Nove com a Oitava Avenida, depois faço com o dedo o gesto de mandar tomar no cu.

Esta noite a conversa gira em torno do novo livro de Elmore Leonard – que não li; algumas resenhas sobre restaurantes – que eu li; a trilha sonora inglesa de *Les Misérables versus* a gravação do elenco americano; aquele novo bistrô salvadorenho na Segunda Avenida com a Rua Oitenta e Três; e quais as colunas sociais mais bem-escritas – a do *Post* ou a do *News*. Parece que Anne Smiley e eu conhecemos uma pessoa em comum, uma garçonete do Abetone's em Aspen, que estuprei com uma lata de hairspray no último natal quando estive por lá esquiando. Deck Chairs está apinhado, um barulho de ferir os ouvidos, a acústica não presta por causa do teto alto, e se não estou enganado, acompanhando a algazarra, está tocando uma versão New Age de "White Rabbit", que explode estridente nas caixas instaladas nos cantos do teto. Alguém que se parece com Forrest Atwater – cabelo louro alisado para trás, óculos de lente sem grau com armação de sequoia vermelha, terno Armani com suspensórios – está sentado com Caroline Baker, uma executiva de investimentos da Drexel, talvez, e que não está com boa aparência. Precisa de mais maquiagem, a roupa de tweed da Ralph Lauren é sóbria demais. Estão numa mesa horrorosa bem na frente, junto ao bar.

– Chama-se cozinha californiana *clássica* – Anne me diz, chegando mais perto, depois de pedirmos o jantar. Uma afirmação que merece uma reação, suponho, e como Scott e Courtney estão a discutir os méritos da coluna social do *Post*, cabe a mim responder.

– Você quer dizer comparada com a, digamos, cozinha californiana? – pergunto com cuidado, medindo cada palavra, depois acrescento de modo pouco convincente: – Ou com a cozinha pós-californiana?

– Até sei que parece modismo, mas há uma enorme diferença. É *sutil* – diz ela –, mas está *lá*.

– Ouvi falar de cozinha pós-californiana – digo, detalhadamente atento ao design do restaurante: o encanamento e as colunas expostas, a cozinha aberta e as... cadeiras de terraço. – De fato até já experimentei. Sem brotos de legumes? Vieiras em burritos? Bolachas de wasabi? Estou na pista certa? E a propósito, alguém já lhe contou que você é igualzinha ao gato Garfield, só que depois de atropelado e descascado, aí alguém jogou um suéter Ferragamo feioso por cima antes de despachar você com urgência para o veterinário? Fusilli? Azeite de oliva no Brie?

– Exatamente – Anne diz, impressionada. – Ah, Courtney, onde você descobriu o Patrick? Ele sabe tão bem das coisas. Acho que a ideia que o Luis faz sobre cozinha californiana é uma laranja pela metade com um pouco de gelatina – diz com entusiasmo, depois ri, me encorajando a rir com ela, o que faço com hesitação.

Como aperitivo, pedi chicória com um tipo de lula, Anne e Scott pediram ambos ragu de cação com violetas. Courtney quase adormeceu ao ter de esforçar-se para ler o menu, mas antes que escorregasse da cadeira peguei-a pelos ombros, amparando-a, e Anne fez o pedido por ela, algo simples e leve como pipoca Cajun talvez, que não constava no menu mas como Anne conhece Noj, o chef, ele preparou uma porção especial... *só para Courtney*! Scott e Anne fizeram questão que todos nós pedíssemos uma espécie de salmão escurecido e preparado entre ao ponto e malpassado, uma especialidade do Deck Chairs que foi, para sorte deles, prato principal em um dos menus de brincadeira que Jean montou para mim. Se não fosse, e se mesmo assim insistissem que eu fizesse o pedido, seriam bem grandes as chances de após o jantar de hoje à noite eu arrombar o estúdio deles por volta das duas da manhã – depois do *Late Night with David Letterman* – e com um machado cortá-los em pedacinhos, fazendo primeiro Anne assistir ao Scott sangrar até morrer dos ferimentos abertos como fendas no peito, e depois acharia um meio de chegar até Exeter onde derramaria uma garrafa de ácido no rosto do idiota de olhos puxados do filho deles. Nossa garçonete é um tesãozinho que calça escarpins de lizard enfeitados de dourado e pérolas falsas. Esqueci de devolver as fitas de vídeo para a locadora hoje à noite e me amaldiçoo em silêncio, enquanto Scott pede duas garrafas grandes de San Pellegrino.

– Chama-se cozinha *clássica* californiana – Scott está me dizendo.

– Que tal irmos todos ao Zeus Bar na semana que vem? – Anne sugere a Scott. – Você acha que teremos problemas em encontrar mesas na sexta-feira? – Scott está vestindo suéter marchetado de cashmere listrado de vermelho, roxo e preto, calças de veludo cotelê frouxas e mocassins de couro Cole-Haan.

– Bem... talvez – ele diz.

– É uma *boa* ideia. Me *agrada* muito – Anne diz, tomando uma pequena violeta do prato e cheirando a flor antes de cuidadosamente pô-la sobre a língua. Está usando suéter de lã e mohair tricotado à mão vermelho, roxo e preto da Koos van den Akker Couture e calças compridas da Anne Klein, com escarpins de camurça abertos no dedão do pé.

Uma garçonete, mas que não é a tesãozinho, se aproxima para anotar o novo pedido de bebidas.

– J&B. Puro – digo antes que alguém peça.

Courtney pede champanhe com gelo, o que secretamente me deixa estarrecido.

– Ah – diz como se lembrasse de algo –, pode me trazer com uma casquinha?

– Uma casquinha de *quê*? – pergunto irritado, incapaz de me controlar. – Vamos adivinhar. *Melão*? – E fico pensando "ai meu Deus, por que você não devolveu aquelas porras dos vídeos, Bateman, seu babaca filho da puta".

– A senhora quer dizer de *limão* – diz a garçonete, lançando-me um olhar gélido.

– É claro, sim. Limão. – Courtney balança a cabeça, parecendo perdida numa espécie de sonho, porém desfrutando dele, distraída.

– Vou querer um copo de... poxa, é, de vinho Acacia, acho – Scott diz e então se volta para todos à mesa: – Será que quero um branco? Será que vou querer um chardonnay? Podemos comer o peixe com um cabernet.

– Então vá e peça – Anne diz com humor.

– Ok, vou querer o... ah, poxa, o sauvignon branco – Scott diz.

A garçonete sorri, atrapalhada.

– Scott *queridinho* – Anne grita esganiçada. – Sauvignon *branco*?

– Só para provocar – diz numa risadinha. – Fico com o chardonnay. O Acacia.

– Seu *bobalhão.* – Anne sorri, aliviada. – *Engraçadinho.*

– Quero o chardonnay – Scott diz para a garçonete.

– Está ótimo – Courtney diz, batendo de leve na mão de Scott.

– Quero só... – Anne se detém, deliberando. – Ah, quero só uma Coca diet.

Scott levanta os olhos do pedacinho de pão de milho que estava mergulhando numa pequena caçamba de azeite de oliva.

– Não vai beber nada nesta noite?

– Não – Anne diz, sorrindo com ar travesso. Quem sabe por quê? E quem está se importando? Não estou no clima.

– Nem um copo de chardonnay? – Scott pergunta. – Que tal um Sauvignon branco?

– Tenho aquela aula de aeróbica amanhã às nove – ela diz, deixando escapar, perdendo controle. – Realmente não devo.

– Bem, então, não quero beber nada – Scott diz, desapontado. – É que também tenho aula às oito, na Xclusive.

– Será que alguém quer adivinhar onde *não* estarei amanhã às oito? – pergunto.

– Não, amor. Sei o quanto você gosta do Acacia. – Anne estica o braço e aperta a mão de Scott.

– Não, querida. Vou ficar só no Pellegrino – Scott diz, apontando.

Fico batucando com os dedos bem alto no tampo da mesa, sussurrando – merda, merda, merda, merda – para mim mesmo. Os olhos de Courtney estão semifechados e ela respira profundamente.

– Ouçam. Serei *ousada* – Anne diz afinal. – Quero Coca diet com *rum*.

Scott suspira, depois sorri, realmente radiante.

– Que bom.

– É Coca diet descafeinada, certo? – Anne pergunta à garçonete.

– Olhe – interrompo –, você deve tomar com Pepsi diet. É muito melhor.

– De verdade? – Anne pergunta. – Como assim?

– Você deve pedir Pepsi diet em vez de Coca-Cola diet – digo. – É muito melhor. É mais gasosa. Tem gosto mais puro. Mistura melhor com rum e tem um conteúdo mais baixo de sódio.

A garçonete, Scott, Anne e até Courtney me encaram como se eu tivesse feito algum tipo de observação diabólica, apocalíptica, como se tivesse abalado algum mito altamente reputado, ou destruído um juramento mantido com solenidade, e que de repente este parecesse quase silenciado no Deck Chairs. Na noite passada aluguei um vídeo chamado *Dentro da B. de Lídia,* depois de tomar dois Halcion e ficar de fato bebericando uma Pepsi diet, enquanto assisti a como Lídia – um loura boazuda totalmente oxigenada com uma bunda perfeita e peitos grandes maravilhosos – de quatro punha na boca o pau enorme daquele cara enquanto outra loura deslumbrante, um tesãozinho de corpo com uma xoxota perfeitamente arrumadinha, se ajoelhou por trás de Lídia e depois de morder aquela bunda toda e chupar-lhe a boceta, começou a enfiar um comprido vibrador prateado lubrificado no cu de Lídia e ficou fodendo ela com o aparelho, enquanto continuava a morder a xoxota e o cara com o pau enorme gozava na cara toda de Lídia enquanto ela lhe chupava os bagos. Aí Lídia foi aos arrancos até o orgasmo que pareceu autêntico e bastante intenso e então a garota atrás de Lídia saiu engatinhando, foi lamber a porra no rosto de Lídia e fez ela chupar o vibrador. O novo Stephen Bishop saiu na última terça-feira e ontem comprei na Tower Records o CD, o cassete e o disco, porque queria ter todos os três formatos.

– Ouçam – digo, minha voz trêmula de emoção –, podem pedir o que quiserem, mas digo a vocês que recomendo a Pepsi diet. – Abaixo os olhos até meu colo, vejo o guardanapo de pano azul, as palavras Deck Chairs bordadas na ponta, e por um instante acho que vou chorar; o queixo treme e não consigo engolir.

Courtney estende o braço e toca com delicadeza em meu pulso, afagando o Rolex. – Está tudo bem, Patrick. Tudo mesmo...

Uma dor aguda perto do fígado domina o surto de emoção e fico sentado na cadeira, perplexo, atrapalhado, a garçonete se vai, aí Anne pergunta se vimos a recente exposição de David Onica e me sinto mais calmo.

Não tínhamos visto o evento, mas não quero ser deselegante a ponto de revelar o fato de que tenho um de seus quadros, por isso dou um pontapé de leve em Courtney por baixo da mesa. Isto a faz emergir do estupor causado pelo lítio e ela diz como um autômato:

– Patrick tem um Onica. Tem mesmo.

Sorrio satisfeito; dou um gole em meu J&B.

– Mas isso é fantástico, Patrick – diz Anne.

– É mesmo? Um Onica? – Scott pergunta. – Não é *muito* caro?

– Bem, a gente pode dizer... – dou um gole no drinque, de súbito confuso: dizer... dizer o quê? – Nada.

Courtney suspira, antevendo o próximo pontapé.

– O de Patrick custou vinte mil dólares. – Parece fora de si de entediada, pegando um pedacinho achatado e quente de pão de milho.

Lanço sobre ela um olhar penetrante e procuro não assobiar como uma cobra.

– Hã, não, Courtney, custou na verdade *cinquenta* mil.

Levanta devagar os olhos do pão de milho que está amassando entre os dedos, e mesmo naquele atordoamento do lítio consegue me dar uma encarada tão maliciosa que perco automaticamente toda pretensão, mas não o bastante para falar a Scott e Anne a verdade: que o Onica custou apenas doze milhas. Mas o assustador olhar fixo de Courtney – embora eu possa estar tendo uma reação exagerada, ela pode estar encarando com desaprovação os desenhos das colunas, as venezianas de claraboia, os vasos Montigo repletos de tulipas roxas, enfileirados ao longo do bar – me apavora bastante para não entrar em maiores detalhes quanto ao procedimento de compra de um Onica. É um olhar que consigo interpretar com relativa facilidade. Ele adverte: Mais um chute e não tem xoxota, você está entendendo?

– Isso parece... – Anne começa.

Prendo a respiração, meu rosto contraído de tensão.

– ...pouco – murmura.

Solto o ar.

– É pouco. Mas é que fiz um negócio fabuloso – digo, engolindo em seco.

– Mas *cinquenta* mil? – Scott pergunta desconfiado.

– Bem, acho que esse trabalho... tem uma espécie de... qualidade em termos de imitação de superficialidade, maravilhosamente bem-proporcionada, alcançada de propósito. – Faço uma pausa, então, procurando lembrar uma frase da resenha que li na revista *New York:* – imitação proposital...

– O Luis não tem um, Courtney? – Anne pergunta, e aí batendo no braço de Courtney: – Courtney?

– Luis... tem... o quê? – Courtney sacode a cabeça como que para clareá-la, arregalando os olhos para se certificar de que não irão fechar.

– Quem é Luis? – Scott pergunta, acenando à garçonete para levar a manteiga que o ajudante de serviço acabou de pôr na mesa, que *tremendo animal.*

Anne responde por Courtney.

– *Namorado* dela – diz depois de ver Courtney confusa, na realidade me olhando em busca de ajuda.

– Onde ele está? – Scott pergunta.

– Texas – digo rapidamente. – Está em viagem em Phoenix, quero dizer.

Não Scott diz. Quero saber em que *empresa.*

– L.F. Rothschild – Anne diz, quase olhando Courtney para confirmar, mas aí se vira para mim. – Certo?

– Não. Ele trabalha na P&P – eu digo. – Nós trabalhamos juntos, quer dizer, mais ou menos.

– Ele não andou saindo com a Samantha Stevens antes? – Anne pergunta.

– Não – Courtney diz. – Foi só uma foto que alguém tirou dos dois e saiu na revista *W.*

Engulo meu drinque todo logo que chega e aceno quase imediatamente pedindo outro, estou achando que Courtney é uma gata, mas não há sexo que valha um jantar desse. O rumo da conversa muda violentamente enquanto fico contemplando uma mulher belíssima no outro lado do recinto – loura, peitos grandes, vestido justo, escarpins de cetim com cones dourados – e Scott começa a me falar sobre seu novo CD player, enquanto Anne fica tagarelando, para uma Courtney narcotizada e de todo desatenta, sobre novos tipos de biscoito de grão de trigo com baixo teor de sódio, frutas frescas e música New Age, em particular a Manhattan Steamroller.

– É Aiwa – Scott fica dizendo. – Você *tem* de ouvir. O som... – faz uma pausa, fecha os olhos em êxtase, mastigando o pão de milho – ... é fantástico.

– Bem, você sabe, Scott querido, o Aiwa é legal. – Mas que merda, *nem sonhando, Scott querido*, fico pensando. – Mas o Sansui é realmente o máximo. – Faço uma pausa, depois acrescento – Eu é que sei. Tenho um.

– Mas achei que o *Aiwa* é que fosse de última geração. – Scott parece aborrecido, mas ainda não transtornado bastante para eu ficar satisfeito.

– Não tem jeito, Scott – digo. – O Aiwa tem controle remoto digital?

– Pode crer – diz.

– Controles computadorizados?

– Hã-hã – diz, como um completo e total *panaca*.

– O sistema vem com prato de toca-discos de metacrilato e bronze?

– Vem – o filho da puta mente!

– O seu sistema tem... sintonizador Accophase T-106? – pergunto a ele.

– Claro – diz, dando de ombros.

– Você tem certeza? – digo. – Pense com cuidado.

– É. Acho que sim – diz, mas sua mão treme quando vai pegar mais pão de milho.

– As caixas são de que tipo?

– Ora, Duntech de madeira – responde rápido demais.

– Sinto muito, cara. Você tem de ter as caixas Infinity IRS V – digo. – Ou...

– Espere aí – interrompe. – Caixas V? Nunca ouvi falar em caixas V.

– Veja, é isso que quero dizer – falo. – Se você não tem as Vs, é a mesma coisa que ficar escutando a porra de um Walkman.

– Qual a resposta dos graves nessas caixas? – pergunta desconfiado.

– Uma ultrabaixa de quinze hertz – ronrono satisfeito, destacando cada palavra.

Isso faz com que fique de boca fechada por um minuto. Anne fala num zumbido monótono sobre iogurte desnatado congelado e conservas chinesas *chow chow*. Recosto-me na cadeira, satisfeito por ter batido o Scott, porém, mais rápido do que deveria, ele retoma a postura e afirma:

– Seja como for... – tentando agir alegremente, sem se importar de ter um estéreo barato, vagabundo – ...compramos o novo Phil Collins hoje. Você devia ver como fica um barato ouvir "Groovy Kind of Love" nele.

– Pode crer, acho que é de longe a melhor canção que já fez – digo, blá-blá-blá, e apesar de ser isso afinal uma coisa com que Scott e eu concordamos, os pratos de salmão escurecido aparecem e têm um aspecto grotesco. Courtney se desculpa para ir ao toalete e após trinta minutos, sem que tivesse aparecido, percorro os fundos do restaurante e a encontro dormindo na saleta de pendurar os casacos.

Já em seu apartamento, ela está nua deitada de costas, as pernas – bronzeadas e exercitadas na aeróbica, musculosas e trabalhadas – estão abertas e estou de joelhos com a língua em sua xota, batendo uma punheta. Desde que comecei a lamber e chupar a xoxota ela já gozou duas vezes, a boceta está apertada, quente e molhada e mantenho ela arreganhada, tocando siririca nela com uma das mãos, me mantendo duro com a outra. Levanto sua bunda para cima, querendo meter a língua dentro dela, mas ela não deixa, aí levanto a cabeça e estico o braço até a mesinha de cabeceira antiga Portian para pegar a camisinha que está no cinzeiro da Palio, junto à lâmpada halógena Tensor e ao vaso de cerâmica D'Oro e rasgo a embalagem com dois dedos lustrosos, melados, e com os dentes, depois a desenrolo com facilidade pelo meu pau.

– Quero que você me *foda* – Courtney geme, jogando as pernas para trás, arreganhando ainda mais a vagina, tocando siririca, me fazendo chupar seus dedos, as unhas são compridas e vermelhas, o suco de sua boceta fica cintilando à luz que vem dos postes da rua através das venezianas Stuart Hall, tem gosto róseo, doce, e ela me lambuza com ele a boca, lábios e língua antes dele esfriar.

– Eu vou – digo, montando em cima dela, fazendo meu cacete deslizar graciosamente boceta adentro, beijando-a na boca com força, enfiando nela com golpes rápidos e compridos, meu cacete, quadris estão enlouquecidos, se mexendo num impulso próprio de desejo, já meu gozo começa a se fazer sentir a partir da base do saco, do cu, subindo pelo pau que está tão duro que chega a doer. Mas aí no meio de um beijo, levanto a cabeça, sua língua fica pendurada fora da boca e começa a lamber os próprios lábios inchados e vermelhos, e enquanto ainda me mexo só que agora de leve me dou conta de que há... um... probleminha qualquer, mas não consigo saber o que é no momento... então vem à cabeça quando fico olhando a garrafa de Evian pela metade sobre a mesinha de cabeceira, e digo com sufoco "ai merda" e saio fora.

– O quê? – Courtney geme. – Você esqueceu alguma coisa?

Sem responder, me levanto do futon e vou aos tropeços até o banheiro, tentando arrancar a camisinha, mas ela fica presa no meio do caminho e ao soltá-la esbarro sem querer na balança Genold, ao mesmo tempo tento tocar o interruptor de luz e dou uma topada com o dedão, então, xingando, consigo abrir o armário de remédios.

– Patrick, o que você está fazendo? – ela chama do quarto.

– Procurando um lubrificante espermicida solúvel em água – falo de volta. – Você acha que estou fazendo o quê? Procurando um *Advil*?

– Ai meu Deus! – ela grita. – Você não estava usando *nenhum*?

– Courtney – chamo-a de volta, notando um corte de barbeador acima do lábio. – Onde está ele?

– Não *consigo* ouvir você, Patrick – reclama alto.

– Luis tem um gosto terrível para perfumes – resmungo, pegando um vidro de Paco Rabanne, cheirando-o.

– O que você está falando? – diz aos gritos.

– Um lubrificante espermicida solúvel em água – berro de volta, olhando no espelho, procurando na prateleira o bastão de pomada Clinique para aplicar no corte de barbeador.

– O que você quer dizer com *onde está*? – ela exclama. Você não estava usando espermicida?

– Onde está a porra do *lubrificante espermicida solúvel*? – grito. – Solúvel! Em água! Espermicida! Lubrificante! – fico gritando assim, enquanto aplico o Clinique sobre o corte, e depois penteio o cabelo para trás.

– Na prateleira de cima – diz. – Eu acho.

Enquanto remexo no armário de remédios passo os olhos na banheira de Courtney, reparando como ela é simples, o que me leva a dizer:

– Sabe, Courtney, você deveria mesmo fazer um esforço e mandar refazer sua banheira em mármore ou talvez colocar umas duchas Jacuzzi – exclamo alto. – Está me ouvindo? Courtney?

Passado um certo tempo ela diz:

– Estou... Patrick. Estou ouvindo.

Encontro enfim o tubo atrás de uma enorme garrafa – um pote grande – de Xanax na prateleira de cima do armário de remédios e antes de meu pau amolecer de vez, passo um pouquinho dentro da ponta da camisinha, espalho sobre a superfície de borracha e volto para o quarto, caindo sobre o futon, fazendo com que ela diga asperamente:

– Patrick, isto aqui não é *trampolim*, poxa.

– Sem ligar para o que ela disse, me ajoelho sobre seu corpo, enfiando meu cacete dentro dela e imediatamente ela já está rebolando os quadris, se ajustando às minhas metidas, aí passa saliva no polegar e começa a esfregar o clitóris. Fico vendo meu pau entrar e sair da vagina em investidas rápidas e longas.

– Espere – diz ofegante.

– O quê? – dou um gemido, intrigado, mas quase chegando lá.

– O Luis é um folgado, aquele puto – diz com voz entrecortada, querendo me fazer sair fora dela.

– É sim – digo, me chegando mais sobre ela, passando a língua em sua orelha. – Luis é um folgado, um puto. – Também tenho ódio dele e agora, estimulado pelo desprezo dela pelo namorado bunda-mole, começo a mexer mais rápido, me aproximando do clímax.

– Não, seu idiota – diz entre gemidos. – Eu disse "Essa tem uma folga na ponta?" E não "O Luis é folgado e puto". Essa tem na ponta? Saia de dentro de mim.

– O que foi?

– Sai fora – diz gemendo, lutando.

– Dá um tempo – digo, abaixando a boca até os mamilos pequenos, porém perfeitos, todos os dois endurecidos, na ponta dos peitos grandes e duros.

– Sai fora, porra! – berra.

– O que você quer, Courtney? – dou um grunhido, diminuindo as metidas, até afinal levantar o tronco e ficar apenas ajoelhado sobre ela, o pau ainda dentro pela metade. Ela dá um arranco para trás até a cabeceira e o pau sai fora.

– Acabou mesmo – comento. – Acho.

– Acenda a luz – diz, querendo sentar-se.

– Caramba – digo. – Vou para casa.

– Patrick – adverte. – Acenda a luz.

Estendo o braço e passo o dedo no abajur halógeno Tensor.

– Acabou mesmo, está vendo? – digo. – E aí?

– Tire ela fora – diz laconicamente.

– Por quê?

– Porque você tem de deixar um espaço de um centímetro na extremidade da camisinha – diz, cobrindo os seios com a colcha Hermes, a voz aumentando o volume, sem paciência – para receber a força *da ejaculação*!

– Estou caindo fora daqui – ameaço, mas não me mexo.

– Onde está o seu lítio?

Pega o travesseiro e cobre o rosto com ele, resmungando algo, se encolhendo numa posição fetal. Acho que está começando a chorar.

– Onde está o seu lítio, Courtney? – pergunto de novo com calma. – Você deveria tomar um pouco.

Algo de indecifrável está sendo resmungado novamente e ela sacode a cabeça – não, não, não – sob o travesseiro.

– O quê? O *que* você disse? – pergunto com uma delicadeza forçada, me masturbando um pouco de novo, para conseguir outra ereção. – *Onde*? – Soluços sob o travesseiro, imperceptíveis.

– Você está chorando agora e apesar da voz já estar mais clara, ainda *não consigo* entender uma palavra do que está dizendo. – Tento agarrar o travesseiro e tirá-lo de cima de sua cabeça. – Agora *fale alto*!

Mais uma vez resmunga, mais uma vez aquilo não faz nenhum sentido.

– Courtney – advirto, ficando enfurecido –, será que você disse o que acho que você disse: que o lítio está numa caixa de papelão dentro do congelador ao lado do Frusen Glädjé e é um *sorbet*... – digo isso gritando – ... se for isso mesmo que você disse, aí vou *matá-la*. É um *sorbet*? – grito, arrancando afinal o travesseiro de sua cabeça e esbofeteando-a com força uma vez, bem no rosto.

– Você acha que vai me deixar excitada fazendo sexo *sem o mínimo de segurança*? – grita de volta.

– Deus do céu, realmente não vale a pena – digo num murmúrio, puxando a ponta da camisinha de modo a deixar uma folga de um centímetro, um pouco menos na verdade. – Ei, Courtney, veja, está aí para quê? Hein? Diz pra gente. – Dou-lhe outro tapa, desta vez mais de leve. – Por que está com uma folga de um centímetro? Para que possa receber a *força da ejaculação*!

– É que não é *mesmo* uma coisa que me dê tesão. – Está histérica, dilacerada em lágrimas, engasgada. – Estou para ser promovida. Vou a Barbados em agosto e não quero nenhum sarcoma de Kaposi para esculhambar tudo! – Se engasga, tossindo. – Ai poxa, quero usar biquíni – se lamenta. – Um da Norma Kamali que acabei de comprar na Bergdorf's.

Agarro sua cabeça e forço-a a olhar a colocação da camisinha.

– Viu? Está feliz? Sua putinha boba? Está satisfeita, sua putinha boba?

Sem olhar para meu pau, dá um soluço:

– Ah, vamos, termine logo – e cai de volta na cama.

Bruscamente enfio de novo o pau dentro dela e consigo chegar a um orgasmo tão fraco que quase parece não existir. O grunhido que solto é de enorme desapontamento embora de algum modo previsível, mas é por engano percebido por Courtney como prazer, o que momentaneamente a excita enquanto está embaixo de mim soluçando, fungando, e a faz baixar a mão e se tocar, mas começo a ficar mole quase no mesmo instante – de fato *durante* o gozo –, mas se não tirar de dentro dela enquanto estiver ainda duro ela vai ficar enlouquecida, por isso seguro a base da camisinha e literalmente *murcho fora* dela. Depois de ficarmos deitados em lados separados da cama por uns vinte minutos, com Courtney se lamuriando sobre o Luis e a tábua de corte antiga, o ralador de queijo em prata de lei e a lata de bolinhos que esqueceu no Harry's, então tenta me chupar.

– Quero comer você de novo – digo –, mas não quero usar camisinha porque não sinto nada.

E ela diz com calma, tirando a boca do meu pau encolhido e flácido, me encarando:

– Se você não puser uma, aí mesmo é que não vai sentir nada.

Reunião de negócios

Jean, minha secretária, a que está apaixonada por mim, entra na sala sem se fazer avisar pela campainha, anunciando que tenho uma reunião de trabalho muito importante a que devo comparecer às onze horas. Estou sentado na escrivaninha Palazzetti de tampo de vidro, com os olhos pregados na tela do monitor usando óculos Ray-Ban, mascando Nuprin, curtindo o bode de uma farra de cocaína que começou até bem inocentemente na noite passada no Shout! junto com Charles Hamilton, Andrew Spencer e Chris Stafford, depois foi parar no Princeton Club, esticou até o Barcadia, terminou no Nell's por volta das três e meia, e apesar de hoje de manhã cedo, enquanto me encharcava no banho, bebericando um Bloody Mary de Stoli após talvez umas quatro horas de um sono suarento, sem sonhos, eu ter me dado conta de que *havia* uma reunião, parece que me esqueci dela durante a corrida de táxi até a cidade. Jean está vestindo paletó vermelho de seda stretch, saia de crochê de fio raiom, escarpins de camurça vermelha com laços de cetim da Susan Bennis Warren Edwards e brincos folheados a ouro da Robert Lee Morris. Fica em pé, em frente a mim, indiferente à minha dor, com uma pasta de arquivo na mão.

Depois de fingir ignorar sua presença por cerca de um minuto, acabo abaixando os óculos escuros e limpo a garganta com um pigarro.

– Sim? Mais alguma coisa? *Jean*?

– Mal-humoradinho hoje. – Sorri, colocando com timidez a pasta sobre minha mesa, e fica ali esperando que eu... vá diverti-la com as historinhas de ontem à noite?

– É sim, sua *pateta*. Estou mal-humoradinho hoje – falo com um sibilo de cobra, tomando a pasta e jogando-a na gaveta de cima em minha mesa.

Ela me encara, sem entender e depois, parecendo desconcertada de verdade, diz:

– Ted Madison ligou e James Baker também. Querem encontrar com você no Fluties às seis.

Dou um suspiro, cravando os olhos nela.

– Muito bem, o que você deve fazer?

Ri nervosa, ali em pé, os olhos arregalados.

– Não tenho certeza.

– Jean. – Levanto-me e a conduzo para fora da sala. – O... que... você... acha?

Leva um pouco de tempo, mas afinal, assustada, tentando acertar:

– Dizer... apenas... não?

– Dizer... apenas... não. – Confirmo com um movimento de cabeça, empurrando-a para fora e batendo a porta.

Antes de sair do escritório para a reunião, tomo dois Valium, faço-os descer garganta abaixo com água Perrier e aí aplico no rosto um creme de limpeza usando pedaços pré-umedecidos de algodão, depois passo um hidratante. Estou vestindo terno de tweed de lã e camisa listrada de algodão, ambos da Yves Saint Laurent, gravata de seda da Armani e sapatos pretos novos com biqueira da Ferragamo. Bochecho com Plax então escovo os dentes, e quando assoo o nariz, fileiras grossas e viscosas de sangue e muco mancham o lenço de 45 dólares da Hermes que, infelizmente, não ganhei de presente. Mas estou tomando perto de vinte litros de água Evian por dia, indo com regularidade ao *salon* de bronzeamento e uma noite de esbórnia não chegou a afetar a suavidade nem o tom de cor de minha pele. Meu aspecto mantém-se excelente. Três gotas de Visine clareiam os olhos. Uma compressa de gelo dá firmeza à pele. Tudo se resume nisto: me sinto uma bosta, mas pareço ótimo.

Sou também o primeiro a chegar à sala da diretoria. Luis Carruthers vem atrás de meus calcanhares como um cachorrinho de estimação, um segundo atrás, e se senta logo ao meu lado, o que significa que devo tirar o Walkman. Está usando paletó de lã xadrez, calças folgadas de lã, camisa de algodão e gravata de estampado vivo da Hugo Boss – as calças, tento acertar, da Brooks Brothers. Começa a matraquear sobre um restaurante em Phoenix, o Propheteers, sobre o qual na verdade estou interessado em ouvir falar, mas não pelo Luis Carruthers, ainda assim aguento porque tomei dez miligramas de Valium. No *Patty Winters Show* hoje de manhã apareceram os descendentes de membros do partido Donner.

– Os clientes eram uns caipirões, era de se esperar – Luis fica dizendo. – Queriam me levar para uma versão produzida no local de *Les Misérables* que já vi em Londres, mas...

– Você teve alguma dificuldade em conseguir reservas no Propheteers? – pergunto, cortando sua fala.

– Não. Nenhuma – diz. – Fomos comer tarde.

– O que você pediu? – pergunto.

– Pedi ostras escaldadas, uma *lotte* e torta de nozes.

– Já ouvi que a *lotte* deles é boa – murmuro, perdido em pensamentos.

– O cliente pediu *boudin blanc*, galinha assada e empadão de queijo – diz.

– Empadão de queijo? – digo, confuso com essa lista banal, que me soa estranha. – Qual o molho ou as frutas com que serviram a galinha assada? Qual a forma de corte que usaram?

– Nenhum, Patrick – diz, também confuso. – Era... assada.

– E o empadão de queijo, qual o sabor? Serviram quente? – digo. – Empadão de ricota? De queijo de cabra? Veio com flores ou ervas dentro?

– Veio apenas... normal – diz, e depois: – Patrick, você está suando.

– O que ela pediu? – pergunto, ignorando-o. – A piranha que estava com ele.

– Bem, pediu salada verde, vieiras e torta de limão – diz Luis.

– As vieiras eram grelhadas? Ou em forma de sashimi? Marinadas? – fico perguntando. – Ou estavam *gratinadas*?

– Não, Patrick – Luis diz. – Eram... grelhadas na brasa.

Faz silêncio na sala da diretoria enquanto fico meditando sobre isso, examinando a questão antes de perguntar, finalmente:

– O que é "grelhada", Luis?

– Não tenho certeza – diz. – Acho que se necessita de... uma frigideira.

– Vinho? – pergunto.

– Um sauvignon blanc de 1985 – diz. – Jordan. Duas garrafas.

– Carro? – pergunto. – Você alugou um lá em Phoenix?

– BMW. – Sorri. – Uma pequena maravilha, todo negro.

– Finíssimo – murmuro, lembrando-me da noite passada, de como fiquei completamente fora de mim no Nell's, com a boca espumando, e tudo o que conseguia pensar era em insetos, montes de insetos, e em correr atrás de pombos, espumando na boca e correndo atrás de pombos, Phoenix, a Janet Leigh era de Phoenix... – faço uma pausa, depois continuo. – Foi esfaqueada no banheiro. Uma cena decepcionante. – Faço outra pausa. – O sangue parecia falso.

– Ouça, Patrick – Luis diz, apertando seu lenço em minha mão, meus dedos cerrados na mão fechada, relaxando ao toque de Luis. – Dibble e eu vamos almoçar na semana que vem no Clube Yale. Você quer vir com a gente?

– Claro. – Penso nas pernas de Courtney, abertas e enroscadas em meu rosto, e ao levantar os olhos para Luis, num momento breve e instantâneo a cabeça dele parece uma vagina falante que me assusta até as entranhas, o que me faz falar qualquer coisa enquanto enxugo o suor da testa. – Seu terno... é bonito, Luis – a última coisa que pensaria em dizer.

Ele abaixa os olhos como se estivesse atordoado e depois, ruborizado, atrapalhado, toca na própria lapela.

– Obrigado, Pat. Você está ótimo também... como sempre. – E quando estica o braço para tocar em minha gravata, agarro-lhe a mão antes de seus dedos chegarem a mim, dizendo: – O seu elogio foi suficiente.

Reed Thompson entra na sala usando terno jaquetão de lã xadrez de quatro botões, camisa de algodão listrada e gravata de seda, tudo Armani, mais umas meias de algodão azul um tanto grosseiras de Interwoven e sapatos pretos de biqueira Ferragamo que parecem exatamente iguais aos meus, com um exemplar do *Wall Street Journal* seguro por uma mão manicurada com primor e o sobretudo *balmacaan* de tweed Bill Kaiserman jogado displicentemente sobre o outro braço. Cumprimenta-nos com um aceno de cabeça e senta-se à nossa frente do outro lado da mesa. Logo depois, Todd Broderick entra vestindo terno jaquetão de lã listrada de giz de seis botões, camisa de algodão acetinado listrada e gravata de seda, tudo da Polo, mais um afetado lenço quadrado de linho no paletó, que estou quase certo de ser também da Polo. McDermott entra em seguida, trazendo um exemplar de sua *New York Magazine* e o *Financial Times* de hoje, usando óculos de lentes sem grau com armação de sequoia vermelha da Oliver Peoples, terno de lã xadrez quadradinho preto e branco, aberto na frente com lapela cortada, camisa social listrada de colarinho de pontas soltas e gravata de seda com motivos vivos, tudo desenhado e confeccionado por John Reyle.

Sorrio, arqueando as sobrancelhas para McDermott, que se senta ao meu lado com ar carrancudo. Dá um suspiro e abre o jornal, lendo em silêncio. Como não disse "alô" nem "bom dia", percebo que está aporrinhado e suspeito que tenha algo a ver comigo. Finalmente, sentindo que Luis está para perguntar alguma coisa, me viro para McDermott.

– E aí, McDermott, algo errado? – dou um sorriso afetado. – A fila da Stairmaster estava grande hoje de manhã?

– Quem disse que há algo errado? – pergunta, fungando, virando as páginas do *Financial Times*.

– Ouça – digo a ele, me chegando mais. – Já pedi desculpas por ter gritado com você por causa da pizza no Pastels, naquela noite.

– Quem disse que o motivo é esse? – pergunta, tenso.

– Achei que havíamos esclarecido isso – sussurro, segurando o braço de sua cadeira, sorrindo para Thompson. – Peço desculpas por ter xingado a pizza no Pastels. Satisfeito?

– Quem disse que o motivo é esse? – pergunta de novo.

– Então *qual* é, McDermott? – sussurro, reparando um movimento atrás de mim. Conto até três e então dou um giro, pegando Luis inclinado para perto de mim, tentando bisbilhotar. Ele percebe que foi apanhado e afunda devagar novamente na cadeira, culpado.

– McDermott, isso é *ridículo* – sussurro. – Você não pode ficar aborrecido comigo porque acho que a pizza do Pastels é... *cascuda*.

– *Quebradiça* – diz, me lançando um olhar de relance. – A palavra que você usou foi *quebradiça*.

– Peço desculpas – digo. – Mas tenho razão. *Mesmo*. Você lê a resenha no *Times*, certo?

– Aqui. – Põe a mão no bolso e me entrega um artigo xerocado. – Só quero provar que você está errado. Leia *isto*.

– O que é? – pergunto, abrindo a página dobrada.

– É um artigo sobre o seu ídolo, Donald Trump. – McDermott dá um sorriso largo.

– É mesmo – digo apreensivo. – Por que será que nunca vi este, gostaria de saber.

– E... – McDermott corre os olhos sobre o artigo e aponta um dedo acusador para o pé da página, que ele destacou com caneta vermelha. – Onde Donald Trump acha que se come a melhor pizza de Manhattan?

– Deixe-me ler isto – suspiro, afastando-o com um gesto. – Você pode estar enganado. Que foto horrorosa.

– Bateman. *Olhe.* Fiz um círculo em volta – diz.

Finjo ler o raio do artigo, mas começo a ficar muito aborrecido e tenho de devolver o artigo para McDermott e perguntar, inteiramente chateado:

– E *daí*? O que quer isso dizer? O que *você*, McDermott, está querendo me dizer?

– O que você acha da pizza do Pastels *agora*, Bateman? – pergunta cheio de presunção.

– Bem – digo, escolhendo as palavras com cuidado. – Acho que devo voltar lá e provar a pizza *de novo*... – Estou dizendo isso entre dentes trincados. – Estou apenas afirmando que a última vez que estive lá a pizza estava...

– Quebradiça? – McDermott propõe.

– Isso aí – dou de ombros. – Quebradiça.

– Hã-hã – McDermott sorri, triunfante.

– Ouça, se a pizza do Pastels é legal para o Donald – começo, com ódio de ter de admitir isso para o McDermott, depois dando um suspiro, quase ininteligível –, é legal para mim.

McDermott solta umas risadinhas irônicas todo contente, vencedor.

Conto três gravatas de seda-crepe, uma gravata de seda-cetim trançada, duas gravatas *foulard* de seda, um Kenzo de seda, duas gravatas de seda jacquard. As fragrâncias de Xeryus, Tuscany e Armani e Obsession e Polo e Grey Flannel e até Antaeus se misturam, flutuando no ar uma dentro da outra, elevando-se dos ternos e se soltando, formando uma mistura própria: um perfume frio, enjoativo.

– Mas não vou pedir desculpas – advirto McDermott.

– Você já pediu – responde.

Paul Owen entra na sala vestindo paletó esporte de cashmere, de um botão, calças largas de flanela de lã tropical, camisa de colarinho destacável da Ronaldus Shamask, mas é realmente a gravata – listras grossas azuis, pretas e vermelhas e amarelas da Andrew Fezza por Zanzarra – que me impressiona. Carruthers fica agitado também, e se inclina perto de minha cadeira e pergunta, se é que ouço corretamente, "Você acha que ele usa um daqueles suportes atléticos para combinar com isso?" Como não respondo, ele recua, abre uma revista *Sports Illustrated* que ficou no meio da mesa e, cantarolando para si mesmo, começa a ler um artigo sobre mergulhadores olímpicos.

– Oi, Halberstam – Owen diz, ao passar.

– Oi, Owen – digo, admirando o modo como mandou cortar e alisar para trás os cabelos, com um repartido tão certinho e fino que... fico arrasado e anoto mentalmente que devo lhe perguntar onde compra produtos de tratamento capilar, qual tipo de mousse usa, minha suposição final sendo a Ten-X.

Greg McBride entra na sala e para perto de minha cadeira.

– Você assistiu ao *Patty Winters* hoje de manhã? Loucura. Loucura total – e nós batemos na palma um do outro, antes dele sentar-se entre Dibble e Lloyd. Só Deus sabe de onde vieram.

Kevin Forrest, que entra junto com Charles Murphy, está dizendo:

– Meu sistema de bip pifou. Felicia escangalhou com ele de alguma maneira. – Não estou nem prestando atenção em como estão vestidos. Mas me descubro de olhos pregados nas abotoaduras de olho de coruja de Murphy, bem na moda, em azul-cristal.

Locadora de vídeo, depois D'Agostino's

Fico perambulando pela VideoVisions, uma locadora próxima do meu apartamento no Upper West Side, bebericando numa lata de Pepsi diet, a fita do último Christopher Cross bradando nos fones do Walkman Sony. Depois do escritório, joguei raquetebol com Montgomery, fiz uma sessão de shiatsu e encontrei Jesse Lloyd, Jamie Conway e Kevin Forrest para uns drinques no Rusty's, na Rua Setenta e Três. Esta noite estou usando um sobretudo novo de lã da Ungaro Uomo Paris, levando na mão uma maleta Bottega Veneta e um guarda-chuva da Georges Gaspar.

A locadora de vídeo está mais lotadda do que o normal. Há casais demais na fila para que eu possa alugar *O reformatório misto* ou *A B. de Oinger* sem alguma sensação de constrangimento ou mal-estar. Além disso, já esbarrei com Robert Ailes do First Boston na seção de Terror, ou pelo menos penso que foi Robert Ailes. Resmungou um "Oi, McDonald" ao passar por mim, com o *Sexta-feira 13 – Parte 7* nas mãos e um documentário sobre aborto, reparei o primor de sua manicure, apenas prejudicada pelo que me pareceu ser um Rolex de ouro de imitação.

Estando a pornografia fora de questão, passo os olhos na seção de comédias e, me sentindo roubado, decido locar um filme de Woody Allen, mas ainda não estou satisfeito. *Quero* algo *mais*. Passo pela seção de rock – nada – me vejo então na comédia de horror – idem. De súbito sou tomado por um pequeno ataque de ansiedade. *Há filmes demais para se escolher*. Mergulho atrás de um cartaz promocional da nova comédia de Dan Aykroyd, tomo dois Valium de cinco miligramas, fazendo-os descer garganta abaixo com a Pepsi diet. Depois, quase por hábito, como se estivesse programado, vou até o *Dublê de corpo* – um filme que já aluguei 37 vezes –, ando até o balcão onde aguardo vinte minutos para ser atendido por uma garota gordinha (pouco mais de dois quilos acima do peso, cabelos crespos e secos). Está vestindo um suéter frouxo sem origem definida e certamente *sem* grife – talvez para esconder o fato de que não tem peitos, embora *tenha* olhos atraentes: e *daí porra*? Afinal chega minha vez. Entrego a ela as caixas vazias.

– É só isso? – pergunta, tomando meu cartão de associado. Estou usando luvas preto-persa Mario Valentino. Ser sócio da VideoVisions me custa apenas duzentos e cinquenta dólares por ano.

– Vocês têm algum filme da Jami Gertz? – pergunto, tentando encará-la nos olhos.

– O quê? – pergunta distraída.

– Algum filme em que a Jami Gertz trabalhe?

– *Quem*? – Registra algo no computador e depois diz sem olhar para mim: – Quantas noites?

– Três – digo. – Você sabe quem é Jami Gertz?

– Acho que não – dá um suspiro de verdade.

– Jami *Gertz* – digo. – É uma *atriz*.

– Acho que não sei de quem se trata – diz num tom que indica que a estou importunando, mas ei, ela trabalha em uma locadora de vídeo, que é uma atividade de grande intensidade, que exige muito, seu comportamento é absolutamente razoável, *certo*? As coisas que poderia fazer no corpo dessa garota com um martelo, as palavras que poderia esculpir nela com um furador de gelo. Ela entrega ao cara atrás dela as minhas caixas, e finjo ignorar a reação horrorizada dele ao me reconhecer, após olhar a caixa do *Dublê de corpo*, mas zelosamente entra numa espécie de câmara abobadada que fica atrás da loja, para pegar os filmes.

– Ah, sim. Sabe sim – digo bem-humorado. – Ela aparece naqueles comerciais de Coca-Cola diet. Você sabe quais são.

– Acho que não sei mesmo – diz num tom monótono que quase me corta. Digita os nomes dos filmes, depois o meu número de inscrição de sócio no computador.

– Gosto daquela parte em *Dublê de corpo* onde a mulher... é atravessada pela... furadeira elétrica, no filme... a melhor – digo, quase ofegante. Parece muito quente na locadora de vídeo agora, de repente, e depois de murmurar "Meu Deus" num sussurro baixo, ponho a mão enluvada sobre o balcão para fazê-la parar de tremer. – E o sangue começa a derramar do tcto. Inspiro fundo e enquanto estou falando isso, minha cabeça começa a balançar por conta própria, fico engolindo em seco, pensando "Tenho de ver seus sapatos", aí o mais discretamente possível tento perscrutar sobre o balcão para verificar qual o sapato que está usando, mas de modo exasperante são apenas tênis – *não* são K-Swiss, *nem* Tretorn, *nem* Adidas, nem Reebok, apenas tênis baratinhos.

– Assine aqui. – Entrega as fitas sem sequer me olhar, recusando-se a reconhecer quem sou; e inspirando forte e soltando o ar, se dirige para o próximo da fila, um casal com um bebê.

No caminho de volta para o meu apartamento paro no D'Agostino's, onde compro para jantar duas garrafas grandes de Perrier, um pacote de seis garrafas de Coca-Cola comum, cinco kiwis de tamanho médio, uma garrafa de vinagre aromático de estragão, uma lata de creme de leite, um pacote de petiscos para micro-ondas, uma caixa de tofu e uma barra de chocolate branco que pego na caixa registradora.

Já do lado de fora, ignorando o vagabundo recostado sob o cartaz de *Les Misérables,* segurando uma placa onde se lê: PERDI O EMPREGO ESTOU FAMINTO NÃO TENHO DINHEIRO POR FAVOR ME AJUDEM, e cujos olhos ficam marejados de lágrimas depois que puxo de volta a cédula da brincadeira-de-implicar-com-mendigos e lhe digo "Poxa, vá fazer o raio dessa barba, faça-me *o favor*", meus olhos, quase como se estivessem guiados por radar, convergem para uma Lamborghini Countach vermelha estacionada no meio-fio, reluzente sob a iluminação da rua, e tenho de parar, o efeito do Valium chegando num sobressalto, inesperadamente, tudo mais vai se tornando apagado: o mendigo chorão, os garotos negros chapados de crack dançando rap ao som que explode das caixas, as nuvens de pombos voando logo acima, em busca de espaço para se empoleirarem, as sirenes das ambulâncias, os táxis buzinando, a gostosa até bem-apresentada num vestido Betsey Johnson, tudo isso some de forma gradual e, no que parece uma foto de tempo longo de exposição – mas em câmara lenta, como num filme –, o sol se põe, a cidade se escurece, tudo que consigo ver é a Lamborghini vermelha, tudo que consigo escutar é o ritmo uniforme, estável de minha respiração ofegante. Continuo em pé, de bobeira, em frente à loja, o olhar parado, minutos depois (não sei quantos).

TRATAMENTO FACIAL

SAIO DO ESCRITÓRIO ÀS QUATRO E MEIA, me dirijo para a Xclusive onde faço exercícios com pesos livres durante uma hora, depois vou de táxi até o outro lado do parque para chegar ao Gio's no Pierre Hotel para um tratamento facial, manicure e, se o tempo permitir, pedicure. Estou deitado na mesa alta numa das salas privadas aguardando Helga, a cosmeticista, começar meu tratamento facial. A camisa Brooks Brothers e o terno Garrick Anderson estão pendurados no armário, o mocassim A. Testoni está no chão, as meias de trinta dólares da Barney's emboladas dentro do par de sapatos, o short de sessenta dólares Comme les Garçons é a única peça de vestuário que estou usando. A bata que deveria estar vestindo está amassada junto ao box do chuveiro, já que quero ver Helga examinar meu corpo, reparar em meu peito, ver como os músculos abdominais ficaram incrivelmente tesos e polidos desde a última vez que vim aqui, embora seja bem mais velha do que eu – talvez trinta ou trinta e cinco – e de modo algum eu iria trepar com ela. Estou tomando a Pepsi diet que Mário, o servente, me trouxe, com gelo picado num copo ao meu lado.

Pego o exemplar de hoje do *Post* que está pendurado numa estante de revistas em vidro Smithly Watson, passo os olhos nas colunas sociais, então meu olhar capta uma história sobre esses seres que recentemente têm sido avistados, que parecem ser parte pássaro, parte roedor – pombos com cabeça e cauda de ratos – encontrados bem no centro do Harlem, e que agora estão chegando cada vez mais perto, constantemente se aproximando das partes mais nobres da cidade. A foto granulada de uma dessas coisas acompanha o artigo, mas os especialistas, nos assegura o *Post*, estão quase certos de que essa tal nova raça é um embuste. Como sempre, isto não consegue aplacar meu pânico e me causa um pavor inominável o fato de alguém lá fora ter gasto energia e tempo para inventar isso: forjar uma fotografia (aí fazendo um trabalho de porco, a coisa parece a merda de um Big Mac), mandá-la para o *Post*, depois fazer o *Post* decidir imprimir o artigo (reuniões, discussões, ameaças de última hora de cancelar tudo?), imprimir a foto, fazer alguém escrever sobre a foto e entrevistar os especialistas, finalmente lançar o artigo na página três da edição de hoje e provocar sua discussão nas centenas de milhares de almoços na cidade nesta tarde. Fecho o jornal e me deito, exausto.

A porta da sala particular se abre e uma garota que não conheço entra e fico olhando pelas pálpebras semicerradas que ela é jovem, italiana, de boa aparência. Sorri, sentando-se numa cadeira a meus pés, e começa seu trabalho de pedicure. Desliga a luz do teto e com exceção de lâmpadas halógenas estrategicamente colocadas reluzindo sobre meus pés, mãos e rosto, a sala fica às escuras, tornando impossível discernir que tipo de corpo ela tem, a não ser que está usando botinhas de couro preto e camurça cinzenta com botões da Maud Frizon. O *Patty Winters Show* desta manhã foi sobre "OVNIs assassinos". Chega Helga.

– Ah, sr. Bateman – diz Helga. – Como vai?

– Muito bem, Helga – digo, retesando os músculos de meu estômago e peito. Meus olhos estão fechados de modo que isso parece natural, como se os músculos estivessem agindo por conta própria, sem que eu pudesse evitar. Mas Helga estende com delicadeza a bata sobre meu peito abotoando-a, fingindo ignorar as ondulações sob a pele bronzeada, lisa.

– O sr. voltou logo mesmo – diz.

– Há dois dias que vim aqui – digo, confuso.

– Sei, mas... – se detém, lavando as mãos na pia. – Deixe para lá.

– Helga? – pergunto.

– Sim, sr. Bateman?

– Ao entrar aqui avistei um par de mocassins de homem com borlas douradas da Bergdorf Goodman, aguardando serem engraxados, de fora da porta da sala ao lado. A quem pertencem? – pergunto.

– Ao sr. Erlanger – diz.

– O sr. Erlanger da Lehman's?

– Não. O sr. Erlanger da Salomon Brothers – diz.

– Já lhe contei que quero pôr uma grande máscara facial amarela sorridente, depois ligar a versão em CD de "Don't Worry, Be Happy", do Bobby McFerrin, aí pegar uma garota e um cachorro, um collie, um chow, um sharpei, não importa mesmo na verdade, e ligar aquela bomba de transfusão, aquele aparelho, trocar o sangue deles, você sabe, passar o sangue do cachorro para a boazuda e vice-versa, já lhe contei isso? – enquanto fico falando posso ouvir a garota que trabalha em meus pés cantarolar uma das canções de *Les Misérables* para si mesma, aí Helga passa uma bola umedecida de algodão pelo meu nariz, chegando-se perto do meu rosto, examinando os poros. Solto um riso maníaco, depois inspiro profundamente e apalpo meu peito, achando que o coração está batendo com rapidez, impaciente, mas não há nada ali, nem uma batida.

– Psiu, sr. Bateman – Helga diz, passando uma esponja morna em meu rosto, que faz arder, mas depois resfria a pele. – Relaxe.

– Tudo bem – digo. – Estou relaxando.

– Ah, sr. Bateman – Helga sussurra melodiosamente –, o sr. tem uma pele tão boa. Qual a sua idade? Posso perguntar?

– Tenho 26 anos.

– Ah, é por isso. É tão lisa. Tão macia. – Suspira. – Fique relaxado.

Deixo a mente vagar, os olhos se virando para dentro da cabeça, a versão em música ambiente do "Don't Worry, Baby" afogando de vez todos os maus pensamentos, e começo a pensar apenas em coisas positivas – as reservas já feitas para hoje à noite com a namorada de Marcus Halberstam, Cecília Wagner, rutabagas em purê no Union Square Café, a descida de esqui pela montanha Buttermilk, em Aspen, no último Natal, o novo CD do Huey Lewis and the News, camisas sociais da Ike Behar, da Joseph Abboud, da Ralph Lauren, garotas gostosas untadas de óleo chupando a xoxota e a bunda uma da outra sob as luzes berrantes do vídeo, toneladas de rúcula e coentro, meus produtos de bronzear, como aparecem os músculos de minhas costas quando a luz do banheiro recai sobre eles no ângulo certo, as mãos de Helga me acariciando a pele macia do rosto, aplicando e espalhando cremes, loções e tônicos sobre ela de modo admirável, sussurrando "Ah Sr. Bateman, seu rosto é tão liso e macio, tão liso", o fato de eu não morar num trailer nem trabalhar em salão de boliche nem assistir a jogos de hóquei ou comer costela em churrascos, a visão do prédio da AT&T à meia-noite, somente à meia-noite. Jeannie vem e dá início à manicure, primeiro cortando e lixando as unhas, depois escovando-as com lixa para tirar as arestas que ficaram.

– Na próxima vez prefiro que fiquem um pouco mais compridas, Jeannie – aviso.

Em silêncio, mergulha as unhas em creme de lanolina morno, depois seca as duas mãos e aplica um removedor de cutícula, aí retira todas as cutículas, ao mesmo tempo que limpa sob as unhas com um bastonete de madeira com algodão nas pontas. O vibrador aquecido massageia a mão e o antebraço. O polimento das unhas é feito primeiro com camurça e depois com um líquido para dar brilho.

Encontro com Evelyn

Evelyn cai na espera de minha terceira linha e eu não pretendia atender, mas como estou na segunda linha aguardando saber se Bullock, o maître do novo restaurante Davis François na Central Park South, recebeu algum cancelamento para hoje à noite, de modo que Courtney (esperando na primeira linha) e eu possamos jantar juntos, acabo entrando na linha pensando que era a tinturaria. Mas *não*, é Evelyn e, embora não seja justo com Courtney, atendo o telefonema. Digo a Evelyn que estou falando com meu professor particular de ginástica na outra linha. Em seguida digo a Courtney que tenho de atender à chamada de Paul Owen e que fico de vê-la às oito no Turtles, depois faço cair a linha de Bullock, o maître. Evelyn está no hotel Carlyle desde que a mulher que morava na casa de tijolos vermelhos ao lado da sua foi encontrada morta por assassinato na noite passada, decapitada, e é por isso que Evelyn está abalada. Não deu conta de ficar hoje no escritório, portanto passou a tarde tentando relaxar numa sessão de tratamento facial na Elizabeth Arden. Ela insiste em me encontrar para jantarmos hoje, depois pergunta, antes que eu possa inventar uma desculpa aceitável, uma mentira plausível:

– Onde *você estava* na noite passada, *Patrick*?

Faço uma pausa.

– Por quê? Onde *você* estava? – pergunto, ao mesmo tempo em que bebo com avidez uma garrafa de Evian, ainda um tanto suarento por causa dos exercícios de hoje à tarde.

– Discutindo com o encarregado da portaria do Carlyle – diz, num tom *bastante* aporrinhado. – Agora me diga, Patrick, onde você *estava*?

– Por que ficou discutindo com ele? – pergunto.
– Patrick – faz uma declaração taxativa.
– Estou aqui – digo depois de um minuto.
– Patrick. Não importa. O telefone de meu quarto não tinha duas linhas e *não* tinha tecla de espera – diz. – *Onde* você estava?
– Estava... perambulando por aí alugando fitas de vídeo – digo, satisfeito, me congratulando, o telefone sem fio preso entre minha cabeça e o ombro.
– Queria ficar com você – diz num tom lamuriento de menininha. – Fiquei assustada. Ainda estou. Não dá para perceber pela minha voz?
– Na verdade, você parece estar tudo menos assustada.
– Não, Patrick, falo sério. Estou muito aterrorizada – diz. – Estou trêmula. Trêmula como uma vara. Pergunte à Mia, minha esteticista. *Ela* disse que eu estava tensa.
– Bem, não poderia ter vindo ficar comigo de qualquer maneira – digo.
– Amor, por quê? – geme, depois se dirige a alguém que acaba de entrar na suíte. – Ah enrole-o ali perto da janela... não, *daquela* janela... e será que pode me dizer onde fica o raio da massagista?
– Porque a cabeça de sua vizinha estava em meu *freezer*. – Dou um bocejo, me espreguiçando. – Ouça. Jantar? Onde? Você está me ouvindo?
Às oito e meia, nós dois estamos sentados um em frente ao outro no Barcadia. Evelyn está vestindo paletó de raiom da Anne Klein, saia de crepe, blusa de seda da Bonwit's, brincos antigos verdadeiros em ouro e ágata da James Robinson que custam, aproximadamente, uns quatro mil dólares; estou usando terno jaquetão, camisa de seda com listras trabalhadas em costura, gravata de seda desenhada e mocassim de couro, tudo da Gianni Versace. Não cancelei a reserva no Turtles nem avisei Courtney para que não fosse me encontrar, por isso, provavelmente vai aparecer lá por volta das oito e quinze, completamente atrapalhada e, se não tiver tomado nenhum Elavil hoje, ficará decerto furiosa. É esse fato – não a garrafa

de champanhe Cristal que Evelyn insiste em pedir e que depois mistura com cassis – que me faz soltar sonoras gargalhadas.

Passei a maior parte da tarde comprando para mim mesmo presentes antecipados de Natal – uma tesoura grande numa farmácia próxima à sede da Prefeitura, um abridor de cartas da Hammacher Schlemmer, uma faca de queijo do Bloomingdale's para combinar com a tábua de queijo que Jean, minha secretária, que está apaixonada por mim, deixou sobre minha mesa antes de sair para almoçar, enquanto eu estava numa reunião. O *Patty Winters Show* desta manhã foi sobre as possibilidades de haver uma guerra nuclear e, segundo o painel de especialistas, são muito boas as chances de que isso venha a acontecer em algum momento do próximo mês. O rosto de Evelyn me parece branco como giz neste exato momento, a boca com um contorno de batom roxo que produz um efeito quase chocante; percebo que ela demorou, mas acabou seguindo o conselho de Tim Price e parou de usar loção autobronzeadora. Em vez de mencionar isso e ter de aguentá-la me dando ridículas respostas negativas e vazias, pergunto sobre a namorada de Tim, Meredith, a quem Evelyn despreza por razões que nunca ficaram bem claras para mim. Por causa de rumores espalhados a respeito de Courtney e de mim, Courtney também entrou na lista negra de Evelyn, por razões um pouco mais claras. Ponho a mão cobrindo a *flûte* de champanhe quando a garçonete vem apreensiva, a pedido de Evelyn, tentar servir um pouco de cassis e misturá-lo com meu Cristal.

– Não, obrigado – digo. – Mais tarde talvez. Em copo separado.

– Desmancha-prazeres. – Evelyn solta risadinhas, depois inspira rápido. – Mas você está muito perfumado. O que está usando – Obsession? Seu desmancha-prazeres, é Obsession?

– Não – digo de modo carrancudo. – Paul Sebastian.

– Claro. – Sorri, entorna o segundo copo. Mostra-se com muito melhor humor, quase impetuoso, mais do que você esperaria de alguém cuja vizinha teve a cabeça decepada em questão de segundos, quando estava ainda consciente, por um serra elétrica pequena. Os olhos de Evelyn momentaneamente cintilam à luz da vela, depois retornam ao cinzento pálido de sempre.

— Como vai Meredith? — pergunto, querendo disfarçar meu interesse.

— Ah, poxa. Está saindo com Richard Cunnningham. — Evelyn diz num gemido. — Ele está no First Boston. Se é que dá para você *acreditar.*

— Você sabe que Tim estava querendo terminar com ela. Romper o namoro — afirmo.

— Por que, meu Deus? — Evelyn pergunta, surpresa, intrigada. — Tinham aquela casa *fantástica* nos Hamptons.

— Lembro-me dele ter dito que estava de saco cheio de ficar vendo ela não fazer nada nos fins de semana, nada a não ser as unhas.

— Meu Deus — Evelyn diz, e depois, de fato confusa. — Você quer dizer... espere, não tinha ninguém para lhe fazer as unhas?

— Tim disse e reiterou o fato várias vezes, que ela tem a personalidade de uma apresentadora de programa de auditório — digo de modo seco, bebericando minha *flûte* de champanhe.

Sorri para si mesma, em segredo.

— O Tim não presta.

Displicentemente fico me perguntando se Evelyn não iria para a cama com outra mulher, se eu levasse uma até sua casa de tijolos vermelhos e, se insistisse, se elas me deixariam assistir às duas fazendo a coisa. Se me deixariam dirigi-las, dizer o que devem fazer, pô-las em posição sob as quentes lâmpadas halógenas. Provavelmente não; as chances não se mostram boas. Mas se as forçasse, lhes *apontando um revólver*? Ameaçá-las de cortar ambas a faca, talvez, caso não obedeçam? O pensamento não parece desprovido de atrativos e consigo imaginar o roteiro com bastante clareza. Começo a contar as banquetas que ficam em volta do salão, depois começo a contar as pessoas sentadas nas banquetas.

Está me perguntando sobre Tim.

— Onde você acha que *aquele* tratante está? Corre o boato de que está mal — diz agourenta.

– Corre o boato – digo –, mas ele está se recuperando. Este champanhe não está gelado o bastante. – Estou distraído. – Não está lhe mandando cartões-postais?

– Está doente? – pergunta, com um leve tremor.

– É, acho que sim – digo. – Acho que é isso. Você sabe, se a gente pede uma garrafa de Cristal, ela deveria vir pelo menos *gelada*, não acha?

– Ai, meu Deus – Evelyn diz. – Você acha que ele pode estar *doente*?

– Acho. Está num hospital. No Arizona – acrescento. A palavra *Arizona* traz um quê de mistério e digo de novo. – Arizona, acho.

– Minha nossa! – Evelyn exclama, agora de fato assustada, e engole de uma só vez o pouco de Cristal que lhe sobra no copo.

– Quem sabe? – dou de ombros com o máximo de menosprezo possível.

– Você não acha... – respira e abaixa o copo. – Você não acha que é... – agora olha em volta no restaurante antes de se chegar mais perto, sussurrando –... AIDS?

– Ah não, nada por aí – digo, embora imediatamente desejasse ter aguardado o suficiente antes de responder, para deixá-la assustada. – Apenas... danos... gerais... – dou uma mordida e arranco a ponta do palitinho de pão com ervas – ...no cérebro.

Evelyn suspira, aliviada, então diz:

– Não está quente aqui?

– Só consigo pensar naquele pôster que vi na estação do metrô numa noite dessas antes de matar aqueles garotos negros: a foto de uma rês novinha, com a cabeça voltada para a câmara, os olhos apanhados bem abertos e fixos pelo flash, cujo corpo parecia estar encerrado numa espécie de caixote, e em letras grandes e pretas sob a foto podia-se ler "Pergunta: Por que Este Bezerro Não Pode Andar?". Depois, "Resposta: Porque Só Tem Duas Pernas". Mas aí vi um outro, exatamente a mesma foto, exatamente o mesmo bezerro, mas embaixo deste estava escrito "Fique longe do mercado de publicações". – Faço uma pausa, ainda mexendo com os dedos no palitinho de pão, depois pergunto: – Você registrou algo do que falei ou devo esperar mais reação de um, ah, balde de gelo? – digo tudo isso encarando Evelyn direto, expondo com precisão, tentando me explicar. Ela abre a boca e espero que, afinal, reconheça minha posição. Pela primeira vez desde que a conheço, se esforça para dizer algo interessante e presto muita atenção. Ela pergunta:

– É a...

– Sim? – Este é único momento da noite em que sinto algum interesse genuíno pelo que tem a dizer, insisto em que continue. – Sim? É a...?

– É a... Ivana Trump? – pergunta, bisbilhotando por cima de meu ombro.

Me viro.

– Onde? Cadê a Ivana?

– Na mesa em frente, a segunda de quem entra... – Evelyn dá uma pausa – ...Brooke Astor. Está vendo?

Aperto os olhos, coloco os óculos de lente sem grau da Oliver Peoples e me dou conta de que Evelyn, com a vista esfumaçada pelo Cristal misturado ao cassis, não apenas confundiu Norris Powell com Ivana Trump, mas confundiu Steve Rubell com Brooke Astor. Não posso me conter, acabo quase explodindo.

– Ai, não, porra, Evelyn – sussurro, esmagado, desapontado, minha carga de adrenalina ficando toda azeda, segurando a cabeça nas mãos. – Como você pode confundir aquela *jeca* com a Ivana?

– Sinto muito – ouço ela piar como passarinho. – Erro de uma garotinha?

– Isso é de *enfurecer* – sibilo feito cobra, os dois olhos fechados apertados.

Nossa garçonete boazuda, que calça escarpins de salto alto de cetim, põe na mesa duas novas *flûtes* para a segunda garrafa de Cristal que Evelyn pede. A garçonete faz beicinho para mim quando estico o braço para pegar outro palitinho de pão, levanto a cabeça para ela e faço beicinho de volta, depois aperto de novo a cabeça entre as palmas das mãos, e isso tudo acontece novamente quando nos traz os antepastos. Pimentas secas em sopa condimentada de abóbora para mim, milho seco e pudim *jalapeño* para Evelyn. Mantenho as mãos cobrindo os dois ouvidos para bloquear a voz de Evelyn, neste ínterim entre ela ter confundido Norris Powell com Ivana Trump e a chegada dos antepastos, mas agora tenho fome, por isso retiro hesitante a mão direita do ouvido. Imediatamente a ladainha ressurge, ensurdecedora.

– ...Galinha tandoori e *foie gras,* muito enfeite, ele adorou o Savoy, menos as ovas de sável, as cores eram deslumbrantes, babosa, molusco, cítricos, Morgan Stanley...

Aperto as mãos de volta onde estavam, fazendo ainda mais pressão. De novo a fome me toma e, por isso, cantarolando alto para mim mesmo estendo o braço novamente para a colher, mas é inútil: a voz de Evelyn está num grau de intensidade especial que não pode ser ignorado.

– Gregory em breve vai se formar na Saint Paul e em setembro começará a frequentar a Universidade de Colúmbia – Evelyn fica dizendo, soprando com cuidado o pudim que, a propósito, é servido frio. – *Tenho* de lhe dar um presente de formatura e estou perdida. Sugestão, amor?

– Um cartaz de *Les Misérables*? – dou um suspiro, com tom de pilhéria.

– Perfeito – diz, soprando novamente o pudim, depois toma um gole do Cristal e faz careta.

– Sim, querida? – pergunto, cuspindo a semente de abóbora que descreve um arco no ar antes de graciosamente atingir bem o centro do cinzeiro, em vez do vestido de Evelyn, meu alvo original. – Hummm?

– Precisamos de mais cassis – diz. – Você chama a garçonete?

– Claro que precisamos – digo de bom humor e, ainda sorrindo: – Não tenho ideia de quem seja o Gregory. Você bem que sabe disso, não?

Evelyn abaixa com delicadeza a colher até o prato de pudim e me olha nos olhos.

– Sr. Bateman, gosto realmente do senhor. *Adoro* o seu senso de humor. – Aperta minha mão com suavidade e ri, na verdade *diz* "Ha, ha, ha"... – mas está séria, não é brincadeira.

Evelyn está *mesmo* me fazendo um elogio. Admira *mesmo* meu senso de humor. As entradas são retiradas, ao mesmo tempo em que chegam os pratos principais, de modo que Evelyn tem de soltar minha mão para abrir espaço na mesa. Pediu codorna recheada em *tortillas* de milho, acompanhadas de ostras em casca de batata. Vou comer coelho com cogumelos do Oregon e batatas fritas com ervas.

– ...Ele fez o secundário em Deerfield, depois foi para Harvard. Ela fez em Hotchkiss e depois foi para Radcliffe...

Evelyn fica falando, mas não presto atenção. Seu monólogo se sobrepõe a seu próprio monólogo. A boca se mexe, mas não estou ouvindo nada e não posso escutar, não consigo mesmo me concentrar, já que meu coelho foi cortado para parecer... exato... com... uma... estrela! Fileiras de batatas fritas o cercam, espalharam pedaços de salsa vermelha por cima do prato – que é branco, de porcelana e tem sessenta centímetros de largura – para dar a aparência de um pôr do sol, mas isto me parece mais um grande ferimento a bala e, balançando devagar a cabeça com incredulidade, aperto a carne com o dedo, deixando a marca de um dedo, depois outro, aí procuro um guardanapo, não o meu, para limpar a mão. Evelyn não interrompeu seu monólogo – fala e mastiga com requinte – e sorrindo sedutoramente para ela, estendo o braço sob a mesa e agarro sua coxa, limpando minha mão. Ainda falando, ela sorri com malícia para mim, dá mais um gole no champanhe. Fico estudando seu rosto, entediado por ser ele tão bonito, realmente sem defeitos, penso comigo mesmo como é estranho que Evelyn tenha me dado tanta força; como sempre esteve lá quando eu mais precisava. Olho de novo o prato, completamente sem fome, pego o garfo, estudo com intensidade o prato por um ou dois minutos, lamento antes de dar um suspiro e abaixar o garfo. Em vez disso, pego meu champanhe.

– Groton, Lawrenceville, Milton, Exeter, Kent, Saint Paul, Hotchkiss, Andover, Milton, Choate... eta, já falei Milton...

– Se eu não for comer isto hoje à noite, e não vou mesmo, quero cheirar um pouco de cocaína – declaro. Mas não a interrompi, porque não se pode contê-la, é uma máquina, e ela continua falando.

– O casamento de Jane Simpson foi tão bonito – suspira. – E a recepção depois foi incrível. Club Chernoble, saiu na Page Six. Foi Billy quem cobriu a festa. A *Woman's Wear Daily* fez um esboço do evento.

– Ouvi dizer que havia consumação mínima de dois drinques – digo desconfiado, fazendo sinal para o ajudante de serviço mais próximo retirar meu prato.

– Casamentos são *tão* românticos. Ela ganhou um anel de brilhante no noivado. Você *sabe*, Patrick, *não* farei por menos – diz com recato. – *Tem* de ser diamante. – Seus olhos ficam contemplando o espaço e ela tenta recontar o casamento com detalhes suficientes para deixar meu cérebro completamente anestesiado. – Foi um jantar à francesa de quinhentos talheres... não, desculpe, setecentos e cinquenta, seguido de um bolo de sorvete de quatro metros e oitenta, todo em camadas da Ben and Jerry. O vestido de noiva foi de Ralph, era de renda branca, curto e sem mangas. Estava encantador. Ah, Patrick, o que *você* usaria? – suspira.

– Exigiria poder usar óculos escuros Ray-Ban. Ray-Bans caros – digo com cuidado. – De fato exigiria que todos usassem óculos Ray-Ban escuros.

– Eu ia querer uma orquestra cigana, Patrick. É isso que quero. Uma orquestra cigana – fala num arroubo, sem respirar. – Ou mariachi. Ou reggae. Algo típico para chocar papai. Ai, *não* consigo decidir.

– Eu ia querer trazer um rifle de assalto Harrison AK-47 para a cerimônia – digo, entediado, numa arrancada –, com pente redondo de trinta balas para, depois de mandar pelos ares a cabeça gorda de sua mãe todinha, poder usá-lo naquele seu irmão bicha. Embora pessoalmente não goste de utilizar nada projetado pelos soviéticos, não sei, o rifle Harrison de algum modo me lembra... – detenho-me, confuso, examinando o trabalho da manicure feito ontem, olho novamente para Evelyn. – Vodca Stoli?

– Ah, e muita trufa de chocolate. *Godiva*. E ostras. Ostras na *meia* concha. Marzipã. Tendas cor-de-rosa. Centenas, *milhares* de rosas. Fotógrafos. Annie Leibovitz. Conseguiremos a *Annie Leibovitz* – diz em tom excitado. – *E* contrataremos alguém para *filmar tudo em vídeo*!

– Ou um AR-15. Você ia gostar desse, Evelyn: é a mais cara das armas, mas vale cada centavo. – Dou uma piscadela para ela, que continua falando; não ouve uma palavra; não registra nada. Não capta direito nem *uma palavra* do que digo. Minha essência escapa a ela. Enfim ela para com essa furiosa investida, toma fôlego e me olha de um jeito que só posso descrever como um olhar cintilante. Tocando-me a mão, o Rolex, toma fôlego uma vez mais, desta vez esperançosamente, e diz:

– A gente deveria fazer isso.

Estou tentando dar uma olhadela em nossa garçonete boazuda; está curvada para apanhar um guardanapo que caiu. Sem olhar para Evelyn de novo, pergunto:

– Fazer... o quê?

– Nos casarmos – diz, fechando os olhos. – Fazer uma festa.

– Evelyn?

– Sim, querido?

– O seu *kir* está... "batizado" de álcool?

– A gente devia fazer isso – diz com ternura. – Patrick...

– Você está *me* pedindo em casamento? – rio, tentando sondar seu raciocínio. Tiro o copo de champanhe de perto dela e dou uma cheirada na borda.

– *Patrick*? – diz, aguardando minha resposta.

– Santo Deus, Evelyn – digo, tolhido. – Não sei.

– Por que não? – pergunta de modo petulante. – Me dê *uma* boa razão para não nos casarmos.

– Porque tentar trepar com você é igual a dar um beijo de língua numa... cotia... bem pequena e agitada? – digo a ela. – Não sei.

– Sim? – diz. – E...?

– Com arreios? – termino, dando de ombros.

– O que você quer fazer? – pergunta. – Esperar três anos para você chegar aos trinta?

– *Quatro* anos – digo, olhando-a feroz. – Faltam *quatro* anos para chegar aos trinta.

– Quatro anos. Três anos. Três *meses*. Ai Deus, qual a diferença? Você vai continuar sendo um velho. – Tira a mão de cima da minha. – Olhe, você não estaria dizendo isso se tivesse ido ao casamento de Jayne Simpson. Você ia dar uma olhada em tudo aquilo e querer se casar imediatamente comigo.

– Mas *fui* ao casamento de Jayne Simpson, Evelyn, amor de minha vida – digo. – Fiquei sentado ao lado de Sukhreet Gabel. Pode acreditar, eu estava *lá*.

– Você é impossível – se lamenta. – Você é um desmancha-prazeres.

– Ou talvez não tenha ido – me pergunto alto. – Talvez eu... a festa foi coberta pela MTV?

– E a lua de mel foi *tão* romântica. Duas horas depois estavam num Concorde. Indo para Londres. Ah, o Claridge's. – Evelyn dá um suspiro, a mão crispada sob o queixo, os olhos marejando.

Ignorando-a, procuro um charuto no bolso, tiro-o e bato com ele de leve na mesa. Evelyn pede três sabores de *sorbet*: amendoim, *liquorice* e sonho. Peço um expresso descafeinizado. Evelyn fica de mau humor. Acendo um fósforo.

– Patrick – adverte, olhando a chama.

– O quê? – pergunto, com a mão parada no meio do ar, pronta para acender a ponta do charuto.

– Você não pediu licença – diz, sem sorrir.

– Já lhe disse que estou usando um short de sessenta dólares? – pergunto, tentando apaziguá-la.

Terça-feira

Há uma festa black-tie no edifício Puck hoje à noite, lançamento de uma nova marca de máquina de remar profissional computadorizada, e depois de jogar squash com Frederick Dibble vou tomar uns drinques no Harry's com Jamie Conway, Kevin Wynn e Jason Gladwin, aí pulamos dentro da limusine que Kevin alugou para hoje à noite e rumamos para um lugar mais acima do centro. Estou vestindo colete jacquard com colarinho de ponta virada da Kilgour, French & Stanbury comprado na Barney's, gravata-borboleta de seda da Saks, sapatos de verniz tipo mocassim da Baker-Benjes, abotoaduras antigas de diamante da Kentshire Galleries, paletó de lã cinzento de forro de seda com manga caída e lapela baixa até o botão da Luciano Soprani. Uma carteira de pele de avestruz da Bosca carrega quatrocentos dólares em dinheiro no bolso traseiro de minha calça preta de lã. Em vez do Rolex estou usando um relógio de ouro de catorze quilates da H. Stern.

Fico perambulando sem destino pelo salão de festas do primeiro andar do edifício Puck, entediado, bebendo champanhe ruim (poderia ser o Bollinger sem safra especificada?) em *notes* de plástico, mastigando fatias de kiwi, cada uma coberta com um montão de queijo de cabra, olhando em volta distraído a fim de descolar um pó. Em vez de achar alguém que conheça um traficante, esbarro em Courtney nas escadas. Usando bustiê de lenço de tule *stretch* de seda e algodão com calça comprida de renda adornada de joias, ela se mostra tensa e me adverte para ficar longe do Luis. Avisa que ele desconfia de alguma coisa. Um conjunto toca versões capengas de velhos sucessos da Motown nos anos 60.

– De quê? – pergunto, passando os olhos pelo salão. – Que dois e dois são quatro? Que você secretamente é a Nancy Reagan?

– Não vá almoçar com ele semana que vem no Clube Vale – diz, sorrindo para um fotógrafo, o flash nos cegando por um momento.

– Você está... deliciosa nesta noite – digo, tocando-lhe o pescoço, subindo com o dedo até o queixo e chegando ao lábio inferior.

– Não estou brincando, Patrick. – Sorrindo, acena para Luis, que está dançando desajeitadamente com Jennifer Morgan. Ele veste um smoking de lã creme, calça de lã, camisa de algodão e faixa de cintura de seda xadrez, tudo da Hugo Boss, gravata-borboleta da Saks e lenço de lapela da Paul Stuart. Acena de volta. Faço um sinal positivo com o polegar para ele.

– Que babaca – Courtney sussurra com tristeza para si mesma.

– Ouça, vou embora – digo, terminando o champanhe. – Por que não vai dançar com... o folgado?

– Aonde você *vai*? – pergunta, me agarrando o braço.

– Courtney, não quero participar de mais uma de suas... explosões emocionais – falo para ela. – Além disso, os canapés estão uma bosta.

– Aonde você *vai*? – pergunta novamente. – Mais detalhes, sr. Bateman.

– Por que está tão preocupada?

– Porque gostaria de saber – diz. – Você não vai para a casa da Evelyn, vai?

– Talvez – minto.

– Patrick – diz. – Não me largue aqui. Não *quero* que você vá.

– *Tenho* de devolver algumas fitas de vídeo – minto mais uma vez, lhe entregando meu copo vazio de champanhe, precisamente quando outra máquina fotográfica explode o flash em algum lugar. Vou andando.

O conjunto entra numa versão vibrante de "Life in the Fast Lane" e começo a olhar em volta, em busca de alguma boazuda. Charles Simpson – ou alguém que se parece extraordinariamente com ele, cabelo alisado para trás, suspensórios, óculos da Oliver Peoples – me aperta a mão, grita "Oi, Williams" e me fala para ir encontrar um grupo de pessoas com Alexandra Craig no Nell's, por volta da meia-noite. Dou-lhe um aperto tranquilizador no ombro e digo que estarei lá.

No lado de fora, fumando um charuto, contemplando o céu, avisto Reed Thompson, que emerge do edifício Puck com sua *entourage* – Jamie Conway, Kevin Wynn, Marcus Halberstam, nenhuma garota – e me convida para jantar; embora desconfie que estão com drogas, fico receoso de passar a noite com eles e decido não fazer a caminhada até àquele bistrô salvadorenho, principalmente porque não fizeram reservas e não têm mesa garantida. Aceno um adeus para eles, depois atravesso a Rua Houston, me desviando de outras limusines que estão deixando a festa, e começo a subir centro acima. Caminhando pela Broadway paro num caixa automático, onde só pelo prazer de fazer o diabo da coisa retiro mais cem dólares, me sentindo melhor tendo na carteira uns tranquilos quinhentos dólares.

Dou por mim caminhando pela área dos antiquários abaixo da Rua Catorze. Meu relógio parou, de modo que não estou certo de que horas são, mas provavelmente umas dez e meia, por aí. Uns negros cruzam comigo oferecendo crack ou querendo passar bilhetes de entrada para uma festa no Palladium. Passo por uma banca de jornais, uma tinturaria, uma igreja, um café-restaurante. As ruas estão vazias; o único ruído que quebra o silêncio é um táxi ocasional rodando em direção à Union Square. Duas bichas magrinhas passam por mim quando estou numa cabine pública verificando os recados em minha secretária eletrônica, contemplando meu reflexo na vitrine de uma loja de antiguidades. Um deles assovia para mim, o outro ri: um som alto, tresloucado, horrível. Um cartaz rasgado de *Les Misérables* está quase caindo na calçada cheia de rachaduras e manchas de urina. A lâmpada de um poste de rua se queima. Alguém de sobretudo Jean-Paul Gautier dá uma mijada num beco. Nuvens de vapor se erguem das ruas, fazendo ondas e anéis, se evaporando. Sacos congelados de lixo estão enfileirados no meio-fio. A lua, pálida e baixa, está parada bem em cima da ponta do edifício Chrysler. Vinda de algum lugar dos lados de West Village, a sirene de uma ambulância fica tocando, o vento a carrega, faz um eco e depois vai sumindo.

O mendigo, um negro, está deitado na entrada de uma loja de antiguidades abandonada na Rua Doze, por cima de uma grade aberta, cercado de sacos de lixo e um carrinho de compras do Gristede's entulhado com o que suponho ser seus pertences pessoais: jornais, garrafas, latas de alumínio. Uma placa de papelão escrita à mão está presa na frente do carrinho e diz ESTOU FAMINTO E SEM CASA POR FAVOR ME AJUDEM. Um cão, um vira-latazinho, de pelo curto e magro feito um osso, está deitado a seu lado, a coleira improvisada atada ao pegador do carrinho de mercearia. Não reparo no cão na primeira vez que passo. Só depois que dou a volta no quarteirão e retorno é que o vejo sobre a pilha de jornais, guardando o mendigo, com uma coleira no pescoço e uma plaqueta grande demais onde está escrito GIZMO. O cão levanta os olhos para mim, abanando aquele arremedo de rabo magrelo, patético, e quando estendo a mão enluvada ele a lambe sofregamente. O fedor de alguma espécie de álcool barato misturado com fezes paira aqui como uma nuvem pesada, invisível, e tenho de prender a respiração, antes de me acomodar ao mau cheiro. O mendigo acorda, abre os olhos, bocejando, revelando dentes extraordinariamente manchados entre os lábios roxos gretados.

Está na casa dos quarenta, pesadão, e quando tenta se sentar consigo discernir mais claramente suas feições sob o clarão do poste de luz: barba de uns poucos dias, queixo triplo, nariz avermelhado raiado de grossas veias azuis. Está usando uma espécie de terno justo de poliéster verde-limão de aspecto grosseiro e jeans Sergio Valente desbotado *por cima* dele (a expressão da moda desta estação para os sem-teto) junto com um suéter gola em V rasgado, laranja e castanho, manchado com o que parece ser vinho. Parece muito bêbado – ou isso ou é maluco ou idiota. Os olhos não conseguem nem mesmo entrar em foco quando me ponho em pé junto a ele, bloqueando a luz da rua, cobrindo-o com minha sombra. Me ajoelho.

– Oi – digo, estendendo a mão, a que o cão lambeu. – Pat Bateman.

O mendigo me encara, ofegante por causa do esforço de sentar. Não aperta minha mão.

– Você quer algum dinheiro? – pergunto docemente. – Um pouco... de comida?

O mendigo faz que sim com a cabeça e começa a chorar, agradecido.

Meto a mão no bolso e puxo uma cédula de dez dólares, depois mudo de ideia e empunho uma de cinco no lugar dela.

– É disso que você precisa?

O mendigo balança de novo a cabeça, olha para um lado, vexado, o nariz escorrendo, e depois que pigarreia diz devagar:

– Estou com muita fome.

– Está fazendo frio aqui fora, também – digo. – Não é?

– Estou com tanta fome. – Estremece uma, duas, uma terceira vez, depois olha para um lado, envergonhado.

– Por que não arranja um emprego? – pergunto, a cédula ainda em minha mão, mas fora do alcance dele. – Com tanta fome, por que não arranja um emprego?

Toma fôlego, estremecendo, e entre soluços reconhece:

– Perdi o emprego...

– Por quê? – pergunto, interessado de verdade. – Você andava bebendo? É por isso que foi despedido? Tráfico de informações confidenciais de mercado? Estou só brincando. Não, realmente... Você andou bebendo no trabalho?

Abraça a si mesmo, entre soluços, engasgos:

– Fui mandado embora. Fui dispensado.

Aceito isso que ele diz, balançando a cabeça.

– Poxa, hem, isso é mesmo ruim.

– Estou com tanta fome – diz, depois começa a chorar muito, ainda apertando a si mesmo. O cão, a coisa chamada Gizmo, começa a gemer.

– Por que não arranja outro? – pergunto. – Por que não arranja um outro emprego?

– Não estou... – Tosse, apertando os braços em torno de si, tremendo demais, violentamente, incapaz de terminar a frase.

– Você não está o quê? – pergunto baixinho. – Qualificado para alguma outra coisa?

– Estou com fome – sussurra.

– Sei disso, sei disso – digo. – Meu Deus, você é como um disco quebrado. Estou querendo ajudar... – Minha impaciência aumenta.

– Estou com fome – repete.

– Ouça. Você acha justo tirar dinheiro de pessoas que *têm* emprego? Que trabalham *mesmo*?

Seu rosto fica amarrotado e diz ofegante, a voz arranhada:

– O que vou fazer?

– Ouça – digo. – Qual o seu nome?

– Al – diz.

– Fale mais alto – digo para ele. – Vamos.

– Al – diz, um pouco mais alto.

– Arranje um raio de emprego, Al – digo sério. – Você está com uma atitude negativa. É isso que está te impedindo. Você tem de agir firme. Posso ajudar você.

– O senhor é tão bondoso, moço. O senhor é bom. O senhor é um homem bom – balbucia entre lágrimas.

– Psiu – sussurro. – Tudo bem. – Começo a brincar com o cão.

– Por favor – diz, agarrando meu pulso. – Não sei o que fazer. Estou com tanto frio.

– Você sabe que cheira mal à beça? – Sussurro isto com brandura, afagando seu rosto. – Que *fedor*, meu Deus...

– Não consigo... – Se engasga, depois engole em seco. – Não consigo achar um abrigo.

– Você cheira *mal* – falo para ele. – Você cheira a... *merda.* – Continuo brincando com o cachorro, os olhos dele arregalados, úmidos e agradecidos. – Você sabe disso? Puta merda, Al... olhe pra mim e pare de chorar como se fosse uma bicha louca – grito. A fúria cresce dentro de mim, se acalma, fecho os olhos, levantando a mão para apertar o cavalete de meu nariz, depois dou um suspiro. – Al... Sinto muito. Mas é que... não sei. Não tenho nada em comum com você.

O mendigo não está escutando. Está chorando tão forte que não é capaz de responder com coerência. Ponho devagarinho a cédula de volta no bolso de meu paletó Luciano Soprani e com a outra mão paro de brincar com o cão e vou até o outro bolso. O mendigo para com os soluços abruptamente e fica sentado, procurando os cinco dólares ou, presumo, a garrafa de Thunderbird. Estendo o braço e toco seu rosto com delicadeza mais uma vez, com piedade, e digo, num sussurro, "Você sabia que é um perdedor fodido?". Ele começa a balançar a cabeça desamparadamente e tiro para fora a faca estreita, comprida, com gume serreado e, com muito cuidado para não matá-lo, meto talvez pouco mais de um centímetro da lâmina em seu olho direito, mexendo o cabo rápido para cima, estourando instantaneamente a retina.

O mendigo fica surpreso demais para dizer alguma coisa. Abre apenas a boca com o choque, leva a mão enluvada e encardida devagar até o rosto. Num repelão, abaixo-lhe as calças e sob os faróis de um táxi passando consigo perceber as coxas pretas e flácidas, coberta de erupções por causa da urina constante na roupa. O fedor de merda sobe rapidamente até meu rosto e respirando pela boca, agachado, começo a apunhalar a barriga dele, agilmente, acima da mancha que é o denso emaranhado dos pelos pubianos. Isso o faz de algum modo mais sóbrio e instintivamente procura se cobrir com as mãos, o cão começa a ganir, cheio de fúria mesmo, mas não ataca e continuo apunhalando o mendigo agora por entre os dedos, apunhalando as costas de suas mãos. O olho rebentado em pedaços está caído fora da órbita escorrendo rosto abaixo e ele continua piscando, o que faz com que o restante ainda dentro da ferida se extravase como uma gema de ovo vermelha raiada de veias. Pego-lhe a cabeça com uma das mãos e empurro-a para trás, depois usando o polegar e o indicador abro o outro olho, levanto a faca e enfio a ponta na órbita, rompendo primeiro a película protetora de modo que a órbita se encha de sangue, depois cortando o globo lateralmente. Ele afinal começa a gritar quando lhe corto o nariz em dois, lançando ligeiros borrifos de sangue sobre mim e o cão, Gizmo fica piscando, tentando tirar o sangue dos olhos. Com rapidez, passo a lâmina habilmente pelo rosto do mendigo, fazendo saltar o músculo acima da bochecha. Ainda de joelhos, lanço-lhe uma moeda de um quarto de dólar no rosto, que está pegajoso e cintilante de sangue, ambas as órbitas escavadas e sanguinolentas, o que resta dos olhos literalmente esvaindo-se sobre os lábios a gritarem, em fios espessos e emaranhados. Calmamente, sussurro:

– Olhe aí a moeda. Vai comprar *chiclete*, seu *crioulo* doido de uma figa.

Aí me volto para o cão que está latindo e, ao me levantar, dou um pisão nas pernas dianteiras enquanto ele arma o bote pronto a saltar sobre mim, presas à mostra, esmigalhando-lhe os ossos de ambas as pernas. Ele tomba de lado soltando guinchos de dor, as patas dianteiras viradas para cima num ângulo obsceno, adequado.

Não consigo evitar e começo a rir, me deixo ficar na cena, me divertindo com o quadro. Ao avistar um táxi que se aproxima, me afasto devagar.

Mais tarde, dois quarteirões a oeste, me sinto arrebatado, voraz, cheio de energia, como se tivesse acabado de fazer ginástica e com o sistema nervoso transbordante de endorfinas, ou acabado de cafungar aquela primeira carreira de pó, de tragar a primeira baforada no charuto, de dar um gole naquela primeira taça de champanhe. Estou faminto e preciso comer algo, mas não quero ir ao Nell's, embora dê para andar até lá e o Indochine me pareça um lugar pouco adequado para um drinque de comemoração. Por isso resolvo ir a algum lugar a que Al iria, o McDonald's da Union Square. Em pé na fila, peço *milk-shake* de baunilha ("Pouco batido", aviso ao camarada, que apenas balança a cabeça e aciona a máquina) e o levo para uma mesa bem na frente, onde Al provavelmente sentaria, meu paletó, as mangas, salpicadas de leve com o sangue dele. Duas garçonetes da boate Cat chegam depois de mim, sentam-se num compartimento em frente, as duas sorrindo e flertando comigo. Fico bem na minha e as ignoro. Uma mulher velha e maluca, enrugada, fumando um cigarro atrás do outro, senta-se próxima a nós, dirigindo acenos a ninguém com a cabeça. Passa um carro de polícia, depois de dois *milk-shakes* a euforia se desmancha devagar, diminuindo de intensidade. Vou ficando entediado, cansado; a noite parece cair horrivelmente num anticlímax e passo a xingar a mim mesmo por não ter ido àquele bistrô salvadorenho com Reed Thompson e os caras. As duas garotas continuam ali, ainda interessadas. Olho o relógio. Um dos mexicanos que está trabalhando atrás do balcão fica olhando espantado para mim enquanto fuma um cigarro e examina as manchas no paletó Soprani, de um modo que indica que vai dizer algo sobre o assunto, mas chega um freguês, um dos pretos que me quiseram vender crack mais cedo, e ele vai atender o pedido do preto. Aí o mexicano apaga o cigarro, é isso que ele faz e pronto.

Genesis

Sou grande fã do Genesis desde que saiu seu disco em 1980, *Duke*. Antes não compreendia nenhum de seus trabalhos, embora no último disco, de 1970, o sobrecarregado de conceitos *And Then There Were Three* (uma referência ao integrante do conjunto Peter Gabriel, que largou o grupo para iniciar uma carreira solo pouco convincente), gostei *mesmo* da adorável "Follow You, Follow Me". Fora disso, todos os discos antes de *Duke* me pareceram muito rebuscados, muito intelectuais. Foi em *Duke* (1980) que a presença de Phil Collins se mostrou mais evidente, a música tornou-se mais moderna, a percussão ganhou maior predominância, as letras passaram a ficar menos místicas e mais específicas (talvez devido à saída de Peter Gabriel), e as complexas, ambíguas meditações sobre as adversidades da vida, tornaram-se, ao contrário, canções pop arrasadoras, de primeiro nível, que acolhi pressurosamente. As próprias canções pareciam se ordenar mais em torno da bateria de Collins do que da condução do baixo de Mike Rutherford ou dos refrões de teclado do Tony Banks. Exemplo clássico disso é "Misunderstanding", não apenas o primeiro grande sucesso do grupo nos anos 80, mas que também pareceu dar o tom para o resto dos discos lançados à medida que ia transcorrendo a década. Outro destaque de *Duke* é "Turn It On Again", sobre os efeitos negativos da televisão. Por outro lado, "Heathaze" é uma canção que simplesmente não compreendo, enquanto "Please Don't Ask" é uma comovente canção de amor escrita para uma mulher separada que retoma a custódia do filho. Algum grupo de rock já apresentou o lado negativo do divórcio em termos mais essenciais? Acho que não. "Duke Travels" e "Duke Ends" podem ter algum significado, mas como as letras não estão impressas fica difícil captar o que Collins está cantando, apesar do trabalho complexo, deslumbrante, feito ao piano por Tony Banks na última dessas faixas. Em *Duke* a única ovelha negra é "Alone Tonight", que faz lembrar até demais "Tonight Tonight Tonight", da mais recente obra-prima do grupo, *Invisible Touch*, e o único exemplo onde realmente se pode dizer que Collins plagiou a si mesmo.

Abacab (1981) foi lançado quase imediatamente após *Duke* e é favorecido pelo novo produtor, Hugh Padgham, que proveu o conjunto com um som mais apropriado à década de 80 e, embora as canções pareçam um tanto genéricas, há ainda trechos ótimos ao longo do disco: a extensa improvisação no meio da faixa-título, os metais de um certo grupo chamado Earth, Wind and Fire em "No Reply at All" são apenas dois exemplos. Mais uma vez as canções refletem emoções sombrias e tratam de pessoas que se sentem perdidas ou em conflito, mas a produção e o som são fulgurantes e pitorescos (mesmo que os títulos não o sejam: "No Reply at All", "Keep It Dark", "Who Dunnit?", "Like It or Not"). O baixo de Mike Rutherford fica um tanto apagado nessa mistura, mas fora isto o conjunto faz um som enxuto, mais uma vez impulsionado pela percussão espantosa de Collins. Mesmo quando atinge seu ponto mais desesperado (como a canção "Dodo", sobre a extinção), *Abacab* mostra-se musicalmente popular e alegre.

Minha faixa favorita é "Man on the Corner", que é a única canção de autoria apenas de Collins, uma balada comovente com uma bela melodia sintetizada, mais a cativante percussão ao fundo. Embora pudesse ter saído facilmente de qualquer disco solo de Phil, porque temas de solidão, paranoia e alienação são familiares ao Genesis, a canção traz à tona o humanismo esperançoso do grupo. "Man on the Corner" considera de modo profundo o relacionamento com uma figura solitária (um vagabundo, uma pessoa pobre e sem-teto talvez?), "aquele homem solitário da esquina" que mal vai se aguentando. "Who Dunnit?" expressa com profundidade o tema da confusão sobre um swing em ritmo de funk, e o que torna a canção tão incitante é que o narrador termina sem descobrir nada.

Hugh Padgham produziu depois um trabalho ainda menos conceitual, chamado simplesmente *Genesis* (1983) e, embora este seja um disco de alta qualidade, boa parte dele me parece agora repetitivo demais para o meu gosto. "That's All" soa como "Misunderstanding", "Taking It All Too Hard" me faz lembrar de "Throwing It All Away". O disco se mostra também menos jazzístico do que os anteriores e mais no estilo pop dos anos 80, mais rock'n'roll. Padgham executa um brilhante trabalho de produção, mas o material é mais fraco do que o normal e dá para sentir o esforço que foi necessário. A abertura é com a autobiográfica "Mama", que é ao mesmo tempo estranha e comovente, embora eu não pudesse discernir se o cantor falava de sua mãe real ou da garota a quem chama de "Mama". "That's All" é um apaixonado que se lamenta por ter sido desprezado e derrotado pela parceira indiferente; apesar do tom de desespero, a faixa tem uma melodia alegre, fácil de cantar que torna a canção menos depressiva do que ela provavelmente precisaria ser. "That's All" é a melhor faixa do disco, mas a voz de Phil está mais forte em "House by the Sea", cuja letra é, porém, um discurso interiorizado demais para fazer algum sentido. Pode ser que trate da questão do crescimento e da aceitação da vida adulta, mas isto não fica claro; de todo modo, a segunda parte instrumental me faz prestar mais atenção na canção, e Mike Banks pode demonstrar sua habilidade virtuosística com a guitarra, enquanto Tom Rutherford banha todas as pistas de som com fantasiosos sintetizadores, e, quando Phil repete a terceira estrofe no final, dá pra ficar até arrepiado.

"Illegal Alien" é a canção mais explicitamente política que o grupo já gravou e também a mais engraçada. O tema é supostamente triste – um imigrante ilegal mexicano querendo cruzar a fronteira e entrar nos Estados Unidos –, mas os detalhes são cômicos: a garrafa de tequila que ele carrega, o novo par de sapatos que calça (provavelmente roubado); e isso tudo é mostrado com exatidão. Phil canta a canção com voz frágil, chorosa, o que a torna ainda mais gozada, e a rima de "fun" com "illegal alien" é um achado de inspiração. "Just a Job to Do" é a canção mais funk do disco, com uma linha de baixos arrasadora feita pelo Banks, e embora sugira tratar-se de um detetive perseguindo um criminoso, acho que pode referir-se também a um amante ciumento na pista de alguém. "Silver Rainbow" é a canção mais lírica. Os versos são intensos, complexos e deslumbrantes. O disco termina num tom positivo, animado com "It's Gonna Get Better".

Mesmo que as letras pareçam um tanto genéricas para alguns, Phil tem uma voz tão segura (com enorme influência de Peter Gabriel, que nunca fez ele próprio um disco tão bem-acabado e profundamente sentido quanto esse) que nos conduz a magníficas possibilidades.

Invisible Touch (1986) é sem contestação a obra-prima do grupo. Trata-se de uma reflexão épica sobre o imponderável, ao mesmo tempo em que aprofunda e enriquece o significado dos três discos anteriores. Tem uma ressonância que continuamente retorna ao ouvinte, e a música é tão bela que fica quase impossível deixar o disco de lado, porque cada canção faz sempre alguma alusão ao que há de desconhecido, ou aos espaços entre as pessoas ("Invisible Touch"), questionando posturas autoritárias seja de amantes dominadores ou do governo ("Land of Confusion"), ou ainda das coisas repetidas destituídas de sentido ("Tonight Tonight Tonight"). No todo, o trabalho inclui-se entre as realizações de maior qualidade da década em se tratando de rock'n'roll e a cabeça pensante que está por detrás do disco, juntamente é claro com a brilhante atuação em conjunto de Banks, Collins e Rutherford, é Hugh Padgham, que nunca atingiu um som tão translúcido, firme e moderno quanto esse. Você consegue ouvir praticamente cada nuança de cada instrumento.

Em termos de habilidade artesanal na feitura das letras ou simplesmente na composição musical, esse disco demonstra um novo nível de profissionalismo. Tomemos a letra de "Land of Confusion", na qual o intérprete enfoca o problema do abuso de autoridade política. Isto é apresentado com uma feição mais funk, mais negra do que qualquer coisa que Prince ou Michael Jackson – ou qualquer outro artista negro nos últimos anos, a propósito – já mostrou. Apesar de bom para dançar como é, o disco tem também uma urgência descarnada que nem o superestimado Bruce Springsteen consegue igualar. Como observador de fracassos amorosos, Collins derrota qualquer outro sempre e sempre, alcançando novos níveis de honestidade sentimental em "In Too Deep"; ainda assim, a canção revela o lado palhaço, travesso, imprevisível de Collins. É a canção pop dos anos 80 que fala de forma mais comovente sobre monogamia e compromisso. "Anything She Does" (que soa como "Centerfold", da J. Geils Band, mas é mais cheia de espírito e energia) abre o lado dois e depois disso o disco chega ao auge com "Domino", que é dividida em duas partes. A parte um, "In the Heat of the Night", está repleta de agudas imagens de desespero habilmente traçadas e faz par com "The Last Domino", que combate esse desespero com uma revelação de esperança. A canção é edificante ao extremo. A letra é positiva e afirmativa, como jamais ouvi em rock.

Os trabalhos solo de Phil Collins mostram-se mais comerciais e por isso mais satisfatórios, porém num sentido mais restrito, em especial *No Jacket Required* e canções como "In the Air Tonight" e "Against All Odds" (embora esta canção tenha sido ofuscada pelo genial filme de onde se origina), "Take me Home", "Sussudio" (canção maravilhosa, maravilhosa: uma preferência pessoal minha) e sua interpretação de "You Can't Hurry Love", que não sou o único a considerar melhor do que o original das Supremes.

Acho também que Phil Collins trabalha melhor dentro dos limites do grupo do que como artista solo – e enfatizo aqui a palavra *artista.* De fato, esta palavra aplica-se aos três caras, porque o Genesis é ainda a melhor e a mais irrequieta banda surgida na Inglaterra nos anos 80.

Almoço

Estou sentado no DuPlex, o novo restaurante de Tony McManus em Tribeca, com Christopher Armstrong, que também trabalha na P & P. Frequentamos Exeter juntos, depois ele foi para a Universidade da Pennsylvania e para Wharton, antes de vir morar em Manhattan. Inexplicavelmente, não conseguimos fazer reserva no Subjects, Armstrong sugeriu então este lugar. Armstrong está usando terno jaquetão de quatro botões e camisa de algodão riscadinha de giz com colarinho de ponta aberta da Christian Dior, gravata de seda larga com desenho escocês vivo da Givenchy Gentleman. Sua agenda de couro e pasta de couro, ambas da Bottega Veneta, estão colocadas na terceira cadeira de nossa mesa, que é boa, bem na frente junto à janela. Estou usando terno de lã penteada em padronagem pontilhada com capa escocesa de DeRigueur por Schoeneman, camisa de algodão trançado da Bill Blass, gravata Macclesfield de seda da Savoy e lenço de algodão da Ashear Bros. Uma versão em música ambiente da trilha de *Les Misérables* está tocando suavemente no recinto do restaurante. A namorada de Armstrong é Jody Stafford, que antes saía com Todd Hamlin, e tal fato, mais os monitores de tevê pendurados no teto passando vídeos em circuito fechado dos chefs trabalhando na cozinha, me enchem de inominável pavor. Armstrong retornou recentemente das ilhas e apresenta um bronzeado muito forte, muito uniforme, mas eu também.

– Então esteve nas Bahamas? – pergunto, depois de fazermos o pedido. – Acaba de voltar, não é?

– Bem, Taylor – Armstrong começa, olhando fixamente para um ponto localizado em algum lugar atrás de mim e um pouco acima de minha cabeça, na coluna recoberta de terracota ou talvez no cano exposto que se estende por todo o comprimento do teto. – Quem for viajar neste ano em busca daquelas férias perfeitas fará bem se for para o sul, até as Bahamas e ilhas do Caribe. Há pelo menos seis ótimas razões para se visitar o Caribe, que são o clima, os festejos e eventos, hotéis menos cheios, as atrações, o preço e a cultura exótica. Muita gente sai de férias e deixa as cidades em busca de climas mais frescos durante os meses de verão, mas poucos sabem que o Caribe, durante todo o ano, tem temperaturas que variam entre vinte e três e trinta graus e que as ilhas são quase sempre arejadas pelos ventos alísios. É frequentemente mais quente ao norte em...

Hoje de manhã no *Patty Winters Show* o assunto era "Assassinatos de crianças". Estavam presentes no auditório do estúdio pais de crianças que foram raptadas, torturadas e assassinadas, enquanto no palco um painel de psiquiatras e pediatras ficava tentando ajudá-los a *lidar* – de algum modo inutilmente, e para meu grande prazer – com a própria confusão e raiva. Mas o que realmente me fez dar gargalhadas foi a visão – via satélite por um monitor único de tevê – de três presidiários condenados por assassinatos de crianças, agora no corredor da morte, e que, por causa de acrobacias jurídicas um tanto complicadas, estavam pedindo liberdade condicional e provavelmente iriam conseguir. Mas algo ficou me desviando a atenção enquanto olhava o enorme aparelho de tevê Sony, debruçado sobre o desjejum de kiwi fatiado, pera japonesa, água Evian, pãezinhos de farelo de aveia, leite de soja e granola de canela, estragando meu contentamento com as mães aflitas, e só depois que acabou o programa é que atinei com o que era: a rachadura sobre meu David Onica, a mesma que pedira ao porteiro para o administrador mandar consertar. Quando saí de casa hoje pela manhã parei na mesinha da portaria, prestes a me queixar ao porteiro, quando eis que me vejo diante de um *novo* porteiro, da mesma idade que eu, mas mais careca, simplório e *gordo*. Três sonhos cobertos de geleia e duas xícaras fumegantes de *chocolate quente* estavam dispostos sobre a mesa à sua frente, além do exemplar do *Post* aberto na seção de histórias em quadrinhos, e me chamou a atenção como eu era infinitamente mais bonito, mais bem-sucedido e mais rico do que o pobre infeliz jamais seria, por isso num breve ímpeto de simpatia lancei-lhe um sorriso, balancei a cabeça num bom-dia lacônico, porém sem grosseria, e não registrei a queixa.

– Ah, é mesmo? – me vejo dizendo alto, completamente desinteressado, para Armstrong.

– Tal como nos Estados Unidos, lá se comemoram os meses de verão com festividades e eventos especiais que incluem shows de música, exposições de arte, feiras de rua, torneios esportivos, e, por causa do grande número de pessoas que saem de lá em viagem, as ilhas ficam mais vazias, fazendo com que os serviços melhorem e que não haja filas para conseguir um veleiro ou jantar no restaurante. Acho que a maioria das pessoas vai lá para experimentar a cultura, a comida, a história...

No caminho para Wall Street hoje de manhã, tive de sair do carro por causa do engarrafamento e descer a Quinta Avenida em busca de uma estação de metrô. Foi quando passei por um cortejo de Halloween, o que me deixou desorientado já que estava bastante certo de que estamos em maio. Ao parar na esquina da Rua Dezesseis pude examinar o grupo mais de perto e aquilo se revelou ser alguma coisa chamada "Passeata pela Dignidade Gay", o que fez meu estômago revirar. Os homossexuais desfilavam com orgulho pela Quinta Avenida, triângulos cor-de-rosa nos blusões de couro de cor pastel, alguns até de mãos dadas, a maioria cantando "Somewhere" de modo desafinado e em uníssono. Fiquei parado em frente a Paul Smith, assistindo àquilo com certa fascinação, chocado, sentindo vertigens com a ideia de que um ser humano, um *homem*, poderia ter orgulho de sodomizar outro homem, mas quando passei a ser alvo de gritos excitados de escárnio da parte daqueles garotões de praia decadentes e excessivamente musculosos usando bigodões de leão-marinho, gritando os versos "Haverá lugar para nós, algum lugar será nosso", saí a toda velocidade para a Sexta Avenida, decidido a chegar mais tarde no escritório. Tomei então um táxi de volta para o meu apartamento onde vesti um outro terno (da Cerruti 1881), fiz meus pés e torturei até a morte um cãozinho que havia comprado no início da semana, numa loja de animais na Avenida Lexington. Armstrong continua a lenga-lenga.

– Os esportes aquáticos são, naturalmente, a grande atração. Mas os campos de golfe e quadras de tênis estão em excelentes condições e os instrutores em muitos balneários ficam mais disponíveis no verão. Muitas quadras ficam iluminadas à noite e se pode também jogar...

Foda-se... você... Armstrong, fico pensando enquanto olho pela janela o engarrafamento e os mendigos andando compassadamente pela Rua Church. Chegam as entradas: brioche de tomate secado ao sol, para Armstrong. Chili Poblano com uma geleia roxa de laranja acebolada ao lado, para mim. Espero que Armstrong não queira pagar a despesa, porque preciso mostrar-lhe meu cartão American Express platinado. Me sinto muito triste neste instante por alguma razão, ouvindo o Armstrong, um bolo se forma em minha garganta, dou um gole no Corona e a emoção vai embora e durante uma pausa enquanto ele mastiga, pergunto "A comida? Que tal a comida?" quase involuntariamente, pensando em tudo menos nisso.

– Boa pergunta. Quando se fala em jantar fora, o Caribe se tornou mais atraente à medida que a cozinha local foi se misturando com a cultura europeia. Muitos restaurantes pertencem ou são administrados por americanos, britânicos, franceses, italianos, até expatriados holandeses... – Piedosamente, faz uma pausa, dando uma mordida em seu brioche, que se assemelha a uma esponja encharcada de sangue, *o brioche dele parece uma grande esponja cheia de sangue*, que ele faz descer pela garganta com um gole de Corona. Minha vez.

– E os roteiros e passeios turísticos? – pergunto sem interesse, concentrando-me no chili escuro, a geleia amarelada em volta do prato formando um gracioso octógono, folhas de coentro em volta da geleia, sementes de chili em volta das folhas de coentro.

– Os roteiros turísticos ficam realçados pela presença da cultura europeia, que fez de muitas daquelas ilhas fortalezas regionais nos anos 1700. Os visitantes podem ver os diversos pontos onde Colombo desembarcou e à medida que nos aproximamos do terceiro centenário de sua primeira viagem em 1590, cria-se nas ilhas uma maior consciência em relação à história e à cultura que são parte integrante da vida ali...

Armstrong, você é um... *babaca*. – Hã-hã. – Aceno com a cabeça. – Bem... – Gravatas de estampado escocês vivo, ternos xadrez, minha aula de aeróbica, devolver fitas de vídeo, pegar os condimentos na Zabar's, mendigos, trufas de chocolate branco... O perfume enjoativo do Drakkar Noir, que é o que Christopher está usando, fica flutuando perto de meu rosto, misturando-se ao cheiro da geleia e do coentro, das cebolas e do chili escuro. – Hã-hã – digo, repito.

De modo fugaz me imagino puxando uma faca, fazendo um daqueles meus arremessos, tendo como alvo a veia dilatada na cabeça de Armstrong, ou melhor ainda, o seu terno, me perguntando se ele continuaria a falar. Considero a possibilidade de me levantar sem pedir licença, pegar um táxi até outro restaurante, ali pelo SoHo, talvez um pouco mais longe acima do centro, tomar um drinque, utilizar o toalete, talvez até ligar para Evelyn, voltar ao DuPlex, e cada molécula que constitui meu corpo me diz que Armstrong estaria ainda falando, não só de suas férias, mas do que parecem ser as férias de todo o *mundo* na porra das Bahamas. Em algum ponto da fala, o garçom retira os pratos onde as entradas ainda estão pela metade, traz novos Coronas, galinha com vinagre de framboesa e guacamole, fígado de vitela com ovas de sável e alhos-porós, e embora eu não tenha certeza sobre quem pediu o quê, na verdade pouco importa, já que ambos os pratos têm aparência idêntica. Acabo ficando com a galinha, com um molho extra de *tomatillo,* acho.

– Para visitar o Caribe não precisamos de passaporte – apenas de um documento provando a cidadania norte-americana, e o melhor ainda, Taylor, é que a *língua não* constitui uma barreira. Fala-se inglês em *todo lugar*, mesmo nas ilhas onde o idioma local é o francês ou espanhol. A maioria das ilhas é de origem britânica...

– Minha vida é um verdadeiro inferno – declaro, tirando a frase da manga, ao mesmo tempo em que displicentemente remexo nos alhos-porós em meu prato, que a propósito é um triângulo de porcelana. – E há muitas pessoas que eu, hã, quero... quero, bem, *matar* – digo, pondo ênfase na última palavra, cravando os olhos direto no rosto de Armstrong.

– O atendimento aéreo nas ilhas melhorou à medida que tanto a American Airlines quanto a Eastern Airlines criaram centros de apoio em San Juan, onde passaram a fazer voos de conexão para as ilhas não atendidas por voos diretos. Os serviços adicionais prestados pela BWIA, Pan Am, ALM, Air Jamaica, Bahamas Air e Cayman Airways tornam fácil o acesso às ilhas. Há conexões entre as ilhas pelas linhas da LIAT e BWIA, que permitem ficar pulando de avião de uma ilha à outra de modo programado...

Alguém que acho ser Charles Fletcher se aproxima enquanto Armstrong fica falando, me dá uns tapinhas no ombro e diz "Oi, Simpson" e "Encontro você no Fluties" e depois já na porta, encontra com uma mulher muito atraente – peitos grandes, loura, vestido justo, não é sua secretária nem sua esposa – e saem juntos do DuPlex numa limusine negra. Armstrong continua comendo, cortando as fatias perfeitamente quadradas do fígado de vitela, continua falando ao mesmo tempo em que vou ficando cada vez mais melancólico.

– Quem está de férias, mas não pode ficar uma semana inteira longe vai encontrar no Caribe o lugar ideal para dar uma escapulida alternativa de fim de semana. A Eastern Airlines criou o Clube do Fim de Semana, que inclui vários pontos de destino no Caribe e possibilita ao associado conhecer muitos lugares a tarifas drasticamente reduzidas, sei que isso não o interessa, mas ainda acho que as pessoas

SHOW DE MÚSICA

TODOS ESTÃO MUITO TENSOS NO SHOW de música para o qual Carruthers nos arrasta hoje à noite em Nova Jersey, um conjunto irlandês chamado U2, que foi capa da revista *Time* na semana passada. Originalmente as entradas destinavam-se a um grupo de clientes japoneses que no último minuto cancelou a viagem a Nova York, fazendo com que fosse quase impossível Carruthers conseguir (pelo menos é o que ele diz) vender esses ingressos para cadeiras de primeira fila. Então são Carruthers e Courtney, Paul Owen e Ashley Cromwell, Evelyn e eu. Mais cedo, quando soube que Paul Owen também viria, tentei chamar Cecilia Wagner, a namorada de Marcus Halberstam, já que Paul Owen parece achar quase com certeza que *sou* Marcus, e embora ela tenha ficado lisonjeada com o convite (sempre desconfiei que tinha uma queda por mim), tinha de ir a uma festa black-tie de estreia do novo musical inglês *Maggie*! Mas não deixou de falar algo como almoçarmos juntos na semana que vem e respondi que telefonaria na quinta-feira. Era para eu ir jantar com Evelyn hoje à noite, mas a ideia de ficar sentado ali sozinho com ela comendo durante duas horas me invade de inominável pavor, por isso lhe telefono, com alguma relutância lhe explico a mudança de programa e ela pergunta se Tim Price também vai e quando lhe digo que não, noto uma brevíssima hesitação antes dela aceitar, depois cancelo as reservas que Jean fez para nós no H20, o novo restaurante que Clive Powell abriu em Chelsea, e saio mais cedo do escritório para uma rápida aula de aeróbica antes do show.

Nenhuma das garotas está muito animada para ver o grupo, todas já me confidenciaram, em separado, que não queriam vir, e na limusine rumando para os lados de um lugar chamado Meadowlands, Carruthers fica tentando animar todo mundo dizendo que Donald Trump é grande fã do U2 e depois, mais desesperado, que John Gutfreund também compra os discos do grupo. Abre-se uma garrafa de champanhe Cristal, depois outra. O aparelho de tevê está ligado numa entrevista coletiva que Reagan está concedendo, mas há estática demais e ninguém lhe presta atenção, a não ser eu. O *Patty Winters Show* de hoje de manhã foi sobre "Vítimas de ataques de tubarão". Paul Owen me chamou de Marcus quatro vezes e a Evelyn, para certo alívio meu, de Cecilia duas vezes, mas Evelyn não repara, pois cravou uns olhos ferozes em Courtney o tempo inteiro em que estivemos na limusine. De qualquer modo, ninguém corrigiu Owen e é pouco provável que alguém o faça. Cheguei mesmo a chamá-la de Cecilia umas duas vezes eu mesmo, quando estava certo de que não me ouvia, enquanto estava encarando Courtney com hostilidade. Carruthers me diz que estou com ótima aparência e tece elogios sobre meu terno.

    Evelyn e eu somos de longe o casal mais bem-vestido. Estou usando sobretudo de lã pura, paletó de lã e calças de flanela de lã, camisa de algodão, suéter de cashmere com gola em V e gravata de seda, tudo da Armani. Evelyn veste blusa de algodão da Dolce & Gabbana, sapatos de camurça da Yves Saint Laurent, saia de couro com desenhos da Adrienne Landau e cinto de camurça da Jill Stuart, malha da Calvin Klein, brincos de vidro veneziano da Frances Patiky Stein, e traz apertada na mão uma rosa branca solitária que comprei para ela numa delicatéssen coreana antes de a limusine de Carruthers me apanhar. Carruthers está vestindo paletó esporte de lã pura, suéter cardigã de cashmere/vicunha, calças de sarja dupla, camisa de algodão e gravata de seda, tudo da Hermes. ("Coisa mais deselegante", Evelyn me sussurra; concordo em silêncio.) Courtney veste um top de organdi em três camadas e saia comprida de veludo com debrum rabo de peixe, brincos esmaltados e fita de veludo da José e Maria Barrera, luvas da Portolano e sapatos Gucci. Paul e Ashley estão, acho, um tanto vestidos *demais*, ela está de óculos escuros, embora os vidros da limusine sejam escurecidos e já esteja anoitecendo. Traz nas mãos um pequeno buquê de flores, margaridas, que Carruthers lhe ofereceu, o que não causou ciúmes em Courtney, uma vez que esta se mostra decidida a meter as unhas no rosto de Evelyn até rasgar, e neste momento, apesar de ser dela o rosto mais bonito, isso não me parece má ideia, até que nem me incomodaria de assistir à Courtney levar a cabo sua intenção. Courtney tem um corpo *ligeiramente* melhor, mas Evelyn tem os peitos mais bonitos.

O show já está rolando há uns vinte minutos talvez. *Detesto* música ao vivo, mas todos à nossa volta estão de pé, os gritos de aprovação concorrem com a zoeira que sai das imensas muralhas de alto-falantes empilhados acima de nossas cabeças. O único verdadeiro prazer que tenho em estar aqui é ver Scott e Anne Smiley umas dez fileiras atrás de nós, numa localização bem pior do que a nossa, embora provavelmente não mais barata. Carruthers troca de lugar com Evelyn para falar de negócios comigo, mas não consigo ouvir uma palavra, por isso troco de lugar com Evelyn para conversar com Courtney.

– Luis é um *babaca* – grito. – Não desconfia de *nada*.

– The Edge está usando Armani – berra, apontando para o baixista.

– *Não* é Armani – grito de volta. – É *Emporio*.

– Não – berra. – É Armani.

– O cinza é fosco demais, assim como o cinzento-acastanhado e o azul-marinho. Lapelas com virado redondo bem firme, sutileza nos xadrezes, nos *poá* e listras, isso é Armani. *Nunca* Emporio – grito, irritado ao extremo por ela não saber isso, por não diferenciar, estou com as duas mãos tapando as orelhas. – Existe uma diferença. Qual deles é The Ledge?

– O baterista deve ser The Ledge – berra. – Acho que é. Não tenho certeza. Quero um cigarro. Onde estava você naquela noite? Se me disser que estava com Evelyn vou bater em você.

– O baterista não está vestindo nada da Armani – solto um grito estridente. – E nem Emporio, se quer saber. Em lugar nenhum.

– Não sei qual deles é o baterista – grita.

– Pergunte à Ashley – sugiro, aos berros.

– Ashley? – berra, esticando o braço por cima de Paul e batendo nas pernas de Ashley. – Qual deles é The Ledge? – Ashley grita algo para ela que não consigo ouvir e aí Courtney se volta para mim dando de ombros. – Disse que não consegue acreditar que esteja em Nova Jersey.

Carruthers faz sinal para Courtney trocar de lugar com ele. Esta se livra do bobão com um aceno e pega em minha coxa, que reteso deixando-a dura como pedra, e a mão fica ali pousada de um modo admirável. Mas Luis insiste, ela se levanta, grita para mim "Acho que seria bom umas drogas hoje à noite!" Faço que sim com a cabeça. O vocalista, Bono, está soltando uns guinchos que soam mais ou menos como "Where the Beat Sounds the Same". Evelyn e Ashley saem para comprar cigarros, ir ao toalete, comer alguma coisa. Luis senta-se ao meu lado.

– As garotas estão entediadas – Luis berra para mim.

– Courtney quer que a gente consiga um pouco de pó para hoje à noite – grito.

– Ah, *beleza* – Luis parece aborrecido.

– Estamos com reserva em algum lugar para jantarmos?

– No *Brussels* – berra, olhando o Rolex. – Mas duvido que a gente chegue a tempo.

– Se *não* chegarmos a tempo – aviso a ele –, não irei a nenhum outro lugar. Me deixe em casa.

– *Vai* dar tempo – grita.

– Se *não der*, que tal um japonês? – sugiro, mais brando. – Tem um sushi bar realmente de primeira no Upper West Side. O Blades. O chef já trabalhou no Isoito. O *Zagat* dá uma *ótima* cotação.

– Bateman, *detesto* japoneses – Carruthers grita para mim, com uma das mãos tapando o ouvido. – Uns filhozinhos da puta de olhos puxados.

– O quê – grito –, que diabo você está falando?

– Ah, sei, sei – grita, os olhos esbugalhados. – Eles poupam mais do que nós e não inventam muito, mas sabem para cacete como se apossar, *roubar* nossas inovações, melhorá-las um pouco, depois enfiá-las pelas nossas goelas adentro!

Fico olhando espantado, sem acreditar por um instante, depois olho para o palco, para o guitarrista que está correndo em círculos, os braços de Bono bem abertos enquanto corre para frente e para trás em todo o comprimento de sua parte do tablado, aí me volto para Luis cujo rosto está ainda avermelhado de raiva e ele continua me olhando fixamente, olhos arregalados, cuspe no lábio, sem dizer nada.

– E que diabo tem tudo isso a ver com o *Blades*? – pergunto afinal, confuso de verdade. – Limpe a boca.

– É por isso que *detesto* comida japonesa – berra de volta. – Sashimi. Sushi Califórnia. Ai, meu *Deus*. – Faz um gesto cômico, com um dedo metido na garganta.

– Carruthers... – paro, olhando ainda para ele, examinando-lhe o rosto com atenção, meio perturbado, incapaz de me lembrar o que queria dizer.

– O quê, Bateman? – Carruthers pergunta, inclinando-se até mim.

– Ouça, não acredito nesse papo-furado – berro. – Não acredito que não fez reservas para *mais tarde*. Vamos acabar tendo de *esperar*.

– O quê? – pergunta, fazendo com a mão uma concha na orelha, como se fizesse diferença.

– Vamos acabar tendo de *esperar*! – berro mais alto.

– Isso não é problema – berra.

O vocalista estica os braços para nós, do palco, a mão toda aberta, faço um aceno dispensando-o.

– Está ok? Está *ok*? Não, Luis. Você está *errado*. Não está *ok*.

Olho para Paul Owen, que parece igualmente entediado, tampando os ouvidos com as mãos, mas mesmo assim conseguindo consultar Courtney a respeito de algo.

– Não teremos de esperar – Luis grita. – Prometo.

– Não prometa *nada*, seu palhaço. Paul Owen está ainda cuidando da conta Fisher? – grito.

– Não quero que fique zangado comigo, Patrick – Luis berra em desespero. – Vai dar tudo certo.

– Santo Deus, esqueça – berro. – Agora me ouça: Paul Owen ainda cuida da conta Fisher?

Carruthers olha para ele e depois para mim de novo:
– Acho que sim. Ouvi dizer que Ashley tem ácido.
– Vou falar com ele – grito, me erguendo, sentando no lugar vago junto a Owen.

Mas quando me sento, algo estranho no palco atrai meu olhar. Bono agora se deslocou pelo palco, seguindo-me até a altura da poltrona, e fica me encarando nos olhos, ajoelhado na borda do palco, usando jeans preto (talvez da Gitano), sandálias, um casaco de couro sem camisa por baixo. Tem o corpo bem branco, molhado de suor, com pouca malhação em cima, não tem tônus muscular nenhum e qualquer possível distinção física está encoberta sob uma quantidade insignificante de pelos no peito. Está usando chapéu de caubói, tem o cabelo puxado para trás num rabo de cavalo e está gemendo algo triste – pego no ar as palavras: "O herói é um inseto no mundo". Ele traz nos lábios um sorriso de escárnio, embora sutil e que mal dá para se notar, o sorriso cresce, espraiando-se com firmeza no rosto, e, quando seus olhos ficam flamejantes, a tela de fundo do palco fica vermelha e num instante sou invadido por esta onda de emoção, esta descarga de sabedoria, consigo enxergar dentro do coração de Bono e o meu próprio começa a bater mais rápido por causa disto e me dou conta de que estou recebendo algum tipo de mensagem do cantor. Me ocorre que temos algo em comum, que temos um vínculo, não fica impossível acreditar que um fio invisível atado a Bono me envolve neste instante, e agora a plateia desaparece, torna-se mais lenta a música, mais suave, e sobre o palco apenas Bono – o estádio está deserto, o conjunto gradualmente vai sumindo, e a mensagem, a mensagem *dele*, de início vaga, torna-se mais forte agora e ele fica balançando a cabeça para mim, faço o mesmo de volta, tudo vai ficando mais nítido, meu corpo vivo e ardente, em fogo, e vindo de nenhum lugar um lampejo de luz branca e ofuscante me envolve e posso ouvir, de fato posso *sentir*, até mesmo perceber as letras da mensagem pairando sobre a cabeça de Bono em letras cor de laranja ondulantes: "Sou... o... demônio... e sou... igual... a... *você...*".

E aí todo mundo, a plateia, o conjunto, ressurge e a música cresce aos poucos novamente e Bono, percebendo que captei a mensagem – de fato *sei* que *sente* a minha reação, fica satisfeito, dá as costas e fico aqui largado, o corpo formigando, o rosto ruborizado, uma ereção dolorida latejando junto a minha coxa, as mãos cerradas em punhos crispados de tensão. Mas de repente isso tudo para, como se uma chave fosse desligada, a tela de fundo lampeja de volta para o branco. Bono – o demônio – está agora do outro lado do palco e tudo, o sentimento no coração, a sensação de estar com o cérebro eriçado por dentro, desaparece e agora mais do que nunca preciso saber sobre a conta Fisher que Owen administra. Essa informação parece-me vital, mais pertinente do que o vínculo de semelhança que tenho com Bono, que agora gradualmente vai desaparecendo na distância. Volto-me para Paul Owen.

– Oi – grito. – Que tal?

– Aqueles caras ali... – Faz um gesto indicando um grupo de ajudantes da produção do show em pé na ponta oposta da fila da frente, examinando a multidão e confabulando entre si. – Estavam apontando para cá, para Evelyn, Courtney e Ashley.

– Quem são? – berro. – São da Oppenheimer?

– Não – Owen grita de volta. – Acho que é uma turma que segue o conjunto, eles ficam à cata de garotas e depois as levam para os bastidores para elas fazerem sexo com a banda.

– Ah – grito. – Achei que talvez trabalhassem na Barney's.

– Não – berra. – Eles são chamados de contrarregras.

– Como sabe disso?

– Tenho um primo que trabalha para o All We Need of Hell – grita.

– Fico irritado com o fato de você saber disso – digo.

– O quê? – berra.

– Você ainda cuida da conta Fisher? – berro de volta.

– Pode crer – grita. – Dei azar, hã, Marcus?

– Deu sim – grito. – Como conseguiu?

– Bem, já estava com a conta Ransom e as coisas foram se ajeitando nos seus lugares. – Dá de ombros com displicência, o filho da puta. – Sabe?

– Poxa – grito.

– É isso aí – berra de volta, depois se vira na poltrona e grita para duas garotas gordas de Nova Jersey com cara de burras, elas estão passando uma para outra um baseado grande demais, uma das vacas está enrolada no que acho que é uma bandeira irlandesa. – Poderiam, por favor, afastar esse matinho de bosta, isso fede.

– Quero um pouco – grito, examinando o partido perfeito, liso, de seu cabelo; até o couro cabeludo é bronzeado.

– Você quer o quê? – grita de volta. – Maconha?

– Não. Nada – grito, com a garganta arranhando, e me afundo novamente na poltrona, com um olhar vazio para o palco, roendo a unha do polegar, estragando a manicure de ontem.

Vamos embora depois que Evelyn e Ashley retornam e mais tarde, na limusine correndo de volta a Manhattan para fazermos as reservas no Brussels, abre-se outra garrafa de Cristal. Reagan continua no aparelho de tevê, Evelyn e Ashley nos contam que dois seguranças abordaram-nas perto do toalete, queriam que fossem para os bastidores. Explico quem eram e a que propósito servem.

– Meu *Deus* – Evelyn dá um grito sufocado. – Está me dizendo que fui *arranjada*?

– Aposto que Bono tem pau pequeno – Owen diz, olhando para fora da janela. – Ele é irlandês, vocês sabem.

– Você sabe se tem um caixa automático lá perto? – Pergunta Luis.

– Ashley – Evelyn exclama. – Ouviu isso? Fomos *arranjadas*.

– Como está meu cabelo? – pergunto.

– Mais Cristal? – Courtney pergunta a Luis.

Relance de uma quinta à tarde

Já é meio da tarde e me encontro em pé na cabine telefônica numa esquina em algum lugar do centro, não sei onde, mas estou coberto de suor, uma enxaqueca latejante fica martelando surdamente em minha cabeça e estou passando por um ataque barra-pesada de ansiedade, remexendo os bolsos à cata de

Valium, Xanax, a sobra de um Halcion, qualquer coisa, e tudo que encontro são três Nuprin desbotados numa caixinha de pílulas Gucci, depois mando os três para dentro, engulo junto com uma Pepsi diet e não conseguiria dizer de onde vem esse ataque, nem se disso dependesse minha vida. Esqueci com quem almocei hoje e, mais importante, *onde*. Foi com Robert Ailes no Beats? Ou com Todd Hendricks no Ursula's, o novo bistrô de Philip Duncan Holmes em Tribeca? Vai ver que foi com Ricky Worrall, não estávamos no December's? Teria sido com Kevin Weber no Contra, em NoHo? Pedi sanduíche de perdiz no brioche com tomate verde ou um prato grande de endívia com molho de marisco? "Meu Deus, *não consigo lembrar*", me lamento, as minhas roupas – paletó esporte de linho e seda, camisa de algodão, calças cáqui de linho preguedas, tudo da Matsuda, gravata de seda com emblema da Matsuda, cinto da Coach Leatherware – estão ensopadas de suor, arranco o paletó e enxugo o rosto com ele. O telefone continua tocando, mas não sei para quem liguei e fico aqui na esquina, com os Ray-Bans levantados sobre a testa num ângulo que parece torto, esquisito, e aí escuto um som baixo e familiar chegando pelos cabos telefônicos – a voz delicada de Jean competindo com o interminável engarrafamento na Broadway. O *Patty Winters Show* de hoje de manhã foi "Aspirina: ela pode salvar sua vida?".

– *Jean*? – pergunto alto. – *Alô*? Jean?

– Patrick? É você? – responde.

– *Alô*? – *Jean,* preciso de *ajuda* – grito.

Patrick? – O quê? – Jesse Forrest ligou – Jean diz. – Ele tem reserva para hoje no Melrose às oito, Ted Madisson e Jamie'Conway querem encontrar com você no Harry's para tomar uns drinques. Patrick? – Jean pergunta. – Onde você está?

– Jean? – dou um suspiro, limpando o nariz. – Não estou...

– Ah, e Todd Lauder ligou – Jean diz –, não, quero dizer Chris... ah, não, foi Todd Lauder. Isso, Todd Lauder.

– Ai meu Deus – digo num gemido, afrouxando a gravata, o sol de agosto batendo firme em mim –, o que está dizendo, sua sacana idiota?

— Não é no *Bice*, Patrick. A reserva é no *Melrose*. Não no Bice.

— O que eu estou *fazendo*? – pergunto.

— Onde está você? – e depois: – Patrick? Algo errado?

— Para mim não vai dar, Jean – digo, depois num sufoco –, para ir ao escritório hoje à tarde.

— Por quê? – Parece deprimida, ou talvez esteja apenas atrapalhada.

— Diga... apenas... que... não... – grito.

— Que é isso, Patrick? Você está bem? – pergunta.

— Pare com a porra desse ar... de tristeza. Meu *Deus* – grito.

— Patrick. Me desculpe. Vou mesmo só dizer não, mas...

Desligo em sua cara e saio num arranco da cabine telefônica, o Walkman preso ao pescoço me dá subitamente a sensação de ser uma grande pedra amarrada à minha garganta (e o som alto que sai dali – Dizzy Gillespie bem antigo é profundamente irritante) e tenho de jogar o Walkman, um modelo barato, na lata de lixo mais próxima, depois fico agarrado à borda da lata, respirando ofegante, o paletó Matsuda barato enrolado na cintura, olhando espantado para o Walkman que ainda está funcionando, o sol derretendo a pasta de cabelo que se mistura com o suor que me escorre até o rosto e posso sentir-lhe o gosto ao passar a língua nos lábios, isso começa a ter um gosto bom e de repente me sinto esfomeado, passo a mão pelos cabelos e fico lambendo com voracidade a palma da mão enquanto vou subindo a Broadway, ignorando as velhas que distribuem panfletos, passando pelas lojas de jeans, a música explodindo lá dentro, se extravasando pelas ruas afora, o movimento das pessoas acompanhando a batida da canção, uma da Madonna, em que ela grita "*life is a mystery, everyone must stand alone...*"*. Mensageiros de bicicleta passam zunindo e estou parado numa esquina fazendo cara feia para eles, mas as pessoas passam, indiferentes, ninguém presta atenção, sequer fingem que *não* prestam atenção, e este fato me traz de volta ao juízo durante o tempo suficiente para

---

* A vida é um mistério, todos devem ficar sozinhos. (N.T.)

eu caminhar até uma loja Conran's próxima e comprar um bule de chá, mas tão logo admito que retornei à normalidade e me aprumo, o estômago se contrai e os espasmos são tão intensos que vou cambaleando até a entrada mais próxima de um edifício, aperto a barriga com os braços, me dobrando de dor, e tão de repente quanto veio, a contração aos poucos diminui durante tempo suficiente para eu poder ficar direito em pé e correr até a loja de ferragens mais próxima que encontro, e uma vez lá dentro compro um conjunto de facas de açougueiro, um machado, uma garrafa de ácido clorídrico, depois na loja de animais no mesmo quarteirão mais adiante, uma gaiola e dois ratos brancos que pretendo torturar com as facas e o ácido, mas em algum lugar, durante a tarde, esqueço o embrulho com os ratos dentro na Pottery Barn enquanto compro velas, mas será que afinal comprei o bule de chá? Agora fico me atirando com ímpeto pela Rua Lafayette, todo suado, soltando gemidos e empurrando as pessoas para fora de meu caminho, a espuma escorrendo da boca, o estômago contraindo-se em terríveis espasmos abdominais – que podem ser causados pelos esteroides, mas isso é duvidoso – e me acalmo o suficiente para entrar na Gristede's, andando apressado por entre as prateleiras, e furtar um presunto enlatado com o qual saio calmamente da loja, escondido sob o paletó Matsuda, e mais adiante no mesmo quarteirão onde tento me ocultar na recepção do edifício American Felt, consigo abrir a lata com minhas chaves ignorando o porteiro que a princípio parece me reconhecer, mas que depois, quando começo a encher a mão de presunto enfiando tudo na boca, escavando a carne mole cor-de-rosa para fora da lata e deixando restos presos sob as unhas, ameaça chamar a polícia. Estou fora, na rua, vomitando o presunto todo, encostado num cartaz de *Les Misérables* junto a um ponto de ônibus e dou um beijo na imagem do adorável rosto de Eponine, deixando listras castanhas de bile besuntadas pelo seu rosto liso, despretensioso, a palavra FANCHONA rabiscada embaixo. Com os suspensórios soltos, ignorando os mendigos, os mendigos me ignorando, encharcado de suor, delirante, me encontro de volta ao centro, na loja Tower Records, me recomponho, sussurrando sem parar, para ninguém, "Tenho de devolver as fitas de vídeo, tenho de devolver as fitas de vídeo", e compro duas cópias de meu CD favorito, Bruce Willis, *The Return of Bruno*, depois fico preso na porta giratória durante cinco voltas inteiras e espirro até a rua, esbarrando em Charles Murphy da Kidder Peabody ou poderia ser Bruce Barker da Morgan Stanley, *seja quem for*, e que diz "Oi, Kinsley", eu solto um arroto em seu rosto, revirando os olhos, a bile esverdeada escorrendo em filetes pelos dentes à mostra, e ele sugere, imperturbável, "Vejo você no Fluties, ok? No Severt também?", solto um guincho e ao me afastar de costas esbarro no balcão de frutas de uma pequena mercearia coreana, derrubando as pilhas de maçãs, laranjas e limões que saem rolando pela calçada, passam pelo meio-fio e caem na rua onde são esmigalhados pelos táxis, carros, ônibus e caminhões e fico me desculpando, frenético, oferecendo sem querer a um coreano que está aos berros o meu cartão American Express platinado e depois uma nota de vinte que ele imediatamente toma para si, mas mesmo assim fica me agarrando pela lapela do paletó manchado e amarrotado que me obriguei a vestir novamente e ao levantar a cabeça, até o rosto redondo de olhos puxados, ele subitamente se põe a cantar o refrão de "Lightnin' Strikes", de Lou Christie. Me afasto num safanão, horrorizado, vou aos tropeços até mais acima do centro em direção à minha casa, mas as pessoas, lugares, lojas ficam me atrapalhando, um traficante de drogas na Rua Treze me oferece crack e eu às cegas abano uma nota de cinquenta em sua direção e ele diz "Poxa, cara", agradecido e me cumprimenta, apertando minha mão e me passando cinco frascos pequeninos que *ponho na boca logo todos*, o cara me fitando espantado, querendo disfarçar a própria perturbação com um olhar divertido e penetrante, então agarro-o pelo pescoço e dou um grasnido, o hálito fétido, "O *melhor motor* é o *da BMW 750L*", e ao me dirigir a uma cabine telefônica, onde balbucio uma baboseira qualquer para a telefonista até conseguir cuspir fora o número de meu cartão de crédito, aí estou falando com a recepção da Xclusive e cancelo a sessão de massagem que jamais marquei. Sinto-me capaz de me recompor apenas olhando para meus pés, na verdade enfiados nos mocassins A. Testoni, chutando pombos para o lado, e sem sequer notar penetro numa pequena delicatéssen em muito mau estado na Segunda Avenida, estou ainda confuso, embaralhado, suarento, e me encaminho até uma mulher judia gorda, velha, vestida de modo horrendo.

– Ouça – digo. – Fiz uma reserva. Bateman. Onde está o maître? Conheço Jackie Mason. – Ela dá um suspiro. – Arrumo um lugar para o senhor. Não precisa de reserva – ao mesmo tempo em que estende o braço para pegar o menu.

Me conduz a uma mesa horrorosa nos fundos, próxima aos toaletes, e tomo o menu dela, me precipito até uma mesa bem na frente e fico estarrecido com os preços baratos da comida.

– Isso aqui é uma brincadeira? – e percebendo que a garçonete já se aproximou faço o pedido sem sequer levantar os olhos. – Um cheeseburger. Quero um cheeseburger, quero do ponto para malpassado.

– Desculpe-me, senhor – a garçonete diz. – Não tem queijo. Aqui é comida *kosher*.

Nem tenho ideia de que porra é essa que ela está falando e digo:

– Tudo bem. Um *kosherburger*, mas *com queijo*, um Monterey Jack talvez, e... ai meu Deus – solto um gemido, percebendo mais espasmos a caminho.

– Não tem queijo, senhor – diz. – *Kosher*...

– Ai Deus, isto é um *pesadelo,* sua *judia* escrota? – sussurro, e depois: – Queijo *cottage*? Dá para *servir*?

– Vou chamar o gerente – diz.

– Como quiser, mas me traga algo para beber enquanto isso – sibilo feito cobra.

– Pois não? – pergunta.

– Um... *milk-shake*... de baunilha.

– Não servimos *milk-shake*. Só *kosher* – diz, depois. – Vou chamar o gerente.

– Não, *espere.*

– Senhor, vou chamar o gerente.

– O que está acontecendo? – pergunto, agitado, meu American Express platinado já atirado sobre a mesa sebenta.

– Não tem *milk-shake*. Só *kosher* – diz, os lábios cerrados, apenas mais uma entre os bilhões de pessoas que passam pelo planeta.

– Então me traga que diabo... uma baunilha... *maltada*! – urro, espirrando saliva sobre todo o menu aberto. Ela só me olhando espantada. – E *bem grosso*! – acrescento.

Afasta-se para chamar o gerente e quando o vejo se aproximando, uma cópia carbono careca da garçonete, me levanto e grito "Foda-se você seu judeu chupador de pica retardado mental", e corro para fora da delicatessen até a rua onde esse

Yale Club

– Quais são as regras para o colete-suéter? – pergunta Van Patten a todos à mesa.

– Como assim? – McDermott franze a testa, toma um gole de Absolut.

– É – digo. – Esclareça.

– Bem, é estritamente informal...

– Ou pode ser usado com terno? – intervenho, completando sua frase.

– Isso mesmo. – Sorri.

– Bem, segundo Bruce Boyer... – começo.

– Espere – Van Patten me interrompe. – Ele está na Morgan Stanley?

– Não – sorrio. – Não está na Morgan Stanley.

– Não, ele não era um assassino serial? – McDermott pergunta desconfiado, depois em tom queixoso – Não me diga que ele é outro assassino serial, Bateman. Outro assassino serial, *não*.

– Não, seu babaca, não ele não era um assassino serial – digo, voltando-me para Van Patten, mas antes de continuar me viro para McDermott. – Isso me deixa apoquentado de verdade.

– Mas você *sempre* fala desse assunto – McDermott se queixa. – E sempre desse modo displicente, meio professoral.

Isto é, não quero saber nada sobre o Filho de Sam ou a porra do Estrangulador de Hillside, do Ted Bundy, Featherhead, pelo amor de Deus.

– Featherhead? – Van Patten pergunta. – Quem é Featherhead? Parece excepcionalmente perigoso.

– Ele quis dizer Leatherface – falo, os dentes trincados ligeiramente. – Leatherface, que tomou parte no Massacre da Serra Elétrica no Texas.

– Ah – Van Patten dá um sorriso polido. – Claro.

– E esse *foi* excepcionalmente perigoso – digo.

– Então tudo bem, continue. Bruce Boyer, o que fez ele? – McDermott pergunta, dando um suspiro, levantando os olhos. – Vejamos, arrancava a pele das pessoas vivas? Deixava-as morrer de fome? Atropelava-as? Dava-as de comer aos cães? O quê?

– Meu caro – digo, sacudindo a cabeça, admitindo em tom de troça –, ele fez algo *muito* pior.

– O quê, por exemplo... Levava as pessoas para jantar no novo restaurante McManus? – pergunta McDermott.

– Já seria o bastante – Van Patten concorda. – Já foi lá? Uma porcaria, não é?

– Você pediu o bolo de carne? – pergunta McDermott.

– Bolo de carne? – Van Patten entra em estado de choque. – E que tal a *decoração*. Que tal as *toalhas de mesa*?

– Mas você *comeu* o bolo de carne? – McDermott pressiona.

– Claro que pedi bolo de carne, e *pedi* pombo, *pedi* marlim – Van Patten diz.

– Por Deus, me esqueci do marlim – McDermott murmura com sofrimento. – O chili de marlim.

– Depois de ler a crítica de Miller no *Times*, quem em sã consciência não iria pedir o bolo de carne ou marlim, a propósito?

– Mas o Miller estava enganado – McDermott diz. – Tudo uma gororoba. A *quesadilla* com papaia? Normalmente é um bom prato, mas ali, Deus do céu. – Solta um assobio, balançando a cabeça.

– E é *barato* – Van Patten acrescenta.

– Barato mesmo – McDermott concorda plenamente. – E a torta de melancia...

– Senhores – arranco uma leve tosse. – Hã-hã. Sinto interromper, mas...

– Ok, ok, continue – McDermott diz. – Fale-nos mais sobre Charles Moyer.

– Bruce Boyer – corrijo-o. – Ele escreveu o livro *Elegância: um guia de qualidade para roupas masculinas.* – Depois, falando de lado: – e, Craig, ele não era um assassino serial nas horas vagas.

– O que a belezinha do Bruce tinha a dizer? – McDermott pergunta, mordendo um pedaço de gelo.

– Você é um palerma. É um excelente livro. E é válida sua teoria de que não devemos nos coibir e usar colete-suéter com terno – digo. – Escutou quando o chamei de palerma?

– Pode crer.

– Mas ele não acha que o colete não deve sobrepujar o terno? – Van Patten sugere com hesitação.

– Sim... – fico levemente irritado com Van Patten, que fez direitinho o dever de casa, mas mesmo assim pede conselhos. Continuo, com calma: – Com tecidos de listras finas e discretas deve-se usar colete azul ou cinzento, em tons suaves. Um terno xadrez já pede um colete mais chamativo.

– E lembrem-se – McDermott acrescenta –, num colete normal o último botão deve ficar solto.

De relance, lanço um olhar penetrante em direção a McDermott. Ele sorri, dá um gole em seu drinque e depois estala os lábios, satisfeito.

– Por quê? – Van Patten quer saber.

– É a tradição – digo, ainda olhando McDermott fixamente. – Mas é também mais confortável.

– O uso de suspensórios ajuda o colete a assentar melhor? – ouço Van Patten perguntar.

– Por quê? – pergunto, virando o rosto para ele.

– Bem, já que se evita o... – interrompe, tolhido, à cata da palavra certa.

– O estorvo da...? – começo.

– Fivela? – McDermott termina.

– Isso mesmo – diz Van Patten.

– Lembre-se de que... – mais uma vez sou interrompido por McDermott.

– Lembre-se de que embora o colete deva estar de acordo com a cor e o estilo do terno, há que se evitar completamente combinar o motivo do colete com as meias ou a gravata – diz McDermott, sorrindo para mim e para Van Patten.

– Pensei que não tivesse lido... esse livro – gaguejo furioso. – Acabou de me dizer que não conseguia perceber a diferença entre Bruce Boyer e... e John Wayne Gacy.

– Ora, acabei me lembrando – dá de ombros.

– Ouçam – viro-me novamente para Van Patten, achando a arrogância de McDermott um lixo total. – Usar meias de losango com um colete também de losango pode parecer muito rebuscado.

– Você acha? – pergunta.

– Vai mostrar que conscientemente buscou aquele jeito de combinar – digo, e depois, de súbito contrariado, me viro de novo para McDermott. – *Featherhead*? Que diabo, como conseguiu tirar Featherhead de Leatherface?

– Ei, ânimo, Bateman – diz, me dando um tapinha nas costas, depois massageando-me o pescoço. – O que foi? Não fez shiatsu hoje de manhã?

– Continue me pegando desse jeito – digo, meus olhos fechados com força, o corpo inteiro ligado e pulsando, quase se enroscando, *querendo* dar um salto – e você vai levar um murro de volta.

– Olhe lá, se segura, camaradinha – McDermott diz, recuando e fingindo medo. Os dois ficam dando risinhos feito idiotas e bateram na palma um do outro, completamente inconscientes de que eu poderia lhes cortar fora as mãos, e muito mais, com todo o prazer.

Nós três, David Van Patten, Craig McDermott e eu, estamos sentados no restaurante do Vale Club na hora do almoço. Van Patten está usando terno de crepe xadrez da Krizia Uomo, camisa da Brooks Brothers, gravata da Adirondack e sapatos Cole-Haan. McDermott veste um blazer de cashmere e lã natural, calças de flanela de lã penteada da Ralph

Lauren, camisa e gravata *também* da Ralph Lauren e sapatos da Brooks Brothers. Estou usando terno de lã grossa, camisa de algodão da Luciano Barbera, gravata da Luciano Barbera, sapatos da Cole-Haan e óculos sem grau da Baush & Lomb. *Patty Winters Show* de hoje de manhã foi sobre "Nazistas" e, inexplicavelmente, senti uma onda de emoção ao assisti-lo. Embora não tenha ficado exatamente seduzido pelas ações deles, também não fiquei indiferente a eles e acredito que o mesmo aconteceu com a maioria das pessoas do auditório. Um dos nazistas, numa rara demonstração de humor, até fez malabarismos com grapefruits e, encantado, me sentei na cama e bati palmas.

    Luis Carruthers está sentado a quatro mesas da nossa, vestido como se tivesse tido um ataque de francesismo hoje de manhã – está usando um terno que não dá para identificar, de algum alfaiate francês; e se não me engano o chapéu-coco no chão embaixo de sua cadeira também é dele – aliás o chapéu, só me faltava essa. Me lança um sorriso mas finjo não ter reparado. Me exercitei durante duas horas hoje de manhã e, uma vez que nós três tiramos hoje uma folga pelo resto da tarde, vamos todos às sessões de massagens. Ainda não fizemos os pedidos, de fato sequer vimos os menus. Estamos apenas bebendo. Uma garrafa de champanhe é o que Craig queria, a princípio, mas David balançou a cabeça com veemência e disse "Fora com isso, fora, *fora*" quando foi feita a sugestão, por isso acabamos pedindo uns drinques. Fico observando Luis e sempre que ele olha para nossa mesa, abaixo a cabeça e começo a rir; até mesmo quando o que Van Patten ou McDermott estão dizendo não é especialmente engraçado, o que, na prática, é uma constante. A tal grau aperfeiçoo essa minha reação fingida, e com uma tal aparência de naturalidade, que ninguém repara. Luis se levanta, limpa a boca com um guardanapo e olha de relance de novo para cá antes de sair do salão do restaurante e, suponho, ir ao toalete.

    – Mas há um limite – Van Patten está dizendo. – Isto é, a questão é que não quero passar a noite com a Monstrinha Creck.

– Se você ainda está saindo com Meredith, então qual a diferença? – pergunto. Mas naturalmente ele não ouve.

– Mas ser esnobe é uma gracinha – McDermott diz. – Esnobe é muito bonitinho.

– Bateman? – Van Patten perguntou. – Alguma opinião avalizada sobre a "esnobeza"?

– O quê? – pergunto, me levantando.

– Esnobe? Não? – Desta vez é McDermott. – Ser esnobe é desejável, *capisce*?

– Ouçam – digo, puxando a cadeira. – Só quero que todos saibam que sou a favor da família e contra as drogas. Me desculpem.

Quando me afasto, Van Patten agarra um garçom que passa e diz, com a voz quase inaudível:

– É água da torneira? Não bebo água da torneira. Me traga uma Evian ou algo parecido, ok?

Será que Courtney gostaria menos de mim se Luis morresse? Esta é a pergunta com que tenho de me defrontar, sem nenhuma resposta clara se acendendo lá atrás em minha cabeça, à medida que atravesso devagar o salão do restaurante, acenando para alguém que se parece com Tom Newman. Será que Courtney passaria mais tempo comigo – o tempo que agora passa com Luis – se ele estivesse fora de cena, não sendo mais uma alternativa, se estivesse porventura... *morto*? Se alguém matasse Luis será que Courtney ficaria chateada? Será que eu poderia consolá-la de verdade sem acabar rindo na sua cara, meu próprio escárnio se voltando contra mim, abrindo todo o jogo? O que será que a excita, o fato de se encontrar comigo escondida dele, o meu corpo ou o tamanho do meu pau? Por que, a propósito, quero agradar a Courtney? Se gosta de mim apenas pelos meus músculos, pelo volume de minha pica, então é uma piranha sem-vergonha. *Mas* é uma piranha sem-vergonha muito superior fisicamente, quase perfeita visualmente, e isso vale por tudo, com exceção talvez do mau hálito e dos dentes amarelos, pois ambos acabam com qualquer transação. Será que eu arruinaria tudo se estrangulasse o Luis? Se me casasse com Evelyn, será que ela me faria ficar comprando vestidos Lacroix até assinarmos o divórcio?

Será que as tropas coloniais sul-africanas e os guerrilheiros negros apoiados pelos soviéticos já fizeram um acordo de paz na Namíbia? Seria o mundo um lugar mais seguro, mais pacífico se Luis fosse retalhado em pedaços? O *meu* mundo seria, portanto, por que não? Não há na verdade... um *outro jeito.* Na verdade já é tarde demais para ficar fazendo essas perguntas, uma vez que estou no banheiro masculino, me observando no espelho – o bronzeado e o corte de cabelo estão perfeitos, verificando os dentes que estão completamente corretos, brancos e cintilantes. Dou uma piscadela para meu reflexo no espelho enquanto inspiro fundo, enfiando um par de luvas de couro Armani, e aí me dirijo ao compartimento ocupado por Luis. O toalete masculino está deserto. Todos os compartimentos estão vazios exceto o da ponta, a porta não está trancada, foi deixada ligeiramente entreaberta, o som de Luis assoviando um trecho de *Les Misérables* vai se tornando mais alto de modo quase opressivo à medida que me aproximo.

Está em pé no compartimento, de costas para mim, usando blazer de cashmere, calças de lã preguedas, camisa de algodão e seda branca, mijando na privada. Percebo que ele sente o movimento no compartimento porque se retesa perceptivelmente e o barulho da urina batendo na água para de súbito no meio do jato. Em câmara lenta, minha própria respiração ofegante bloqueando todos os outros sons, a visão levemente embaçada nas bordas, minhas mãos se erguem até o colarinho do blazer de cashmere e da camisa de flanela de algodão, rodeando-lhe o pescoço até que os polegares se toquem na altura da nuca e os indicadores se encontrem logo acima do pomo de adão. Começo a segurar, forçando o aperto, mas deixo frouxo o bastante para Luis se virar – ainda em câmara lenta – de modo que possa ficar me olhando, uma mão sobre o suéter de lã e seda da Polo, a outra subindo. As pálpebras batem por um instante, depois se abrem, o que é exatamente o que eu queria. Quero ver o rosto de Luis se contorcer e ficar roxo e quero que ele saiba quem o está matando. Quero ser o último rosto, a última *coisa*, que Luis veja antes de morrer e quero gritar "Estou trepando com Courtney. Está me ouvindo? *Eu* estou trepando com Courtney. Ha, ha, ha" e fazer com que estas sejam as últimas palavras, os últimos *sons* que ele ouça até que os próprios gorgolejos, acompanhados pelo esmigalhamento da traqueia, afoguem tudo mais. Luis fica me encarando e reteso os músculos dos braços, preparando-me para uma luta que, de modo frustrante, não acontece.

Em vez disso, ele olha para meus pulsos e por um instante vacila, como se não pudesse decidir a respeito de algo, depois abaixa a cabeça e... *beija* meu pulso esquerdo, e quando volta a olhar para mim, timidamente, está com uma expressão que é... amorosa, apenas um pouco constrangida. Levanta a mão direita e toca com ternura o lado de meu rosto. Fico parado, congelado, meus braços ainda esticados à minha frente, os dedos ainda em volta do pescoço de Luis.

– Por Deus, Patrick – sussurra. – Por que *aqui*? Sua mão agora brinca com meus cabelos. Olho para o lado do compartimento, onde alguém arranhou na tinta as palavras *Edwin chupa gostoso*, e estou ainda paralisado nesta posição, examinando aquelas palavras, confuso, estudando a moldura riscada em volta das palavras, como se ali estivesse contida uma resposta, uma verdade. Edwin? Edwin quem? Balanço a cabeça para desanuviá-la e olho novamente para Luis, que está com aquele sorriso largo, cheio de amor, horrível, espalhado no rosto, e tento apertar mais, meu rosto contorcido pelo esforço, mas *não posso* fazê-lo, as mãos *não* se cerram, e os braços, ainda esticados, parecem ridículos e inúteis na posição fixa em que estão.

– Vi que você fica olhando para mim – diz, ofegante. – Reparei em seu – engole em seco – corpo tesudo.

Tenta me beijar nos lábios, mas eu recuo, batendo na porta do compartimento, fechando-a sem querer. Tiro as mãos do pescoço de Luis, mas ele as toma e imediatamente as põe de volta. Tiro de novo e fico considerando meu próximo passo, mas estou imóvel.

– Não fique... envergonhado – diz.

Respiro fundo, fecho os olhos, conto até dez, abro-os e faço uma inútil tentativa de levantar os braços de novo e estrangular Luis, mas sinto-os pesadões e levantá-los se torna uma tarefa impossível.

– Não sabe há quanto tempo desejo isso. – Está suspirando, me acariciando os ombros, trêmulo. – Desde aquela festa de Natal no Arizona 206. Sabe qual foi, aquela em que você estava usando gravata de lã escocesa listrada de vermelho da Armani.

Reparo pela primeira vez que suas calças estão ainda desabotoadas e calmamente e sem dificuldades me viro, saio do compartimento e vou até a pia lavar as mãos, mas ainda estou de luvas e não quero tirá-las. O banheiro do Vale Club me parece de repente o recinto mais frio do universo e tenho um arrepio involuntário. Luis vem por trás, pegando em meu paletó, se inclinando junto a mim na pia.

– *Quero* você – diz num sussurro baixo, aveadado e quando viro a cabeça para olhá-lo bem nos olhos, ainda abaixado sobre a pia, agitado, meus olhos irradiando repulsa, ele acrescenta – *também.*

Saio desembestado de raiva do banheiro masculino, dando um encontrão em Brewster Whipple, acho. Sorrio para o maître e depois de apertar *sua* mão, corro até o elevador cuja porta está se fechando, mas é tarde demais e solto um grito, dando um murro na porta, xingando. Ao me recompor, reparo que o maître está confabulando com o garçom, os dois olhando em minha direção de modo duvidoso, e por isso me endireito, dou um sorriso tímido e aceno para eles. Luis vem andando a passos largos calmamente, ainda com sorriso amplo no rosto, *ruborizado*, fico ali e deixo-o aproximar-se de mim. Não diz nada.

– O que... é? – digo afinal, num sibilo de cobra.

– Aonde você vai? – sussurra, desconcertado.

– Tenho... de... – aturdido, olho em volta para o salão de jantar apinhado, depois de novo para o rosto trêmulo, ansioso de Luis. – Tenho de devolver umas fitas de vídeo – digo, dando um soco no botão do elevador, depois, esgotada a paciência, começo a me afastar e voltar para minha mesa.

– Patrick! – exclama.

Me viro.

– O quê?

De modo afetado diz um "Te ligo" com aquela expressão no rosto que serve para me dizer, que me *assegura* que meu "segredo" está a salvo com ele. "Ai, meu Deus", digo quase em tom de pilhéria, e visivelmente trêmulo me sento de volta à mesa, completamente arrasado, ainda calçando luvas, e tomo de um só gole o resto aguado do J&B com gelo. Assim que me sento Van Patten pergunta:

– Ei, Bateman, qual o modo certo de se usar prendedor ou alfinete de gravata?

– Embora de forma alguma seja uma exigência para trajes de passeio completo em ambientes de negócios, os prendedores de gravata contribuem para dar uma aparência de ordem e bom gosto. Mas o acessório não deve nunca sobrepujar a gravata. Escolha um prendedor simples de ouro, ou um pequeno grampo e ponha-o na ponta da gravata, num ângulo de quarenta e cinco graus virado para baixo.

Matando o cão

Courtney me liga, debilitada demais por causa do Elavil para ir se encontrar comigo e jantarmos de modo minimamente coerente no Cranes, o novo restaurante da Kitty Oates Sanders em Gramercy Park, onde Jean, minha secretária, fez reservas para nós na semana passada. Isso me deixa atrapalhado. Embora tenha sido muito elogiado nas resenhas (uma na revista *New York;* a outra na *The Nation*), não me queixo, nem tento persuadir Courtney a mudar de ideia, uma vez que tenho umas duas pastas para examinar mais o *Patty Winters Show* de hoje de manhã, que gravei, mas ainda não assisti. São sessenta minutos sobre mulheres que fizeram mastectomia, que às sete e meia, durante o café da manhã, antes do escritório, não suportei ficar vendo, mas depois do dia de hoje – perdendo tempo no escritório, onde o ar-condicionado quebrou, almoço chato com Cunningham no Odeon, a porra da tinturaria chinesa incapaz de tirar as manchas de sangue de mais um paletó Soprani, quatro fitas de vídeo atrasadas a devolver e que acabaram me custando uma fortuna, espera de vinte minutos na Stairmasters – estou no clima; esses acontecimentos me embruteceram e estou preparado para lidar com esse tema em especial.

Faço dois mil exercícios abdominais e trinta minutos de pulos de corda na sala de estar, a vitrola console automática Wurlitzer bombardeando "The Lion Sleeps Tonight" sem parar, apesar de ter feito duas horas de ginástica hoje na academia. Depois disso, me visto para apanhar artigos de mercearia no D'Agostino's: ponho jeans da Armani, camisa branca da Polo, paletó esporte Armani, sem gravata, cabelo alisado para trás com mousse Thompson; já que está chuviscando, um par de sapatos de amarrar pretos impermeáveis da Manolo Blahnik; três facas e dois revólveres metidos numa maleta Epi preta (3.200 dólares) da Louis Vuitton; como está frio e não quero esculhambar a manicure, um par de luvas de couro de veado da Armani. Por fim, um impermeável com cinto de couro preto da Gianfranco Ferré que custa quatro mil dólares. Apesar de a caminhada até o D'Agostino's ser curta, levo um Walkman CD com a versão integral de "Wanted Dead or Alive", do Bon Jovi, já colocada para tocar. Pego um guarda-chuva estampado com cabo de madeira da Bergdorf Goodman, trezentos dólares na remarcação, que está num porta-guarda-chuvas recentemente instalado próximo à entrada e já estou fora, na rua.

Depois do escritório fiz ginástica na Xclusive e, uma vez em casa, passei trotes obscenos para garotinhas com os números de telefone que escolhi na cópia de cadastro que roubei do escritório da administração, depois de arrombá-lo na última quinta-feira à noite. "Sou um saqueador de empresas", sussurro de modo lascivo no telefone sem fio. "Planejo ataques agressivos às empresas. O que acham disso?", e sempre dou uma pausa antes de começar a emitir ruídos de quem está chupando algo, grunhidos grotescos imitando porcos, depois pergunto "E aí, putinhas?". Na maior parte do tempo deu para perceber que ficavam assustadas e isso me deixou muito satisfeito mesmo, me permitiu manter uma ereção forte, latejante durante todo o tempo das ligações, até que uma das meninas, Hilary Wallace, perguntou, imperturbável, "Papai, é você?", desfazendo instantaneamente todo o entusiasmo que eu havia criado. Um tanto desapontado, fiz umas poucas chamadas mais, mas já desanimado, abrindo a correspondência de hoje ao mesmo tempo, finalmente pondo de volta o telefone no gancho no meio de uma frase ao me deparar com um recado de Clifford, o sujeito que me atende na Armani, dizendo que houve uma venda reservada a clientes especiais na butique da Avenida Madison... *duas semanas atrás*! E apesar de imaginar que um dos porteiros provavelmente reteve o cartão para me sacanear, isso não encobre o fato de que *perdi* a *porra da venda especial*, e ao ficar repisando essa perda enquanto perambulo pela Central Park West em algum ponto entre as Ruas Setenta e Seis, Setenta e Cinco, me vem subitamente a ideia de que o mundo é um lugar quase sempre mau e cruel.

Alguém que parece ser igualzinho ao Jason Taylor – cabelo preto alisado para trás, casaco jaquetão azul-marinho de cashmere com lapela de pele de castor, botas pretas de couro, trabalha na Morgan Stanley – passa sob um lampião de rua e acena com a cabeça para mim ao mesmo tempo em que abaixo o volume do Walkman para ouvi-lo dizer "oi, Kevin" e sinto uma aragem de Grey Flannel e, ainda caminhando, olho de novo para essa pessoa que se parece com Taylor, que *poderia* ser Taylor, e me pergunto se ele ainda estaria saindo com Shelby Philips, quando quase tropeço numa mendiga deitada na rua, escarrapachada na entrada de um restaurante abandonado, um local que Tony McManus abriu há dois verões atrás chamado Amnesia; ela é negra e doidinha de pedra, fica repetindo as palavras "um trocado por favor, ajude um trocado por favor, ajude" como se fosse uma espécie de mantra budista. Tento lhe passar um sermão sobre os méritos de conseguir emprego em algum lugar – talvez na Cineplex Odeon, sugeri sem deixar de ser polido – em silêncio deliberando comigo mesmo se devia ou não abrir a maleta, puxar fora a faca ou o revólver. Mas de súbito me ocorre que ela é um alvo fácil demais para me dar satisfação de verdade, por isso digo-lhe para ir para o inferno e ligo o Walkman bem na hora que Bon Jovi está gritando "*It's all the same, only the names have changed...*", e sigo adiante, paro num caixa automático e saco trezentos dólares sem nenhum motivo especial, todas as cédulas estalando de novas, recém-emitidas, notas de vinte, e delicadamente coloco-as na carteira de couro de gazela para não as amarrotar. Ao chegar no cruzamento de Columbus

Circle, um malabarista vestindo capa impermeável e cartola, que normalmente fica nesse lugar durante as tardes e que se autointitula de Homem-Mola, está se apresentando frente a um grupo pequeno e desinteressado de pessoas; embora eu fique farejando a presa, e ela parece bem merecer toda minha ira, sigo adiante em busca de um alvo menos apapagaiado. Se fosse mímico, teria grandes chances de já estar morto.

Cartazes desbotados de Donald Trump na capa da revista *Time* recobrem as janelas de outro restaurante abandonado, que costumava ser o Palaze, e isso me enche de renovada segurança. Chego no D'Agostino's, fico em pé bem diante dele, examinando-o, tenho uma ânsia quase esmagadora de entrar ali e perambular a esmo por entre as prateleiras, enchendo a cesta com garrafas de vinagre aromático e sal marinho, vagar pelo meio das bancas de legumes e verduras examinando os tons de cor das pimentas vermelhas, pimentas amarelas e pimentas verdes e pimentas roxas, decidir qual o sabor, qual a forma do pãozinho de mel que devo comprar, mas fico ainda ansiando por alguma coisa mais profunda, algo indefinido a fazer, e começo a farejar caça pelas ruas escuras e frias próximas a Central Park West, vislumbro meu rosto refletido nos vidros escurecidos da janela de uma limusine estacionada frente ao Café des Artistes e minha boca fica se mexendo involuntariamente, a língua mais molhada do que de costume, os olhos piscando de modo incontrolável, por si mesmos. Sob o clarão do lampião de rua, minha sombra se projeta vivamente sobre a calçada molhada, posso ver as próprias mãos enluvadas se mexendo, alternadamente se fechando e tomando a forma de punhos, os dedos se esticando, se retorcendo, e tenho de parar no meio da Rua Sessenta e Sete para me acalmar, sussurrar pensamentos agradáveis, antegozando o D'Agostino's, uma reserva no Dorsia, o novo CD do Mike and the Mechanics, e é necessária uma quantidade extraordinária de força de vontade para lutar contra a ânsia de começar a esbofetear o meu próprio rosto.

Subindo devagar a rua avisto uma bicha velha usando blusão gola rulê de cashmere, cachecol de lã escocesa e chapéu de feltro, tendo ao lado um cão sharpei castanho e branco, o focinho amarrotado farejando rente ao chão. Os dois vêm se aproximando, passam sob um lampião de rua, depois outro, e já me recompus o suficiente para retirar devagar o Walkman e discretamente destravar a maleta. Fico parado na estreita faixa de calçada junto a uma BMW 3201 branca, a bicha com o sharpei está agora a poucos metros de mim e olho bem para ela: cinquenta e tantos, rechonchudo, a pele tem um tom róseo saudável e obsceno, sem rugas, tudo isso e mais um bigode ridículo que lhe acentua os traços femininos. Me dá uma olhadela com um sorriso zombeteiro, enquanto o sharpei fareja uma árvore, depois um saco de lixo que está junto à BMW.

– Cachorro bonito – sorrio, me inclinando para o animal.

O sharpei me olha desconfiado, depois rosna.

– *Richard*! – O homem fica olhando fixamente o cão, depois levanta o rosto para mim, empolgado, e consigo perceber que se sente lisonjeado, não apenas porque reparei no cachorro, mas porque de fato parei para dizer-lhe isso, e juro que o sacana está todo ruborizado, se derretendo dentro das deselegantes calças folgadas de veludo cotelê, da Ralph Lauren, eu acho.

– Muito bem – digo-lhe e afago o cachorro meigamente, pousando a maleta no chão. – É um sharpei, não é?

– Não. Shar-*pei* – diz, ceceando, pronunciando de um modo que nunca ouvi pronunciarem antes.

– Shar-pei? – tento falar da mesma maneira que ele, afagando ainda o veludo ondeado do pescoço e costas do cão.

– Não – sorri com malícia. – Shar-*pei*. Com acento na última sílaba. – Assseento úuultchima sssílaba.

– Bem, seja como for – digo, me erguendo e dando um sorriso largo de menino. – É um belo animal.

– Ah, obrigada – diz, depois, toda exasperada. – Custa uma fortuna.

– É mesmo, por quê? – pergunto, de novo me inclinando e afagando o cachorro. – Hein, Richard. Hein, amigão.

– Você não vai *a-cre-di-tar* – diz. – Sabe, essas bolsas em volta dos olhos têm de ser operadas de *dois* em *dois anos* para serem levantadas, por isso descemos até Key West na Flórida, onde fica o único veterinário neste mundo em quem confio, e um cortezinho aqui, uma puxadinha ali, aí Richard pode de novo enxergar esplendidamente, não é meu filhinho? – O cachorro balança a cabeça com aprovação enquanto continuo passando-lhe a mão sedutoramente nas costas.

– Bem – digo. – Ele parece ótimo.

Vem uma pausa na qual fico observando o cachorro. O dono continua me olhando e aí não consegue evitar, deixar de quebrar o silêncio.

– Ouça – diz. – Detesto perguntar isso.
– Vá em frente – peço.
– Ai, Deus, é tão tolo – reconhece, dando um risinho.
Começo a rir.
– Por quê?
– Você é modelo? – pergunta, parando de rir. – Posso jurar que já vi você numa revista ou em algum lugar.
– Não, não sou – digo, resolvendo não mentir. – Mas fico lisonjeado.
– Bem, você é igualzinho a um artista de cinema. – Faz um gesto desmunhecado com a mão. Depois: – Não sei. – Afinal diz o seguinte, com muito ceceio, para si mesmo, juro por Deus: – Ai, para com isso, seu bobo, fica todo envergonhado, eu hein.

Reclino-me, dando a impressão de que vou pegar a maleta, mas por causa das sombras onde me movo ele não me vê tirar a faca, a mais pontiaguda, com lâmina serreada, e estou lhe perguntando quanto pagou pelo Richard, com naturalidade, mas também com determinação, sem sequer olhar para ver se há outras pessoas passando na rua. Com um movimento brusco agarro o cão rapidamente pelo pescoço e seguro-o com o braço esquerdo, empurrando-o contra o poste enquanto ele quer avançar com a boca, tentando morder minhas luvas, as mandíbulas se entrechocando, mas como consegui atracar-lhe o pescoço de modo firme, ele nem pode latir e chego mesmo a *ouvir* minha mão esmigalhando-lhe a traqueia. Enfio a lâmina serreada em seu ventre e logo abro um talho na barriga desprovida de pelos, provocando um esguicho de sangue castanho-escuro, as patas batendo em mim e as unhas tentando me arranhar, quando o intestino azul e vermelho sai para fora todinho e deixo o cão caído na calçada, o veado ali parado, ainda *com* a corrente nas mãos, tudo isso aconteceu tão rápido que está em estado de choque e fica olhando espantado cheio de horror dizendo "meu Deus, ai meu Deus" ao mesmo tempo em que o sharpei se arrasta fazendo um círculo, batendo a cauda, aos guinchos, começa a lamber e cheirar a pilha de seus próprios intestinos derramados, formando um monturo na calçada, alguns pedaços ainda ligados ao ventre e deixando-o entrar em agonia ainda preso à corrente dou um rodopio até onde está o dono e empurro-o para trás, com força, com a luva ensanguentada e começo a esfaquear a esmo o rosto e a cabeça dele, finalmente lhe cortando a garganta com dois golpes rápidos de faca; um arco de sangue vermelho-acastanhado borrifa a BMW 320i estacionada no meio-fio, fazendo disparar o alarme do carro; de quatro pontos sob seu queixo o sangue jorra como de um chafariz. O sangue saindo faz um barulho igual ao de um borrifador. Ele tomba na calçada, tremendo como louco, o sangue ainda sendo bombeado para fora, enquanto limpo bem a faca na parte da frente de seu blusão, jogo-a de volta na maleta e começo a me afastar, mas para me assegurar que a bicha velha vai morrer mesmo e não está só fingindo (de vez em quando fazem isso) lhe dou dois tiros no rosto com um silenciador e depois saio, quase escorregando na poça de sangue que se formou ao lado da cabeça, e já desci mais a rua, estou fora da escuridão e como num filme surjo defronte ao D'Agostino's, os balconistas gesticulando para eu entrar, quero utilizar um cupom já vencido que dava direito a um pacote de farelo de aveia e a garota na caixa de saída – negra, burra, lerda – não saca, não repara a data de validade já vencida embora seja a única coisa que eu esteja levando, e sinto um arrepio de emoção, pequeno mas muito ardente ao sair da loja e abrir o pacote, socando punhados de cereal na boca, tentando assoviar "Hip to Be Square" ao mesmo tempo em que abro o guarda-chuva e saio correndo Broadway abaixo, depois Broadway acima, depois abaixo de novo, gritando feito um espírito agourento, o casaco aberto, voando atrás de mim como uma espécie de capa.

Garotas

Hoje à noite um jantar enfurecedor no Raw Space com uma Courtney ligeiramente caída, que fica todo o tempo me fazendo perguntas sobre cardápios de spa e George Bush e Tofutti que só podem fazer sentido no pesadelo de alguém. Ignoro-a por completo, mas tudo em vão, e enquanto está no meio de uma frase – Page Six, Jackie O – recorro ao gesto de acenar para o garçom e peço caldo frio de milho, mariscos e limão com amendoim e endro, uma salada Caesar de rúcula e bolo de espadarte com mostarda de Kiwi, embora já tenha feito o pedido e ele me lembre isso. Levanto os olhos para ele, sequer tentando me fingir de surpresa, dou um sorriso sinistro. "É sim, já pedi, não foi?" A cozinha da Flórida impressiona, mas as porções são pequenas e custam caro, especialmente para um lugar em que as mesas têm um prato com giz de cera. (Courtney desenha um modelo de Laura Ashley em seu bloco de papel, eu desenho as entranhas do ventre e do peito de Monica Lustgarden no meu e quando Courtney, encantada com o que estou fazendo, me pergunta o que é, digo-lhe, "Hã, ah... uma melancia".) A conta, que pago com meu cartão American Express platinado, chega a mais de trezentos dólares. Courtney está com uma aparência legal no paletó de lã da Donna Karan, blusa de seda e saia de lã cashmere. Estou usando smoking, aparentemente sem nenhum motivo. O *Patty Winters Show* de hoje de manhã foi sobre uma nova modalidade esportiva chamada "Arremesso de anões".

Na limusine, ao deixá-la no Nell's, onde devemos tomar uns drinques com Meredith Taylor, Louise Samuelson e Pierce Towers, digo a Courtney que estou a fim de comprar cocaína e prometo estar de volta antes da meia-noite.

– Ah, e dê lembranças ao Nell – acrescento com displicência.

– Você pode comprar ali embaixo, no restaurante, se quer tanto assim, pelo amor de *Deus* – ela se lamenta.

– Mas prometi às pessoas que compraria *com elas*. Paranoia. Compreende? – choramingo de volta.

– Quem está com paranoia? – pergunta, apertando os olhos. – Não saquei.

– Amor, as drogas que eles têm lá embaixo normalmente ficam aquém de um adoçante NutraSweet em termos de potência – falo para ela. – *Você* sabe.

– Não me envolva nisso, Patrick – adverte.

– Vá lá para dentro direitinho e peça um Forster's para mim, ok?

– Onde você vai de verdade? – pergunta depois de um estalo, agora desconfiada.

– Vou ao... à casa do Noj – digo. – Estou comprando cocaína do Noj.

– Mas o Noj é chef do Deck Chairs – diz, ao mesmo tempo em que a empurro para fora da limusine. – Noj não é um "avião". É um chef!

– Não vá ter um dos seus acessos de raiva, Courtney – dou um suspiro, com as mãos em suas costas.

– Mas não minta pra mim com essa história do Noj – se lamuria, lutando para ficar no carro. – Noj é chef no Deck Chairs. Você me ouviu?

Fico encarando ela, aturdido, cego pelas luzes berrantes penduradas acima dos cordões à frente do Nell's.

– Quis dizer Fiddler – acabo admitindo, mansamente. – Vou até o Fiddler's para transar um lance.

– Você é impossível – sussurra, se afastando da limusine. – Há alguma coisa bem errada com você.

– Volto já – grito para ela, batendo a porta da limusine, depois solto umas risadinhas irônicas para mim mesmo enquanto reacendo o charuto. – Mas não aposte nisso.

Digo ao motorista para se dirigir à área de comércio dos enlatados de carne, bem a oeste do Nell's, próxima ao bistrô Florent, onde fico à cata de prostitutas e depois de pesquisar o pedaço duas vezes – na verdade passei *meses* rondando por esta parte da cidade em busca da gostosona adequada – encontro-a na esquina da Washington com Rua Treze. É loura, esbelta e jovem, bem vulgar, mas sem ser aquela típica garota de programa, e o mais importante, é *branca*, o que é uma raridade por aqui. Está usando um short curtinho e apertado, camiseta branca, casaco de couro barato, e exceto por um arranhão acima do joelho esquerdo sua pele é toda bem clara, o rosto inclusive, embora a boca bem carregada de batom esteja pintada de cor-de-rosa. Atrás dela, em letras de fôrma vermelhas de um metro e meio de altura pintadas na lateral de tijolos de um depósito abandonado, vê-se a palavra CARNES e o modo em que as letras estão dispostas desperta em mim alguma coisa, e acima do prédio como um pano de fundo está um céu limpo, que mais cedo, durante a tarde, ficou carregado de nuvens.

A limusine está rodando paralelamente à garota. Através dos vidros escurecidos da janela, observada mais de perto, ela parece mais alva, o cabelo louro parece descolorido e os traços do rosto revelam alguém ainda mais jovem do que a princípio imaginei, e porque é ela a única garota branca que avistei hoje à noite nesta parte da cidade, me parece – pode até ser ou não – especialmente limpa; você poderia confundi-la facilmente com uma daquelas garotas da Universidade de Nova York voltando para casa depois de sair do Mars, onde ficou bebendo Seabreezes a noite toda enquanto se movimentava pela pista de dança acompanhando sucessos recentes de Madonna, uma garota que depois teve talvez uma briga com o namorado, alguém com o nome de Angus ou Nick ou... Pokey, uma garota a caminho do Florent para fofocar com as amigas, pedir outro Seabreeze talvez ou quem sabe um cappuccino, um copo de água Evian – e diferentemente da maioria das putas que andam por aqui, ela mal repara na limusine quando esta se aproxima do meio-fio e para, o motor em marcha lenta. Em vez disso, fica por ali displicente, fingindo não tomar conhecimento do que a limusine na verdade significa.

Quando a janela se abre, ela sorri, mas olha para outro ponto. A conversação a seguir acontece em menos de um minuto.

– Não tenho visto você por aqui – digo.

– É porque não procurou – diz, muito senhora de si.

– Que tal irmos para o meu apartamento? – pergunto, virando a lâmpada interna da parte de trás da limusine de modo que possa ver meu rosto, o smoking que estou vestindo. Olha para a limusine, depois para mim, depois de novo para a limusine. Meto a mão na carteira de couro de gazela.

– Não costumo fazer isso – diz, olhando a distância para uma nesga de escuridão entre dois prédios do outro lado da rua, mas quando seus olhos se voltam de novo para mim ela repara na cédula de cem dólares que lhe está sendo oferecida, em minhas mãos e sem perguntar o que estou fazendo, sem perguntar o que quero realmente dela, sem sequer perguntar se sou um tira, pega a nota e aí me sinto autorizado a refazer a pergunta.

– Quer vir ao meu apartamento ou não? – pergunto com um sorriso largo.

– Não costumo fazer isso – diz novamente, mas após mais uma olhada no carro grande, negro, na cédula que já vai colocando no bolso e no mendigo arrastando os pés vindo na direção da limusine, uma caneca chacoalhando moedas segura por um braço estendido, todo sarnento, ela responde: – Mas posso abrir uma exceção.

– Você aceita cartão American Express? – pergunto, desligando a luz.

Demora-se contemplando a muralha de escuridão, como à cata de um sinal de alguém invisível. Desloca aquele olhar fixo de modo a cruzar com o meu e, quando repito "Aceita American Express?", me olha como se eu fosse um louco, mas de qualquer maneira sorrio gratuitamente ao segurar a porta do carro aberta e lhe dizer: "Brincadeira. Venha, entre aqui". Acena com a cabeça para alguém no outro lado da rua e então conduzo esta garota para a cabine traseira da limusine que está às escuras, batendo depois a porta e trancando-a.

Já em meu apartamento, enquanto Christie toma banho (Não sei o nome verdadeiro, não perguntei, mas lhe disse para me responder *apenas* quando a chamar de Christie), disco o número do Cabana Bi Escort Service e, usando meu cartão dourado American Express, peço uma mulher, loura, que atenda casais. Repito duas vezes o endereço e depois, de novo, enfatizo *loura*. O sujeito no outro lado da linha, algum carcamano velho, me assegura que uma loura estará à minha porta em uma hora.

Depois de passar fio dental, vestir um short de seda da Polo e camiseta de algodão sem manga da Bill Blass, caminho até o banheiro, onde Christie está recostada dentro da banheira, tomando vinho branco numa taça Steuben de haste fina. Me sento na borda de mármore da banheira e jogo um óleo de banho com aroma de ervas da Monique Van Frere na água, enquanto examino o corpo deitado no líquido leitoso. Por um longo momento minha mente se acelera, fica transbordante de ideias lascivas – a cabeça da moça está a meu alcance, é minha e posso esmagá-la; nesse exato instante a ânsia que tenho de lhe dar um golpe violento, de insultá-la e castigá-la aumenta depois diminui, e então posso comentar "É um chardonnay finíssimo isso que está tomando".

Após uma longa pausa, minha mão apertando o seio pequeno como de uma criança, digo:

– Quero que você lave a vagina.

Olha para cima espantada, com aquela expressão aturdida de dezessete anos de idade, depois abaixa a vista fitando o próprio corpo mergulhado na banheira. Dá de ombros do modo mais manso possível, encosta o corpo na borda e desce a mão até os pelos ralos, também louros, abaixo do ventre reto e liso de porcelana, aí abre ligeiramente as pernas.

– Não – digo com calma. – Por trás. Fique de joelhos.

Dá de ombros novamente.

– Quero ver – explico. – Tem um corpo bonito – digo, apressando-a.

Vira-se, fica de quatro, a bunda levantada acima da água, e vou para a outra borda da banheira para observar melhor a boceta, que ela alisa com os dedos ensaboados. Levo minha mão acima de onde ela está mexendo, até o cu, que arreganho, passo um pouquinho de óleo de banho e fico enfiando o dedo de leve. O cu se contrai, ela dá um suspiro. Tiro o dedo, enfio ele na boceta logo abaixo, os meus dedos e os dela se mexendo ali, entrando, depois saindo, depois dentro dela de novo. Está molhada por dentro e aproveitando a lubrificação levo de novo o dedo indicador mais acima até o cu, enfiando com facilidade todo ele, até a junta. Respira fundo duas vezes, arfante, e faz força para trás sobre meu dedo, ao mesmo tempo que continua a siririca na boceta. A gente fica assim um certo tempo até que o porteiro interfona, anunciando a chegada de Sabrina. Digo a Christie para sair da banheira e secar-se, escolher um robe – menos o Bijan – no armário e vir encontrar-se comigo e com nossa convidada na sala de estar para tomarmos uns drinques. Vou até a cozinha, onde sirvo uma taça de vinho para Sabrina.

Sabrina, porém, *não* é loura. De pé na porta de entrada, passado o choque inicial, acabo convidando-a a entrar. Seu cabelo é castanho-claro, não é louro de *verdade*, e embora isso me deixe enfurecido não falo nada porque ela é também muito bonita; não tão jovem quanto Christie, mas tampouco parece gasta. Em suma, me parece valer seja quanto for que lhe estiver pagando pela hora. Vou me acalmando o suficiente, até ficar sem sentir raiva quando tira o casaco e mostra que é boazuda de corpo, vestida numa calça preta justa, frente-única estampada de flores, sapatos pretos de salto alto e biqueira fina. Aliviado, conduzo-a até a sala de estar, faço-a sentar-se no sofá branco baixo e, sem perguntar se quer beber algo, vou lhe servindo o copo de vinho branco mais o descanso para pôr embaixo, trazido do Mauna Kea Hotel do Havaí. A gravação de *Les Misérables* com o elenco da Broadway está tocando em CD no estéreo. Quando Christie entra na sala vinda do banheiro para juntar-se a nós, vestindo robe felpudo da Ralph Lauren, os cabelos louros penteados esticados para trás, parecendo agora bem branca por causa do banho, faço-a sentar-se no divã ao lado de Sabrina – as duas se dizem "oi" com um aceno de cabeça – então me sento na poltrona Nordian de aço cromado e teca que fica em frente ao divã. Decido que provavelmente é melhor nos conhecermos mais antes de nos transferirmos para o quarto de dormir, por isso quebro o silêncio longo, mas não desagradável, ao pigarrear e fazer algumas perguntas.

– Então – começo, cruzando as pernas. – Não querem saber o que faço?

As duas ficam me olhando, espantadas, bastante tempo. Têm como que travado no rosto um sorriso fixo, se entreolham antes de Christie, insegura, dar de ombros e calmamente responder:

– Não.

Sabrina sorri, pega isso como uma deixa e concorda.
– Não, não mesmo.

Encaro as duas durante um minuto, antes de cruzar de novo as pernas e suspirar, muito irritado.

– Bem, trabalho em Wall Street. Na Pierce & Pierce.

Uma longa pausa.

– Já ouviram falar? – pergunto.

Outra longa pausa. Finalmente Sabrina quebra o silêncio.

– Tem alguma coisa a ver com a Mays... ou com a Macy's?

Faço uma pausa antes de perguntar:

– Mays?

Ela reflete sobre isso cerca de um minuto, depois diz:

– Pode crer. Uma distribuidora de sapatos? P & P não é uma sapataria?

Fico encarando-a, severamente.

Christie se levanta, me pegando de surpresa, vai andando admirar o aparelho de som.

– Tem mesmo uma casa muito bonita... Paul. – E, depois, examinando os CDs, centenas e centenas deles, empilhados, alinhados numa ampla prateleira de carvalho branco, todos catalogados em ordem alfabética: – Quanto pagou por ela?

Estou de pé para me servir de outro copo de Acacia.

– Na verdade, você não tem nada a ver com isso, Christie, mas lhe asseguro que certamente não foi barato.

Da cozinha reparo que Sabrina tirou da bolsa um maço de cigarros e volto à sala de estar, sacudindo a cabeça antes que ela acenda um.

– Não, é proibido fumar – falo para ela. – Aqui não.

Sorri, dá uma paradinha e com um ligeiro aceno de cabeça enfia de volta o cigarro dentro do maço. Trago comigo uma bandeja de chocolates, ofereço um a Christie.

– Trufas Varda?

Olha espantada para a bandeja, com ar estúpido, depois educadamente sacode a cabeça. Vou até Sabrina, que sorri e pega uma, depois, preocupado, reparo em seu copo de vinho, que está ainda cheio.

– Não quero que fique embriagada – falo para ela. – Mas está deixando de beber um chardonnay finíssimo.

Coloco a bandeja de trufas sobre a mesa de centro Palazzetti de tampo de vidro, volto a sentar-me na poltrona, fazendo um gesto para Christie ir para o divã, que ela obedece. Ficamos sentados em silêncio, ouvindo o CD *Les Misérables*. Sabrina mastiga sua trufa pensativamente, pega mais uma.

Mais uma vez tenho eu mesmo de quebrar o silêncio.

– Então alguma de vocês já viajou? – Quase de imediato me ocorre que a frase, dita assim, poderia ser mal interpretada. – Quero dizer, viajar para a Europa?

As duas ficam se olhando como se alguma senha secreta estivesse sendo passada entre elas, antes de Sabrina sacudir a cabeça e depois Christie imitar-lhe o gesto.

Minha próxima pergunta, após um longo silêncio, é "Alguma de vocês frequentou universidade e, em caso afirmativo, qual?".

A resposta a essa pergunta consiste em cada uma delas me lançar um mal contido olhar de raiva, portanto resolvo me aproveitar disso como uma chance de conduzi-las ao quarto de dormir, onde faço Sabrina dançar um pouco antes de se despir na frente de Christie e de mim, enquanto são acesas todas as lâmpadas halógenas do quarto. Mandei-a vestir um macaquinho de renda e cetim macio da Christian Dior e então tiro toda a minha roupa – com exceção de um par de sapatos de tênis Nike que servem para qualquer esporte – e Christie acaba tirando o robe Ralph Lauren também, ficando nua em pelo a não ser por um cachecol de seda de látex da Angela Cummings que amarro cuidadosamente em volta de seu pescoço, e as luvas de camurça de Gloria Jose da Bergdorf Goodman, que comprei em liquidação.

Estamos agora os três no futon. Christie está de quatro virada de frente para a cabeceira, a bunda levantada bem para cima, e estou de pernas abertas sobre suas costas como se estivesse montando um cachorro ou algo assim, mas virado ao contrário, com os joelhos apoiados no colchão, o pau meio duro, de frente para Sabrina, que está com os olhos pregados no rabo arreganhado de Christie, com uma expressão de determinação no rosto. Traz um sorriso torturado nos lábios, fica passando a língua neles e tocando siririca, contornando-os com um dedo indicador todo lustroso, como se estivesse aplicando um produto para dar brilho aos lábios. Com as duas mãos mantenho arreganhadas a bunda e a boceta de Christie e apresso Sabrina para chegar mais perto, cheirar aquilo tudo. Sabrina está agora com a cara bem na altura da bunda e boceta de Christie, nas quais eu estou já passando o dedo de leve. Faço um sinal para Sabrina chegar o rosto mais perto ainda até poder cheirar meus dedos, que enfio em sua boca e ela chupa com sofreguidão. Com a outra mão continuo massageando a xoxota úmida, apertada de Christie, que se mantém ali, encorpada, encharcada sob o cu todo aberto, dilatado.

– Pode cheirar – falo para Sabrina e ela chega mais perto, a uma distância de uns cinco centímetros, dois centímetros, do cu de Christie. Meu pau está bem levantado agora e fico tocando punheta para manter ele assim.

– Lambe a boceta primeiro – falo para Sabrina que com os próprios dedos, abre a xota toda da outra e começa a lamber como um cão, ao mesmo tempo massageando o clitóris, depois sobe até o cu de Christie o qual também lambe de igual modo. Os gemidos de Christie tornam-se ansiosos, descontrolados e ela começa a forçar o rabo com mais força na cara de Sabrina, na língua de Sabrina, que Sabrina fica metendo e tirando devagar do cu de Christie. Enquanto faz isso eu só observo, paralisado, e começo a esfregar rápido o clitóris de Christie até ela arquear as costas, se mexendo sobre a cara de Sabrina e gritar "vou gozar" e dando uns puxõezinhos no bico do próprio seio, chega a um orgasmo demorado, ininterrupto. E embora ela possa estar fingindo o fato é que gosto do jeitão com que faz, por isso nem bato nela nem nada.

Cansado de ficar ali me equilibrando, desço de cima de Christie e me deito de costas, colocando o rosto de Sabrina sobre minha caceta enorme, dura, que introduzo em sua boca com a mão, tocando punheta enquanto ela chupa a cabecinha. Puxo Christie para perto de mim, ao mesmo tempo em que lhe retiro as luvas e começo a beijá-la na boca com força, lambendo por dentro, empurrando minha língua sobre ela, por cima dela, indo fundo na garganta até onde dá. Ela passa o dedo na própria boceta, que está tão molhada que a parte de cima das coxas parece ter sido lambuzada todinha por alguém com alguma coisa lustrosa e oleosa. Empurro Christie até abaixo de minha cintura para ela ajudar Sabrina a chupar a pica e depois de se alternarem lambendo a cabecinha e o tronco grosso, Christie vai até os bagos, que estão doloridos e inchados, do tamanho de duas ameixas pequenas, dá umas lambidas ali antes de colocar o saco inteiro na boca, ora massageando ora chupando de leve os ovos, separando-os com a língua. Christie leva a boca de volta ao pau que Sabrina ainda está chupando, as duas começam a se beijar com força na boca, logo acima da cabeça de meu caralho, babando saliva em cima, tocando punheta nele. Christie fica esse tempo todo se masturbando, mexendo na vagina com três dedos, umedecendo o clitóris com o próprio caldo que lhe escorre de dentro, gemendo. Isso me dá tesão suficiente para agarrá-la pela cintura fazendo ela girar, colocar a boceta em cima de meu rosto, onde ela se senta de bom grado. Limpinha, cor-de-rosa e molhada, o clitóris intumescido, abarrotado de sangue, aquela boceta paira sobre minha cabeça e meto a cara nela, passando a língua, ansiando por seu sabor, ao mesmo tempo em que lhe enfio o dedo no cu. Sabrina está ainda trabalhando no meu pau, tocando punheta na base dele, o resto lhe enchendo a boca, agora vem para cima de mim, os joelhos apoiados a cada lado de meu peito, e dou-lhe um puxão rasgando o macaquinho fora, de modo que a bunda e boceta dela estão agora encarando Christie, cuja cabeça forço para baixo e mando "lambe tudo e chupa o grelo" sendo obedecido.

A posição é desconfortável para todos nós, por isso a coisa só rola por uns dois ou três minutos, mas durante esse curto período Sabrina goza na cara de Christie, enquanto Christie, esfregando com força a boceta na minha boca, goza também na minha cara e tenho de lhe acalmar as coxas segurando-as com firmeza, de modo que não venha a me quebrar o nariz com suas investidas. Não gozei ainda e Sabrina não está fazendo nada de especial com meu pau por isso tiro-o de sua boca e a faço sentar-se nele. A caceta desliza para dentro quase fácil demais – a boceta está molhada demais, encharcada com o próprio caldo e com a saliva de Christie, não havendo fricção – aí tiro o cachecol que está enrolado no pescoço de Christie, puxo fora o pau da xota de Sabrina e, arreganhando-a toda, passo o pano na boceta e no pau para limpar, depois tento recomeçar a fodê-la ao mesmo tempo em que continuo abocanhando Christie, a quem consigo levar ao clímax ainda mais uma vez em questão de minutos. As duas garotas estão de frente uma para outra – Sabrina fodendo meu pau, Christie sentada em meu rosto – e Sabrina se chega para chupar e passar a mão nos peitos pequenos, firmes, cheios de Christie. Aí Christie começa a dar um beijo de língua com força na boca de Sabrina, enquanto continuo abocanhando ela por baixo, minha boca, queixo, maxilares cobertos com o caldo que escorre dela, que por instantes se resseca, e logo é substituído por outro.

Empurro Sabrina tirando o pau fora, deito-a de costas, com a cabeça virada para os pés do futon. Depois faço Christie deitar-se sobre ela, colocando as duas em posição de sessenta e nove, com a bunda de Christie bem levantada para cima, e com uma quantidade de vaselina surpreendentemente pequena, já tendo posto a camisinha, fico metendo o dedo em seu cu até que ele relaxe e fique folgado o bastante, de modo que eu possa penetrar com a caceta todinha nele ao mesmo tempo em que Sabrina abocanha a xoxota de Christie, tocando siririca, chupando o clitóris intumescido, de vez em quando me segurando os bagos e apertando-os de leve, excitando o meu cu com o dedo molhado, e depois Christie vai se chegando até a xoxota de Sabrina, já abriu as pernas dela de um modo brusco o máximo possível, começa a enfiar a língua na xota de Sabrina, mas não por muito tempo pois é interrompida por mais um orgasmo seu e ela levanta o rosto, vira-o para trás me olhando, seu rosto lustroso de caldo de boceta, e grita "me fode estou gozando, ai meu Deus, me come, estou gozando" e isso me incentiva a começar a foder-lhe o cu com muito mais violência enquanto Sabrina continua abocanhando a boceta que lhe paira sobre o rosto, que está coberto com todo o caldo da xoxota de Christie. Tiro fora o pau do cu de Christie e forço Sabrina a chupá-lo, antes de meter ele fundo na boceta arreganhada de Christie e depois de uns dois minutos de foda eu começo a gozar, mas ao mesmo tempo Sabrina tira a boca dos meus bagos e pouco antes de eu explodir na boceta de Christie, ela me abre bem as nádegas e enfia a língua no meu cu que se aperta em torno dela e por isso mesmo o orgasmo que tenho se prolonga mais, aí Sabrina retira a língua e começa a gemer dizendo que vai gozar também, porque depois que Christie acaba de gozar ela de novo abocanha a boceta de Sabrina e fico observando, debruçado sobre Christie, ofegante, Sabrina ficar remexendo os quadris freneticamente na cara de Christie e aí tenho de me deitar de costas, esgotado, mas ainda duro e o meu pau, cintilante, ainda doendo devido à força da ejaculação, eu fecho os olhos, meu joelhos estão fracos, trêmulos.

Desperto somente quando uma delas sem querer toca meu pulso. Abro os olhos e aviso as duas para não tocarem no Rolex, que fiquei usando esse tempo todo. Estão deitadas quietinhas cada uma de um lado, de vez em quando acariciando-me o peito, vez por outra passando a mão nos músculos de meu abdômen. Meia hora depois fico novamente de pau duro. Me levanto e vou até o guarda-roupa, onde, junto à pistola de pregos, está um cabide pontudo, uma faca de manteiga enferrujada, fósforos do Gotham Bar e do Grill, um charuto fumado pelo meio; e ao virar-me, nu, meu pau ereto se projetando à frente, mostro esses artigos e explico num sussurro rouco, "ainda não terminamos...". Uma hora depois conduzo-as impacientemente até a porta, ambas vestidas soluçando, sangrando, mas bem-pagas. Amanhã Sabrina estará mancando. Christie provavelmente irá ficar com um olho roxo terrível e com profundos arranhões nas nádegas causados pelo cabide. O lenço Kleenex amarrotado e sujo de sangue ficará abandonado ao lado da cama junto com um pacote vazio de sal de cozinha italiano que apanhei na Dean & Delucca.

Compras

Entre os colegas que tenho de presentear estão Victor Powell, Paul Owen, David Van Patten, Craig McDermott, Luis

Carruthers, Prestoh Nichols, Connolly Q'Brien, Reed Robinson, Scott Montgomery, Ted Madison, Jeff Duvall, Boris Cunningham, Jamie Conway, Hugh Turnball, Frederick Dibble, Todd Hamlin, Muldwyn Butner, Ricky Hendricks e George Carpenter, e embora eu pudesse ter enviado Jean para fazer essas compras hoje, em vez disso pedi que assinasse, selasse e pusesse no correio trezentos cartões de Natal personalizados, com um pequeno impresso da Mark Kostabi em cada, depois fiquei querendo que ela descobrisse o mais que pudesse sobre a conta Fisher de que Paul Owen está cuidando. Agora mesmo estou descendo a Avenida Madison, após ter ficado quase uma hora muito atordoado, ali junto do pé da escadaria da loja da Ralph Lauren na Rua Setenta e Dois, com os olhos pregados nos coletes-suéter de cashmere, confuso, faminto, até que afinal pude me reorientar, após não ter obtido o endereço da loura supergostosa que estava atrás do balcão dando em cima de mim, e aí saí da loja gritando "*Venham* a mim aqueles que têm fé!" Agora lanço um olhar carrancudo para um vagabundo que está jogado na entrada de uma loja chamada Ear Karma, ele está segurando um cartaz onde está escrito FAMINTO E SEM-TETO... POR FAVOR ME AJUDEM, DEUS LHES PAGUE, depois me vejo andando Quinta Avenida abaixo, para os lados da loja Saks, tentando me lembrar se troquei a fita no aparelho de videocassete e fico de súbito chateado porque posso estar gravando *qualquer bobagem* em cima de *O buraco apertado* de *Pamela.* O Xanax não é capaz de afastar o pânico. A Saks faz ele piorar.

...canetas, álbuns de fotografias, pares de suportes de livros e bagagens leves, polidores de sapato elétricos e descansos de toalha aquecidos, garrafas térmicas folheadas de prata e aparelhinhos de tevê em cores do tamanho da palma da mão com fones de ouvido, gaiolas e castiçais, jogos americanos de mesa, cestas de piquenique e baldes de gelo, guardanapos grandes de linho rendado e guarda-chuvas, apoios para bolas de golfe em prata de lei com monograma e aspiradores de fumaça com filtros de carvão e luminárias e vidros de perfume, caixas de joias e suéteres e cestas para guardar revistas e recipientes de armazenamento, bolsas grandes de mulher, artigos de escrivaninha, enfeites de mesa, fichários, livros de endereços, agendas pequenas para bolsas...

Entre minhas prioridades para antes do Natal estão as seguintes: (1) conseguir uma reserva no Dorsia para sexta-feira às oito da noite com Courtney, (2) conseguir ser convidado para a festa de Natal dos Trump a bordo de seu iate, (3) descobrir o que for humanamente possível sobre a misteriosa conta Fisher de Paul Owen, (4) serrar fora a cabeça de uma boazuda qualquer e mandá-la por correio especial Federal Express para Robin Baker – aquele babaca, filho da puta – na Salomon Brothers e (5) pedir desculpas a Evelyn sem deixar transparecer que são desculpas. O *Patty Winters Show* de hoje de manhã foi sobre mulheres que se casaram com homossexuais e quase liguei para Courtney para alertá-la – de brincadeira –, mas aí decidi não fazer isso, tendo até um certo prazer em imaginar Luis Carruthers pedindo-a em casamento, Courtney aceitando toda envergonhada, o pesadelo que seria a lua de mel. Depois de fazer cara feia para outro mendigo que está todo trêmulo sob a garoa nevoenta na esquina da Rua Cinquenta e Sete com a Quinta Avenida, ando até ele e lhe aperto a bochecha carinhosamente, depois solto uma gargalhada alta. Como brilhavam seus olhinhos! As covinhas tão risonhas! O corinho do Exército da Salvação canta numa harmonia capenga em "Joy to the world". Aceno para alguém que se parece muito com o Duncan McDonald, depois mergulho na Bergdorf's.

...gravatas de lã com estampado escocês, jarros de cristal para água, conjuntos de copo e relógios de escritório que registram temperatura, umidade e pressão atmosférica, cadernetas de endereço acionadas eletricamente e copos para drinques margarita, cabideiros de pé e conjuntos de pratinhos de sobremesa, cartões-postais e espelhos e relógios de banheiro, aventais e suéteres e sacolas de ginástica e garrafas de champanhe e cachepôs de porcelana, cortinas de box com monograma e minicalculadoras de troco em moedas estrangeiras, cadernos de endereço folheados em prata e pesos de papel com enfeite de peixe e caixas de papel de carta de boa qualidade, abridores de garrafa e CDs e bolas de tênis personalizadas e pedômetros e canecas de café...

Olho meu Rolex enquanto estou comprando uma loção no balcão da Clinique, ainda na Bergdorf's, para me assegurar de que tenho tempo bastante para fazer mais um pouco de compras antes de me encontrar com Tim Severt para uns drinques no Princeton Club às sete. Fiz ginástica hoje de manhã durante duas horas antes de ir para o escritório e embora pudesse ter aproveitado esse tempo para fazer uma massagem (uma vez que meus músculos estão doloridos devido ao exaustivo regime de exercícios em que estou agora) ou um tratamento facial, apesar de já ter feito um ontem, acontece que são muitas as recepções a que *tenho* de comparecer nas próximas semanas e minha presença nelas irá atrapalhar a programação de compras que estabeleci, por isso é melhor que eu termine logo com essas compras agora. Esbarro em Bradley Simpson da P & P no lado de fora da F.A.O. Schwarz está vestindo terno de lã escocesa penteada com lapela de entalhe da Perry Ellis, camisa de algodão trançado da Gitman Brothers, gravata de seda da Savoy, cronógrafo com pulseira de couro de crocodilo da Breil, capa de chuva de algodão da Paul Smith e chapéu de feltro da Paul Stuart. Depois dele dizer "Oi, Davis", eu inexplicavelmente começo a enumerar os nomes das oito renas de Natal, em ordem alfabética; quando acabo, ele sorri e diz "Ouça, tem uma festa de Natal no Nekenieh no dia vinte, a gente se vê lá?". Sorrio e lhe asseguro que estarei no Nekenieh no dia vinte e ao sair andando, acenando com a cabeça para ninguém, o chamo novamente, "Ei seu bundão, quero ficar vendo você *morrer*, vai se foder com a sua mãe-êêêêê", aí começo a gritar como uma alma penada, atravessando a Rua Cinquenta e Oito, batendo a maleta Bottega Veneta com violência contra um muro. Um outro corinho, na avenida Lexington, canta "Hark the herald angels" e fico sapateando na calçada, soltando gemidos na frente deles, antes de sair andando como um zumbi para os lados do Bloomingdale's, onde vou correndo até o primeiro cabide de gravata que avisto, aí murmuro para a bichinha jovem atrás do balcão "É demais, demais, maravilhosa", enquanto acaricio uma gravata de seda tipo plastrão. Ele flerta comigo, pergunta se sou modelo. "Te vejo no inferno", falo para ele e me afasto.

...vasos e chapéus de feltro "diplomata" com faixa revestida de penas e estojos em couro de jacaré para artigos de toucador com frascos de prata dourada e escovas e calçadeiras que custam duzentos dólares e castiçais e fronhas e luvas e chinelos e esponjas de talco e suéteres de algodão tricotados à mão com estampado em floco de neve e patins de couro e óculos de neve da Porsche e garrafas antigas de boticário e brincos de diamante e botas e copos de vodca e porta-cartões e máquinas fotográficas e bandejas de mogno e cachecóis e loções pós-barba e álbuns de fotografia e misturadores de sal e pimenta e torradeiras em cerâmica para bolinhos e calçadeiras de duzentos dólares e almofadas e recipientes de alumínio e fronhas...

Uma espécie de abismo existencial se abre diante de mim enquanto fico andando pelo Bloomingdale's, olhando aqui e ali, o que me faz primeiro ir em busca de um telefone para verificar recados porventura deixados para mim, depois, beirando as lágrimas, após tomar três Halcion (já que meu corpo se alterou, se adaptou ao remédio e já não causa mais sono – parece apenas manter a loucura total a distância), me dirijo ao balcão da Clinique onde, com meu cartão American Express platinado, compro seis tubos de creme de barbear ao mesmo tempo em que flerto nervosamente com as garotas que ali trabalham, mas fico achando que esse vazio, ao menos em parte, tem alguma ligação com o modo como tratei Evelyn naquela noite no Barcadia, embora sempre exista a possibilidade de isso facilmente ter a ver com o dispositivo de tracking do meu aparelho de videocassete, ao mesmo tempo em que tomo nota mentalmente de que devo dar um pulinho na festa de Natal na casa de Evelyn – me sinto até mesmo tentado a pedir a uma das garotas da Clinique para me acompanhar – e relembro a mim mesmo de estudar o manual do videocassete para lidar com o problema no dispositivo de tracking. Vejo uma menina de dez anos de idade em pé ao lado da mãe que está comprando um cachecol, umas joias, e fico pensando: "não é das piores". Estou usando sobretudo de cashmere, paletó jaquetão esporte xadrez de lã e alpaca, calças de lã preguedas, gravata de seda estampada, tudo da Valentino Couture, sapatos de couro de amarrar da Allen-Edmonds.

Festa de Natal

Estou tomando uns drinques com Charles Murphy no Rusty's para me fortalecer antes de dar um pulinho na festa de Natal na casa de Evelyn. Estou vestindo terno jaquetão de quatro botões de lã e seda, camisa de algodão de gola de padre da Valentino Couture, gravata estampada de seda da Armani e sapato tipo mocassim com biqueira da Allen-Edmonds. Murphy está usando terno jaquetão de gabardina de seis botões da Courreges, camisa de algodão listrada de colarinho pontudo e gravata de crepe-seda, modelo *foulard*, ambas da Hugo Boss. Está fazendo piada sobre os japoneses... "Compraram o Edifício Empire State e o Nell's. O *Nell's*, você acredita, Bateman?", exclama ele diante de sua segunda dose de Absolut com gelo, mas isso mexe com algo dentro de mim, põe alguma coisa em movimento, e depois de deixar o Rusty's, ao ficar andando pelo Upper West Side, me vejo agachado junto à entrada do que já foi o Carly Simon's, um restaurante que esteve muito em moda e que fechou no último outono, aí dou um salto sobre um garoto japonês que está passando, um entregador, derrubo-o da bicicleta e arrasto-o para a entrada, suas pernas de algum modo emaranhadas no biciclo Schwinn que ele conduzia, o que me dá uma vantagem, já que quando lhe corto a garganta – com facilidade, sem esforço – aqueles chutes espasmódicos que normalmente acompanham o espetáculo ficam bloqueados pela bicicleta, que ele ainda consegue erguer umas cinco, seis vezes enquanto se engasga no próprio sangue. Abro os pacotes de comida japonesa e lanço o conteúdo sobre o garoto, mas para surpresa minha, em vez de sushi, teriyaki, enroladinhos e talharim soba, cai sobre seu rosto boquiaberto, ensanguentado, galinha com castanha-de-caju, e sobre o peito arquejante, *chow mein* de carne e arroz frito com camarão, e carne de porco se esparramam, molhados; esse contratempo irritante – matar sem querer o tipo errado de oriental – me faz verificar para onde estava indo aquele pedido – Sally Rubinstein – e com minha caneta Mont Blanc escrevo "*Vou te pegar também... sua putinha*" no verso da nota de entrega, depois a coloco sobre a cabeça do cadáver do garoto, encolho os ombros num gesto arrependido, resmungando meio de boca fechada "Hã, me desculpe", aí recordo que o *Patty Winters Show* de hoje de manhã foi sobre "Meninas adolescentes que fazem sexo em troca de crack". Fiquei duas horas na academia hoje e posso agora fazer duzentos abdominais em menos de três minutos. Perto da casa de Evelyn dou para um mendigo morto de frio um dos bolinhos da sorte que peguei com o garoto de entregas e ele enfia tudo na boca, o papelzinho de dentro inclusive, agradecendo com um gesto de cabeça. "Nojento fodido", digo num sussurro alto o bastante para ele ouvir. Ao dobrar a esquina e me dirigir à casa de Evelyn, reparo que os cordões de isolamento da polícia *ainda* estão em torno do prédio de tijolinhos vermelhos onde Victoria Bell, sua vizinha, foi decapitada. Quatro limusines estão estacionadas em frente, uma com o motor ainda funcionando.

  Estou atrasado. A sala de estar e de jantar estão já apinhadas de gente com quem na verdade não quero falar. Grandes ramos de abeto azuis, cobertos de luzinhas piscando foram colocados a cada lado da lareira. Velhas canções de Natal dos anos 60 gravadas pelas Ronettes estão tocando no CD player. Um barman de smoking serve champanhe e eggnog, prepara Manhattans e martínis, abre garrafas de pinot noir Calera Jensen e chardonnay Chappellet. Garrafas de vinho do Porto de vinte anos estão dispostas num bar improvisado entre vasos de bico-de-papagaio. Uma comprida mesa desdobrável foi coberta com uma toalha vermelha e está entulhada de vasilhas, baixelas e tigelas com avelãs torradas e lagostas, caldos de ostra e sopa de aipo com maçãs, caviar Beluga sobre torradinhas e pasta de cebola e ganso assado com recheio de castanhas, caviar sobre massas folheadas e barquetes de legumes, pato assado e costela de vitela com cebolinhas e gnocchi gratinado, strudel de legumes e salada Waldorf, vieiras e bruschetta com mascarpone e trufas brancas, suflê de chili verde e perdiz assada com salva, batatas e cebola e molho de amoras, pastéis recheados de carne picada e trufas de chocolate, suflê de limão e torta de noz-pecã. Foram acesas velas em toda parte, todas em castiçais de prata de lei da Tiffany's. E, embora não possa jurar que não estou delirando, parece que há uns anões vestidos de duendes em verde e vermelho, com chapéus de feltro, andando pela casa com bandejas de aperitivos. Finjo não ter visto, tomo a direção do bar onde bebo em grandes goles uma taça de um champanhe não muito ruim, depois vou até Donald Petersen, e como a maioria dos homens aqui, alguém pregou em sua cabeça uns chifres de papel. No outro lado do recinto está Maria e a filha de cinco anos de Darwin Hutton, Cassandra, que está usando vestido de veludo e anágua de setecentos dólares da Nancy Halster. Após terminar meu segundo champanhe passo para os martínis – com doses duplas de Absolut – e, depois de me acalmar o suficiente, examino a sala com mais atenção, *mas os anões estão ainda por ali.*

– Muito vermelho – sussurro para mim mesmo, caindo numa espécie de transe hipnótico. – Isso está me deixando nervoso.

– Oi, McCloy – Petersen diz. – E aí?

Me recupero num instante e pergunto de modo automático:

– Essa é a gravação de *Les Misérables* com o elenco britânico, ou não?

– Ei, um Natal feliz e santificado pra você – me aponta o dedo, bêbado.

– Mas que música é essa? – pergunto, já muito contrariado. – E a propósito, meu caro, espalhe seu Natal santificado por aí.

– Bill Septor – diz, dando de ombros. – Acho que é Septor ou Skeptor.

– Por que ela não põe um pouco o Talking Heads pelo *amor* de Deus – me queixo com amargura.

Courtney está em pé do outro lado da sala, segurando uma taça de champanhe e me ignorando por completo.

– Ou *Les Misérables* – ele sugere.

– Com a gravação do elenco americano ou britânico? – Vou apertando os olhos. Estou testando-o.

– Hã, britânico – diz ele enquanto um anão oferece a cada um de nós a bandeja de salada Waldorf.

– É isso mesmo – murmuro, com os olhos presos ao anão que se afasta com dificuldade entre as pessoas.

De repente, Evelyn se precipita até nós usando um paletó de pele de marta, calças de veludo da Ralph Lauren, trazendo numa das mãos um ramo de visco, que ela põe acima de minha cabeça, e na outra uma bengala de doce.

– Alerta com o visco! – exclama ela com a voz estridente, referindo-se à tradição e beijando-me de modo seco no rosto. – Feliz Natal, Patrick. Feliz Natal, Jimmy.

– Feliz... Natal – digo, incapaz de empurrá-la para fora, pois estou com o martíni numa das mãos e a salada Waldorf na outra.

– Está atrasado, meu querido – diz.

– Não estou atrasado – digo, mal conseguindo protestar.

– Ora, está sim, senhor – diz com voz monocórdia.

– Estou aqui o tempo todo – digo, tratando-a com impaciência. – Você é que não me viu.

– Ah, pare de fazer cara feia pra mim. Você é mesmo um Avarento. – Volta-se para Petersen. – Sabia que Patrick é *o* Avarento?

– Babaquice – solto um suspiro, encarando Courtney.

– Que diabo, todos sabemos que McCloy é o Avarento – Petersen urra, completamente bêbado. – Como vai, sr. Avarento?

– E qual presente o sr. Avarento vai querer ganhar de Natal? – Evelyn pergunta fazendo voz de criancinha. – Será que o sr. Avarentozinho foi um bom menino nesse ano?

Dou um suspiro.

– O Avarento quer ganhar uma capa de chuva Burberry, um suéter de cashmere da Ralph Lauren, um Rolex novo, um som estéreo para o carro...

Evelyn para de chupar a bengala de doce e interrompe.

– Mas você *não tem* carro, amor.

– Quero o som assim mesmo – dou um outro suspiro. – O Avarento quer um estéreo para carro de qualquer maneira.

– Que tal a salada Waldorf? – Evelyn pergunta com uma expressão aborrecida. – Acham que está com o gosto bom?

– Delicioso – murmuro, esticando o pescoço, avistando alguém, subitamente impressionado. – Ei, você não me disse que Laurence Tisch tinha sido convidado para a festa.

Ela se vira.

– Do que está falando?

– Por que – pergunto – o Laurence Tisch está andando por aí com uma bandeja de canapés?

– Ora, Patrick, aquele *não* é Laurence Tisch – diz. – É um dos duendes de Natal.

– Um dos *quê*? Você se refere aos anões?

– São *duendes* – enfatiza. – Ajudantes do Papai Noel. Meu Deus, que sujeito desagradável. Veja-os. São adoráveis. Aquele ali é Rudolph, o que está distribuindo bengalas de doce é Blitzen. O outro é Donner...

– Espere um pouco, Evelyn, espere – digo, fechando os olhos, levantando a mão que segura a salada Waldorf. Estou suando, é um déjà vu, mas por quê? Já encontrei esses duendes antes? Deixa pra lá. – Eu... esses nomes são das renas. Não dos duendes. Blitzen era uma *rena*.

– A única que era judia – Petersen nos relembra.

– Ah... – Evelyn parece ficar perturbada com a informação, olha para Petersen pedindo confirmação. – É verdade?

Ele encolhe os ombros, pensa sobre o assunto, fica atrapalhado.

– Ei, moça... renas, duendes, Avarentos, corretores... Diabos, qual é a diferença desde que o champanhe Cristal continue rolando, hein? – Dá um risinho de satisfação, me cutucando as costelas. – Não estou certo, sr. Avarento?

– Não acham que isso é bem a cara do Natal? – ela pergunta esperançosa.

– Ah, claro, Evelyn – falo para ela. – É bem a cara do Natal, estou sendo sincero, nada de mentiras.

– Mas o sr. Sujeito-Desagradável aqui chegou atrasado – me diz ela puxando discussão, sacudindo a porra daquele ramo de visco na minha frente, de modo acusador. – E nem uma palavra sobre a minha salada Waldorf.

– Sabe, Evelyn, havia nesta metrópole muitas outras festas de *Natal* a que eu poderia ter ido hoje à noite, ainda assim escolhi a sua. Por quê? Você pode perguntar. Por quê? Perguntei a mim mesmo. Não cheguei a nenhuma resposta aceitável, ainda assim aqui estou, por isso fique agradecida, sabe, minha cara – digo.

– Ah, então é *esse* o meu presente de Natal? – pergunta com sarcasmo. – Que delicadeza, que atenção.

– Não, *aqui* está ele. – Dou a ela um pedaço de macarrão que acabo de reparar que está preso ao punho de minha camisa. – Pronto.

– Patrick, acho que vou chorar – diz, balançando o macarrão à luz da vela. – É deslumbrante. Posso usá-lo agora?

– Não. Dê ele para um dos duendes comer. Aquele ali parece bastante faminto. Com licença, vou pegar mais um drinque.

Entrego a Evelyn o prato de salada Waldorf, dou um puxão num dos chifres de Petersen e vou em direção ao bar cantarolando "Noite feliz", deprimido de um modo indefinível por causa das roupas que a maioria das mulheres está usando – pulôveres de cashmere, blazers, saias de lã compridas, vestidos de veludo cotelê, golas rulê. Tempo frio. Nenhuma boazuda.

Paul Owen está em pé junto ao bar segurando uma *flûte* de champanhe, observando seu relógio de bolso em prata, comprado num antiquário (na Hammacher Schlemmer, sem dúvida); estou quase indo lá para falar alguma coisa sobre a desgraçada da conta Fisher quando Humphrey Rhinebeck esbarra em mim ao tentar não pisar em um dos anões. Ele está vestindo sobretudo tipo *chesterfield* de cashmere, modelo Crombie da Lord & Taylor, smoking jaquetão de lã com lapela de entalhe, camisa de algodão da Perry Ellis, gravata-borboleta da Hugo Boss e chifres de papel colocados de um modo tal que indica não estarem sendo percebidos por seu portador, mas, como se fizesse isso mecanicamente, o merdinha vira-se e diz "Oi, Bateman, na semana passada levei um paletó novo de tweed espinha de peixe para meu alfaiate fazer algumas alterações".

– Bom, então devo lhe dar os parabéns – falo, apertando-lhe a mão. – Fazer isso tem muito... *estilo*.

– Obrigado – fica ruborizado, olha para baixo. – Seja como for, o alfaiate reparou que a loja que me vendeu o paletó havia retirado a etiqueta original, substituindo-a por uma própria. O que quero agora saber é se isso é *legal*.

– É uma coisa perturbadora, eu sei – digo, ainda andando em meio às pessoas. – Uma vez que o lojista compra uma linha de roupas de fabricante, é perfeitamente legal substituir a etiqueta original pela sua. No entanto, *não* é legal substituí-la por uma etiqueta de *outro* lojista.

– Mas espere, por que então isso? – pergunta, tentando dar um gole em seu martíni enquanto se esforça por seguir-me.

– Porque os detalhes referentes à composição da fibra e país de origem, ou o número de registro do fabricante devem permanecer *intactos*. A troca de etiquetas é difícil de se detectar e raramente é denunciada – grito por cima do ombro.

Courtney está beijando Paul Owen no rosto, os dois já com as mãos firmemente entrelaçadas. Fico todo retesado e paro de andar. Rhinebeck esbarra em mim por trás. Mas aí ela se movimenta, acenando para alguém do outro lado da sala.

– Qual é então a melhor solução? – Rhinebeck fala por trás de mim.

– Comprar roupas de etiquetas que a gente conhece, de lojistas de confiança e tirar a porra desses chifres da cabeça, Rhinebeck. Você parece um retardado mental. Com licença. – Saio andando, mas não antes de Humphrey esticar o braço para cima e apalpar a peça presa à cabeça. – Ai meu Deus.

– Owen! – exclamo, oferecendo alegremente minha mão, a outra agarrando um martíni que passava numa bandeja trazida por um gnomo.

– Marcus! Feliz Natal – Owen diz, me apertando a mão. – Como tem passado? Viciado em trabalho, suponho.

– Faz tempo que não vejo você – digo, depois dou uma piscadela. – Viciado em trabalho, hein?

– Bem, estamos chegando do Knickerbocker Club – diz, aí cumprimenta alguém que esbarra nele... "Oi, Kinsley"... depois se vira para mim. – Vamos ao Nell's. A limusine está esperando na frente.

– A gente podia almoçar juntos – digo, tentando conceber um modo de trazer para a conversa a conta Fisher, sem ser inconveniente.

– Isso seria ótimo – diz. – Talvez você pudesse trazer...

– Cecilia? – dou um palpite.

– É. A Cecilia – diz.

– Puxa, *Cecilia* iria... adorar – digo.

– Bem, vamos então nos encontrar – Sorri.

– É. Podemos ir ao... Le Bernardin – digo, e depois de uma pausa – para comermos uns... *frutos do mar* talvez? Hummm?

– Le Bernardin foi classificado entre os dez melhores no *Zagat* neste ano – faz um aceno afirmativo com a cabeça. – Sabia disso?

– Poderíamos pedir... – faço uma outra pausa, encarando-o, aí mais deliberadamente – um prato de *peixe*. Não?

– Ouriço-do-mar – Owen diz, perscrutando o recinto. – Meredith adora os ouriços-do-mar de lá.

– Ela gosta? – pergunto, balançando a cabeça.

– Meredith – grita, acenando para alguém atrás de mim – Venha cá.

– Ela está *aqui*? – pergunto.

– Está conversando com Cecilia logo ali – diz. – Meredith – ele chama, balançando a mão. – Me viro. Meredith e Evelyn vêm se aproximando de nós.

Giro de volta para Owen.

Meredith vem andando com Evelyn. Meredith está usando vestido de gabardina de lã enfeitado de contas e bolero da Geoffrey Beene, comprado na Barney's, brincos de ouro e diamantes da James Savitt (treze mil dólares), luvas da Geoffrey Beene feitas para a Produtos Portolano, então diz:

– Sim, rapazes? Sobre o que estão conversando? Fazendo as listas de Natal?

– Ouriços-do-mar, no Le Bernardin, querida – Owen diz.

– É meu assunto preferido – Meredith deixa cair um braço sobre meu ombro, enquanto me confidencia. – São fabulosos.

– Deliciosos – solto uma tosse nervosa.

– O que vocês acharam da minha salada Waldorf? – Evelyn pergunta. – Gostaram?

– Cecilia querida, ainda não experimentei – Owen diz, reconhecendo alguém do outro lado da sala. – Mas gostaria de saber por que Laurence Tisch está servindo o eggnog.

– *Não* é o Laurence Tisch – Evelyn se lamenta, contrariada de verdade. – É um duende de Natal. *Patrick*, o que você falou pra ele?

– Nada – digo. – *Cecilia*!

– Além do mais, Patrick, você *é* ranzinza.

Ao ser mencionado meu nome, eu imediatamente começo a tagarelar, na esperança de que Owen não repare:

– Bem, *Cecilia,* disse a ele que pensava que fosse, sabe, uma mistura dos dois, como um... – Paro, dou uma rápida olhada neles antes de botar para fora de modo nada convincente – Tisch de Natal. – Depois, nervosamente, descolo um raminho de salsa de cima de uma fatia de patê de faisão trazido por um duende que passa, e fico segurando-o sobre a cabeça de Evelyn antes que ela possa dizer algo. – Alerta com o visco! – grito, e as pessoas à nossa volta de repente se abaixam, aí a beijo nos lábios ao mesmo tempo em que olho para Owen e Meredith, ambos me olhando de modo estranho, e pelo canto do olho capto Courtney, que está conversando com Rhinebeck, me encarando fixamente com ódio, sentindo-se insultada.

– Ah, Patrick... – Evelyn começa.

– *Cecilia*! Venha cá rápido – puxo-a pelo braço, então digo a Owen e Meredith. – Com licença. Temos de falar com aquele duende e esclarecer isso tudo.

– Me desculpem, está bem? – diz ela aos dois, encolhendo de forma desamparada os ombros ao mesmo tempo em que a arrasto comigo. – *Patrick*, o que está acontecendo?

Consigo conduzi-la até a cozinha.

– Patrick? – pergunta. – O que estamos fazendo na *cozinha*?

– Ouça – digo, agarrando-a pelos ombros, olhando-a no rosto. – Vamos embora daqui.

– Ah, Patrick – suspira. – É que não posso mesmo sair. Não está se divertindo?

– *Por que* não pode sair? – pergunto. – Será que é tão impossível? Já está aqui há bastante tempo.

– Patrick, é a *minha* festa de Natal – diz. – Além do mais, os anões vão começar a cantar "O Tannenbaum" agorinha.

– Venha, Evelyn. Vamos é cair fora daqui. – Estou à beira de um ataque histérico, em pânico com a possibilidade de Paul Owen ou, pior, Marcus Halberstam poderem entrar na cozinha. – Quero tirar você disso tudo.

– De tudo o *quê?* – pergunta, depois aperta os olhos. – Você não gostou da minha salada Waldorf, não é?

– Quero tirar você *disso* – digo, com um gesto mostrando toda a cozinha, num espasmo. – Do sushi e dos duendes e... *dessa coisa.*

Entra um duende na cozinha, pousando uma bandeja de pratos sujos, e atrás dele, *sobre* ele, posso ver Paul Owen inclinado para Meredith, que está gritando algo em seu ouvido sobre o alarido da música de Natal, mas ele vasculha o recinto procurando alguém, balançando a cabeça, depois Courtney caminha para dentro de meu ângulo de visão e agarro Evelyn, trazendo-a ainda mais para perto de mim.

– Sushi? Duendes? Patrick, você está me deixando confusa. – Evelyn diz. – E *não* gosto nada disso.

– Vamos *logo.* – Estou apertando-a com força, puxando-a em direção à porta dos fundos. – Sejamos ousados uma vez. Apenas uma vez na vida, Evelyn, seja ousada.

Ela empaca, se recusando a ser arrastada, aí começa a sorrir, considerando minha proposta, mostrando-se só um pouquinho vencida.

– Vamos lá... – Começo a me lamuriar. – Deixe que isso seja o seu presente de Natal *pra mim.*

– Ah não, eu já estava na Brooks Brothers e... – começa.

– Chega. Vamos lá, eu quero – digo então, numa última tentativa desesperada, dou um sorriso malicioso, beijando-a de leve nos lábios e acrescentando, sra. Bateman.

– Mas Patrick – suspira, se derretendo. – Como vai ser a limpeza?

– Os anões podem fazer isso – asseguro-lhe.

– Mas alguém tem de supervisionar, querido.

– Escolha então um dos gnomos. Faça daquele ali o gnomo-supervisor – digo. – Mas vamos *agora.* – Começo a arrastá-la na direção da porta dos fundos da sua casa de tijolinhos vermelhos, os sapatos fazendo sons estridentes ao serem arrastados pelos ladrilhos de mármore.

E aí já estamos do lado de fora da porta, descendo rápido pela passagem contígua à casa, então paro e observo minuciosamente o movimento na calçada para ver se alguém conhecido está saindo ou entrando na festa. Corremos até uma limusine que julgo ser de Owen, mas não quero que Evelyn fique desconfiada, por isso simplesmente vou andando até a que está mais próxima, abro a porta e empurro-a para dentro.

– Patrick – solta um guincho baixo, satisfeita. – Estamos nos portando pessimamente. E *ainda* por cima uma limusine... – fecho a porta do lado dela, contorno o carro e bato na janela do motorista. O motorista abaixa o vidro.

– Oi – digo, estendendo a mão. – Pat Bateman.

Ele fica me olhando. Com alguma hesitação, toco meu cabelo para ver se está despenteado ou fora de lugar, mas para minha surpresa e escândalo apalpo dois pares de chifres de papel. Há *quatro* chifres na *porra* da *minha cabeça*. Solto um resmungo, "Ora, droga", aí rasgo aquilo fora, fico examinando o papel amassado nas mãos, horrorizado. Jogo tudo no chão, depois volto ao motorista.

– Bem, então, Pat Bateman – digo, alisando os cabelos de volta ao lugar.

– Hã, ah é? Sou Sid – Dá de ombros.

– Sid, ouça. O Sr. Owen disse que podemos pegar o carro, por isso... – paro, a fumaça de minha respiração subindo no ar gelado.

– Quem é o sr. Owen? – Sid pergunta.

– Paul *Owen*. Você sabe – digo. – O seu cliente.

– Não. Esta é a limusine do sr. Baker – diz. – Belos chifres, assim mesmo.

– Porra – digo, contornando a limusine para tirar Evelyn dali antes que algo de ruim aconteça, mas é tarde demais. No segundo em que abro a porta, Evelyn estica a cabeça para fora e dá um gritinho estridente:

– Patrick, querido. *Adorei. Champanhe...* – e levanta a garrafa de Cristal numa das mãos, mostrando na outra uma caixa dourada... – e *trufas* também.

Agarro-lhe o braço e puxo-a para fora, resmungando uma explicação a meia-voz, "Limusine errada, pegue as trufas", nos dirigindo até a próxima limusine. Abro a porta e conduzo Evelyn para dentro, contorno o carro até a frente e bato na janela do motorista. Ele desce o vidro. Parece igualzinho ao outro motorista.

– Oi. Pat Bateman – digo, estendendo a mão.

– Ah é? Oi. Donald Trump. Minha esposa Ivana está atrás – diz com sarcasmo, apertando-a.

– Ei, calma lá – previno. – Ouça, o sr. Owen disse que podemos usar o carro. Sou... mas que diabo. Quero dizer que sou o Marcus.

– Acabou de falar que era Pat.

– Não. Eu estava enganado – digo com severidade, encarando-o nos olhos. – Me enganei com meu nome, que não é Pat. Meu nome é Marcus. Marcus Halberstam.

– Você agora tem certeza, não é? – pergunta.

– Ouça, o sr. Owen falou que posso ficar hoje à noite com o carro... – Paro. – Vamos então resolver logo isso.

– Acho que eu deveria falar primeiro com o sr. Owen – diz o motorista, se divertindo, brincando comigo.

– Não, espere! – digo, depois me acalmando: – Ouça, estou... tudo bem, bem mesmo. – Começo a dar uns risinhos para mim mesmo. – O Sr. Owen está de mau, aliás, de *péssimo* humor hoje.

– Não posso fazer isso – o motorista fala sem levantar os olhos para mim. – É totalmente irregular. De jeito nenhum. Desista.

– Ora, vamos lá meu amigo – digo.

– Isso é totalmente contra o regulamento da empresa – diz.

– Que se foda o regulamento da empresa – vocifero para ele.

– Foda-se o regulamento da empresa? – pergunta, balançando a cabeça, dando um sorriso.

– O sr. Owen disse que está *bem* – digo. – Talvez você não esteja ouvindo direito.

– Nem pensar. Não dá mesmo – balança a cabeça.

Faço uma pausa, me endireito, passo a mão no rosto, respiro fundo e me inclino de novo.

– Ouça-me... – Respiro fundo mais uma vez. – Tem uns anões lá dentro. – Aponto com o polegar para a casa de tijolinhos vermelhos. – Os anões vão agorinha cantar "O Tannenbaum"... – Olho para ele como que implorando, mendigando compreensão, ao mesmo tempo me mostrando adequadamente assustado. – Sabe como *isso* é apavorante? Os duendes... – Engulo em seco – *fazendo corinho*? – Faço uma pausa, depois pergunto rapidamente – Pense sobre isso.

– Ouça, senhor...

– Marcus – lembro a ele.

– Marcus. Lá o que seja. Não vou desobedecer ao regulamento. Não há nada que eu possa fazer. Regras da empresa. Não vou desobedecer.

Ambos ficamos em silêncio. Dou um suspiro, olho em volta, considerando a possibilidade de arrastar Evelyn para uma terceira limusine, ou talvez de volta à limusine de Barker... que é um bundão de primeira... mas *não, puta que o pariu*, quero a do *Owen*. Enquanto isso, o motorista suspira para si mesmo: "Se os anões querem cantar, deixe-os cantar".

– Merda – praguejo, tirando minha carteira de couro de gazela. – Olhe aí, cem pratas. – Entrego-lhe duas notas de cinquenta.

– Duzentos – diz.

– Esta cidade é uma ruína – resmungo, entregando-lhe o dinheiro.

– Aonde quer ir? – pergunta, tomando as notas com um suspiro, ao mesmo tempo em que dá partida na limusine.

– Chernoble Club – digo, indo rápido até a traseira e abrindo a porta.

– Sim, *senhor* – grita.

Pulo para dentro, fechando a porta no exato instante em que o motorista se descola da frente da casa de Evelyn, na direção de Riverside Drive. Evelyn fica sentada ao meu lado enquanto recobro a respiração, enxugando o suor frio da testa com um lenço Armani. Quando olho para ela, está à beira das lágrimas, os lábios trêmulos, por fim, silêncio.

– Você está me surpreendendo. O que aconteceu? – *Eu* estou alarmado. – O que... foi que eu fiz? A salada Waldorf estava boa. O que mais?

– Ah, Patrick – suspira. – É... encantador. Não sei o que dizer.

– Bem... – faço uma pausa, cuidadosamente. – Também... não sei.

– Isto aqui – diz, me mostrando um colar de brilhantes da Tiffany's, presente de Owen para Meredith. – Bem, me ajude a colocá-lo, querido. Você não é o Avarento, amor.

– Hã, Evelyn – digo, mas solto uma praga a meia-voz quando ela vira as costas para mim, para que eu o prenda em seu pescoço. A limusine dá um arranco, ela cai sobre mim, rindo, então me beija no rosto.

– É adorável, ah, amo esse colar... Epa, devo estar com hálito de trufas. Me desculpe, querido. Pegue um champanhe e me sirva uma taça.

– Mas... – fico de olhos pregados no colar cintilante. – Não é isso.

– O quê? – Evelyn pergunta, olhando em volta dentro da limusine. – Tem copos aqui? Não é isso o quê, amor?

– Não é isso – falo com uma voz monótona.

– Ah, amor – Sorri. – É que você tem ainda *outra* coisa pra mim?

– Não, quero dizer...

– Vamos, seu diabinho – diz, pegando de brincadeira no bolso de meu paletó. – Vamos, o que é?

– O que é o quê? – pergunto com calma, aborrecido.

– Você tem mais alguma coisa. Me deixe dar um palpite. Um anel pra combinar com o colar? – imagina. – Uma pulseira? Um broche? Então é isso! – bate palmas. – É um broche pra combinar.

Enquanto fico tentando empurrá-la para longe de mim, segurando-lhe um dos braços atrás, o outro se enrosca em mim e pega alguma coisa em meu bolso – outro bolinho da sorte que tirei do menino chinês morto. Fica examinando o bolinho, por um instante intrigada, aí diz:

– Patrick, você é tão... romântico – e depois, estudando o bolinho da sorte com menos entusiasmo – tão... original.

Também fico olhando o bolinho. Está com um bocado de sangue em cima, mas dou de ombros e digo, do modo mais jovial que consigo:

– Ah, você me conhece.

– Mas o que é isso sobre ele? – Traz o bolinho para perto do rosto, perscrutando-o. – O que é essa... coisa vermelha?

– É... – Examino também, fingindo-me intrigado com as manchas, então faço uma careta. – É molho agridoce.

Toda excitada, parte o bolinho, abre-o e examina o papelzinho da sorte, confusa.

– O que diz aí? – dou um suspiro, brincando com o rádio, depois vasculho a cabine da limusine à cata da maleta de Owen, me perguntando onde afinal poderia estar o champanhe, a caixa aberta da Tiffany's, vazia, vazia ali no piso, de repente, de forma esmagadora, me deprimindo.

– Diz... – faz uma pausa, aperta bem os olhos aproximando o papel, lê tudo de novo. – Diz *"O foie gras fresco grelhado do Le Cirque é excelente, mas a salada de lagosta é apenas regular"*.

– É simpático – murmuro, em busca de taças de champanhe, fitas, qualquer coisa.

– É isso mesmo que está dito aqui, Patrick – me entrega o papelzinho da sorte, um sorriso sutil lhe subindo pelo rosto, que posso distinguir mesmo na cabine escura da limusine. – O que isso pode significar? – pergunta dissimuladamente.

Tomo o papel dela, leio, olho para Evelyn, depois para o papel novamente, para a janela fumê, para as rajadas de neve em torvelinho em volta dos postes de luz, em volta das pessoas à espera de ônibus, para os mendigos cambaleando sem direção pelas ruas da cidade, aí digo em voz alta para mim mesmo: "Minha sorte poderia ser pior. Poderia mesmo".

– Ah, amor – diz, lançando os braços sobre mim, me abraçando a cabeça. – Almoço no Le Cirque? Você é o melhor. Não é o Avarento. Retiro o que disse. Na quinta-feira? Quinta-feira está bem pra você? Ah, não. Pra mim na quinta-feira não dá. Aplicação de ervas. Mas que tal na sexta-feira? E será mesmo que queremos ir ao Le Cirque? Que tal...

Empurro-a para longe de mim e bato na janela divisória, dando umas pancadas secas com o nó dos dedos, bem alto, até que o motorista abaixe o vidro.

– Sid, quero dizer, Earle, o que for, este não é o caminho para o Chernoble.

– É sim, sr. Bateman...

– Ei!

– Quis dizer sr. *Halberstam.* Avenida C, correto? – tosse com polidez.

– Acho que sim – digo, olhando pela janela. – Não reconheço nada.

– Avenida C? – Evelyn levanta o rosto, depois de maravilhar-se por um tempo com o colar que Paul Owen comprou para Meredith. – O que é Avenida C? C como em Cartier, é isso?

– Bem chique – asseguro. – Chiquérrimo.

– Já foi lá? – pergunta.

– Milhões de vezes – resmungo.

– Chernoble? Não, no Chernoble *não* – fala num gemido. – Amor, é Natal.

– E que diabo *isso* quer dizer? – pergunto.

– Motorista, motorista... – Evelyn inclina-se à frente, se equilibrando em meus joelhos. – Motorista, vamos para o Salão Rainbow. Motorista, para o Salão Rainbow, por favor.

Empurro-a de volta e me inclino à frente.

– Ignore o que ela disse. Chernoble. O mais rápido que puder. – Aperto o botão e a divisória sobe novamente.

– Ah, Patrick. É Natal – geme.

– Você fica falando nisso como se significasse alguma coisa – digo, encarando-a de frente.

– Mas é *Natal* – geme mais uma vez.

– Não consigo aguentar o Salão Rainbow – digo, inflexível.

– Ah, por que não, Patrick? – geme. – A melhor salada Waldorf da cidade é a do Salão Rainbow. Você gostou da minha? Gostou da minha salada Waldorf, amor?

— Ai meu Deus — sussurro para mim mesmo; cobrindo o rosto com as mãos.

— Diga honestamente. Gostou? – pergunta. – A única coisa que de fato me preocupou foi *aquele* recheio de castanha... – Faz uma pausa. – Bem, é porque o recheio de castanha estava... bem, muito grosso, sabe...

— Não quero ir ao Salão Rainbow – interrompo-a, minhas mãos ainda sobre o rosto –, porque não tenho como arrumar drogas lá.

— Ah... – Me olha com desaprovação. – Tisc, tisc, tisc. Drogas, Patrick? De que drogas, humm, de que tipo estamos falando?

— Drogas, Evelyn. Cocaína. *Drogas.* Quero cheirar cocaína hoje. Entende? – Me endireito no banco e lanço-lhe um olhar penetrante.

— Patrick – diz, balançando a cabeça, como se tivesse perdido a confiança em mim.

— Vejo que você ficou perturbada – saliento.

— Só não quero ter de participar – diz.

— Você não tem de cheirar nada – falo para ela. – Talvez nem seja sequer convidada a cheirar nada.

— Só não entendo por que você tem de estragar logo esse meu dia do ano – diz.

— Pense que é como... uma *geada*. Como uma geada de Natal. Como uma geada de Natal branquinha e cara.

— Bem... – diz, se alegrando de novo. – É, digamos, excitante, uma coisa exótica, marginal, não é?

— Trinta pratas o papelote ali na mão, não é exatamente o marginal exótico, Evelyn. – Então pergunto, em tom suspeito: – Por que o Donald Trump não foi convidado para a sua festa?

— Não me venha de *novo* com Donald Trump – Evelyn se lamenta. – Ai meu Deus. É por isso que ficou fazendo aquelas palhaçadas? Essa obsessão *tem* de acabar! – praticamente grita. – É por isso que fez esse papel de babaca?

— Foi a salada Waldorf, Evelyn – digo, os dentes trincados. – Foi a salada Waldorf que me fez agir como um babaca.

– Ai meu Deus. Está falando sério, pra valer! – Joga para trás a cabeça em desespero. – Eu sabia, eu sabia!

– Mas não foi você quem fez a salada! – Berro. – Encomendou *fora*!

– Meu Deus – se lamuria, quase chorando. – Não posso acreditar.

A limusine para defronte a boate Chernoble, onde uma aglomeração bem razoável está em pé do lado de fora, na neve.

Evelyn e eu saltamos do carro, e usando Evelyn, o que muito a vexou, como uma cunha para abrir caminho, atravesso a pequena multidão. Por sorte avisto alguém que se parece com Jonathan Leatherdale, e que está quase entrando, aí empurrando Evelyn para valer, conservando nas mãos seu presente de Natal, chamo por ele, "Jonathan, ei, Leatherdale", mas de repente, como era de se esperar, a multidão toda começou a gritar, "Jonathan, ei, Jonathan". Ele consegue me avistar ao virar-se e chama, "Ei, Baxter!", dá uma piscadela, levantando os polegares para mim, mas não é para mim, é para mais alguém. Evelyn e eu fingimos que estamos no grupo dele. O porteiro cerra as cordas diante de nós e pergunta "Vocês dois chegaram naquela limusine?". Olha para o meio-fio e faz um sinal com a cabeça.

– Sim – Evelyn e eu sacudimos com avidez a cabeça.

– Podem entrar – diz ele, erguendo as cordas.

Entramos e pago sessenta dólares; sem direito a drinque. Como era de se esperar, a boate está às escuras com exceção dos relampejos das luzes estroboscópicas, mas mesmo assim tudo que consigo enxergar é o gelo-seco sendo bombeado para fora da máquina de neblina e uma boazuda dançando ao som de "New Sensation" do INXS, que explode dos alto-falantes numa intensidade que faz vibrar o corpo. Falo a Evelyn para ela ir até o bar e pedir duas taças de champanhe para nós. "Ah, claro", berra de volta, se dirigindo com insegurança para uma faixa de luz branca de néon, a única iluminação presente naquilo que porventura se poderia chamar de um local onde serve-se álcool. Nesse meio-tempo arrumo um grama de cocaína com um sujeito que se parece com Mike Donaldson, mas depois de deliberar por uns dez minutos, enquanto avalio uma boazuda, e se devo ou não descartar Evelyn, ela se aproxima trazendo duas *flûtes* de champanhe cheias até a metade e vem indignada, rosto entristecido.

– É Korbel – berra. – Vamos *embora*.

Balanço negativamente a cabeça e berro de volta:

– Vamos para os toaletes. – Ela me segue.

O banheiro do Chernoble é unissex. Dois outros casais já estão lá, um deles dentro do único compartimento. O outro casal, como nós, aguarda com impaciência o compartimento ficar livre. A garota está usando frente-única de jérsei de seda, saia de chiffon de seda e echarpe de seda, tudo da Ralph Lauren. O namorado veste um terno confeccionado, acho, por William Fioravanti, Vincent Nicolosi ou Scali – um carcamano desses. Ambos têm nas mãos taças de champanhe: a dele, cheia; a dela, vazia. Está tudo quieto com exceção da fungação e das gargalhadas abafadas vindas do compartimento, a porta do toalete é suficientemente grossa para vedar o barulho da música, com exceção da batida pesada e profunda da bateria. O cara fica batendo o pé cheio de expectativas. A garota dá uns suspiros e joga toda hora o cabelo sobre os ombros, com bruscos movimentos de cabeça estranhamente tentadores; aí ela olha para Evelyn e para mim e cochicha algo para o namorado. Finalmente, depois que mais uma vez ela lhe cochicha algo nos ouvidos, ele faz que sim com a cabeça e os dois vão embora.

– Graças a *Deus* – sussurro, passando os dedos no papelote dentro do bolso; depois, pergunto para Evelyn: – Por que está tão calada?

– A minha salada Waldorf – resmunga sem olhar para mim. – Maldita seja.

Ouve-se um clique, a porta do compartimento se abre e um casal jovem – o cara usando terno jaquetão de lã de sarja dupla, camisa de algodão e gravata de seda, tudo da Givenchy, a garota com um vestido de tafetá de seda com debrum de avestruz da Geoffrey Beene, brincos de prata dourada da Stephen Dweck Moderne e sapatilhas de gorgorão para dança da Chanel – sai dali, cada um discretamente esfregando o nariz, se olhando no espelho antes de irem embora do toalete, mas bem no instante em que Evelyn e eu estamos quase entrando no compartimento que ficou vazio, o primeiro casal volta às pressas e tenta tomá-lo.

— Me desculpem – digo, com o braço esticado bloqueando a entrada. – Vocês saíram. Agora, hã, é a nossa vez.

— Hã, não, acho que não – o cara diz num tom delicado.

— Patrick – Evelyn cochicha atrás de mim. – Deixe eles... sabe como é.

— Esperem. Não. A vez é *nossa* – digo.

— É, mas a *gente* ficou esperando primeiro.

— Ouça, não *quero* começar uma briga...

— Mas *está* começando – a namorada diz, entediada, mas ainda assim conseguindo dar um sorriso zombeteiro.

— Ai meu Deus – Evelyn murmura atrás de mim, olhando por cima de meu ombro.

— Ouçam, a gente pode brigar aqui mesmo – diz a garota, com quem aliás eu treparia tranquilamente, exclama com violência.

— Que *puta* – murmuro, balançando a cabeça.

— Ouçam – o cara diz, cedendo. – Enquanto ficamos aqui discutindo, um de nós poderia já estar lá *dentro*.

— Sim – digo. – *Nós.*

— Meu Deus do céu – a garota diz, com as mãos nas cadeiras, depois, para Evelyn e para mim. – Não posso crer que eles agora estão deixando entrar pessoas assim.

— *Você* é que é uma puta – murmuro, negando. – Sua atitude é um *vexame*, sabia disso?

Evelyn sufoca um grito e me aperta o ombro.

— Patrick.

O cara já começou a cafungar o seu pó, retirando-o de um frasco castanho, aspirando e rindo depois de cada puxada, se encostando na porta.

— Sua namorada é uma puta *total* – falo para o cara.

— *Patrick* – Evelyn diz. – Pare com isso.

— É uma puta – digo, apontando para ela.

— *Patrick*, peça desculpas – Evelyn diz.

O cara começa um riso histérico, com a cabeça toda jogada para trás, fungando alto, depois se dobra sobre si mesmo e tenta retomar o fôlego.

– Ah, meu Deus – Evelyn diz, estarrecida. – Por que está rindo, vá *defendê-la*.

– Por quê? – O cara pergunta, depois dá de ombros, as duas narinas contornadas de pó. – Ele tem *razão*.

– Vou embora, Daniel – a garota diz, beirando as lágrimas. – Não aguento *isso*. Não aguento *você*. Não aguento *eles*. Avisei você no Bice.

– Vá em frente – o cara diz. – Vai. É só sair. Pegue uma carona. Não me importo.

– Patrick, o que você fez? – Evelyn pergunta, andando de costas, se afastando de mim. – Isso é inaceitável – e depois, olhando para cima, para as lâmpadas fluorescentes. – Assim como essa iluminação. Vou embora. – Mas fica parada, esperando.

– Vou embora, Daniel – a garota diz. – Você me *ouviu*?

– Vá em *frente*. Esqueça – Daniel diz, olhando seu nariz no espelho, dispensando-a com um gesto. – Disse para você pegar uma carona.

– Vou usar o compartimento – falo aos presentes. Tudo bem? Alguém se incomoda?

– Você não vai defender sua namorada? – Evelyn pergunta a Daniel.

– Por Deus, o que querem que eu faça? – Olha para ela no espelho, limpando o nariz, fungando mais uma vez. – Paguei o jantar dela. Apresentei-a a Richard Marx. Santo Deus, o que mais ela quer?

– Dê uma porrada nesse metidão aí, hein? – a garota sugere, apontando para mim.

– Ah, meu amor – digo, balançando a cabeça –, as coisas que eu faria em você com um cabide grosso.

– Adeus, Daniel – ela diz, fazendo uma pausa dramática. – Estou saindo fora.

– Legal – Daniel diz, levantando o frasco. – Sobra mais para *moi*.

– E não tente me ligar – ela grita, abrindo a porta. – Minha secretária eletrônica vai ficar acionada hoje para eu filtrar todas as ligações!

– Patrick – Evelyn diz, ainda com serenidade, cheia de modos. – Vou ficar do lado de fora.

Aguardo um minuto, olhando para ela de dentro do compartimento, depois para a garota em pé na entrada.

– É? E daí?

– Patrick – diz Evelyn –, não diga nada de que se arrependa depois.

– Vá embora então – digo. – Vá embora. Pegue a limusine.

– Patrick...

– Vá embora – solto um rugido. – O Avarento está dizendo para você ir *embora*!

Bato a porta do compartimento e começo a juntar a coca no envelope, trazendo-a até o nariz com meu American Express platinado. Entre os arrancos de respiração que dou, ouço Evelyn ir embora, choramingando para a garota – "Me *fez* sair andando de minha própria festa de Natal, você acredita? *Minha* festa de Natal?". E ouço a garota dar um riso de escárnio: "Vê se toma jeito", aí começo a rir de um modo rouco, dando cabeçadas na divisória do compartimento, escuto o cara dar mais uns dois tecos, depois ele se manda, e quando termino com a maior parte do grama dou uma olhadela por cima do compartimento para ver se Evelyn ainda está por ali, fazendo beicinho, mordendo o lábio inferior desoladamente – ah, bilu, bilu, nenê –, mas ela não voltou, aí me vem a imagem de Evelyn e da garota de Daniel numa cama em algum lugar onde a garota está abrindo as pernas de Evelyn, Evelyn de quatro, está lambendo o cuzinho de Evelyn, tocando uma siririca nela, mas isso me deixa tonto e caio fora do toalete boate adentro, cheio de tesão e desesperado, ansiando por um contato.

Mas agora já é mais tarde e a patota mudou – agora tem mais roqueiro punk, pretos, menos caras de Wall Street, mais garotas ricas entediadas vindas da Avenida A a perambularem no recinto, a música mudou; em vez de Belinda Carlisle cantando "I Feel Free", é um crioulo tocando rap, se estou ouvindo corretamente, algo com o nome de "Her shit on his dick" e eu deslizo até onde estão duas boazudas ricas, as duas usando vestidos tipo Betsey Johnson, mas estou ligadão além da conta e dou partida no papo com uma frase como "Música chocante – não vi você na Salomon Brothers?", aí uma delas, uma das garotas, fica zombando e diz "Volte para Wall Street", e a outra, a que tem um *brinco no nariz* diz "Porra de yuppie".

E dizem isso apesar de meu terno ficar preto no escuro da boate e minha gravata – estampado escocês, Armani, de seda – estar frouxa.

– Ei – digo, trincando os dentes. – Podem pensar que sou uma porra de um yuppie escroto, mas não sou, não sou *mesmo* – falo para elas, engolindo rápido, quase doido de tão ligado.

Dois caras pretos estão sentados com elas na mesa. Ambos de jeans desbotado, camiseta, casaco de couro. Um está usando óculos escuros com reflexos, o outro tem a cabeça raspada. Ambos estão me encarando ferozmente. Jogo minha mão para frente fazendo um ângulo bem torto, tentando imitar um rapper.

– Ei – digo. – Sou o máximo. O melhor, sabem... como, hã, definitivo... o mais definitivo. – Tomo um gole de champanhe. – Sabem como é... súper.

Para comprovar isso avisto um crioulo de trancinhas rastafári, vou até ele e exclamo:

– Rasta *irmão*! – estendo a mão, antecipando uma batida de palma. Mas o crioulo fica parado, olhando.

– Quero dizer... – tusso – ... Estamos fazendo um som... Ele passa por mim se esbarrando, balançando a cabeça. Olho de volta para as garotas. Elas balançam a cabeça – um aviso para eu não voltar lá. Desloco o meu olhar intenso para uma boazuda que está dançando sozinha junto a uma coluna, aí termino o meu champanhe e caminho até ela, pedindo-lhe o número do telefone. Ela sorri. Uma saída.

NELL'S

MEIA-NOITE. ESTOU SENTADO NUMA MESA no Nell's com Craig McDermott e Alex Taylor – que acabou de ter um desmaio – mais três manequins da Elite: Libby, Daisy e Caron. O verão já se aproxima, meados de maio, mas o clube noturno dispõe de ar-condicionado e está bem fresco, a música do conjunto de jazz suave percorre o recinto meio vazio, ventiladores de teto zumbem, girando, a turba numerosa aguarda do lado de fora embaixo de chuva, uma verdadeira massa ondulante, Libby é loura e está usando sapatos salto alto toalete de gorgorão preto com biqueira exageradamente pontuda e laços de cetim vermelho da Yves Saint Laurent. Daisy é mais loura e calça escarpins bico fino de cetim preto realçados pelas meias pretas, transparentes, salpicadas de prateado da Betsey Johnson. Caron é loura platinada e calça botas de couro com salto, biqueira pontuda de verniz e cano revirado em tweed de lã da Karl Lagerfeld para a Chanel. As três usam vestidos de malha de lã preta da Giorgio di Sant'Angelo, estão tomando champanhe com suco de amoras, *schnapps* de pêssego e fumando cigarros alemães – mas não me queixo, apesar de achar que o Nell's deveria pensar num setor para não fumantes. Duas delas estão de óculos escuros Giorgio Armani. Libby está sob efeito de alteração de fuso horário por causa de uma viagem. Das três, Daisy é a única com quem eu poderia remotamente trepar. Hoje mais cedo, depois de uma reunião com meu advogado sobre umas falsas acusações de estupro, tive um ataque de ansiedade na Dean & Delucca; consegui controlá-lo fazendo ginástica na Xclusive. Depois fui me encontrar com as manequins na Trump Plaza. A isso seguiu-se um filme francês do qual nada entendi, mas que era bem chique, depois de um jantar num restaurante de sushi chamado Vivids, perto do Uncoln Center, e uma festa num estúdio de um ex-namorado de uma das manequins, em Chelsea, onde foi servida uma sangria ruim, com frutas demais. Na noite passada tive sonhos que tinham a mesma iluminação de filmes pornográficos e neles eu trepava com garotas feitas de papelão. O *Patty Winters Show* de hoje de manhã foi sobre "Exercícios aeróbicos".

Estou vestindo terno de lã de dois botões com calças preguedas da Luciano Soprani, camisa de algodão da Brooks Brothers e gravata de seda Armani. McDermott usa um terno de lã da Lubiam com lenço de bolso de linho da Ashear Bros, camisa de algodão da Ralph Lauren e gravata de seda da Christian Dior e está prestes a jogar uma moeda para ver qual de nós vai lá embaixo buscar o Pozinho Boliviano já que *nenhum* dos dois quer ficar aqui sentado na mesa com as garotas, porque, embora provavelmente a gente queira trepar com elas, a gente não quer (e de fato *não pode*), descobrimos, conversar com elas, sequer com alguma condescendência – simplesmente elas não têm *nada* a dizer, isto é, reconheço que não deveríamos nos surpreender com isso, mas ainda assim dá para confundir um pouco. Thylor está sentado; tem os olhos fechados, a boca ligeiramente aberta, e apesar de, a princípio, McDermott e eu pensarmos que ele finge dormir como protesto pela ausência de traquejo verbal das garotas, ocorre-nos que talvez esteja verdadeiramente de porre (ficou meio desconexo depois dos três saquês que pôs para dentro no Vivids), mas nenhuma das garotas presta a menor atenção, à exceção talvez de Ubby, porque está sentada do seu lado, mas é duvidoso, muito duvidoso.

– Cara, cara, cara – sussurro a meia-voz.

McDermott atira para o ar a moeda de um quarto de dólar.

– Coroa, coroa, coroa – entoa ele, depois bate a palma da mão sobre a moeda quando ela aterrissa em seu guardanapo.

– Cara, cara, cara – sibilo como cobra, rezando. Levanta a palma da mão.

– É coroa – diz, me olhando.

Fico encarando a moeda espantado bastante tempo antes de pedir:

– Jogue de novo.

– Até já – diz, olhando as garotas antes de se levantar, depois me dá uma olhadela, revira os olhos, sacode a cabeça de um jeito rápido. – Ouça – me avisa. – Quero outro martíni. Absolut. Duplo. Sem azeitona.

– Ande rápido – peço a ele, a meia-voz, reparando quando me acena jovialmente do topo da escada –, seu debiloide fodido.

Volto para a mesa. Na mesa atrás de nós, um grupo de boazudas com jeitão punk que parecem travestis brasileiros dá uma risada estridente em uníssono. Vejamos... Sábado à noite vou a um jogo de beisebol com Jeff Harding e Leonard Davis. Alugarei filmes de Rambo no domingo. A nova bicicleta ergométrica será entregue na segunda-feira... Olho firmemente para as três manequins por um tempo que é um verdadeiro suplício, uns minutos, antes de dizer alguma coisa, reparando que alguém pediu um prato de papaia em fatias e mais alguém um prato de aspargos, embora ambos permaneçam intocados. Daisy me observa minuciosamente, depois vira a boca em minha direção e sopra a fumaça em minha cabeça, após tragar, e a fumaça fica flutuando sobre meus cabelos, sem me atingir os olhos, que de qualquer jeito estão protegidos pelos óculos sem grau de armação de sequoia que estou usando a maior parte da noite. A outra, Ubby, a sacana sob efeito de mudança de fuso horário, está tentando decifrar como desdobrar um guardanapo. Meu nível de frustração está surpreendentemente baixo, porque as coisas poderiam ser piores. Afinal de contas, poderiam ser garotas *inglesas.* Poderíamos estar tomando... *chá.*

– Muito bem! – digo, batendo com as mãos uma na outra, na tentativa de me mostrar ativo. – Estava quente lá fora hoje, não é?

– Greg foi aonde? – Libby pergunta, notando a ausência de McDermott.

– Bem, é que Gorbachov está lá embaixo – conto para ela. – McDermott, *Greg,* vai assinar um tratado de paz com ele, entre os Estados Unidos e a Rússia. – Faço uma pausa, tentando avaliar-lhe a reação, antes de acrescentar – McDermott é quem está por trás da *glasnost,* sabe.

– Bem... é – diz ela, com uma voz tão inexpressiva que parece impossível, sacudindo afirmativamente a cabeça. – Mas ele me disse que lida com aquisições e... falências de empresas.

Estou olhando para Thylor, que ainda dorme. Puxo um de seus suspensórios com um estalo, mas não há reação alguma, nenhum movimento, me viro então para Libby.

– Você não se atrapalhou, não é?

– Não – diz, dando de ombros. – Não mesmo.

– Gorbachov não está lá embaixo – Caron diz de repente.
– Você mentiu? – Daisy pergunta, sorrindo.
Fico pensando: "Caramba".
– Isso. Caron tem razão. Gorbachov não está lá embaixo. Está no Tunnel. Com licença. Garçonete? – Agarro uma boazuda que passa metida numa bata rendada azul-marinho com franzido de organza de seda da Bill Blass. – Quero um J&B com gelo e uma faca de açougueiro ou algo pontiagudo que haja na cozinha. Meninas?

Nenhuma delas diz nada. A garçonete fica olhando espantada para Taylor. Olho para ele, depois para a garçonete boazuda de novo, depois de volta para Taylor.

– Para ele traga, humm, *sorbet* de grapefruit e, ah, digamos, um scotch, ok?

A garçonete fica só me encarando.

– Ei, doçura? – Abano a mão em frente ao seu rosto.

– J&B? Com gelo? – falo para ela, declarando isso mais alto que o conjunto de jazz que está no meio de uma primorosa execução de "Take Five".

Finalmente ela faz que sim com a cabeça.

– E traga para elas... – faço um sinal mostrando as garotas – ...o que for que estiverem bebendo. Refrigerantes? Cooler de vinho?

– Não – Libby diz. – É champanhe. Mostra, depois diz para Caron: – Não é?

– Acho que sim – Caron dá de ombros.

– Com *schnapps* de pêssego – Daisy lembra.

– Champanhe – repito para a garçonete. – Com, hãhã, *schnapps* de pêssego. Sacou?

A garçonete acena que sim com a cabeça, escreve algo, sai, e fico examinando-lhe a bunda enquanto caminha, aí me viro para as três, estudando cuidadosamente cada uma delas à cata de algum sinal, um lampejo revelador que lhes cruze o rosto, daquele gesto que viesse a desfazer a postura de robô, mas está bastante escuro no Nell's, e minha esperança – a de que isso ocorra – nada mais é do que um pensamento latejante e por isso bato de novo com as palmas das mãos e respiro fundo.

– Muito bem! Está mesmo quente lá fora hoje. Não é?

– Estou precisando de um novo casaco de pele – Libby suspira, com um olhar fixo na taça de champanhe.

– Até o pé ou na altura do joelho? – pergunta Daisy com a mesma voz inexpressiva.

– Uma estola? – Caron sugere.

– Ou longo ou... – Libby para e pensa com intensidade durante um minuto. – Vi aquela manta curta, aconchegante...

– Mas era *vison*, não era? – Daisy pergunta. – *Vison* na certa?

– Ah é. *Vison* – Libby diz.

– Ei, Taylor – sussurro, cutucando-o. – Acorde. Estão falando. Precisa ver isso.

– Mas *qual* tipo? – Caron pegou o embalo.

– Não acha que alguns casacos de *vison* são... *peludos* demais? – Daisy pergunta.

– Alguns são *mesmo* peludos demais – a vez de Libby.

– A pele de raposa é *muito* procurada – Daisy murmura.

– As de tom bege estão sendo cada vez mais usadas – Libby diz.

– Quais? – alguém pergunta.

– Lince. Chinchila. Arminho. Castor...

– Oi? – Taylor desperta, piscando. – Estou aqui.

– Volte a dormir, Taylor – digo num suspiro.

– Onde está McDermott? – pergunta, se espreguiçando.

– Perambulando lá por baixo. Atrás de pó – dou de ombros.

– A de raposa está sendo muito procurada – diz uma delas.

– Guaxinim. Doninha. Esquilo. Rato almiscarado. Ovelha mongol.

– Será que estou sonhando – Taylor me pergunta – ou... será que isso é uma conversa de verdade?

– Bem, suponho que se possa chamá-la assim – digo, me recolhendo. – Psiu. Ouça. É muito animador.

No restaurante de sushi hoje à noite, McDermott, num estado de total frustração, perguntou às garotas se elas sabiam o nome de algum dos nove planetas. Libby e Caron pensaram na lua. Daisy não tinha certeza, mas deu na verdade o seu palpite... Cometa. Daisy pensou que cometa fosse um planeta. Estarrecidos, McDermott, Taylor e eu lhe asseguramos de que era.

– Bem, é fácil agora se encontrar boas peles – Daisy diz devagar. – Uma vez que mais estilistas de prêt-à-porter estão entrando no ramo de peles, o leque de escolha aumenta, porque cada um escolhe peles diferentes para dar à sua coleção um caráter mais individualizado.

– Isso me deixa tão assustada – Caron diz, trêmula.

– Não se intimide – Daisy diz. – Peles são apenas acessórios. Não se deixe intimidar por elas.

– Mas são um acessório de luxo – Libby sugere.

Pergunto a todos à mesa:

– Alguém já ficou de brincadeirinha com uma Uzi de nove milímetros TEC? É uma arma. Não? São especialmente úteis porque o modelo tem cano rosqueado para fixar silenciadores. – Digo isso balançando a cabeça afirmativamente.

– Não devemos nos deixar intimidar pelas peles – Taylor olha para mim e diz com perplexidade. – Aos poucos vou desencavando informações surpreendentes.

– Mas são um acessório de luxo – Libby novamente sugere.

A garçonete reaparece, pousando os drinques na mesa juntamente com um *sorbet* de grapefruit. Taylor olha aquilo e diz, piscando:

– Não pedi isso.

– Pediu sim, senhor – falo para ele. – Enquanto dormia fez o pedido. Fez o pedido enquanto dormia.

– Não fiz não – diz, inseguro.

– Deixe que eu como – digo. – Agora me ouça. – Fico tamborilando alto na mesa com os dedos.

– Karl Lagerfeld é quem dita as regras. – Libby está dizendo.

– Por quê? – Caron.

– Foi quem criou a coleção Fendi, é claro – Daisy diz, acendendo um cigarro.

– Gosto da ovelha mongol misturada com pelo de toupeira ou... – Caron para e dá uns risinhos afetados – ...daqueles casacos de couro forrados com ovelha persa.

– O que acha da Geoffrey Beene? – Daisy pergunta a ela. Caron reflete sobre o tema.

– As lapelas de cetim branco... *problemáticas.*

– Mas há coisas maravilhosas com ovelhas tibetanas – Libby diz.

– Carolina Herrera? – Caron pergunta.

– Não, não, peludas demais – Daisy diz, sacudindo a cabeça.

– Muito menininha de colégio – Libby concorda.

– Mas é o James Galanos quem tem os linces mais maravilhosos – Daisy diz.

– E não se esqueça de Arnold Scaasi. O arminho branco – Libby diz. – É de *matar* de bonito.

– É mesmo? – sorrio e encolho os lábios num riso largo e depravado. – É de matar?

– É de matar – Libby repete, afirmando algo pela primeira vez a noite toda.

– Acho que você ficaria adorável num, hã, Geoffrey Beene, Taylor – falo gemendo com uma voz estridente, aveadada, deixando cair uma mão desmunhecada em seu ombro, mas ele está novamente dormindo, por isso pouco importa. Tiro a mão dando um suspiro.

– É o Miles... – Caron perscruta o recinto avistando algum gorila velho na mesa ao lado com cabelo grisalho cortado a escovinha e uma sacaninha de onze anos se equilibrando em seu colo.

Libby se vira para se certificar.

– Mas pensei que estivesse em Filadélfia fazendo aquele filme sobre o Vietnã.

– Não. Nas *Filipinas* – Caron diz. – Não em Filadélfia.

– Ah, é isso – Libby diz, mas depois: – Tem certeza?

– Pode crer. Na verdade já terminou – Caron diz num tom completamente inseguro. Ela pisca os olhos. – Na verdade... já foi lançado. – Pisca de novo. – Acho que foi lançado... no ano passado.

As duas ficam olhando para a mesa ao lado desinteressadamente, mas ao se virarem para nossa mesa e darem de cara com Taylor dormindo, Caron vira-se para Libby e diz num suspiro:

– A gente vai lá e dá um alô?

Libby faz que sim devagar com a cabeça, sua fisionomia meio esquisita à luz de vela, e se levanta. "Com licença." As duas saem. Daisy fica, dando goles no champanhe de Caron. Imagino ela pelada, assassinada, as minhocas escavando, se banqueteando em sua barriga, os peitinhos escurecidos pelas queimaduras de cigarro, Libby comendo aquele cadáver todo, aí limpo a garganta.

– Mas então estava mesmo quente lá fora hoje, não?

– Estava – concorda.

– Me pergunte alguma coisa – falo para ela, me sentindo de repente até bem, espontâneo.

Dá um trago no cigarro, depois bota a fumaça para fora:

– Trabalha em quê?

– O que acha que eu faço? – num tom brincalhão também.

– Manequim? – dá de ombros. – Ator?

– Não – digo. – Fico lisonjeado, mas não sou.

– Bem?

– Estou basicamente no ramo de facões e execuções. Depende. – Dou de ombros.

– Você gosta? – pergunta, imperturbável.

– Humm... Depende. Por quê? – Dou uma mordida no *sorbet*.

– Bem, a maioria dos caras que conheço que trabalham em fusões e aquisições de empresas não gostam mesmo do que fazem – diz.

– Não foi isso que falei – digo, juntando um sorriso forçado, terminando meu J&B. – Ah, deixe pra lá.

– Me faça uma pergunta – diz.

– Ok. Onde você... – paro um momento, tolhido, mas depois – verão?

– Maine – diz. – Me pergunte outra coisa.

– Onde você malha?

– Personal trainer – diz. – E você?

– Xclusive – digo. – No Upper West Side.

– É mesmo? – Sorri, depois repara em alguém atrás de mim, mas sua expressão não muda, a voz permanece chapada. – Francesca. Meu Deus. É Francesca. Olhe.

– Daisy! E Patrick, *danadinho*! – Francesca solta um guincho. – Daisy, pelo amor de Deus, o que está fazendo com esse *garanhão* do Bateman? – Toma a mesa de assalto, vai se chegando junto com a garota loura com cara de tédio que não reconheço. Francesca está usando vestido de veludo da Saint Laurent Rive Gauche e a garota que não reconheço está usando vestido de lã da Geoffrey Beene. Ambas estão usando pérolas.

– Oi, Francesca – digo.

– Daisy, querida, Ben e Jerry estão *aqui. Amo* Ben e Jerry – Acho que é o que ela diz, tudo num atropelo sem fôlego, aos gritos por cima do alarido leve, de fato, afogando o alarido leve do conjunto de jazz. – Vocês não *gostam* do Ben e Jerry? – pergunta, com os olhos arregalados, aí pede num tom irritante a uma garçonete que passa – Suco de *laranja*! Quero um suco de *laranja*! Por Deus, minha gente o serviço aqui está uma *coisa.* Onde está Nell? Eu quero falar com ela – murmura, olhando em volta do salão, e então vira-se para Daisy. – Como está meu rosto? Bateman, *Ben* e *Jerry estão aqui.* Não fique aí sentado como um idiota. Meu Deus, estou brincando. Adoro o Patrick, mas convenhamos, Bateman, anime-se, seu garanhão, Ben e Jerry estão aqui. – Pisca de modo lascivo e umedece os lábios com a língua. Francesca escreve para a *Vanity Fair.*

– Mas eu já... – paro e olho para o meu *sorbet*, perturbado. – Já pedi este *sorbet* de grapefruit. – Desanimadamente aponto para o prato, confuso. – Não quero sorvete algum.

– Pelo amor de Deus, Bateman, *Jagger* está aqui. Mick. Jerry. *Você* sabe – Francesca diz, falando para nós à mesa, mas perscrutando constantemente o recinto. A expressão de Daisy não mudou sequer uma vez toda a noite. – Mas que y-u-p-p-i-e – soletra para a garota loura, aí os olhos de Francesca descem até meu *sorbet*. Puxo-o para perto de mim como uma forma de proteção.

– Ah, sim – digo. – "Just another night, just another night with you..." – canto, mais ou menos. – Sei quem ele é.

– Você parece mais magra, Daisy, isso me deixa doente. Seja como for, esta é Alison Poole, que também está magra demais e me deixa doente – diz Francesca, batendo de leve em minhas mãos que cobrem o *sorbet*, puxando o prato de volta para ela. – E esta é Daisy Milton e Patrick...

– Já nos conhecemos – Alison diz, me lançando um olhar penetrante.

– Oi, Alison. Pat Bateman – digo, estendendo a mão.

– Já nos *conhecemos* – diz ela de novo, reforçando o olhar.

– Hã... ah é? – pergunto.

Francesca grita:

– Meu Deus, vejam só o perfil do Bateman. Totalmente *romano*. E essas *pestanas*! – exclama com uma voz estridente.

Daisy dá um sorriso de aprovação. Fico na minha, ignoro-as.

Reconheço Alison, uma garota com quem transei na primavera passada durante o Turfe de Kentucky, onde estava com Evelyn e seus pais. Me lembro que ela gritou muito quando tentei lhe enfiar todo o meu braço, as mãos enluvadas, lambuzado de vaselina, pasta de dente, o que pude encontrar, vagina adentro. Estava bêbada, cheirada de coca, eu a amarrei com arame, cobri de fita isolante na boca, rosto, peitos. Francesca já me chupou o pau antes. Não me lembro o lugar, nem quando, mas já me chupou e bem que gostou. De repente me lembro, dolorosamente, que gostaria de ter visto Alison sangrar até morrer naquela tarde na última primavera, mas algo me impediu. Estava bem doidona... "Ai, meu Deus", ficou gemendo durante aquelas horas, o sangue borbulhando do nariz... não chorou sequer uma vez. Talvez tenha sido esse o problema; talvez tenha sido isso que a salvou. Ganhei um bocado de dinheiro naquele fim de semana apostando num cavalo com o nome de Exibição Indecente.

– Bem... Oi. – Dou um sorriso meio fraco, mas logo ganho confiança. Alison não deve ter contado a ninguém aquela história. Nenhuma alma jamais terá escutado o que se passou naquela bela e horrorosa tarde. Dou um sorriso largo para ela na obscuridade do Nell's. – Pode crer, me lembro de você. Me deu uma tremenda... – faço uma pausa, aí quase rosnando – mão de obra.

Ela não fala nada, fica só me olhando como se eu fosse o avesso da civilização ou algo assim.

– Cruzes, Taylor está dormindo ou apenas morreu? – Francesca pergunta ao mesmo tempo em que devora com sofreguidão as sobras de meu *sorbet*. – Alguém já leu Page Six hoje? Eu estava lá, a Daisy também aparece. Assim como Taffy.

Alison se levanta sem olhar para mim.

– Vou lá embaixo encontrar o Skip e dançar um pouco. – Se afasta.

McDermott retorna e examina Alison rápido com os olhos, quando ela passa por ele apertada ao deixar a mesa, e senta-se a meu lado.

– Tudo em cima? – pergunto.

– Nada – diz ele, limpando o nariz. Leva o meu drinque até o rosto e cheira-o, aí dá um gole e acende um cigarro do maço de Daisy. Olha de novo para mim ao acendê-lo e se apresenta a Francesca antes de voltar a olhar para mim. – Não fique assim tão, sabe, *espantado,* Bateman. Isso acontece.

Dou uma pausa, olhando firme para ele, antes de perguntar:

– Você não está, humm, meio que me contando uma mentira, McDermott?

– Não – diz. – Não pintou nada.

Dou uma outra pausa, baixo a vista até meu colo e dou um suspiro.

– Veja bem, McDermott, já inventei esse tipo de lance antes. Sei o que está fazendo.

– Trepei com ela. – Funga mais uma vez, apontando para uma das garotas sentadas em uma mesa defronte. McDermott está suando em excesso e exala Xeryus.

– Trepou? Puxa. Agora me ouça – digo, mas aí reparo algo pelo canto dos olhos. – *Francesca*...

– O quê? – Ela levanta o rosto, um filete de *sorbet* escorrendo-lhe pelo queixo.

– Você está comendo o meu *sorbet*? – Aponto para o prato.

Ela engole, me lançando um olhar feroz.

– Vá com calma, Bateman. O que quer de mim, oh, meu belo garanhão? Um teste de AIDS? Ora, falando nisso, aquele cara ali, o Krafft? É isso aí. Não fará falta.

O cara que Francesca apontou está sentado numa mesa próxima ao palco onde o conjunto de jazz está tocando. Tem o cabelo alisado para trás e um rosto de criança, está usando terno com calças pregueadas, camisa de seda de *poá* cinza-claro da Comme des Garçons Homme e bebe um martíni, mas não é difícil imaginá-lo na cama de alguém hoje à noite, mentindo, provavelmente para a garota que o acompanha: loura, peitos grandes, usando vestido de tachas de metal de Giorgio di Sant'Angelo.

– A gente conta pra ela? – alguém pergunta.

– Ah, não – Daisy diz. – Não. Ela parece uma piranha de verdade.

– Agora ouça, McDermott – Me inclino até ele. – Você *tem* drogas. Posso ver isso em seus olhos. Para não falar da porra dessa fungação toda.

– Picas. *Négatif*. Nada feito por hoje, querido. – Abana a cabeça.

Aplausos para o conjunto de jazz – todos à mesa batem palmas, até Taylor, que Francesca sem querer acordou, e dou as costas para McDermott, muito puto da vida, e me junto aos outros nas palmas. Caron e Libby retornam à mesa e Libby diz "Caron tem de ir para Atlanta amanhã. Fotos para a *Vogue*. Temos de ir embora". Alguém pede a conta e McDermott paga tudo com seu American Express dourado, o que prova decididamente estar ele bem cheirado de pó porque é um notório pão-duro.

No lado de fora está quente e cai um leve chuvisco, quase como um névoa, com raios, mas sem trovoadas. Vou no encalço de McDermott, na esperança de enfrentá-lo, mas quase esbarro em alguém sentado numa cadeira de rodas e que, me recordo, estava ali rondando as cordas logo que chegamos, mas o cara está lá ainda, as rodas girando para frente depois para trás, aí de novo voltando à calçada, completamente ignorado pelo porteiro.

– McDermott – chamo. – O que está fazendo? Me passe a *droga*.

Ele se vira, me encarando, aí num estalo começa uma estranha dança, fazendo piruetas, mas também de estalo ele para, caminha até uma negra com uma criança, sentada na porta de uma delicatéssen ao lado do Nell's, e como era de se esperar a mulher está mendigando comida, o mesmo cartaz de papelão de sempre à sua frente. Fica difícil de dizer se o garoto, uns seis ou sete anos, é preto ou não, até mesmo se é filho dela, já que as luzes da fachada do Nell's são brilhantes demais, realmente nada favoráveis, tendendo a tornar a pele de todo mundo igualmente amarelada, com uma cor desbotada.

– O que estão fazendo? – diz Libby, olhando espantada, paralisada. – Será que não sabem que precisam ficar mais perto das cordas?

– Libby, vamos – Caron diz, puxando-a na direção de dois táxis parados no meio-fio.

– McDermott? – pergunto. – Que *diabo* está fazendo? – McDermott tem agora os olhos vidrados e está abanando uma nota de um dólar em frente ao rosto da mulher e ela começa a soluçar, pateticamente tentando agarrá-la, mas é claro que ele, como sempre, não lhe dá a nota. Em vez disso, queima-a com fósforos do Canal Bar e reacende o charuto fumado até a metade que traz preso entre os dentes corretos e brancos – jaquetas provavelmente, o bobalhão.

– Humm, quanto... cavalheirismo de sua parte, McDermott – digo.

Daisy está encostada numa Mercedes branca estacionada junto ao meio-fio. Uma outra Mercedes, esta uma limusine preta, está parada em fila dupla ao lado da branca. Mais relâmpagos. Uma ambulância toca sua sirene pela Rua Catorze abaixo. McDermott caminha até Daisy e beija-lhe as mãos antes de pular para dentro do segundo táxi.

Fico ali em pé em frente à negra que chora, Daisy olhando espantada.

– Por Deus – sussurro, e aí: – Olhe aqui... – entrego à negra uma caixa de fósforos de Lutèce antes de me dar conta do erro, então encontro fósforos da Taverne on the Green, jogo-os para o garoto e arranco a outra caixa dos dedos cascorentos, sujos da mulher.

– Por Deus – sussurro de novo, caminhando até Daisy.

– *Não há mais táxis* – diz ela, com as mãos na cintura.

Um outro lampejo de raios faz ela abruptamente girar a cabeça, reclamando:

– Onde estão os fotógrafos? Quem está tirando essas fotos?

– Táxi! – assobio, tentando acenar para um táxi que passa.

Um outro raio corta o céu sobre o prédio Zeckendorf Towers e Daisy dá um grito agudo "Onde está o fotógrafo? *Patrick*. Diga-lhes para *pararem*". Está confusa, a cabeça se mexendo para a esquerda, direita, trás, esquerda, direita. Abaixa os óculos escuros.

– Ai meu Deus – murmuro, a voz aumentando até chegar num grito. – Está relampejando. Não é um fotógrafo. É um *relâmpago*!

– Ah, sim, suponho que devo acreditar em *você*. Você disse que Gorbachov estava lá embaixo – diz ela de modo acusador. – Não acredito em você. Acho que a imprensa está por aqui.

– Epa, olhe um táxi. *Ei,* táxi. – Assobio para um táxi que se aproxima saindo da Oitava Avenida, mas alguém me bate no ombro e quando viro, Bethany, uma garota com quem saí quando estava em Harvard e que depois deixei de lado, está na minha frente usando suéter com bordado de renda e calças crepe-viscose da Christian Lacroix, um guarda-chuva na mão. O táxi que eu estava querendo pegar passa zunindo.

– Bethany – digo, atordoado.

– Patrick – sorri.

– Bethany – digo mais uma vez.

– Como vai, Patrick? – pergunta.

– Humm, bem, humm, estou ótimo – gaguejo, após um incômodo silêncio. – E você?

– Ah, muito bem, obrigada – diz.

– Sabe... bem, estava lá dentro? – pergunto.

– É, estava – acena que sim com a cabeça, depois: – Que bom ver você.

– Está morando... aqui? – pergunto, engulo em seco. – Em Manhattan?

– É. – Sorri. – Trabalho no Milbank Tweed.

– Ah, bom... legal. – Olho de volta para Daisy e de repente fico aborrecido, relembrando o almoço em Cambridge, no Quarters, onde Bethany, com o braço na tipoia, um ferimento leve acima da bochecha, acabou o namoro, mas aí, também de repente, fico pensando: "Meu cabelo, por Deus, meu *cabelo*, posso sentir a garoa arruinando ele". – Bom, tenho de ir.

– Você está na P & P, não é? – pergunta, depois: – Você parece ótimo.

Avisto um outro táxi que se aproxima, recuo.

– Pode crer, bom, sabe como é.

– A gente almoça junto – exclama.

– O que poderíamos fazer de mais divertido? – digo, inseguro. O táxi já avistou Daisy e parou.

– Ligo para você – diz.

– Como quiser – respondo.

Um cara preto qualquer abriu a porta do táxi para Daisy, que se senta elegantemente no banco, mas o cara preto a mantém aberta para mim também enquanto vou entrando, acenando, balançando a cabeça para Bethany.

– A gorjeta, senhor – o tal preto pede –, do senhor e da bela senhora?

– É isso aí – resmungo aporrinhado, querendo ajeitar o cabelo no retrovisor do táxi. – Olhe aqui a gorjeta; arranje um emprego de *verdade,* seu crioulo burro de uma figa. – Bato então eu mesmo a porta e falo para o motorista nos levar para o Upper West Side.

– Não achou interessante naquele filme de hoje o fato de eles serem espiões, mas não serem espiões? – Daisy pergunta.

– Você a deixa no Harlem – digo ao motorista.

Em meu banheiro, sem camisa frente ao espelho Orobwener, fico ponderando se tomo banho e lavo os cabelos, já que eles ficaram uma merda por causa da chuva. Para experimentar, aplico um pouco de mousse e depois passo um pente por cima do mousse. Daisy está sentada na poltrona Louis Montoni de bronze e cromo junto ao futon, pondo na boca com a colher sorvete Häagen-Dazs em lascas. Está vestindo apenas sutiã de rendas e uma cinta-liga do Bloomingdale's.

– Sabe – exclama ela – o Fiddler, meu ex-namorado, na festa hoje à noite, não conseguiu entender o que eu estava fazendo com um yuppie.

Não estou realmente escutando, mas enquanto fico olhando meu cabelo consigo dar um "Ah é mesmo?".

– Ele disse... – dá uma risada. – Disse que você lhe passava más vibrações.

Dou um suspiro, faço um esforço.

– Isso é... mesmo ruim.

Ela dá de ombros e reconhece com displicência.

– Ele cheirava muito pó. Costumava me bater.

Passo de repente a prestar atenção, até que ela diz:

– Mas nunca me bateu no rosto.

Vou até o quarto e começo a me despir.

– Acha que sou burra, não é? – pergunta, me encarando, suas pernas bronzeadas e torneadas pela aeróbica jogadas sobre um dos braços da poltrona.

– O quê? – Descalço os sapatos, me abaixo para apanhá-los.

– Acha que sou burra – diz. – Acha que toda modelo é burra.

– Não – digo, tentando conter o riso. – Não acho mesmo.

– Acha sim – insiste. – Posso garantir.

– Acho que você é... – Fico parado, minha voz sumindo.

– Sim? – Está dando um sorriso bem largo, aguardando.

– Acho você muito brilhante, incrivelmente... brilhante – digo com voz monocórdia.

– Muito simpático – ri com serenidade, lambendo a colher. – Você tem, humm, um jeitinho meigo.

– Obrigado – tiro as calças, dobro-as meticulosamente, pendurando-as junto com a camisa e a gravata num cabide de aço preto Philippe Stark. – Sabe, outro dia surpreendi minha empregada roubando uma torrada de farelo da cesta de lixo na cozinha.

Daisy assimila essa, aí pergunta:

– Por quê?

Dou uma pausa, fico olhando sua barriga sequinha, bem desenhada. O tronco completamente bronzeado, a musculatura correta. O meu também.

– Ela disse que estava faminta.

Daisy dá um suspiro e fica lambendo a colher pensativamente.

– Acha que meu cabelo está bom? – Estou ainda em pé, só de sunga da Calvin Klein, o pau duro fazendo volume, com um par de meias de cinquenta dólares da Armani.

– Pode crer – Dá de ombros. – Claro.

Me sento à beira do futon e tiro as meias fora.

– Espanquei hoje uma garota na rua que estava pedindo dinheiro às pessoas – dou uma pausa, depois pondero cada uma das palavras seguintes. – Era jovem, parecia assustada e trazia um cartaz explicando que estava perdida em Nova York e que tinha uma criança, embora eu não a tenha visto. E que precisava de dinheiro para comer ou algo assim. Para uma passagem de ônibus até Iowa. Iowa. Acho que era Iowa... – paro por um momento, fazendo uma bola com as meias, depois desfazendo-a.

Daisy fica me encarando com uma expressão estúpida durante um minuto, antes de perguntar:

– E aí?

Dou uma pausa, distraído, me levanto. Antes de entrar no banheiro, murmuro:

– E aí? Espanquei-a até tirar-lhe o último fiapo de vida. – Abro o armário de remédios à cata de uma camisinha e, ao entrar de novo no quarto, digo: – Escreveu errado a palavra *aleijada.* Quer dizer, não foi por isso que fiz o que fiz, mas... sabe... – Dou de ombros. – Era feia demais para estuprar.

Daisy se levanta, colocando a colher junto à caixa de Häagen-Dazs sobre a mesinha de cabeceira com design Gilbert Rhode.

Reparo.

– Não. Ponha dentro da caixa.

– Ah, desculpe – diz.

Fica admirando o vaso Palazzetti enquanto ponho a camisinha. Subo em cima dela e fazemos sexo, mas ali embaixo de mim ela é apenas um vulto, mesmo com todas as lâmpadas halógenas acesas. Mais tarde, ficamos deitados lado a lado na cama. Toco-lhe o ombro.

– Acho que deve ir pra casa – digo.

Abre os olhos, coça o pescoço.

– Acho que eu poderia... machucar você – digo. – Não creio que possa me controlar.

Olha para mim e dá de ombros.

– Ok. Tudo bem – começa então a vestir-se. – De qualquer maneira não quero me envolver muito – diz.

– Acho que algo de ruim vai acontecer – digo.

Veste a calcinha, ajeita o cabelo no espelho Nabolwev e faz um gesto afirmativo com a cabeça.

– Entendo.

Depois de ela ter se vestido e minutos terem passado de puro, implacável silêncio, digo, não sem um restinho de esperança:

– Não quer se machucar, não é?

Abotoa a parte de cima do vestido e dá um suspiro, sem me olhar.

– É por isso que estou indo embora.

– Acho que estou deixando escapar esta vez – digo.

Paul Owen

Filtrei todas as chamadas para meu apartamento a manhã inteira, sem atender a nenhuma, olhando fixamente o telefone sem fio enquanto bebia uma xícara de chá descafeinado de ervas atrás da outra. Em seguida fui para a academia, onde malhei durante duas horas; depois almocei no Bar Natural e mal consegui comer metade da salada com molho de endívia e cenoura que pedi. Parei na Barney's ao retornar do prédio abandonado onde aluguei uma unidade, em algum lugar perto da Hell's Kitchen. Fiz uma sessão de tratamento facial. Joguei squash com Brewster Whipple no Vale Club e de lá mesmo fiz reserva para as oito horas sob o nome de Marcus Halberstam no Texarkana, onde vou me encontrar com Paul Owen para jantar. Escolhi o Texarkana porque estou sabendo que um bocado de gente com quem tenho ligações não estará comendo lá hoje à noite. Além do que estou a fim da carne de porco com chili deles, mais uma ou duas cervejas Dixie. É junho e estou vestindo terno de dois botões de linho, camisa de algodão, gravata de seda e sapatos de couro com biqueira com furinhos, tudo da Armani. No lado de fora do Texarkana um vagabundo preto todo animado faz um gesto para mim, me explicando que é o irmão mais jovem de Bob Hope, o No Hope. Estende uma caneca de café Styrofoam. Acho engraçado, por isso lhe dou uma moeda de um quarto de dólar. Estou vinte minutos atrasado. De uma janela aberta na Rua Dez posso ouvir os últimos acordes de "A Day in the Life", dos Beatles.

    O bar do Texarkana está vazio e no salão de refeições apenas quatro ou cinco mesas estão ocupadas. Owen está numa mesa na parte de trás, se queixando amargamente ao garçom, crivando-o de perguntas, querendo saber a razão exata pela qual hoje à noite não estão servindo sopa de lagostim. O garçom, um veado que até não é feio, fica sem jeito e desamparadamente balbucia uma desculpa. Owen não está em clima de amabilidades, mas eu tampouco. Quando me sento, o garçom mais uma vez pede desculpas e anota meu pedido de bebida. "J&B, *puro*", enfatizo. "E *mais* uma cerveja Dixie." Sorri ao tirar a comanda – o filho da puta fica até batendo as pestanas – mas, quando estou quase o avisando para não vir com gracinhas para cima de mim, Owen faz o seu pedido dando um rosnado "Martíni duplo de Absolut" e a bicha sai fora.

– Isto aqui é uma verdadeira colmeia de tanta, hã, atividade, Halberstam – Owen diz, fazendo um gesto que cobre o recinto semivazio. – O lugar é quente, *muito* quente.

– Mas ouça, a sopa de entulho e a rúcula de carvão daqui são uma *loucura* de tão boas – conto para ele.

– Ah, é, bem – resmunga de mau humor, olhando fixamente seu copo de martíni. – Está atrasado.

– Epa, sou filho de pais divorciados. Me dê um tempo – digo, dando de ombros, pensando: "Halberstam, você é um bundão". Mas depois de examinar o menu: – Hummm, vejo que omitiram o lombinho de porco com geleia de lima.

Owen está usando terno jaquetão de linho e seda, camisa de algodão e gravata de seda, tudo da Joseph Abboud, e traz um bronzeado impecável. Mas está meio desligado nesta noite, com um ar surpreendente de pouca conversa, e esse abatimento arrefece minha disposição jovial, esperançosa, me deixando bastante desanimado; por isso tive de repente de fazer uso de comentários do tipo "Não é a Ivana Trump que está ali?", e ele rindo: "Deus do céu, Patrick, isto é, *Marcus*, o que está *pensando*? Por que motivo estaria Ivana no Texarkana?". Mas isso não torna o jantar nem um pouco menos monótono. Não ajuda a minorar o fato de que Paul Owen tem exatamente a mesma idade que eu, 27 anos, nem torna tudo isso menos embaraçoso para mim.

O que a princípio tomei erradamente como uma postura pretensiosa por parte de Owen, nada mais é que embriaguez. Quando faço pressão para obter informações sobre a conta Fisher, ele me vem com inúteis dados estatísticos que já conheço: que era Rothschild quem originalmente cuidava da conta, como Owen veio a ficar com ela. E, embora tenha feito Jean colher essas informações para meus arquivos *meses atrás*, fico balançando a cabeça de modo afirmativo, fingindo que essas informações tão primárias são reveladoras e dizendo coisas do tipo "Isso é muito esclarecedor" ao mesmo tempo em que lhe digo "Sou completamente louco" e "Gosto de dissecar garotas". Cada vez que tento conduzir a conversa de volta para a misteriosa conta Fisher, ele irritantemente muda o assunto de novo ora para *salons* de bronzeamento, ora marcas de charuto, academias de ginástica ou os melhores lugares para praticar jogging em Manhattan e fica soltando gargalhadas, o que acho absolutamente desconcertante. Fico bebendo cerveja fabricada no sul durante a primeira parte da refeição – antes do prato principal, pós-entrada –, mas do meio do caminho em diante troco para Pepsi diet, já que preciso ficar ligeiramente sóbrio. Estou quase contando para Owen que Cecilia, a namorada de Marcus Halberstam, tem duas vaginas e que estamos planejando casar na próxima primavera em East Hampton, mas ele interrompe.

– Estou me sentindo, hã, meio alto – reconhece, embriagadamente tentando espremer uma lima sobre a mesa, errando por completo a caneca de cerveja.

– Hã-hã – mergulho um pauzinho de jicama com moderação no molho de mostarda de ruibarbo, fingindo ignorá-lo.

Está tão embriagado na hora que termina o jantar que eu (1) faço-o pagar a conta, que chega a duzentos e cinquenta dólares, (2) faço-o reconhecer que é mesmo um babaca filho da puta, e (3) levo-o para meu apartamento, onde se serve de *mais um* drinque – na verdade abre uma garrafa de Acacia que julguei ter escondido, com um saca-rolha Mulazoni de prata de lei que Peter Radloff comprou para mim quando fechamos o negócio Heatherberg. No banheiro pego o machado que deixei escondido no box do chuveiro, ponho para dentro dois Valium de cinco miligramas, fazendo-os descer com um copo inteiro de Plax, aí vou até o vestíbulo, visto uma capa de chuva barata que peguei na Brooks Brothers na quarta-feira e avanço na direção de Owen, que está inclinado perto do sistema de som na sala de estar examinando minha coleção de CDs – todas as luzes do apartamento estão acesas, as venezianas fechadas. Ele se endireita e anda devagar para trás, dando goles no copo de vinho, assimilando visualmente o apartamento, até que se senta numa cadeira dobrável branca de alumínio que comprei semanas atrás numa liquidação no Conran's no feriado do Dia dos Soldados Mortos e enfim repara nos jornais – exemplares de *USA Today*, *W* e *The New York Times* – espalhados debaixo dele, cobrindo o assoalho, para protegerem o carvalho com estrias brancas, encerado, do sangue. Avanço em sua direção com o machado numa das mãos, abotoando a capa com a outra.

– Ei, Halberstam – pergunta, conseguindo comer sílabas das duas palavras.

– Sim, Owen – digo, chegando perto.

– Por que, hummm, esses exemplares de caderno de moda estão espalhados por toda parte? – pergunta de um jeito cansado. – Você tem cachorro? Um chow ou algo assim?

– Não. Owen – me movimento devagar em volta da cadeira até ficar frente a ele, em pé, diretamente em seu ângulo de visão, mas está tão bêbado que não consegue sequer convergir o olhar para o machado, sequer repara quando o levanto acima de minha cabeça. Ou quando mudo de ideia e o abaixo até a linha da cintura, segurando-o quase como um taco de beisebol o qual estou prestes a brandir contra uma bola que vai chegar, que por acaso é a cabeça de Owen.

Owen dá uma pausa, depois diz:

– Seja como for, eu odiava Iggy Pop, mas agora que ele está tão comercial passei a gostar muito mais dele do que...

O machado o atinge no meio da frase, direto no rosto, a lâmina grossa talhando lateralmente, boca adentro, calando-o de vez. Seus olhos reviram para cima até mim, aí involuntariamente giram nas órbitas, depois voltam-se de novo para mim, e de repente suas mãos ficam tentando agarrar o cabo, mas o choque do golpe lhe minou as forças. Não há sangue de início, tampouco som, à exceção dos jornais a farfalharem, a se rasgarem, sob os pés que se debatem. O sangue aos poucos começa a jorrar pelos lados da boca logo após o primeiro golpe, mas quando puxo de volta o machado – quase arrancando Owen para fora da cadeira pela cabeça – e o golpeio de novo no rosto, rachando-o em dois, seus braços se batendo inutilmente, o sangue borrifa para fora como dois gêiseres de cor castanha, manchando minha capa de chuva. Isso é acompanhado por um horrível barulho sibilante que na verdade vem dos ferimentos no crânio de Paul, locais onde o osso e a carne não mais estão ligados, mas logo se segue um ruído de peido causado por um pedaço do cérebro, que devido à pressão é forçado a sair, cor-de-rosa e lustroso, pelos ferimentos do rosto. Ele tomba no soalho em agonia, o rosto bem cinzento e ensanguentado, à exceção de um dos olhos, que continua piscando descontroladamente; a boca está uma mixórdia retorcida vermelha e cor-de-rosa de dentes, carne e mandíbulas, a língua dependurada saindo de um talho aberto ao lado da bochecha, presa apenas pelo que parece ser um fio grosso arroxeado. Grito para ele só uma vez: "Filho da puta, escroto, babaca. Filho da puta, escroto". Fico esperando, olhando a rachadura acima do Onica que a administração ainda não consertou. Paul leva cinco minutos para finalmente morrer. Uns outros trinta para parar de sangrar.

Pego um táxi até o apartamento de Owen no Upper East Side, e no trajeto para o outro lado do Central Park a altas horas desta noite abafada de junho no banco traseiro do táxi me ocorre que estou ainda vestido com a capa de chuva ensanguentada. Em seu apartamento, onde consigo penetrar com as chaves que tirei do bolso do cadáver, encharco a capa com fluido de isqueiro e queimo-a na lareira. A sala de estar é muito vazia, minimalista. As paredes são de concreto pigmentado branco, à exceção de uma, que está coberta com um desenho científico em grande escala, bem ao gosto atual, e da parede que dá para a Quinta Avenida, atravessada por uma comprida faixa de forro em couro de boi artificial. Sob esta fica o sofá de couro preto.

Ligo a Panasonic tela larga de 31 polegadas no *Late Night with David Letterman*, aí vou até a secretária eletrônica para mudar a mensagem gravada de Owen. Enquanto apago a atual (Owen fornecendo todos os números de telefone onde pode ser encontrado – inclusive o do Seaport, *pelo amor de Deus* – ao som das *Quatro estações*, de Vivaldi, elegantemente ao fundo) me pergunto em voz alta para onde devo mandar Paul, e após alguns minutos de intensa deliberação me decido: Londres. "Vou mandar o filho da puta para a Inglaterra", dou uma risadinha irônica ao mesmo tempo em que baixo o volume da tevê, aí gravo a nova mensagem. Minha voz é parecida com a de Owen, mas para quem está ouvindo pelo telefone, provavelmente fica idêntica. O programa de Letterman desta noite é sobre Façanhas Estúpidas de Animais. Um pastor-alemão com um boné de beisebol descasca e come uma laranja. Isso é passado duas vezes, em câmara lenta.

Dentro de uma valise de couro feita à mão e forrada por fora de lona cáqui, com cantoneiras extrarreforçadas, presilhas e fechos dourados, da Ralph Lauren, acondiciono um terno jaquetão de lã com seis botões e lapela de ponta, riscadinho de giz, um outro de flanela de lã azul-marinho, ambos da Brooks Brothers, juntamente com um barbeador elétrico Mitsubishi, uma calçadeira folheada em prata da Barney's, um relógio esportivo Tag Heuer, um grampo de notas Prada em couro preto, uma copiadora portátil Sharp, um Dialmaster Sharp, o passaporte dentro de sua capa protetora em couro preto e um secador portátil de cabelos Panasonic. Roubo também um toca-discos CD Toshiba portátil com um dos discos da gravação *Les Misérables* com o elenco original. O banheiro é todo decorado em branco, à exceção do papel sarapintado de bolinhas pretas dálmatas que cobre uma das paredes. Jogo numa sacola plástica qualquer artigo de toucador que eu possa ter deixado para trás.

De volta a meu apartamento, noto que o corpo está já em *rigor mortis*, e depois de envolvê-lo com quatro toalhas felpudas baratas que também comprei na liquidação da Conran's no Dia do Soldado Morto, coloco Owen completamente vestido, fazendo entrar primeiro a cabeça, num saco de dormir Canalino, que fecho com o zíper e arrasto com facilidade até o elevador, passando depois pela entrada do prédio, junto ao porteiro da noite, descendo o quarteirão, onde rapidamente encontro Arthur Crystal e Kitty Martin que acabaram de jantar no Café Luxembourg. Por sorte, Kitty Martin supostamente vem saindo com Craig McDermott, que nesta noite está em viagem em Houston, por isso não se demoram muito, embora Crystal – o grande filho da puta – até me pergunta quais as regras gerais sobre o uso do smoking de paletó branco. Depois de lhe dar uma resposta sucinta, faço sinal para um táxi, consigo sem muito esforço jogar o saco de dormir no banco traseiro, pulo para dentro e digo ao motorista para me levar a Hell's Kitchen. Lá chegando subo com o corpo pelos quatro lances de escada até chegarmos à unidade que tenho no prédio abandonado, então ponho o corpo de Owen na banheira de louça tamanho grande, dispo o seu terno Abboud e, depois de deixar o corpo mergulhado na água, despejo dois sacos de cal viva sobre ele.

Mais tarde, por volta das duas horas, estou na cama. Não consigo dormir. Evelyn me liga, mas fica na linha de espera do aparelho enquanto escuto as mensagens na secretária 976-TWAT e vejo no videocassete a fita do *Patty Winter's Show* de hoje de manhã, que foi sobre "Pessoas deformadas".

– Patrick? – Evelyn pergunta.

Faço uma pausa, aí com uma voz surda, monótona, calmamente declaro:

– Você ligou para o número de Patrick Bateman. Ele não está podendo, no momento, atender o telefone. Deixe, portanto, sua mensagem depois do sinal, por favor... – Faço uma pausa, depois acrescento: – Bom dia – faço outra pausa, rezando para que ela tenha acreditado, antes de emitir um "piimm" lastimável.

– Ah, pare com isso, Patrick – diz irritada. – Sei que é você. Pelo amor de Deus, o que acha que está fazendo?

Seguro o telefone à minha frente depois o deixo cair no chão e bato ruidosamente com ele na mesinha de cabeceira. Fico apertando os botões de alguns números, na esperança de que ao levar de novo o aparelho ao ouvido serei saudado pelo zumbido da linha caída.

– Alô? Alô? – digo. – Tem alguém na linha? Sim?

– Mas, pelo amor de Deus, pare com isso. Pare já com isso – Evelyn diz, chorosa.

– Oi, Evelyn – digo animadamente, com o rosto contorcido numa careta.

– Onde esteve hoje à noite? – pergunta. – Pensei que era para jantarmos juntos. Achei que tínhamos reserva no Raw Space.

– Não, Evelyn – dou um suspiro, de repente muito cansado. – Não tínhamos. Por que pensou isso?

– Achei que tinha anotado – geme. – Achei que minha secretária tinha anotado para mim.

– Bem, uma de vocês estava errada – digo, sentado na cama rebobinando a fita por controle remoto. – Raw Space? Meu Deus. Você... ficou... maluca.

– Amor – diz amuada. – Onde esteve esta noite? Espero que não tenha ido ao Raw Space sem mim.

– Ai meu Deus – me lamento. – Tive de alugar umas fitas de vídeo. Quero dizer, tive de devolver algumas fitas.

– O que mais você fez? – pergunta, ainda gemendo.

– Bem, encontrei na rua Arthur Crystal e Kitty Martin – digo. – Tinham acabado de jantar no Café Luxembourg.

– É mesmo? – Friamente, seu interesse se aguça. – Kitty estava vestida como?

– Com um vestido de baile sem alça, corpete de veludo e saia de renda com motivos florais da Laura Marolakos, acho.

– E Arthur?

– A mesma coisa.

– Ah, sr. Bateman – dá um risinho espremido. – Adoro o seu senso de humor.

– Ouça, está tarde. Estou cansado. – Finjo dar um bocejo.

– Acordei você? – pergunta chateada. – Espero não ter acordado você.

– É – digo. – Acordou. Mas atendi a chamada, por isso a culpa é minha, não sua.

– Jantar, amor? Amanhã? – pergunta, aguardando recatada uma resposta afirmativa.

– Não posso. Muito trabalho.

– Você é praticamente dono da droga daquela empresa – se queixa. – *Que* trabalho? Que *trabalho* você tem? Não entendo.

– Evelyn – dou um suspiro. – *Por favor.*

– Mas, Patrick, vamos viajar neste verão – diz de forma suplicante. – Vamos para Edgartown ou para os Hamptons.

– Vou sim – digo. – Talvez eu vá sim.

Paul Smith

Estou em pé na Paul Smith conversando com Nancy e Charles Hamilton mais a filhinha deles de dois anos, Glenn. Charles está usando terno jaquetão de linho com quatro botões da Redaelli, camisa de algodão trançado da Ascot Chang, gravata de seda estampada da Eugenio Venanzi e mocassins da Brooks Brothers. Nancy está vestindo blusa de seda com lantejoulas de madrepérola, saia de chiffon de seda da Valentino e brincos de prata da Reena Pachochi. Estou usando terno jaquetão de lã riscadinha de giz, gravata estampada de seda, ambos da Louis, Boston, e camisa de tecido oxford de algodão da Luciano Barbera. Glenn está vestindo macacão de seda Armani e um boné de beisebol. Enquanto a vendedora arruma as compras de Charles, fico brincando com a criancinha segura no colo de Nancy, oferecendo a Glenn meu cartão de crédito American Express platinado, que ela agarra animadamente, aí fico sacudindo a cabeça, falando numa vozinha fina de criança, pegando-lhe o queixo, abanando o cartão diante do rosto dela, amorosamente. "É, sim, sou assassino psicopata completo, ah, é, sou sim, gosto de matar as pessoas, ih, é gostoso sim, doçura, coisinha linda, é, sim, gosto..." Hoje depois do escritório, joguei squash com Ricky Hendricks, depois fui tomar uns drinques com Stephen Jenkins no Fluties e pretendo encontrar-me com Bonnie Abbott para jantar no Pooncakes, o novo restaurante de Bishop Sullivan em Gramercy Park, às oito horas. O *Patty Winters Show* de hoje de manhã foi sobre "Sobreviventes de campos de concentração". Puxo uma tevê de bolso Sony Watchman (a FD-270) que tem minitela preto e branco de 2,7 polegadas, pesa apenas trezentos e sessenta gramas, e mostro-a para Glenn. Nancy pergunta "Que tal as ovas de sável do Rafaeli's?". Neste instante, no lado de fora da loja, ainda não escureceu, mas não vai demorar.

– É incrível – murmuro, olhando feliz para Glenn. Charles assina o comprovante e enquanto recoloca seu cartão American Express dourado na carteira, vira-se para mim e por cima de meu ombro, reconhece alguém.

– Ei, Luis – Charles diz, sorrindo.

Viro.

– Oi, Charles, oi, Nancy – Luis Carruthers dá um beijo em Nancy, no rosto, depois sacode as mãozinhas da criança. – Ih, olha só a Glenn. Puxa, está tão grande.

– Luis, você conhece Robert Chanc... – Charles começa.

– Pat Bateman – digo, recolocando a tevê portátil no bolso. – Deixe pra lá. Já nos conhecemos.

– Ah, me desculpe. É isso mesmo. Pat Bateman – diz Charles. Luis, terno crepe, camisa de algodão trançado e gravata de seda, tudo da Ralph Lauren. Como eu, como Charles, penteia o cabelo todo liso para trás e usa óculos de armação de sequoia vermelha da Oliver Peoples. Os meus, ao menos, são de lente sem grau.

– Bem, bem – digo, apertando-lhe a mão. O aperto de Luis é demasiado firme, embora ao mesmo tempo horrivelmente sensual. – Com licença, tenho de comprar uma gravata. – Aceno um até logo para a nenê Glenn mais uma vez e saio para examinar a seção de peças para pescoço, que fica na sala contígua, limpando a mão numa toalha de banho de duzentos dólares pendurada numa armação de mármore.

Sem demora Luis vem perambulando e se reclina sobre os cabides de gravata, fingindo examinar as gravatas também.

– O que está fazendo aqui? – cochicha.

– Comprando uma gravata para meu irmão. O aniversário dele está perto. Com licença. – Ando até um outro ponto da prateleira, longe dele.

– Ele deve se sentir sortudo por ter um irmão como você – diz, deslizando para o meu lado, com um sorriso bem largo e sincero.

– Talvez, mas acho-o completamente repugnante – digo. – Talvez *você* goste dele.

– Patrick, por que não me olha? – Luis pergunta, parecendo angustiado. – *Olhe* pra mim.

– Por favor, *por favor*, me deixe em paz, Luis – digo, de olhos fechados, os dois punhos cerrados de raiva.

– Vamos lá, a gente toma um drinque no Sofi's e conversa sobre isso – sugere, começando a suplicar.

– Conversar sobre o *quê*? – pergunto sem poder acreditar, abrindo os olhos.

– Bem... sobre *nós* – encolhe os ombros.

– Você me *seguiu* até aqui? – pergunto.

– Aqui *onde*?

– Aqui. Na Paul Smith. Por quê?

– *Eu*? Seguir *você*. Ah, essa não – tenta dar uma gargalhada, zombando de minha observação. – Meu Deus.

– Luis – digo, fazendo força para encará-lo nos olhos. – Por favor, me deixe. Vá embora.

– Patrick – diz. – Amo muito você. Espero que se dê conta disso.

Solto um gemido, vou até onde estão os sapatos, sorrindo lividamente para algum vendedor.

Luis vem atrás.

– Patrick, o que está fazendo aqui?

– Bem, estou precisando comprar uma gravata para meu irmão e... – pego um mocassim, depois dou um suspiro... – e você fica querendo me chupar o pau, imagine. Meu Deus, vou embora daqui.

Ando de volta até os cabides de gravata, pego uma sem escolher e levo-a para o balcão do caixa. Luis vem atrás. Ignorando-o, entrego à vendedora meu cartão American Express platinado dizendo-lhe "Tem um vagabundo do lado de fora da porta". Aponto para a janela, para o homem desabrigado que está choramingando em pé com uma sacola de jornais num banco junto à entrada da loja. "Você podia chamar a polícia ou algo assim." Ela agradece com um aceno de cabeça e passa meu cartão no computador. Luis fica apenas ali, timidamente olhando fixo para o chão. Assino o comprovante, pego o embrulho e informo à vendedora, apontando para Luis: "Não está comigo".

No lado de fora tento acenar para um táxi na Quinta Avenida. Luis sai apressadamente da loja atrás de mim.

– Patrick, *temos* de conversar – exclama acima do barulho do tráfego. Corre até mim, agarrando a manga de meu paletó. Dou um rodopio, com o canivete automático já armado e dou uma estocada ameaçadora, advertindo Luis para se manter distante. As pessoas se desviam de nós, continuam andando.

– Ei, epa, Patrick – diz ele, com as mãos levantadas, recuando. – Patrick...

Lanço-lhe um chiado de cobra, ainda empunhando a faca até que o táxi que chamei com um gesto dá uma derrapada ao frear e para. Luis tenta se aproximar, suas mãos ainda levantadas, mas mantenho a faca apontada para ele, golpeando o ar com ela, enquanto abro a porta do táxi e entro de costas, ainda soltando o chiado, aí fecho a porta e digo ao motorista para tomar a direção de Gramercy Park, para o Pooncakes.

Aniversário, irmãos

Passo o dia todo pensando em que tipo de mesa meu irmão Sean e eu nos sentaremos hoje à noite no Quilted Giraffe. Como é seu aniversário e por acaso ele está na cidade, o contador de meu pai, Charles Conroy, e o curador de seu espólio, Nicholas Leigh, me telefonaram ambos e sugeriram que seria do interesse de todos usar essa data como desculpa para descobrir o que Sean anda fazendo de sua vida e talvez fazer uma ou duas perguntas pertinentes. E, apesar de esses dois homens saberem que menosprezo Sean, e que tal sentimento é recíproco sem qualquer traço de ambiguidade, seria uma boa ideia fazê-lo comparecer ao jantar, e como chamariz, como isca no caso dele recusar, poderia se comentar, sem rodeios, que algo de ruim aconteceu. Tive uma reunião por telefone com Conroy e Leigh na quarta-feira passada à tarde.

– Algo de ruim? Mas o quê? – perguntei, tentando me concentrar nos números que deslizam pelo monitor enquanto ao mesmo tempo mando Jean embora com um gesto, embora ela esteja segurando um maço de papéis que eu deveria assinar. – Que todas as fábricas de cerveja do nordeste estão fechando? Que o serviço de garotas a domicílio parou de atender em casa?

– Não – Charles disse. Depois declarou com calma: – Diga-lhe que sua mãe está... pior.

Matutei sobre essa tática, aí disse:
– Ele pode não se importar.
– Diga-lhe... – Nicholas fez uma pausa, depois limpou a garganta com um pigarro e com bastante delicadeza propôs – que isso se aplica ao patrimônio dela.

Levantei os olhos do monitor, abaixando meus óculos escuros de aviação Wayfarer, olhei bem para Jean, depois comecei a manusear com agilidade o guia *Zagat* que estava junto ao monitor. O Pastels seria impossível. Idem o Dorsia. A última vez que liguei para o Dorsia alguém me bateu o telefone na cara antes mesmo que eu perguntasse "Bem, se não para o mês que vem, que tal para janeiro?" e, embora tenha prometido solenemente conseguir um dia fazer uma reserva no Dorsia (se não durante este ano, então ao menos antes de eu completar trinta), a energia que despenderia para tentar a façanha não valeria ser gasta com Sean. Além disso, o Dorsia é chique demais para ele. Quero que ele *ature* esse jantar; que não lhe seja dado o prazer de distrair-se com boazudas a caminho do Nell's; algum lugar com servente no banheiro masculino de modo que ele tenha de ser penosamente sutil com o que agora já se tornou, tenho certeza, seu uso *crônico* de cocaína. Entreguei o *Zagat* a Jean e pedi que encontrasse o restaurante mais caro de Manhattan. Ela fez uma reserva para as nove horas no Quilted Giraffe.

– As coisas estão piorando em Sandstone – conto para Sean mais tarde, por volta das quatro horas. Está hospedado na suíte de nosso pai no Carlyle. A MTV está estourando ao fundo, outras vozes ficam gritando acima do alarido do aparelho. Posso ouvir um chuveiro ligado.

– Como? Mamãe comeu o travesseiro? O quê?
– Acho que devemos jantar juntos – digo.
– Dominique, vá devagar – diz, aí cobre o fone com a mão e resmunga algo baixinho, abafado.
– Alô, Sean? O que está acontecendo? – fico perguntando.
– Ligo de volta – diz, pondo o fone no gancho.

Acabo gostando da gravata que comprei para Sean na Paul Smith na semana passada e resolvo não a dar para ele (embora a ideia daquele bundão, digamos, se enforcar com ela me agrade imensamente). Na verdade decido que eu irei usá-la no Quilted Giraffe hoje. Em vez da gravata, levarei para ele uma Casio QD-150 Mostrador Ativo que combina relógio de pulso, calculadora e banco de dados. Ela disca sonoramente para telefones acionados por toque eletrônico quando ajustada ao bocal de um fone e tem memória para cinquenta nomes e números. Começo a rir ao recolocar esse inútil presente na caixa, pensando comigo mesmo que Sean não *conhece* cinquenta pessoas. Não conseguiria sequer enumerar cinquenta pessoas. O *Patty Winters Show* de hoje de manhã foi sobre "Restaurantes de saladas".

Sean me liga do Clube Racquet às cinco horas e me diz para encontrá-lo no Dorsia hoje à noite. Acabou de falar com Brin, o dono, e reservou uma mesa às nove. Minha cabeça fica uma mixórdia. Não sei o que fazer nem o que pensar. O *Patty Winters Show* de hoje de manhã foi sobre "Restaurantes de saladas".

Mais tarde, no Dorsia, nove e meia: Sean está meia hora atrasado. O maître se recusa a me deixar sentar antes de meu irmão chegar. O meu maior medo – uma realidade. Uma mesa de primeira em frente ao bar está ali, vazia, aguardando Sean agraciá-la com sua presença. Minha raiva fica sob controle, com dificuldade, por causa de um Xanax e uma Absolut com gelo. Enquanto dou uma mijada no toalete, fico olhando atentamente uma rachadura fina em forma de teia acima da válvula do mictório e penso comigo mesmo que se eu tivesse de desaparecer por aquela rachadura adentro, digamos virar miniatura e escorregar lá para dentro, haveria grandes chances de ninguém reparar que eu tinha sumido. Ninguém... se... incomodaria. Na verdade algumas delas, ao repararem minha ausência, poderiam até ter um sentimento esquisito, indefinível de alívio. É verdade: o mundo fica bem melhor quando algumas pessoas somem. Nossas vidas não estão *todas* interligadas. Essa teoria é caquética. Algumas pessoas *de fato* não *precisam* estar aqui. Na verdade uma delas, meu irmão, Sean, está sentada na mesa que reservou, o que vejo quando saio do toalete masculino após ter ligado para minha casa e verificado as mensagens (Evelyn pensa em suicídio, Courtney quer comprar um chow, Luis sugere jantar na quinta-feira). Sean já está fumando compulsivamente, e fico pensando comigo mesmo: "*Que diabo,* por que não solicitei uma mesa na área de não fumantes?". Ele está apertando a mão do maître quando me aproximo, mas nem se incomoda em nos apresentar. Me sento e faço um aceno afirmativo com a cabeça. Sean faz o mesmo aceno, tendo já pedido uma garrafa de Cristal, sabendo que eu estou pagando; sabendo também, tenho certeza, que *eu* sei que ele não bebe champanhe.

Sean, que tem agora 23 anos, foi para a Europa no outono último, ou pelo menos isso é o que Charles Conroy disse que Sean lhe contou, e embora Charles tenha recebido *mesmo* uma elevada conta do Plaza Athénée, a assinatura dos recibos de despesa não coincidiu com a de Sean e ninguém realmente ficou sabendo quanto tempo Sean ficou na França ou sequer se ficou algum tempo por lá. Mais tarde vagabundeou por aí, depois matriculou-se de novo em Camden por três semanas mais ou menos. Está agora em Manhattan antes de tomar um avião para Palm Beach ou Nova Orleans. Como era de se esperar, nesta noite ele está alternadamente sorumbático e arrogante. Passou também, reparei, a tirar as sobrancelhas. Já não tem só uma delas. A ânsia esmagadora que tenho de mencionar isso a ele é amainada apenas pelo meu punho fechado com tamanha força que acaba lascando a pele da palma da mão, e pelo bíceps de meu braço esquerdo que se avoluma e irrompe pelo tecido da camisa de linho Armani que estou usando.

– Então, gosta deste lugar? – pergunta, dando um sorriso rasgado.

– É... o meu favorito – brinco, os dentes cerrados.

– Vamos pedir – diz, sem olhar para mim, acenando para uma boazuda, que lhe traz dois menus e a carta de vinhos sorrindo satisfeita para Sean, que por sua vez a ignora completamente. Abro o menu e – *que diabo* – não são indicados preços, o que significa que Sean pede lagosta com caviar e ravióli de pêssego como entrada e lagosta grelhada com molho de morango como prato principal – os dois pratos mais *caros* do menu. Peço sashimi de codorna com brioche assado e siris de casca mole com geleia de uva. Uma boazuda abre a garrafa de Cristal e a serve em *copos* de cristal, o que acho fino. Sean repara que fico olhando para ele de um modo reprovador.

– O que é? – pergunta.

– Nada – digo.

– O que... é... que... há... Patrick? – Espaça as palavras de forma bem antipática.

– Lagosta para começar? *E* como prato principal?

– Quer que eu peça o quê? Batata frita pronta de pacote?

– *Duas* lagostas?

– Estas caixas de fósforo aqui são só um pouquinho maiores do que as lagostas que eles servem aqui – diz. – Além do mais, não estou assim com tanta fome.

– É um motivo e tanto.

– Quer que eu passe um fax pedindo desculpas?

– Calma, Sean.

– Rock'n'roll...

– Sei, sei, rock'n'roll resolve isso, não é? – digo, levantando a mão enquanto dou um gole no champanhe. Me pergunto se está tarde demais para pedir a uma das garçonetes que traga um pedaço de bolo para a mesa com uma velinha – só para deixá-lo envergonhado junto com a merda que tem dentro de si, colocar o filhinho da puta em seu lugar, mas em vez disso pouso o copo e digo: – Ouça, então, ai, meu saco. – Tomo fôlego, depois faço uma força. – O que fez hoje?

– Joguei squash com Richard Lindquist. – Encolhe os ombros com desprezo. – Comprei um smoking.

– Nicholas Leigh e Charles Conroy querem saber se você vai para Hamptons neste verão.

– Se puder não ir, eu não vou – diz, dando de ombros.

Uma garota loura bastante próxima da perfeição física, de peitos grandes, trazendo numa das mãos o programa de *Les Misérables*, usando vestido longo de toalete em jérsei fosco de *raiom* da Michael Kors comprado na Bergdorf Goodman, sapatos Manolo Blahnik e brincos folheados a ouro em forma de candelabro da Ricardo Siberno, para em nossa mesa para dizer oi a Sean e embora *eu* bem que treparia com ela, Sean ignora seu jeitão de paquera e se recusa a me apresentar. Durante o encontro, Sean é totalmente grosseiro; mesmo assim a garota vai embora sorrindo, levantando a mão enluvada. "A gente vai estar no Mortimer. Até mais." Ele acena que sim com a cabeça, olhando parado o meu copo d'água, aí gesticula para um garçom e pede uísque escocês, puro.

– Quem é ela? – pergunto.
– Uma belezoca que estudava na faculdade Stephens.
– Onde a conheceu?
– Jogando sinuca. – Encolhe os ombros.
– É da família du Pont? – pergunto.
– Por quê? Quer o telefone dela?
– Não, só quero saber se é da família.
– Pode ser. Não sei. – Acende outro cigarro, um Parliament, com o que parece ser um isqueiro de ouro de dezoito quilates da Tiffany's.
– Pode ser amiga de um dos du Pont.

Fico refletindo sobre as razões pelas quais estou sentado aqui, neste instante, nesta noite, com Sean, no Dorsia, mas não me vem nenhuma à cabeça. Apenas este zero retornando infinitamente, flutuando à minha frente. Depois do jantar – a comida é pouca, mas muito boa; Sean não toca em prato algum – digo-lhe que tenho de encontrar Andrea Rothmere no Nell's e, se quiser um café expresso ou sobremesa, tem de pedir agora porque tenho de estar no centro até meia-noite.

– Para que correr? – pergunta. – O Nell's não é mais aquele sucesso.

– Bem – vacilo, me recomponho rápido. – A gente vai só se encontrar lá. Vamos mesmo é para... – meu cérebro dispara, vai dar em algo... – o Chernoble. – Tomo mais um gole de champanhe no copo.

– Devagar. É *realmente* devagar – diz, perscrutando o salão.

– Ou o Contraclub East. Não me lembro.
– Por fora. Idade da Pedra. Pré-história – ri com cinismo.
Uma pausa tensa.
– Como você sabe?
– Rock'n'roll – encolhe os ombros. – Resolve isso.

– Bem, Sean, aonde *você* vai?

Resposta imediata.

– Petty's.

– Ah, sim – murmuro, tinha esquecido que já inaugurou.

Ele assobia algo, fuma um cigarro.

– Vamos a uma festa que quem está dando é o Donald Trump – minto.

– Grande lance. Grande lance mesmo.

– Donald é um cara legal. Deveria conhecê-lo – digo. – Vou... apresentar você a ele.

– É mesmo? – Sean pergunta, talvez querendo, talvez não.

– Claro, pode crer.

– Ah, *certo*.

Agora, até a hora que vier a conta... vejamos... eu pagá-la, tomar um táxi de volta para casa, será quase meia-noite, o que não me dá tempo bastante para devolver as fitas de ontem, por isso, se eu não for até em casa, posso ir direto na loja e alugar outra fita, mas não dizem as regras do videoclube que só se pode retirar três fitas por vez? Isso significa que, se na noite passada retirei duas (*Dublê de corpo* e *Blond, Hot, Dead*), posso retirar mais uma, mas esqueci que faço parte também do Círculo Dourado de Sócios, o que significa que, se gastei mil dólares (pelo menos) nos últimos seis meses, ganho o direito de retirar quantas fitas quiser e em qualquer dia, mas se tenho comigo ainda duas fitas, isso pode querer dizer que não posso retirar nenhuma, com ou sem Círculo Dourado, se não forem antes devolvidas as outras, mas...

– Damien. Você é o Damien – acho que ouço Sean murmurar.

– O que disse? – pergunto, levantando os olhos. – Não ouvi você.

– Bonito bronzeado – suspira. – Eu disse bonito bronzeado.

– Ah – digo, ainda atrapalhado com a história do videoclube. Olho para baixo, para onde, meu colo? – Hã, obrigado.

– Rock'n' roll – esmaga o cigarro. Sobe a fumaça do cinzeiro de cristal, depois morre.

Sean sabe que *eu* sei que provavelmente ele pode nos fazer entrar no Petty's, o novo clube noturno de Norman Prager na Rua Cinquenta e Nove, mas não vou pedir e ele não vai oferecer. Ponho meu cartão American Express platinado sobre a nota de despesa. Sean tem os olhos colados numa boazuda que está no bar usando vestido de jérsei de lã Thierry Mugler e cachecol Claude Montana, dando goles num copo de champanhe. Quando nossa garçonete vem apanhar a conta e o cartão, sacudo a cabeça negativamente. Os olhos de Sean afinal recaem sobre a conta, durante um segundo, talvez mais, mas aceno de volta para a garçonete e deixo que a conta se vá.

Almoço com Bethany

Hoje vou encontrar Bethany para almoçarmos no Vanities, o novo bistrô de Evan Kiley em Tribeca e, apesar de ter malhado durante quase duas horas pela manhã, chegando mesmo a levantar pesos no escritório antes do meio-dia, ainda estou extremamente nervoso. A causa é difícil de atinar, mas já a restringi a um ou dois motivos. Ou estou com medo de ser rejeitado (embora não consiga entender o porquê: foi *ela* quem me ligou, é ela quem quer me ver, é ela quem quer almoçar *comigo,* é ela quem quer trepar de novo *comigo*) ou, pode ter a ver com esse novo mousse de cabelo italiano que estou usando, o qual, embora faça meu cabelo ficar mais cheio e tenha um perfume bom, dá uma impressão muito pegajosa e desconfortável, o que facilmente seria uma boa razão para meu nervosismo. Para que a gente não fique sem assunto durante o almoço, tentei ler uma coletânea de contos que está na moda chamada *Wok*, que comprei na Barnes & Noble na noite passada e cujo autor, que é jovem, teve seu perfil literário traçado em artigo na revista *New York* recentemente, mas cada conto se iniciava com a frase "Quando a lua bate nos seus olhos como uma grande pizza" e tive de pôr de volta esse livrinho fino na estante e ficar bebendo J&B com gelo, seguido de dois Xanax, para me recuperar do esforço. Para completar, antes de cair no sono, escrevi um poema para Bethany que demorou muito tempo para ser concluído, o que me surpreendeu, já que eu costumava escrever-lhe poemas sombrios e longos, com bastante frequência, quando estudávamos em Harvard, antes de rompermos o namoro. Meu Deus, fico pensando comigo mesmo ao entrar no Vanities, com apenas quinze minutos de atraso, espero que ela não tenha ficado com Robert Hall, aquele bundão babaca. Passo por um espelho pendurado no bar enquanto me conduzem à mesa e examino meu reflexo – o mousse parece bem. O assunto do *Patty Winters Show* de hoje de manhã foi: "Patrick Swayze tornou-se ou não um cínico?".

Tenho de parar de andar ao me aproximar da mesa, seguindo o maître (tudo isso acontece em câmara lenta). Ela não está com o rosto voltado para mim e consigo perceber apenas a parte de trás do pescoço, o cabelo castanho puxado para cima preso num coque, mas quando se volta para contemplar a vista da janela vejo parte de seu perfil, de relance; ela parece *igualzinha a uma modelo.* Bethany está vestindo blusa de gaze de seda e saia de cetim de seda com crinolina. Uma bolsa Paloma Picasso em camurça verde e ferro trabalhado repousa à sua frente sobre a mesa, ao lado de uma garrafa de água San Pellegrino. Olha o relógio. O casal sentado na mesa ao lado está fumando e depois de inclinar-me por trás de Bethany, fazendo-lhe surpresa, beijando-a no rosto, peço friamente ao maître para nos arrumar outra mesa na área de não fumantes. Falo de modo afável, mas alto o suficiente para os viciados em nicotina me escutarem e quem sabe sentirem uma ponta de embaraço com o nojento hábito que têm.

– Bem? – pergunto, ali em pé, braços cruzados, batendo o pé com impaciência.

– Me desculpe, mas não temos área de não fumantes, senhor – o maître me informa.

Paro de bater o pé e perscruto calmamente o recinto, o bistrô, perguntando a mim mesmo como estará meu penteado realmente, e de súbito preferia ter trocado de mousse porque desde a última vez que olhei o cabelo, segundos atrás, sinto que está diferente, como se de algum modo lhe tivesse alterado a forma quando andei do bar até a mesa. Um acesso de náusea que não consigo sufocar me inunda calorosamente, mas como de fato estou é sonhando tudo isso, consigo perguntar:

– Está dizendo então que vocês não têm área de não fumantes? É isso mesmo?

– Sim, senhor – o maître, mais novo do que eu, aveadado, inofensivo, sem dúvida um *ator*, acrescenta: – Sinto muito.

– Bem, é mesmo interessante... muito interessante. Então está tudo bem. – Levo a mão ao meu bolso traseiro para pegar a carteira de couro de gazela e empurro uma nota de vinte na palma insegura do maître. Ele olha a nota, atrapalhado, depois murmura "obrigado" e se afasta meio atordoado.

– Não. Obrigado a você – exclamo e me sento à frente de Bethany, acenando cortesmente para o casal ao nosso lado, e embora eu tente ignorá-la o máximo de tempo permitido pela etiqueta, não consigo. Bethany está absolutamente formidável, *igualzinha a uma modelo.* Fica tudo enevoado. Estou ansioso. Caprichos românticos, febris...

– Você não fumava em Harvard? – é a primeira coisa que diz.

– Charutos – digo. – Só charutos.

– Ah – diz.

– Mas deixei – minto, tomando fôlego com esforço, apertando as mãos.

– Que bom – acena com a cabeça positivamente.

– Ouça, você teve problemas para conseguir a reserva? – pergunto, mas *estou tremendo pacas.* Ponho as mãos sobre a mesa como um tolo, na esperança de que, sob seu olhar atento, elas possam parar de tremer.

– Aqui não se precisa fazer reservas. Patrick – diz de modo apaziguador, esticando o braço, pondo sua mão sobre a minha. – Fique calmo. Parece agitado.

– Estou calmo, quero dizer bem calmo – digo, tomando fôlego com força, tentando sorrir, mas aí, sem querer, incapaz de me controlar, pergunto – Que tal meu cabelo?

– O cabelo está ótimo – diz. – Ssshhhh. Tudo bem.

– Tudo legal. Estou legal. – Tento sorrir de novo, mas tenho certeza de que parece apenas uma careta.

Após uma pequena pausa ela comenta:

– Que terno bonito. É da Henry Stuart?

– Não – digo, insultado, tocando na lapela. – Garrick Anderson.

– É muito bonito – diz, mas aí, de fato preocupada: – Está bem, Patrick? Você se... contraiu todo agora.

– Ouça. Estou em frangalhos. Acabei de chegar de Washington. Peguei o jatinho do Trump hoje de manhã – conto para ela, incapaz de olhá-la nos olhos, atropeladamente. Foi uma delícia. O serviço... realmente fabuloso. Quero beber alguma coisa.

Ela sorri, achando engraçado, me examinando de modo astuto.

– É mesmo? – pergunta, não sem alguma presunção, reparo.

– É – Não consigo de fato olhar para ela e preciso fazer imenso esforço para desdobrar o guardanapo, estendê-lo em meu colo, ajeitá-lo do modo correto, ocupar-me com o copo de vinho, rezando para que chegue um garçom, o silêncio que se segue causando o maior barulho possível. – Mas você viu o *Patty Winters Show* de hoje de manhã?

– Não, estava fazendo jogging – diz, chegando mais perto. – Foi sobre Michael J. Fox, não foi?

– Não – corrijo-a. – Foi sobre Patrick Swayze.

– É mesmo? – pergunta, e depois: – É difícil acompanhar. Tem certeza?

– Tenho. Patrick Swayze. É sim.

– Como foi?

– Bem, foi muito interessante – conto para ela, tomando fôlego. – Foi quase como num debate, sobre se ele se tornou cínico ou não.

– Acha que ele se tornou? – pergunta, ainda sorrindo.

– Bem, não tenho certeza – começo nervosamente. – A pergunta é interessante. Não foi explorada até o fim. Quer dizer, depois de *Dirty Dancing*, eu não diria, mas com *Tiger Warsaw* já não sei. Posso estar maluco, mas acho que detectei *uma certa* amargura. Não tenho certeza.

Fica me encarando, a expressão do rosto inalterada.

– Ah, quase esqueci – digo, mexendo no bolso. – Escrevi um poema pra você – entrego-lhe a tira de papel. – Aqui está. – Me sinto aflito e abatido, torturado, realmente no limite.

– Ah, Patrick – Sorri. – Que delicadeza.

– Bem, você sabe – digo, abaixando os olhos com timidez.

Bethany toma a tira de papel e desdobra-a.

– Leia – insisto, entusiasmado.

Ela olha com curiosidade, intrigada, apertando os olhos, depois vira a folha para ver se tem alguma coisa atrás. Algo a faz ver que é mesmo curto e ela olha novamente as palavras escritas, uns garranchos em vermelho, na frente da folha.

– É como um haicai, sabe? – digo – Leia. Vamos.

Limpa a garganta e começa a ler de modo inseguro, devagar, parando com frequência.

– "O pobre crioulo no muro. Olhem para ele" – Dá uma pausa, aperta de novo os olhos para o papel, aí retoma insegura. – "Olhem o pobre crioulo. Olhem o pobre crioulo... no... muro" – Para de novo, vacilante, me olha, atrapalhada, e volta ao papel.

– Continue – digo, olhando em volta à procura de um garçom. – Termine.

Limpa a garganta e olhando com firmeza o papel, diligentemente tenta ler o resto do texto com uma voz mais baixa que um sussurro.

– "Foda-se ele... Foda-se o crioulo no muro..." – Vacila de novo, depois lê a última frase, suspirando: – "Todo negro... é... um débil?"

O casal da mesa ao lado virou lentamente os olhos para nós. O homem parece estupefato, a mulher mostra no rosto uma expressão igualmente horrorizada. Fico encarando-a, com um olhar feroz, até que ela volte os olhos para a porra da salada à sua frente.

– Bem, Patrick – Bethany diz, limpando a garganta, tentando sorrir, me devolvendo o papel.

– E aí? – pergunto. – Que tal?

– Vejo que... – para, pensa –... o seu senso de... justiça social continua... – limpa de novo a garganta e abaixa os olhos... – intacto.

Tomo o papel, enfio-o no bolso e sorrio, tentando manter uma cara séria, deixando meu corpo ereto de modo que ela não desconfie de meu estado de tolhimento. O garçom vem até a mesa e lhe pergunto quais os tipos de bebida que eles servem.

– Heineken, Budweiser, Amstel Light – recita.

– Que mais? – pergunto fitando Bethany e fazendo-lhe um gesto para continuar.

– Isso é... hum... tudo, senhor – diz ele.

– Não tem Corona? Kirin? Grolsch? Morretti? – pergunto, confuso, irado.

– Sinto muito, senhor, mas não temos – diz com cuidado. – Somente Heineken, Budweiser, Amstel Light.

– Isso é uma loucura – dou um suspiro. – Vou querer J&B com gelo. Não, um martíni de Absolut. Não, J&B puro.

– Vou querer uma outra San Pellegrino – Bethany diz.

– Quero a mesma coisa – acrescento rápido, minha perna se sacudindo para cima e para baixo incontrolavelmente sob a mesa.

– Ok. Gostariam de conhecer nossos pratos especiais? – pergunta.

– Com toda a certeza – falo num atropelo, mas aí, me acalmando, sorrio reconfortantemente para Bethany.

– O senhor gostaria mesmo? – ele ri.

– *Por favor* – digo, sem achar nenhuma graça, examinando o menu.

– Como entrada, tenho tomates secos ao sol e caviar dourado com chili poblano, tenho também sopa de endívia fresca...

– Espere um pouco, espere um pouco – digo, levantando a mão, interrompendo-o. – Espere um pouco.

– Sim, senhor? – O garçom pergunta, confuso.

– *Você* tem? Quer dizer que o *restaurante* tem – corrijo-o. – Não é *você* que tem tomates secos. É o restaurante que tem. Não é *você* que tem *chili poblano*. É o restaurante que tem. Só para esclarecer, fique sabendo.

O garçom, aturdido, olha para Bethany, que lida habilmente com a situação perguntando-lhe:

– Mas como é que servem a sopa de endívia?

– Hã... fria – diz o garçom, não totalmente recuperado ainda de minha explosão, sentindo que está tratando com alguém muito, muito à beira de um ataque de nervos. Ele para de novo, inseguro.

– Continue – insisto. – Por favor, continue.

– É servida fria – começa novamente. – E como pratos principais temos cação com manga em fatias e sanduíche de caranho-vermelho em brioche com melado e... – verifica o bloco de notas mais uma vez – ... algodão.

– Hummm, deve ser delicioso. Algodão, hummmm – digo, esfregando as mãos avidamente. – Bethany?

– Vou querer peixe marinado com alho-poró e folhas – Bethany diz. – E endívia com... molho de nozes.

– Senhor? – o garçom pergunta, hesitante.

– Vou querer... – paro, perscruto rapidamente o menu. – Vou querer lulas com pinhão e vocês poderiam servir uma fatia de queijo de cabra, de *chèvre...* – dou uma olhadela em Bethany para ver se ela pega minha pronúncia errada... – com isso e com um pouco de... ah, um pouco de salsa acompanhando.

O garçom faz que sim com a cabeça, vai embora, ficamos a sós.

– Bem – ela sorri, então repara que a mesa está sacudindo ligeiramente. – O que... há de errado com sua perna?

– Minha perna? Ah – abaixo os olhos até ela, depois me volto para Bethany. – É... a música. Gosto muito de música. Da música que está tocando.

– Qual é? – pergunta, levantando a cabeça, tentando captar um refrão no som de música ambiente new age que sai dos alto-falantes presos ao teto, sobre o bar.

– Acho que... é Belinda Carlisle – dou um palpite. – Não tenho certeza.

– Mas... – ela começa, mas para. – Ah, deixa pra lá.

– Mas o que é?

– É que não ouço ninguém cantando – sorri, abaixa os olhos com recato.

Seguro a perna fazendo-a ficar firme e finjo ouvir.

– Mas é uma de suas canções – digo, depois acrescento não muito convincente: – Acho que se chama "Heaven is a Place on Earth". Você a conhece.

– Escute – diz –, você tem ido nos últimos tempos a show algum?

– Não – digo, desejando que ela não tivesse puxado, entre todos os assuntos, logo esse. – Não gosto de música ao vivo.

– Música ao vivo? – pergunta, intrigada, dando um gole na água San Pellegrino.

– Isso aí. Sabe. Como um conjunto – explico, sentindo pela sua expressão que só estou falando as coisas erradas. – Ah, esqueci. Fui sim, ver o U2.

– Como foi o show? – pergunta. – Gostei muito do novo CD deles.

– O grupo estava ótimo, ótimo mesmo, de verdade. Ótimo... – faço uma pausa, sem saber bem o que dizer. Bethany levanta as sobrancelhas cheia de curiosidade, querendo saber mais. – Completamente... irlandês mesmo.

– Ouvi dizer que são muito bons ao vivo – diz, e sua própria voz traz uma cadência alegre, musical à frase. – De quem mais você gosta?

– Ah, sabe – digo, completamente tolhido. – "The Kingsmen. Louie, Louie". Esse tipo de coisa.

– Caramba, Patrick – diz, escrutinando bem o meu rosto.

– O quê? – entro em pânico, imediatamente tocando o cabelo. – Tem mousse demais? Você não gosta do Kingsmen?

– Não – ela ri. – É que não me lembro de você tão bronzeado assim nos tempos da faculdade.

– Mas na época eu tinha algum bronzeado, não tinha? – pergunto. – Isto é, não era um fantasma Gasparzinho ou algo assim, não é? – Ponho o cotovelo na mesa e flexiono o bíceps, pedindo que ela aperte o músculo. Depois que ela me toca, relutante, retomo minhas perguntas. – Não tinha mesmo esse bronzeado em Harvard? – pergunto, me fazendo de chateado, mas chateado mesmo.

– Não, não – ri. – Sem dúvida nenhuma você foi o George Hamilton da turma de 84.

– Obrigado – digo, agradecido.

O garçom nos traz os drinques – duas garrafas de água San Pellegrino. Cena dois.

– Então você está na Mill...? Tafetá? Como é mesmo? – pergunto. Ela tem um corpo, um tom de pele que parecem firmes e cor-de-rosa.

– Millbank Tweed – diz. – É lá que estou trabalhando.

– Bem – digo, espremendo um limão no copo. – É simplesmente maravilhoso. A faculdade de Direito de fato valeu a pena.

– E você está na... P & P? – pergunta.

– Estou – digo.

Faz um aceno afirmativo com a cabeça, quer dizer algo, delibera se deve ou não, depois pergunta, tudo em questão de segundos:

– Mas sua família não é dona...

– Não quero falar sobre isso – digo, cortando-a. – Mas sim, Bethany. Sim.

– E você trabalha ainda na P & P? – pergunta. Cada sílaba bem espaçadamente de modo que explodem, ficam ressoando, em minha cabeça.

– É – digo, olhando furtivamente em volta do recinto.

– Mas... – está confusa. – O seu pai não...

– Sim, claro – digo, interrompendo. – Você já comeu o *focaccia* no Pooncakes?

– *Patrick*.

– Sim.

– Algo errado?

– É que não quero falar sobre... – paro. – Sobre trabalho.

– Por que não?

– Porque odeio-o – digo. – Agora escute, você já experimentou o Pooncakes? Acho que Miller o subestimou.

– Patrick – diz devagar. – Se está tão tenso em relação ao trabalho, por que simplesmente não pede para ir embora? Você não precisa trabalhar.

– Porque – digo, encarando-a direto – quero... me... enquadrar.

Após uma longa pausa, ela sorri.

– Entendo.

Há uma outra pausa.

Sou eu quem a interrompe.

– Veja isso apenas como, bem, uma nova abordagem para os negócios – digo.

– É bastante... – se detém – sensato. – Detém-se novamente. – Bastante, humm, prático.

O almoço torna-se alternadamente um fardo, um enigma a ser decifrado, um obstáculo, e depois escorrega sem esforço para o terreno do alívio e me torno capaz de ter um desempenho ágil – minha devastadora inteligência fica sintonizada e me informa já ter sentido o quanto ela me quer, mas me contenho, não me comprometo. Ela também se contém, mas fica flertando mesmo assim. Acenou com uma promessa ao me convidar para o almoço e fico em pânico, ao ser servida a lula, certo de que não poderei me recompor a menos que ela seja cumprida. Outros homens prestam atenção nela ao passarem por nossa mesa. De vez em quando baixo friamente a voz até virar um sussurro. Fico ouvindo coisas – barulho, sons misteriosos, dentro da cabeça; sua boca se abre, se fecha, engole líquidos, sorri, me absorve como um ímã coberto de batom, menciona algo referente a máquinas de fax, duas vezes. Afinal peço um J&B com gelo, depois um conhaque. Ela pede *sorbet* de coco com hortelã. Toco em sua mão, seguro-a sobre a mesa, mais do que como amigo. O sol se derrama pelo Vanities, o restaurante se esvazia, são quase três horas. Ela pede uma garrafa de chardonnay, depois outra, depois a conta. Está relaxada, mas alguma coisa acontece. As batidas de meu coração se aceleram e caem, se estabilizam momentaneamente. Fico ouvindo atento. Possibilidades já imaginadas se desfazem. Ela abaixa os olhos e quando me olha de volta abaixo os meus.

– E então – pergunta. – Está saindo com alguém?

– Minha vida é essencialmente descomplicada – digo pensativamente, pego com a guarda aberta.

– E o que *isso* significa? – pergunta.

Dou um gole no conhaque e sorrio secretamente para mim mesmo, provocando-a, acabando com suas esperanças, com seus sonhos de reconciliação.

– Está saindo com alguém, Patrick? – pergunta. – Vamos, me fale.

Pensando em Evelyn, murmuro para mim mesmo:

– Estou.

– Quem? – Ouço-a perguntar.

– Uma garrafa bem grande de Desyrel – digo com uma voz distante, de súbito muito triste.

– O *quê*? – pergunta, sorrindo, mas aí se dá conta de algo e sacode a cabeça. – Eu não devia ficar bebendo.

– Não, não estou mesmo – digo, me saindo bem, afinal, da situação, mas não espontaneamente. – Quer dizer, será que alguém de fato sai com alguém? Será que alguém de fato *vê* alguém mais? *Você* já me viu? *Viu*? O que significa isso? Ha! *Ver*? Ha! Não saco essa. Ha! – Dou uma gargalhada.

Depois de assimilar isso, diz com a cabeça:

– Há uma certa lógica complicada no que diz, suponho.

Outra pausa longa e timidamente faço a pergunta seguinte.

– Bem, e *você* está saindo com alguém?

Sorri, satisfeita consigo mesma, e ainda de olhos baixos, admite, com incomparável clareza:

– Bem, estou, tenho um namorado e...

– Quem?

– O quê? – Levanta os olhos.

– Quem é ele? Qual seu nome?

– Robert Hall. Por quê?

– O que trabalha na Salomon Brothers?

– Não, ele é chef.

– Na Salomon Brothers?

– Patrick, ele é chef. E coproprietário do restaurante.

– Qual?

– Será que isso interessa?

– Não muito, qual? – pergunto, depois, a meia-voz. – Quero riscá-lo de meu guia *Zagat*.

– Chama-se Dorsia – diz, e então: – Patrick, você está bem?

Estou, meu cérebro explode pra valer e o estômago se rasga por dentro – uma reação gástrica, azeda, espasmódica; estrelas e planetas, galáxias inteiras totalmente constituídas de pequenos chapéus brancos de chef se precipitam sobre o véu dessa minha alucinação. Num engasgo faço outra pergunta.

– Por que Robert Hall? – pergunto. – Por que ele?

– Bem, não sei – diz ela, parecendo um tanto embriagada. – Acho que tem o fato de eu estar com 27 anos e...

– Ah é? Também estou. Metade de Manhattan também está. E daí? Isso não é desculpa para se casar com Robert Hall.

– *Casar*? – pergunta, de olhos arregalados, na defensiva. – Falei isso?

– Não falou em casar?

– Não falei não, mas quem sabe? – Dá de ombros. – A gente até pode.

– Ter-rível.

– Como estava dizendo, Patrick... – me olha fixamente, mas de um modo brincalhão que me deixa aflito – ... você sabe o que é isso, bem, o tempo vai passando. O relógio biológico não para mesmo com o tique-taque – diz, e fico pensando: "Meu Deus, foram necessários apenas *dois* copos de chardonnay para fazê-la admitir isso? Puxa, que fácil". – Quero ter filhos.

– Com Robert Hall? – pergunto, incrédulo. – Podia então tê-los com o Capitão Lou Albano, pelo amor de Deus. Não dá mesmo para entender você, Bethany.

Ela pega o guardanapo, de olhos baixos e depois levantamos em direção à calçada, onde os garçons estão preparando as mesas para o jantar. Fico observando-os também.

– Por que sinto uma certa hostilidade em você, Patrick? – pergunta suavemente e toma um gole do vinho.

– Talvez porque eu seja hostil – falo com violência. – Talvez você pressinta isso.

– Por Deus, Patrick – diz, buscando meu rosto, verdadeiramente perturbada. – Achei que você e Robert eram amigos.

– O quê? – pergunto. – Não estou entendendo.

– Você e o Robert não eram amigos?

Dou uma pausa, em dúvida.

– Éramos?

– Eram, Patrick, vocês *eram*.

– Robert Hall, Robert Hall, Robert Hall – fico murmurando para mim mesmo, tentando lembrar-me. – Era aluno bolsista? Foi chefe de turma no último ano? – Penso mais um segundo, aí acrescento: – É um que não tem queixo?

– Não, Patrick – diz. – O *outro* Robert Hall.

– Estou confundindo-o com o *outro* Robert Hall? – pergunto.

– Está, Patrick – diz, exasperada.

Sentindo um aperto por dentro, fecho os olhos e dou um suspiro.

– Robert Hall. Não é aquele que os pais são donos de metade de Washington? Não é aquele que era... – engulo em seco – ...capitão da equipe de remo? Um metro e oitenta?

– Sim – diz. – É *esse* Robert Hall.

– Mas... – paro.

– Sim? Mas o quê? – Mostra-se preparada para uma resposta.

– Mas esse era *veado* – deixo escapar.

– Não, Patrick, *não* era – diz, claramente ofendida.

– Estou certo de que era veado. – Começo a balançar afirmativamente a cabeça.

– Por que está tão certo? – pergunta, sem fazer graça.

– Porque deixava os caras do grêmio, não os do meu alojamento, por exemplo, fazerem fila para comer ele nas reuniões do grupo, amarrarem-no também e coisas assim. Pelo menos, sabe, é o que ouvi falar. – Digo com sinceridade, mas aí, mais humilhado do que jamais me senti em toda vida; confesso: – Ouça, Bethany, uma vez ele se ofereceu... sabe como é, para chupar o meu pau. Na, hummm, seção de educação cívica da biblioteca.

– Ai meu Deus – dá um grito sufocado, desgostosa. – Onde está a conta?

– Não foi o Robert Hall quem foi expulso por estar fazendo sua tese sobre Babar? Ou alguma coisa parecida com Babar? – pergunto. – Babar, o elefante? Meu Deus, o elefante *francês*?

– Do que está *falando*?

– Ouça – digo. – Ele não foi para a faculdade de administração de empresas em Kellogg? Na universidade Northwestern, não foi?

– Ele largou o curso – diz, sem me olhar.

– Ouça – toco-lhe a mão.

Ela se retrai e puxa-a.

Tento sorrir.

– Robert Hall não é veado...

– Isso posso lhe assegurar – diz como uma criancinha presunçosa.

Como alguém pode se indignar por causa de Robert Hall? Em vez de dizer "Ah, sim, sua putinha arrependida", digo para contentá-la:

– Claro que pode – e depois: – Fale-me sobre ele. Quero saber como estão as coisas com vocês – e aí, sorrindo, furioso, cheio de raiva, peço perdão. – Me desculpe.

Leva algum tempo, mas afinal ela cede, sorri de volta para mim e mais uma vez lhe peço:

– Fale-me mais. – Aí, a meia-voz, num ricto de riso para ela: – Só queria te retalhar essa aranha peluda entre as pernas. – O chardonnay a deixou meio alta, por isso ela amacia e solta a língua.

Penso sobre outras coisas enquanto ela me descreve seu passado recente: ar, água, céu, tempo, um momento, um ponto em algum lugar quando quis mostrar a ela tudo de bonito no mundo. Não tenho paciência para escutar confissões, novos começos, acontecimentos que têm lugar além do terreno de minha visão imediata. Uma garota ainda nova, caloura, que conheci num bar em Cambridge, no meu penúltimo ano da universidade, me disse num início de outono que "a vida é plena de infinitas possibilidades". Tentei com galhardia não me engasgar com as castanhas que eu mastigava acompanhando a cerveja enquanto ela vomitava esse cálculo renal de sabedoria e calmamente as engoli com ajuda do resto da Heineken, dei um sorriso e me concentrei no jogo de dardos que estava rolando num canto. Desnecessário dizer que ela não sobreviveu para cursar o segundo ano. No inverno daquele ano, seu corpo foi encontrado flutuando no rio Charles, decapitada, a cabeça pendurada numa árvore da margem, o cabelo amarrado num galho baixo, a uma distância de quase cinco quilômetros. Meus acessos de raiva em Harvard eram menos violentos do que os de agora e é inútil esperar que esse meu desgosto desapareça – *não* há mesmo *jeito.*

– Ah, Patrick – está me dizendo. – Você ainda é o mesmo. Não sei se isso é bom ou mau.

– Diga que é bom.

– Por quê? É? – pergunta, franzindo as sobrancelhas. – Era? Na época?

– Você conheceu apenas uma faceta de minha personalidade – digo. – A de estudante.

– De amante? – pergunta, sua voz me fazendo lembrar alguém humano.

Meu olhar recai gélido sobre ela, impassível. Lá fora na rua toca altíssima uma música que parece salsa. O garçom traz finalmente a conta.

– Deixa que eu pago – suspiro.

– Não – diz, abrindo a bolsa. – *Eu* convidei *você.*

– Mas tenho cartão American Express platinado – conto para ela.

– Também tenho – diz, sorrindo.

Faço uma pausa, aí fico observando-a colocar o cartão na bandeja onde veio a conta. Convulsões violentas parecem próximas a acontecer se eu não me levantar.

– É o movimento feminista. Poxa. – Sorrio, nada impressionado.

No lado de fora, ela fica esperando na calçada enquanto estou no toalete masculino vomitando o almoço, botando a lula para fora, sem ter sido digerida e menos roxa do que estava no prato. Quando saio do Vanities e chego à rua, colocando meus óculos Wayfarer, mastigando uma pastilha de anis, murmuro algo para mim mesmo, dou-lhe um beijo no rosto e invento uma outra coisa.

– Desculpe a demora tão grande. É que tive de ligar para o meu advogado.
– Oh? – se faz de preocupada, a piranha escrota.
– É para um amigo meu. – Encolho os ombros. – Bobby Chambers. Está na prisão. Alguns amigos seus, bem, *eu* principalmente, estão querendo refazer sua defesa – digo mais uma vez encolhendo os ombros, depois mudando de assunto: – Ouça.
– Sim? – pergunta, sorrindo.
– Está tarde. Não quero voltar ao escritório – digo, olhando meu Rolex. O sol se pondo lampeja nele, deixando-a momentaneamente cega. – Por que não vem comigo para o meu apartamento?
– O quê? – Dá uma gargalhada.
– Por que não vem ao meu apartamento? – sugiro novamente.
– Patrick. – Dá uma gargalhada sugestiva. – Está falando sério?
– Tenho uma garrafa de Pouilly-Fuissé gelada, hein? – digo, levantando as sobrancelhas.
– Ouça, essa história pode ter funcionado em Harvard, mas... – Dá uma gargalhada e continua – Hummm, estamos mais velhos agora... – Ela para.
– E... o quê? – pergunto.
– Não deveria ter tomado aquele vinho no almoço – diz novamente. Começamos a andar. Está fazendo uns 38 graus na rua, é impossível respirar. Não é dia, não é noite. O céu parece amarelo. Dou a um mendigo na esquina das ruas Duane com Greenwich uma nota de um dólar só para impressioná-la.
– Escute, vamos lá – digo novamente, quase gemendo. Vamos lá.
– Não posso – diz. – O ar-condicionado de minha sala no escritório está quebrado, mas não posso. Até gostaria, mas não posso.
– Ora, vamos – digo, agarrando-lhe os ombros, dando um aperto bem-humorado.
– Patrick, tenho de voltar para o escritório – murmura com sofrimento, num protesto fraco.

– Mas você vai sufocar de calor lá dentro – lembro.
– Não tenho escolha.
– Vamos lá. – E aí, na tentativa de seduzi-la: – Tenho um conjunto de chá e café de quatro peças em prata de lei da Durgin Gorham, anos 40, que gostaria de mostrar a você.
– Não posso. – Dá uma risada, colocando os óculos escuros.
– *Bethany* – digo, num tom de censura.
– Ouça – diz, cedendo. – Compro para você um chocolate bem gostoso. Em vez de eu ir, você come o chocolate.
– Estou horrorizado. Sabe quantos gramas de gordura, de *sódio,* há só na cobertura? – digo sufocando um grito, numa expressão fingida de pavor.
– Bobagem – diz. – Você não precisa se preocupar com isso.
– Não, *você* vem – digo, andando um pouquinho à frente dela para que não repare o travo de agressividade. – Escute, você vem e a gente toma um drinque, aí depois a gente caminha até o Dorsia para eu encontrar o Robert, está bem? – Me viro, ainda caminhando, mas agora de costas. – *Por favor?*
– Patrick – diz. – Está implorando.
– É que quero mesmo mostrar a você o conjunto de chá Durgin Gorham. – Faço uma pausa. – Por favor? – Outra pausa. – Me custou três mil e quinhentos dólares.
Ela para de andar porque eu paro, abaixo os olhos, mas quando sobe de novo o rosto, sua testa, as bochechas estão úmidas com uma camada de suor, um brilho delicado. Está sentindo calor. Dá um suspiro, sorrindo para si mesma. Olha o relógio.
– E aí? – pergunto.
– Se eu fosse... – começa.
– Si-i-im? – pergunto, espichando a palavra.
– Se eu fosse, teria de dar um telefonema.
– Não, negativo – digo, acenando para um táxi. – Ligue de minha casa.
– *Patrick* – protesta. – Tem um telefone logo ali.
– Vamos agora – digo. – Olha o táxi.
No táxi a caminho do Upper West Side, diz:

– Não devia ter tomado aquele vinho.
– Está bêbada?
– Não – diz, se abanando com um programa de *Les Misérables* que alguém esqueceu no táxi, que não tem ar-condicionado e, por isso, mesmo com as duas janelas abertas, ela continua se abanando. – Só um pouco... alta.

Rimos juntos sem motivo, ela se chega perto de mim, mas aí se dá conta de algo e recua.

– Você tem um porteiro, não é? – pergunta desconfiada.
– Tenho. – Sorrio, sentindo tesão por sua inconsciência do perigo que realmente corre.

Dentro do meu apartamento. Anda pela sala de estar, balançando a cabeça de modo aprovador, murmurando "Muito bonito, Sr. Bateman, muito bonito". Enquanto isso, fico trancando a porta, me assegurando de que está fechada no trinco, aí vou até o bar e sirvo um pouco de J&B num copo ao mesmo tempo em que ela passa a mão na vitrola automática Wurlitzer, examinando-a. Já comecei a rosnar para mim mesmo e minhas mãos estão numa tremedeira tamanha que decido renunciar ao gelo de todo, mas aí estou na sala de estar, em pé atrás dela enquanto observa o David Onica pendurado acima da lareira. Empina a cabeça, examinando-o, depois dá umas risadinhas e me olha, intrigada, mas aí se volta para o Onica, rindo ainda. Não pergunto o que está havendo – não poderia me importar menos. Fazendo descer a bebida num só gole, vou até o armário Anaholian de carvalho branco onde guardo uma pistola de pregos novinha em folha que comprei na semana passada numa loja de ferragens próxima a meu escritório em Wall Street. Depois de calçar um par de luvas pretas de couro, me asseguro de que a pistola está carregada.

– Patrick? – Bethany pergunta, dando ainda umas risadinhas.
– Sim? – digo, e depois: – Querida?
– Quem pendurou o Onica? – pergunta.
– Gosta do quadro?
– É bonito, mas... – para, aí diz: – estou bem certa de que está pendurado de cabeça para baixo.
– O quê?

– *Quem* pendurou o Onica?

– Fui eu – digo, ainda de costas para ela.

– Você pendurou o Onica de *cabeça para baixo.* – Dá uma risada.

– Hummm? – Estou em pé junto ao armário, apertando a pistola de pregos, me acostumando com seu peso em minha mão enluvada.

– Não posso acreditar que esteja de cabeça para baixo – diz. – Há quanto tempo está pendurado assim?

– Um milênio – sussurro, me virando, me chegando até ela.

– O quê? – pergunta, ainda examinando o Onica.

– Eu disse, que porra você está fazendo com o Robert Hall? – sussurro.

– O que você falou? – Como se fosse em câmara lenta, num filme, ela se vira.

Espero até que ela veja a pistola de pregos e as mãos enluvadas para gritar:

– *Que porra está fazendo com o Robert Hall?*

Talvez por instinto, talvez por memória, ela dá uma inútil corrida até a porta da frente, gritando. Embora o chardonnay lhe tenha embotado os reflexos, o uísque escocês que tomei aguçou os meus e sem nenhum esforço salto à sua frente, bloqueando-lhe a fuga, deixando-a inconsciente com quatro golpes de pistola na cabeça. Arrasto-a de volta à sala de estar, onde a estiro no chão sobre um lençol Voilacutro branco, abro seus braços, pondo as mãos abertas sobre grossas tábuas de madeira, as palmas para cima, e prego três dedos de cada mão, ao acaso, na madeira pelas pontas. Isso faz com que retome a consciência e ela começa a gritar. Depois de pulverizar-lhe gás lacrimogêneo nos olhos, boca, narinas, ponho sobre sua cabeça um casaco de pele de camelo da Ralph Lauren que abafa os gritos, ou quase. Fico disparando pregos em suas mãos até cobri-las, ambas – os pregos amontoados, retorcidos uns sobre os outros em alguns pontos, tornando impossível para ela tentar sentar-se. Tenho de tirar-lhe os sapatos, o que me desaponta um pouco, mas ela fica chutando o chão com violência, deixando marcas de arranhão no carvalho sarapintado de branco.

Enquanto isso fico gritando "sua puta" para ela ouvir, mas aí minha voz recai num sussurro gutural e junto a seu ouvido, quase babando, solto a frase "sua boceta sacana".

Enfim, num tormento, depois que retirei o casaco de seu rosto, ela começa a suplicar, ou pelo menos tenta, a adrenalina por um momento sobrepondo-se à dor. "Patrick, ai meu Deus, pare por favor, ai meu Deus, pare de me machucar..." Mas, como de hábito, a dor retoma – é forte demais – e ela desmaia de novo e vomita mesmo inconsciente, aí tenho de lhe segurar a cabeça para cima de modo a não se engasgar com o vômito e então pulverizo gás lacrimogêneo mais uma vez. Os dedos que ficaram pregados eu tento arrancar com os dentes, e quase consigo fazê-lo com o polegar esquerdo dela, o qual acabo mastigando e descarnando todo, deixando exposto o osso, mas depois pulverizo-a de novo com gás, sem necessidade. Reponho sobre a cabeça o casaco de pele de camelo no caso de ela acordar aos gritos, depois armo a câmara Sony Handycam de vídeo, que cabe inteira numa palma da mão, para que eu possa filmar tudo que vai acontecer. Depois de colocar a câmara no suporte e deixá-la no funcionamento automático, com uma tesoura começo a lhe cortar o vestido mas quando chego no peito golpeio os seios sem querer (nem tanto) cortando fora um dos bicos através do sutiã. Ela começa mais uma vez a gritar depois que lhe rasgo e arranco fora o vestido, deixando Bethany apenas de sutiã, a copa direita escurecida pelo sangue, e de calcinha, que está encharcada de urina, mas guardo-a para mais tarde.

Me reclino sobre ela e grito, por cima de seus berros, "Fique gritando, grite, fique gritando..." Abri todas as janelas e a porta do terraço e quando me ponho de pé junto a ela, a boca se abre, mas sequer saem gritos agora, apenas ruídos horrorosos, guturais, que parecem feitos por um animal, vez por outra interrompidos por sons de engulhos. "Grite, doçura", insisto, "fique gritando". Me abaixo mais, chegando pertinho, roçando-lhe os cabelos. "Ninguém quer saber de nada, ninguém vai ajudá-la..." Ainda tenta soltar um grito, mas já está perdendo a consciência e só é capaz de dar um fraco gemido. Me aproveito de seu estado de desamparo e, tirando as luvas, forço-a a abrir a boca e lhe corto a língua com a tesoura, puxando fora com facilidade, guardando-a na palma de minha mão, quente e ainda sangrando, parecendo tão menor do que era dentro da boca, mas aí lanço-a contra a parede, onde gruda por um instante, deixando uma mancha, antes de cair no assoalho fazendo um som baixo, como um tapinha molhado. Jorra sangue da boca em quantidade e tenho de levantar-lhe a cabeça para que não se engasgue. Aí então vou e fodo ela na boca, e depois de ejacular e tirar o pau fora, pulverizo mais um pouco de gás.

Mais tarde, quando por uns instantes, retoma a consciência, ponho um chapéu de homem que ganhei de uma de minhas namoradas calouras em Harvard.

– Lembra-se *disso*? – berro, dominando-a, de cima. Agora veja *isso*! – grito triunfante, segurando um charuto. – *Ainda* fumo charutos. Ha. Está vendo? Um charuto. – Acendo-o com dedos firmes, manchados de sangue, mas seu rosto, pálido a ponto de ficar azulado, fica tendo contrações, se retorcendo de dor, os olhos, opacos de horror, se fecham, se entreabrem, a vida reduzida a um pesadelo.

– Outra coisa – vocifero, andando de um lado para outro. – Não é Garrick Andersen tampouco. O terno é de *Armani*! *Giorgio* Armani. – Dou uma pausa maldosamente e, me reclinando sobre ela, sorrio com escárnio: – E você pensou que fosse *Henry Stuart.* Meu Deus. – Esbofeteio-a com força no rosto e falo com um sibilo de cobra as palavras: – Piranha escrota – lhe respingando o rosto com cuspe, mas ele já está coberto com tanto gás líquido pulverizado que provavelmente ela não pode sentir, por isso ponho mais gás e aí tento foder sua boca mais uma vez, mas não consigo gozar e paro.

Quinta-feira

Mais tarde, de fato na noite seguinte, nós três, Craig McDermott, Courtney e eu, estamos num táxi rumando para o Nell's e conversando sobre água Evian. Courtney, com um *vison* da Armani, acaba de admitir, dando risinhos espremidos, que utiliza água mineral Evian para fazer cubos de gelo, o que dispara uma conversa sobre as diferenças entre as águas engarrafadas e, atendendo à provocação de Courtney, cada um tenta enumerar todas as marcas que conhece.

Courtney começa, contando cada nome com um dedo da mão.

– Bem, tem a Sparcal, Perrier, San Pellegrino, Poland Spring, Calistoga... – para, empacada, olha para McDermott pedindo ajuda.

Ele dá um suspiro, aí enumera:

– Canadian Spring, Canadian Calm, Montclair, que é também canadense, Vittel da França, Crodo, que é italiana... – para, esfrega o queixo pensativo, pensando em mais uma, e anuncia, como se estivesse surpreso. – Elan. – E embora pareça estar quase falando um outro nome, Craig cai num silêncio nada esclarecedor.

– Elan? – Courtney pergunta.

– É de origem suíça – diz.

– Ah – diz, e se vira para mim. – É sua vez, Patrick.

Olhando pela janela do táxi, perdido em pensamentos, o silêncio que estou causando acaba me enchendo de indizível pavor, entorpecido, maquinalmente, enumero o seguinte:

– Você esqueceu Alpenwasser, Down Under, Schat, esta vem do Líbano, Qubol e Cold Springs...

– Essa eu já falei – Courtney corta, de modo acusador.

– Não – digo. – Você falou Poland *Spring*.

– É isso mesmo? – Courtney murmura, e aí, puxando o sobretudo de McDermott: – Ele está certo, Craig?

– Provavelmente. – McDermott dá de ombros. – Acho que sim.

– Você tem de lembrar também que se deve sempre comprar água mineral em garrafa de *vidro*. Não se deve comprar água em garrafa de plástico – digo num tom sinistro, e fico esperando um deles perguntar por quê.

– Por quê? – A voz de Courtney vem carregada de real interesse.

– Porque oxida – explico. – A gente quer a água fresquinha, sem nenhum ressaibo.

Depois de uma pausa longa, atrapalhada, igual às de Courtney, McDermott reconhece, olhando para fora da janela:

– Ele tem razão.

– Na verdade não compreendo as diferenças entre as águas – murmura Courtney. Está sentada entre McDermott e mim na traseira do táxi e traz por baixo do *vison* um tailleur de sarja de lã da Givenchy, calça tipo *fuseau* da Calvin Klein e sapatos da Warren Susan Allen Edmonds. Antes, neste mesmo táxi, quando toquei no *vison* com alguma malícia, sem nenhuma intenção outra que a de verificar-lhe a qualidade, e ela percebeu isso, Courtney calmamente me perguntou se eu tinha uma pastilha de hortelã para refrescar o hálito. Eu não disse nada.

– O que quer dizer? – McDermott indaga com ar solene.

– Bem – diz ela. – Quer dizer, qual *realmente* é a diferença entre coisas como água de fonte e água natural, por exemplo, isto é, se existe alguma?

– *Courtney.* Água natural é qualquer água proveniente de uma fonte subterrânea – Craig suspira, ainda olhando firmemente para a janela. – Os componentes minerais não foram alterados, embora a água possa ter sido desinfetada ou filtrada.

McDermott está vestindo smoking de lã com lapela de entalhe da Gianni Versace, e exala Xeryus.

Momentaneamente rompo a inércia consciente em que me encontro para dar seguimento à explicação:

– Mas, nas águas de fonte, pode haver minerais adicionados ou retirados, e são normalmente filtradas, não processadas. Faço uma pausa. Setenta e cinco por cento de toda água engarrafada nos Estados Unidos são na verdade água de fonte. – Faço uma outra pausa, então pergunto aos presentes. – Alguém sabia disso?

Uma pausa longa e insípida vem a seguir, mas aí Courtney pergunta mais uma vez, sem terminar a frase:

– A diferença entre água destilada e purificada é...?

Não estou na verdade ouvindo essa conversa, nem mesmo a mim próprio, porque estou pensando nas maneiras de me livrar do cadáver de Bethany, ou então deliberando se devo ou não mantê-lo em meu apartamento por mais um dia, ou algo assim. Caso decida me livrar daquilo hoje de noite, posso facilmente enfiar o que sobrou dela num saco de lixo grande e deixá-lo no corredor do edifício; ou posso fazer um esforço extra e arrastá-lo até a rua, largando-o com o resto dos entulhos no meio-fio. Poderia até mesmo levá-lo para o apartamento em Hell's Kitchen, jogar cal viva em cima, fumar um charuto e ficar olhando aquilo se dissolver ao mesmo tempo em que escuto o Walkman, mas gosto de manter separados corpos de homem e de mulher, além do mais, quero também assistir a *Sedentos de sangue*, a fita de vídeo que aluguei nesta tarde – cujas chamadas dizem "Alguns palhaços fazem você rir, mas Bobo vai levá-lo à morte para depois devorar-lhe o corpo" – e uma corrida no meio da noite até Hell's Kitchen, mesmo sem dar um pulo no Bellevue para fazer uma boquinha, não iria me dar tempo suficiente. Os ossos de Bethany assim como grande parte dos intestinos e da carne serão provavelmente lançados no incinerador no fim do corredor de fundos de meu apartamento.

Courtney, McDermott e eu acabamos de sair de uma festa da Morgan Stanley que ficava perto do distrito histórico de Seaport, na ponta de Manhattan, numa boate chamada Goldcard, que parecia uma enorme cidade em si mesma e onde esbarrei em Walter Rhodes, um perfeito canadense a quem não via desde os tempos de escola, em Exeter, e que, tal como McDermott, exalava Xeryus; eu lhe disse "Ouça, estou tentando ficar longe das pessoas. Estou até mesmo evitando falar com elas" – e aí pedi que me desculpasse. Só um pouquinho aturdido, Walter disse "Hã, certo, eu, hum, entendo". Estou vestindo smoking jaquetão de lã crepe com seis botões, calças pregueadas e gravata-borboleta de gorgorão de seda, tudo da Valentino. Luis Carruthers está em Atlanta por uma semana. Cheirei uma carreira de pó com Herbert Gittes na Goldcard e antes de McDermott acenar para esse táxi e rumarmos para o Nell's, tomei um Halcion para livrar-me da agitação da cocaína, mas não bateu legal ainda. Courtney se mostra atraída por McDermott; como seu cartão do Chemical Bank não estava funcionando hoje de noite, pelo menos não no caixa automático em que paramos (a razão disso é que ela o usa demais para bater fileiras de pó, embora nunca vá admitir isso; restos de cocaína já foderam, várias vezes, com meu cartão também), e o de McDermott *estava* funcionando, ela preferiu o *dele* ao *meu*, o que significa, conhecendo Courtney, que quer trepar com McDermott. Mas isso de fato não importa muito. Embora eu seja mais bonito que Craig, ambos parecemos iguais. "Animais falantes" foi o assunto de hoje de manhã no *Patty Winters Show.* Um polvo ficava flutuando num aquário improvisado com um microfone atado a um dos tentáculos, pedindo "queijo" ou pelo menos é o que seu "treinador", que afirma que os moluscos têm cordas vocais, nos assegurou. Assisti a tudo isso, vagamente paralisado, até cair em soluços. Um mendigo com roupa de havaiano está ruminando sobre uma lata de lixo na esquina escura da Oitava Avenida com a Rua Dez.

– Na água destilada ou purificada – McDermott está dizendo –, a maior parte dos minerais foi retirada. A água foi fervida e o vapor condensado em água pura.

– Há que se ter em conta que água destilada é insípida e normalmente não se usa para beber. – Me vejo dizendo entre bocejos.

– E a água mineral? – pergunta Courtney.

– Não está definida no... – McDermott e eu começamos ao mesmo tempo.

– Continue – digo, novamente bocejando, fazendo Courtney também bocejar.

– Não, continue você – diz ele, apático.

– Não está definida pelo Departamento de Alimentos e Drogas, do governo federal – conto para ela. – Não contém produtos químicos, sais, açúcares nem cafeína.

– E a água gasosa fica efervescente devido ao dióxido de carbono, não é? – pergunta.

– É – McDermott e eu fazemos um gesto afirmativo com a cabeça, olhando direto para frente.

– Eu sabia disso – diz ela com hesitação, e pelo seu tom de voz consigo sentir, sem olhar, que provavelmente sorri ao dizê-lo.

– Mas somente a água gaseificada naturalmente – advirto. – Pois isso significa que o dióxido de carbono está contido na água na própria fonte.

– Água sodada e de seltz, por exemplo, são carbonatadas artificialmente – McDermott explica.

– A água de seltzer White Rock é uma exceção – declaro, pasmo ante o estrelismo ridículo, incessante de McDermott.

– A água mineral Ramlösa também é muito boa.

O táxi está quase entrando na Rua Catorze, mas cerca de quatro ou cinco limusines estão querendo também dobrar à direita ali de modo que perdemos o sinal. Xingo o motorista, mas uma velha canção da Motown, dos anos 60, quem sabe das Supremes, está tocando, abafada, na cabine da frente, o som bloqueado pela divisória de fibra de vidro. Tento abri-la, mas está trancada e não corre para o lado.

Courtney pergunta:

– Que tipo se deve então tomar após os exercícios?

– Bem – dou um suspiro. – Qualquer que seja, deve ser bem gelada.

– Por quê? – pergunta ela.

– Porque é mais rapidamente absorvida do que se estiver à temperatura ambiente. – Distraidamente consulto meu Rolex. – Deve provavelmente tomar a Evian. Mas não em garrafa plástica.

– Meu instrutor diz que Gatorade é legal – McDermott replica.

– Mas não acha que a água é melhor para repor os fluidos uma vez que entra mais rapidamente na corrente sanguínea do que *qualquer* outro líquido? – Não consigo evitar e acrescento: – *Camaradinha*?

Consulto de novo o relógio. Se eu tomar um J&B com gelo no Nell's posso chegar em casa a tempo de assistir a *Sedentos de sangue* até às duas. Mais uma vez se faz silêncio no táxi, que compassadamente se aproxima da multidão no lado de fora do clube noturno, as limusines despejando passageiros e depois seguindo em frente, cada um de nós se concentrando nisso e também no céu sobre a cidade, pesado, com nuvens escuras se agigantando. As limusines ficam buzinando umas para as outras, sem nada resolverem. Minha garganta, por causa do pó que cheirei com Gittes, está ressecada e tento engolir para umedecê-la. Cartazes de uma liquidação na Crabtree & Evelyn recobrem as janelas de tábuas de um prédio residencial abandonado no outro lado da rua. Soletre a palavra "mongol", Bateman. Como se soletra mongol? M-o-n-g-o-l. Mon-gol. Mong-ol. Gelo, fantasmas, seres estranhos...

– Não gosto de Evian – McDermott diz um pouco triste. – É doce demais. – Ele parece tão infeliz quando reconhece isso que até me faz concordar.

Olhando-o de relance no escuro do táxi, me dando conta de que provavelmente irá acabar indo para a cama com Courtney hoje, tenho um momento de fugaz pena dele.

– É sim, McDermott – digo devagar. – A Evian é doce demais.

Mais cedo, havia tanto sangue de Bethany formando poças no chão que deu para ver meu reflexo nele ao mesmo tempo em que pegava um dos telefones sem fio, e fiquei me observando enquanto marcava hora para cortar meu cabelo no Gio's.

Courtney interrompe meu transe ao reconhecer:

– Fiquei temerosa ao experimentar a San Pellegrino pela primeira vez – me olha de um modo nervoso, esperando não sei o quê de mim... que eu concorde?, e aí virando-se para McDermott, que lhe abre um sorriso pálido, apertado –, mas depois que tomei, foi... ótimo.

– Que coragem – murmuro, novamente bocejando, o táxi avançando centímetro a centímetro em direção ao Nell's, mas aí, elevando minha voz: – Ouçam, algum de vocês conhece um dispositivo que se acopla ao telefone para simular aquele sinal de espera na linha?

De volta à minha casa, fico em pé junto ao corpo de Bethany, dando goles num drinque contemplativamente, examinando as condições em que se encontra. As duas pálpebras estão semifechadas e os dentes de baixo parecem projetar-se para fora já que os lábios foram cortados – na verdade arrancados a mordidas. Mais cedo, durante o dia, serrei fora o braço esquerdo, o que afinal foi o que a matou, mas agora pego o dito, segurando-o pelo osso saliente que foi o que sobrou de onde lhe ficava a mão (não tenho ideia de onde ela está agora: no *freezer*? no armário?), empunhando-o com força como um tubo, a carne e os músculos ainda se aderindo, embora boa parte tenha sido extirpada ou comida, mas aí abaixo a peça até sua cabeça. Não são necessários muitos golpes, uns cinco ou seis no máximo, para lhe estraçalhar as mandíbulas completamente, e só mais uns dois para lhe afundar o rosto.

WHITNEY HOUSTON

WHITNEY HOUSTON EXPLODIU NO CENÁRIO musical em 1985 com o LP que levava seu próprio nome e que continha quatro grandes sucessos em discos simples, entre eles "The Greatest Love of All", "You Give Good Love" e "Saving All My Love for You". Além dela ter ganho o prêmio Grammy de melhor desempenho vocal feminino pop e dois prêmios American Music, ela ganhou um pelo melhor disco simples de rhythm & blues e outro pelo melhor vídeo de rhythm & blues. Ganhou também a menção de melhor artista estreante do ano nas revistas *Billboard* e *Rolling Stone.* Com toda essa badalação se poderia esperar que o LP fosse um anticlímax, uma continuação sem brilho, mas para nossa surpresa *Whitney Houston* é um dos discos de rhythm & blues mais ardentes, complexos e agradáveis surgidos nesta década e Whitney, ela mesma, tem uma voz que não dá para acreditar. Desde a bela e sofisticada foto da artista na capa do disco (trajando um vestido da Giovanne De Maura) e de uma outra complementar, bastante sexy, na contracapa (num maiô da Norma Kamali), vê-se logo que não se trata de um projeto profissional ameno; o disco *é* sereno mas intenso, e a voz de Whitney cruza tantos limites e é tão versátil (apesar de basicamente ela ser uma cantora de jazz) que fica difícil assimilar o disco numa primeira audição. Mas você não vai querer só isso. Vai querer saboreá-lo mais e mais.

As músicas de abertura são "You Give Good Love" e "Thinking About You", ambas produzidas e arranjadas por Kashif, e elas dão origem a arranjos jazzísticos fervorosos e exuberantes, com uma batida bem contemporânea, marcada em sintetizador, e embora as duas sejam realmente canções muito boas, o disco não faz vibrar senão em "Someone for Me" que foi produzida por Jermaine Jackson, e em que Whitney canta com ansioso desejo sobre um fundo jazz-disco. A diferença entre a sua ansiedade e a jovialidade da melodia é muito tocante. A balada "Saving All My Love for You" é a canção mais sexy, mais romântica do disco. Traz também um solo arrasador de saxofone com Tom Scott onde se podem perceber influências de grupos pop femininos (foi escrita em parceria com Gerry Goffin), mas os grupos pop femininos nunca atingiram o grau de emoção ou sensualidade (nem foram tão bem produzidos) como esta canção. "Nobody Loves You" traz um esplêndido dueto com Jermaine Jackson (que também produziu a faixa) e é apenas um exemplo da grande sofisticação do disco em termos de letra de música. A última coisa de que esse disco carece é de letra boa nas canções, o que quase sempre acontece quando o intérprete não escreve as músicas, deixando as escolhas na mão do produtor. Mas Whitney e companhia souberam aqui fazer uma boa seleção.

O disco simples com a dançante "How Will I Know" (tem meu voto para a melhor música dançante dos anos 80) é uma animada composição sobre o nervosismo de uma garota quanto ao possível interesse de um cara por ela. Essa canção tem um excelente refrão nos teclados e é a única faixa do disco produzida pelo menino-prodígio Narada Michael Walden. A balada que é a minha favorita (fora "The Greatest Love of All" – sua conquista máxima) é "All at Once" que descreve uma jovem se dando conta num dado momento que seu amante está se afastando, isso acompanhado de um deslumbrante arranjo de cordas. Embora nada nesse disco esteja lá para encher espaço, a única faixa que pode chegar mais perto disso é "Take Good Care of My Heart", um outro dueto com Jermaine Jackson. O problema é que essa canção se desvia das raízes jazzísticas do resto do disco, mostrando-se demasiado influenciada pela dance music dos anos 80.

Mas o talento de Whitney é recuperado para a irresistível "The Greatest Love of All", uma das canções melhores e mais fortes jamais escritas sobre autoproteção e dignidade. Desde o primeiro verso (Michael Masser e Linda Creed aparecem como letristas) ao último, é uma balada definitiva sobre se ter fé em si mesmo. Tem grande força de expressão e Whitney a canta com uma grandeza beirando o sublime. A mensagem universal que contém atravessa qualquer fronteira e nos deixa impregnados com a esperança de que nunca é tarde demais para nos aperfeiçoarmos, para agirmos com maior ternura. Já que no mundo em que vivemos é impossível entrar em comunhão com os outros, que busquemos a comunhão conosco mesmos. É uma importante mensagem, bastante vital, que esse disco nos transmite belamente.

Seu segundo trabalho em LP, *Whitney* (1987), continha quatro sucessos gravados em discos simples, "I Wanna Dance with Somebody", "So Emotional", "Didn't We Almost Have It All?" e "Where Do Broken Hearts Go?". Em grande parte produzido por Narada Michael Walden, não é um trabalho tão sério quanto *Whitney Houston,* mas não chega a cair em nenhuma frivolidade. Começa com a animada, dançante "I Wanna Dance with Somebody (Who Loves Me)", que segue a mesma linha da irrepreensível "How Will I Know" do último disco. Segue-se a sensível "Just the Lonely Talking Again", que reflete a profunda influência jazzística evidente no primeiro disco, podendo-se também perceber uma nova maturidade artística na voz de Whitney – foi ela quem fez todos os arranjos vocais desse disco. Tudo isso aparece bem em "Love Will Save the Day", que é a canção mais ambiciosa que Whitney já interpretou. Foi produzida por Jellybean Benitez e traz uma pulsação em ritmo acelerado intensa, mas que, como a maioria das canções desse disco, reflete uma amadurecida consciência do mundo em que vivemos. Ela canta e a gente acredita. O resultado é bastante diferente da imagem mais suave, de menininha perdida, que tanto nos encantou no primeiro disco.

Ela projetou uma imagem ainda mais adulta em "Didn't We Almost Have It All", com produção de Michael-Masser, uma canção sobre o encontro com um amante do passado onde ela diz a ele como se sente em relação ao antigo caso.

Aí temos Whitney no que ela tem de mais poético. E como na maioria das baladas, há um esplêndido arranjo de cordas. "So Emotional" está na mesma linha de "How Will I Know" e de "I Wanna Dance with Somebody", mas tem ainda mais influência do rock e, como em todas as canções do LP *Whitney*, é acompanhada por uma banda incrível, com Narada na bateria eletrônica, Wolter Afanasieff no sintetizador e no baixo, Corrado Rustici na guitarra, e alguém chamado Bongo Bob na percussão e bateria. "Where You Are" é a única canção do disco produzida por Kashif e traz a marca indelével de seu profissionalismo – tem uma sonoridade macia, cintilante a que se acrescenta o brilho de um melancólico solo de saxofone de Vincent Henry. Me pareceu sucesso certo em disco simples (mas também todas as canções do LP seriam) e me admirei de que não tivesse sido lançada dessa forma.

"Love Is a Contact Sport" é a grande surpresa – um desempenho de grande efeito sonoro, audacioso, sexy, que em termos de produção é a peça central do disco e tem uma letra ótima juntamente com um ritmo bom. É uma de minhas favoritas. Em "You're Still My Man" dá para se ouvir com clareza como a voz de Whitney parece um instrumento – uma máquina sem defeito, quente, que quase sobrepuja o sentimento da música. Mas letra e melodia são inconfundíveis demais, fortes demais para permitirem que qualquer intérprete, mesmo que seja do calibre de Whitney, lhes faça sombra. "For the Love of You" demonstra a brilhante capacidade de Narada como baterista eletrônico, e a garra jazzística moderna que nos é passada remonta não apenas às fontes geradoras do jazz moderno como Michael Jackson e Sade, mas também a outros artistas, como Miles Davis, Paul Butterfield e Bobby McFerrin.

"Where Do Broken Hearts Go" é a mais contundente afirmação da inocência perdida e da vontade de voltar à segurança da infância que se vê no disco. Sua voz aqui está adorável e controlada como jamais esteve e prepara terreno para "I Know Him So Well", o momento mais emocionante, pois é acima de tudo um dueto com sua mãe, Cissy. É uma balada sobre... quem?... um amante que tem outra? um pai há muito perdido?... uma combinação de saudade, lamento, determinação e beleza que encerra o disco com um toque gracioso, perfeito. Podemos esperar novas coisas de Whitney (ela nos deu um presente formidável nos Jogos Olímpicos de 1988 com a balada "One Moment in Time"), mas mesmo se não pudéssemos esperar mais nada ela continuaria a ser dona da voz negra de jazz mais empolgante e original de sua geração.

Jantar com a secretária

Segunda-feira à noite, oito horas. Estou em meu escritório tentando fazer o jogo de palavras cruzadas publicado ontem na edição de domingo do *New York Times*, ouvindo rap no estéreo, querendo entender a razão de sua popularidade, porque uma lourinha muito gostosa que conheci no Au Bar duas noites atrás me disse que só ouvia rap e, embora mais tarde eu a tenha espancado até a morte no apartamento de alguém no edifício Dakota (foi quase decapitada; experiência que não me causa estranheza), hoje cedo pela manhã seu gosto musical me ficou rondando a memória e tive de parar na Tower Records, no Upper West Side, e gastar o equivalente a noventa dólares em CDs de rap. Como era de se esperar, estou perplexo: vozes bem crioulas emitindo palavras horríveis como "saca ó meu, bronha, trolha". Jean está sentada à sua mesa, sobre a qual se empilham resmas de documentos que quero que ela examine. O dia hoje não foi mau: malhei duas horas antes de vir para o escritório; fui ao novo restaurante que Robinson Hirsch abriu em Chelsea e que se chama Finna; Evelyn deixou dois recados em minha secretária eletrônica e outro com Jean me avisando que irá ficar em Boston quase a semana toda; e o melhor de tudo, o *Patty Winters Show* de hoje de manhã foi em duas partes. A primeira foi uma entrevista exclusiva com Donald Trump; a segunda, um relato de mulheres que foram torturadas. Devo jantar com Madison Grey e David Campion no Café Luxembourg, mas às oito e quinze descubro que Luis Carruthers estará também no jantar, por isso ligo para Campion, o babaca filho da puta, e cancelo minha ida, depois fico deliberando o que fazer com o resto da noite. Olhando pela janela, me dou conta de que em poucos instantes o céu dessa cidade estará completamente escuro.

Jean dá uma olhadela em minha sala, batendo de leve na porta entreaberta. Finjo não lhe reconhecer a presença, embora não esteja certo do porquê, já que me sinto meio solitário. Ela vem até à mesa, fico ainda olhando fixamente o jogo de palavras cruzadas com os óculos escuros Wayfarer, atrapalhado sem nenhum motivo real.

Ela coloca uma pasta de arquivo sobre a mesa antes de perguntar "Tá nas palavras cruzadas?", tirando o *es* do "está" – um patético gesto de intimidade, uma irritante tentativa de criar um clima amistoso. Fico contrariado por dentro, faço um aceno com a cabeça sem olhar para ela.

– Quer ajuda? – pergunta, andando cautelosamente à volta da mesa até onde estou sentado, aí se inclina sobre meu ombro. Já preenchi todos os espaços com as palavras *carne* ou *osso*, e ela solta um leve gritinho sufocado quando repara nisso, mas ao ver o montão de lápis nº 2 que parti em dois, espalhados pela mesa, ela diligentemente os recolhe e sai da sala.

– Jean? – chamo.

– Sim, Patrick? – retorna à sala tentando disfarçar sua ansiedade.

– Gostaria de me acompanhar ao jantar? – pergunto, olhando ainda fixo para as palavras cruzadas, animadamente apagando o *c* de uma das muitas *carnes* que preenchi no jogo. – Isto é, se não tiver... mais nada para fazer.

– Ah, não – responde rápido demais, mas aí, se dando conta da rapidez, diz: – Não marquei nada.

– Bem, que coincidência não é? – pergunto, levantando o rosto, abaixando meus óculos Wayfarer.

Dá uma risada ligeira, mas há uma urgência nela, algo desconfortável, o que não me ajuda a sentir-me menos aborrecido.

– Acho que é – encolhe os ombros.

– Tenho também umas entradas para um... show do Milla Vanilla, se quiser ir – digo-lhe com displicência.

Confusa, pergunta:

– É mesmo? Com quem?

– Milla... Vanilla – repito devagar.

– Milla... Vanilla? – pergunta, pouco à vontade.

– Milla... Vanilla – digo. – Acho que é esse o nome do conjunto.

– Não tenho certeza.

– Se quer ir?

– Não... sobre o nome. – Concentra-se, aí diz: – Acho que se chama... Milli Vanilli.

Faço uma pausa que dura algum tempo antes de dizer:

– Ah.

Ela fica ali, faz um aceno afirmativo com a cabeça.

– Não importa – digo... de todo modo não tenho entrada alguma. – É só daqui a uns meses.

– Ah – diz, novamente acenando que sim com a cabeça. – Tudo bem.

– Ouça, onde a gente vai? – me reclino e tiro o *Zagat* da gaveta de cima.

Ela faz uma pausa, com medo de falar, encarando minha pergunta como um teste ao qual precisa passar, mas aí, sem saber se escolheu a resposta certa, me dá permissão:

– Onde você quiser.

– Não, não, não – sorrio, folheando o livreto. – Que tal onde *você* quiser?

– Ah, Patrick – dá um suspiro. – Não posso tomar essa decisão.

– Não, vamos lá – insisto. – Onde você quiser.

– Não posso – desamparada, dá mais um suspiro. – Não sei.

– Vamos lá – pressiono-a –, onde quer ir? Qualquer lugar. É só dizer. Podemos ir a qualquer um.

Fica um bom tempo pensando e aí, sentindo que o tempo está passando, timidamente pergunta, querendo me impressionar:

– Que tal o... Dorsia?

Paro de olhar o guia *Zagat* e, sem levantar nem um pouco a vista, com um sorriso apertado, um oco no estômago, pergunto a mim mesmo em silêncio, será que quero mesmo dizer não? Será mesmo que quero dizer que não tenho como fazer para irmos lá? Será que estarei mesmo preparado para dizer isso? Será isso o que de fato quero fazer?

– Mu-u-u-uito bem – digo, pousando o livreto na mesa, depois nervosamente abrindo-o de novo para achar o número de telefone. – Dorsia é aonde Jean quer ir...

– Não sei – diz ela, atrapalhada. – Não, vamos onde você quiser.

– O Dorsia está... ótimo – digo com displicência, pegando o fone, e com um dedo trêmulo começo com muita rapidez a discar os sete pavorosos números, tentando manter-me calmo. Em vez do sinal de ocupado que eu esperava, o telefone realmente chama no Dorsia e após duas chamadas de campainha a mesma voz aporrinhada com que já me acostumei nos últimos três meses vem atender, gritando "Dorsia, pois não?"; o recinto ao fundo, por trás da voz, faz um zumbido ensurdecedor.

– Sim, pode fazer reserva para dois hoje à noite, ah, digamos para daqui a vinte minutos mais ou menos? – pergunto, olhando o Rolex, piscando os olhos para Jean. Mostra-se impressionada.

– As reservas estão completamente suspensas – o maître grita cheio de presunção.

– Poxa, é mesmo? – digo, tentando mostrar-me satisfeito, quase vomitando. – Que ótimo.

– Eu disse que não estamos fazendo reservas – grita.

– Então duas pessoas para as nove? – digo. – Perfeito.

– Não temos mesas disponíveis hoje à noite – o maître, imperturbável, fala em tom monótono. – A lista de espera também já está completa. – Desliga o telefone.

– Até logo então. – Também desligo e, com um sorriso que procura ao máximo demonstrar satisfação com a escolha que ela fez, me vejo buscando fôlego, cada músculo sob grande tensão. Jean está usando vestido de jérsei de lã e flanela da Calvin Klein, cinto de couro de crocodilo com fivela prateada da Barry Kieselstein Cord, brincos prateados e meias claras também da Calvin Klein. Está ali em pé em frente de minha mesa, confusa.

– Sim? – pergunto, andando até o cabide de paletós. – Você está vestida... de acordo.

Ela dá uma pausa.

– Você não deu o nome para eles – diz delicadamente.

Reflito sobre isso enquanto visto o paletó Armani e refaço o nó da gravata e, sem gaguejar, lhe digo:

– É que eles me conhecem.

Enquanto o maître conduz à mesa um casal, que tenho bastante certeza tratar-se de Kate Spencer e Jason Lauder, Jean e eu vamos até o ponto da entrada onde são recebidos os frequentadores, e ali está, bem aberto, o livro de reservas, os nomes absurdamente legíveis, e me reclinando de modo displicente avisto o único nome com reserva para dois hoje que não está riscado e que acaba sendo – ai meu Deus – *Schrawtz*. Dou um suspiro, fico batendo o pé no chão, pensando rápido, tentando maquinar algum tipo de plano viável. De repente me viro para Jean e digo:

– Por que não vai até o toalete feminino?

Ela está no recinto do restaurante, assimilando-o. É um caos. Pessoas às pencas esperando junto ao bar. O maître conduz um casal até uma mesa no meio do salão. Sylvester Stallone está sentado com uma gata na mesa da frente, em que Sean e eu nos sentamos algumas semanas antes, muito para espanto meu e um certo aborrecimento também, seus guarda-costas estão empilhados na mesa ao lado, e o dono do Petty's, Norman Prager, senta descansado na seguinte. Jean vira a cabeça para mim e grita "O quê?" por cima do alarido.

– Não quer ir ao toalete? – pergunto. O maître se aproxima de nós, abrindo caminho no apinhado restaurante, sem dar sorriso algum.

– Por quê? Quer dizer... Eu devo? – pergunta, totalmente confusa.

– Vá... e pronto – sibilo como cobra, desesperado, lhe apertando o braço.

– Mas não estou precisando ir, Patrick – protesta.

– Deus do céu – murmuro. Agora é tarde demais.

O maître vem andando até onde estamos e examina o livro, recebe uma ligação telefônica, desliga em questão de segundos, depois olha para nós, não exatamente com desagrado. O maître tem pelo menos uns cinquenta anos e usa rabo de cavalo. Pigarreio duas vezes para chamar a sua atenção, para conseguir um contato visual, mesmo precário.

– Sim? – pergunta, como se estivesse sendo importunado.

Faço uma expressão de dignidade para ele ver antes de, por dentro, dar um suspiro.

– Reserva para nove horas... – engulo em seco. – Duas pessoas.

– Si-i-im? – pergunta desconfiado, espichando as palavras. – O nome? – diz, mas aí se volta para um garçom que passa, uns dezoito anos, bonito, modelo, que tinha perguntado "Onde está o gelo?" O maître lança-lhe um olhar feroz e grita "Agora... não. Ok? Quantas vezes tenho de dizer?". O garçom encolhe os ombros, humildemente, mas aí o maître aponta na direção do bar: "O *gelo* está ali!". Ele dá as costas para nós e me encontro assustado de verdade.

– Nome? – ordena.

E fico pensando: "De todas as porras de nomes, por que logo *esse*? Humm, Schrawtz, meu Deus, Sr. e Sra. Schrawtz". Meu rosto, tenho certeza, está cinzento e falo o nome mecanicamente, mas o maître está ocupado demais para não o aceitar e nem quero olhar Jean, que tenho certeza está totalmente desconcertada com meu comportamento, enquanto somos conduzidos à mesa dos Schrawtz, que tenho certeza, provavelmente é uma merda, mas de todo modo estou aliviado.

Os menus já estão dispostos sobre a mesa, mas estou tão nervoso que as palavras e até mesmo os preços me parecem hieróglifos e fico completamente embaraçado. Um garçom anota nosso pedido de bebidas – o mesmo que não encontrava o gelo antes – e me vejo sem escutar Jean dizendo coisas, como "Proteger a camada de ozônio é realmente uma ideia legal", contando piadas bobas. Dou um sorriso, deixando-o fixo no rosto, nem estou aqui, mas não demora nadinha – minutos, na verdade, o garçom não tem sequer a chance de nos falar dos pratos especiais – e eu reparo o casal alto, bonito, lá na frente, confabulando com o maître, e depois de dar um profundo suspiro, com a cabeça refrescada, gaguejando, conto a Jean:

– Algo de ruim está acontecendo.

Ela levanta os olhos do menu e repousa a bebida sem gelo que está tomando.

– Por quê? O que há de errado?

O maître lança um olhar intenso e feroz em nossa direção, na *minha*, vindo do outro lado do salão e trazendo o casal até nossa mesa. Se fosse um casal baixinho, atarracado, bem judeu, eu poderia ficar com a mesa, mesmo sem a ajuda de uma nota de cinquenta, mas esse casal parece que acabou de sair de um anúncio da Ralph Lauren, e embora Jean e eu também pareçamos (assim como todo o resto do maldito restaurante), o homem está de smoking e a garota – uma gata absolutamente ótima para se trepar – coberta de joias. É a realidade e, como meu abominável irmão Sean, tenho de enfrentá-la. O maître está agora em pé junto à mesa, as mãos para trás, e após uma pausa comprida pergunta:

– Sr. e Sra... *Schrawtz*?

– Sim? – digo numa atitude displicente.

Fica só me olhando fixo. Um silêncio anormal acompanha tudo. O rabo de cavalo, grisalho e oleoso, lhe recai abaixo do colarinho com um toque de perversidade.

– Sabe – digo afinal, num tom cortês –, é que conheço o chef.

Ele continua me olhando. Assim como, sem dúvida, o casal atrás dele.

Depois de uma pausa longa, sem nenhuma razão concreta, pergunto:

– Ele está... em Aspen?

Isso não está levando a nada. Dou um suspiro e me viro para Jean, que parece totalmente desorientada. "Vamos embora, ok?" Ela acena que sim com a cabeça, muda. Humilhado, tomo a mão de Jean e nos levantamos – ela mais devagar do que eu – nos roçando no maître e no casal e caminhamos de volta pelo meio do restaurante lotado, aí quando chegamos no lado de fora estou absolutamente destroçado e fico murmurando para mim mesmo. "Não era para eu entrar nessa, não era para eu entrar nessa, não era." Jean, no entanto, vai escapulindo rua abaixo às gargalhadas, me puxando. Quando afinal percebo essa sua inesperada alegria, entre risadinhas ela deixa escapar "Foi *tão* engraçado" e, então, me apertando o punho cerrado, me comunica "Seu senso de humor é tão *espontâneo*". Trêmulo, caminhando todo retesado a seu lado, ignorando-lhe a presença, pergunto a mim mesmo "Aonde... vamos... agora?" e em poucos segundos tenho a resposta "Arcadia", em direção ao qual me vejo conduzindo nós dois.

Depois de alguém que acho que é Hamilton Conway me confundir com alguém que se chama Ted Owen e me perguntar se consigo fazê-lo entrar no Petty's hoje de noite – digo a ele "Vou ver o que posso fazer" – volto o que restou de minha atenção para Jean, que está sentada à minha frente no salão quase vazio do Arcadia. Depois que ele se vai, apenas cinco, entre todas as mesas do restaurante, estão ocupadas. Pedi J&B com gelo. Jean dá uns goles num copo de vinho branco e me fala que o que realmente quer fazer é trabalhar "em área bancária comercial" e fico pensando: "A Ousadia de um Sonho". Alguém mais, Frederick Dibble, passa pela mesa e me felicita em razão da conta Larson, mas aí tem a petulância de dizer "Nos falamos depois, Saul". Estou aturdido, a milhões de quilômetros de distância, e Jean não nota; está falando de um novo romance que anda lendo, o autor é jovem – a capa, já vi, carregada de néon; o assunto, sofrimentos sublimes. Por acaso, fico achando que está falando de alguma outra coisa e me vejo dizendo, sem realmente olhar para ela, "você precisa de uma couraça para sobreviver nesta cidade". Fica ruborizada, se mostra bem atrapalhada e toma mais um gole de vinho, que é um sauvignon blanc.

– Você parece distante – diz.

– O quê? – pergunto, piscando.

– Disse que você parece distante – repete.

– Não – dou um suspiro. – Continuo o mesmo maluco de sempre.

– Que bom – ela sorri. – Será que estou sonhando? – aliviada.

– Então ouça – digo, tentando me concentrar nela. – O que realmente você quer fazer na vida? – Mas aí, me lembrando de sua ladainha sobre área bancária comercial, acrescento: – Me dê só um resumo, sabe, seja breve. – Depois acrescento: – Mas não me venha dizer que gosta de trabalhar com crianças, ok?

– Bem, gostaria de viajar – diz. – Talvez voltar a estudar, mas realmente não sei... – faz uma pausa pensativa e declara, com sinceridade: – Estou num ponto da vida em que parece haver um monte de possibilidades, mas sou tão... sei lá... insegura.

– Acho importante que as pessoas se deem conta de suas limitações. – Depois, sem quê nem pra quê pergunto: – Você tem namorado?

Sorri envergonhada, fica ruborizada, aí diz:

– Não. Na verdade não tenho.

– É interessante – murmuro. Abri o menu e fico examinando o prato em promoção de hoje à noite.

– E você está saindo com alguém? – ousa com timidez.

– Quer dizer, a sério?

Me decido pelo peixe com tulipas e canela, escapando da pergunta com um suspiro, dizendo "O que quero é ter um relacionamento significativo com alguém especial". Mas, antes de deixá-la responder, lhe pergunto o que vai pedir.

– Acho que quero o boto – diz e aí, apertando os olhos para o menu – com gengibre.

– Fico com o peixe – digo. – Estou desenvolvendo um gosto por... peixes simples – digo, balançando afirmativamente a cabeça.

Mais tarde, após um jantar medíocre, uma garrafa de cabernet sauvignon bastante caro, produzido na Califórnia, e um *crème brûlée* que dividimos, peço um copo de vinho do Porto de cinquenta dólares a garrafa e Jean dá uns goles num café expresso descafeinado, mas, quando me pergunta de onde vem o nome do restaurante, eu lhe digo, sem inventar nada de ridículo – apesar de ficar tentado a fazê-lo, só para ver se ela acreditaria. Sentado à sua frente agora mesmo no escurinho do Arcadia, é fácil acreditar que engoliria qualquer informação errada que eu lhe empurrasse – a queda que tem por mim a deixa impotente –, mas acho essa ausência de defesa estranhamente não erótica. Poderia até mesmo explicar minha postura pró-apartheid e fazê-la buscar motivos próprios pelos quais também ela a adotaria, investindo grandes somas de dinheiro em organizações racistas q...

– Arcádia foi uma antiga região do Peloponeso, na Grécia, fundada em 370 a.C., e completamente cercada de montanhas. A principal cidade era... Megalópolis, que era também o centro de atividade política e a capital da confederação arcádica... – dou um gole no vinho do Porto, que é espesso, forte, caro. – Foi destruída durante a guerra de independência da Grécia... – dou outra pausa. – Pã foi adorado originalmente na Arcádia. Sabe quem foi Pã?

Sem jamais tirar os olhos de mim, ela acena que sim com a cabeça.

– Seus festejos eram muito similares aos de Baco – digo-lhe. – Fazia suas travessuras com as ninfas durante a noite, mas gostava também de... assustar os viajantes durante o dia... daí a palavra *pân-ico.* – Blá-blá-blá. Acho engraçado que eu tenha retido esse conhecimento e levanto os olhos do vinho do Porto o qual estava examinando pensativamente e dou um sorriso para ela. Está em silêncio já há algum tempo, atrapalhada, insegura para responder, mas acaba me olhando fundo e dizendo, vacilante, inclinando-se sobre a mesa, "É... tão interessante", o que é tudo que sai de sua boca, é tudo o que tem a dizer.

Onze e trinta e quatro. Estamos em pé na calçada em frente ao apartamento de Jean no Upper East Side. O porteiro do prédio nos olha de um modo desconfiado e me enche de indizível pavor, aquela vigilância me atravessando desde o portão de entrada. Uma cortina de estrelas, quilômetros e quilômetros delas, se esparrama reluzindo pelo céu, e essa multiplicidade me humilha, o que para mim é tão difícil de tolerar. Ela encolhe os ombros e balança a cabeça afirmativamente depois que falo algo sobre formas de ansiedade. É como se sua mente tivesse dificuldade em se comunicar com a boca, como se Jean buscasse fazer uma análise racional sobre minha pessoa, o que, naturalmente, é uma impossibilidade: não... há... explicação.

– Foi um jantar maravilhoso – diz ela. – Fico agradecida.

— Na verdade, a comida foi medíocre, mas o prazer foi meu. — Encolho os ombros.

— Não quer subir para tomarmos um drinque? — pergunta com exagerada displicência e, embora eu tenha uma atitude crítica em relação às suas investidas, isso não significa necessariamente que não queira subir, mas algo me impede, algo arrefece minha ânsia de sangue: o porteiro? o tipo de iluminação da entrada do prédio? o batom que Jean usa? Além do que começo a achar que pornografia é bem menos complicada do que sexo de verdade e, por causa desta falta de complicação, fica muito mais prazerosa.

— Você tem peiote em casa? — pergunto.

Dá uma pausa, confusa.

— O quê?

— É brincadeira — digo, e aí: — Ouça, quero assistir ao programa *David Letterman*, por isso... — dou uma pausa, inseguro, sem saber por que vou me deixando ficar. — Tenho de ir.

— Pode assistir ao programa... — para, depois sugere — em minha casa.

Dou uma pausa antes de perguntar:

— Tem tevê a cabo?

— Tenho. — Afirma com a cabeça. — Tenho tevê a cabo.

Empacado, faço outra pausa, depois finjo estar matutando sobre o assunto.

— Não, tudo bem. Gosto de assistir... sem ser por cabo.

Deixa transparecer um olhar triste, perplexo.

— O quê?

— Tenho de devolver umas fitas de vídeo — explico apressado.

Dá uma pausa.

— Mas agora? São... — consulta o relógio — ...É quase meia-noite.

— Bem, pode crer — digo, bastante indiferente.

— Bem, acho então... que é hora de desejar boa noite — diz.

Que tipo de livros Jean lê? Os títulos se precipitam em minha mente: *Como fazer um homem se apaixonar por você. Como manter um homem apaixonado para sempre. Como fechar um trato: Case-se. Como estar casada daqui a um ano. Suplicante.* No bolso de meu paletó roço, o dedo na caixa cor de avestruz da Luc Benoit que comprei semana passada, onde guardo minhas camisinhas, mas, arre, não.

Depois de me apertar a mão desajeitadamente, ela pergunta, sem soltá-la.

– É mesmo? Não tem tevê a cabo?

Embora de modo algum tenha sido uma noite romântica, ela me dá um abraço e desta vez deixa escapar um ardor com o qual não estou acostumado. Tenho tamanho hábito de imaginar as coisas como se ocorressem num filme, visualizando tudo sob a forma de acontecimentos levados à tela, que só me falta ouvir o som crescente de uma orquestra, quase posso alucinar que há uma câmara fazendo uma panorâmica baixa à nossa volta, fogos de artifício explodindo em câmara lenta logo acima, a imagem em setenta milímetros de seus lábios se abrindo e o murmúrio de "*Quero* você" que se segue em som Dolby. Mas o meu abraço é gélido e me dou conta, primeiramente de um modo distante, mas depois com maior clareza, de que a devastadora onda de fúria que sobe dentro de mim gradualmente vai amainando. Agora ela está me beijando na boca e essa aflição me lança de algum modo à realidade e afasto-a com delicadeza. Ela me olha medrosamente num relance.

– Ouça, tenho de ir – digo, consultando meu Rolex. – Não quero perder o... "Façanhas Estúpidas de Animais".

– Tudo bem – diz, recompondo-se. – Tchau.

– Tchau – digo.

Ambos tomamos direções diferentes, mas de súbito ela fala alguma coisa.

Me viro.

– Não se esqueça de que tem um encontro de manhã com Frederick Bennet e Charles Rust no clube "21" – diz do portão, que o porteiro mantém aberto para ela.

– Obrigado – exclamo, acenando. – Tinha me esquecido completamente.

Acena de volta, desaparecendo na entrada do prédio.

No caminho até a Avenida Park em busca de um táxi, passo por um vagabundo feioso desabrigado – um membro da subclasse genética – mas, quando ele pede baixinho uns trocados, "qualquer coisa", reparo na sacola da livraria Barnes & Noble que está a seu lado nos degraus da igreja onde está mendigando e não posso evitar um sorriso afetado e dizer, bem alto "Ah puxa, como *você* lê...", mas aí, no banco traseiro do táxi, atravessando a cidade a caminho de minha casa, imagino que estou correndo pelo Central Park com Jean numa tarde fria de primavera, estamos rindo, de mãos dadas. Compramos uns balões e deixamos que subam no ar.

Detetive

Maio desliza até junho que desliza até julho que se arrasta para agosto. Por causa do calor tive sonhos impressionantes nas quatro últimas noites sobre vivissecção, mas não estou fazendo nada agora, vegetando no escritório com uma aborrecida dor de cabeça e um Walkman que toca um confortante CD de Kenny G, a luz brilhante do sol do meio da manhã inunda a sala me perfurando o crânio, fazendo latejar minha ressaca e, por causa disso, não deu para malhar hoje de manhã. Enquanto estou ouvindo a música, reparo na segunda luzinha do telefone que pisca, o que significa que Jean está me chamando. Dou um suspiro e tiro com cuidado o Walkman.

– O que é? – pergunto numa voz monocórdia.

– Humm, Patrick? – começa ela.

– Si-im, Je-an? – pergunto com condescendência, separando bem as duas palavras.

– Patrick, um tal sr. Donald Kimball está aqui e quer vê-lo – diz nervosamente.

– Quem? – falo bruscamente, distraído.

Dá um suspiro de lamento, mas aí, como se estivesse perguntando, abaixa a voz.

– O *detetive* Donald Kimball?

Faço uma pausa, olhando o céu pela janela, depois para o monitor, depois para a mulher sem cabeça que estou rabiscando na contracapa da revista *Sports Illustrated*, e fico passando a mão no acabamento lustroso do exemplar uma vez, duas, antes de lhe arrancar a capa e amassá-la todinha. Finalmente começo.

– Diga-lhe que... – depois, matutando um pouco mais, repensando minhas escolhas, paro e recomeço. – Diga-lhe que estou no almoço.

Jean dá uma pausa, depois sussurra.

– Patrick... Acho que ele sabe que você está aqui. – Durante meu prolongado silêncio, ela acrescenta, ainda abafando a voz: – São dez e meia.

Dou um suspiro, protelando de novo, e num pânico contido falo para Jean:

– Então mande-o entrar, não é?

Me levanto, caminho até o espelho Jodi que está pendurado junto ao quadro George Stubbs e ajeito o cabelo, passando um pente de chifre de boi nele, depois, com calma, pego um de meus telefones sem fio e, me preparando para uma cena de tensão, finjo estar falando com John Akers, e começo a declarar no telefone antes de o detetive entrar na sala.

– Agora, John... – limpo a garganta. – Você tem de usar roupas adequadas ao seu físico – começo, falando para o nada. – Definitivamente existem os *prós* e os *contras*, meu camaradinha, quanto ao uso de camisas de listras grossas. Uma camisa de listras grossas pede ternos e gravatas de cores lisas ou de estampado discreto...

A porta da sala se abre e eu aceno para o detetive, que é surpreendentemente jovem, talvez tenha minha idade, que está usando terno Armani de linho não diferente do meu e, embora esteja ligeiramente despenteado, tem um jeitão bem da moda, o que me aborrece. Ofereço-lhe um sorriso tranquilizador.

– E uma camisa com maior densidade de fios no tecido é mais durável do que as outras... É, eu sei... Mas para determinar isso você tem de examinar a *tessitura* do material... – aponto para a poltrona Mark Schrager de teca e metal cromado que fica de frente para minha mesa, insistindo em silêncio para ele sentar-se.

– Tecidos de trançado justo não são criados apenas com o uso de grande quantidade de fios, mas com o uso de fios compostos de fibras de alta qualidade, que são longas e finas, e que... é isso... e que... que podem gerar tessituras mais justas, ao contrário das fibras curtas e eriçadas, como as que encontramos no tweed. E os tecidos de trançado *solto* como as malhas são delicados ao extremo, devendo ser tratados com o maior cuidado... – Por causa da chegada do detetive, me parece pouco provável que este vá ser um dia legal e fico olhando-o desconfiadamente enquanto ele se senta e cruza as pernas de um jeito que me enche de indizível pavor. Me dou conta de que fiquei calado tempo demais quando ele se vira para ver se já saí do telefone.

– Tudo bem, e... é, John, tudo bem. E... é, dê sempre uns quinze por cento de gorjeta ao cabeleireiro – dou uma pausa. – Não, o proprietário do salão não deve receber gorjeta... – encolho os ombros para o detetive, desamparadamente, revirando os olhos. Ele acena com a cabeça, dá um sorriso compreensivo e recruza as pernas. Bonitas meias. Meu Deus. – A garota que lava o cabelo? Depende, diria um ou dois dólares... – rio – depende da beleza dela... – rio com mais intensidade. – E é isso, o que mais ela lava... – dou uma outra pausa, aí digo: – Ouça, John, tenho de desligar. O T. Boone Pickens acabou de entrar... – dou uma pausa, sorrindo escancarado como um idiota, depois rio. – É só brincadeira... – Outra pausa. – Não, não dê gorjeta ao dono do salão. – Solto uma outra risada, depois, finalmente: – Ok, John... tudo bem, já saquei. – Desligo o telefone, abaixo a antena e então, reforçando sem necessidade minha naturalidade, digo: – Peço desculpas.

– Não, *eu* é que lhe peço – diz, sinceramente se desculpando. – Deveria ter marcado com antecedência. – Com um gesto na direção do telefone sem fio que estou recolocando na base de recarregamento, pergunta: – Era, hã, alguma coisa importante?

– Ah, a conversa? – pergunto, indo em direção à minha mesa, me afundando na poltrona. – Só remoendo uns probleminhas de negócios. Estudando oportunidades... Trocando boatos... Fazendo fofocas. – Nós dois rimos. Quebra-se o gelo.

– Oi – diz, se levantando um pouco da poltrona, estendendo a mão. – Donald Kimball.

– Oi, Pat Bateman – aperto-a, forçando bem. – Prazer em conhecê-lo.

– Sinto muito – diz – ter chegado assim sem avisar, mas era para eu falar com Luis Carruthers, mas ele não estava e... bem, você estava, por isso... – sorri, encolhe os ombros. – Bem sei como vocês são ocupados. – Evita olhar para os três exemplares de *Sports Illustrated* abertos sobre minha mesa, cobrindo-a, juntamente com o Walkman. Reparo também isso, então fecho os três exemplares e os enfio na gaveta de cima junto com o Walkman ainda ligado.

– Bem – começo, tentando parecer o mais amigável e conservador que for possível. – Qual o assunto em questão?

– Bem – começa. – Fui contratado por Meredith Powell para investigar o desaparecimento de Paul Owen.

Balanço pensativamente a cabeça antes de perguntar:

– Não é do FBI ou algo assim, é?

– Não, não – diz. – Nada disso. Sou um investigador particular apenas.

– Ah, entendo... Sim. – Balanço novamente a cabeça, ainda não aliviado. – O desaparecimento de Paul... sim.

– Por isso não é nada *muito* oficial – me diz em segredo. – Trago apenas umas perguntas básicas. Sobre Paul Owen. Sobre você...

– Café? – pergunto subitamente. Meio sem saber, diz:

– Não, por mim tudo bem.

– Água Perrier? San Pellegrino? – ofereço.

– Não, tudo bem – diz novamente, abrindo um pequeno caderno preto que tirou do bolso junto com uma caneta Cross dourada. Chamo Jean pela campainha.

 Sim, Patrick?

– Jean você pode trazer para o sr... – paro, olho.

Ele olha também.

– Kimball.

–...Sr. Kimball uma garrafa de San Pelle...

– Ah, não, tudo bem – protesta.

– Mas não há problema – digo-lhe.

Fico com a sensação de que está tentando não me encarar estranhamente. Volta-se para o caderno e escreve alguma coisa, depois risca outra coisa. Jean entra na sala quase imediatamente e coloca a garrafa de San Pellegrino e um copo de vidro trabalhado Steuben sobre a mesa na frente de Kimball. Me dá uma olhadela irritada, chateada, que lhe devolvo com uma cara feia. Kimball levanta os olhos, sorri e acena com a cabeça para Jean, que, reparo, não está usando sutiã hoje. Inocentemente, vejo-a sair, depois volto meu olhar para Kimball, junto as mãos entrelaçando os dedos, me endireito na poltrona.

– Bem, qual o assunto em questão? – digo novamente.

– O desaparecimento de Paul Owen – diz, lembrando-me.

– Ah, claro. Bem, não ouvi falar nada sobre o desaparecimento ou coisa parecida... – dou uma pausa, depois tento rir. – Não na Page Six pelo menos.

Kimball sorri polidamente.

– Acho que a família quer abafar o caso.

– Compreensível. – Faço um gesto com a cabeça apontando o copo e a garrafa intocados, depois levanto os olhos até ele. – Limão?

– Não, obrigado – diz. – Tudo bem.

– Tem certeza? – pergunto. – Dá para mandar trazer um limão.

Faz uma pausa ligeira, depois diz:

– São apenas algumas perguntas preliminares que necessito para meu arquivo, está bem?

– Vai fundo – digo.

– Qual a sua idade? – pergunta.

– Tenho 27 anos – digo. – Faço 28 em outubro.

– Onde estudou? – rabisca algo no caderno.

– Harvard – digo. – Fiz faculdade de administração de empresas lá.

– Endereço? – pergunta, olhando só para o caderno.

– Rua Oitenta e Um, número cinquenta e cinco oeste – digo. – No edifício American Gardens.

– Bom – levanta o rosto, impressionado. – Muito bom.

– Obrigado – sorrio, lisonjeado.

– O Tom Cruise não mora lá? – pergunta.

– Isso aí – aperto a ponta de meu nariz. De repente tenho de fechar os olhos com força. Ouço-o falar.

– Me perdoe, mas você está bem?

Abrindo os olhos, ambos lacrimejantes, digo:

– Por que pergunta?

– Você parece... *nervoso.*

Estendo o braço até uma gaveta de minha mesa e pego um vidro de aspirinas.

– Nuprin? – ofereço.

Kimball olha o vidro de modo estranho e depois se volta para mim antes de sacudir a cabeça.

– Hã... não, obrigado.

Tira um maço de Marlboro e distraidamente deixa-o junto à garrafa de San Pellegrino enquanto examina algo no caderno.

– Mau hábito – chamo a atenção.

Levanta os olhos e, reparando minha desaprovação, sorri encabulado.

– Sei disso. Sinto muito.

Olho para o maço.

– Você... prefere que eu não fume? – pergunta, hesitante.

Continuo olhando para o maço de cigarros, deliberando.

– Não... acho que está bem.

– Tem certeza? – pergunta.

– Sem problemas – toco a campainha chamando Jean.

– Sim, Patrick?

– Traga para a sala um cinzeiro para o sr. Kimball, por favor – digo.

Em questão de segundos ela entra.

– O que poderia me contar sobre Paul Owen? – finalmente pergunta, após Jean ir embora, tendo colocado um cinzeiro de cristal Fortunoff sobre a mesa, junto à água San Pellegrino intocada.

– Bem – tusso, engolindo a seco dois Nuprin. – Não o conhecia assim tão bem.

– O *quanto* o conhecia, então? – pergunta.

– Fico... embaraçado – digo-lhe, um tanto sinceramente. – Ele fazia parte de toda aquela... coisa lá de Yale, sabe.

– Coisa de *Yale*, da universidade? – pergunta, confuso.

Dou uma pausa, sem ter ideia do que estou falando.

– É... aquela coisa lá de Yale.

– O que quer dizer com... coisa lá de Yale? – Está agora intrigado.

Dou uma pausa novamente – o que quero *eu* dizer?

– Bem, acho, primeiro, que ele provavelmente era um homossexual enrustido. Não tenho ideia; até duvido, considerando o gosto que tinha por dondocas. Cheirava um bocado de pó... – dou uma pausa, depois acrescento, um pouquinho trêmulo: – *Aquela* coisa de Yale. – Tenho certeza de que isso dito assim soa bizarro, mas não há outro modo de fazê-lo.

A sala está um sossego agora. O recinto parece de repente mais apertado, sufocante, e apesar do ar-condicionado estar no máximo, o ar parece adulterado, reciclado.

– Então... – Kimball fica olhando seu caderno desamparadamente. – Não há nada que possa me dizer sobre Paul Owen?

– Bem – digo. – Levava o que suponho ser uma vida regrada, acho. – Realmente aturdido, abro: – Ele... fazia uma dieta balanceada.

Percebo uma frustração da parte de Kimball e ele pergunta:

– Que tipo de homem era ele? Além da... – vacila, tenta sorrir – ...informação que me acaba de dar.

Como eu poderia descrever Paul Owen para esse cara? Fanfarrão, arrogante, um folgazão metido a picão que sempre achava um jeito de não pagar sua parte nas contas do Nell's? Que herdei a infeliz informação de que seu pênis tinha um nome e que o nome era *Michael*? Não. Acalme-se, Bateman. Acho que estou sorrindo.

– Espero que não esteja sendo interrogado – consigo dizer.

– Se sente assim? – pergunta. Essa questão soa sinistra, mas não é.

– Não – digo com cuidado. – Realmente não.

Enlouquecidamente ele escreve algo, depois pergunta, sem levantar o rosto, mordendo a ponta da caneta.

– Onde Paul costumava baixar?

– Bai... xar? – pergunto.

– Isso aí – diz. – Sabe... baixar.

– Deixe-me pensar – digo, tamborilando na mesa com os dedos. – The Newport. Harry's. Fluties. Indochine. Nell's. Cornell Club. Iate Clube de Nova York. Os lugares de sempre.

Kimball se mostra confuso.

– Ele tinha um iate?

Fico empacado, digo com displicência:

– Não. Apenas baixava por lá.

– E qual escola ele frequentou? – pergunta.

Faço uma pausa.

– Você não sabe isso?

– Só queria saber se você sabia – diz, sem levantar o rosto.

– Hã, Yale – digo devagar. – Certo?

– Certo.

– E depois fez a faculdade de administração de empresas em Colúmbia – acrescento –, eu *acho*.

– E antes de tudo isso? – pergunta.

– Se me lembro bem, Saint Paul's... Quero dizer...

– Não, tudo bem. Isso não é de fato pertinente – desculpa-se. – Acho que não tenho mesmo outras perguntas. Não tenho muita coisa com que possa ir em frente.

– Ouça, o que quero... – começo baixinho, habilmente. – Só quero ajudar.

– Entendo – diz.

Outra longa pausa. Ele toma nota de algo, mas não parece importante.

– Tem mais alguma coisa que possa me contar sobre Owen? – pergunta, se revelando quase um tímido.

Fico pensando sobre isso, depois declaro num tom frágil.

– Nós dois tínhamos sete anos em 1969.

Kimbal sorri.

– Eu também.

Fingindo interesse sobre o caso, pergunto:

– Você tem testemunhas, impressões digitais...

Ele me corta com uma voz cansada.

– Bem, há uma mensagem em sua secretária eletrônica dizendo que ele foi para Londres.

– Bem – pergunto então, com alguma esperança –, talvez ele tenha ido, hein?

– Sua namorada acha que não – Kimball diz de modo inexpressivo.

Sem sequer começar a compreender, imagino, que grãozinho Paul Owen representou na geral enormidade das coisas.

– Mas... – dou uma parada. – Alguém o viu em Londres?

Kimball olha o caderno, folheia uma página e aí, me olhando de volta, diz:

– Na verdade, sim.

– Hummm – digo.

– Bem, tive um trabalhão para obter uma verificação precisa – reconhece. – Um tal... de Stephen Hughes diz que o avistou num restaurante lá, mas fui conferir e o que ocorreu é que ele confundiu Hubert Ainsworth com Paul, por isso...

– Ah – digo.

– Você se recorda onde se encontrava na noite em que Paul desapareceu? – Verifica o caderno. – Em 24 de junho?

– Caramba... acho... – fico pensando sobre isso. – Estava provavelmente devolvendo fitas de vídeo. – Abro a gaveta, pego minha agenda e olhando no mês de dezembro declaro: – Saí com uma garota chamada Verônica... – Estou mentindo, inventando tudo.

– Espere – diz, atrapalhado, olhando o caderno. – Não é isso... que tenho aqui.

Meus músculos da coxa ficam tensos.

– O quê?

– Não foi essa a informação que tive – diz.

– Bem... – fico confuso e atrapalhado de repente, o Nuprin mais amargo no estômago. – Eu... Espere... Que informação você tem?

– Vejamos... – folheia seus apontamentos, encontra algo. – Você estava com...

– Espere. – Rio. – *Eu* posso estar errado... – sinto um frio na espinha.

– Bem... dá uma parada. – Qual foi a última vez que esteve com Paul Owen? – pergunta.

– Fomos... – Por Deus, Bateman, pense em algo – a uma peça musical que estreara recentemente, chamada... *Oh África, Brava África.* – Engulo em seco. – Foi uma verdadeira... orgia de risos... e não passou disso. Acho que fomos jantar no Orso's... não, no Petaluma. Não, no Orso's. – Dou uma parada. – A... última vez que o vi *pessoalmente* foi... num caixa automático. Não consigo lembrar qual... era um que ficava perto, hum, do Nell's.

– Mas e na noite em que ele desapareceu? – Kimball pergunta.

– Não tenho certeza realmente – digo.

– Acho que talvez tenha misturado as datas – diz, dando uma olhadela no caderno.

– Mas como? – pergunto. – Onde *você* acha que Paul estava naquela noite?

– Segundo sua agenda, e isso foi verificado por sua secretária, ele jantou com... Marcus Halberstam – diz.

– E então? – pergunto.

– Fiz umas perguntas a ele.

– Ao Marcus?

– É. Mas ele nega – diz Kimball. – Embora de início tenha ficado em dúvida.

– Mas Marcus negou?

– Negou.

– Bem, Marcus tem algum álibi? – Fico com uma acentuada receptividade às suas perguntas agora.

– Tem.

Pausa.

– Ele tem? – pergunto. – Você está certo disso?

– Conferi bem – diz com um estranho sorriso. – Está limpo.

Pausa.

– Ah.

– Agora onde *você* estava? – ele solta um riso.

Também rio, mas sem saber por quê.

– Onde estava o Marcus? – Quase solto um risinho apertado.

Kimball não para de sorrir enquanto me olha.

– Ele não estava com Paul Owen – diz em tom enigmático.

– Estava então com quem? – Ainda estou rindo, mas muito zonzo também.

Kimball abre o caderno e pela primeira vez me lança um olhar levemente hostil.

– Estava no Atlantis com Craig McDermott, Frederick Dibble, Harry Newman, George Butner e... – Kimball faz uma pausa, aí levanta os olhos – ... você.

Aqui no escritório agora mesmo estou pensando sobre o tempo que levaria um cadáver para desintegrar-se nesta sala. Nesta sala fantasio as seguintes coisas enquanto fico sonhando: comer costeletas no Red, Hot and Blue em Washington, D.C. Se devo trocar de shampoo. Qual realmente é a melhor cerveja? Bill Robinson é supervalorizado como estilista? O que está dando errado com a IBM? Luxo ao extremo. A expressão "pisando na bola" é um advérbio? A paz frágil de São Francisco de Assis. Luz elétrica. O epítome do luxo. Do extremo luxo. O filho da puta está usando o mesmo maldito terno Armani de linho que eu. Como seria fácil arrancar essa vidinha esperta do corpo desse cara escroto. Kimball está completamente consciente do meu verdadeiro vazio interior. Não há provas de vida nesta sala, mesmo assim ele fica anotando. No momento em que você estiver terminando de ler esta frase, um jato Boeing estará levantando voo ou aterrissando em algum lugar do mundo. Queria tomar uma Pilsner Urquell.

– Ah é – digo. – Claro... Tínhamos falado para ele vir – digo, balançando a cabeça como se acabasse de me dar conta de algo. – Mas ele disse que tinha outras coisas... – depois, de modo nada convincente: – Acho que fui jantar com Vitória na... noite seguinte.

– Ouça, como já disse, apenas fui contratado por Meredith. – Dá um suspiro, fechando o caderno.

Com alguma hesitação, pergunto:

– Sabia que Meredith Powell está saindo com Brock Thompson?

Encolhe os ombros, dá um suspiro.

– Não sei nada disso. Tudo que sei é que Paul Owen supostamente lhe deve um montão de dinheiro.

– Ah – digo, acenando com a cabeça. – É mesmo?

– Pessoalmente – me diz, confidenciando –, acho que o cara ficou meio pirado. Se mandou da cidade por uns tempos. Vai ver foi *mesmo* para Londres. Dar umas voltas. Ficar bebendo. O que for. De qualquer modo, estou bem certo de que vai aparecer de novo mais cedo ou mais tarde.

Balanço a cabeça devagar, mostrando que sim, querendo parecer adequadamente desconcertado.

– Ele não tinha nenhum envolvimento, você acha, digamos, com ocultismo ou seitas de adoração ao demônio? – Kimball pergunta com seriedade.

– Hã, o quê?

– Sei que parece uma pergunta boba, mas é que no mês passado, em Nova Jersey, não sei se ouviu falar disso, um jovem corretor de títulos foi preso e acusado de ter assassinado uma garotinha de origem mexicana, de ter feito rituais de vodu com, bem, várias partes de seu corpo...

– Cruzes! – exclamo.

– Quer dizer... – sorri com um jeito tolo mais uma vez. – Não ouviu nada sobre isso?

– O sujeito negou a autoria do negócio? – pergunto, sentindo um ardor no corpo.

– Negou – Kimball acena que sim com a cabeça.

– É um caso bem interessante – consigo dizer.

– Embora ele se diga inocente, continua achando que é um inca, o Deus-pássaro, algo assim – diz Kimball, amarrotando o rosto.

Nós dois rimos à vontade do fato.

– Não – digo finalmente. – Paul não estava metido nisso. Seguia um regime balanceado e...

– Pode crer, já sei, e estava naquela coisa toda lá de Yale – Kimball completa num tom de cansaço.

Há uma longa pausa que, acho, é a mais longa até agora.

– Você consultou algum médium? – pergunto.

– Não – balança a cabeça de um jeito que dá a entender que a hipótese foi considerada. – Mas ah, *quem se importa*?

– O apartamento dele foi roubado? – pergunto.

– Não, de fato não foi – diz. – Alguns artigos de toucador sumiram. Desapareceu um terno. Umas valises também. Foi só.

– Você suspeita de que houve crime?

– Não dá para dizer – responde. – Mas, como lhe disse, não ficaria surpreso se ele estivesse apenas se escondendo em algum lugar.

– Quer dizer, a delegacia de homicídios não está ainda mexendo no caso ou algo parecido, não é? – pergunto.

– Não, ainda não. Como disse, não temos certeza. Mas... – dá uma parada, se mostra desalentado. – Basicamente ninguém viu nem ouviu nada.

– Mas isso é bem típico, não é? – pergunto.

– É apenas estranho – concorda, olhando pela janela, perdido. – Um dia alguém vai andando por aí, a caminho do trabalho, *vivo*, e então... Kimball dá uma parada, deixa a frase incompleta.

– Nada – dou um suspiro, fazendo que sim com a cabeça.

– As pessoas simplesmente... desaparecem – diz.

– A terra simplesmente se abre e engole as pessoas – digo, num tanto entristecido, consultando meu Rolex.

– É sinistro – Kimball dá um bocejo, se espreguiçando. – Realmente sinistro.

– Funesto – balanço a cabeça concordando.

– É simplesmente... – dá um suspiro, exasperado... – fútil.

Faço uma pausa, inseguro do que dizer, e me saio com essa:

– A futilidade é... algo difícil de se lidar.

Fico pensando sobre nada. Faz silêncio na sala. Para quebrá-lo, aponto para um livro que está sobre a mesa junto à garrafa de San Pellegrino. O autor é Donald Trump.

– Você já leu? – pergunto a Kimball.

– Não – dá um suspiro, mas educadamente pergunta;
– É bom?

– É muito bom – digo, balançando afirmativamente a cabeça.

– Ouça – suspira mais uma vez. – Já tomei demais o seu tempo. – Põe o maço de Marlboro no bolso.

– Tenho um almoço de trabalho com Cliff Huxtable no Four Seasons de qualquer modo – minto, levantando-me. – Também tenho que sair.

– Mas o Four Seasons não é meio longe, mais acima do centro? – Mostra-se preocupado, levantando-se também. – Quer dizer, você não vai se atrasar?

– Hã, não – me detenho. – Tem um outro... aqui perto.

– Ah, é mesmo? – pergunta. – Não sabia.

– Tem – digo, conduzindo-o até à porta. – É muito bom.

– Ouça – diz, se volta e me encara. – Se lembrar de alguma coisa, qualquer informação que seja...

Levanto uma das mãos.

– Sem dúvida. Estou do seu lado – digo em tom solene.

– Ótimo – diz esse ser ineficiente, aliviado. – E obrigado por ter empatado seu, hã, tempo, sr. Bateman.

Levando-o para a porta, com as pernas vacilantes, inseguras como as de um astronauta, conduzindo-o para fora do escritório, embora eu esteja esvaziado, desprovido de sentimentos, percebo ainda – sem me iludir – que concluí com êxito alguma coisa, mas então, num anticlímax, ficamos conversando uns poucos minutos mais sobre pomadas para pele irritada pós-barba e camisas quadriculadas. Havia uma curiosa ausência de pressão na conversa que teve um efeito reconfortante – absolutamente nada aconteceu –, mas quando ele sorri, me deixa seu cartão, vai embora, a porta se fechando parece soar como um bilhão de insetos gritando, quilos de bacon chiando na fritura, um imenso vazio. Mas depois que ele sai do edifício (mando Jean interfonar para Tom, do setor de segurança, para me assegurar) ligo para alguém recomendado por meu advogado, para me certificar de que nenhum dos meus telefones está grampeado e depois de um Xanax consigo me encontrar com minha nutricionista num restaurante natural classudo chamado Cuisine de Soy em Tribeca e, enquanto estou sentado sob o golfinho, empalhado e laqueado de verniz, que fica pendurado acima do *tofu bar* e tem o corpo curvado num arco, consigo fazer perguntas à nutricionista como "Tudo bem, conte então tudo que sabe sobre bolinhos de milho" sem ficar humilhado. De volta ao escritório duas horas depois, fico sabendo que nenhum de meus telefones está grampeado.

Dou também um encontrão com Meredith Powell ainda nesta semana, na noite de sexta-feira, no Ereze, com Brock Thompson, e, apesar de conversarmos durante dez minutos, em grande parte sobre por que nenhum de nós dois foi para os Hamptons, com Brock me lançando olhares ferozes o tempo todo, ela não chega a mencionar Paul Owen sequer uma vez. Estou num jantar dolorosamente lento com Jeanette, com quem saí hoje. O restaurante é espalhafatoso e novo, mas a comida só sai aos poucos, se arrasta. As porções são mínimas. Vou ficando cada vez mais agitado. Depois nem quero dar uma passada na M.K. apesar de Jeanette reclamar porque queria dançar. Estou cansado e preciso repousar. Em meu apartamento fico deitado na cama, distraído demais para transar com ela, por isso vai embora, mas depois de eu ver a fita onde gravei o *Patty Winters Show* de hoje de manhã, que foi sobre os melhores restaurantes do Oriente Médio, pego o telefone sem fio e com hesitação, relutantemente, ligo para Evelyn.

Verão

Grande parte do verão passei num estupor, ficando ou no escritório ou em novos restaurantes, em meu apartamento assistindo a fitas de vídeo ou nos bancos traseiros dos táxis, em clubes noturnos recém-inaugurados ou nos cinemas, no prédio em Hell's Kitchen ou em novos restaurantes. Houve quatro grandes desastres aéreos neste verão, a maioria deles pôde ser filmada em vídeo, quase como se tais acontecimentos tivessem sido planejados, e foram repetidos interminavelmente na televisão. Os aviões toda hora se espatifando em câmara lenta, a que se seguiam incontáveis tomadas dos destroços e as mesmas cenas a esmo da carnificina, os corpos queimados, sanguinolentos, equipes suarentas de resgate reavendo pedaços de gente. Passei a usar desodorante masculino Oscar de la Renta, que me deu um pouco de brotoejas. Um filme sobre um besourinho falante foi lançado com grande estardalhaço e gerou uma renda bruta de mais de duzentos milhões de dólares. O time do Mets está se saindo mal. Mendigos e desabrigados parecem ter se multiplicado em agosto e hordas de desgraçados, desvalidos e idosos alinharam-se nas ruas em todo lugar. Me vi perguntando a novos conhecidos numerosos demais em jantares numerosos demais em novos restaurantes espalhafatosos antes de levá-los para assistir a *Les Misérables* se alguém tinha visto *Crimes com ferramentas* na televisão, mas todos ficavam em silêncio à mesa me encarando de volta, antes que eu pudesse polidamente tossir e pedir a conta ao garçom, ou pedir um *sorbet* ou, se fosse no início do jantar, uma outra garrafa de San Pellegrino, mas aí ficava perguntando aos novos conhecidos "Não assistiram?" lhes assegurando "É muito bom". Meu cartão American Express platinado foi tão usado que se partiu em dois, semidestruido, num desses jantares, quando levei dois conhecidos ao Restless and Young, o novo restaurante de Pablo Lester no centro, mas eu tinha dinheiro em espécie o suficiente na carteira de couro de gazela para poder pagar a refeição. Os *Patty Winters Shows* foram todos reapresentações. A vida permaneceu uma tela em branco, um clichê, uma novela. Me senti mortífero, à beira de um ataque de loucura. Minha ânsia noturna de sangue transbordou para a parte do dia e tive de sair da cidade. Minha máscara de sanidade ficou exposta a iminentes escorregões. A estação ficou dura de aguentar e eu precisava tirar umas férias. Precisava ir para os Hamptons.

Fiz essa sugestão a Evelyn que, como uma aranha na teia, a aceitou.

A casa em que ficamos era na verdade de Tim Price, e Evelyn por algum motivo tinha as chaves, mas no estado estupidificado em que me encontrava me recusei a pedir explicações.

A casa de Tim ficava à beira do mar em East Hampton, tinha o telhado cheio de cumeeiras, dispunha de quatro andares, todos interligados por uma escada de aço galvanizado, e havia sido projetada num estilo que a princípio pensei ser o do sudoeste, mas na verdade não era. A cozinha tinha noventa metros quadrados de pura decoração minimalista; tudo ficava numa só parede: dois enormes fornos, armários imponentes, um freezer embutido que dava para se entrar dentro, uma geladeira de três portas. Um conjunto de centro em aço inoxidável feito por encomenda dividia a cozinha em três espaços distintos. Quatro dos nove banheiros tinham quadros *trompe l'oeil* e cinco deles tinham antigas cabeças de carneiro em chumbo fixadas acima da pia, com água jorrando pelas bocas. Todas as pias, banheiras e boxes de chuveiro eram de mármore antigo e os soalhos compostos com pequenos mosaicos em mármore. Uma televisão ficava embutida num nicho de parede acima da banheira principal. Cada aposento estava com um estéreo. A casa tinha também doze luminárias de pé Frank Lloyd Wright, catorze poltronas estofadas Josef Heffermann, duas paredes de prateleiras de fitas de videocassete do chão ao teto e uma outra entulhada só de milhares de CDs guardados em armários de porta de vidro. Um lustre da Eric Schmidt ficava suspenso sobre o vestíbulo frontal, e embaixo estava o cabide de chapéus em aço da Atomic Ironworks, em forma de chifre de alce, de autoria de um jovem escultor de quem nunca ouvira falar. Uma mesa de jantar russa do século XIX, redonda, se estendia numa sala contígua à cozinha, mas não tinha cadeiras. Fotos fantasmagóricas tiradas por Cindy Sherman forravam as paredes em toda parte. Havia uma sala de ginástica. Também oito armários embutidos imensos, cinco aparelhos de videocassete, uma mesa de jantar Noguchi de vidro e nogueira, uma mesa no hall de entrada da Marc Schaffer e um fax. Havia uma árvore podada em estilo no quarto de dormir principal junto a um banco de janela Luís XVI. Um quadro de Eric Fischl jazia suspenso sobre uma das lareiras de mármore. Tinha uma quadra de tênis, duas saunas e uma hidromassagem Jacuzzi num pequeno anexo próximo à piscina, que tinha um fundo negro. Havia colunas em pedra situadas em locais excêntricos.

 Tentei realmente fazer as coisas funcionarem nas semanas em que passamos lá. Evelyn e eu andamos de bicicleta, fizemos jogging e jogamos tênis. Falamos em irmos ao sul da França ou à Escócia; falamos em sairmos de carro pela Alemanha visitando teatros líricos pouco conhecidos. Fizemos windsurf. Falamos só de coisas românticas: a luminosidade nesta parte leste de Long Island, a lua subindo em outubro por trás das colinas na área de caça na Virgínia. Tomamos banho juntos nas enormes banheiras de mármore. Tomamos café da manhã na cama, nos aconchegando sob as cobertas de cashmere depois de eu nos servir café importado do bule Melior nas xícaras Hermes. Acordei-a com flores novinhas. Deixei bilhetinhos em sua frasqueira quando ela foi a Manhattan para o tratamento facial da semana. Comprei um cachorrinho para ela, um pequeno chow preto, a que deu o nome de NutraSweet e alimentava com trufas de chocolate. Li em voz alta extensos trechos de *Doutor Jivago* e *Adeus às Armas* (meu Hemingway favorito). Aluguei na cidade filmes em vídeo que Price não tinha, a maioria comédias dos anos 30, passando-os em algum dos inúmeros aparelhos de videocassete, sendo *Roman Holiday* o nosso favorito, a que assistimos duas vezes. Ouvimos Frank Sinatra (apenas as canções dos anos 50) e *After Midnight*, de Nat King Cole, que Tim tinha em CD. Comprei para ela peças de lingerie bem caras, que chegou algumas vezes a usar.

Após tomarmos banho de mar nus tarde da noite, voltávamos a casa, tremendo, enrolados em enormes toalhas Ralph Lauren, preparávamos omeletes e talharim mexido com azeite de oliva, trufas e cogumelos porcinos; preparávamos suflês com peras aferventadas e saladas de frutas com canela, polenta assada com salmão apimentado, *sorbet* de maçã e frutinhas silvestres, mascarpone, lentilhas com arroz enroladas em alface romana, tigelas com salsa e arraias aferventadas em vinagre aromático, sopa de tomate gelada e risotos feitos com beterraba, lima, aspargo e hortelã, e bebíamos limonada, champanhe ou garrafas de Château Margaux bem envelhecido. Mas logo paramos de fazer levantamento de peso juntos e com as rodadas de natação, e Evelyn passou a comer somente as trufas de chocolate dietético que NutraSweet não tinha comido, queixando-se de ter engordado, mas de fato nada engordou. Em algumas noites me vi perambulando pelas praias, desenterrando filhotes de siri e comendo punhados de areia – isso foi no meio da noite quando o céu estava tão límpido que eu podia enxergar o sistema solar inteiro, e a areia iluminada parecia um cenário quase lunar em escala. Cheguei a arrastar uma água-viva que encalhara na praia até à casa e coloquei-a no forno micro-ondas bem cedinho numa manhã, quase ao amanhecer, enquanto Evelyn dormia, e o que não comi do bicho eu dei para o chow.

Dando goles no bourbon, depois no champanhe, em copos compridos para uísque com desenhos de cactos gravados no vidro, que Evelyn colocava em descansos de adobe e nos quais mexia o cassis de framboesa com hastes de *papier-mâché*, eu ficava deitado por ali, a fazer fantasias de que matava alguém com os esquis Allsop Racer, ou ficava contemplando as lâminas do cata-vento antigo pendurado acima de uma das lareiras, me perguntando desvairado se dava para eu apunhalar alguém com aquilo, mas aí ficava me queixando em voz alta, estivesse Evelyn presente ou não, que deveríamos é ter feito reservas no Dick Loudon's Stratford Inn. Evelyn logo começava a falar só sobre: spas e cirurgias plásticas e então contratou um massagista, uma bichinha assustada que morava um pouco mais abaixo da estrada com um famoso editor de livros e que flertava abertamente comigo. Evelyn voltou a Manhattan três vezes na última semana em que ficamos nos Hamptons, uma para fazer manicure, pedicure e tratamento facial, a segunda vez para uma aula particular de ginástica na Stephanie Herman, e finalmente para ter uma sessão com seu astrólogo.

– Por que voltar de helicóptero? – perguntei num cochicho.

– O que quer que eu faça? – dá um grito agudo, jogando mais uma trufa dietética na boca. – Que eu alugue um *Volvo*?

Enquanto ela estava fora eu ficava vomitando – só pelo gosto de fazê-lo – nos vasos rústicos de terracota que se alinhavam no pátio da frente ou pegava o carro até a cidade com o massagista assustado para apanhar lâminas de barbear. À noite colocava um castiçal feito de uma imitação de concreto e fio de alumínio da Jerry Kott sobre a cabeça de Evelyn, mas ela estava tão nocauteada com o Halcion que não saía fora, e apesar de minhas risadas, enquanto o candelabro subia regularmente com sua respiração pesada, logo isso me entristeceu e deixei de colocar o candelabro sobre a cabeça de Evelyn.

Nada conseguia me abrandar. Logo tudo parecia enfadonho: outra aurora, as vidas dos heróis, a paixão, a guerra, as descobertas que as pessoas fazem umas sobre as outras. A única coisa que não me entediava, é bem óbvio, era quanto dinheiro Tim Price ganhava, mas mesmo a obviedade da questão me enfadava. Não havia uma emoção nítida, identificável dentro de mim, a não ser a cobiça e, possivelmente, um total asco. Eu tinha todas as características de um ser humano – carne, sangue, pele, cabelos –, mas tão intensa era minha despersonalização, chegara tão fundo, que a capacidade normal de sentir ternura e compreensão fora extirpada, vítima de um lento e premeditado aniquilamento. Eu estava simplesmente imitando a realidade, uma tosca imagem de um ser humano, com apenas um obscuro canto da mente a funcionar. Algo de horrível estava acontecendo, mas mesmo assim eu não conseguia entender o porquê – não conseguia pôr o dedo ali. A única coisa que me acalmava era o som agradável do gelo caindo num copo de J&B. Acabei afogando o chow, do qual Evelyn não deu falta; sequer notou a sua ausência, nem mesmo quando o joguei dentro do congelador embutido, embrulhado em um de seus suéteres da Bergdorf Goodman. Tínhamos de ir embora dos Hamptons porque comecei a me ver em pé ao lado de nossa cama nas horas que antecedem o amanhecer, com o furador de gelo apertado na mão, aguardando Evelyn abrir os olhos. Por sugestão minha, durante um café da manhã, ela concordou, e no último domingo antes do Dia do Trabalho retornamos a Manhattan de helicóptero.

Garotas

– Achei que o feijão com salmão e hortelã fossem realmente, realmente... sabe... – Elizabeth diz, entrando na sala de estar de meu apartamento, com um movimento gracioso chutando fora os dois escarpins Maud Frizon de cetim e camurça e se deixando pesadamente cair no sofá – um bom prato, mas

Patrick, meu Deus como foi *caro* e – então, se arrepiando, resmunga – *nada* mais era do que *pseudonouvelle*.

– Foi imaginação minha ou havia peixinhos dourados nas mesas? – pergunto, soltando meus suspensórios Brooks Brothers enquanto procuro na geladeira uma garrafa de sauvignon blanc. – De qualquer modo, *eu* achava que era coisa fina.

Christie se sentou no sofá comprido e largo, longe de Elizabeth, que se estica preguiçosamente.

– *Coisa fina*, Patrick? – exclama. – Donald *Trump* come lá.

Localizo a garrafa, a ponho em pé no aparador e, antes de encontrar o saca-rolhas, encaro-a desconcertado no outro lado da sala.

– É? Trata-se de um comentário sarcástico?

– Adivinha. – Fala num gemido a que se segue um: – Ora – tão alto que Christie se encolhe.

– Onde está trabalhando agora? – pergunto, fechando as gavetas. – Num contrato de distribuição da Polo ou algo assim?

Elizabeth faz uma pilhéria com isso e diz toda contente, enquanto desarrolho o Acacia:

– Não preciso trabalhar, Bateman. – E um tanto depois acrescenta, entediada: – Você, entre todas as pessoas, deve muito bem saber do que se *trata*, sr. Wall Street. – E verifica o batom com um estojo compacto Gucci; como era de se esperar, está perfeito.

Mudando de assunto, pergunto:

– Quem escolheu afinal aquele lugar? – Sirvo o vinho no copo das duas e depois preparo para mim um J&B com gelo e um pouco d'água. – O restaurante, quero dizer.

– Foi Carson. Ou talvez Robert. – Elizabeth encolhe os ombros, mas depois de fechar num estalo o estojo, encarando Christie com decisão, pergunta: – Você me parece muito familiar. Estudou na Dalton?

Christie balança a cabeça num não. São quase três da manhã. Estou raspando uma pastilha de ecstasy e olhando a droga se dissolver no copo que pretendo entregar à Elizabeth. O assunto de hoje de manhã no *Patty Winters Show* foi "Pessoas que pesam mais de trezentos quilos – O que podemos fazer com elas?". Acendo as luzes da cozinha, encontro mais duas pastilhas da droga no congelador, depois apago tudo.

Elizabeth é uma boazuda de vinte anos que às vezes trabalha como modelo em anúncios de Georges Marciano e que vem de uma tradicional família de banqueiros na Virgínia. Jantamos juntos hoje à noite na companhia de mais dois amigos seus, Robert Farrell, 27 anos, um sujeito que teve uma carreira bastante vaga como financista, e Carson Whitall, que estava saindo com Robert. Robert usava terno de lã da Belvest, camisa de algodão com punhos de abotoadura da Charvet, gravata de crepe-seda com motivos abstratos da Hugo Boss e óculos escuros da Ray-Ban que fez questão de manter no rosto durante a refeição. Carson vestia um terninho da Yves Saint Laurent Rive Gauche e colar de pérolas combinando com brincos de pérola e brilhante da Harry Winston. Jantamos no Free Spin, o novo restaurante Albert Lioman no distrito de Flatiron, depois seguimos de limusine até o Nell's, onde pedi licença, assegurando a uma Elizabeth colérica que voltaria logo, e fiz o chofer me levar até à área das indústrias de carne, onde apanhei Christie. Fiz com que ela ficasse esperando trancada na parte traseira da limusine, enquanto eu entrava de novo no Nell's para tomar uns drinques com Elizabeth, Carson e Robert numa das mesas logo da frente que estava disponível, já que não havia nenhuma celebridade presente nesta noite – mau sinal. Finalmente às duas e meia, enquanto Carson já meio bêbada ficava se gabando de sua conta mensal na loja de flores, Elizabeth e eu caímos fora. Ela estava tão aporrinhada com alguma coisa que Carson lhe dissera a respeito de ter saído no último número de *W* que sequer indagou sobre a presença de Christie.

No caminho de carro até o Nell's, Christie reconhecera que estava ainda abalada por causa da última vez em que estivemos juntos e que já estava com a noite reservada com coisas importantes, mas o dinheiro que lhe ofereci é simplesmente bom demais para deixar passar e lhe prometi que nada do que aconteceu da última vez iria se repetir. Embora ficasse ainda assustada, umas doses de vodca ali na traseira da limusine mais o dinheiro que até então lhe oferecera, mais de mil e seiscentos dólares, deixaram-na relaxada como se tomasse um tranquilizante. Seu mau humor me deu um tesão e ela agiu como um brinquedinho sexual perfeito quando primeiro lhe entreguei a parte do dinheiro em espécie – seis notas juntas num prendedor prateado da Hughlans –, mas depois que lhe forcei a entrar na limusine ela me disse que talvez precisasse fazer uma cirurgia devido ao que ocorrera da última vez, ou talvez recorrer a um advogado, por isso preenchi um cheque ao portador no valor de mil dólares, mas como sabia que ele jamais seria sacado não tive nenhum ataque de pânico nem nada por causa disso. Olhando para Elizabeth agora mesmo, em meu apartamento, fico reparando como ela é bem fornida em termos de peitos e estou com a esperança de que quando o ecstasy lhe bater por dentro eu consiga convencer as duas garotas a fazerem sexo na minha frente.

Elizabeth está perguntando a Christie se ela alguma vez conheceu um bunda-mole chamado Spicey ou se já foi no Au Bar. Christie fica balançando a cabeça. Entrego à Elizabeth o sauvignon blanc cheio de ecstasy enquanto ela olha firme para Christie como se esta viesse de Netuno, mas após recuperar-se da confissão de Christie solta um bocejo.

– Seja lá como for, agora o Au Bar está uma *ruína.* Fui lá na festa de aniversário de Malcolm Forbes. Ai meu Deus, que *coisa.* – Ela repousa o copo de vinho, fazendo uma careta. Sento-me numa das poltronas Sottsass de ferro cromado e carvalho, estico o braço até o balde de gelo que está sobre o tampo de vidro da mesinha de centro, ajeitando a garrafa de vinho para que gele melhor. Imediatamente Elizabeth faz um movimento até ela, servindo mais vinho em seu copo. Dissolvi mais duas pastilhas de ecstasy na garrafa antes de trazê-la para a sala. Emburrada, Christie dá uns goles cautelosos em seu vinho sem mistura e tenta não ficar olhando para o chão; ela parece ainda assustada, e achando o silêncio insuportável ou acusador pergunta a Elizabeth como nos conhecemos.

– Meu Deus – começa Elizabeth, em tom de lamento, fingindo lembrar-se de algo embaraçoso. – Conheci Patrick, puxa, no Turfe de Kentucky em 86, não, em 87, e... – Vira-se para mim. – Você estava às voltas com aquela gatona Alison alguma coisa... Stoole?

– Poole, meu amor – respondo com calma. – Alison Poole.

– Isso aí, era o nome dela – diz, depois num sarcasmo descarado. – Um perigo.

– O que quer dizer com isso? – pergunto, ofendido. – Ela *era* um perigo.

Elizabeth se vira para Christie e infelizmente diz:

– Se você tinha cartão American Express ela aceitava dar umas chupadas. – Mas espero por Deus que Christie não olhe para Elizabeth, atrapalhada, e diga "Mas a gente não aceita cartão de crédito". Para me assegurar que isso não aconteça, berro:

– Que babaquice – mas de bom humor.

– Ouça – Elizabeth diz a Christie, estendendo a mão com um jeito de bicha que vai fazer fofoca. – Essa garota trabalhava num *salon* de bronzeamento, e... – na mesma frase, sem alterar o tom – você, o que faz?

Depois de um comprido silêncio, Christie ficando mais vermelha e mais ainda assustada, digo:

– É minha... prima.

Devagar, Elizabeth assimila a frase e diz:

– Hã-hã?

Depois de um outro longo silêncio, digo:

– Ela... veio da França.

Elizabeth me olha de modo cético – como se eu fosse completamente louco –, mas resolve não insistir nessa atitude inquiridora, e em vez disso diz:

– Onde está o telefone? *Tenho* de ligar para Harley.

Vou até a cozinha e trago o telefone sem fio para ela, puxando a antena. Disca o número e sem esperar ninguém atender encara Christie.

– Onde costuma passar o verão? – pergunta. – Numa praia dos Hamptons?

Christie olha para mim, depois de volta para Elizabeth e tranquilamente diz:

– Não.

– Ai meu Deus – Elizabeth choraminga –, é a *secretária* eletrônica.

– Elizabeth. – Aponto para meu Rolex. – São *três* horas da manhã.

– Mas é um maldito traficante de *drogas* – diz, exasperada. – Essas são suas horas de maior movimento.

– Não lhe diga que você está aqui – advirto-a.

– Por que eu iria dizer? – pergunta. Distraída, estica o braço e pega o vinho, põe para dentro outro copo cheio e faz uma careta. – Está com um gosto estranho. – Verifica o rótulo, depois encolhe os ombros. – Harley? Sou eu. Preciso de seus serviços. Traduza isso como quiser. Estou na... – Olha para mim.

– Você está na casa de Marcus Halberstam – sussurro.

– Quem? – Ela se inclina, sorri de um modo travesso.

– Mar-cus Hal-ber-stam – sussurro novamente.

– Quero o *número*, seu idiota. – Me dispensa com um gesto e prossegue: – De qualquer forma, estou na casa de Mark Hammerstein e tento falar de novo mais tarde, mas se não o encontrar amanhã no Canal Bar à noite solto meu cabeleireiro em cima de você. *Bon voyage*. Como desligo isso? – pergunta, embora empurre a antena de volta com habilidade e aperte o botão Desliga, jogando o aparelho sobre a poltrona Schrager que pus junto à vitrola automática.

– Está vendo? – Sorrio. – Você conseguiu.

Vinte minutos depois Elizabeth está se torcendo no sofá e fico tentando forçá-la a fazer sexo com Christie na minha frente. O que começou como uma sugestão displicente instalou-se agora em primeiro plano na minha frente e fico insistindo. Christie tem os olhos presos de modo impassível no soalho de carvalho sarapintado de branco, seu vinho quase todo intocado.

– Mas não sou *lésbica* – Elizabeth protesta novamente, soltando risadinhas nervosas. – *Não* estou nesse ramo.

– Tem certeza? – pergunto, olhando fixamente para seu copo, depois para a garrafa de vinho quase vazia.

– Por que você acharia que estou *nessa*? – indaga. Por causa do ecstasy, a pergunta vem com malícia e ela parece verdadeiramente interessada. Seu pé está se esfregando na minha coxa. Fui até o sofá, me sentei entre as duas garotas e fico massageando-lhe a barriga da perna.

– Bem, o fato é que você estudou na Sarah Lawrence – falo para ela. – Nunca se sabe.

– Olhe aqui como são *os caras* da Sarah Lawrence, Patrick – ela chama a atenção, dando risadinhas, esfregando com mais força, causando atrito, esquentando tudo.

– Bem, me desculpe – reconheço. – É que normalmente lá em Wall Street não encontro caras que usam calcinhas.

– Patrick, *você* estudou em Patrick, quer dizer, em Harvard, ai meu Deus, estou tão bêbada. Seja lá como for, ouça, quer dizer, espere... – Faz uma pausa, respira fundo, resmunga uma observação incompreensível dizendo que se sente esquisita, então, depois de fechar os olhos, abre-os e pergunta: – Você tem pó?

Fico olhando para o seu copo, reparando que o ecstasy dissolvido alterou ligeiramente a cor do vinho. Ela segue meu olhar e dá um trago sôfrego no copo como se este contivesse algum tipo de elixir com o poder de amainar sua crescente agitação. Reclina para trás a cabeça, meio estonteada, sobre uma das almofadas do sofá.

– Ou um Halcion, um Halcion eu também tomo.

– Ouça, eu gostaria mesmo é de ver... vocês duas... trepando – digo inocentemente. – O que há de errado com isso? Não há nenhum perigo de doença.

– Patrick. – Ela ri. – Você está é doido.

– Anda – insisto. – Não acha Christie atraente?

– Não precisamos cair na obscenidade – mas a droga está batendo dentro dela e percebo que está excitada mesmo sem querer. – Não estou a fim de conversas obscenas.

– Anda – digo. – Acho que vai ser um barato.

– Ele faz isso o tempo todo? – Elizabeth pergunta a Christie.

Olho para Christie.

Christie dá de ombros, sem se comprometer, e examina o verso de um CD antes de colocá-lo na mesa junto ao estéreo.

– Está querendo me dizer que nunca transou com uma garota? – pergunto, tocando em sua meia preta, depois, por baixo, na perna.

– Mas *não* sou lésbica – enfatiza. – Não, nunca fiz isso.

– Nunca? – pergunto, levantando as sobrancelhas. – Bem, há sempre uma primeira vez...

– Você está me fazendo sentir muito estranha – Elizabeth fala gemendo, perdendo o controle sobre a expressão de seu rosto.

– Não *sou eu* não – digo, ofendido.

Elizabeth está transando com Christie, as duas nuas em minha cama, todas as luzes do quarto acesas, enquanto fico sentado na poltrona Louis Montoni junto ao futon, observando-as bem de perto, às vezes ajeitando a posição dos corpos. Agora faço Elizabeth deitar-se de costas e levantar as pernas, bem abertas, arreganhando-as o mais possível, e aí empurro a cabeça de Christie para baixo fazendo-a lamber a xota da outra – não é chupar, mas lamber, como um cão sedento – ao mesmo tempo em que lhe esfrega o dedo no clitóris, mas aí, com a outra mão, enfia dois dedos naquela xota aberta, molhada, enquanto a língua toma o lugar dos dedos e aí pega esses dedos gotejantes com que fodeu a xota de Elizabeth e os mete com força na boca de Elizabeth, fazendo-a chupar todos. Depois faço Christie se deitar sobre Elizabeth e ficar chupando e mordendo os peitos cheios inchados de Elizabeth, os quais a própria Elizabeth fica também apertando, mas aí falo para as duas se beijarem, com força, e Elizabeth pega aquela língua que estava lhe lambendo a xota pequena, cor-de-rosa, e a põe na boca com avidez, como um animal, então as duas começam descontroladamente a entrechocarem os quadris, arqueando os corpos um contra o outro, esfregando e forçando as xoxotas a ficarem bem juntinhas, Elizabeth soltando uns gemidos altos, envolvendo os quadris de Christie com as pernas, aos arrancos, as pernas de Christie abertas de tal modo que, por trás, posso ver-lhe a xoxota, úmida, arreganhada, e acima dela, o cuzinho pelado e cor-de-rosa.

Christie se ergue, vira-se e ainda em cima de Elizabeth força a própria xoxota sobre o rosto ofegante de Elizabeth e logo, como num filme, como dois animais, elas começam febrilmente a lamberem e massagearem com os dedos uma a xoxota da outra. Elizabeth, com o rosto completamente vermelho, os músculos do pescoço repuxados como os de uma louca, fica querendo enterrar a cabeça na boceta de Christie, mas aí arreganha bem as nádegas de Christie e começa e enfiar a língua no buraquinho, fazendo uns sons guturais.

– É isso aí – digo com voz monótona. – Enfia a língua no cu dessa piranha.

Enquanto isso tudo vai rolando eu fico lubrificando com vaselina um consolo grande que é acoplado a um cinto. Me levanto e suspendo Christie de cima de Elizabeth, que fica se contorcendo no futon, ajusto o cinto na cintura de Christie, depois faço Elizabeth se virar sobre si mesma, ficar de quatro e ponho Christie fodendo ela por trás, como fazem os cachorros, ao mesmo tempo em que fico massageando a xoxota de Christie, depois o clitóris, o cu, que aliás está tão lambuzado e frouxo por causa da saliva de Elizabeth que consigo meter o dedo indicador lá dentro sem esforço e aí o esfíncter se contrai, relaxa, aperta de novo o dedo. Faço Christie tirar fora o consolo da boceta de Elizabeth e mando esta se deitar de costas enquanto Christie a fode na posição papai e mamãe. Elizabeth aperta o próprio clitóris com o dedo ao mesmo tempo em que dá beijos de língua enlouquecidos na boca de Christie até que, involuntariamente, joga a cabeça para trás, as pernas em volta dos quadris sacolejantes de Christie, o rosto tenso, a boca aberta, o batom borrado pelo caldo da boceta de Christie, aí então grita "ai meu Deus, estou gozando, estou gozando, me fode, estou gozando", porque avisei às duas que eu queria saber quando tivessem orgasmos e que fossem bastante sonoras na hora.

Logo chega a vez de Christie, e Elizabeth avidamente amarra o consolo na cintura e fode a xoxota de Christie com ele ao mesmo tempo em que eu arreganho o cu de Elizabeth e enfio a língua, mas ela logo me empurra e começa a tocar uma siririca num desespero. Mas aí Christie põe de novo o consolo e fica fodendo a bunda de Elizabeth com ele enquanto Elizabeth mexe no próprio clitóris com os dedos, com a bunda aos arrancos para ser mais penetrada pelo consolo, soltando grunhidos, até vir mais um orgasmo. Depois de puxar fora o consolo de dentro de seu cu, faço Elizabeth chupá-lo antes de prendê-lo de novo à cintura enquanto Christie está deitada de costas e aí Elizabeth o enfia com facilidade na xoxota da outra. Enquanto isso, fico passando a língua nos peitos de Christie e chupando com força cada mamilo até eles ficarem vermelhos e tesos. Massageio com os dedos para que eles se mantenham desse jeito. Durante todo o tempo, Christie calçava bota de camurça de cano longo de Henri Bendel que eu pedi que usasse.

Elizabeth, nua, correndo para fora do quarto, já com sangue no corpo, está com dificuldade de se movimentar e berra alguma coisa de modo truncado. Meu orgasmo foi prolongado, com um intenso alívio de tensão e meus joelhos enfraquecidos. Estou também nu, aos gritos: "sua piranha, sua piranha escrota", em sua direção, mas como grande parte do sangue está saindo do pé, ela escorrega, consegue levantar-se, e a golpeio com a faca de açougueiro já lambuzada que empunho na mão direita, desajeitadamente, lhe talhando o pescoço por trás, rompendo alguma coisa, umas veias. Quando a golpeio pela segunda vez no momento em que tenta escapar, indo em direção à porta, o sangue espirra até para dentro da sala de estar, no outro lado do apartamento, jorrando aos borrifos e batendo nas portas de vidro temperado e carvalho compensado dos armários da cozinha. Ela tenta ir adiante, mas já cortei-lhe a jugular que fica espirrando sangue para todo canto, deixando nós dois cegos por uns instantes, mas salto sobre ela numa derradeira tentativa de terminar logo de uma vez. Ela vira o rosto em minha direção, sua fisionomia contorcida de angústia, mas as pernas cedem depois que lhe perfuro a barriga, ela tomba no chão e eu me estiro a seu lado. Depois de esfaqueá-la umas cinco ou seis vezes – o sangue esguichando em jatos; estou reclinado sobre ela para sentir bem o cheiro líquido – seus músculos se retesam, ficam rígidos, e ela entra nos estertores da morte; a garganta é inundada por um sangue vermelho escuro e ela fica se batendo toda, como se estivesse amarrada, mas como não está eu mesmo tenho de segurá-la. A boca se enche de sangue que sai aos borbotões escorrendo pelas bochechas, pelo queixo. Seu corpo, assaltado por tremores espasmódicos, está parecendo, assim imagino, o de um epilético ao sofrer um ataque, então lhe seguro a cabeça, esfregando nela minha pica, dura, coberta de sangue, passando-a pelo rosto encharcado, até ela ficar imóvel.

De volta ao quarto, Christie está deitada no futon, amarrada aos pés da cama, atada com cordas, os braços levantados acima da cabeça, páginas rasgadas da *Vanity Fair* do mês passado lhe entupindo a boca. Fios de extensão conectados a uma bateria estão grampeados em seus seios, fazendo-os se tornarem castanhos. Eu ficara jogando fósforos do Les Relais acesos sobre sua barriga e Elizabeth, delirante e provavelmente numa overdose de ecstasy, estava até ajudando antes de eu me voltar para ela e ficar lhe mordendo os mamilos até não mais conseguir controlar-me e arrancá-lo fora, engolindo depois. Pela primeira vez reparo como Christie tem um porte pequeno e delicado, ou tinha. Começo a lhe esmigalhar os seios com um alicate, depois reduzo-os a uma pasta, as coisas estão andando bem rápido, fico fazendo ruídos sibilantes como uma cobra, ela cospe fora as páginas da revista, tenta me morder a mão, dou uma gargalhada quando ela morre, antes disso ela começa a chorar, depois os olhos se reviram como se estivessem numa espécie de sonho horrível.

De manhã, por algum motivo, as mãos escalavradas de Christie estão inchadas do tamanho de uma bola de futebol, não dá para distinguir os dedos do resto da mão, o cheiro que vem de seu corpo queimado é uma porrada e tenho de abrir as venezianas, que estão respingadas da gordura queimada que saiu dos seios de Christie quando estes explodiram, eletrocutando-a, e depois as janelas, para arejar o recinto. Seus olhos estão arregalados, envidraçados, a boca não tem lábios e está preta, há também um buraco negro no lugar onde deveria estar a vagina (embora não me lembre de ter feito nada com ela) e os pulmões estão visíveis por trás das costelas carbonizadas. O que sobrou do corpo de Elizabeth ficou jogado num monte informe no canto da sala de estar. Estão faltando o braço direito e alguns nacos da perna direita. A mão esquerda, decepada no punho, repousa com os dedos cerrados sobre o conjunto de centro da cozinha, sobre a própria pocinha de sangue. A cabeça está posta sobre a mesa da cozinha e o rosto encharcado de sangue – apesar de ambos os olhos terem sido escavados e no lugar estar um par de óculos escuros Alain Mikli – parece estar zangado. Fico muito cansado de olhar para ele e, mesmo sem ter dormido nada na noite passada e estar completamente esgotado, tenho ainda um compromisso de almoço no Odeon com Jem Davies e Alana Burton à uma hora. É muito importante para mim e tenho de refletir bem se devo ou não cancelar o encontro.

Enfrentando um veado

OUTONO: UM DOMINGO POR VOLTA das quatro horas da tarde. Estou na Barney's, comprando abotoaduras. Eu entrara na loja às duas e meia, após um *brunch* tenso, frio com o cadáver de Christie, fora logo até o balcão da frente, falei para um vendedor "Quero um chicote. É verdade". Além das abotoaduras, comprei uma valise de viagem cor de avestruz com aberturas de zíper duplo e forro de vinil, um frasco para pílulas antigo em prata, couro de crocodilo e vidro, um estojo antigo para escova de dentes, uma escova de dentes de cerdas de texugo e uma escova de unha em imitação de casco de tartaruga. O jantar da noite passada? No Splash. Não há muito o que lembrar: um Bellini aguado, uma salada de rúcula molhada demais, uma garçonete mal-humorada. Depois assisti a uma reapresentação de um velho *Patty Winters Show* que descobri numa fita que originalmente pensei conter a gravação de toda a tortura e subsequente morte de duas garotas de programa na primavera passada (o assunto era "Dicas para tornar seu bicho de estimação uma estrela de cinema"). Agora mesmo estou em meio à compra de um cinto – não é para mim – bem como de três gravatas de noventa dólares, dez lenços, um robe de quatrocentos dólares, dois pares de pijamas da Ralph Lauren, e estou mandando entregar tudo em minha casa à exceção dos lenços, que estou mandando fazer os monogramas e depois despachar para a P & P. Já cheguei a fazer uma espécie de cena no departamento de calçados femininos e, de um modo embaraçoso, fui enxotado por um vendedor aflito. Primeiro é uma sensação vaga de incômodo, não sei ao certo o motivo, como se eu estivesse sendo seguido, como se alguém andasse atrás de mim pela Barney's adentro.

Luis Carruthers não quer, suponho, ser reconhecido. Está vestindo uma espécie de paletó de seda com motivo de pele de jaguar, luvas de couro de cervo, chapéu de feltro, óculos escuros de aviador, e fica se escondendo atrás de uma coluna, fingindo que examina uma fileira de gravatas, mas muito sem graça, me lança um rápido olhar de soslaio. Reclinado, assinando algo, acho que uma conta, sou forçado a considerar de passagem, em vista da presença de Luis, que talvez a vida gerada por esta cidade, por Manhattan, pelo meu trabalho, *não* seja lá uma grande ideia, mas de repente imagino Luis numa festa horrível qualquer, tomando um bom rosé seco, as bichas todas amontoadas em volta de um michê qualquer com cara de bebê, canções de musicais, agora ele está segurando uma flor, agora traz em torno do pescoço uma estola de plumas, agora o pianista martela alguma coisa de *Les Misérables*, queridinha.

– Patrick? É você? – ouço uma voz hesitante me perguntar.

Como um corte sensacional num filme de terror – a câmara em zoom –, Luis Carruthers aparece, de repente, sem aviso, por detrás da coluna, se esquivando e pulando ao mesmo tempo, se é que isso é possível. Sorrio para a vendedora, depois desajeitadamente me afasto dele e vou até um mostruário de suspensórios, com uma necessidade medonha de tomar um Xanax, um Valium, um Halcion, qualquer bola, *qualquer coisa.*

Não olho, *não consigo* olhar para ele, mas sinto que está mais perto. Sua voz confirma isso.

– Patrick... Oi?

Fechando os olhos, levo uma das mãos ao rosto e resmungo a meia-voz:

– Não me force a fazer isso, Luis.

– Patrick? – diz, fingindo inocência. – O que você quer dizer?

Faz-se uma abominável pausa, mas aí:

– Patrick... Por que não olha para mim?

– Ignoro sua presença, Luis. – Respiro fundo, me acalmando enquanto verifico a etiqueta com o preço de um suéter de abotoar Armani. – Não dá pra ver? Ignoro sua presença.

– Patrick, a gente ao menos podia conversar? – pergunta, quase ganindo. – *Patrick...* olhe pra mim.

Depois de mais uma vez tomar um bom fôlego, suspirando, reconheço:

– Não há *nada, na-da* a conversar...

– Não podemos continuar assim – ele me corta com impaciência. – *Eu* não posso continuar assim.

Solto um resmungo baixo. Começo a andar, me afastando dele. Ele vem atrás, insistente.

– Seja como for – diz, ao chegarmos no outro lado da loja, onde faço que estou examinando uma fileira de gravatas de seda, mas vejo tudo enevoado –, você ficará contente de saber que pedi transferência... para fora do Estado.

Algo se dissipa em mim e consigo perguntar, mas ainda sem olhar para ele:

– Onde?

– Uma outra filial – diz, se mostrando muito relaxado, provavelmente pelo fato de eu ter indagado sobre a mudança. – No Arizona.

– For-mi-dá-vel – murmuro.

– Não quer saber o porquê? – pergunta.

– Não, de fato não.

– Por causa de *você*.

– Não diga isso – suplico.

– Por causa de *você* – diz novamente.

– *Você* é que está *perturbado* – falo para ele.

– Se estou perturbado é por causa de *você* – diz com exagerada displicência, olhando as unhas. – Por causa de você fiquei perturbado e não vou melhorar.

– Você já distorceu essa sua obsessão muito além da medida. Além, *muito além* da medida – digo, depois saio andando para outra ala.

– Mas sei que você sente a mesma coisa que eu – diz Luis, vindo atrás de mim. – E sei disso exatamente porque... – abaixa a voz e encolhe os ombros. – Só porque você não quer reconhecer... certos sentimentos que tem, mas isso não significa que não os tem.

– O que está querendo me dizer? – sibilo que nem cobra.

– Que sei que tem os mesmos sentimentos que eu. – De um jeito dramático, arranca fora os óculos escuros, como para provar sua opinião.

– Você chegou... a uma conclusão errada – digo quase engasgando. – Você obviamente... está muito mal.

– Por quê? – pergunta. – É tão errado assim amar você, Patrick?

– Ai... meu... Deus.

– *Querer* você? Querer estar com você? – pergunta. – É tão errado assim?

Posso sentir pelo modo desamparado que me olha que está à beira de um colapso emocional completo. Depois que ele termina, a não ser por um comprido silêncio, não há resposta de minha parte. Finalmente retruco num tom peçonhento:

– Mas que incapacidade eterna que você tem de avaliar essa situação racionalmente! – Faço uma pausa. – Hein?

Levanto minha cabeça deixando os suéteres, gravatas, o que for, e olho de relance para Luis. Neste instante ele sorri, aliviado por eu estar reconhecendo-lhe a presença, mas o sorriso em breve se despedaça e, nos mais secretos recessos de sua mente de veado, ele se dá conta de algo e começa a chorar. Quando calmamente vou andando até uma coluna para me esconder atrás dela, ele me segue e me agarra no ombro rudemente, me fazendo girar de modo a encará-lo: Luis querendo suprimir a realidade.

Ao mesmo tempo em que lhe peço "Vá embora", ele soluça "Ai meu Deus, Patrick, por que não *gosta* de mim?", mas aí, infelizmente, se ajoelha no chão a meus pés.

– Levante-se – resmungo baixinho, em pé. – *Levante-se.*

– Por que não podemos ficar juntos? – diz aos soluços, batendo com os punhos no soalho.

– Porque eu... não... – olho rapidamente a loja à minha volta para assegurar-me de que ninguém está escutando; ele quer pegar meu joelho, tiro suas mãos fora –... acho você... sexualmente atraente – sussurro alto, encarando-o de cima para baixo. – Não posso acreditar que eu tenha mesmo dito isto – resmungo para mim mesmo, para ninguém, mas aí balanço a cabeça, tentando clareá-la, as coisas chegando a um nível de confusão que não consigo exprimir. Falo para Luis: – Me deixe sozinho, por favor, e começo a me afastar.

Incapaz de captar esse pedido, Luis agarra a bainha de meu impermeável de fazenda de seda Armani e, ainda caído no soalho, pede chorando:

– Por favor, Patrick, *por favor*, não me deixe.

– Ouça bem – falo para ele, me ajoelhando, tentando puxá-lo do chão. Mas isso faz com que Luis grite algo truncado, que vira um gemido e vai aumentando, chega num crescendo que chama a atenção de um segurança da Barney's que está em pé junto à entrada da frente da loja, então ele resolve se dirigir até nós.

– Olhe o que você fez – sussurro desesperadamente. – Levante-se, *levante-se*.

– Está tudo bem? – O segurança, um crioulo grandão, está nos olhando de cima.

– Sim, obrigado – digo, olhando fixamente para Luis. – Está tudo *ótimo*.

– Nã-ã-ã-ão – Luis dá um gemido, sacudido em soluços.

– Está sim – reitero, levantando o rosto para o guarda.

– Tem certeza? – o segurança pergunta.

Com um sorriso profissional, falo para ele:

– Por favor, nos dê um minuto apenas. É coisa particular. – Me viro para Luis. – Agora anda, Luis. Levante-se. Você está se babando todo. – Levanto os olhos até o segurança e faço um trejeito, erguendo uma mão, enquanto balanço a cabeça num gesto afirmativo. – Só um minuto, por favor.

Ainda de joelhos, agarro Luis pelos ombros que estão arquejantes e digo-lhe com calma, com a voz baixa, do modo mais ameaçador possível, como se falasse a uma criança prestes a ser castigada.

– Ouça, Luis. Se não parar de chorar, seu *veadinho* escroto e panaca, vou lhe cortar a garganta. Está me ouvindo? – Dou-lhe uns dois tapas de leve no rosto. Mais enfático do que isso não dá.

– Ah, por que não me mata – se lamuria, de olhos fechados, balançando a cabeça para frente e para trás, retrocedendo ainda mais em seu estado de perturbação; depois ele balbucia entre soluços: – Se não puder ter você, não quero mais viver. Quero *morrer*.

Minha sanidade mental sofre risco de se desfazer, aqui mesmo na Barney's, mas aí pego Luis pelo colarinho, amassando-o em minhas mãos e puxando seu rosto até bem perto do meu, falo num sussurro, a meia-voz:

– Ouça bem, Luis. Está me ouvindo? Normalmente não mando aviso para as pessoas, Luis. Me agradeça então muito por estar lhe avisando.

Sua racionalidade já foi para os quintos do inferno, ele fica fazendo uns ruídos guturais, a cabeça vergonhosamente caída para a frente, a resposta que dá quase não se consegue ouvir. Agarro-lhe os cabelos – está endurecido de mousse; reconheço o cheiro como o da Cactus, uma marca nova, mas puxando-lhe num repelão a cabeça, rosnando e mostrando os dentes, digo com violência:

– Ouça bem, está querendo morrer? Deixa comigo, Luis. Já fiz isso antes e vou é te *arrancar* as porras dessas tripas, te *abrir* a barriga e te entupir a porra dessa goela de veado com os intestinos adentro até se *afogar* neles.

Ele não está ouvindo. Ainda agachado, fico só olhando firme para seu rosto sem poder acreditar.

– Por favor, Patrick, por favor. Me ouça, já sei o que fazer. Estou largando a P & P, você pode fazer o mesmo, e-e-e a gente acha outro emprego no Arizona, e aí...

– Cale essa boca, Luis – Sacudo-o. – Pelo amor de Deus, cale essa boca.

Me levanto com rapidez, ajeitando minhas roupas, mas quando penso que seu ataque de nervos já amainou e que posso ir embora, Luis me agarra pelo tornozelo direito, tenta ficar aferrado ali enquanto vou saindo da Barney's e acabo arrastando-o por uns bons dois metros antes de ter de dar-lhe um chute no rosto, ao mesmo tempo em que desamparadamente eu sorria para um casal que olhava os artigos da loja perto do departamento de meias. Luis me olha de baixo, implorando, um pequeno ferimento começando a aparecer em sua bochecha esquerda. O casal se afasta.

– *Amo você* – geme aflito. – Amo você.

– Já me *convenceu*, Luis – grito para ele. – Você já me *convenceu*. Agora levante-se.

Por sorte, um vendedor, assustado com a cena que Luis fez, intervém e o ajuda a levantar-se.

Poucos minutos depois, quando ele já se acalmou o suficiente, nós dois estamos em pé logo na entrada principal da Barney's. Traz um lenço na mão, seus olhos fechados estão bem apertados, um arranhão se forma devagar, fazendo um inchaço sob o olho esquerdo. Ele parece ter se recomposto agora.

– É só uma questão, sabe, de ter colhão para enfrentar, hum, a realidade – falo para ele.

Angustiado, ele fica olhando para fora pelas portas giratórias, vendo cair uma chuvinha morna, mas aí, com um suspiro pesaroso, vira-se para mim. Fico olhando as fileiras, as inacabáveis fileiras de gravatas, depois o teto.

Matando uma criança
no zoológico

Uma enfiada de dias se passam. À noite tenho dormido em intervalos de vinte minutos. Sinto-me desnorteado, as coisas parecem nebulosas, minha compulsão homicida ora vem à tona, ora desaparece, vem à tona, de novo se vai, mas dificilmente fica adormecida durante meu tranquilo almoço no Alex Goes to Camp, onde peço salada de salsicha de carneiro, lagosta com feijão branco e molho de vinagre com *foie gras* e lima. Estou usando jeans desbotado, paletó Armani, e uma camiseta de cento e quarenta dólares da Comme des Garçons. Telefono para verificar meus recados. Devolvo algumas fitas de vídeo. Paro num caixa automático. Na noite passada, Jeanette me perguntou "Patrick, por que você guarda lâminas de barbear na carteira?". O *Patty Winters Show* de hoje de manhã foi sobre um rapaz que se apaixonou por uma caixa de sabão.

Incapaz de manter uma máscara digna de crédito, me vejo perambulando pelo zoológico do Central Park, em desassossego. Passadores de drogas estão sempre por aqui no perímetro junto aos portões e o cheiro de bosta de cavalo das carruagens que passam é levado sobre eles até dentro do zoológico, os topos dos arranha-céus, dos edifícios de apartamentos da Quinta Avenida, o Trump Plaza, o prédio da AT&T, cercam o parque que por sua vez cerca o zoológico e lhe realçam a artificialidade. O zelador negro que está esfregando o chão do banheiro masculino me pede para puxar a descarga do mictório depois de usá-lo. "Puxe você, negão", falo para ele, mas, quando avança para cima de mim, o brilho da lâmina da faca o faz recuar. Todos os balcões de informações estão fechados. Um cego mastiga, se alimenta com um biscoito salgado. Dois bêbados, veados, consolam-se um ao outro sentados num banco. Perto dali, uma mãe amamenta uma criança no peito, o que desperta algo medonho em mim.

O zoológico parece vazio, sem vida. Os ursos polares se mostram sujos e narcotizados. Um crocodilo flutua soturno num oleoso laguinho artificial. As aves marinhas olham fixamente com tristeza de dentro do viveiro envidraçado. Os tucanos têm bicos afiados como facas. As focas mergulham como imbecis das pedras e caem numa água revolta e escura, latindo insensatamente. Os funcionários do zoológico alimentam-nas com peixes mortos. Uma pequena multidão se junta à volta do tanque, na maioria adultos, uns poucos acompanhados de crianças. No tanque das focas lê-se um aviso numa placa: MOEDAS PODEM MATAR – SE ENGOLIDAS, AS MOEDAS PODEM ALOJAR-SE NO ESTÔMAGO DOS ANIMAIS E PROVOCAR ÚLCERAS, INFECÇÕES E MORTE. NÃO JOGUE MOEDAS NO TANQUE. Então o que faço eu? Jogo um punhado de moedinhas no pequeno lago enquanto nenhum dos zeladores está olhando. O meu ódio não é das focas – é a diversão que a plateia tem com elas que me incomoda. A coruja-branca real tem uns olhos que se assemelham muito aos meus, ainda mais quando estão escancarados. E, enquanto fico ali, olhando-a fixamente, tirando os óculos escuros, algo que não é dito se passa entre mim e o pássaro – há um estranho tipo de tensão, uma pressão esquisita, que vem estimular o que se segue, e que começa, acontece, termina, muito rapidamente.

No escuro do habitat dos pinguins – Espaço no Gelo é como o zoológico pretensiosamente o chama –, faz frio, em gritante contraste com a umidade do lado de fora. Os pinguins dentro do tanque deslizam preguiçosos embaixo d'água passando perto das paredes de vidro onde os espectadores se juntam para ver. Os pinguins que estão nas pedras, que não estão nadando, mostram-se atordoados, estafados, cansados e entediados; bocejam quase sempre, às vezes se espreguiçando. Uma imitação de ruídos de pinguim, fitas cassete provavelmente, fica tocando no sistema de som e alguém aumenta o volume porque o recinto está mesmo apinhado. Os pinguins são engraçadinhos, creio. Avisto um que se parece com Craig McDermott.

Uma criança, mal tem uns cinco anos, está acabando de chupar sua bala. A mãe lhe fala para jogar o invólucro no lixo, depois retoma a conversa com uma outra mulher, que está com uma criança quase da mesma idade, todos os três contemplando o azulado sujo do habitat dos pinguins. A primeira criança anda na direção da lata de lixo, que fica num canto sombrio do recinto, atrás da qual estou abaixado. O menino fica na ponta dos pés, jogando com cuidado o invólucro no lixo. Sussurro alguma coisa. Ele me vê, mas apenas fica ali, afastado das pessoas, um tanto assustado, mas também fascinado, em silêncio. Retribuo aquele olhar espantado.

– Não quer... um biscoitinho? – pergunto, enfiando a mão no bolso.

Ele balança a cabecinha, para cima, depois para baixo, devagarinho, mas antes que possa responder, minha súbita despreocupação se agiganta num vagalhão de fúria, puxo a faca do bolso e dou-lhe uma punhalada, prontamente, no pescoço.

Atordoado, ele recua até a lata de lixo, gorgolejando como um bebê, incapaz de gritar ou chorar por causa do sangue que começa a lhe esguichar da garganta. Embora me agradasse assistir a essa criança morrer, empurro-a para trás da lata de lixo, depois com displicência me misturo com o resto da multidão, toco o ombro de uma garota bonitinha e com um sorriso aponto para um pinguim que prepara um mergulho. Atrás de mim, se alguém quisesse olhar com atenção, veria os pés do menino se debatendo ao lado da lata de lixo. Fico de olho na mãe do menino, que um pouco depois nota a ausência do filho e começa a perscrutar a multidão. Toco novamente o ombro da garota, ela sorri para mim e encolhe os ombros como a desculpar-se, mas não consigo atinar por quê.

Quando a mãe afinal percebe onde ele está, ela nem grita porque só lhe pode ver os pés e supõe que está se escondendo de brincadeira. De início se mostra aliviada por tê-lo encontrado, e anda na direção da lata de lixo falando em tom de carinho "Está brincando de esconder, meu lindo?". Mas de onde estou, atrás da garota bonitinha, que já descobri ser estrangeira, uma turista, posso ver o exato instante em que a expressão no rosto da mãe se transforma em medo, e pondo a bolsa a tiracolo ela afasta a lata de lixo, exibindo um rosto completamente encoberto de sangue vermelho e o menino por causa disso está tendo dificuldade de piscar os olhos, com as mãos agarradas à própria garganta, os pés agora se debatendo com fraqueza. A mãe faz um som que não consigo descrever – algo muito agudo que se transforma em grito.

Depois que ela se atira no chão ao lado do corpo, umas poucas pessoas se virando, me vejo berrando, minha voz embargada de emoção, "Sou médico, afastem-se, sou médico" e me ajoelho perto da mãe antes que uma pequena multidão curiosa venha juntar-se à nossa volta, com dificuldade lhe puxo os braços de cima do menino, que está agora deitado de costas lutando em vão para respirar, o sangue lhe brotando do pescoço de modo uniforme e fazendo uns arcos que vão definhando ao caírem em sua camisa Polo, já encharcada. E tenho uma vaga consciência durante os minutos em que fico segurando a cabeça do menino, com toda reverência, com cuidado para não me sujar de sangue, de que se alguém telefonar ou se houver um médico de verdade à mão, há boas chances de se salvar a criança. Mas isso não acontece. O que ocorre é que fico ali segurando, de uma forma estúpida, enquanto a mãe – bem doméstica, com jeito de judia, gordinha, querendo deploravelmente parecer na moda em seu jeans de grife e seu suéter de lã preta com estampado de folhas aos gritos agudos de "faça alguma coisa, faça alguma coisa, faça alguma coisa", ao meu lado, nós dois ignorando o caos, as pessoas começam a gritar à nossa volta, nos concentrando apenas no menino moribundo.

Embora de início eu fique satisfeito com o meu ato, sou de repente sacudido por um tristonho desespero em vista da grande inutilidade, da extraordinária facilidade que há em tirar a vida de uma criança. Esta coisa à minha frente, pequena, contorcida e ensanguentada, não tem uma história de verdade, nenhum passado digno de mérito, nada se perdeu na verdade. Muito pior (e mais prazeroso) é tirar a vida de alguém que tenha chegado a seu auge, que tenha o começo de toda uma história, um cônjuge, uma rede de amigos, uma carreira, cuja morte vá transtornar muito mais pessoas dotadas de ilimitada capacidade de sofrer, do que a de uma criança, destroçar talvez muito mais vidas do que a inexpressiva, insignificante morte desse garoto. Fico automaticamente tomado por um desejo quase esmagador de esfaquear também a mãe do garoto, que está tendo convulsões histéricas, mas tudo que consigo fazer é esbofetear rudemente o rosto e berrar para ela se acalmar. Por ter feito isso não recebo nenhum olhar de reprovação. Me dou conta vagamente de uma claridade no recinto, de uma porta se abrindo em algum lugar, da presença de funcionários do zoológico, um segurança, alguém – um dos turistas? – tirando fotos com o flash, os pinguins enlouquecidos no tanque atrás de nós, se batendo contra o vidro em pânico. Um tira me afasta num empurrão, apesar de eu lhe dizer que sou médico. Alguém arrasta o garoto para fora, estende-o no chão e lhe tira a camisa. O garoto dá uma arfada, morre. A mãe tem de ser contida.

Me sinto vazio, nem bem estou aqui, mas sequer a chegada da polícia parece ser motivo suficiente para me mexer e fico com a multidão no lado de fora do habitat de pinguins, com dezenas de outros, levando bastante tempo para me misturar e depois retroceder, até finalmente estar descendo a Quinta Avenida, surpreso com um pouquinho só de sangue que me manchou o paletó, mas aí paro numa livraria, compro um livro, depois numa banca de venda de chocolate Dove Bar na esquina da Rua Cinquenta e Seis, onde compro um Dove Bar – sabor de coco – e fico achando que há um orifício que vai se alargando no sol, mas por alguma razão isso quebra a tensão que comecei a sentir ao reparar pela primeira vez nos olhos da coruja-branca real e depois quando se repetiu após o garoto ter sido arrastado para fora do habitat dos pinguins e eu sair andando, as mãos encharcadas de sangue, solto.

GAROTAS

MINHAS APARIÇÕES NO ESCRITÓRIO no mês passado ou por aí foram tão esporádicas, para dizer o menos. Tudo o que pareço querer agora é malhar, levantar pesos, principalmente, e conseguir reservar mesa em novos restaurantes que já conheço, para depois cancelá-las. Meu apartamento fede a fruta podre, embora o cheiro seja de fato causado pelo que escavei da cabeça de Christie e derramei numa tigela Marco de vidro que fica num aparador próximo ao vestíbulo. A cabeça propriamente dita, coberta de massa encefálica, oca e desprovida de olhos, está jogada embaixo do piano na sala de estar e pretendo utilizá-la como lanterna iluminada quando chegar o Halloween. Por causa do fedor resolvo usar o apartamento de Paul Owen para o pequeno encontro que planejei para hoje. Mandei esquadrinhar o prédio em busca de dispositivos de vigilância; decepcionantemente, não havia nenhum. Alguém com quem tenho uma conversa por meio de meu advogado me conta que Donald Kimball, o investigador particular, escutou falar que Owen realmente *está* em Londres, que alguém o avistou duas vezes no saguão do Claridge's, uma vez num alfaiate em Savile Row e outra num novo restaurante da moda em Chelsea. Kimball tomou um avião para lá há duas noites atrás, o que significa que ninguém mais está vigiando o apartamento, e, como as chaves que roubei de

Owen ainda funcionam, pude trazer as ferramentas (uma furadeira elétrica, uma garrafa de ácido, a pistola de pregos, facas, um isqueiro Bic) para cá após o almoço. Contrato duas garotas *escort* através de uma agência bem-conceituada se bem que um tanto vulgar da qual nunca fiz uso antes, pagando a despesa com o cartão American Express dourado de Owen que, como todos pensam estar Owen agora em Londres, não foi dado como extraviado, embora o seu American Express platinado tenha sido. O *Patty Winters Show* de hoje foi – ironicamente, pensei – sobre dicas de beleza da Princesa Diana.

Meia-noite. A conversa que tenho com as duas garotas, ambas bem jovens, louras boazudas com uns peitões, é curta, já que me está sendo difícil conter a perturbação interna que me toma.

– O senhor mora num palácio – uma das garotas, Torri, diz com uma voz de criança admirada com o apartamento de Owen. – É um verdadeiro palácio.

Irritado, olho-a de relance.

– Não é assim *tão* bonito.

Enquanto preparo os drinques com as bebidas do bem provido bar de Owen, menciono a ambas que trabalho em Wall Street, na Pierce & Pierce. Nenhuma delas se mostra particularmente interessada. Mais uma vez, me vejo escutando uma voz – de uma delas – perguntando se isso é uma sapataria. Tiffany está folheando um exemplar de *Gentleman's Quarterly* de três meses atrás, sentada no sofá de couro preto que fica embaixo do painel almofadado em imitação de couro cru, e parece confusa, como se não entendesse algo, coisa nenhuma. Fico pensando: "Reze, sua piranha, reze mesmo", mas aí tenho de admitir para mim mesmo como dá um tesão estimular essas garotas a se rebaixarem diante de mim por uns simples trocados. Menciono também, após servir-lhes um outro drinque, que estudei em Harvard, aí pergunto, depois de uma pausa:

– Já ouviram falar?

Fico chocado quando Torri responde:

– Tive contatos profissionais com uma pessoa que dizia ter estudado lá. – Dá de ombros, calada.

– Um cliente? – pergunto, interessado.

– Bem – começa nervosamente. – Vamos dizer apenas um conhecimento profissional.

– Era um cafetão? – pergunto, e aí vem a parte esquisita.

– Bem... – ela se detém de novo antes de continuar – ...vamos chamá-lo apenas de um conhecimento profissional. – Dá um gole no copo. – Ele *disse* que estudou em Harvard, mas... não acreditei. – Olha para Tiffany, depois para mim. Nosso mútuo silêncio a encoraja a ficar falando e ela continua hesitantemente. – Ele tinha, por assim dizer, aquele macaco. E eu tinha de cuidar do macaco em... seu apartamento. – Ela para, começa, continua com uma voz monótona, de vez em quando engolindo em seco. – Eu ficava querendo ver televisão o dia todo, porque nada havia a fazer enquanto o cara estava fora e ao mesmo tempo dava uma olhada no macaco. Mas havia alguma coisa errada com aquele macaco. – Ela para e respira fundo. – O macaco ficava só assistindo... – Para de novo, apreende a sala, uma expressão esquisita lhe amassa o rosto como se ela não estivesse segura de que deveria nos contar essa história; se nós, eu e a outra piranha, podíamos ficar a par da informação. E, me preparo para alguma coisa chocante, reveladora, um nexo. – Ele ficava só assistindo... – dá um suspiro, depois num ímpeto súbito confessa – ao *Oprah Winfrey Show* e era só ao que queria assistir. O cara tinha fitas e fitas gravadas do programa e as preparava todas para o tal macaco... – agora ela me olha, suplicante, como se estivesse enlouquecendo aqui, agora mesmo, no apartamento de Owen e quer que eu, o quê, comprove o fato? – ...e as editava, tirando fora os comerciais. Uma vez tentei... mudar o canal, parar com a fita de vídeo... querendo ver uma novela ou qualquer coisa... mas – ela termina o drinque e revirando os olhos, obviamente incomodada com a história, continua com bravura – ...o macaco ficava soltando uns guinchos para mim e só se acalmava q-quando eu punha o programa da Oprah Winfrey. – Engole, limpa a garganta, parece que vai chorar, mas não chora. – Sabe como é, a gente quer mudar o canal e o maldito ma-macaco vem unhar você – conclui com amargura e dá um abraço em si mesma, com um calafrio, em vão buscando se aquecer.

Silêncio. Um silêncio ártico, frígido, total. A luz acesa acima de nós no apartamento é fria e elétrica. Em pé ali, olho para Torri, depois para a outra garota, Tiffany, que parece nauseada.

Afinal digo alguma coisa, tropeçando em minhas próprias palavras.

– Não me importo... se vocês levaram uma... vida decente... ou não.

Acontece o sexo – uma montagem barra-pesada. Depois que raspo a xoxota de Torri, ela fica deitada no futon de Paul e arreganha as pernas enquanto lhe toco uma siririca e fico chupando, às vezes lambendo o cu. Aí Tiffany me chupa a pica, ela tem uma língua quente e molhada, mas fica vibrando-a na cabeça do pau, o que me irrita – ao mesmo tempo que a chamo de piranha escrota, de puta. Fodendo uma delas de camisinha enquanto a outra me chupa os bagos, às lambidelas, observo a gravura de Angelis em silk-screen pendurada acima da cama e fico pensando em poças de sangue, gêiseres da coisa. Às vezes fica bem sossegado no quarto à exceção dos sons molhados que faz minha pica deslizando para dentro e para fora da vagina de uma das garotas. Tiffany e eu nos alternamos na chupação da boceta pelada e do cu de Torri. As duas gozam, urrando simultaneamente, fazendo sessenta e nove. Uma vez estando as bocetas molhadas o suficiente trago um consolo e deixo as duas ficarem brincando com ele. Torri abre as pernas, massageia o próprio clitóris enquanto Tiffany a fode com o consolo enorme, lubrificado, Terri instigando Tiffani a lhe foder a xoxota com mais violência com o dito, até que afinal, ofegante, goza.

Novamente faço as duas se chuparem uma à outra, mas isso começa a não me dar tesão – tudo em que consigo pensar é em sangue e em como será o sangue delas, mas embora Torri saiba o que fazer, chupar boceta, isso não me abranda os sentimentos e aí empurro-a de cima da boceta de Tiffany e começo a lamber e morder aquela xoxotona cor-de-rosa, macia, molhada ao mesmo tempo que Torri arreganha a bunda e senta sobre o rosto de Tiffany massageando o próprio clitóris com o dedo. Tiffany avidamente lhe enfia a língua na boceta molhada e lustrosa, aí Torri se curva e aperta os peitos grandes, duros de Tiffany. Fico mordendo com força, roendo a xota de Tiffany, e ela começa a ficar tensa.

– Relaxe – digo brandamente. Ela começa a dar uns guinchos, querendo desvencilhar-se, e afinal grita na hora em que meus dentes lhe rasgam a carne. Torri acha que Tiffany está gozando e esfrega a própria boceta com mais força na boca de Tiffany, lhe abafando os gritos, mas quando levanto os olhos para Torri, meu rosto coberto de sangue, a carne e os pelos pubianos me pendendo da boca, o sangue espirrando da xoxota dilacerada de Tiffany e caindo no acolchoado, posso sentir seu súbito ataque de horror. Faço uso do gás pulverizado para deixá-las momentaneamente cegas e depois ponho-as a nocaute com a coronha da pistola de pregos.

Torri acorda e se vê amarrada, curvada na beira da cama, de costas, o rosto coberto de sangue porque lhe cortei fora os lábios com uma tesourinha de unha. Tiffany está amarrada com seis pares de suspensórios de Paul no outro lado da cama, gemendo de medo, totalmente imobilizada pelo monstro da realidade. Quero que ela assista ao que vou fazer com Torri e deixei-a escorada de tal modo que torne isso inevitável. Como de hábito, na tentativa de compreender essas garotas eu resolvo filmar a morte delas. Com Torri e Tifany utilizo uma câmara ultraminiatura Minox LX que aceita películas de 9,5mm, tem uma lente de 15mm f/3,5, fotômetro, filtro de densidade neutro embutido e está instalada num tripé. Pus um compact disc do Traveling Wilburys num CD portátil que fica na cabeceira da cama, para abafar quaisquer gritos.

Começo a tirar um pouquinho a pele de Torri, fazendo incisões com uma faca e lhe arrancando pedaços de carne das pernas e da barriga enquanto ela grita em vão, suplicando misericórdia com uma vozinha fina e aguda, mas espero que possa se dar conta de que seu castigo vai acabar sendo relativamente brando em relação ao que planejei para a outra. Continuo pulverizando gás em Torri, depois tento lhe cortar os dedos fora com a tesourinha de unha e afinal derramo-lhe ácido na barriga e na genitália, mas nada disso consegue sequer chegar perto de matá-la, por isso me valho de uma faca com a qual golpeio-lhe a garganta, mas a lâmina acaba se partindo em meio àqueles restos de pescoço, presa a um osso, e aí eu paro. Com Tiffany olhando, eu finalmente serro fora a cabeça – cachoeiras de sangue se esparramam contra as paredes, até no teto – e empunhando a cabeça para cima, como um prêmio, pego minha pica, que está roxa de tão dura, baixo a cabeça de Torri até o colo e empurro o pau naquela boca ensanguentada adentro e começo a fodê-la, até explodir em gozo. Em seguida continuo tão duro que posso até ficar andando pelo quarto encharcado de sangue com a cabeça presa em mim, me trazendo uma sensação de quentura no pau, sem nenhum peso. Isso é divertido durante algum tempo, mas como preciso descansar retiro a cabeça, guardando-a no armário de teca e carvalho de Paul, e aí me sento numa poltrona, nu, coberto de sangue, assistindo a um canal de cabo na tevê de Owen, bebendo um Corona, me queixando em voz alta, me perguntando por que Owen não tem um telão.

Mais tarde – agora – fico dizendo para Tiffany "Vou deixar você ir, pssss..." e estou lhe afagando o rosto, que está lustroso devido às lágrimas e ao gás, meigamente, mas me irrita o fato de por um momento ela me olhar de verdade com esperança antes de ver o fósforo aceso que tenho na mão, tirado de uma caixa que peguei no bar do Palio's, onde fiquei tomando uns drinques com Robert Farrell e Robert Prechter na sexta-feira passada, e levo-o à altura de seus olhos, que ela fecha instintivamente, chamuscando tanto as pestanas quanto as sobrancelhas, depois afinal utilizo o isqueiro Bic e o mantenho seguro junto às órbitas, usando os dedos para me assegurar que fiquem abertas, queimando o polegar e o dedo mindinho neste processo, até os globos oculares explodirem. Enquanto ela está ainda consciente, viro-lhe o corpo e lhe abrindo as nádegas, tomo um consolo atado a uma tábua, enfio-lhe fundo no reto e prego-o no traseiro com a pistola de pregos. Depois, virando-lhe novamente o corpo, que está enfraquecido de medo, recorto toda a carne em volta de sua boca e, fazendo uso de uma furadeira elétrica acoplada a um cabeçote maçudo, eu alargo aquele buraco enquanto ela se sacode, protestando, mas, ao ficar satisfeito com o tamanho do buraco que criei, sua boca aberta do modo mais amplo possível, um túnel preto-avermelhado de língua retorcida e dentes soltos, forço minha mão ali dentro, indo fundo na garganta, até ela desaparecer na altura do punho – todo esse tempo sua cabeça está sacudindo incontrolavelmente, mas ela não consegue morder uma vez que a furadeira lhe arrancou os dentes das gengivas – e agarro as veias localizadas como se fossem canos, aí afrouxo-as com os dedos mas quando consigo segurá-las bem firme eu as arranco boca afora com violência, puxando-as até o pescoço afundar, sumir, a pele se retesar e se partir embora sem fazer muito sangue. A maior parte das entranhas do pescoço, a jugular inclusive, está pendente fora de sua boca e o corpo inteiro começa a se contorcer, como uma barata virada de barriga para cima, com tremores espasmódicos, seus olhos derretidos escorrendo-lhe pelo rosto, misturando-se às lágrimas e ao gás pulverizado, mas aí, sem querer perder tempo, apago as luzes e no escuro antes dela morrer lhe abro a barriga com as mãos nuas. Não consigo saber o que estou fazendo com elas, mas se ouve uns sons molhados de coisas estalando e minhas mãos ficam quentes e cobertas com alguma coisa.

O desfecho. Sem medo, sem confusão. Impossibilitado de ir ficando por ali já que há coisas a fazer hoje: devolver fitas de vídeo, malhar na academia, um novo musical inglês na Broadway ao qual prometi levar Jeanette, uma reserva de mesa para jantar a ser feita em algum lugar. O que sobrou dos dois corpos está no início do *rigor mortis*. Parte do corpo de Tiffany – acho que é dela embora esteja sendo um esforço distingui-los – ruiu, as costelas se projetando fora, a maioria partida ao meio, daquilo que sobrou de sua barriga, ambos os seios tendo sido perfurados por elas. Uma cabeça está pregada na parede, há dedos espalhados ou arrumados numa espécie de círculo em torno do CD player. Defecou-se em um dos corpos, o que está no soalho, e ele parece coberto de marcas de meus dentes nos pontos onde mordi, ferozmente. Com o sangue da barriga de um dos corpos, em que mergulho a mão, rabisco com letras vermelhas gotejantes acima do painel almofadado em couro cru na sala de estar, a palavra VOLTEI e embaixo dela um desenho assustador que parece assim

Ratazana

No meio de outubro me são entregues as seguintes coisas:

Um receptor de áudio, o Pioneer VSX-9300S, que inclui um processador *Surround Sound Dolby Prologic* com retardador digital, mais um controle remoto infravermelho de função total que comanda até 154 funções programadas de controles remotos de qualquer outra marca e gera 125 watts de potência em alto-falante frontal bem como 30 watts em alto-falante de fundo.

Um *cassette-deck* Akai, o GX-950B, que vem completo com *bias* manual, controles de nível de gravação Dolby, gerador de sinal calibrado embutido e sistema de editoração com apagador localizado, permitindo marcarem-se os pontos inicial e final de determinado trecho musical, que pode assim ser apagado com um simples toque de botão. O design de três cabeças destaca uma unidade de fita autoembutida, resultando numa minimização de interferência, sendo que seu dispositivo de redução de ruído é fortalecido com o *Dolby HX-Pro* enquanto os controles de painel frontal são ativados por controle remoto sem fio de função total.

Um CD player múltiplo Sony, o MDP-700, que toca ambos os discos áudio e vídeo – qualquer coisa desde o disco simples digital áudio de três polegadas até videodiscos de doze polegadas. Ele contém um laser de múltipla velocidade vídeo-áudio, com congelamento de quadro e movimento lento, que incorpora filtragem por *oversampling* de fator quatro e um motor dual que ajuda a garantir rotação consistente do disco, enquanto o sistema de proteção evita que este empene. Um sistema de sensor automático de música permite-lhe fazer até noventa e nove seleções de faixa, ao mesmo tempo em que o traçador automático de divisões permite-lhe varrer até setenta e nove segmentos de um videodisco. Também fazem parte um controle remoto de dez chaves do tipo *joy-shuttle dial* (para localização quadro a quadro) e *stop* com memória. Este tem também dois conjuntos de *jacks* do tipo A-V, com recobrimento de ouro para conexões mais sofisticadas.

Um *cassette deck* de alto desempenho, o DX-5000 da NEC, que combina efeitos especiais digitais com excelente hi-fi, e uma unidade VHS-HQ de quatro cabeças que vem equipada com programador para vinte e um dias e oito eventos, decodificador MTS e 140 canais *cable-ready*. Um bônus adicional: controle remoto unificado de cinquenta funções que me permite cortar os comerciais de tevê.

Como parte do *camcorder* Sony CCD-V200 de 8mm, há um apagador de sete cores, um gerador de caracteres, uma chave de edição que permite também gravação por tempo, o que me habilita, digamos, a gravar um corpo em decomposição a intervalos de quinze segundos ou gravar um cachorrinho se debatendo em convulsões, envenenado. O áudio tem reprodução digital estéreo de gravações, ao mesmo tempo em que a lente 200m tem luminosidade mínima de quatro lux e velocidades de obturador variáveis.

Um novo monitor de tevê com tela de 27 polegadas, o CX-2788 da Toshiba, dispondo de decodificador MTS embutido, filtro-pente CCD, varredor programável de canais, conexão para super-VHS, sete watts de potência por canal, com um adicional de dez watts dedicado a acionar um alto-falante para sinais *comph* de extrabaixa frequência, e um sistema de som *Carver Sonic Holographing* que produz um efeito de som estéreo 3D inigualável.

O CD player LD-ST da Pioneer com controle remoto sem fio e o multidisco MDP-700 da Sony com efeitos digitais e programação universal remota sem fio (um para o quarto de dormir, um para a sala de estar), que tocam todos os tamanhos e tipos de discos áudio e vídeo – discos laser de oito e vinte polegadas, discos CD vídeo de cinco polegadas e discos compactos de três e cinco polegadas, em duas gavetas de carregamento automático. O LD-W1 da Pioneer pega dois discos grandes e toca ambos os lados sequencialmente, com apenas alguns segundos de intervalo por lado durante a virada, de modo que você não precisa trocar ou virar os discos. Ele tem também som digital, controle remoto sem fio e memória programável. O player múltiplo CDV-1600 da Yamaha pega todos os formatos de discos, tem memória de quinze seleções e acesso randômico, além do controle remoto sem fio.

Dois amplificadores monobloco Threshold que custam perto de 15 mil dólares me são também entregues. E, para o quarto de dormir, um armário em carvalho clareado para guardar uma das novas televisões chega na segunda-feira. Um sofá feito por encomenda, com estofado de algodão, emoldurado por bustos italianos do século XVIII em bronze e mármore postos sobre pedestais contemporâneos de madeira pintada, chega na terça-feira. Uma nova cabeceira de cama (algodão branco coberto com um arremate em tachas de bronze) chega também na terça. Uma nova gravura de Frank Stella para o banheiro chega na quarta-feira juntamente com uma nova cadeira de braços Superdeluxe em camurça preta. O Onica, que estou vendendo, está sendo substituído por um outro novo: uma enorme pintura de um equalizador gráfico feita em cromo e tons pastéis.

Estou conversando com os entregadores da loja Park Avenue Sound sobre televisões de alta-definição, que não estão ainda disponíveis no mercado, quando toca um dos novos telefones sem fio pretos AT&T. Dou-lhes uma gorjeta, depois atendo. Meu advogado, Ronald, está na linha. Fico ouvindo-o, balançando a cabeça afirmativamente, indicando a saída do apartamento para os caras da entrega. Depois digo:

– A conta é só trezentos dólares, Ronald. A gente só tomou café. – Há uma pausa comprida, durante a qual escuto um som estranho vindo do banheiro de algo chapinhando em água. Andando cautelosamente naquela direção, com o telefone sem fio ainda na mão, digo a Ronald: – Mas sim... Espere... Mas eu... Mas só tomamos um café expresso. – E aí passo os olhos no banheiro.

Empoleirada no assento da privada está uma ratazana grande, molhada que – presumo eu – subiu de lá de dentro. Está sentada na borda do vaso da privada, se sacudindo para secar-se, antes de saltar, com hesitação, para o soalho. É um roedor imponente e dá umas guinadas, depois vai tenteando, atravessa os ladrilhos, até sair pela outra entrada do banheiro e chegar na cozinha, onde a sigo na direção da embalagem de pizza do Le Madri que, por alguma razão, foi deixada em cima do *New York Times* de ontem junto à lata de lixo da Zona, mas a ratazana, fascinada pelo cheiro, pega a embalagem com a boca e sacode furiosamente a cabeça, como faria um cão, querendo chegar à pizza de trufas, queijo de cabra e alho-poró, fazendo uns chiados agudos de fome. Estou sob efeito de um montão de Halcion nesta hora de modo que a ratazana não me incomoda tanto, suponho eu, quanto deveria.

Para capturar a ratazana, compro uma ratoeira tamanho gigante numa loja de ferragens na Amsterdam. Resolvo também passar a noite na suíte de minha família no hotel Carlyle. O único queijo que tenho em casa é uma fatia de Brie na geladeira e antes de sair coloco o pedaço inteiro – a ratazana é grande mesmo – junto com um tomate desidratado e uns salpicos de endro, delicadamente na armadilha, deixando-a armada. Mas ao retornar na manhã seguinte, por causa do tamanho da ratazana, a ratoeira não a matou. A ratazana apenas está ali caída, presa, soltando guinchos, agitando muito o rabo, que é horrível, de uma cor rosada translúcida, oleosa, do comprimento de um lápis e duas vezes mais grosso, e que faz o ruído de uma bofetada cada vez que bate no soalho de carvalho claro. Fazendo uso de uma pá de lixo – que levo a porra de *uma* hora para achar –, encurralo a ratazana ferida no exato instante em que ela se livra da armadilha e apanho aquela coisa, deixando-a em pânico, fazendo-a soltar guinchos mais altos, sibilar em minha direção, mostrar suas presas amarelas e afiadas de rato, e jogo-a numa chapeleira da Bergdorf Goodman. Mas aí a coisa mete as garras rasgando a caixa para sair e tenho de mantê-la na pia, com uma tábua em cima mais uns livros de culinária fora de uso a servirem de peso, mas mesmo assim quase ela escapa, enquanto fico sentado na cozinha a pensar nas maneiras de torturar garotas com esse animal (sem nenhuma surpresa me vem um monte à cabeça), a fazer uma lista que inclui, sem relação com a ratazana, rasgar-lhes ambos os seios e torná-los murchos, além de lhes amarrar a cabeça com arame farpado apertando bem.

Mais uma noite

McDermott e eu devemos jantar juntos hoje à noite no 1500 e ele me liga por volta das seis e meia, quarenta minutos antes de nossa verdadeira hora de reserva (não conseguiu para nenhuma outra hora, a não ser para o finalzinho, às dez ou nove horas, que é quando o restaurante fecha – eles trabalham com cozinha californiana e suas horas de servir refeições são uma artificialidade trazida daquele estado), e embora esteja eu no meio de uma aplicação de fio dental, todos os meus telefones sem fio se encontram perto da pia no banheiro e consigo pegar o aparelho certo no segundo toque. Por enquanto estou usando calças pretas Armani, camisa branca Armani, gravata Armani vermelha e preta. McDermott me informa que Hamlin quer vir conosco. Sinto fome. Faz-se uma pausa.

– E daí? – pergunto, endireitando a gravata. – Tudo bem.

– E daí? – McDermott diz. – Hamlin não quer ir no 1500.

– Por que não? – fecho a torneira da pia.

– Ele foi *lá* na noite passada.

– Mas... o que *você*, McDermott, está querendo *me* dizer?

– Que *vamos* em algum outro lugar – diz.

– Aonde? – pergunto com precaução.

– Alex Goes to Camp é o *lugar* que Hamlin sugeriu – diz.

– Fique na linha. Estou aplicando o Plax. – Depois de bochechar o produto antiplaca em toda a boca, fico examinando o contorno de meu couro cabeludo no espelho e depois cuspo fora o Plax. – Vetado. Passe para outro. *Eu* fui *lá* na semana passada.

– Eu *sei.* Também fui – McDermott diz. – Além do mais é barato. Mas então aonde quer ir?

– Hamlin não deu nenhuma outra opção, porra? – rosno, irritado.

– Hã, não.

– Ligue para ele e pergunte – digo, saindo do banheiro.

– Acho que não sei onde botei o meu *Zagat*.

– Quer aguardar na linha ou prefere que eu ligue de volta? – pergunta.

– Me liga de novo, cara. – Terminamos a ligação. Minutos se passam. Toca o telefone. Não me preocupo em deixar na secretária para ver quem é. É McDermott novamente.

– Bem? – pergunto.

– Hamlin não tem outra opção e quer chamar Luis Carruthers para vir conosco, mas o que quero saber é: isso quer dizer que Courtney vem junto? – McDermott pergunta.

– Luis é que não pode vir – digo.

– Por que não?

– Ele *não* pode, pronto. – Pergunto: – Por que ele quer chamar o Luis?

Faz-se uma pausa.

– Fique na linha – McDermott diz. – Ele está na outra linha. Vou perguntar.

– Quem? – Um lampejo de pânico. – Luis?

– Hamlin.

Enquanto aguardo na linha vou até a cozinha, chego à geladeira e pego uma garrafa de Perrier. Estou à procura de um copo quando ouço um clique.

– Ouça – digo quando McDermott retoma a linha. – Não quero me encontrar nem com Luis *nem* com Courtney, por isso, sabe como é, tente dissuadi-los ou algo assim. Use o seu charme. Faça gracinhas.

– Hamlin tem de jantar com um cliente do Texas e...

Corto sua fala.

– Espere, isso nada tem a ver com Luis. Deixe Hamlin levar o veadinho para sair sozinho.

– Hamlin quer que Carruthers venha porque Hamlin é quem está supostamente cuidando do caso Panasonic, mas Carruthers sabe muito mais sobre ele e por isso é que a presença de Carruthers é desejável – McDermott explica.

Faço uma pausa para assimilar isso.

– Se Luis vier eu o mato. Juro por Deus que o mato. Mato mesmo aquele porra.

– Credo, Bateman – McDermott murmura, preocupado. – Você é mesmo um benfeitor da humanidade. Um sábio.

– Não. Apenas... – começo, confuso, irritado. – Apenas... Sensato.

– Quero só saber, se no caso de o Luis vir, isso significa que Courtney vem também? – ele se pergunta novamente.

– Diga a Hamlin para convidar... merda, nem sei. – Paro. – Diga a Hamlin para ir jantar sozinho com o cara do Texas. – Paro de novo, me dando conta de algo. – Espere aí. Isso quer dizer que Hamlin estará... nos convidando? Quer dizer, é ele quem paga, sendo um jantar de negócios?

– Sabe, às vezes acho você tão esperto, Bateman – McDermott diz. – Outras vezes...

– Ai merda, que diabo estou dizendo? – pergunto a mim mesmo em voz alta, incomodado. – Você e eu podemos sair para um maldito jantar a negócios nós mesmos. Meu Deus. Eu não vou. É isso aí. Não vou.

– Nem se Luis *não* for? – pergunta.

– Não. Neca.

– Por que não? – diz num gemido. – *Temos* reserva no 1500.

– Eu... tenho... de assistir ao *Cosby Show.*

– Ai, por que não o *grava*, seu babaca?

– Espere aí. – Me dou conta de algo mais. – Você acha que Hamlin levará... – faço uma pausa meio sem jeito... – alguma droga, talvez... para o texano?

– O que o sr. Bateman acha? – McDermott pergunta, o babaquara.

– Hummm. Deixa eu pensar. Estou pensando no caso.

Após uma pausa McDermott diz:

– Tique-taque, Tique-taque – com uma voz monótona. – Não estamos chegando a lugar algum. É *claro* que Hamlin vai levar.

– Chame Hamlin, peça... ponha-o conosco em ligação a três – digo de modo atabalhoado, olhando o Rolex. – Rápido. Quem sabe o convencemos a ir ao 1500.

– Ok – McDermott diz. – Espere na linha.

Escuto quatro estalidos e aí ouço Hamlin dizendo:

– Bateman, fica bem usar meias de losango com um terno formal? – Ele quer dar um tom de brincadeira, mas não vejo graça.

Suspirando intimamente, de olhos fechados, respondo, Impaciente:

– Realmente não fica, Hamlin. São esportivas demais. Prejudicam a formalidade do traje de negócios. Dá para usá-las com ternos informais. Tweeds, o que for. Bem, Hamlin?

– Bateman? – E aí diz: – Obrigado.

– Luis *não pode* ir – falo para ele. – Não há de quê.

– Sem problemas – diz. – O texano de qualquer modo não vai.

– Por que não? – pergunto.

– Ei, vamos todos ao See Bee Jee Bees que ouvi dizer está bem na onda da moda. Diferente à beça – Hamlin explica, imitando o sotaque carregado do sujeito. – Até segunda-feira o texano não entra no circuito. É que eu rapidamente, espertamente devo acrescentar, rearrumei minha emocionante lista de compromissos. Um pai doente. Um incêndio na floresta. Uma desculpa.

– E como fica o Luis nisso tudo? – pergunto desconfiado.

– É *Luis* quem vai jantar com o texano hoje à noite, o que me evita um montão de problemas, meu chapa. *Eu* vou encontrá-lo no Smith and Wollensky na segunda-feira – Hamlin diz, satisfeito consigo mesmo. – Então está tudo ok pra valer.

– Espere aí – McDermott pergunta com hesitação –, isso quer dizer que Courtney não vem?

– Já perdemos ou vamos perder nossa reserva no 1500 – chamo a atenção. – Além do mais, Hamlin, você foi lá na noite passada, hein?

– É isso aí – diz. – Eles têm um carpaccio passável. As aves são decentes. *Sorbets* legais. Mas vamos a um outro lugar qualquer e, hum, depois saímos à procura, humm, daquele corpinho perfeito. Senhores?

– Parece legal – digo, achando engraçado que Hamlin, ao menos uma vez, tenha tido a ideia certa. – Mas o que Cindy vai achar disso?

— Cindy tem de ir a um evento qualquer de caridade no Plaza, alguma coisa...

— É no *Trump* Plaza — observo distraidamente, abrindo enfim a garrafa de Perrier.

— Pode crer, no Trump Plaza — diz ele. — Alguma coisa relativa às árvores próximas à biblioteca. Dinheiro para as tais árvores ou algum tipo de arbusto — diz, inseguro. — Plantas? Isso me cansa.

— Então aonde vamos? — McDermott pergunta.

— Quem vai cancelar o 1500? — pergunto.

— Você cancela — McDermott diz.

— Puxa, McDermott — me lamento —, faça isso você.

— Esperem — Hamlin diz. — A gente primeiro decide *aonde vai.*

— De acordo — McDermott, o parlamentar.

— Me oponho terminantemente a qualquer lugar que *não* fique nas áreas Upper West ou Upper East desta cidade — digo.

— O Bellini's? — Hamlin sugere.

— Neca. Não deixam fumar charutos — McDermott e eu dizemos ao mesmo tempo.

— Tira esse fora — Hamlin diz. — O Gandango? — sugere.

— É uma possibilidade, é uma possibilidade — murmuro, matutando o assunto. — O Trump come sempre lá.

— Zeus Bar? — um deles pergunta.

— Pode reservar — diz o outro.

— Esperem — digo-lhes. — Deixem eu pensar.

— *Bateman...* — Hamlin adverte.

— Estou me divertindo com a ideia — digo.

— *Bateman...*

— Esperem. Deixem eu me divertir um pouco.

— Estou realmente irritado demais para ficar tratando disso agora — McDermott diz.

— Por que a gente não esquece essa porcaria e vai a um japonês — Hamlin sugere. — *Depois* procuramos os corpinhos gostosos?

— Não é de fato uma má ideia. — Dou de ombros. — Uma combinação decente.

– Mas o que *você* quer fazer, Bateman? – McDermott pergunta.

Fico pensando sobre isso, a quilômetros de distância, respondo:

– Quero...

– Sim...? – ambos perguntam ansiosos.

– Quero... pulverizar a cara de uma mulher com um tijolo grande pesado.

– Mas e além disso – Hamlin diz num gemido impaciente.

– Tudo bem, ok – digo, saindo do aperto. – Zeus Bar.

– Tem certeza? É isso? Zeus Bar? – Hamlin conclui, assim espera.

– Camaradinhas. Estou me achando cada vez mais incapaz *mesmo* de lidar com isso – McDermott diz. – Zeus Bar. E chega.

– Fiquem na linha – Hamlin diz. – Vou ligar e fazer a reserva. – Ele sai fora com um clique, deixando McDermott e eu na espera. Ficamos em silêncio bastante tempo antes de um ou outro dizer algo.

– Você sabe – digo afinal. – Será provavelmente impossível conseguir reserva lá.

– Talvez a gente deva ir ao M.K. O texano provavelmente gostaria de ir ao M.K. – Craig diz.

– Mas, McDermott, o *texano* não vai sair conosco – chamo a atenção.

– Não posso ir ao M.K. de qualquer modo – diz, sem me escutar, mas não declara o porquê.

– Nem quero saber disso.

Ficamos mais dois minutos esperando Hamlin.

– Que diabo ele estará fazendo? – pergunto, mas aí minha outra linha dá um clique de chamada.

McDermott também o ouve.

– Você quer atender?

– Estou pensando. – O clique se repete. Dou um gemido de queixa e falo para McDermott ficar na linha esperando. É Jeanette. Me dá a impressão de estar triste e cansada. Não quero voltar para a outra linha por isso lhe pergunto o que fez na noite passada.

– Depois da hora que você deveria se encontrar comigo? – pergunta.

Faço uma pausa, inseguro.

– Hã, pode crer.

– Acabamos indo ao Palladium que estava completamente vazio. Estavam deixando as pessoas entrar de graça. – Ela assinala. – Vimos talvez umas quatro ou cinco pessoas.

– Conhecidas suas? – pergunto esperançosamente.

– Dentro... da... boate – diz, espaçando as palavras de um modo implacável.

– Sinto muito – digo afinal. – Tive de devolver umas fitas de vídeo... – Mas aí, reagindo ao seu silêncio: – Sabe, *poderia* ter encontrado você...

– Não quero ouvir falar disso – diz num suspiro, me cortando a fala. – O que vai fazer hoje à noite?

Faço uma pausa, sem saber o que responder antes de reconhecer:

– Zeus Bar às nove. McDermott. Hamlin. – Mas aí, com menor expectativa: – Quer se encontrar conosco?

– Não sei – suspira. Sem nenhuma sutileza ela pergunta: – Você quer que eu vá?

– Por que insiste em se desprezar tanto? – pergunto de volta.

Ela desliga o telefone na minha cara. Retorno à outra linha.

– Bateman, Bateman, Bateman, Bateman – Hamlin está falando com voz monótona.

– Estou aqui. Cale a porra dessa boca.

– Ainda estamos protelando? – McDermott pergunta. – Chega de protelar.

– Decidi que prefiro jogar golfe – digo. – Faz um tempão que não jogo.

– Foda-se o golfe, Bateman – diz Hamlin. – Temos uma reserva para as nove horas no Kaktus...

– *E* uma reserva a ser cancelada no 1500 em, humm, vejamos... uns vinte minutos atrás, Bateman – McDermott diz.

— Mas que bosta, Craig. *Cancele* tudo *agora* — digo já farto.

— Meu Deus, como odeio golfe — Hamlin diz, horrorizado.

— Cancele *você* — McDermott diz, rindo.

— Foi feita em nome de quem? — pergunto, sem rir, minha voz se alteando.

Depois de uma pausa, McDermott diz — Carruthers — mansamente.

Hamlin e eu explodimos numa gargalhada.

— É mesmo? — pergunto.

— Não conseguimos o Zeus Bar — Hamlin diz. — Portanto vamos ao Kaktus.

— Coisa fina — digo desanimado. — Eu acho.

— Alegre-se. — Hamlin dá uma risadinha de desdém.

Minha outra linha toca de novo e antes mesmo que eu decida atendê-la ou não, Hamlin resolve por mim.

— Mas se vocês não estão querendo ir ao Kaktus...

— Esperem, minha outra linha chamou. Volto já.

Jeanette está aos prantos.

— O que você não é capaz de fazer? — pergunta soluçando. — Me diga só o que você *não* é capaz de fazer?

— Meu benzinho, Jeanette — digo num tom reconfortante. — Ouça, por favor. Estaremos no Zeus Bar às dez. Ok?

— Patrick, por favor — suplica. — Estou legal. Só queria conversar...

— Encontro você às nove ou às dez, como for — digo. — Tenho de desligar, Hamlin e McDermott estão na outra linha.

— Tudo bem. — Ela funga, se recompondo, limpando a garganta. — A gente se vê lá. Sinto mu...

Retorno à outra linha. McDermott é o único que restou.

— Onde está Hamlin?

— Saiu fora da ligação — McDermott diz. — Estará conosco às nove.

— Ótimo — murmuro. — Para mim está tudo arranjado.

— Quem era?

— Jeanette — digo.

Escuto um clique baixo, depois outro.

– É para você ou para mim? – McDermott pergunta.
– Para você – digo. – Acho eu.
– Espere na linha.

Aguardo, andando impacientemente de um lado para outro ao longo da cozinha. McDermott retorna após um clique.

– É Van Patten – diz. – Vou pô-lo conosco em ligação a três. – Seguem-se mais quatro cliques.

– Oi, Bateman – Van Patten exclama. – *Camaradinha.*

– Sr. Manhattan – digo. – Reconheci você.

– Ei, qual o modo correto de se usar faixa de smoking? – pergunta.

– Já expliquei isso duas vezes hoje – advirto.

Os dois começam a falar se Van Patten pode ou não chegar às nove no Kaktus e eu parei de me concentrar nas vozes que chegam pelo telefone sem fio, mas em vez disso passei a observar, com crescente interesse, o rato que comprei – ainda tenho o tipo mutante que surgiu da privada – em sua nova gaiola de vidro, a arrastar o que restou de seu corpo tomado pelo ácido a meio caminho de um intricado sistema de armadilhas que está colocado na mesa da cozinha, onde ele tenta beber no reservatório da água que enchi de Evian envenenada hoje de manhã. A cena me parece deplorável demais ou não deplorável o bastante. Não consigo decidir. Um sinal de chamada na linha me retira desse delírio estúpido e digo a Van Patten e McDermott para esperarem na linha.

Faço a nova chamada, depois dou uma pausa antes de dizer:

– Você ligou para Patrick Bateman. Por favor, deixe seu recado após...

– Mas, pelo amor de Deus, Patrick, *cresça* – Evelyn se queixa. – Quer *parar* com isso? Por que insiste em fazer isso? Acha mesmo que vai conseguir dessa vez?

– Conseguir o quê? – pergunto inocentemente. – Me proteger?

– Me torturar – diz em tom solene.

– Amor – digo.

– Sim? – ela funga.

– Você não sabe o que é tortura. Você não sabe do que está falando – falo para ela. – Você realmente não sabe do que está falando.

– Não quero falar sobre isso – diz. – Acabou. Bem, qual sua programação de jantar para hoje à noite? – Sua voz fica macia. – Estava pensando talvez em jantar no TDK, humm, tipo às nove?

– Vou jantar no Harvard Club sozinho hoje à noite – digo.

– Ah, deixe de ser bobo – Evelyn diz. – Sei que você vai ao Kaktus com Hamlin e McDermott.

– Como sabe *disso*? – pergunto, sem me importar com ter sido pego mentindo. – Seja como for, é no Zeus Bar, não no Kaktus.

– Porque acabei de falar com Cindy – diz.

– Pensei que Cindy fosse no tal evento beneficente da planta ou árvore... arbusto, sei lá – digo.

– Ah não, não, não – diz Evelyn. – Isso é na semana *que vem*. Você quer ir?

– Fique na linha – digo.

Volto à ligação com Craig e Van Patten.

– Bateman? – Van Patten pergunta. – Que *porra* está fazendo?

– Que diabo, como é que Cindy sabe que vamos jantar no Kaktus? – exijo saber.

– Hamlin contou? – McDermott dá um palpite. – Não sei. Por quê?

– Porque *Evelyn* agora já sabe – digo.

– Quando é que a *porra* do Wolfgang Puck vai abrir um restaurante nesta maldita cidade? – Van Patten nos pergunta.

– Van Patten está em sua terceira garrafa ou está ainda, vamos dizer, trabalhando na primeira? – pergunto a McDermott.

– A pergunta que você está fazendo, Patrick – McDermott começa –, é: vamos ou não deixar as mulheres de fora? Certo?

– Algo está se transformando em coisa alguma muito rapidamente – advirto. – É tudo o que tenho a dizer.

– Você deve convidar Evelyn? – McDermott pergunta.
– É isso que quer saber?

– Não, *não* devemos – reforço.

– Bem, ei, eu queria trazer Elizabeth – Van Patten diz timidamente (timidez fingida?).

– Não – digo. – Nada de mulheres.

– O que há de errado com Elizabeth? – Van Patten pergunta.

– É mesmo, o que há? – McDermott diz em seguida.

– É uma idiota. Não, é inteligente. Não sei dizer. Não a chamem – digo.

Depois de uma pausa escuto Van Patten dizer:

– Sinto as coisas começarem a ficar estranhas.

– Bem, se não Elizabeth, que tal Sylvia Josephs? – McDermott sugere.

– Xi, velha demais para trepar... – Van Patten diz.

– Nossa – McDermott diz. – Ela tem 23 anos.

– Tem *28* – corrijo.

– É mesmo? – um preocupado McDermott pergunta, após uma pausa.

– É – digo. – De *verdade.*

McDermott fica ali dizendo um "Oh".

– Que merda, esqueci – digo, dando um tapa na testa. – Convidei Jeanette.

– Bem, essa é uma das gracinhas que não me incomodaria, hã, de *convidar* – Van Patten diz lascivamente.

– Por que uma gracinha daquela, ótima, nova, como Jeanette suporta você? – McDermott pergunta. – Por que ela aguenta você, Bateman?

– Mantenho-a guardada em cashmere. Um montão de cashmere – murmuro, e depois: – Tenho de ligar para ela e lhe dizer para não vir.

– Você não está esquecendo algo? – McDermott pergunta.

– O quê? – Estou perdido em pensamentos.

– Sei lá, será que Evelyn ainda está na outra linha?

– Ai merda – exclamo. – Fique na linha.

– Por que fico eu ainda me incomodando com isso? – ouço McDermott perguntar a si mesmo, suspirando.

– Traga Evelyn – Van Patten declara. – É uma gracinha também! Diga-lhe para nos encontrar no Zeus Bar às nove e meia!

– Ok, ok – grito antes de passar para a outra linha.

– Não estou gostando disso, Patrick – Evelyn está dizendo.

– Que tal nos encontrar no Zeus Bar às nove e meia? – sugiro.

– Posso levar Stash e Vanden? – me pergunta timidamente.

– Ela é a que tem tatuagem? – pergunto de volta, timidamente.

– Não – suspira. – Não tem tatuagem.

– Tire-os fora. Tire-os fora.

– Ah, Patrick – se queixa num gemido.

– Olhe, você teve sorte em ser convidada, por isso... – minha voz vai sumindo.

Silêncio, durante o qual não me sinto mal.

– Vamos, ande, vá nos encontrar lá e pronto – digo. – Desculpe.

– Ah, está bem – diz, resignada. – Nove e meia?

Passo para a outra linha, interrompendo a conversa de Van Patten e McDermott sobre se é ou não adequado usar-se terno azul ou *blazer* azul-marinho indiferentemente.

– Alô? – interrompo. – Calem a boca. Estão todos prestando a máxima atenção?

– Sim, sim, sim – Van Patten suspira, entediado.

– Vou ligar para Cindy e ver se consigo tirar fora Evelyn desse *nosso* jantar – anuncio.

– Que diabo, por que então, *para começar*, você convidou Evelyn? – um deles pergunta.

– Estávamos brincando, seu *idiota* – acrescenta o outro.

– Hã, boa pergunta – digo, gaguejando. – Hã, fiquem na linha.

Disco o número de Cindy depois de encontrá-lo na minha agenda eletrônica. Ela atende após selecionar a chamada com a secretária eletrônica.

– Oi, Patrick – diz ela.

– Cindy – digo. – Preciso de um favor seu.

– Hamlin não vai jantar com vocês, meus caros – diz. – Ele tentou ligar de volta, mas os telefones estavam sempre ocupados. Será que vocês não têm linha de espera?

– Claro que temos linha de espera – digo. – Pensa que somos o quê, uns bárbaros?

– Hamlin não vai – ela diz novamente, em tom categórico.

– E o que vai ele fazer então? – pergunto. – Engraxar sapatos?

– Vai sair *comigo*, sr. Bateman.

– Mas e aquele seu evento beneficente dos arbustos? – pergunto.

– Hamlin confundiu toda a história – diz.

– Ei, moça – começo.

– Sim? – pergunta ela.

– Ei, moça, você está namorando um bunda-mole – digo com doçura.

– Obrigado, Patrick. É muito gentil.

– Moça – advirto –, você está namorando o maior babaca de Nova York.

– Você fala isso como se eu não soubesse. – Dá um bocejo.

– Moça, mas você está namorando um completo e trapalhão, muito trapalhão, de um babaca.

– Sabia que Hamlin tem seis aparelhos de televisão e sete videocassetes?

– Mas já usou a máquina de remar que consegui para ele? – De fato gostaria de saber.

– Nunca usou – diz. – Totalmente sem uso.

– Moça, ele é um babaca mesmo.

– Quer parar de me chamar de moça – ela pede, aborrecida.

– Ouça, Cindy, se tivesse uma oportunidade de ler a *Woman's Wear Daily* ou... – me detenho, inseguro do que dizer. – Ouça, tem alguma coisa boa acontecendo hoje à noite? – pergunto. – Algo não muito... tumultuado?

– O que você quer, Patrick? – diz num suspiro.

– Só quero paz, amor, amizade, compreensão – digo num tom desapaixonado.

– O que você quer? – ela repete.

– Por que vocês dois não vêm conosco?

– Temos outros planos.

– Foi Hamlin quem fez a maldita reserva – grito, ultrajado.

– Bem, vocês *rapazes* podem usá-la.

– Por que *você* não vem? – pergunto lascivamente. – Largue o babaca lá no Juanita ou algo parecido.

– Acho que vou deixar para outra vez – diz. – Peça desculpas por mim aos "rapazes".

– Mas a gente vai ao Kaktus, humm, quer dizer ao Zeus Bar – digo, mas aí, confuso, acrescento: – Não, Kaktus.

– Vocês estão mesmo indo *lá*? – pergunta.

– Por quê?

– O mais simples bom-senso considera que lá não é mais um lugar "in" para se ir jantar – diz.

– Mas foi Hamlin quem fez a porra da reserva! – exclamo.

– Ele fez reserva *lá*? – pergunta, bestificada.

– Há séculos atrás! – berro.

– Ouça – diz –, estou me vestindo.

– Isso não me deixa nada feliz – digo.

– Não se incomode – diz ela, depois desliga.

Retorno para a outra linha.

– Bateman, sei que isso parece uma impossibilidade – McDermott diz. – Mas o vazio está de fato aumentando.

– Não estou a fim de nada mexicano – declara Van Patten.

– Mas espere, não vamos em nada mexicano, não é? – digo. – Fiz confusão? A gente não vai ao Zeus Bar?

– Não, seu retardado – McDermott diz com veemência. – Não conseguimos o Zeus Bar. Kaktus. Kaktus às nove horas.

– Mas não *quero* nada mexicano – diz Van Patten.

– Mas foi você, Van Patten, quem fez a reserva – McDermott grita.

– Também não quero – digo de repente. – Por que restaurante mexicano?

– Não é um mexicano *mexicano* – McDermott diz, exasperado. – É alguma coisa chamada *nouvelle* mexicana, *tapas* ou algo mais também lá do sul da fronteira. Alguma coisa por aí. Esperem na linha. Minha linha de chamada de espera está tocando.

Ele sai fora depois de um clique, deixando Van Patten e eu na linha.

– Bateman – Van Patten suspira –, minha sensação de euforia está rapidamente afundando.

– Do que está falando? – Na verdade estou tentando lembrar-me onde disse à Jeanette e Evelyn para irem nos encontrar.

– Vamos reservar em outro lugar – sugere.

Penso sobre isso, depois pergunto, desconfiado:

– Onde?

– No 1969 – diz, me deixando tentado. – Hummm? 1969?

– Lá eu *gostaria* de ir – reconheço.

– O que fazemos então? – pergunta.

Penso sobre isso.

– Faça uma reserva. Rápido.

– Ok. Para três? Cinco? Quantos?

– Cinco ou seis, acho.

– Ok. Fique na linha.

Bem na hora que ele sai fora da linha, McDermott retorna na outra.

– Onde está Van Patten? – pergunta.

– Ele... teve de dar uma mijada – digo.

– Por que você não quer ir ao Kaktus?

– Porque estou nas garras de uma crise existencial – minto.

– *Você* pensa que isso é uma razão suficiente – McDermott diz. – Mas *eu* não.

– Alô? – Van Patten diz, depois que se escuta um clique. – Bateman?

– E então? – pergunto. – McDermott também está aqui.

– Não. Não tem jeito.

– Bosta.

– O que está acontecendo? – McDermott pergunta.

– Bem, camaradinhas, vamos querer tomar umas margaritas? – Van Patten pergunta. – Ou não tomamos nenhuma?

– Até que seria bom uma margarita – McDermott diz.

– Bateman? – Van Patten pergunta.

– Eu gostaria de tomar várias garrafas de cerveja, de preferência não mexicanas – digo.

– Ai merda – McDermott diz. – Uma chamada na linha de espera. Fiquem na linha. – Ouve-se um clique, ele sai fora.

Se não estou enganado são agora oito e meia.

Uma hora depois continuamos a confabular. Cancelamos a reserva no Kaktus, mas talvez alguém a tenha refeito. Confuso, acabo cancelando de fato uma mesa inexistente no Zeus Bar. Jeanette saiu de seu apartamento, não podendo ser encontrada em casa e não tenho ideia para qual restaurante ela vai, nem me lembro em qual deles falei para Evelyn ir nos encontrar. Van Patten, que já tomou duas belas doses de Absolut, me pergunta sobre o detetive Kimball e sobre o que conversamos, mas tudo o que de fato me lembro é algo parecido com o modo de as pessoas tombarem em meio a tiros.

– *Você* falou com ele? – pergunto.

– É, é sim.

– O que disse ele sobre o que aconteceu a Owen?

– Sumiu. Simplesmente sumiu. Puf – diz. Posso ouvi-lo abrindo uma geladeira. – Não houve incidentes. Nada. As autoridades não têm nada.

– Pode crer – digo. – Estou perturbado à beça por causa disso.

– Bem, Owen era... Não sei – diz. Posso ouvir uma lata sendo aberta.

– O que mais disse a ele, Van Patten? – pergunto.

– Ah, o de sempre – dá um suspiro. – Que ele usava gravatas amarelas e castanho-avermelhadas. Que almoçava no "21". Que na realidade não era um especialista em arbitragem mercantil – como Thimble pensava que fosse – mas um promotor de fusões de empresas. Apenas o de sempre. – Quase posso ouvi-lo dar de ombros.

– O que mais? – pergunto.

– Vejamos. Que ele não usava suspensórios. Era o homem do cinto. Que tinha parado de cheirar cocaína, agradável companheiro para uma cerveja. *Você* sabe, Bateman.

– Era um débil mental – digo. – Mas agora está em Londres.

– Credo – resmunga baixo –, o nível geral de competência está declinando *pacas*.

McDermott volta à linha.

– Ok. *Agora*, aonde vamos?

– Que horas são? – Van Patten pergunta.

– Nove e meia – nós dois respondemos.

– Esperem, o que aconteceu com o 1969? – pergunto a Van Patten.

– Mas o quê sobre o 1969? – McDermott não tem uma pista.

– Não me lembro – digo.

– Fechado. Não há mais reservas – McDermott berra. – A cozinha *fechou*. O restaurante está *fechado*. Acabou-se. *Temos* de ir ao Kaktus.

Silêncio.

– Alô? Alô? Vocês estão aí? – grita, rendendo-se.

– Rentes que nem pães quentes – Van Patten diz.

Solto uma gargalhada.

– Se vocês aí estão levando na gozação – McDermott adverte.

– Ah, pode crer, e aí? Você vai fazer o quê? – pergunto.

– Ó carinhas, estou só apreensivo com o fato de não conseguirmos arranjar mesa antes de, digamos, meia-noite.

– Você tem certeza quanto ao 1500? – pergunto. – Isso parece tão esquisito.

– Essa insinuação é *discutível*! – McDermott grita. – Por quê, vocês podem perguntar? Porque estão fechados! Porque estão fechados eles suspenderam as reservas! Está dando para entender?

– Ei, calma lá, queridinho – Van Patten diz friamente. – Vamos ao Kaktus.

– Temos uma reserva lá para uns dez, quinze minutos atrás – McDermott diz.

– Mas eu a cancelei, pensava eu – digo, tomando mais um Xanax.

– Eu as refiz – McDermott diz.

– Você é uma pessoa indispensável – digo-lhe numa voz monótona.

– Posso chegar lá antes das dez – McDermott diz.

– Como vou parar no caixa automático, posso chegar antes das dez e quinze – Van Patten diz devagar, contando os minutos.

– Alguém aí está lembrando que Jeanette e Evelyn vão nos encontrar no Zeus Bar, onde não temos reserva? Isso já passou pela cabeça de alguém? – pergunto, em dúvida.

– Mas o Zeus Bar está fechado e além do mais cancelamos lá uma reserva *que sequer havíamos feito* – McDermott diz, tentando manter-se calmo.

– Mas acho que disse à Jeanette e à Evelyn para irem nos encontrar lá – digo, tapando a boca com os dedos, horrorizado com essa possibilidade.

Após uma pausa McDermott pergunta:

– Você está querendo se meter em encrencas? Está pedindo isso ou sei lá?

– Minha linha de espera está tocando – digo. – Ai meu Deus. Que horas são? Minha linha de espera.

– Só pode ser uma das garotas – Van Patten diz alegremente.

– Fiquem na linha – digo num tom lúgubre.

– Boa sorte – escuto Van Patten dizer antes de eu sair da linha.

– Alô? – pergunto mansamente. – Você ligou para...

– Sou *eu* – Evelyn grita, o barulho de fundo quase a submergindo.

– Ah, oi – digo sem fazer caso. – O que está acontecendo?

– Patrick, o que está fazendo em casa?

– Onde *está* você? – pergunto de bom humor.
– Estou no Kaktus – diz num tom peçonhento.
– O que está fazendo *aí*? – pergunto.
– Disse que ia me encontrar aqui, isso é que sim – diz. – Confirmei sua reserva.
– Ai droga, sinto muito – digo. – Me esqueci de lhe falar.
– Se esqueceu de me falar o *quê*?
– De lhe falar que a gente não... – engulo em seco – ... vai aí. – Fecho os olhos.
– Quem é o raio dessa Jeanette? – lança devagar um chiado de cobra.
– Mas e aí, vocês estão se divertindo? – pergunto, ignorando sua pergunta.
– Não estamos não.
– Mas por que não? – pergunto. – A gente já estará aí... logo.
– Porque toda essa história me parece, caramba, sei lá... *inadequada*? – grita ela.
– Ouça, ligo para você agorinha de volta. – Estou quase fingindo que vou anotar o número.
– Você não vai conseguir – Evelyn diz, a voz tensa e mais baixa.
– Por que não? A greve da telefônica terminou – digo de brincadeira, mais ou menos.
– Porque Jeanette está atrás de mim e quer usá-lo – diz Evelyn.
Faço uma pausa que dura bastante tempo.
– Pat-rick?
– Evelyn. Deixa rolar. Estou saindo agorinha. Estaremos todos aí logo. Prometo.
– Ai meu Deus...
Retorno à outra linha.
– Caras, caras, alguém fodeu tudo. Eu fodi com tudo. Vocês foderam com tudo. Não sei – digo em total pânico.
– O que há de errado? – um deles pergunta.
– Jeanette e Evelyn estão no Kaktus – digo.
– Puxa meu irmão. – Van Patten zomba.

— Saibam vocês, para mim não é nada difícil ficar enfiando sem parar um cano de chumbo na vagina de uma garota – digo a Van Patten e a McDermott, e ainda acrescento, depois de um silêncio que erradamente tomo como sendo um choque, afinal sua perspicaz percepção da minha crueldade –, mas piedosamente.

— Todos nós conhecemos o *seu* cano de chumbo, Bateman – McDermott diz. – Chega de bazófia.

— Será que ele quer é nos dizer que tem pau grande? – Van Patten pergunta a Craig.

— Puxa, não tenho certeza – McDermott diz. – É isso que está querendo nos dizer, Bateman?

Faço uma pausa antes de responder.

— É... bem, não, não exatamente. – Minha linha de espera de chamada dá sinal.

— Ótimo, oficialmente estou com inveja – McDermott faz uma gracinha. – *Agora* aonde vamos? Meu Deus, que horas são?

— Não tem tanta importância. Minha cabeça já está dormente. – Estou agora tão faminto que fico comendo farelo de aveia numa caixa. Minha linha de espera de chamada dá sinal novamente.

— Quem sabe a gente arruma drogas?

— Ligue para Hamlin.

— Credo, não se pode entrar num banheiro nesta cidade sem sair dele com um papelote na mão, por isso não se preocupe.

— Alguém ouviu falar do negócio da Bell South com os celulares?

— Spuds McKenzie aparece no *Patty Winters Show* amanhã.

GAROTA

NA QUARTA-FEIRA À NOITE MAIS UMA garota, que conheci no M.K. e que pretendo torturar e filmar. Essa permanece sem nome para mim e está sentada no sofá da sala de estar em meu apartamento. Uma garrafa de champanhe, Cristal, pela metade, repousa sobre a mesa de tampo de vidro. Seleciono umas músicas pelos números, o que faz acender as luzes da vitrola automática Wurlitzer. Ela afinal pergunta "Que... cheiro é esse por aqui?", ao que respondo, a meia-voz, "Um rato... morto", mas aí estou abrindo as janelas, fazendo correr a porta de vidro que dá acesso ao terraço, embora a noite esteja friazinha, meio do outono, e esteja ela vestida com uma roupa leve, mas aí toma mais uma taça de Cristal, o que parece aquecê-la o suficiente para que possa perguntar-me o que faço na vida. Digo-lhe que estudei em Harvard e depois comecei a trabalhar em Wall Street, na Pierce & Pierce, depois que me formei na faculdade de administração de lá, mas quando me pergunta, ou por estar confusa ou por brincadeira "O que é isso?", eu engulo em seco e de costas para ela, endireitando o novo Onica na parede, junto forças para conseguir dizer: "Uma... sapataria". Cheirei um pouquinho da cocaína que achei em meu armário de remédios assim que chegamos ao apartamento, e o Cristal lhe enfraquece o efeito, mas só ligeiramente. O *Patty Winters Show* de hoje de manhã foi sobre uma máquina que permite às pessoas falarem com os mortos. Essa garota está usando saia e tailleur de lã fina granulada, blusa *georgette* de seda, brincos de ágata e marfim da Stephen Dweck, coletinho de seda jacquard, tudo da... de onde? Charivari, fico achando.

No quarto ela está nua, untada de óleo, fica me chupando o pau e eu estou em pé frente a ela, mas aí lhe dou uns tapas no rosto com ele, agarrando-lhe os cabelos com a mão, chamando-a – sua piranha escrota – e isso lhe dá ainda mais tesão, mas, enquanto me chupa a pica de um jeito pouco convincente, ela começa a passar o dedo no clitóris e, ao me perguntar "Você gosta assim?" enquanto me lambe os bagos, eu respondo "isso, isso", com uma respiração pesada. Tem os peitos empinados, abundantes e firmes, os dois mamilos bem duros, mas enquanto ela se engasga com o meu cacete que lhe fode a boca de modo grosseiro, desço a mão para apertá-los, mas aí quando já estou fodendo com ela, depois de lhe ter enterrado um consolo no rabo e de fixá-lo dentro com uma tira de esparadrapo, fico lhe arranhando os peitos, até que ela me avisa para parar. Mais cedo nesta noite eu estava jantando com Jeanette num novo restaurante de culinária do norte da Itália próximo ao Central Park, no Upper East Side, que foi caríssimo. Mais cedo nesta noite eu estava vestindo um terno confeccionado por Edward Sexton e fiquei pensando tristemente sobre a casa de minha família em Newport. Depois mais tarde, após deixar Jeanette em casa parei no M.K. para uma festa de levantamento de fundos que tinha algo a ver com Dan Quayle, um político de quem sequer gosto. No M.K. essa garota com quem estou trepando deu em cima de mim, para valer, num sofá no andar de cima enquanto eu esperava para jogar sinuca. "Ai meu Deus", fica ela dizendo. Excitado, dou-lhe uns bofetes, aí lhe esmurro a boca de leve e depois beijo-a, mordendo-lhe os lábios. Medo, pavor, confusão a dominam. A tira de esparadrapo se solta e o consolo escorrega para fora de seu rabo ao mesmo tempo que ela tenta se livrar de mim. Dou uma virada e me afasto, fingindo que a deixo escapar, mas aí, na hora que ela está recolhendo suas roupas, resmungando que sou um "doidão escroto filho da puta" mesmo, eu salto sobre ela, como um chacal, literalmente espumando pela boca. Ela grita, desculpando-se, tomada por soluços histéricos, suplicando que eu não a machuque, as lágrimas escorrendo, cobrindo-lhe os seios, agora de um modo vergonhoso. Mas até mesmo os soluços fracassam em me estimular. Tive algum contentamento ao vaporizá-la com o gás, menos do que ao fazer sua cabeça bater na parede umas quatro ou cinco vezes, até ela perder a consciência, deixando uma pequena mancha, com uns fios de cabelo colados. Depois que ela cai ao chão vou até o banheiro e bato mais uma carreira do pó medíocre que transei no Nell's ou Au Bar numa outra noite. Posso ouvir um telefone tocando, uma secretária eletrônica pegando a ligação. Estou todo curvado sobre um espelho, ignorando o recado, sequer me incomodando em ir ver o que é.

Mais tarde, como é de se esperar, ela está amarrada ao soalho, nua, deitada de costas, os dois pés, as duas mãos amarrados a postes improvisados que estão fixados em tábuas cujo peso foi reforçado com metal. As mãos estão alvejadas de pregos, inteiramente, e as pernas abertas o mais possível. A bunda está levantada sobre um travesseiro, e um pouco de queijo Brie foi besuntado na boceta aberta, uns pedaços até mesmo foram empurrados dentro da cavidade vaginal. Ela mal chega a recuperar a consciência e, ao me ver ali, em pé diante dela, nu, posso imaginar que minha virtual ausência de humanidade lhe cause na mente um desmedido horror. Coloquei seu corpo defronte ao novo aparelho de televisão Toshiba, o videocassete está rodando uma fita velha e na tela aparece a última garota que filmei. Estou usando terno Joseph Abboud, gravata da Paul Stuart, sapatos da J. Crew, colete de alguma grife italiana, estou me ajoelhando no soalho junto a um cadáver, comendo o cérebro da garota, engolindo com sofreguidão, espalhando pimenta sobre os nacos de carne rósea, polpuda.

– Dá para você ver? – pergunto à garota que não está na tela da televisão. – Dá para você ver isso? Está assistindo? – sussurro.

Tento usar a furadeira elétrica nela, querendo arrombar-lhe a boca, mas ela está bastante consciente, tem força, para fechar os dentes, trincando-os, e embora a broca atravesse os dentes rapidamente, isso não me desperta o interesse, por isso levanto sua cabeça, o sangue lhe escorrendo da boca num filete, faço-a assistir ao resto da fita, mas enquanto ela fica vendo a garota na tela sangrar por quase todos os orifícios possíveis, tenho a expectativa de que se dê conta de que isso teria acontecido com ela mesma de qualquer modo. De que acabaria deitada aqui, no soalho do meu apartamento, as mãos pregadas nos postes, com queijo e vidro quebrado enfiados boceta adentro, a cabeça rachada sangrando roxo, não importando qualquer outra escolha que pudesse ter feito; que se tivesse ido no Nell's ou ao Indochine ou ao Mars ou ao Au Bar em vez de ao M.K., que se simplesmente não tivesse tomado o táxi comigo para o Upper West Side, que tudo teria acontecido de qualquer modo. *Eu a teria encontrado.* Assim é que o mundo funciona. Resolvo não me incomodar com a câmera de filmar hoje à noite.

Fico tentando meter devagar um cano oco de plástico dentro de sua vagina, forcejando os lábios vaginais em volta de uma das extremidades do cano, mas mesmo estando quase todo ele untado de azeite de oliva, não consigo encaixá-lo adequadamente. Durante esse tempo, a vitrola automática fica tocando Frankie Valli que canta "The Worst That Could Happen" e eu impiedosamente me ponho a acompanhar com os lábios enquanto empurro o cano para dentro da boceta dessa piranha. Tenho afinal de recorrer ao uso de um ácido, que derramo pela parte externa da xoxota de modo a fazer a carne ceder à extremidade untada do cano que sem demora desliza para dentro, facilmente.

– Espero que isso machuque você – digo.

A ratazana fica se jogando contra as paredes da gaiola de vidro quando eu a levo da cozinha até à sala de estar. Ela se recusou a comer os restos do outro rato que eu comprara na semana passada para ela brincar e que agora está morto, apodrecendo a um canto da gaiola. (Nos últimos cinco dias deixei-a de propósito passar fome.) Abaixo a gaiola ponho-a junto à garota e talvez por causa do cheiro de queijo a ratazana parece enlouquecer, primeiro correndo em círculos, dando uns miados, depois tentando suspender o corpo, fraco de fome, pela lateral da gaiola. A ratazana não precisa levar nenhuma estocada pata encorajar-se, o cabide curvado que eu ia usar com tal propósito permanece intocado a meu lado, e com a garota ainda consciente, aquela coisa se move sem nenhum esforço, tendo encontrado novas energias, correndo tubo acima até metade de seu corpo desaparecer, mas um minuto depois – aquele corpo de rato sacudindo-se enquanto come – ele some de todo, à exceção do rabo, e eu arranco fora o cano de entre as pernas da garota, aprisionando a ratazana. Logo o próprio rabo desaparece. Os ruídos que a garota fica fazendo são, em grande parte, incompreensíveis.

Posso já antever que será caracteristicamente uma morte sem sentido, inútil, mas é que me acostumei com o horror. Esse parece estar destilado, até mesmo agora não é capaz de me aborrecer nem de me perturbar. Não estou me lamentando e, para provar isso a mim mesmo, depois de um minuto ou dois assistindo à ratazana mexer-se dentro do baixo-ventre da garota, me assegurando de que ela ainda está consciente, sacudindo a cabeça de dor, os olhos arregalados de terror e confusão, uso uma serra elétrica e, em questão de segundos, corto a garota em dois com ela. Os dentes vão zumbindo, penetrando na pele, no músculo, no tendão e no osso tão rapidamente que ela fica viva o tempo suficiente para me ver puxar-lhe as pernas fora do corpo – na verdade as suas *coxas*, com o que restou de sua vagina mutilada – e empunhá-las no alto à minha frente, esguichando sangue, quase *como* um troféu. Seus olhos permanecem abertos durante um minuto, desesperados e desfocados, depois fecham-se, mas finalmente, antes dela morrer, empurro inutilmente uma faca pelo seu nariz adentro até sair fora pela testa, cortando a carne, mas aí lhe arranco o osso do queixo. Ela ficou só com a metade da boca que eu fodo uma vez, depois duas, três vezes ao todo. Sem me importar se está ainda respirando ou não eu lhe arranco os olhos, usando finalmente meus dedos. A ratazana emerge pondo primeiro a cabeça de fora – de algum modo virou-se dentro da cavidade – e está suja de sangue roxo (reparo também que a serra elétrica lhe arrancou metade do rabo), mas lhe dou uns pedaços extras de Brie antes de sentir que tenho de pisoteá-la até morrer, o que faço. Mais tarde, o fêmur e a mandíbula esquerda da garota estão colocados no forno, assando, alguns tufos de pelos pubianos enchem um cinzeiro Steuben de cristal, e quando os acendo eles queimam muito rapidamente.

Mais um novo restaurante

Durante um limitado período de tempo sou capaz de ficar meio animado e disposto a sair, por isso aceito o convite de Evelyn para jantar na primeira semana de novembro no Luke, um novo restaurante superchique da *nouvelle cuisine* chinesa, mas que também serve, por estranho que pareça, comida *creole* típica da Luisiana. Pegamos uma boa mesa (reservei sob o nome de Wintergreen – simplesmente uma glória) e me sinto amparado, calmo, mesmo com Evelyn sentada à minha frente a tagarelar todo o tempo sobre uma peça em porcelana casca de ovo Fabergé muito grande que ela pensou ter visto no hotel Pierre, rolando espontaneamente pelo saguão ou algo parecido. A festa de Halloween de nosso escritório foi celebrada no Royalton na semana passada e fui fantasiado de assassino em massa, completo, com um cartaz pintado nas costas onde se lia ASSASSINO EM MASSA (o que foi relativamente mais leve do que as placas grandes presas às costas e ao peito que preparara antes naquele dia e onde se lia MÁQUINA MORTÍFERA), e embaixo dessas palavras eu escrevera com sangue *Pode crer, sou eu*, mas o terno estava também coberto de sangue, um pouco do qual era falso, mas a maior parte era de verdade. Trazia preso num dos punhos fechados um rolo de cabelo da Victoria Bell, e alfinetado junto à flor da lapela (uma pequena rosa branca) o ossinho de um dedo que cozinhei para tirar fora a carne. Por mais elaborado que estivesse meu traje, Craig McDermott ainda assim conseguiu ganhar o primeiro lugar no concurso. Ele veio fantasiado de Ivan Boesky, o que achei uma deslealdade já que no ano passado um monte de gente pensou que eu tivesse vindo de Michael Milken, fato para homicida nenhum botar defeito. O *Patty Winters Show* de hoje de manhã foi sobre "Equipamentos caseiros para abortos".

Os primeiros cinco minutos depois que me sento são ótimos, mas quando é posto na mesa o drinque que pedi e eu instintivamente estico o braço para pegá-lo, me vejo ficar encolhido cada vez que Evelyn abre a boca. Reparo que Saul Steinberg veio comer aqui hoje à noite, mas me recuso a mencionar isso a Evelyn.

Um brinde? – sugiro.

– A quê? – ela murmura sem maior interesse, esticando o pescoço, olhando à sua volta o salão muito branco, chapado, fracamente iluminado.

– À liberdade? – pergunto em tom cansado.

Mas ela não me está escutando, porque um cara, um inglês, que está vestindo terno de lã quadriculada de três botões, colete de lã listradinha, camisa de algodão oxford com colarinho de ponta, sapatos de camurça e gravata de seda, tudo da Garrick Anderson, para quem certa vez Evelyn chamou a atenção depois de uma briga que tivemos no Au Bar e chamou-o de "deslumbrante", e que eu chamara de "anão", caminha até nossa mesa, flertando abertamente com ela, mas fico emputecido por achar que ela pressente os ciúmes que tenho dele e aí acabo rindo melhor por último quando ele pergunta se ela ainda trabalha "naquela galeria de arte na Primeira Avenida" e Evelyn, evidentemente sem graça, de rosto caído, responde que não, corrige-o, e depois de algumas palavras desajeitadas ele se vai. Ela funga, abre o menu, começa imediatamente a falar algo sem me olhar.

– Mas que camisetas todas são essas que ando vendo? – pergunta. – Em toda a cidade? Você já viu? Essência É Igual A Morte? Será que as pessoas estão tendo problemas com seus perfumes ou sais de banho? Será que deixei de perceber alguma coisa? Mas sobre o que estávamos falando?

– Não, está tudo totalmente errado. É *Ciência* É Igual A Morte. – Dou um suspiro, fecho os olhos. – Credo, Evelyn, só mesmo você poderia confundir *isso com* um produto de banho. – Não tenho ideia do que diabo estou falando, mas faço um aceno afirmativo com a cabeça, um sinal para alguém que está no bar, um homem mais velho, com o rosto encoberto pela sombra, alguém que na verdade eu apenas conheço de vista, mas ele chega a erguer a taça de champanhe em minha direção e devolver o sorriso, o que é um alívio.

– Quem é ele? – escuto Evelyn dizer.

– Um amigo meu – digo.

– Não estou reconhecendo – ela diz. – Da P & P?

– Deixe para lá – dou um suspiro.

– Quem é, Patrick? – pergunta, mais interessada em minha relutância do que propriamente no nome.

– Por quê? – devolvo a pergunta

– Quem é? – pergunta ela. – Me diga.

– Um amigo meu – digo, os dentes cerrados.

– Mas quem, Patrick? – pergunta, e depois, apertando os olhos: – Não estava lá em minha festa de Natal?

– Não, ele não estava – digo, tamborilando com as mãos no tampo da mesa.

– Não é o... Michael J. Fox? – pergunta, ainda com os olhos apertados. – Aquele ator?

– É difícil – digo, mas aí, já farto: – Ora, que merda, o nome dele é George Levanter e, não, ele não trabalhou em O *segredo do meu sucesso*.

– Ah, mas que interessante. – Evelyn já está absorta novamente no menu. – Bem, sobre o que estávamos falando?

Tentando lembrar-me, pergunto:

– Sais de banho? Ou alguma *espécie* de sal de banho? – dou um suspiro. – Não sei. Você estava falando com o anão.

– Ian *não* é anão, Patrick – diz ela.

– Ele é incomumente *baixo*, Evelyn – contraponho. – Tem certeza de que *ele* não estava em sua festa de Natal... – mas aí, baixando a voz –... servindo hors d'oeuvres?

– Você não pode ficar se referindo ao Ian como se ele fosse anão – diz, alisando o guardanapo sobre o colo. – Não vou tolerar isso – sussurra, sem me olhar.

Não consigo deixar de dar uma risadinha apertada.

– Não tem graça nenhuma, Patrick – diz.

– Foi *você* que cortou a conversa no início – chamo a atenção.

– Você esperava que me sentisse lisonjeada? – diz com amarga veemência.

– Ouça, gata, estou só tentando dar a este encontro o aspecto mais autêntico possível, por isso não, humm, sabe, esculhambe logo com tudo.

– Você quer parar com isso – diz, me ignorando. – Mas olhe, é o Robert Farrell. – Depois de fazer um aceno para ele, Evelyn discretamente me aponta o cara, e sem dúvida é mesmo Bob Farrell, de quem todo mundo gosta, ali sentado no lado norte do recinto numa mesa ao lado da janela, o que secretamente me deixa furioso. – É um homem muito bonito – Evelyn confidencia admirada, apenas porque reparou que fiquei de olho na boazuda de vinte anos de idade com quem ele está sentado, mas para se assegurar de que registrei bem isso, completa com implicância em tom alegre. – Espero que não fique com ciúmes.

– Ele é bonito – reconheço. – Tem jeitão de burro, mas é bonito.

– Não seja rabugento. É um homem bonito – diz e depois sugere: – Por que não corta o cabelo igual ao dele?

Até antes desse comentário eu era um autômato, apenas vagamente atento à Evelyn, mas agora entro em pânico, e aí pergunto:

– O que há de errado *com* meu cabelo? – em questão de segundos quadruplica-se a minha fúria. – Que diabo, o que há de errado com meu cabelo? – retoco-o de leve.

– Nada – diz, reparando o grau de minha perturbação. – É só uma sugestão – mas aí, realmente reparando como fiquei ruborizado: – O seu cabelo está... incrível mesmo. – Ela tenta sorrir, mas consegue apenas mostrar-se aborrecida.

Um gole – meio copo – do J&B me acalma o suficiente para poder dizer, olhando Farrell de longe:

– Na verdade, estou horrorizado com a barriga que ele tem.

Evelyn também examina Farrell.

– Ah, mas ele não tem barriga.

– Aquilo é barriga mesmo – digo. – Olhe bem.

– É o jeito dele sentar – diz ela, exasperada. – Ai, você é...

– Aquilo é *barriga*, Evelyn – enfatizo.

– Ah, você está doido. – Faz um aceno como se me dispensasse a presença. – Ficou demente.

– Evelyn, aquele homem *mal* fez trinta anos.

– E daí? Nem todo mundo faz levantamento de peso como você – diz, chateada, olhando de novo o menu.

– Eu não "levanto pesos" – dou um suspiro.

– Então vá lá e lhe dê um soco no nariz, seu valentão – diz, me dando um fora. – Não me importo mesmo.

– Não me tente – aviso a ela, depois olhando de novo para Farrell resmungo baixinho: – Que nojo.

– Ai, Patrick. Não tem o direito de ficar amargurado – Evelyn diz raivosamente, ainda encarando o menu. – Essa sua animosidade não tem razão de ser. Deve realmente haver alguma coisa errada com você.

– Olhe o terno dele – chamo a atenção, incapaz de me conter. – Olhe o que ele está usando.

– Ah, e *daí*, Patrick? – ela vira uma página, descobre que não há nada ali e retorna à página que estava previamente examinando.

– Será que não lhe ocorreu que aquele seu terno chega a causar *asco*? – pergunto.

– Patrick, você está ficando *demente* – diz, sacudindo a cabeça, passando agora os olhos na relação de vinhos. – Porra, mas que diabo, Evelyn. O que quer dizer com esse *ficando*? – digo. – Já *sou* um, porra.

– Mas será que tem de ser assim tão militante? – pergunta.

– Não sei – dou de ombros.

– Seja lá como for, eu ia contar para você o que aconteceu com Melania e Taylor e... – ela repara alguma coisa e na mesma frase acrescenta, num suspiro –... pare de ficar olhando baixo, Patrick. Olhe para *mim, não* para a mesa. Seja lá como for, Taylor Grassgreen e Melania deveriam... Sabe, a Melania, que estudou em Sweet Briar. Aquela cujo pai tem um monte de bancos em Dallas? O Taylor estudou em Cornell. Seja como for, ficaram de se encontrar no Cornell Club, mas aí eles tinham feito reserva no Mondrian para as sete horas, ele estava vestindo... – ela para, reconstitui os eventos. – Não. Le Cygne. Eles iam ao Le Cygne e Taylor estava... – para de novo. – Ai meu Deus, era no Mondrian *mesmo*. Mondrian às sete e ele estava usando um terno Piero Dimitri. Melania estivera fazendo compras. Acho que tinha ido à Bergdorf's, mas não posso afirmar – mas seja como for, ah sim... foi à Bergdorf's *mesmo* porque outro dia no escritório ela estava usando aquele cachecol, bem, mas de todo modo ela já não ia à aula de aeróbica há coisa de uns dois dias e foram assaltados num dos...

– Garçom? – chamo alguém que passa. – Mais um drinque? Um J&B? – aponto para o copo, contrariado por ter dado à frase um tom de pergunta, em vez de ordenar.

– Não quer saber o que aconteceu? – Evelyn pergunta, ofendida.

– Já nem consigo respirar – digo num suspiro, totalmente desinteressado. – Mal posso esperar.

– Bem, aconteceu uma coisa engraçadíssima – começou ela.

"Estou assimilando o que você me está dizendo", fico a pensar. Reparo em sua falta de animalidade e pela primeira vez isso me afronta. Antes, era o que me atraía em Evelyn. Agora essa ausência me perturba, mostra-se sinistra, me enche de inominável pavor. Em nossa última sessão – ontem, na verdade, o psiquiatra com quem venho me consultando nos últimos dois meses perguntou "Qual o método anticoncepcional que você e Evelyn utilizam?" e dei um suspiro antes de responder, meus olhos fixos num arranha-céu do outro lado da janela, depois no quadro acima da mesinha Turchin de tampo de vidro, uma gigantesca reprodução visual de um equalizador gráfico de autoria de um outro artista, não é do Onica. "É problema dela." Quando perguntou sobre a forma preferida dela ter relações sexuais, falei para ele, com total seriedade "A recusa". Com uma vaga consciência de que, se não fosse pelas pessoas no restaurante, eu pegaria os pauzinhos de jade que estão sobre a mesa e os cravaria bem fundo nos olhos de Evelyn, quebrando-os ao meio, mas fico balançando a cabeça num gesto afirmativo, a fingir que estou escutando, e aí, já entro numa outra e não faço o negócio dos pauzinhos chineses. Em vez disso mando pedir uma garrafa de Chassagne Montrachet.

– Não é engraçado? – pergunta Evelyn.

Rindo displicentemente junto com ela, os sons me saindo da boca carregados de escárnio, eu reconheço: "Demais". Digo isso subitamente, sem nenhuma expressão. Meu olhar passeia pela fileira de mulheres junto ao bar. Há ali alguma com quem gostaria de trepar? Provavelmente sim. Aquela boazuda de pernas compridas tomando *kirno* no último banquinho? Talvez. Evelyn está na maior aflição entre a *salade* de passas com quiabo, ou a salada de endívia, brotos de legumes, avelã e beterraba gratinada e eu me sinto de repente como se me tivessem entupido de clonopin, que é um anticonvulsivo, mas sem adiantar nada.

– Credo, vinte dólares por uma bosta de um enroladinho de ovo? – resmungo, examinando o menu.

– É um creme *moo shu*, levemente grelhado – diz ela.

– É um enroladinho de ovo de merda – protesto. Ao que Evelyn retruca:

– Puxa, você é *tão* refinado, Patrick.

– Não – dou de ombros. – Só tenho bom-senso.

– Estou louca por um Beluga – diz. – E você, amor?

– Não – digo.

– Por que não? – pergunta, fazendo beicinho.

– Porque não quero nada enlatado ou que seja iraniano – dou um suspiro.

Ela funga de um modo arrogante e de novo olha o menu.

– A jambalaia de *moo foo* é realmente de primeira – ouço-a dizer.

Um a um vão passando os minutos. Fazemos o pedido. Chega a comida. O prato, tipicamente, é de porcelana branca, imponente; dois pedaços de sashimi de olhete com gengibre ficam no centro, cercados de pontinhos de wasabi, em volta dos quais se espalham minúsculas quantidades de hijiki, e por sobre o prato foi colocado um solitário camarão filhote; e um outro, ainda menor, está enrolado no fundo, o que me deixa confuso pois achei que isto aqui basicamente era um restaurante chinês. Fico bastante tempo a encarar o prato, mas quando peço um pouco d'água o garçom se aproxima com um triturador de pimenta em vez disso e insiste em se deixar ficar perto da mesa, constantemente nos perguntando a intervalos de cinco minutos se gostaríamos de "um pouco de pimenta, talvez?" ou "mais pimenta?", mas quando esse bobão vai até outra mesa, cujos dois ocupantes, posso perceber com o canto dos olhos, cobrem seus pratos com as mãos, faço um aceno para o maître e lhe peço:

– O senhor poderia dizer ao garçom que está com o triturador de pimenta para não ficar rondando nossa mesa? Não queremos pimenta. Não pedimos nenhum prato que *leve* pimenta. Nada de *pimenta.* Diga-lhe que suma de uma vez.

– Claro. Peço desculpas. – O maître se curva com humildade.

Constrangida, Evelyn pergunta:

– Você tem de ser assim tão *educado*?

Abaixo o garfo e fecho os olhos.

– Por que você está sempre solapando minha estabilidade?

Respira fundo.

– Estou só querendo conversar. Não fazer um interrogatório. Ok?

– Sobre o *quê*? – vocífero.

– Ouça – diz. – A festa da Ala Jovem do Partido Republicano no Pia... – ela se detém como se lembrasse de algo, depois continua: – no edifício Trump Plaza é na próxima quinta-feira. – Quero lhe dizer que não dará para eu ir, queira Deus ela tenha outros planos, embora há duas semanas atrás, bêbado e cheirado de pó no Mortimer's ou no Au Bar, *eu* a tenha *convidado*, Deus me livre. – Então a gente vai?

Depois de uma pausa:

– É, pode ser – digo, taciturno.

Para a sobremesa fiz um arranjo especial. Durante um café da manhã reforçado hoje cedo no Clube "21" com Craig McDermott, Alex Baxter e Charles Kennedy, furtei uma pastilha desodorizante de mictório do banheiro masculino quando o zelador não estava vendo. Em casa recobri-a com calda de chocolate, uma bem barata, congelei-a, depois coloquei-a numa caixa vazia de bombons Godiva, amarrando em volta uma fita de seda e fazendo um laço, e agora, no Luke, quando peço licença para ir ao banheiro, vou em vez disso à cozinha, depois de dar uma passada na chapelaria para apanhar o embrulho, aí peço ao garçom que nos serve para levá-lo até nossa mesa "na caixa" e para dizer à moça que está ali sentada que o sr. Bateman ligara antes para o restaurante para fazer esse pedido especialmente para ela. Disse-lhe até, ao abrir a caixa, para pôr uma flor por cima, o que seja, dou-lhe uma nota de cinquenta dólares. Ele traz o embrulho depois de passada uma quantidade de tempo razoável, e fico impressionado com o capricho que ele pôs na coisa; colocou até mesmo uma concha prateada em cima da caixa e Evelyn faz uma expressão de deleite quando ele levanta a tampa, dizendo "Voilà", e ela se movimenta para pegar a colher que está ao lado do copo d'água (tomei providências para esse estar vazio) e, virando-se para mim, Evelyn diz "Patrick, é tão gentil". Eu aceno com a cabeça para o garçom, sorrindo, mas dispenso-o com um gesto quando ele tenta pôr uma colher no meu lado da mesa.

– Você não vai querer um pouco? – Evelyn pergunta, preocupada. Ela se debruça sobre a pastilha de mictório coberta de chocolate, fica parada no ar, cheia de ansiedade. – *Adoro* Godiva.

– Estou sem fome – digo. – O jantar foi... substancial.

Ela se inclina, cheirando aquela forma oval castanha e, captando um odor (provavelmente de desinfetante), me pergunta, agora desalentada:

– Tem... certeza?

– Não, querida – digo. – Quero que você coma o chocolate. A quantidade não é grande.

Ela dá uma primeira dentada, fica mastigando com muito zelo, sentindo, é óbvio, imediata repulsa, depois engole. Tem um estremecimento, aí faz uma careta, mas tenta sorrir ao mesmo tempo que dá mais uma mordida com hesitação.

– Que tal? – pergunto, logo insistindo – Coma. Não está envenenada nem nada.

Seu rosto, contorcido de desprazer, novamente empalidece como se ela estivesse sentindo náuseas.

– O quê? – pergunto, num sorriso rasgado. – O quê?

– Está tão... – Seu rosto agora virou uma comprida máscara, uma careta agoniada e, estremecendo, ela tosse. –... forte a hortelã. – Mas tenta sorrir como quem está apreciando, o que se torna uma impossibilidade. Ela estica o braço, pega o meu copo e toma com sofreguidão toda a água, desesperada, tentando livrar sua boca daquele gosto. Então, percebendo minha expressão de aborrecimento, ela tenta sorrir, desta vez a pedir desculpas. – É só que... – estremece de novo –... é só que a hortelã está... tão forte.

A mim ela parece uma grande formiga preta – uma grande formiga preta de um Christian Lacroix original – comendo uma pastilha desodorante de mictório e quase começo a dar gargalhadas, mas também quero deixá-la à vontade. Não quero que tenha segundas intenções quanto a terminar de comer a pastilha desodorante. Mas não consegue mais comer e com apenas duas mordidas, fingindo estar satisfeita, afasta o prato infectado, aí neste instante começo a me sentir estranho. Embora tenha me maravilhado com ela comendo aquela coisa, isso também me deixa triste e de repente me ocorre que apesar de ter sido tão agradável ver Evelyn comendo algo que eu, e inúmeros outros, mijamos em cima, afinal o desprazer que isso lhe causou foi à *minha* custa – o que é um anticlímax, uma vã desculpa para ter de aturá-la por três horas. Meu maxilar começara a retesar, relaxar, retesar, relaxar, involuntariamente. Em algum lugar uma música está sendo tocada, mas não consigo escutá-la. Evelyn pergunta ao garçom, com a voz rouca, se ele pode talvez pedir uns dropes para ela na lojinha coreana no outro lado do quarteirão.

Mas aí, de um modo bem simples, o jantar atinge o ponto crítico quando Evelyn diz:

– Quero um compromisso sério.

A noite já está consideravelmente estragada, por isso o comentário não chega a arruinar nada, nem a me pegar desprevenido, mas o absurdo de nossa situação está me sufocando, empurro de volta meu copo d'água até Evelyn e peço ao garçom para retirar a pastilha de mictório comida pela metade. Minha capacidade de suportar esta noite esgota-se no instante em que a sobremesa, já meio desmanchada, é retirada da mesa. Pela primeira vez reparo que ela nesses últimos dois anos tem me olhado não com adoração, mas com algo mais próximo da cobiça. Alguém afinal lhe traz um copo junto com uma garrafa de Evian que não ouvi ser pedida.

– Eu acho, Evelyn, que... – começo, paro, começo novamente – ... não estamos mais ligados um ao outro.

– Por quê? O que há de errado? – Ela está acenando para um casal... Lawrence Montgomery e Geena Webster, acho, e do outro lado do salão Geena (?) levanta o braço, adornado por um bracelete. Evelyn balança a cabeça de modo aprovador.

– Minha... minha *necessidade* de enveredar por... um comportamento homicida em grande escala não pode ser, humm, corrigida – falo para ela, medindo cuidadosamente cada palavra. – Mas é que eu... não tenho um outro modo de expressar minhas... necessidades represadas. – Fico surpreso com o grau de emoção que essa confissão me traz, o que me faz sentir esvaziado; estou com a cabeça bem leve. Como sempre, Evelyn não capta a essência do que estou dizendo, e fico a me perguntar quanto tempo irá levar para eu afinal livrar-me dela. – Precisamos conversar – digo calmamente.

Ela repousa o copo vazio na mesa e me encara.

– Patrick – começa. – Se for para você ficar novamente falando que eu devo fazer enxertos de seio, *vou embora* – adverte.

Penso sobre isso, então:

– Acabou, Evelyn. Acabou tudo.

– Está melindrado, melindrado – diz ela, fazendo sinal para o garçom trazer mais água.

– Falo sério – digo calmamente. – Esta porra acabou. Nós dois. Não é brincadeira.

Ela me olha de volta e fico pensando que talvez *alguém* esteja afinal realmente compreendendo o que eu tento lhes fazer passar, mas aí ela diz:

– A gente pode evitar essa discussão, certo? Sinto muito se eu disse alguma coisa. Bem, vamos pedir um café? – Acena de novo para o garçom.

– Vou querer um expresso descafeinado – Evelyn diz. – Patrick?

– Vinho do Porto – suspiro. – Qualquer tipo de Porto.

– Gostaria de olhar a... – o garçom começa.

– O Porto mais caro que vocês tiverem, só isso – corto-lhe a fala. – Ah sim, e uma cerveja *dry*.

– Que coisa, que coisa – Evelyn murmura depois que o garçom se vai.

– Você ainda tem sessões com aquela babá de malucos? – pergunto.

– *Patrick* – adverte. – *Quem*?

– Desculpe – digo num suspiro. – Com o seu *psiquiatra*?

– Não. – Abre a bolsa, procurando por algo.

– Por que não? – pergunto, interessado.

– Já lhe disse o porquê – diz sumariamente.

– Mas não me lembro – digo, imitando-a.

– No final da sessão ele me perguntou se eu conseguia lugar para ele e mais três no Nell's naquela noite. – Ela examina a boca, os lábios, no espelhinho do estojo de pintura. – Por que está perguntando isso?

– Porque acho que você precisa da ajuda de alguém – começo, com hesitação, honestamente. – Acho você instável emocionalmente.

– Logo você que tem um *pôster* do Oliver North em sua casa que vem me chamar de instável? – pergunta, à cata de algo mais na bolsa.

– Não. É *você* quem é – digo.

– Exagero. Está exagerando – diz, revirando as coisas dentro da bolsa, sem me olhar.

Dou um suspiro, mas aí começo em tom solene:

– Não quero puxar uma discussão, mas...

– Isso não faz mesmo o seu gênero, Patrick – diz.

– Evelyn. Há que haver um fim – suspiro, falando para o meu guardanapo. – Estou com 27 anos. Não quero me sentir oprimido com um compromisso sério.

– Amor? – pergunta.

– Não me chame assim – reajo rápido com rispidez.

– O quê? Amor? – pergunta.

– Sim – novamente ríspido.

– *Quer* que eu lhe chame de quê? – pergunta, indignada.
– De diretor-presidente? – Ela contém uma risadinha.

– Puta que pariu.

– Não, é verdade Patrick. Como quer que eu lhe chame?

"Rei", fico pensando. "Rei, Evelyn. Quero que me chame de Rei". Mas não digo isso.

– Evelyn, não quero que você me chame de nada. Acho que não devemos mais nos encontrar.

– Mas seus amigos são meus amigos. Meus amigos são seus amigos. Acho que não vai dar certo – diz, e depois, olhando fixamente para um ponto acima de minha boca: – Está com uma manchinha perto do lábio. Use o guardanapo.

Exasperado, retiro a mancha.

– Ouça, sei que seus amigos são meus amigos e vice-versa. Pensei sobre isso. – Depois de uma pausa, digo, tomando fôlego: – Pode ficar com eles.

Finalmente ela olha para mim, confusa, e murmura:

– Está mesmo falando sério, não é?

– É – digo. – Estou.

– Mas... e a gente? E o nosso passado? – pergunta num tom inexpressivo.

– O passado não é real. É só um sonho – digo. – Não mencione o passado.

Ela aperta os olhos com desconfiança.

– Você tem alguma coisa contra mim, Patrick? – E aí a dureza de seu rosto transforma-se instantaneamente em expectativa, em esperança talvez.

– Evelyn – suspiro. – Sinto muito. É que... você não é assim tão importante... para mim.

Sem perder um segundo ela exige:

– Então, *quem* é importante? Quem você acha que é importante, Patrick? Quem você *quer*! – Depois de uma pausa raivosa, pergunta: – Cher, a atriz?

– Cher? – pergunto de volta, atrapalhado. – A *Cher*? Do que está falando? Ah, deixe pra lá. Quero terminar. Preciso fazer sexo regularmente. Necessito que me distraiam.

Em questão de segundos ela fica desvairada, mal conseguindo conter o surto de histeria que lhe toma o corpo. Não estou achando isso tão agradável quanto pensei.

– Mas e o passado? Nosso *passado*? – pergunta novamente, em vão.

– Não *mencione* isso – falo para ela, me chegando mais perto.

– Por que não?

– Porque na verdade nunca partilhamos um – digo, não deixando minha voz elevar-se.

Ela se acalma e, me ignorando, abrindo novamente a bolsa, resmunga baixinho:

– Patológico. Seu comportamento é patológico.

– O que quer dizer com *isso*? – pergunto, ofendido.

– Detestável. Você é patológico. – Encontra uma caixinha de pílulas Laura Ashley e abre-a fazendo um estalido.

– Patológico o *quê*? – pergunto, tentando sorrir.

– Deixe pra lá. – Pega uma drágea que não identifico e usa a minha água para engoli-la.

– *Eu* sou patológico? *Você* está me dizendo que eu sou patológico? – pergunto.

– Olhamos o mundo de modos diferentes, Patrick. – Ela funga.

– Graças a Deus – digo com perversidade.

– Você é inumano – diz, tentando, acho, não chorar.

– Estou... – me detenho, num esforço para defender-me – ... vinculado à... humanidade.

– Não, não, não. – Balança a cabeça.

– Sei que meu comportamento às vezes... é caprichoso – digo, meio sem jeito.

De repente, desesperada, ela toma minha mão sobre a mesa, puxando-a para si.

– O que quer que eu faça? O que você quer?

– Ah, Evelyn – dou um gemido, tirando a mão, chocado ao finalmente conseguir chegar até ela.

Começa a chorar.

– O que você quer que eu faça, Patrick? Me diga. Por favor – implora.

– Você podia... ai meu Deus, não sei. Usar roupas de baixo mais eróticas? – digo, dando um palpite. – Credo, Evelyn. Não sei. Nada. Você não pode fazer nada.

– Por favor, o que posso fazer? – soluça mais calma.

– Sorrir menos? Aprender mais sobre automóveis? Falar meu nome menos vezes? É isso que quer ouvir? – pergunto. – Não mudará nada. Você sequer bebe cerveja – resmungo.

– Mas você também não bebe cerveja.

– Isso não importa. Além do mais, acabei de pedir uma. É isso.

– Ah, Patrick.

– Se realmente deseja fazer alguma coisa por mim, pode parar de fazer essa cena agorinha – digo, olhando com desconforto em volta do recinto.

– Garçom? – ela pede, tão logo são colocados à mesa o expresso descafeinado, o Porto e a cerveja *dry*. – Vou querer... vou querer um... o quê? – Me olha por entre as lágrimas, confusa, em pânico. – Um Corona? E o que você bebe, Patrick? Um Corona?

– Ai meu Deus. Suspenda. Por favor, desculpe-nos – digo ao garçom, e depois, tão logo ele sai: – É isso. Um Corona. Mas é que estamos numa porra de um bistrô chinês com comida da Luisiana por isso...

– Meu Deus, Patrick – dá um soluço assoando o nariz no lenço que joguei para ela. – Você é tão nojento. Você é... inumano.

– Não, sou... – novamente me detenho.

– Você... não é... – ela para, enxugando o rosto, incapaz de terminar.

– Não sou o quê? – pergunto, aguardando, interessado.

– Você... não está... – funga, olha para baixo, com os ombros erguidos –, não está todo aí. Você... – se engasga quase chorando – não é inteiro.

– Sou sim, também – digo, indignado, me defendendo. – Sou também inteiro.

– Você é maléfico – ela soluça.

– Não, não – digo, confuso, encarando-a. – *Você* é que é maléfica.

– Ai meu Deus – geme, fazendo as pessoas da mesa ao lado nos olharem, depois disfarçarem. – Não posso acreditar.

– Estou indo embora agora – digo num tom reconfortante. – Avaliei a situação e vou embora.

– Não vá – diz, tentando me agarrar a mão. – Não vá embora.

– Estou indo, Evelyn.

– Está indo pra onde? – De repente ela se mostra notavelmente recomposta. Tomou todo o cuidado para não deixar as lágrimas, que na verdade são bem poucas, como acabo de notar, lhe estragarem a maquiagem. – Me diga, Patrick, aonde você vai?

Coloquei um charuto sobre a mesa. Está tão perturbada que nem comenta nada.

– Estou apenas indo embora – digo simplesmente.
– Mas para *onde*? – pergunta, mais lágrimas brotando.
– Aonde você vai?

Todos no restaurante dentro de uma zona bem especial ao nosso redor parecem estar olhando para outro lado.

– Aonde você vai? – pergunta novamente.

Não faço nenhum comentário, perdido em minha própria estupefação, pensando em outras coisas: recibos, ofertas de ações, seguros, produto interno bruto, percentagens, operações financeiras, reoperações financeiras, debêntures, importação, exportação, fundos de aplicações, mercado interno, mercado externo, bolsa de valores, PNBs, o FMI, artigos recém-lançados para executivos, bilionários, Kenkichi Nakajima, infinidade, Infinidade, qual a maior velocidade a que devem chegar um carro de luxo, bens, mercadorias, cauções, se devo cancelar minha assinatura de *The Economist*, a noite de Natal quando eu tinha catorze anos e havia estuprado uma de nossas empregadas, Inclusividade, em cobiçar a vida de alguém, se alguém sobrevive após fraturar o crânio, na espera em aeroportos, como abafar um grito, cartões de crédito e o passaporte de alguém mais uma caixa de fósforos do La Côte Basque salpicada de sangue, superfície, superfície, superfície, um Rolls é um Rolls é um Rolls é um Rolls. Para Evelyn, nosso relacionamento é amarelo e azul, mas para mim é um lugar cinzento, quase todo enegrecido, bombardeado, a metragem do filme em minha cabeça consiste em infindáveis tomadas de rochas e todas as línguas ouvidas são inteiramente estrangeiras, o som estremecendo sobre novas imagens: sangue jorrando dos caixas automáticos, mulheres dando à luz pelo cu, embriões congelados ou amontoados em desordem (qual dos dois?), ogivas nucleares, bilhões de dólares, a destruição total do mundo, alguém é espancado, mais alguém morre, às vezes sem derramamento de sangue, o mais das vezes com um tiro de espingarda, homicídios, comas, a vida levada como uma comédia de situações, uma tela em branco que se reconfigura numa novela de televisão. É um pavilhão de isolamento que serve apenas para revelar minha própria e profundamente deteriorada capacidade de sentir. Estou no meio dele, inoportunamente, e ninguém jamais me pede a identificação. De repente imagino o esqueleto de Evelyn, contorcido e esmigalhado, mas isso me enche de júbilo. Levo um tempão para responder sua pergunta – *Aonde você vai?* – mas depois de um gole de Porto, seguido de um de cerveja *dry*, me despertando, falo para ela, ao mesmo tempo em que pergunto a mim mesmo: "Se eu fosse um autômato de verdade qual diferença isso realmente faria?".

– Líbia. – E então, após uma pausa significativa: – Pago Pago. Eu quis dizer Pago Pago. – Aí acrescento: – Por causa desse seu acesso não vou pagar o jantar.

TENTANDO COZINHAR E DEVORAR UMA GAROTA

Aurora. Algum momento em novembro. Incapaz de dormir, me contorcendo no futon, ainda metido num terno, com a sensação de que alguém acendeu uma fogueira em cima de minha cabeça, dentro dela, uma dor seca e constante que me mantém de olhos abertos, inteiramente desamparado. Nenhuma droga, comida, nenhuma bebida pode amainar o vigor dessa dor tão voraz; todos os meus músculos estão retesados, todos os nervos queimando, pegando fogo. Estou tomando Sominex de hora em hora desde que acabou o meu Dalmane, mas nada de fato resolve e logo até mesmo a caixa de Sominex se acaba. Há coisas largadas no canto do quarto: um par de sapatos de mulher da Edward Susan Bennis Allen, uma mão com o polegar e o indicador faltando, o último exemplar de *Vanity Fair* salpicado com o sangue de alguém, uma faixa de smoking encharcada do mesmo modo e vindo da cozinha pelo ar chega até mim o cheiro fresco de sangue sendo preparado no fogão, mas quando saio da cama cambaleando em direção à sala de estar, as paredes estão exalando um bafo, o fedor de decomposição abafa tudo. Acendo um charuto, na esperança de que a fumaça possa disfarçá-lo pelo menos um pouco.

Seus seios foram decepados e se mostram azulados e murchos, os mamilos numa desconcertante tonalidade de castanho. Cercados de sangue preto seco, ali estão eles dispostos, de modo bem delicado até, num prato de porcelana que comprei na Pottery Barn em cima da vitrola automática Wurlitzer num canto, embora não me lembre de ter feito isso. Também raspei toda a pele e a maior parte dos músculos do rosto de modo que ele está parecido com uma caveira dotada de longa e harmoniosa cabeleira loura, e que está ligada a um cadáver inteiro, frio; os olhos estão abertos, os próprios globos oculares pendurados fora das órbitas presos pelos talos. A maior parte de seu peito não dá para se diferenciar do pescoço, que parece carne moída, a barriga se assemelha a uma lasanha de berinjela com queijo de cabra do Il Marlibro ou a algum outro tipo de comida para cães, sendo dominantes as cores vermelha, branca e castanha. Uma porção de seus intestinos está besuntada por toda uma parede e o resto está amassado em forma de bolas esparramadas pelo tampo de vidro da mesa de centro como compridas serpentes azuis, vermes mutantes. Os retalhos de pele que lhe sobraram no corpo estão cinza-azulados, da cor de uma folha de estanho. A vagina expeliu um fluido acastanhado com consistência de xarope que tem um cheiro de animal doente, como se aquela ratazana tivesse sido enfiada ali de volta, e tivesse sido digerida ou algo assim.

Os quinze minutos que se seguem eu passo fora de mim, a arrancar uma tripa azulada de intestino, em grande parte ainda presa ao corpo, e a empurrar aquilo em minha boca, me engasgando, mas a sensação na boca é de umidade e a tripa está cheia de uma massa que cheira mal. Após uma hora de escavação, consigo soltar a medula espinhal e resolvo mandar a coisa por correio especial sem limpá-la, embrulhada em pano, sob nome suposto, para Leona Helmsley. Quero beber o sangue da garota como se fosse champanhe, aí mergulho o rosto bem fundo no que lhe sobrou de abdômen, arranhando meu maxilar devorador numa costela quebrada. O novo e enorme aparelho de televisão está num dos cômodos com o som aos berros, primeiramente com o *Patty Winters Show*, cujo assunto de hoje é "leiterias humanas", depois com um programa de auditório, *A roda da fortuna*, mas os aplausos vindos das pessoas na plateia do estúdio parecem ruídos de estática cada vez que a roda para numa nova letra. Estou afrouxando a gravata que ainda trago ao pescoço com minha mão encharcada de sangue, com a respiração pesada. Essa é minha realidade. Tudo fora disso é como um filme qualquer a que uma vez assisti.

Na cozinha tento fazer um bolo de carne com a garota, mas isso se revela uma tarefa demasiado frustrante e em vez disso passo a tarde a espalhar sua carne pelas paredes, mastigando tirinhas de pele que lhe arranquei do corpo, depois descanso assistindo a uma fita com a nova comédia de costumes da CBS, *Murphy Brown*. Depois de tudo isso e de um bom copo de J&B, estou de volta à cozinha. A cabeça no forno micro-ondas está agora completamente preta e careca e eu a ponho numa panela sobre o fogão, na tentativa de ferver qualquer resto de carne que esqueci de raspar. Suspendendo o resto do corpo para colocá-lo num saco de lixo – meus músculos, em que espalhei uma solução de benjoim com abundância, lidando facilmente com o peso morto –, resolvo usar o que porventura tenha sobrado dela para fazer algum tipo de linguiça.

Um CD de Richard Marx toca no estéreo, um saco do Zabar's carregado de cordas de cebola e de temperos está sobre a mesa da cozinha enquanto moo ossos, gordura e carne para fazer empadinhas, e embora esporadicamente me atravesse a ideia de como são tão inaceitáveis algumas das ações que de fato esteja fazendo, só o que me lembro é que esta coisa, esta garota, esta carne, não é nada, é merda, e junto com um Xanax (estou agora tomando um a cada meia hora) esse pensamento momentaneamente me acalma, aí fico cantarolando, cantarolando o tema de um programa a que sempre assistia quando criança – *Os Jetsons*? *A família Adams*? *Scooby Doo*? E fico lembrando da canção, da melodia, até mesmo do tom em que era cantado, mas não do programa. Seria *Os Flintstones*? Seria *Mr. Magoo*? Tais perguntas são pontuadas por outras perguntas, tão diversas quanto "Chegarei a cumprir uma sentença?" e "Será que esta garota tinha bom coração?". O cheiro de carne e sangue cobre todo o apartamento até que passo a não mais distingui-lo. E mais tarde minha brincadeira macabra torna-se amarga e fico chorando para mim mesmo, incapaz de encontrar conforto em nada disso, clamando, aos soluços, "Só quero ser amado", amaldiçoando o mundo e tudo o que me foi ensinado: princípios, honrarias, escolhas, moral, concessões, conhecimento, unidade, oração – estava tudo errado, sem qualquer propósito final. Tudo acabou se reduzindo ao seguinte: morra ou adapte-se. Imagino meu próprio rosto apático, uma voz incorpórea saindo desta boca: *São tempos terríveis.* Os vermes já se contorcem pela linguiça humana, a baba que me cai dos lábios goteja sobre eles, mas ainda assim não consigo perceber se estou cozinhando tudo isso direito, porque estou chorando violentamente e na verdade jamais cozinhei nada antes.

Levando uma UZI para a academia

Numa noite sem lua, no ambiente desolado do vestiário na Xclusive, após ter malhado por duas horas, estou me sentindo bem. A arma dentro de meu armário pessoal é uma Uzi que me custou setecentos dólares e, embora eu esteja também carregando um Ruger Mini (469 dólares) em minha maleta Bottega Veneta, que é a preferida da maioria dos caçadores, continuo sem gostar de sua aparência; há um quê de masculinidade numa Uzi, algo de impressionante que me deixa excitado, mas sentado aqui, com o Walkman nos ouvidos, usando shorts de ciclismo pretos de Lycra de duzentos dólares, um Valium começando agorinha a fazer efeito, fico encarando o escuro do armário, tentado. O estupro e subsequente assassinato na noite passada de uma aluna da Universidade de Nova York atrás do Gristede's, na Cidade Universitária, perto de seu alojamento, por mais inadequada que tenha sido a oportunidade, não me importando esse deslize tão pouco característico, foram altamente satisfatórios e embora eu esteja despreparado pela mudança em meu estado de espírito, estou com ânimo reflexivo e recoloco a arma, que é um símbolo de ordem para mim, de volta ao armário, para ser usada em outra ocasião. Tenho fitas de vídeo para devolver, dinheiro para sacar de um caixa automático, uma reserva de mesa para jantar no 150 Wooster que foi difícil de obter.

Caçada em Manhattan

Na terça-feira à noite, no Bouley, em No Man's Land, um jantar coletivo interminável, embora bastante inexpressivo, e mesmo depois que digo a todos à mesa "Ouçam, caras, minha vida é um verdadeiro inferno",eles me ignoram inteiramente, o grupo reunido (Richard Perry, Edward Lampert, John Constable, Craig McDermott, Jim Kramer, Lucas Tanner) continua discutindo sobre alocação de ativos, quais ações se mostram melhores para a década vindoura, boazudas, imóveis, ouro, por que as obrigações de longo prazo são agora papéis de risco, o colarinho de ponta, carteiras de investimentos, como usar o poder com eficácia, novas maneiras de fazer ginástica, Stolichnaya Cristall, como causar a melhor impressão a gente muito importante, a eterna vigilância, a vida no que ela tem de melhor, aqui no Bouley parece que não consigo me controlar, aqui num salão que contém toda uma multidão de vítimas, ultimamente não posso deixar de repará-las em toda parte – em reuniões de negócios, boates, restaurantes, em táxis que passam e em elevadores, na fila em caixas automáticos e em fitas pornô, em delicatessens e no canal CNN, em toda parte, todas elas tendo uma coisa em comum: são *presas*, mas durante o jantar me sinto quase me descolando de mim mesmo, afundando rápido num estado próximo à vertigem que me obriga a pedir licença antes da sobremesa, e nesse ponto vou até o banheiro masculino, cheiro uma carreira de pó, pego na chapeleira meu sobretudo de lã Armani mais a magnum .357 mal escondida dentro dele, afivelo uma cartucheira e aí já estou no lado de fora, mas no *Patty Winters Show* de hoje de manhã houve uma entrevista com um homem que ateou fogo na filha enquanto esta estava dando à luz, no jantar todos nós pedimos carne de tubarão...

...em Tribeca está enevoado na rua, o céu carregado de uma chuva que está para cair, os restaurantes por aqui vazios, depois da meia-noite as calçadas parecem longínquas, irreais, o único sinal de vida humana é alguém tocando saxofone na esquina da Rua Duane, na entrada do antigo DuPlex, que virou agora um bistrô abandonado, fechado desde o mês passado, um sujeito jovem, barbado, de boina branca, tocando um solo de saxofone muito bonito embora bastante lugar-comum, a seus pés um guarda-chuva aberto com uma nota de um dólar, molhada, mais umas moedinhas dentro, incapaz de resistir eu vou até ele, ouvindo a música, algo tirado de *Les Misérables*, ele nota minha presença, acena com a cabeça, mas enquanto ele fecha os olhos – erguendo o instrumento, jogando a cabeça para trás num momento em que acho que ele considera mais ardente – eu com um único gesto contínuo retiro da cartucheira a magnum .357 e, não querendo desertar ninguém na vizinhança, atarraxo à pistola um silenciador, um vento frio de outono corre pela rua acima, nos engolfando, mas quando a vítima abre os olhos, avistando a pistola, para de tocar, a palheta do instrumento ainda em sua boca, eu faço também uma pausa, faço com a cabeça um gesto indicando para ele continuar, e hesitantemente ele continua, depois levanto a pistola até seu rosto e no meio de uma nota puxo o gatilho, mas o silenciador não funciona e no mesmo instante em que um enorme anel rubro surge atrás da cabeça dele o estrondo do tiro me ensurdece, aturdido, com os olhos ainda vivos, ele cai de joelhos, depois sobre o saxofone, descarrego todo o pente de balas e recarrego um outro novo, mas aí algo de ruim acontece...

...porque enquanto fico fazendo isso não reparei no carro da radiopatrulha que estava passando atrás de mim – fazendo o quê? só Deus sabe, distribuindo tíquetes de estacionamento? – e depois que o barulho feito pela magnum ecoa, se enfraquece, a sirene do carro da patrulha corta a noite, vinda de nenhum lugar, lançando meu coração em palpitações, começo a me afastar do corpo trêmulo, devagarinho, primeiro de um modo displicente, como um inocente, mas aí saio em disparada, a toda, o carro da polícia a guinchar atrás de mim, por um alto-falante um tira grita em vão "alto, pare, alto, largue a arma", ignorando-os entro à esquerda na Broadway, me dirigindo para os lados do Parque da Sede da Prefeitura, me enfiando por um beco, a viatura me segue mas só até um ponto quando o beco se estreita, um chafariz de faíscas azuis saltando para cima antes dela ficar presa, mas aí saio correndo pelo outro lado do beco o mais rápido que posso até a Rua Church, onde aceno para um táxi, pulo para o banco da frente e grito para o motorista, um iraniano jovem tomado completamente de surpresa "Cai fora daqui rápido", larga a direção, fico lhe abanando a pistola, bem no rosto, mas ele entra em pânico, grita num inglês estropiado "não atire, por favor, não me mate", levantando as mãos, aí resmungo "merda" e grito "então dirija", mas ele está aterrorizado: "oh, não atire, não atire", e eu resmungo com impaciência "foda-se você", então, levantando a pistola até seu rosto, puxo o gatilho, a bala lhe estilhaça a cabeça, rachando-a ao meio como uma melancia vermelho-escura contra o vidro, eu estico o braço sobre ele, empurro o cadáver para fora, bato a porta, começo a dirigir...

...numa descarga de adrenalina que me faz ofegante, só consigo andar uns poucos quarteirões, em parte devido ao pânico, o mais devido a sangue, miolos, pedaços de cabeça cobrindo o para-brisa, e mal chego a evitar uma batida com um outro táxi na esquina das ruas Franklin – é essa? – e Greenwich, dando uma guinada violenta para a direita, caindo para o lado de uma limusine estacionada, aí engato uma marcha a ré, saio cantando pneus pela rua, aciono o limpador de para-brisa, me dando conta tarde demais de que o sangue esparramado no vidro está no *lado de dentro*, faço uma tentativa de limpá-lo com a mão enluvada, mas ao correr cegamente pela Greenwich perco por completo o controle, o táxi dá uma guinada até uma lojinha de delicatéssen coreana, ao lado de um restaurante de karaokê chamado Lotus Blossom onde já estive com clientes japoneses, o táxi vai derrubando tabuleiros de frutas, chocando-se contra uma parede de vidro e atravessando-a, o corpo de alguém que estava na caixa registradora subindo pelo capô com um baque surdo, Patrick tenta engatar a marcha a ré, mas nada acontece, ele sai cambaleando do carro, apoiando-se nele, segue-se um silêncio de estraçalhar os nervos, "vá direitinho, Bateman", resmunga, manquejando para fora da loja, o corpo sobre o capô gemendo de dor, Patrick sem atinar de onde saiu o tira que vem correndo em sua direção, a gritar num walkie-talkie, achando que Patrick está atordoado, mas Patrick o surpreende investindo contra ele antes que possa puxar a arma e o derruba na calçada com uma pancada...

...onde as pessoas do Lotus Blossom estão agora em pé, a olharem mudamente os escombros, ninguém ajudando o tira enquanto os dois homens estão lutando caídos na calçada, o tira ofegante devido ao esforço, está por cima de Patrick, a tentar lhe arrancar das mãos a magnum, mas Patrick se sente contaminado, como se corresse gasolina em suas veias em vez de sangue, o vento aumenta de intensidade, a temperatura cai, começa a chover, mas eles suavemente ficam a rolar na rua, Patrick continua pensando que deveria haver uma música, ele força um olhar oblíquo, satânico, com o coração batendo forte, e consegue bem facilmente levar a pistola até o rosto do policial, quatro mãos segurando-a mas o dedo de Patrick puxa o gatilho, a bala abre um talho no tampo da cabeça do guarda ainda assim deixando de matá-lo, mas abaixando a mira agora com a ajuda do afrouxamento na pegada de dedos do tira Patrick lhe atira no rosto, a saída da bala fazendo com que uma garoa rósea flutue no ar ao mesmo tempo em que algumas das pessoas na calçada se põem a gritar, sem fazer nada, se escondem, correm de volta ao restaurante, enquanto a viatura da polícia de que Patrick pensava ter escapado no beco chega adernando a carroceria na direção da lojinha, as luzes vermelhas a lampejarem, guinchando os freios justamente quando Patrick salta aos tropeços pelo meio-fio, tombando na calçada, recarregando ao mesmo tempo a magnum, escondendo-se por trás do canto da esquina, o terror que julgara ter passado engolindo-o novamente, pensando: não tenho ideia do que fiz para aumentar as chances de ser apanhado, atirei num saxofonista? um *saxofonista*? que provavelmente era também um *fingidor*? troquei *aquilo* por *isto*? e numa distância não muito grande ele pode ouvir outros carros de polícia a se aproximarem, perdidos no labirinto das ruas, os tiras agora, aqui mesmo, nem mais se importam em dar avisos, começam logo a atirar e ele reage aos disparos deitado de barriga para baixo, vendo de relance os dois policiais atrás das portas abertas da radiopatrulha, as armas cuspindo fogo como num filme o que faz Patrick dar-se conta de que se meteu num tiroteiozinho de verdade, de que está tentando se desviar das balas, de que o sonho ameaça desmoronar, acabou, de que não está mirando com cuidado, apenas reagindo desatentamente aos disparos, ali deitado, quando uma bala perdida, a sexta de um novo cartucho, atinge o tanque de combustível da viatura policial, os faróis se enfraquecem antes de ela explodir, lançando uma bola de fogo que cresce como uma onda na escuridão, o globo de uma lâmpada de rua em cima explodindo inesperadamente num estouro de fagulhas verde-amarelas, as chamas lambendo os corpos dos policiais, os vivos e os mortos, estilhaçando as vidraças do Lotus Blossom, os ouvidos de Patrick ficam zunindo...

...ao correr para as bandas de Wall Street, ainda em Tribeca, ele se mantém afastado dos pontos mais brilhantemente iluminados pelos postes de rua, repara que todo o quarteirão por onde escapole sorrateiro abriga moradores de nível bem elevado, depois passa correndo por uma fileira de Porsches, tenta abrir cada um deles e dispara uma série de buzinas de alarme, o carro que gostaria de roubar é um Range Rover preto com tração permanente nas quatro rodas, carroceria de alumínio do mesmo tipo utilizado em aviões, chassi blindado de aço e motor V-8 com sistema especial de injeção de combustível, mas não encontra nenhum, e apesar de se desapontar com isso ele está também embriagado pelo torvelinho de confusões, pela cidade em si, a chuva a cair de um céu gélido mas a cidade ainda está quente o bastante, junto ao solo, para que possa uma névoa vagar por entre os arranha-céus em Battery Park, Wall Street, seja onde for, grande parte dela uma massa caleidoscópica borrada, mas agora ele está pulando um monte de aterro, dando um *salto mortal* por cima, depois fica a correr feito um louco, a toda velocidade, o cérebro travado pelo esforço físico causado pelo pânico absoluto, total, pela desordem, ora ele acha que um carro o está seguindo pela pista deserta, ora sente que a noite o acolhe, vindo de algum outro lugar ouve-se um tiro mas este não é realmente registrado porque a mente de Patrick está fora de sincronia, esquecendo-se de para onde está indo, até que como uma miragem o edifício de escritórios onde trabalha, em que está localizada a Pierce & Pierce, surge mais à sua frente, suas luzes sendo desligadas, andar por andar, como se a escuridão fosse subindo por ele, percorrendo mais cem metros, duzentos metros, mergulhado nas escadarias, embaixo, onde? seus sentidos pela primeira vez bloqueados pelo medo e atordoamento, mas aí, apatetado pelo próprio tumulto, entra correndo no saguão de um edifício que pensa ser o seu, mas não, parece que algo está errado, o que é? *você mudou-se* (a mudança em si foi um pesadelo embora Patrick esteja agora numa sala melhor, as novas lojas da Barney's e da Godiva contíguas ao saguão tendo compensado o esforço) e ele confundiu os prédios, só quando chega às portas...

...do elevador, estando ambas trancadas, de onde ele repara o enorme Julian Schnabel no saguão e se dá conta de estar na *porra do edifício errado*, aí faz um rodopio, sai tenteando loucamente até a porta giratória, mas o vigia noturno que antes quis chamar a atenção de Patrick está agora acenando para ele entrar, no momento em que este está para cair fora do saguão – "Queimando as pestanas no serão, sr. Smith? O senhor esqueceu de assinar" – e, frustrado, Patrick lhe dá um tiro ao mesmo tempo em que fica girando uma, duas vezes junto às portas de vidro que o lançam de novo dentro do saguão que só Deus sabe qual é enquanto a bala pega o vigia pela garganta, derrubando-o para trás, deixando parado no ar um borrifo de sangue momentaneamente que logo respinga no rosto deformado, retorcido do vigia, e o faxineiro preto que Patrick agorinha repara que assistiu a toda a cena de um canto do saguão, com o esfregão na mão, um balde junto aos pés, ergue os braços, e Patrick lhe dá um tiro bem entre os olhos, uma corrente de sangue lhe cobre o rosto, a parte posterior da cabeça explode lançando um borrifo forte, atrás dele a bala arranca um pedaço de mármore, a violência do impacto arremessa-o contra a parede, Patrick partindo em disparada para o outro lado da rua em direção às luzes do prédio de seu novo escritório, quando entra...

...cumprimentando Gus com a cabeça, o *nosso vigia noturno*, assinando o livro de registro, dirigindo-se até o elevador, subindo, em meio à escuridão de seu andar, a calma é afinal restabelecida, a salvo no anonimato de minha nova sala, capaz de com mãos trêmulas pegar o telefone sem fio, ficar vasculhando a agenda de telefones, exausto, o olhar recaindo sobre o número de Harold Carnes, discando devagar, a respiração pesada, constante, resolvo tornar público aquilo que até agora foi minha loucura particular, mas Harold não está em casa, viajou a negócios, Londres, mas deixo o recado, confessando tudo, sem omitir nada, trinta, quarenta, uma centena de mortes, mas enquanto estou ao telefone com a secretária eletrônica de Harold surge um helicóptero munido de holofote, a voar baixinho sobre o rio, por trás dele os relâmpagos racham o céu em raios recortados, indo em direção ao edifício em que estive por último, baixando para aterrissar no telhado do prédio do outro lado da rua, em frente ao meu, o andar térreo ali já cercado por viaturas da polícia, duas ambulâncias, aí uma turma da SWAT salta do helicóptero, mcia dúzia de homens desaparecem pela entrada de acesso ao teto, luzes de sinalização parecem ter sido espalhadas por toda parte, e fico assistindo a tudo isso com o fone na mão, curvado sobre a mesa, aos soluços embora nem saiba por quê, a falar para a secretária eletrônica de Harold "Deixei-a num estacionamento... próximo a uma lojinha de Dunkin' Donuts... em algum lugar perto do centro..." e, afinal, após uns dez minutos assim, anuncio o término de meu relato concluindo: "Humm, sou um cara bastante doente", depois desligo, mas ligo novamente e depois de um toque eletrônico interminável, que prova ter sido o meu recado deveras gravado, deixo um outro: "Ouça, é o Bateman de novo, e se você retornar amanhã, posso dar um pulo hoje à noite no Da Umberto's, por isso, sabe como é, fique de olho aberto", e o sol, um planeta em fogo, levanta-se gradualmente sobre Manhattan, mais uma aurora, logo a noite vira dia tão rápido como se fosse uma espécie de ilusão de ótica...

Huey Lewis and the News

O grupo Huey Lewis and the News explodiu no cenário musical norte-americano a partir de São Francisco, no início da década, com um álbum rock-pop que tinha como título o próprio nome do conjunto, com o selo da Chrysalis, apesar de somente ter de fato se firmado, tanto em termos comerciais quanto artísticos, após o grande sucesso de *Sports* em 1983. Embora suas raízes fossem visíveis (blues, Memphis soul, country), no disco *Huey Lewis and the News* eles pareceram um tanto demais desejosos de tirarem proveito da moda do new wave havida no final dos anos 70 e início dos 80, e o disco – apesar de continuar sendo uma estreia arrasadora – se mostra demasiado rude, punk demais. Exemplos disso são a percussão na primeira canção ainda lançada em disco simples, "Some of My Lies Are True (Sooner or Later)", as palmas simuladas em "Don't Make Me Do It", assim como o órgão em "Taking a Walk". Apesar de um tanto forçadas, as animadas letras tipo rapaz-procura-moça e a energia com que Lewis, o vocalista principal, alimenta todas as canções foram revigorantes. O fato de se ter um grande guitarrista solo como Chris Hayes (que também participa nos vocais) não faz realmente mal a ninguém. Os solos de Hayes têm um grau de originalidade e improviso que é o que o rock tem de melhor. Ainda assim o tecladista, Sean Hopper, mostrou-se preocupado demais em tocar seu órgão de modo um tanto mecânico (embora sua atuação ao piano na segunda metade do disco seja melhor) e a percussão de Bill Gibson ficou muito abafada para obter algum impacto maior. O padrão de composição musical só foi amadurecer bem mais tarde, embora muitas das canções mais cativantes já contivessem indicações de sentimentos de ânsia, tristeza e pavor ("Stop Trying" é apenas um exemplo).

Embora os rapazes sejam provenientes de São Francisco e partilhem algumas semelhanças com seus companheiros do sul da Califórnia, os Beach Boys (harmonias deslumbrantes, vocalização sofisticada, belas melodias – chegaram até a posar com uma prancha de surf na capa do disco de estreia) trazem também consigo um pouco do sentimento de desolação e niilismo do cenário (felizmente agora esquecido) "punk rock" de Los Angeles da época. Para falar daqueles jovens agressivos, revoltados! – é só ouvir o Huey em "Who Cares", "Stop Trying", "Don't Even Tell Me That You Love Me", "Trouble in Paradise" (os títulos dizem tudo). O Huey dá o seu recado de sobrevivente amargurado e o conjunto frequentemente mostra-se tão agressivo quanto o Clash, Billy Joel ou Blondie em suas apresentações. Ninguém deve se esquecer de que antes de tudo devemos a Elvis Costello a descoberta do Huey. Huey tocou harmônica no segundo disco de Costello, o fraco, insosso *My Aim Was You*. Lewis traz um pouco da suposta amargura de Costello, embora Huey tenha um senso de humor mais amargo, sarcástico. Elvis pode achar que o jogo de palavras mais intelectualizado é tão importante quanto um bom divertimento e a possibilidade de se conter o próprio ceticismo com uma viva dose de talento, mas fico me perguntando o que acha de fato de Lewis vender muito mais discos do que ele.

Passou-se a respeitar mais Lewis e os rapazes no segundo disco deles, *Picture This*, de 1982, que gerou dois sucessos médios, "Workin' for a Livin'" e "Do You Believe in Love", e o fato de que isso coincidiu com o advento do clipe (foi feito um para as duas canções) sem nenhuma dúvida ajudou a vender. O som, apesar de ainda mostrar vestígios de enfeites new wave, pareceu mais enraizado no rock do que no disco anterior, o que pode ter algo a ver com o fato de a mixagem ser do Bob Clearmountain ou de as rédeas da produção terem sido tomadas por Huey Lewis and the News. A composição musical cresceu em sofisticação e o grupo não se intimidou em explorar outros gêneros – notadamente o reggae ("Tell Her a Little Lie") e as baladas ("Hope You Love me Like You Say" e "Is It Me?"). Mas com todo esse esplendor da força pop, o som e o conjunto mostram-se, felizmente, menos rebeldes, menos agressivos (embora o rancor operário de "Workin' for a Livin'" parece ter sido tirado do disco anterior). Há uma preocupação maior com os relacionamentos pessoais – quatro das dez canções do disco têm a palavra "amor" no título – do que em ficarem se pavoneando de jovens niilistas, e o jovial sentimento de prazer que tem o disco é uma mudança surpreendente, contagiante.

O conjunto está tocando melhor do que antes e os trompetes do Tower of Power dão ao disco um som mais aberto, mais quente. O disco atinge o ponto mais alto com o verdadeiro soco duplo que são as faixas entre si correspondentes "Workin' for a Livin'" e "Do You Believe in Love", esta última a melhor canção do LP, onde basicamente o cantor fica perguntando à garota que conheceu enquanto "estava à procura de conhecer alguém" se ela "acredita no amor". O fato de a questão não ser resolvida na canção (nunca descobrimos o que a garota diz) proporciona a essa uma complexidade adicional antes não perceptível na estreia do conjunto. Ainda em "Do You Believe in Love" há um incrível solo de saxofone de Johnny Colla (o cara dá uma bem merecida lição a Clarence Clemons), que, como Chris Hayes na guitarra solo e Sean Hopper nos teclados, já se tornou um inestimável trunfo do grupo (o solo de saxofone na balada "Is It Me?" é ainda mais forte). A voz de Huey se mostra mais penetrante, menos gutural, ainda assim dolorida, especialmente em "The Only One", uma comovente canção sobre o que acontece a nossos guias e mestres e onde vão se acabar (a percussão de Bill Gibson é especialmente relevante nessa faixa). Embora devesse o LP terminar neste momento forte, em vez disso acaba em "Buzz Buzz Buzz", um blues descartável que não faz muito sentido em comparação com o que lhe precede, mas não deixa de ser divertido a seu modo banal e os trompetes Tower of Power revelam-se em excelente forma.

Não há erros desse tipo no terceiro LP do grupo e impecável obra-prima que é *Sports*. Todas as canções têm potencial para se tornarem grandes sucessos e a maioria delas de fato se tornou. O disco fez do conjunto um dos ícones do rock'n'roll. A imagem de rebeldia está totalmente posta de lado, predominando o encanto de uma suave fraternidade (tiveram até mesmo a oportunidade de dizerem "bunda" numa das faixas, mas preferiram cortar). Todo o LP traz um som cintilante, nítido, além do brilho novo de um arrematado profissionalismo que dá às canções um grande impulso. E os clipes extravagantes, originais, feitos para venderem o disco ("Heart and Soul", "The Heart of Rock'n' Roll", "If This Is It", "Bad Is Bad", "I Want a New Drug") tornaram eles superestrelas da MTV.

Produzido pelo conjunto, *Sports* abre com aquela que provavelmente irá tornar-se o prefixo deles, "The Heart of

Rock'n'Roll", um canto de amor ao rock'n' roll nos Estados Unidos. Segue-se "Heart and Soul", seu primeiro grande sucesso em disco simples que é uma canção marca registrada de Lewis (apesar de ter sido escrita por gente de fora, Michael Chapman e Nicky Chinn) e a que lhes proporcionou, seguramente e para sempre, o lugar de principal conjunto de rock do país nos anos 80. Se a letra não atinge exatamente o mesmo nível das outras canções, ela em grande parte é até mais do que aproveitável e o negócio todo é uma tentativa de mostrar o equívoco de se ir dormir com alguém que se acabou de conhecer (um recado que o Huey de antes, mais pândego, jamais teria dado). "Bad Is Bad", composta tão somente por Lewis, é a canção mais "blues" que o grupo já gravara até então e o baixo de Mario Cipollina lhe traz um brilho adicional, embora sejam realmente os solos de harmônica de Huey que a tornem algo superior. "I Want a New Drug", com seu refrão de guitarra arrasador (cortesia de Chris Hayes), é a peça central do LP – além de ser a maior canção antidrogas jamais composta, é também um depoimento pessoal sobre o amadurecimento do grupo, de como este jogou fora a roupagem de rebeldia e aprendeu a ser mais adulto. Aqui, o solo de Hayes é incrível e a bateria eletrônica utilizada, mas cuja autoria não é mencionada, traz não apenas para "I Want a New Drug", mas para a maior parte do disco uma batida de fundo mais consistente do que a de qualquer um dos LPs anteriores – embora Bill Gibson seja sempre uma presença bem-vinda.

    O restante do LP vibra inteiro sem falhas – o lado dois abre com a mensagem mais dolorosamente marcante até então feita pelo conjunto: "Walking on a Thin Line", e ninguém, nem mesmo Bruce Springsteen, compôs de modo tão devastador sobre a difícil situação dos veteranos da Guerra do Vietnã em nossa sociedade moderna. Essa canção, embora tenha sido feita por pessoas de fora, demonstra uma consciência social até então nova para o grupo, provando, a todos que chegaram a duvidar, que o conjunto tinha consistência, ao lado de uma formação básica de blues. Mais uma vez, em "Finally Found a Home", o grupo manifesta essa recém-adquirida sofisticação com um hino ao amadurecimento. E, embora a canção trate desse abandono da velha imagem rebelde, ela fala também do modo como os rapazes "encontraram a si mesmos" na paixão e na energia do rock'n'roll. A canção de fato funciona em tantos níveis que chega quase a dificultar sua sustentação junto ao resto do disco, devido à complexidade que apresenta, apesar de jamais perder a cadência e contar com os teclados vibrantes de Sean Hopper, o que a torna boa para dançar. "If This Is It" é a única balada do LP, porém está longe de ser frouxa ou insossa. Trata-se de um apelo que um amante faz à amada para que esta lhe diga se os dois querem continuar a relação, e o modo como Huey a canta (notoriamente o mais esplêndido trabalho vocal do disco) a torna cheia de esperança. Mais uma vez, esta canção – como o resto do disco – não trata da busca de garotas nem do anseio por elas, mas de como lidar com as relações. "Crack Me Up" é a única alusão no disco a um retrocesso ao período new wave do conjunto e é uma canção menor, porém divertida, embora não o seja seu conteúdo contrário às bebidas, às drogas e favorável à busca da maturidade.

E, como um adorável fecho para um LP extraordinário, o grupo apresenta uma versão de "Honky Tonk Blues" (mais uma canção composta por alguém de fora do conjunto, chamado Hank Williams) que, mesmo em se tratando de um tipo bastante diferente de canção, somos capazes de sentir sua presença permeando todo o resto do disco. Por todo esse esplendor profissional, tem o álbum a mesma integridade de um legítimo blues. (Um aparte: durante esse período, Huey gravou também duas canções para o filme *De volta ao futuro*, e ambas tiveram enorme sucesso, "The Power of Love" e "Back in Time", deliciosos produtos extras, e não meras notas de pé de página de uma carreira que vem assumindo contornos de mito.) O que dizer, a longo prazo, aos críticos de *Sports*? Nove milhões de pessoas não podem estar erradas.

Fore! (Chrysalis; 1986) é essencialmente uma continuação do álbum *Sports*, dotado, porém, de um brilho profissional ainda maior. Esse é o disco em que os caras não têm de provar que amadureceram e que aceitaram o rock'n'roll, porque nos três anos de transição entre *Sports* e *Fore!* isso de fato já *aconteceu*. (Na verdade três deles estão usando terno na capa do LP.) Ele abre com uma labareda de fogo, "Jacob's Ladder", em essência uma canção que trata do compromisso de luta e de superação, um lembrete bem adequado daquilo que representa o Huey and the News, e que, à exceção de "Hip to Be Square", é a melhor canção do disco (embora não tenha sido composta por ninguém do conjunto). Segue-se a agradável e bem-humorada "Stuck with You", um leve canto de louvor aos relacionamentos afetivos e ao casamento. Na verdade, a maioria das canções do LP trata de relacionamentos estruturados, diferentemente dos discos mais antigos, onde a maior preocupação era ou o desejo ardente pelas garotas, mas sem sucesso, ou a completa destruição durante o processo. Em *Fore*! as canções tratam de caras que têm o controle da situação (têm as garotas), tendo agora de lidar com elas. Essa nova dimensão do News traz ao LP um vigor a mais, eles se mostram mais contentes e satisfeitos, menos ansiosos, e resulta no disco mais prazerosamente trabalhado do grupo até agora. Mas também para cada faixa como "Doing It All for My Baby" (um delicioso canto de louvor à monogamia e ao prazer), há um número de blues mais contundente como "Whole Lotta Lovin'", e o lado um (ou, no CD, a canção de número cinco) termina com a obra-prima "Hip to Be Square" (que, ironicamente, é acompanhada pelo único videoclipe ruim do grupo), a canção-chave de *Fore*!, um hilariante canto de louvor ao conformismo, mas que é tão cativante que provavelmente a maioria das pessoas sequer ouve as frases que são ditas, mas com a guitarra explosiva de Chris Hayes e aquele incrível desempenho dos teclados – quem se importa? Não se trata apenas dos prazeres do conformismo e da importância de se ter uma direção – trata-se também de um depoimento pessoal sobre o conjunto em si, embora eu não esteja bem certo de qual.

Se a segunda parte de *Fore*! não tem a mesma intensidade da primeira, ela apresenta algumas verdadeiras pérolas que na realidade são bastante complicadas. "I Know What I Like" é uma canção que Huey jamais teria cantado há seis anos atrás – uma contundente declaração de independência – enquanto "I Never Walk Alone", localizada muito atentamente em seguida, na verdade complementa-a, explicando-a em termos mais amplos (traz também um grande solo de órgão e à exceção de "Hip to Be Square", tem o mais forte desempenho vocal de Huey). "Forest for the Trees" é um animado tratado antissuicídio, e embora possa seu título parecer um clichê, Huey e o conjunto têm um modo de reativá-los, tornando inteiramente originais esses clichês, como se fossem criados por eles mesmos. A elegante "Naturally" evoca uma época de inocência ao mesmo tempo em que faz uma demonstração de harmonia vocal do grupo (se você não se precaver, se arrisca a pensar que são os Beach Boys cantando em seu CD player), embora seja essencialmente dispensável, quase uma trivialidade, mas o LP termina com um recado majestoso em "Simple as That", uma balada operária que se mostra um comentário menos resignado do que esperançoso, e a complexa mensagem de sobrevivência que traz (não foi composta por ninguém do conjunto) prepara o terreno para o próximo LP, *Small World*, em que são tratadas questões de caráter mais geral. *Fore*! pode não chegar a ser a obra-prima que é *Sports* (o que poderia?), mas a seu modo é tão satisfatório quanto é o Huey de 1986, mais melodioso, suave, é tão espontâneo quanto.

Small World (Chrysalis; 1988) é o álbum mais ambicioso e artisticamente recompensador jamais produzido por Huey Lewis and the News. O jovem revoltado e agressivo foi substituído em definitivo por um sereno músico profissional e mesmo que na realidade Huey domine apenas um instrumento (a harmônica), os sons majestosos em estilo Bob Dylan que consegue gerar dão a *Small World* uma grandeza que poucos artistas atingiram. O disco é obviamente uma transição e é o primeiro que procura ter um sentido temático – Huey de fato pega um dos assuntos de maior peso: a importância da comunicação em termos globais. Não é de se admirar que quatro das dez canções do LP trazem a palavra "mundo" no título e que pela primeira vez não há apenas uma, mas três faixas de música instrumental.

O CD tem um começo estimulante com "Small World (Part One)", escrita por Lewis e Hayes e que, juntamente com a mensagem de harmonia que traz, está centrada num solo quentíssimo de Hayes. Em "Old Antone's" pode-se perceber as influências zíngaras absorvidas pelo conjunto em suas andanças pelo interior, as quais dão um sabor de velha Luisiana totalmente próprio. Bruce Hornby toca maravilhosamente o acordeão e a letra dá a você a sensação do verdadeiro espírito do sul. Mais uma vez, em "Perfect World", um sucesso também lançado em disco simples, os trompetes do Tower of Power atingem um efeito extraordinário. É também a melhor passagem do LP (escrita por Alex Call, que não pertence ao conjunto) e amarra todos os temas do disco – sobre a aceitação das imperfeições deste mundo, ainda assim não deixando de aprender "a ficar sonhando com um mundo perfeito". Embora seja uma canção pop de ritmo acelerado, ela não deixa de comover pelas intençoes que traz, além do esplêndido desempenho do conjunto em si. Estranhamente, em seguida vêm duas faixas de música instrumental: "Bobo Tempo", uma misteriosa dança reggae de influência africana, e a segunda parte de "Small World". O simples fato, porém, dessas canções não possuírem palavras não quer dizer que se perdeu a mensagem geral referente à comunicação, e tampouco parecem tapa-buraco ou recheio inútil devido ao fato de serem uma retomada temática; o grupo consegue também demonstrar sua habilidade no improviso musical.

O lado dois abre de forma arrasadora com "Walking with the Kid", a primeira canção de Huey a reconhecer as responsabilidades da paternidade. Sua voz parece amadurecida e apesar de nós, os ouvintes, só descobrirmos no último verso que o "garoto" a que se refere a canção (pensamos que é um colega) é na verdade o filho dele, esta maturidade na voz de Huey já nos dá uma boa dica, e fica difícil acreditar que o homem que já cantou "Heart and Soul" e "Some of My Lies Are True" esteja cantando *isso*. A grande balada do LP, "World to Me", é uma pérola de canção, um sonho, e embora trate do fato de as pessoas se manterem juntas num relacionamento, faz também alusão à China, ao Alasca e ao Tennessee, levando adiante o tema do disco, o quão pequeno é o mundo – e o conjunto se mostra realmente muito bom nessa faixa. "Better Be True" revela-se também uma grande balada, mas não é uma pérola de canção ou um sonho, não mexe com o fato de as pessoas se manterem juntas num relacionamento, nem faz qualquer alusão à China, ao Alasca ou ao Tennessee – e por isso o grupo se mostra realmente muito bom nessa faixa.

"Give Me the Keys (And I'll Drive You Crazy)" é um blues bem marcado dos bons tempos sobre (o que mais poderia ser?) andar sem destino, de carro, incorporando o tema do LP de um modo muito mais brincalhão do que nas canções anteriores do mesmo, e apesar de um tanto pobre na letra é ainda um sinal de que o novo Lewis "sério" – o Huey artista – não perdeu de todo o jocoso senso de humor de sempre. O disco termina com "Slammin'", que não tem letra, sendo apenas um monte de trompetes que, com franqueza, se você puser o volume bem alto, vai lhe dar uma puta dor de cabeça e até talvez deixá-lo um tanto aflito, embora isso possa ser diferente no disco de acetato ou na fita cassete, mas nem quero saber. De todo modo pôs em movimento algo de perverso dentro de mim durante dias. Também não serve para dançar.

Foram necessárias umas cem pessoas para montar *Small World* (contando com os músicos de estúdio, técnicos de percussão eletrônica, contadores, advogados – a quem agradecemos), mas isso vem somar-se ao tema do próprio CD, que é a comunidade, sem atravancar o trabalho – tornando-o, sim, uma experiência mais jovial. Com este CD e mais os quatro anteriores, Huey Lewis and the News provam que se o mundo é de fato pequeno, então esses caras formam o melhor conjunto americano dos anos 80, neste ou em qualquer outro continente – e que conta com Huey Lewis, um vocalista, músico e compositor que simplesmente não pode ser sobrepujado.

Na cama com Courtney

Estou na cama de Courtney. Luis viajou para Atlanta. Courtney estremece, aperta o corpo contra o meu, relaxa. Saio de cima dela e caio de costas, aterrissando em algo duro coberto de pelo. Passo o braço sob mim e encontro um gato de pelúcia com olhos azuis de vidro que penso ter avistado na

F.A.O. Schwarz quando fazia algumas compras antecipadas de Natal. Estou sem saber bem o que dizer, por isso gaguejo "As luminárias da Tiffany... estão reaparecendo". Mal consigo enxergar seu rosto no escuro embora possa escutar o suspiro, dolorido e baixo, o som de um vidro de remédio sendo aberto, seu corpo se movendo na cama. Deixo o gato cair no chão, me levanto, tomo uma chuveirada. No *Patty Winters Show* de hoje de manhã o assunto foi "Lésbicas adolescentes e bonitas", que achei tão erótico que acabei ficando em casa, perdi uma reunião, bati duas punhetas. Desnorteado, passo uma enorme parte do dia completamente distraído, sem ordem alguma, na casa de leilões Sotheby, entediado e confuso. Na noite passada, um jantar com Jeanette no Deck Chairs, ela parecia fatigada e pediu pouca comida. Rachamos uma pizza que custou noventa dólares. Depois de secar meu cabelo com uma toalha, visto um robe Ralph Lauren e volto para o quarto, começo a vestir-me. Courtney está fumando um cigarro, assistindo ao *Late Night with David Letterman*, com o volume bem baixinho.

– Será que você me procura antes do Dia de Ação de Graças? – pergunta.

– Talvez. – Abotoo a camisa, me perguntando em primeiro lugar o que afinal vim fazer aqui.

– O que você vai fazer nesse dia? – pergunta, falando devagarinho.

Minha resposta vem sem entusiasmo, como era de se esperar.

– Jantar no River Café. Depois o Au Bar, quem sabe.

– Beleza – murmura ela.

– E você e... Luis? – pergunto.

– A gente devia ir jantar na casa do Tad e da Maura – dá um suspiro. – Mas acho que não vamos mais.

– Por que não? – Enfio o colete de cashmere preto da Polo, pensando: "estou realmente interessado".

– Ora, você sabe como o Luis é com os japoneses – ela começa, seus olhos já meio vidrados.

Como ela interrompe a frase, aí pergunto, incomodado:

– Faz sentido. Continue.

– Luis recusou-se a ir jogar domingo passado na casa de Tad e Maura porque eles têm um aparelho de som Akita. – Ela dá uma tragada no cigarro.

– Bem, aí... – faço uma pausa. – O que aconteceu?

– Viemos jogar aqui em casa.

– Não sabia que você fumava – digo.

Ela sorri tristemente, de um jeito pateta.

– Você nunca reparou.

– Tudo bem, reconheço que fiquei desconcertado, mas só um pouquinho. – Vou até o espelho Marlian que está pendurado em cima de uma escrivaninha de teca para me assegurar de que o nó de minha gravata de lã escocesa estampada Armani não está torto.

– Ouça, Patrick – diz, com esforço. – Dá para a gente conversar?

– Você está uma maravilha. – Dou um suspiro, virando a cabeça, jogando um beijo. – Não há nada a dizer. Você vai se casar com Luis. Na semana que vem, não menos.

– Mas isso não é algo de especial? – pergunta com sarcasmo, mas sem nenhum tom de frustração.

– Leia os meus lábios – digo, voltando-me de novo para o espelho. – Você está maravilhosa.

– Patrick?

– Sim, Courtney?

– Se eu não vir você antes do Dia de Ação de Graças... – para, confusa. – Que seja um bom dia pra você.

Olho para ela por um instante antes de responder, de um modo inexpressivo:

– Pra você também.

Ela pega o gato preto de pelúcia, lhe acaricia a cabeça. Saio pela porta do quarto indo em direção à entrada, para os lados da cozinha.

– Patrick? – me chama com uma voz suave, de seu quarto. Paro, mas não me volto. – Sim?

– Nada.

Smith & Wollensky

Estou com Craig McDermott no Harry's, na Rua Hanover. Ele está fumando charuto, bebendo um martíni de Stolichnaya Cristall, me perguntando as regras para o uso do lenço no bolso do paletó. Estou bebendo o mesmo que ele, lhe respondendo. Estamos esperando por Harold Carnes, que acabou de voltar de Londres na terça-feira e está meia hora atrasado. Estou nervoso, impaciente, mas quando digo a McDermott que deveríamos ter convidado Todd ou ao menos Hamlin, que certamente traria consigo algum pó, ele dá de ombros e diz que talvez possamos encontrar Carnes no Delmonico's. Mas como não encontramos Carnes no Delmonico's vamos para mais acima do centro, ao Smith & Wollensky para uma reserva às oito horas que um de nós fez. McDermott está vestindo terno jaquetão de lã da Cerruti 1881, camisa de algodão em quadradinhos de Louis de Boston, gravata de seda da Dunhill. Estou usando terno jaquetão de lã de seis botões da Ermenegildo Zegna, camisa de algodão listrada da Luciano Barbera, gravata de seda da Armani, sapatos de camurça *com* biqueira da Ralph Lauren, meias da E.G. Smith. "Homens que foram estuprados por mulheres" foi o assunto do *Patty Winters Show* de hoje de manhã. Sentado a uma mesa no Smith & Wollensky, que estranhamente está vazio, estou sob efeito do Valium, a beber um bom copo de vinho tinto, pensando comigo mesmo com displicência sobre meu primo em Saint Alban, em Washington, que faz pouco tempo estuprou uma garota, arrancando-lhe os lóbulos das orelhas a dentadas, sentindo um arrepio de aflição por não ter pedido o *hors-d'oeuvre*, sobre como meu irmão e eu certa vez andamos a cavalo juntos, jogamos tênis – isso está me ardendo na memória, mas McDermott termina com tais pensamentos ao reparar que não pedi o *hors-d'oeuvre quando* é servido o jantar.

– O que é isso? Não se pode comer no Smith & Wollensky sem pedir o *hors-d'oeuvre* – queixa-se ele.

Evito seus olhos e toco o charuto que guardo no bolso do paletó.

— Credo, Bateman, você é doido de pedra. Tempo demais na P & P — resmunga baixinho. — Nada da porra do *hors-d'oeuvre.*

Não digo nada. Como posso contar a McDermott que estou num momento muito desconjuntado de minha vida e que reparo que as paredes foram pintadas de um branco brilhante, quase doloroso e que sob o clarão das lâmpadas fluorescentes elas parecem pulsantes e incandescentes. Em algum lugar Frank Sinatra está cantando "Witchcraft". Fico olhando fixamente as paredes, ouvindo a letra, sentindo uma súbita sede, mas nosso garçom está atendendo uma mesa numerosa, exclusivamente de homens de negócios japoneses, mas alguém que julgo ser ou George MacGowan ou Taylor Preston, na mesa detrás dessa, vestindo uma roupa da Polo, fica de olho em mim de modo suspeito e McDermott está ainda encarando o bife em meu prato com aquela expressão estupefata no rosto, mas um dos homens de negócios japonês está segurando um ábaco, outro está tentando pronunciar a palavra "teriyaki", um outro está fazendo careta, depois começa a cantar, acompanhando a letra da música, e todos à mesa riem, num tipo de ruído esquisito, não completamente estrangeiro, quando ele ergue os pauzinhos do prato, sacudindo a cabeça com confiança, imitando Sinatra. A boca se abre, e o que sai é a frase carregada de sotaque... ou eles no lugar dos erres... "that clazy witchclaft"...

Algo na televisão

Enquanto me visto para ir encontrar Jeanette e assistirmos a um novo musical inglês que estreou na Broadway na semana passada e depois jantarmos no Progress, o novo restaurante de Malcolm Forbes no Upper East Side, fico assistindo à fita do *Patty Winters Show* de hoje de manhã, que foi dividido em duas partes. A primeira é uma reportagem sobre o principal vocalista da banda de rock Guns'n'Roses, Axl Rose, que Patty pôs na tela falando para o entrevistador "Quando fico tenso me torno violento e descarrego em cima de mim mesmo. Já me cortei com gilete mas aí me dei conta de que cicatrizes são mais prejudiciais do que não ter um aparelho estéreo... prefiro dar chutes em meu estéreo do que sair dando socos em alguém. Quando fico com raiva, perturbado ou sentimental, às vezes vou até o piano e toco". Na segunda parte, Patty fica lendo as cartas escritas por Ted Bundy, o assassino em massa, endereçadas à sua noiva, durante um dos muitos julgamentos a que compareceu. "Carole querida" – ela lê, ao mesmo tempo em que uma foto de Bundy, onde seu rosto se mostra injustamente inchado, tirada há apenas algumas semanas antes da execução, aparece de repente na tela – "por favor se sente na mesma fileira de Janet quando for ao tribunal. Quando olho para você lá está ela me encarando com aqueles olhos enlouquecidos, igual a uma gaivota perturbada espreitando um mexilhão... Chego até a sentir o molho condimentado que ela já está derramando sobre mim...".

Aguardo algo acontecer. Fico sentado no quarto durante quase uma hora. Nada acontece. Me levanto, cheiro o resto do pó – uma quantidade minúscula – que ficou no armário, sobra de uma noitada de sábado no M.K. ou no Au Bar, dou um pulo no Orso para um drinque antes de me encontrar com Jeanette, para quem eu antes telefonei, dizendo que eu estava com duas entradas para esse musical em especial, mas ela nem disse nada a não ser "Eu vou" e eu lhe falei para ir encontrar-me na porta do teatro às dez para as oito e ela desligou. Digo a mim mesmo enquanto fico sentado sozinho no bar do Orso que vou ligar para um dos números que foram mostrados rapidamente embaixo da tela, mas aí me dou conta de que não saberia o que dizer e me lembro das palavras lidas por Patty: "Chego até a sentir o molho condimentado que ela já está derramando sobre mim".

Lembro-me por alguma razão novamente dessas palavras enquanto Jeanette e eu estamos sentados no Progress após o musical e já é tarde, o restaurante está cheio. Pedimos algo chamado carpaccio de águia, *mahi-mahi*, endívia com queijo de cabra e amêndoas com cobertura de chocolate, aquele tipo esquisito de *gazpacho* com galinha crua dentro, cerveja *dry*. Neste exato instante não há nada de realmente comestível em meu prato, o que existe ali tem gosto de reboco. Jeanette está usando paletó de smoking de lã, xale de gaze de seda, calças de smoking de lã, tudo da Armani, brincos de antiguidade em ouro e diamantes, meias da Givenchy, sapatos baixos de gorgorão. Ela não para de dar suspiros e ameaça acender um cigarro embora estejamos em área de não fumantes no restaurante. O comportamento de Jeanette me perturba profundamente, provoca a formação de pensamentos negros que crescem em minha cabeça. Está bebendo *kirs* de champanhe, mas já tomou demais e quando ela pede o sexto copo, insinuo que ela talvez deva parar. Ela me olha e diz:

– Estou com frio e com sede e peço a porra que eu quiser.

Eu digo:

– Então peça uma Evian ou uma San Pellegrino pelo amor de Deus.

SANDSTONE

MINHA MÃE E EU ESTAMOS SENTADOS em seu quarto particular na clínica Sandstone, onde agora ela tornou-se residente permanente. Sob pesado efeito de tranquilizantes, está usando óculos escuros e fica sempre arrumando os cabelos enquanto eu fico olhando minhas mãos, achando que estão certamente trêmulas. Ela tenta sorrir ao perguntar o que quero de Natal. Não me surpreende o esforço que tenho de fazer para levantar a cabeça e olhar para ela. Estou usando terno de gabardina de lã com dois botões e lapela com entalhe da Gian Marco Venturi, sapatos de amarrar com biqueira da Armani, gravata Polo, as meias não estou certo de onde são. Estamos chegando a meados de abril.

– Nada – digo, sorrindo de modo tranquilizador. Faz-se uma pausa. Sou eu quem a interrompo perguntando: – O que você quer?

Ela nada diz durante um bom tempo e olho de novo para minhas mãos, para o sangue ressecado, provavelmente de uma garota chamada Suki, sob a unha do polegar. Minha mãe umedece os lábios cansadamente e diz:

– Não sei. Só quero passar bem o Natal.

Não digo nada. Passei a última hora examinando meu cabelo no espelho que insisti que fosse deixado no quarto de minha mãe.

– Você parece infeliz – diz ela de repente.

– Mas não estou – falo para ela num pequeno suspiro.

– Você parece infeliz – diz, desta vez mais calmamente. Retoca o cabelo, de um branco total e ofuscante, mais uma vez.

– Bem, você também parece – digo devagarinho, na esperança de que ela não diga mais nada.

Ela não diz mais nada. Estou sentado numa poltrona junto à janela e através da grade vejo escurecer o gramado no lado de fora, uma nuvem encobre o sol, em breve o gramado fica verde de novo. Ela está sentada no leito com uma camisola da Bergdorf's e chinelos da Norma Kamali que lhe dei de Natal no ano passado.

– Que tal foi a festa? – pergunta.

– Foi legal – digo, avaliando.

– Quantas pessoas foram?

– Quarenta. Quinhentas. – Dou de ombros. – Não tenho certeza.

Ela novamente umedece os lábios, toca mais uma vez nos cabelos.

– A que horas você saiu?

– Não me lembro – respondo depois de um bom tempo.

– À uma? Às duas? – pergunta.

– Deve ter sido à uma – digo, quase lhe cortando a fala.

– Ah. – Faz novamente uma pausa, ajeita os óculos escuros, uns Ray-Bans pretos que lhe comprei no Bloomingdale's e que custaram duzentos dólares.

– Não estava muito boa – digo inutilmente, olhando para ela.

– Por quê? – pergunta, curiosa.

– Não estava boa, só isso – digo, olhando de novo minhas mãos, as partículas de sangue sob a unha do polegar, a fotografia de meu pai, quando ele era ainda bem mais jovem, na mesinha de cabeceira de mamãe, junto a uma fotografia de

Sean e de mim quando éramos adolescentes, vestindo smokings, nenhum dos dois saiu sorrindo. Meu pai, na fotografia, está usando paletó esporte jaquetão preto de seis botões, camisa branca de algodão com colarinho de ponta, gravata, lenço no bolso do paletó, sapatos, tudo da Brooks Brothers. Ele está em pé ao lado de um arbusto podado em forma de animal, há muito tempo atrás, na propriedade de seu pai no estado de Connecticut e há algo de errado com seus olhos.

A MELHOR CIDADE PARA OS NEGÓCIOS

E, NUMA MANHÃ CHUVOSA DE terça-feira, após ter malhado na Xclusive, dou um pulo no apartamento de Paul Owen no Upper East Side. Cento e sessenta e um dias se passaram desde que fui para lá com as duas garotas de programa. Não saiu sequer uma palavra sobre cadáveres encontrados em nenhum dos quatro jornais da cidade nem no noticiário local; nenhuma alusão, sequer um rumor circulando por aí. Cheguei ao ponto de perguntar às pessoas – garotas com quem eu saía, conhecidos no mundo dos negócios – durante jantares, pelos corredores da Pierce & Pierce, se alguém ouvira falar em duas prostitutas mutiladas encontradas no apartamento de Paul Owen. Mas como se fosse num filme, ninguém ouviu nada, nem tem ideia do que estou falando. Há outras coisas com que se preocupar: a quantidade escandalosa de laxante e anfetamina que estão agora misturando à cocaína vendida em Manhattan, a Ásia nos anos 90, a virtual impossibilidade de obter-se uma reserva para as oito horas no PR, o novo restaurante Tony McManus em Liberty Island, junto à famosa estátua da Liberdade, o crack. Portanto estou considerando que, em essência, ou algo por aí, não foi encontrado nenhum corpo. Até onde sei, Kimball mudou-se também para Londres.

O prédio me parece diferente quando salto do táxi, embora não consiga fazer ideia do porquê. Tenho ainda as chaves que roubei de Owen na noite em que o matei e tiro-as agora para abrir a porta do saguão do edifício, mas elas não funcionam, não se encaixam adequadamente. Em vez disso, um porteiro uniformizado que não existia há seis meses abre-a para mim, desculpando-se por ter demorado tanto. Fico ali na chuva, atrapalhado, até que ele me conduz para dentro, me perguntando todo risonho, com um ligeiro sotaque irlandês, "Bem, o senhor vai entrar ou ficar do lado de fora... o senhor está se molhando". Entro no vestíbulo, com o guarda-chuva embaixo do braço, metendo para dentro do bolso a máscara cirúrgica que trouxe comigo para dar conta do cheiro. Estou usando um Walkman, deliberando sobre o que dizer, como colocar as palavras.

– Bem, em que posso ajudá-lo, senhor? – pergunta ele. Me detenho, faço uma pausa longa, desajeitada, antes de dizer, simplesmente:

– Catorze-A.

Me olha detidamente antes de verificar seu livro de registro, aí dá um sorriso radiante, assinalando algo nele.

– Ah, claro. A sra. Wolfe está lá em cima agora.

– A sra... Wolfe? – dou um sorriso fraquinho.

– É. A corretora de imóveis – diz, olhando bem para mim. – O senhor marcou hora, não?

O ascensorista, igualmente uma nova aquisição, fica encarando o chão enquanto subimos juntos edifício acima. Fico querendo reconstruir meus passos naquela noite, durante toda aquela semana, inutilmente sabendo que jamais retornei ao apartamento após ter assassinado as duas garotas. "Quanto vale o apartamento de Owen?" é a pergunta que fica forçando entrada em minha cabeça até que afinal se larga por ali apenas, a latejar. O *Patty Winters Show* de hoje de manhã foi sobre pessoas que tiveram metade do cérebro extirpada. Meu peito parece uma pedra de gelo.

Abrem-se as portas do elevador. Saio cauteloso, olhando para trás até que se fechem, depois caminho pelo corredor, na direção do apartamento de Owen. Ouço vozes lá dentro. Encosto na parede, com um suspiro, as chaves na mão, certo de que a fechadura foi trocada. Paro para pensar o que vou fazer, olhando para meus mocassins negros A. Testoni, quando a porta do apartamento se abre, arrancando-me da crise momentânea de autopiedade. Uma corretora de imóveis, de meia-idade, sai para o corredor, brinda-me com um sorriso, pergunta, verificando sua agenda.

– Você é o das onze horas?

– Não – respondo.

Ela diz, "com licença" e, seguindo em frente, vira a cabeça e olha para mim com uma expressão estranha, antes de virar o ângulo do corredor. Estou olhando para dentro do apartamento. Um casal de vinte e poucos anos conversa, de pé, no meio da sala de estar. Ela está com um casaco de lã, blusa de seda, calça de lã Armani, brincos dourados, luvas, e segura uma garrafa de Evian. Ele veste um paletó esporte, colete de cashmere, camisa de cambraia de algodão, gravata Paul Stuart e, dobrado sobre o braço, um casaco esporte, de algodão. Atrás deles, o apartamento parece em perfeita ordem. Novas persianas, a pele que recobria as paredes desapareceu, porém, os móveis, o mural, a mesa de vidro de centro, as cadeiras Thonet, o sofá de couro negro, tudo parece intacto. A televisão grande está agora na sala, ligada com volume baixo, e vejo na tela o comercial onde a mancha sai de um paletó e fala com a câmara, mas isso não me faz esquecer o que fiz com o seio de Christie, nem a cabeça de uma das mulheres, sem nariz, as duas orelhas arrancadas a dentadas, os dentes à mostra, sem a proteção da carne arrancada do rosto e do queixo, as torrentes de sangue coagulado, o sangue vivo que inundou o apartamento, o fedor dos mortos, a advertência confusa para mim mesmo de que precisava me proteger...

– Posso ajudá-lo? – a corretora, sra. Wolfe, suponho, interrompe meus pensamentos. Seu rosto é fino e angular, nariz grande, lamentavelmente *real*, boca com excesso de batom, olhos azul-claros. Está com uma jaqueta de lã buclê, blusa de seda crua, sapatos, brincos, uma pulseira, de onde? Não sei. Talvez tenha menos de quarenta anos.

Estou ainda encostado na parede, olhando para o casal que passa agora para o quarto, deixando vazia a sala de estar. Vejo dezenas de buquês de flores em vasos por todo o apartamento e sinto o perfume de onde estou, no corredor. A sra. Wolfe vira a cabeça para ver o que estou olhando, depois olha outra vez para mim.

– Estou procurando... Paul Owen não mora aqui?

Uma longa pausa e ela responde.

– Não. Não mora.

Outra longa pausa.

– Tem... quero dizer... tem certeza? – pergunto, e acrescento, em voz baixa – Eu não... compreendo.

Ela percebe alguma coisa e seu rosto fica tenso. Seus olhos quase se fecham. Viu a máscara cirúrgica que aperto na mão úmida e, por um momento, respira fundo, sem desviar os olhos. Definitivamente não estou gostando nada disso. Num comercial da televisão, um homem segura uma torrada e diz para a mulher "Ei, você tem razão... esta margarina é *mesmo* mais gostosa do que merda". A mulher sorri.

– Você viu o anúncio no *Times*? – pergunta ela.

– Não... quero dizer, sim. Sim, eu vi. No *Times* – Hesito, procurando dominar a fraqueza, o cheiro das rosas muito forte parece disfarçar alguma coisa revoltante. – Mas... Paul Owen... ainda é o *dono* do apartamento? – pergunto com a maior segurança possível.

Uma longa pausa e ela diz:

– Não saiu nenhum anúncio no *Times*.

Olhamos um para o outro por um tempo infinito. Tenho certeza de que ela sente que vou dizer alguma coisa. Já vi esse olhar em outros olhos antes. Teria sido num clube? A expressão de uma vítima? Na tela, num filme visto recentemente? Ou eu o teria visto no espelho? Foi como se tivesse passado uma hora antes da minha resposta.

– Mas esses são... seus – paro, meu coração para também, volta a bater – móveis. – Deixo cair o guarda-chuva, abaixo-me rapidamente para apanhá-lo.

– Acho que você deve ir embora – diz ela.

– Acho... quero saber o que aconteceu. – Estou enjoado, minhas costas e meu pescoço molhados de suor, ensopados, parece, de um momento para o outro.

– Não crie caso – diz ela.

Todas as fronteiras, se é que existiu alguma, parecem, de repente, móveis e removidas, a sensação de que outros estão criando meu destino vai me perseguir pelo resto do dia. Isto... não... é... uma... brincadeira, quero gritar, mas não consigo respirar direito, embora tenha a impressão de que ela não nota isso. Viro o rosto. Preciso descansar. Não sei o que dizer. Confuso, estendo a mão para tocar o braço da sra. Wolfe, procurando apoio, interrompo o gesto e levo a mão ao meu peito, mas não consigo sentir meu corpo, nem depois de afrouxar a gravata. A mão fica ali, e não consigo fazê-la parar de tremer. Estou corando, sem fala.

– Sugiro que vá embora – diz ela.

Ficamos ali no corredor, um de frente para o outro.

– Não crie nenhum caso – repete ela, em voz baixa.

Fico parado por mais alguns segundos e finalmente dou alguns passos para trás, com as mãos estendidas, num gesto de paz.

– Não volte – diz ela.

– Não voltarei – digo. – Não se preocupe.

O casal aparece na porta. Os olhos da sra. Wolfe me seguem até o elevador. Aperto o botão. Dentro do elevador, o cheiro das rosas é quase sufocante.

Exercício

Pesos livres e o equipamento Nautilus aliviam a tensão. Meu corpo responde adequadamente ao exercício. Sem camisa, examino minha imagem no espelho acima do lavatório, no vestiário da Xclusive. Os músculos dos meus braços estão em fogo, minha barriga está tão firme quanto é possível, meu peito é aço puro, os peitorais duros como granito, meus olhos brancos como gelo. No meu armário, no vestiário da Xclusive, estão três vaginas que cortei recentemente das mulheres que ataquei na última semana. Duas estão lavadas, uma não está. Um pregador de cabelos está pregado em uma delas, uma fita Hermes, azul, amarrada em volta da minha favorita.

Fim da década de 1980

O CHEIRO DO SANGUE PENETRA meus sonhos, que são quase todos terríveis: a bordo de um transatlântico incendiado, vendo a erupção de um vulcão, no Havaí, a morte violenta da maioria dos corretores oficiais, no Salomon, James Robinson fazendo alguma coisa condenável comigo, estou de volta ao internato, depois em Harvard, os mortos caminhando entre os vivos. Os sonhos formam uma sequência infindável de acidentes de automóveis e desastres, cadeiras elétricas e suicídios pavorosos, seringas de injeção e jovens modelos mutiladas, discos voadores, Jacuzzis de mármore, pimenta vermelha. Quando acordo suando frio, tenho de ligar a televisão de tela enorme para abafar os ruídos da construção, que continuam durante o dia todo, vindos de algum lugar. Há um mês foi o aniversário da morte de Elvis Presley. Jogos de futebol movimentam-se na tela, sem som. Ouço um estalido da secretária eletrônica, com o volume bem baixo, depois outro. Durante todo o verão Madonna exclama para nós: "*life is a mystery, everyone must stand alone…*".

Quando caminho pela Broadway, ao encontro de Jean, minha secretária, para o almoço em frente ao Tower Records, um estudante com uma prancheta me pergunta o nome da canção mais triste que conheço. Digo, sem hesitar, "You can't always get what you want", dos Beatles. Então ele quer saber o título da canção mais feliz que conheço e eu digo "Brilliant Disguise", de Bruce Springsteen. Ele faz um gesto afirmativo, anota na prancheta e se afasta na direção do Lincoln Center. Houve um acidente. Uma ambulância está parada junto ao meio-fio. Vejo uma pilha de intestinos sobre a calçada, numa poça de sangue. Compro uma maçã bem dura numa delicatéssen coreana e como enquanto caminho para meu encontro com Jean que nesse momento está na entrada do Central Park, na Rua Sessenta e Sete, num dia frio e ensolarado de setembro. Quando olhamos para as nuvens ela vê uma ilha, um filhote de cachorro, o mapa do Alasca, uma tulipa. Eu vejo, mas não lhe digo, um prendedor de dinheiro da Gucci, um machado, uma mulher cortada em dois, uma poça de sangue enorme e espumante que se espalha pelo céu, pingando sobre a cidade, sobre Manhattan.

Paramos num café ao ar livre, o Nowheres, no Upper West Side, para resolver qual filme vamos assistir, se há alguma exposição que devemos ver, ou talvez seja melhor uma caminhada, ela sugere o zoológico, eu concordo em silêncio, sem pensar. Jean está com ótima aparência, como quem faz exercícios regulares, com uma jaqueta de lamê dourado e short de veludo Matsuda. Eu me imagino na televisão, anunciando um novo produto – um cooler de vinho, uma loção bronzeadora, um chiclete sem açúcar? – eu me movimento em quadros alternados, caminhando por uma praia, o filme é em preto e branco arranhado propositalmente, estranhamente vago, com acompanhamento de música pop dos anos 60, que ecoa como se viesse de um aerofone. Agora estou olhando para a câmara, agora mostro o produto – uma nova musse, tênis? Agora o vento sopra nos meus cabelos, então é dia, depois noite, depois dia outra vez e então noite.

– Vou tomar leite gelado com café descafeinado – Jean diz para o garçom.

– Também quero um café decapitado – digo, distraído, antes de perceber o que estou dizendo. – Quero dizer... descafeinado.

Olho preocupado para Jean, porém ela me fixa com um sorriso vazio. Um *Times* de domingo está sobre a mesa, entre nós. Discutimos os planos para o jantar desta noite, talvez. Um homem parecido com Taylor Preston passa por nós, acena para mim. Abaixo o meu Ray-Ban, retribuo o aceno. Alguém passa pedalando uma bicicleta. Peço água ao ajudante de garçom. Mas quem vem é o garçom e logo depois chega um prato com duas porções de sorvete de frutas, cilantro-limão e vodca-lima, que eu não ouvi Jean pedir.

– Quer um pouco? – pergunta ela.

– Estou fazendo regime – digo. – Mas obrigado.

– Você não precisa emagrecer – observa ela, com surpresa genuína. – Está brincando, não está? Você está ótimo. Muito em forma.

– A gente sempre pode emagrecer um pouco – digo vagamente, olhando para o tráfego na rua, distraído com alguma coisa, o quê? Não sei. – Para ter uma aparência melhor.

– Bem, talvez seja melhor não jantarmos hoje – diz ela, preocupada. – Não quero atrapalhar a sua... força de vontade.

– Não. Tudo bem – digo. – De qualquer modo não sou muito bom... no controle.

– Patrick, estou falando sério. Faço o que você quiser – diz ela. – Se não quiser jantar, não jantamos. Quero dizer...

– Tudo bem – digo, com ênfase. Alguma coisa estala. – Você não deve fazer todas as vontades dele... – depois de uma pausa, corrijo – as *minhas* vontades. Certo?

– Só quero saber o que você quer – diz ela.

– Viver feliz para sempre, certo? – digo, sarcástico. – É isso que eu quero. – Olho fixamente para ela, durante mais ou menos meio minuto, e depois desvio o olhar. Isso a tranquiliza. Ela pede uma cerveja. Está quente na rua.

– Vamos, sorria – diz ela, um pouco depois. – Você não tem motivo para estar tão triste.

– Eu sei – respondo, cedendo. – Mas é... difícil sorrir. Hoje em dia. Pelo menos eu acho difícil. Acho que não estou acostumado. Eu não sei.

– É por isso... que as pessoas precisam umas das outras – diz ela, suavemente, tentando olhar nos meus olhos, enquanto leva à boca uma colherada do sorvete barato.

– Algumas não precisam – pigarreio, constrangido. – Ou, está bem, as pessoas compensam... Elas se ajustam... – Outra longa pausa – As pessoas podem se acostumar a qualquer coisa, certo? – pergunto – O hábito faz coisas com a gente.

Outra longa pausa. Confusa, ela diz:

– Eu não sei. Acho que sim... mas mesmo assim, a gente tem de manter... um índice maior de coisas boas do que de... coisas más, neste mundo – e acrescenta – quero dizer, certo? – Ela parece intrigada, como se estranhasse as palavras que acaba de dizer.

Do rádio gritante de um táxi, Madonna diz outra vez "*life is a mystery, everyone must stand alone...*". Sobressaltado com a risada que vem da mesa ao lado, inclino a cabeça e ouço alguém dizer "às vezes a roupa que você usa no escritório faz toda a diferença", e então Jean diz alguma coisa e eu peço a ela para repetir.

— Você nunca desejou fazer alguém feliz? — pergunta ela.

— O quê? — tento prestar atenção. — Jean?

Timidamente ela repete a pergunta.

— Você nunca desejou fazer alguém feliz?

Olho para ela, uma onda de medo, fria e distante me envolve, borrifando alguma coisa. Pigarreio outra vez e procuro falar em tom decidido.

— Outra noite fui ao Sugar Reef... aquele lugar estilo Caribe, no Lower East Side... você conhece...

— Com quem você estava? — interrompe Jean.

Jeanette.

— Evan McGlinn.

— Ah — ela faz um gesto afirmativo, aliviada, acreditando em mim.

— Bem... — continuo, depois de um suspiro. — Vi um cara no banheiro dos homens... um típico... cara de Wall Street... com um terno de viscose, lã e náilon, um botão, etiqueta... Luciano Soprani... uma camisa de algodão... Gitman Brothers... gravata de seda da Ermenegildo Zegna e, quero dizer, reconheci o cara, um corretor, chamado Eldridge... eu o tenho visto no Harry's e no Au Bar e no DuPlex e no Alex Goes to Camp... todos os lugares, mas... quando me aproximei vi... que ele estava escrevendo... alguma coisa na parede acima do... mictório. — Faço uma pausa, tomo um gole da cerveja dela. — Quando ele me viu... parou de escrever... guardou a caneta Mont Blanc... fechou o zíper da calça... disse "como vai, Henderson...", verificou o cabelo no espelho, tossiu... como se estivesse nervoso ou... coisa assim e... saiu do banheiro. — Faço outra pausa, torno outro gole. — Então... eu me adiantei para usar... o mictório e... me inclinei para a frente... para ler o que ele... tinha escrito. — Estremeço e enxugo a testa com um guardanapo.

— E o que era? — pergunta Jean, cautelosamente.

Fecho os olhos, três palavras caem da minha boca, estes lábios:

– Matem... Todos... Yuppies.

Jean não diz nada.

Para quebrar o silêncio constrangido, digo a única coisa que me vem à mente.

– Você sabia que o nome do primeiro cachorro de Ted Bundy, um collie, era Lassie? – Pausa – Já tinha ouvido essa?

Jean olha para o prato como se o que havia nele a confundisse, depois outra vez para mim.

– Quem é... Ted Bundy?

– Esqueça – eu digo.

– Escute, Patrick. Precisamos conversar sobre uma coisa – diz ela. – Pelo menos eu preciso.

...onde havia natureza e terra, vida e água, eu vi uma paisagem deserta que não tinha fim, uma espécie de cratera, tão despida de razão e luz e espírito que a mente não podia compreendê-la em qualquer nível da consciência e, se você se aproximava, a mente recuava, incapaz de compreendê-la. Era uma visão tão clara e real e vital para mim, quase abstrata na sua pureza. Era isso que eu podia compreender, era assim que eu vivia a minha vida, como eu explicava meu movimento no mundo, como eu tratava o tangível. Essa era a geografia ao redor da qual girava a minha realidade: *jamais* me ocorreu que as pessoas eram boas ou que um homem era capaz de mudar ou que o mundo poderia ser um lugar melhor para quem sente prazer num sentimento, num olhar, num gesto, ou por receber o amor ou a bondade de outra pessoa. Nada era afirmativo, a expressão "generosidade de espírito" não se aplica a coisa alguma, era um chavão, uma espécie de piada sem graça. O sexo é matemática. A individualidade não conta mais. O que significa a inteligência? Defina a razão. Desejo – sem sentido. Intelecto não é uma cura. A justiça está morta. Medo, recriminação, inocência, simpatia, culpa, desperdício, fracasso, dor eram coisas, emoções, que ninguém mais sentia realmente. A reflexão não tem utilidade, o mundo não tem significado. O mal é a única coisa permanente, Deus não está vivo. Não se pode confiar no amor. Superfície, superfície, superfície era tudo em que se podia encontrar significado... isso era a civilização como eu a via, colossal e andrajosa...

– ...e não me lembro com quem você estava falando... não importa. O fato é que você foi muito decisivo, e ao mesmo tempo... muito suave e, eu acho, foi quando percebi... – Jean põe a colher no prato, mas não estou olhando para ela. Estou olhando para os táxis que passam na Broadway, mas eles não podem evitar que as coisas continuem, porque Jean diz o seguinte: – Uma porção de gente parece ter... – para, continua, hesitante – perdido contato com a vida e eu não quero estar entre elas. – Depois que o garçom leva o prato, ela diz: – Não quero me machucar.

Acho que estou balançando a cabeça afirmativamente.

– Aprendi o que é ser só e... acho que estou apaixonada por você. – Ela diz a última frase rapidamente, com relutância.

Com temor quase supersticioso, volto-me para ela, tomo um gole de Evian e então, sem pensar, digo, sorrindo.

– Eu amo outra pessoa.

Como se o filme ganhasse velocidade, ela sorri imediatamente, olha para o lado, para baixo, embaraçada.

– Eu... bem... sinto muito, que coisa.

– Mas... – acrescento, em voz baixa – você não deve ter... medo.

Ela ergue os olhos para mim, repletos de esperança.

– Alguma coisa pode ser feita a esse respeito – eu digo. Então, sem saber por que disse isso, modifico a afirmação, dizendo sem rodeios. – Talvez não possa. Eu não sei. Tenho passado muito tempo com você, portanto, não é como se eu não me importasse.

Ela faz um gesto afirmativo.

– Você não devia jamais confundir afeição com... paixão – eu aconselho. – Pode não ser... nada bom. Pode... criar, bem, muita encrenca pra você.

Ela está calada e de repente percebo sua tristeza, plana e calma, como um devaneio.

– O que está tentando dizer? – pergunta ela, suavemente, corando.

– Nada. Estou só... comentando que... as aparências enganam.

Ela olha para o *Time* grosso, dobrado sobre a mesa. As folhas mal estremecem com a brisa leve.

– Por que... está me dizendo isso?

Com muito tato, quase tocando a mão dela, mas controlando-me a tempo, digo:

– Só quero evitar mal-entendidos futuros. – Uma mulher de corpo firme passa na rua. Olho para ela, depois para Jean. – Ora, vamos, não fique assim. Não tem do que se envergonhar.

– Não estou envergonhada – diz ela, procurando parecer descontraída. – Só quero saber se o desapontei com minha confissão.

Como Jean poderia compreender que nada pode me desapontar porque não acho nada digno de ser desejado?

– Você não sabe muito a meu respeito, sabe? – pergunto, em tom de brincadeira.

– Sei o bastante – essa é a primeira resposta, mas então ela balança a cabeça. – Tudo bem, vamos esquecer. Cometi um erro. Desculpe. – No momento seguinte, muda de opinião. – Quero saber mais – diz, muito séria.

Penso um pouco antes de responder.

– Tem certeza?

– Patrick – diz ela, com voz entrecortada. – Sei que minha vida seria... muito mais vazia sem você...

Considero isso também, balançando a cabeça pensativamente.

– E eu simplesmente não posso... – para de falar, frustrada – não posso fingir que esses sentimentos não existem, posso?

– Shhh...

...há uma ideia de um Patrick Bateman, uma espécie de abstração, mas não existe um eu real, apenas uma entidade, algo ilusório, e embora eu possa esconder meu olhar frio e você possa apertar minha mão e sentir a carne apertando a sua e talvez você possa até pensar que podemos comparar nossos estilos de vida, eu *simplesmente não estou aqui*. É difícil para mim fazer sentido em qualquer nível dado. Meu eu é inventado, uma aberração. Sou um ser humano nada contingente. Minha personalidade é vaga e informe, minha falta de sentimento é profunda e persistente. Minha consciência, minha piedade, minhas esperanças desapareceram há muito tempo (provavelmente em Harvard), se é que jamais existiram. Não há nenhuma outra barreira a ser vencida. Tudo que tenho em comum com o incontrolável e o insano, o cruel e o mal, todo o horror que causei e minha total indiferença a ele, já superei. Porém, acredito ainda numa terrível verdade, ninguém está a salvo, nada é redimido. Contudo, sou isento de culpa. Devemos pressupor uma validade para cada modelo de comportamento humano. Você é o mal? Ou é alguma coisa que você faz? Minha dor é aguda e constante e não espero um mundo melhor para ninguém. Na verdade, posso desejar muita dor para os outros. Não quero que ninguém escape. Mas, mesmo depois de admiti-lo – e já o admiti muitas vezes, quase em todos os atos que cometi –, e enfrentando essas verdades, não há catarse. Não adquiro um conhecimento mais profundo a meu respeito, nenhuma nova compreensão pode ser tirada se eu contar para alguém. Não há nenhuma razão para que conte tudo isso. Esta confissão não significa *coisa alguma...*

Pergunto a Jean.

– Quantas pessoas existem no mundo iguais a mim?

Ela pensa, responde cautelosamente.

– Eu acho que... nenhuma? – está conjeturando.

– Vou perguntar de outro mo... Espere, como está o meu cabelo? – pergunto, interrompendo a mim mesmo.

– Humm, ótimo.

– Tudo bem. Vou perguntar de outro modo – tomo um gole da cerveja dela. – Muito bem. *Por que* você gosta de mim?

Outra pergunta.

– *Por quê?*

– Sim – digo. – Por quê?

– Bem... – uma gota de cerveja cai na minha camisa Polo. Ela me dá o guardanapo. Um gesto comum que me comove. – Você... preocupa-se com os outros – diz ela, hesitante. – É uma coisa muito rara nisto que – outra pausa – é... eu creio, um mundo hedonista. Isto é... Patrick, você está me deixando embaraçada – balança a cabeça, fecha os olhos.

– Continue – insisto – Por favor. Quero saber.

– Você é um amor – vira os olhos para o alto –, isso quer dizer... sexy... eu não sei. Mas *mistério*... também é – silêncio. – E eu acho que... mistério... você é misterioso. – Silêncio, acompanhado por um suspiro. – E você é... delicado. – Ela compreende alguma coisa então, e já sem medo, olha nos meus olhos. – E eu acho que os homens tímidos são românticos.

– Quantas pessoas no mundo são iguais a mim? – pergunto outra vez. – É isso mesmo que eu pareço?

– Patrick – diz ela. – Eu não ia mentir.

– Não, é claro que não... mas acho que... – Minha vez de suspirar, pensativo. – Eu acho... você sabe o que dizem, que não existem dois flocos de neve iguais?

Ela balança a cabeça afirmativamente.

– Muito bem, acho que não é verdade. Acho que uma porção de flocos de neve são iguais... e acho que uma porção de gente também é igual.

Outro gesto afirmativo, embora eu perceba que ela está bastante confusa.

– As aparências *podem* enganar – admito, cautelosamente.

– Não – diz ela, balançando a cabeça, segura do que diz, pela primeira vez. – Eu não acho que enganam. Aparências não enganam.

– Às vezes, Jean – explico –, as linhas que separam a aparência, o que você vê, e a realidade, o que você não vê, tornam-se, bem, muito imprecisas.

– Não é verdade – insiste ela. – Simplesmente não é verdade.

– Não mesmo? – pergunto, sorrindo.

– Eu não pensava assim – diz ela. – Acho que dez anos atrás eu não costumava pensar assim. Mas penso agora.

– O que quer dizer? – pergunto, interessado. – Você não *costumava*?

...um fluxo de realidade. Tenho a estranha impressão de que este é um momento crucial na minha vida e espanta-me o inesperado do que acho que pode passar por uma revelação. Não posso oferecer a ela nada de valor. Pela primeira vez vejo Jean desinibida. Parece mais forte, menos controlável, procurando me levar a uma terra nova e desconhecida – a incerteza assustadora de um mundo totalmente diferente. Sinto que ela quer reformar minha vida de modo significativo, seus olhos me dizem isso e penso ver a verdade neles, sei também que um dia, num dia muito próximo, ela será acorrentada ao ritmo da minha insanidade. Tudo que tenho a fazer é guardar silêncio sobre isso, não tocar no assunto – mesmo assim ela me enfraquece, é quase como se *ela* estivesse decidindo quem eu sou, e a meu modo, com minha determinada obstinação, posso admitir um sentimento agudo, algo que se aperta dentro de mim e antes de poder me controlar, quase num atordoamento, reconheço que posso aceitar, embora sem retribuir, o seu amor. Imagino se nesse momento, ali no Nowheres, ela pode ver as nuvens escuras que se erguem no fundo dos meus olhos. E, embora o frio que sempre me envolve tenha me deixado, a insensibilidade ainda está comigo e acho que sempre estará. Este relacionamento provavelmente não levará a nada... isso não muda coisa alguma... Eu a imagino com cheiro de coisa limpa, como chá...

– Patrick... fale comigo... não fique tão preocupado – ela está dizendo.

– Acho que... está na hora... de examinar com atenção... o mundo que eu criei – digo, com voz chorosa e entrecortada, e para minha surpresa, admito: – Eu encontrei... meio grama de cocaína... no meu armário, ontem... à noite. – Aperto uma das mãos contra a outra, formando um grande punho fechado, de juntas brancas.

– O que você fez com ela? – pergunta Jean.

Ponho uma das mãos sobre a mesa. Ela a segura.

– Joguei fora. Joguei tudo fora. Eu queria *fazer* aquilo – respiro fundo –, mas joguei fora.

Ela aperta minha mão com firmeza.

– Patrick? – pergunta, movendo a mão, até segurar meu cotovelo.

Quando encontro coragem de olhar para Jean, percebo com espanto o quanto ela é inútil, tediosa, fisicamente bela e a pergunta "por que não acabar com ela" flutua na minha linha de visão. Uma resposta: ela tem um corpo bem melhor do que muitas das outras mulheres que conheço. Outra: todo mundo é intercambiável, afinal. Uma a mais não vai fazer diferença. Está sentada na minha frente, tristonha, mas esperançosa, indefinida, prestes a se dissolver em lágrimas. Aperto a mão dela, em resposta, comovido, não, penalizado com a sua ignorância do mal. Ela tem de passar em mais um teste.

– Você tem uma pasta de papéis? – pergunto, engolindo em seco.

– Não – responde ela. – Não tenho.

– Evelyn sempre está com uma – menciono.

– É mesmo...? – pergunta Jean.

– E um Filofax?

– Um pequeno – admite ela.

– Exclusivo? – pergunto, desconfiado.

– Não.

Com um suspiro, seguro na minha a mão pequena e firme.

...e no deserto no sul do Sudão, o calor sobe em ondas sem ar, milhares e milhares de homens, mulheres, crianças, caminham pelo imenso cerrado, à procura de alimento. Arrasados e famintos, deixando um rastro de corpos mortos e emaciados, comem mato e folhas e... folhas de nenúfar, arrastando-se de aldeia em aldeia, morrendo lentamente, inexoravelmente; numa manhã cinzenta no deserto miserável, a poeira esvoaça no ar, uma criança com o rosto que parece uma lua negra, deitada no chão, arranha desesperadamente o pescoço, cones de poeira erguem-se do solo, rodopiam como piões, ninguém pode ver o sol, a areia cobre a criança quase morta, com os olhos esgazeados, sem piscar, agradecidos (pare e imagine, por um momento um mundo onde alguém é agradecido a alguma coisa), aquelas ruínas humanas passam pela criança, atordoadas pelo sofrimento, sem olhar para ela (não – um *deles* presta atenção, nota a agonia do menino e sorri, como quem guarda um segredo), o menino abre e fecha silenciosamente a boca seca, os lábios rachados, há um ônibus escolar ao longe, em algum lugar e em outro lugar, mais acima, no espaço, um espírito se eleva, uma porta se abre, ele pergunta "Por quê?". Um lar para os mortos, uma infinidade, pendente do vazio, o tempo se arrasta, amor e tristeza passam rapidamente pelo menino...

– Tudo bem.

Tenho a vaga impressão de ouvir um telefone em algum lugar. No Café Columbus, números incontáveis, centenas de pessoas, talvez milhares, passaram por nossa mesa durante o meu silêncio.

– Patrick – diz Jean.

Alguém empurrando um carrinho de criança para na esquina e compra uma barra de chocolate. A criança olha atentamente para Jean e para mim. Retribuímos o olhar. É realmente estranho e estou experimentando uma espécie de sensação interna espontânea, sinto que estou caminhando para perto e ao mesmo tempo para longe de alguma coisa, e qualquer coisa é possível.

ASPEN

Faltam quatro dias para o Natal, são duas horas da tarde. Estou sentado na traseira de uma limusine negra, parada na frente de prédio comum, cinzento, na Quinta Avenida, tentando ler um artigo sobre Donald Trump, no último número da revista *Fame*. Jeanette quer que eu a acompanhe, mas eu digo "esquece". Ela está com um olho roxo, porque na noite passada, durante o jantar no Marlibro, tive de convencê-la à força a pelo menos pensar em fazer isso. Depois de mais uma discussão no meu apartamento, ela consentiu. O dilema de Jeanette está fora da minha definição de culpa e durante o jantar eu disse, com franqueza, que era muito difícil para mim demonstrar uma preocupação por ela que eu não sinto. Ela chorou, soluçando alto, durante o tempo que levamos para ir de carro do meu apartamento ao Upper West Side. A única emoção clara e identificável nela é desespero e talvez mágoa e, embora eu consiga ignorá-la durante a maior parte da viagem, finalmente tenho de dizer:

– Escute, eu já tomei dois Xanax nesta manhã, portanto você não pode, de modo algum, me perturbar.

Agora, quando ela sai cambaleante da limusine para a calçada coberta de gelo, digo, num resmungo.

– É melhor assim – e oferecendo consolo. – Não leve tão a sério.

O motorista, cujo nome esqueci, a acompanha até o prédio e ela vira a cabeça para um último olhar tristonho. Com um suspiro eu aceno um adeus. Ela está ainda com a roupa da noite anterior, um casaco curto, tipo capa, com estampa de pele de leopardo, forrado com lã fina, sobre um vestido sem mangas de crepe de lã de Bill Blass. Bigfoot foi entrevistado no *Patty Winters Show* nesta manhã e para meu espanto eu o achei surpreendentemente articulado e encantador. O copo em que eu estou bebendo vodca Absolut é finlandês. Estou muito bronzeado de sol, comparado a Jeanette.

O chofer sai do prédio, ergue o polegar, dá partida com cuidado na limusine e iniciamos a viagem para o aeroporto JFK, onde meu voo para Aspen vai partir dentro de noventa minutos. Quando eu voltar, em janeiro, Jeanette estará fora do país. Reacendo um charuto, procuro o cinzeiro. Há uma igreja na esquina. Quem se importa? Esta é, eu suponho, a quinta criança que eu abortei, a terceira que eu não abortei pessoalmente (uma estatística sem sentido, devo admitir). O vento sopra lá fora e a chuva fria atinge os vidros escuros do carro em ondas regulares, imitando provavelmente o choro de Jeanette na sala de cirurgia, atordoada pela anestesia, pensando em alguma lembrança do passado, um momento em que o mundo era perfeito. Resisto ao impulso de começar a rir histericamente.

No aeroporto, recomendo ao chofer que pare na loja de brinquedos Schwarz antes de apanhar Jeanette e comprar o seguinte: uma boneca, um chocalho, um mordedor de borracha, um ursinho branco de pelúcia, e arrume tudo, desembrulhado, no banco de trás, para ela. Jeanette vai ficar bem – tem a vida toda pela frente (isto é, se antes não se encontrar comigo).

Além disso, seu filme favorito é *Pretty in Pink* e acha Sting o máximo, portanto, o que está acontecendo não é totalmente imerecido e não se pode ter pena dela. Estes não são tempos para os inocentes.

O DIA DOS NAMORADOS

MANHÃ DE TERÇA-FEIRA E ESTOU DE PÉ, ao lado da mesa, falando no telefone com meu advogado, alternando minha atenção entre o *Patty Winters Show* e a empregada que encera o chão, limpa as manchas de sangue das paredes, joga fora os jornais cheios de sangue coagulado, sem uma palavra. Vagamente penso que ela também está perdida num mundo de merda, completamente mergulhada nela, e isso me faz lembrar de que o afinador de piano virá nesta tarde e preciso avisar o porteiro para deixá-lo entrar. Não que o Yamaha tenha sido usado alguma vez, mas uma das mulheres caiu sobre ele e algumas cordas (que usei depois) se soltaram ou arrebentaram, ou coisa parecida. No telefone estou dizendo, "preciso de mais isenções de impostos". Patty Winters na tela da televisão pergunta a uma criança, de oito ou nove anos, "mas essa não é uma outra palavra para orgia?" O tempo apita no micro-ondas. Estou esquentando um suflê.

Não adianta negar, foi uma péssima semana. Comecei a beber minha própria urina. Dou risadas espontâneas sem nenhum motivo. Às vezes durmo debaixo do meu colchão de ar. Estou usando o fio dental constantemente, até ferir as gengivas e sentir gosto de sangue. Ontem à noite, antes do jantar, no 1500, com Reed Goodrich e Jason Rust, quase fui apanhado no Federal Express, em Times Square, quando tentava enviar à mãe de uma das jovens que matei na semana passada o que devia ser um coração marrom, ressecado. E, para Evelyn consegui enviar pelo Federal Express, do escritório, uma pequena caixa cheia de moscas, com um bilhete, datilografado por Jean, dizendo que eu não queria ver a cara dela *nunca* mais e que, embora ela não precisasse, devia fazer uma droga qualquer de dieta. Mas, para comemorar a data, fiz também coisas que as pessoas comuns considerariam agradáveis, certas coisas que comprei e mandei entregar no apartamento de Jean nesta manhã. Guardanapos de algodão Castellini, do Bendel's, uma cadeira de vime de Jenny B. Goode, uma toalha de mesa de tafetá, da Barney's, uma bolsa de cota de malha e um conjunto para penteadeira, de prata de lei, do Macy's, um porta-bibelô de pinho branco, de Conran's, uma pulseira trabalhada em estilo eduardiano de ouro de nove quilates da Bergdorfs e centenas e centenas de rosas vermelhas e brancas.

O escritório. Letras das músicas de Madonna invadem bruscamente minha cabeça, anunciadas de modo cansativo e familiar, e olho para o espaço, meus olhos iluminam-se, preguiçosos, enquanto tento esquecer o dia que me espera, ameaçador, mas então, uma frase que me enche de inominável pavor insiste em interromper as canções de Madonna – "fazenda isolada" –, e volta com insistência uma vez, outra e mais outra. Alguém que venho evitando há um ano, um chato da *Fortune*, que quer escrever um artigo a meu respeito, telefona outra vez nesta manhã e eu acabo telefonando para ele e marcando a entrevista. Craig McDermott está passando por uma crise de faxmania e não atende meus telefonemas, preferindo a comunicação por fax. O *Post* desta manhã diz que os corpos de três pessoas desaparecidas a bordo de um iate, em março, foram encontrados no East River, congelados, cortados em pedaços e salgados. Algum maníaco está solto pela cidade envenenando as garrafas de litro de água mineral Evian, dezessete pessoas já morreram. Fala dos zumbis, do estado de espírito do povo, da crescente obra do acaso, dos vastos abismos de incompreensão.

E, como deveria ser, Tim Price volta à superfície, ou pelo menos eu tenho certeza disso. Enquanto estou à minha mesa riscando os dias já passados no meu calendário e ao mesmo tempo lendo um novo best-seller sobre gerenciamento de escritórios intitulado *Por que ser um cretino dá resultado*, Jean interfona que Tim Price quer falar comigo e eu, um tanto temeroso, digo "Mande... entrar". Price entra no escritório com um terno de lã Canali Milano, uma camisa de algodão Ike Behar, gravata de seda da Bill Blass, sapatos de couro de bico redondo, da Brooks Brothers. Finjo que estou falando no telefone. Ele senta, de frente para mim, do outro lado da mesa Palazzetti com tampo de vidro. Tenho a impressão de ver uma mancha na testa dele. A não ser isso, parece extraordinariamente em forma. Nossa conversa provavelmente se parece um pouco com isto, mas é na verdade mais curta.

– Price – digo, apertando a mão dele. – Por onde tem andado?

– Ah, fazendo a ronda – ele sorri. – Mas, veja, estou de volta.

– Legal – dou de ombros, confuso. – Como foi... a coisa?

– Foi... surpreendente – dá de ombros também. – Foi... deprimente.

– Pensei que ia vê-lo em Aspen – murmuro.

– Ei, como vai você, Bateman? – pergunta ele.

– Estou bem – respondo, engolindo em seco. – Apenas... existindo.

– E Evelyn? – quer saber ele. – Como ela vai?

– Bem, nós terminamos – digo com um sorriso.

– Uma pena – ele pensa um pouco, lembra de alguma coisa e pergunta. – Courtney?

– Casou com Luis.

– Grassgreen?

– Não, Carruthers.

Ele pensa nisso também.

– Tem o telefone dela?

Enquanto escrevo o número para ele, menciono.

– Você esteve fora uma eternidade, Tim. Qual é a história? – pergunto, notando outra vez a mancha na testa, embora com a sensação de que se perguntasse a qualquer pessoa se a mancha existia de fato, ia me responder que não.

Ele levanta da cadeira, apanha o cartão.

– Eu já voltei há algum tempo. Provavelmente nos desencontramos. Você perdeu o caminho. Por causa da mudança – faz uma pausa, irônico. – Estou trabalhando para o Robinson. Braço direito, você sabe?

– Amêndoas? – pergunto oferecendo uma, num esforço fútil para disfarçar meu desapontamento com sua atitude presunçosa.

Ele bate nas minhas costas e diz.

– Você é um louco, Bateman. Um animal. Um completo animal.

– Não posso discordar – dou uma risada amarela e o acompanho até a porta.

Quando ele vai embora, fico imaginando e não imaginando o que acontece no mundo de Tim Price, que é, na verdade, o mundo de quase todos nós: grandes ideias, coisas de homem, o rapaz que conhece o mundo, o rapaz que ganha o mundo.

Mendigo na Quinta Avenida

Estou voltando do Central Park onde, perto do zoológico infantil, próximo do lugar onde assassinei o garoto McCaffrey, dei aos cães que passavam pedaços do cérebro de Ursula. Caminhando na Quinta Avenida, mais ou menos às quatro horas da tarde, todos na rua parecem tristes, o ar está repleto de podridão, corpos jazem na calçada fria, quilômetros deles, alguns se mexem, outros não. A história está naufragando e poucos percebem vagamente que as coisas estão ficando péssimas. Aviões voam baixo sobre a cidade, passando na frente do sol. O vento castiga a Quinta, depois entra na Rua Cinquenta e Sete. Bandos de pombos levantam voo em câmara lenta e sobem bruscamente para o céu. O cheiro de castanhas queimadas mistura-se à fumaça de monóxido de carbono. Noto que a silhueta dos edifícios contra o céu mudou recentemente. Ergo os olhos e admiro a Trump Tower, alta, cintilando orgulhosa no sol do fim de tarde. Na frente dela dois adolescentes negros e espertos estão "limpando" os turistas num jogo de monte com três cartas e tenho vontade de acabar com eles.

Um mendigo que eu ceguei numa primavera está sentado num cobertor sujo e rasgado na esquina da Rua Cinquenta e Cinco. Chego mais perto, vejo o rosto deformado do homem e leio a tabuleta dependurada no seu pescoço: VETERANO DA

GUERRA DO VIETNÃ CEGO EM COMBATE. POR FAVOR. ME AJUDE. NÓS TEMOS FOME E NÃO TEMOS CASA. Nós? Então, vejo o cão, que olha desconfiado para mim e, quando me aproximo do dono, levanta, rosnando e quando fico de pé ao lado do mendigo, ele finalmente começa a latir, abanando a cauda freneticamente. Ajoelho, ergo a mão ameaçadora para o animal. O cão recua, arrastando as patas quebradas.

Tirei a carteira do bolso, finjo deixar cair um dólar na caneca vazia, mas então penso, por que me dar ao trabalho de fingir. Ninguém está vendo, muito menos *ele*. Afasto o dinheiro da caneca, inclino-me para a frente. Ele percebe minha presença e para de sacudir a caneca. Os óculos escuros não cobrem os ferimentos feitos por mim. O nariz está tão deformado que parece impossível respirar por ele.

– Você nunca esteve no Vietnã – murmuro no seu ouvido. Depois de um silêncio, durante o qual ele urina na calça e o cão começa a ganir, ele diz com voz rouca:

– Por favor... não me machuque.

– Por que ia perder meu tempo? – murmuro, enojado.

Afasto-me do mendigo e vejo uma garotinha fumando um cigarro, pedindo trocados, ao lado da Trump Tower. Digo "oi" e ela diz "oi". No *Patty Winters Show* desta manhã um *Cheerio* sentado numa cadeira muito pequena foi entrevistado durante quase uma hora. Depois, nesta tarde, uma mulher com um casaco de raposa prateada e vison teve o rosto anavalhado na frente do Stanhope por um ativista ecológico enraivecido. Mas agora, olhando ainda para o mendigo, no outro lado da rua, compro uma barra de chocolate com coco e encontro um pedaço de osso dentro dela.

O NOVO CLUBE

NA QUINTA-FEIRA À NOITE, encontro Harold Carnes na festa de inauguração de um novo clube chamado Fim do Mundo, no lugar em que era antes o Petty's, no Upper East Side. Estou numa mesa com Nina Goodrich e Jean, e Harold está no bar, de pé, tomando champanhe. Estou suficientemente embriagado para reclamar, afinal, a falta de resposta à mensagem que deixei na sua secretária eletrônica. Peço licença, levanto da mesa e atravesso a sala, na direção do bar, sentindo que preciso do reforço de um martíni antes de começar a discussão com Carnes (tive uma semana *muito* instável – eu me surpreendi soluçando durante um episódio do *Alf* na televisão). Nervoso, eu me aproximo. Harold está com um terno de lã de Gieves & Hawkes, gravata de seda trançada, camisa de algodão Paul Stuart e parece mais gordo do que eu me lembro.

– Tem de admitir – ele está dizendo para Truman Drake – que os japoneses serão os donos deste país no fim da década de 90.

Tranquilizado por ver que Harold continua a dispensar informação *nova* e valiosa, com adição de um fraco, mas inconfundível, que Deus me perdoe, sotaque inglês, encontro coragem para dizer:

– Cala a boca, Carnes, *não* vai acontecer nada disso. – Tomo o martíni Stoli e Carnes, evidentemente chocado, escandalizado mesmo, volta-se para mim com um sorriso incerto no rosto gordo. Atrás de nós, alguém está dizendo "Mas veja o que aconteceu com Gekko...".

Truman Drake bate nas costas de Harold e me pergunta:

– Existe uma largura de suspensórios mais adequada do que as outras?

Irritado, eu o empurro para o meio da sala e ele desaparece.

– Então, Harold – eu digo –, recebeu meu recado?

A princípio, Carnes parece confuso, acende um cigarro e, finalmente diz, com uma risada.

– Ora, Davis. Sim, foi hilário. Era *você* mesmo, não era?

– É claro – pisco os olhos, resmungo alguma coisa, abanando a fumaça do cigarro da frente do rosto.

– Bateman matou Owen e a moça de programa? – ele continua a rir, baixinho. – Ah, foi um barato. O fino, como dizem no Groucho Club. O fino. – Então acrescenta, Desapontado: – Era um recado bem comprido, não era?

Sorrindo idiotamente, eu digo:

– Mas o que você quer dizer, exatamente, Harold? – Secretamente penso que este cretino gordo nunca poderia entrar no Groucho Club e, se conseguisse, admitir desse jeito obliterava o fato de ter sido aceito.

– Ora, o recado que você deixou. – Carnes já está olhando em volta, acenando para vários casais e mulheres. – A propósito, Davis, como vai Cynthia? – Aceita um copo de champanhe do garçom que passa por nós. – Ainda está saindo com ela, não está?

– Mas, espere, Harold. O que você quer dizer? – repito, enfaticamente.

Ele já está farto, desatento, não está ouvindo e pedindo licença, diz:

– Nada. Foi bom ver você. Meu Deus, aquele é Edward Towers?

Estico o pescoço para ver, depois volto para Harold.

– Não – eu digo. – Carnes? *Espere.*

– Davis – diz ele com um suspiro, como se estivesse tentando pacientemente explicar alguma coisa a uma criança. – Não gosto de falar mal dos outros, sua piada *foi* divertida. Mas, tem de admitir, cara, que cometeu um erro fatal. Bateman é um adulador tão nojento, um emproado tão metido a besta que não dá nem para apreciar a graça. Fora isso, foi divertida. Agora, vamos almoçar, ou jantar no 150 Wooster ou alguma coisa assim, com McDermott ou Preston. Um doido completo.

– O que você disse, Carnes? – Arregalo os olhos, completamente ligado, embora não tenha tomado nenhuma droga. – Do que está *falando*? Bateman é o *quê*?

– Ora, pelo amor de Deus, homem. Por que você acha que Evelyn deu o fora nele? Você sabe. Ele mal consegue *pegar uma* garota de programa, quanto mais... o que você disse que ele fez com ela? – Harold está ainda olhando distraído em volta e acena para outro casal, erguendo o copo de champanhe. – Ah, sim, ele a "cortou em pedaços" – começa a rir outra vez, mas agora, delicadamente. – Agora, se me der licença, preciso ir.

– Espere. Pare – eu grito, erguendo os olhos para o rosto de Carnes, para me certificar de que vai me ouvir. – Você parece que não entende. Não está entendendo nada. *Eu* o matei. Fui *eu*, Carnes. *Eu* cortei fora a maldita cabeça de Owen. *Eu* torturei dezenas de garotas. Tudo aquilo que eu disse na sua secretária é *verdade.* – Estou exausto, não pareço calmo, perguntando a mim mesmo por que isso não me parece uma bênção.

– Com licença – diz ele, tentando ignorar minha explosão. – *Preciso* mesmo ir.

– Não! – eu grito – Carnes, escute. Escute com muita atenção. Eu matei Paul Owen e gostei de fazer isso. Não posso ser mais claro. – A tensão me faz engasgar com as palavras.

– Mas isso simplesmente não é possível – diz ele, empurrando-me para o lado. – Não estou achando graça nenhuma.

– Nunca tive intenção de fazer graça! – eu berro – Por que não é possível?

– Porque não é – diz ele, olhando preocupado para mim.

– Por que não? – grito outra vez, abafando a música, embora não seja preciso e acrescento. – Seu cretino idiota.

Ele olha para mim como se estivéssemos debaixo d'água e grita também, com voz clara, acima do vozerio do clube.

– Porque... eu... jantei... com Paul Owen... duas vezes... em Londres... *dez dias atrás.*

Olhamos um para o outro durante o que me pareceu um minuto e eu finalmente achei coragem para dar uma resposta, mas não há autoridade na minha voz e nem sei se acredito em mim mesmo quando digo, simplesmente.

– Não, você... não jantou – mas sai como uma pergunta, não uma afirmação.

– E agora, Donaldson – diz Carnes, tirando minha mão do seu braço. – Se me der licença.

– Ah, eu dou – digo com ironia.

Volto para a mesa onde agora estão também John Edmonton e Peter Beavers e procuro me acalmar com um Halcion antes de levar Jean para casa e voltar para a minha. Jean está com um vestido Oscar de la Renta. Nina Goodrich estava com um vestido Matsuda enfeitado com lantejoulas e não quis me dar o número de seu telefone, embora Jean estivesse no toalete no andar de baixo, naquele momento.

Chofer de táxi

Outra cena fragmentada do que supostamente é minha vida passa-se na quarta-feira e parece indicar uma falta, mas não sei de quem. Preso no engarrafamento num táxi, depois do café da manhã no Regency, com Peter Russell, meu revendedor, antes de arranjar um emprego de verdade, e Eddie Lambert. Russell estava com um paletó esporte Redaelli, de algodão, dois botões, camisa de algodão Hackert, gravata Richel de seda, calça Krizia Uomo de lã, com pregas, e sapatos de couro Cole-Haan. O *Patty Winters Show* desta manhã foi sobre garotas da quarta série que trocavam sexo por crack e eu quase cancelei o encontro com Lambert e Russell para assistir. Russell fez o pedido para mim, enquanto eu estava falando ao telefone no saguão do hotel. Infelizmente ele pediu um café completo com alto índice de gordura e sódio e, antes que eu compreendesse o que estava acontecendo, waffles com ervas e presunto com molho Madeira, salsichas fritas e bolo de café com creme de leite foram levados para a mesa e tive de pedir ao garçom um bule de chá descafeinado, algumas fatias de manga com amoras e uma garrafa de Evian. À luz do começo da manhã, que entrava pródiga, pela janela do Regency, vi nosso garçom picar, elegantemente, trufas negras sobre os ovos quentes de Lambert. Ofendido, exigi que ele fizesse o mesmo sobre minhas fatias de manga. Não aconteceu muita coisa durante o café. Tive de dar outro telefonema e quando voltei percebi que faltava uma fatia de manga, mas não acusei ninguém. Estava pensando em outras coisas: em como ajudar as escolas americanas, na ausência de confiança, em carteiras, numa nova era de possibilidades e no que havia para mim nisso tudo, em comprar entradas para a *Threepenny Opera*, com Sting, que acabava de ser lançada na Broadway, em como ganhar mais e lembrar menos...

No táxi estou com um sobretudo de cashmere de lã, jaquetão Ferré, do Studio 000.1, terno de lã com alça pregueada De Rigueur, do Schoeneman, gravata Givenchy Gentleman, de seda, meias Interwoven, sapatos Armani, lendo o *Wall Street Journal* com meus óculos Ray-Ban e ouvindo uma fita de Bix

Beiderbecke no Walkman. Deixo o *Journal* e apanho o *Post* só para ver a Page Six. No sinal da esquina da Sétima com a Rua Trinta e Quatro, tenho a impressão de ver no táxi, ao lado do meu, Kevin Gladwin, com um terno Ralph Lauren. Abaixo os óculos escuros. Kevin ergue os olhos do último número da revista *Money* e me surpreende olhando para ele de modo estranho, antes de seu táxi seguir caminho. Meu táxi livra-se de repente do engarrafamento e entra à direita na West Side Highway, a caminho da Wall Street. Ponho o jornal no banco e me concentro na música e no tempo, como está frio para essa época do ano e só então noto que o chofer está me observando pelo retrovisor. A suspeita e a avidez distorcem seu rosto – uma massa de poros sujos e cabelos encravados. Suspiro, já esperando por isso, e o ignoro. "Abra o capô de um carro e vai saber muita coisa sobre as pessoas que o projetaram" é uma das muitas frases que me torturam.

Mas o chofer bate com a mão fechada na divisória de vidro, fazendo sinais para mim. Enquanto tiro o Walkman dos ouvidos, noto que ele trancou todas as portas – num instante vejo os fechos serem abaixados, ouço os estalidos assim que diminuo o volume. O táxi está correndo mais do que deve naquela avenida, na pista da direita.

– Sim? – pergunto, irritado – O que é?

– Ei, eu não o conheço? – pergunta ele com um sotaque carregado, indefinido, que tanto pode ser de Nova Jersey quanto do mediterrâneo.

– Não – começo a ajeitar o Walkman no ouvido outra vez.

– Parece que o conheço – diz ele. – Como se chama?

– Não, você não me conhece. E eu não o conheço – e numa inspiração de momento, acrescento: – Chris Hagen.

– Deixe de brincadeira – ele está sorrindo como se houvesse alguma coisa errada. – Eu sei quem você é.

– Trabalhei num filme. Sou ator – eu digo. – Modelo.

– Não, não é nada disso – diz ele, carrancudo.

– Tudo bem – digo, inclinando-me para a frente para ver o nome dele no painel –, Abdullah, você é sócio da M.K.?

Ele não responde. Torno a abrir o *Post* e vejo uma foto do prefeito fantasiado de abacaxi. Fecho o jornal e volto a fita no meu Walkman. Começo a contar mentalmente – um, dois, três, quatro – olho para o taxímetro. Por que não apanhei um revólver nesta manhã? Porque achei que não ia precisar. A única arma que tenho é a faca que usei ontem à noite.

– Não – diz ele outra vez. – Já o vi em algum lugar.

Finalmente, furioso, pergunto, procurando parecer despreocupado:

– Viu? *Mesmo*? Interessante. Preste atenção na estrada, Abdullah.

Durante uma pausa ameaçadora ele olha fixamente para mim no retrovisor e o sorriso desaparece dos seus lábios. Seu rosto está completamente sem expressão.

– Eu sei, cara, eu sei quem você é – balança a cabeça afirmativamente, com os lábios cerrados. Desliga o rádio que transmitia o noticiário.

Os prédios passam por nós numa névoa vermelho-cinza, o táxi passa por outros táxis, o céu passa de azul para roxo para negro de novo azul. Em outro sinal – com luz vermelha que ele avança direto – passamos por um novo D'Agostino, no outro lado da West Side Highway, na esquina onde era o Mars, o que me comove quase até as lágrimas, porque sinto saudades do mercado (embora nunca tenha feito compras nele), como sinto de quase tudo e quase mando o chofer parar, deixar-me sair do carro, ficar com o troco da nota de dez dólares – não, de vinte – mas não posso porque ele está correndo muito e algo intervém, algo incrível e ridículo, e tenho a impressão de que ele está dizendo.

– Você é o cara que matou Solly – com um esgar decidido.

Como todo o resto, a coisa acontece rapidamente, embora pareça um teste de resistência.

Engulo em seco, abaixo os óculos escuros, digo a ele para ir mais devagar e pergunto.

– Posso perguntar quem é Solly?

– Cara, sua fachada está num pôster de "procurado" no centro da cidade – diz ele, com segurança.

– Acho que quero parar aqui – consigo dizer com voz rouca.

– Você é o cara, certo? – olha para mim como se eu fosse uma víbora.

Um táxi vazio com a luz acesa passa por nós, mais ou menos a cento e trinta. Não digo nada, apenas balanço a cabeça.

– Vou anotar – engulo em seco, tremendo, abro meu caderno de notas com capa de couro, tiro a caneta Mont Blanc da pasta Bottega Veneta – o número de sua licença.

– Você matou Solly – diz ele, reconhecendo-me definitivamente de algum lugar, impedindo outra negação da minha parte com um rosnado. – Seu filho da puta.

Perto das docas, no centro da cidade, ele sai da via expressa e segue para a extremidade de um estacionamento deserto e então, de repente, quando atravessamos uma cerca de alumínio quebrada e enferrujada, seguindo na direção da água, penso que tudo que tenho a fazer é pôr meu Walkman nos ouvidos para não ouvir o chofer, mas minhas mãos estão fechadas, paralisadas, e não consigo abrir os dedos, prisioneiro no táxi que se dirige velozmente para algum lugar que só o chofer, evidentemente doido, conhece. Os vidros estão meio abaixados e sinto o ar frio da manhã secando a musse no meu cabelo. Minha visão: uma estrada no inverno. Mas tenho um consolo: sou rico – milhões de pessoas não são.

– Você me identificou erradamente – estou dizendo. Ele para o carro e vira para trás. Tem na mão um revólver cuja marca não consigo identificar. Olho para ele e a expressão do meu rosto não é mais de intrigada curiosidade.

– O relógio. O Rolex – diz ele, simplesmente.

Escuto, em silêncio, encolhendo-me no banco. Ele repete.

– O *relógio*.

– Isso é uma piada? – pergunto.

– Saia do carro – diz ele furioso. – Dê o fora do carro, porra.

Pelo para-brisa, atrás da cabeça dele, vejo as gaivotas voando baixo sobre a água escura, abro a porta e saio do carro cautelosamente, sem nenhum movimento brusco. O dia está frio. O vento apanha o vapor da minha respiração e o faz girar no ar.

– O relógio, seu porco – diz ele, inclinando-se sobre a janela do carro, apontando a arma para minha cabeça.

– Escute, não sei o que você pensa que está fazendo nem o que está pretendendo, nem o que *pensa* que vai poder fazer. Eu nunca fui fichado, tenho álibis...

– Cala a boca – Abdullah me interrompe com um rosnado. – Cala essa merda de boca.

– Eu sou inocente – grito, com convicção.

– O relógio – ele engatilha a arma.

Solto a pulseira do Rolex, faço o relógio deslizar para fora do pulso e o estendo para o homem.

– Carteira – ele sacode o revólver. – Só o dinheiro.

Completamente indefeso, tiro do bolso minha carteira nova de pele de gazela e rapidamente, com os dedos congelados e insensíveis, entrego o dinheiro, apenas trezentos dólares, porque não tive tempo de parar num banco automático antes do café da manhã. Solly, imagino, deveria ser o chofer de táxi que matei durante a cena de perseguição, no último outono, embora ele fosse armênio. Talvez tenha matado outro e não possa lembrar.

– O que você vai fazer? – pergunto. – Não há uma recompensa para quem me entregar?

– Não. Nenhuma recompensa – resmunga ele, contando o dinheiro com uma das mãos, segurando a arma com a outra.

– Como sabe que não vou denunciá-lo e cassar sua licença? – pergunto, estendendo para ele a faca que encontrei no bolso e que parece ter sido mergulhada numa tigela com sangue e cabelo.

– Porque você é culpado – diz ele, e continua. – Afaste essa coisa de mim – apontando para a faca com a arma.

– Como se *você* soubesse – resmungo, furioso.

– Os óculos – aponta outra vez com a arma.

– São muito caros – protesto e então, respiro fundo, percebendo meu erro. – Quero dizer, baratos. São muito baratos. Só... o dinheiro não chega?

– Os óculos. Passa – rosna ele.

Tiro os Wayfarers e entrego a ele. Talvez eu tenha mesmo matado Solly, embora tenha certeza de que os últimos motoristas de táxi que matei ultimamente *não* eram americanos. Provavelmente eu o matei. Provavelmente *existe* um pôster de "procurado" com meu rosto no... onde, o táxi – o lugar de reunião dos táxis? Como se chama? O homem põe os óculos, olha no retrovisor, retira, dobra e guarda no bolso do paletó.

– Você é um homem morto – digo com um sorriso ameaçador.

– E você é um yuppie de merda – diz ele.

– Você é um homem morto, Abdullah – repito, e é sério. – Pode estar certo.

– É mesmo? E você é um yuppie de merda. O que é pior?

Liga o motor e vai embora.

Caminhando para a avenida eu paro, engulo um soluço, com a garganta apertada. "Eu só quero..." Olhando para a silhueta dos prédios contra o céu, murmuro, com voz de criança chorosa, "continuar o jogo". Estou de pé, imóvel, quando aparece uma velha de trás do cartaz da *Threepenny Opera* num ponto de ônibus deserto, e a mendiga desamparada, com o rosto coberto de feridas que parecem insetos, estende a mão trêmula para mim.

– Ora, quer, por favor, ir embora? – digo com um suspiro.

Ela me manda cortar o cabelo.

No Harry's

Na noite de sexta-feira, um grupo de nós deixa o escritório mais cedo e vamos parar no Harry's. Fazem parte do grupo, Tim Price, Craig McDermott, eu, Preston Goodrich, que está saindo com um belo corpo chamado, se não me engano, Plum – sem sobrenome, apenas Plum, atriz/modelo, que, tenho a impressão, todos nós achamos gostosa. Estamos procurando resolver onde fazer as reservas para o jantar: Flamingo East,

Oyster Bar, 220, Counterlife, Michael's, SpagoEast, Le Cirque. Robert Farrell está também presente, com o Lotus Quotrek, um aparelho portátil que informa as cotações da bolsa, na sua frente, sobre a mesa, e ele aperta os botões enquanto as últimas cotações aparecem na tela. Como estão vestidos? McDermott veste um casaco esporte de cashmere, calça de lã, gravata de seda Hermes. Farrell está com colete de malha, sapatos de couro, calça esporte de sarja de lã Garruck Anderson. Meu terno é um Armani de lã, sapatos Allen-Edmonds, bolso quadrado Brooks Brothers. Alguém está com um terno feito por Anderson e Sheppard. Alguém que se parece com Todd Lauder, e talvez seja ele mesmo, ergue a mão com o polegar levantado, na outra extremidade da sala etc. etc.

Recebo as perguntas de sempre, entre elas, as regras para o uso de um bolso quadrado são as mesmas para o *dinner jacket*? Há alguma diferença entre sapatos de tênis e TopSiders? Minha cama de ar está murcha e desconfortável, o que posso fazer? Como avaliar a qualidade de um CD antes de comprar? Que nó de gravata é menor do que um Windsor? Como conservar a elasticidade de uma suéter? Algumas dicas para comprar um casaco de lã de primeira tosquia? É claro que estou pensando em outras coisas, fazendo a mim mesmo as minhas perguntas. Será que sou fanático por preparo físico? Um homem contra o conformismo? Posso conseguir um encontro com Cindy Crawford? Ser do signo de libra significa alguma coisa e, em caso afirmativo, como provar isso? Hoje eu estava obcecado pela ideia de enviar, por fax, o sangue que tirei da vagina de Sara para o escritório dela na divisão do Chase Manhattan, e não fui trabalhar nesta manhã porque tinha feito um colar com as vértebras de uma das garotas e preferi ficar em casa para, com ele no pescoço, me masturbar na banheira de mármore branco, rosnando e gemendo como um animal. Depois assisti a um filme sobre cinco lésbicas e, depois, os vibradores. Grupo favorito: Talking Heads. Bebida: J&B ou Absolut com gelo. Programa de televisão: *Late Night with David Letterman.* Refrigerante: Pepsi Diet. Água: Evian. Esporte: beisebol.

A conversa prossegue livre – sem nenhuma estrutura, nenhum assunto real, sem lógica interna ou sentimento, exceto, é claro, a sensação inerente e secreta de conspiração. Apenas palavras, e como num filme, mas um filme copiado descuidadamente, a maior parte combina e se sobrepõe. Tenho dificuldade para prestar atenção porque meu mensageiro automático está *falando* comigo, às vezes deixando recados estranhos na tela, com letras verdes, como "Provoque uma Cena Terrível na Sotheby's" ou "Mate o Presidente" ou "Dême para Comer um Gato Vadio", e fui assombrado por um banco no parque, que me seguiu por seis quarteirões, na última segunda-feira à noite, e também falou comigo. Desintegração – estou enfrentando com calma. Porém, contribuindo para a conversa, tudo que posso dizer é "Não vou a lugar algum sem reserva, então, temos alguma reserva ou não?". Noto que estamos todos tomando cerveja *dry*. Serei o único a notar isso. Estou também usando óculos com aros imitação de tartaruga e lentes sem receita do oculista.

A televisão do Harry's está ligada no *Patty Winters Show*, que agora é transmitido de tarde, competindo com Geraldo Rivera, Phil Donahue e Oprah Winfrey. O assunto de hoje é "O sucesso econômico é o mesmo que felicidade?". A resposta no Harry's, nesta tarde, é um rugido uníssono de "Definitivamente", seguido por gritos, todos aplaudindo juntos, amistosamente. Na tela agora aparecem cenas de posse do presidente Bush, no começo do ano, depois um discurso do ex-presidente Reagan, enquanto Patty faz um comentário quase inaudível. Logo começa um debate cansativo sobre o fato dele estar ou não mentindo, embora ninguém consiga ouvir as palavras. O primeiro e na verdade único a reclamar é Price que, embora eu ache que está preocupado com outra coisa, aproveita a oportunidade para descarregar a frustração e pergunta com espanto inexplicável:

– Como ele pode mentir desse jeito? Como pode inventar toda essa *merda*?

– Oh, Deus – digo, com um gemido. – *Que* merda? Muito bem, onde temos reservas? Quero dizer, não estou com muita fome, mas gostaria de ter uma reserva em algum lugar. Que tal o zoológico? – E com uma inspiração momentânea: – McDermott, que tal o novo *Zagat*'s?

– Esquece – diz Farrell, antes que Craig possa responder. – A coca que consegui lá tinha tanto laxativo que tive de evacuar no M.K.

– Isso, isso, a vida chupa tudo e então você morre.

– Ponto baixo da noite – resmunga Farrell.

– Você não estava com Kiria na última vez que foi lá? – pergunta Goodrich. – Não *foi* esse o ponto baixo?

– Ela me pegou desprevenido, sem programa. O que eu podia fazer? – Farrell dá de ombros – Peço desculpas.

– Ela o apanhou desprevenido – McDermott me cutuca com o cotovelo, com cara de dúvida.

– Cala a boca, McDermott – diz Farrell, fazendo estalar o suspensório de Craig. – Sair com uma desclassificada.

– Você está esquecendo uma coisa, Farrell – diz Preston. – McDermott é um desclassificado.

– Como vai Courtney? – Farrell pergunta a Craig, com um olhar malicioso.

– Apenas diga não – aconselha alguém, rindo.

Price desvia os olhos da televisão para Craig, procurando disfarçar o aborrecimento, indica a televisão com um gesto e diz, dirigindo-se a mim.

– Eu não acredito. Ele parece tão... *normal.* Ele parece tão... fora de tudo isso, tão... inofensivo.

– Bimbo, bimbo – diz alguém. – Passe ao largo, passe ao largo.

– Ele é completamente inofensivo, seu palhaço. *Era* totalmente inofensivo. Assim como *você* é totalmente inofensivo. Mas ele *fez* toda aquela merda e *você* não conseguiu nos fazer entrar no 150, portanto, você sabe, o que posso dizer? – McDermott dá de ombros.

– Eu não entendo como é que alguém, *qualquer pessoa*, pode ter essa cara e estar metido com tanta merda – diz Price, ignorando Craig, desviando os olhos de Farrell. Tira um charuto do bolso e o examina tristemente. Para mim, a mancha ainda está lá, na testa de Price.

– Será porque Nancy está por trás de tudo? – sugere Farrell, erguendo os olhos do Quotrek – Porque Nancy fez tudo?

– Como você pode ficar tão cretinamente, eu não sei, *calmo* com tudo isso? – Diz Price, a quem sem dúvida aconteceu algo muito estranho, parece genuinamente perplexo. Os boatos dizem que ele fez um período de reabilitação.

– Acho que alguns caras já nascem calmos – sorri Farrell, dando de ombros.

Estou rindo da resposta porque Farrell é tão *obviamente* esquentado e Price, olhando severamente para mim, diz:

– E Bateman – por que essa alegria toda?

Dou de ombros também.

– Sou apenas um nômade feliz. – E acrescento, lembrando, *citando* minha mãe: – Roncando e rolando.

– *Seja* tudo que você puder *ser* – ajunta alguém.

– Essa não – Price não deixa o assunto morrer. – Vejam – começa ele, tentando uma visão racional da situação. – Ele se apresenta como um simplório inofensivo. Mas por dentro... – Uma pausa. Meu interesse acende, numa chama breve. – Mas por dentro... – Price não pode terminar a frase, não pode acrescentar as duas palavras necessárias: *não importa.* Fico desapontado e ao mesmo tempo aliviado por ele.

– Por dentro? Sim, por dentro? – pergunta Craig, chateado. – Acredite ou não, estamos ouvindo o que você diz. Continue.

– Bateman – diz Price, cedendo. – Ora vamos. O que você acha?

Ergo os olhos, sorrio, não digo nada. Em algum lugar – na tevê? – tocam o hino nacional. Por quê? Não sei. Antes de um comercial, talvez. Amanhã, no *Patty Winters Show*, "Porteiros do Nell's: onde estão eles agora?". Suspiro, dou de ombros, qualquer coisa nesse gênero.

– Essa é, humm, uma bela resposta – diz Price, e acrescenta: – Você é um doido total.

– Essa é a informação mais valiosa que já recebi desde – olho para o meu novo Rolex pago pelo seguro – que McDermott sugeriu cerveja seca para nós todos. Ai meu Deus, eu quero um *scotch.*

McDermott ergue os olhos com um sorriso exagerado e ronrona.

– Budweiser. Long neck. Uma beleza.

– Muito civilizada – concorda Goodrich.

O superelegante inglês Nigel Morrison para na nossa mesa com uma flor na lapela do seu paletó Paul Smith. Mas não pode demorar porque vai se encontrar com *outros* amigos britânicos, Ian e Lucy, no Delmonico. Alguns segundos depois dele se afastar da mesa, ouço alguém dizer, com desprezo:

– Nigel. Um animal *pâté*.

Outro alguém:

– Vocês sabiam que aquele homem das cavernas tem mais fibra do que nós?

– Quem está encarregado da conta Fisher?

– Esqueça. Que tal a Shepard? A conta Shepard?

– Não é David Monrowe? Que fracasso.

– Essa não.

– Pelo amor de Deus.

– ...esbelto e malvado...

– O que eu levo nisso?

– A *peça* Shepard ou a conta Shepard?

– Gente rica com estéreos baratos.

– Não, garotas que *sabem* beber.

– ...peso leve total...

– Precisa de um isqueiro? Belos fósforos.

– O que eu levo nisso?

– Yup, yup, yup, yup, yup, yup...

Acho que sou eu quem diz "Preciso devolver algumas fitas de vídeo".

Alguém já tirou do bolso um telefone celular Minolta e chamou um táxi, e então, quando não estou realmente ouvindo, mas observando um cara igualzinho ao Marcus Halbemam pagando com um cheque, alguém diz, sem nada a ver com o assunto, "Por quê?" e, embora eu me orgulhe do meu sangue-frio e da minha coragem e faça o que tenho de fazer, eu ouço e então compreendo "Por quê?". E respondo automaticamente, sem nenhum motivo, fazendo um sumário para os idiotas:

– Bem, embora eu saiba que devia ter feito *aquilo* ao invés de não fazer, tenho 27 anos, porra, e é assim que, humm, que a vida se apresenta num bar ou num clube, em Nova York, talvez em *qualquer lugar*, no fim do século e como as pessoas, vocês sabem, *eu*, agem, é isto que significa ser *Patrick*. Para mim, eu acho, portanto, bem, yup, uh... – e isto é seguido por um suspiro, um ligeiro dar de ombros e outro suspiro, e acima de uma das portas cobertas pelo drapeado de veludo vermelho no Harry's há uma tabuleta e na tabuleta em letras que combinam com a cor do drapeado estão as palavras ESTA NÃO É A SAÍDA.

Rocco L&PM POCKET

Akropolis – Valerio Massimo Manfredi
O álibi – Sandra Brown
Assédio sexual – Michael Crichton
Bella Toscana – Frances Mayes
Como um romance – Daniel Pennac
Devoradores de mortos – Michael Crichton
Emboscada no Forte Bragg – Tom Wolfe
A identidade Bourne – Robert Ludlum
O parque dos dinossauros – Michael Crichton
O psicopata americano – Bret Easton Ellis
Sob o sol da Toscana – Frances Mayes
Sol nascente – Michael Crichton
Trilogia da paixão – J. W. von Goethe
A última legião – Valerio Massimo Manfredi
As virgens suicidas – Jeffrey Eugenides

IMPRESSÃO:

GRÁFICA EDITORA
Pallotti
IMAGEM DE QUALIDADE

Santa Maria - RS - Fone/Fax: (55) 3220.4500
www.pallotti.com.br